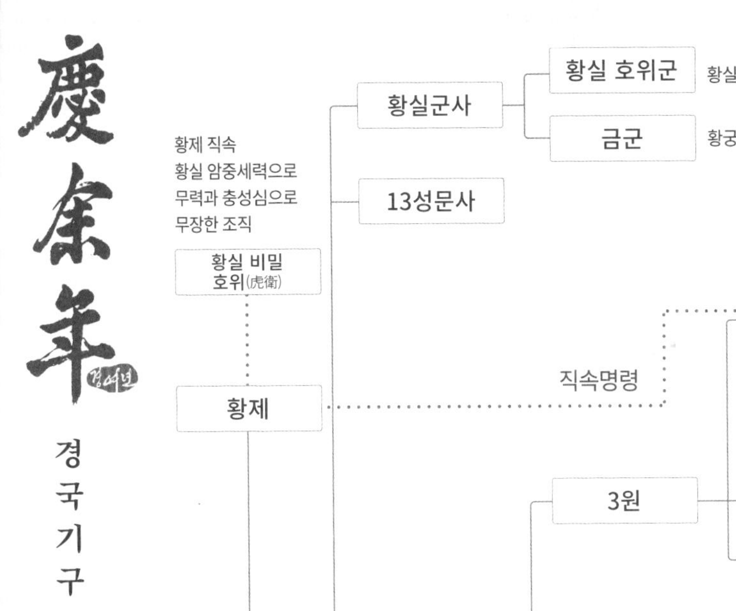

慶余年
경여년
경국기구
중1

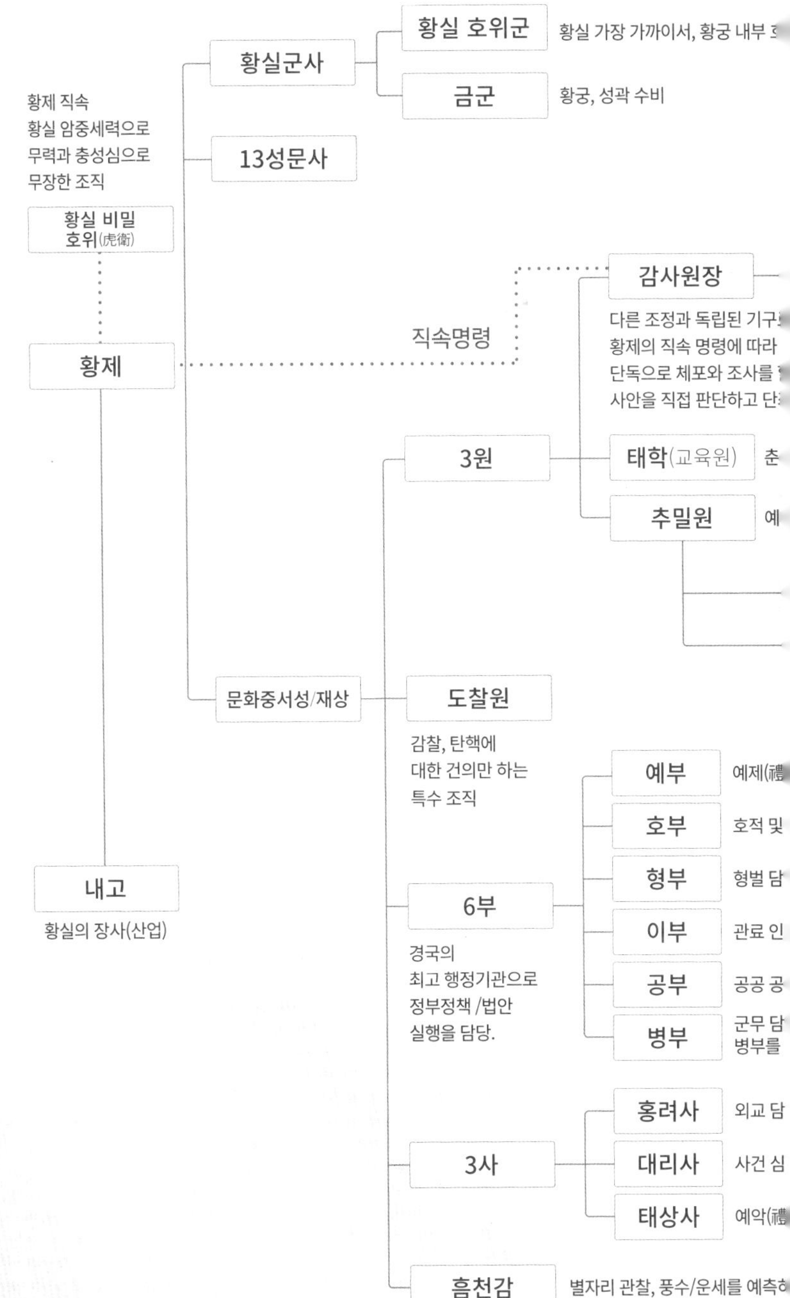

황제 직속
황실 암중세력으로
무력과 충성심으로
무장한 조직
황실 비밀 호위(虎衛)
황제
내고
황실의 장사(산업)
황실군사
황실 호위군
황실 가장 가까이서, 황궁 내부
금군
황궁, 성곽 수비
13성문사
직속명령
감사원장
다른 조정과 독립된 기구
황제의 직속 명령에 따라
단독으로 체포와 조사를
사안을 직접 판단하고 단
3원
태학(교육원)
춘
추밀원
예
문화중서성/재상
도찰원
감찰, 탄핵에
대한 건의만 하는
특수 조직
6부
경국의
최고 행정기관으로
정부정책 /법안
실행을 담당.
예부
예제(禮
호부
호적 및
형부
형벌 담
이부
관료 인
공부
공공 공
병부
군무 담
병부를
3사
홍려사
외교 담
대리사
사건 심
태상사
예악(禮
흠천감
별자리 관찰, 풍수/운세를 예측하

위

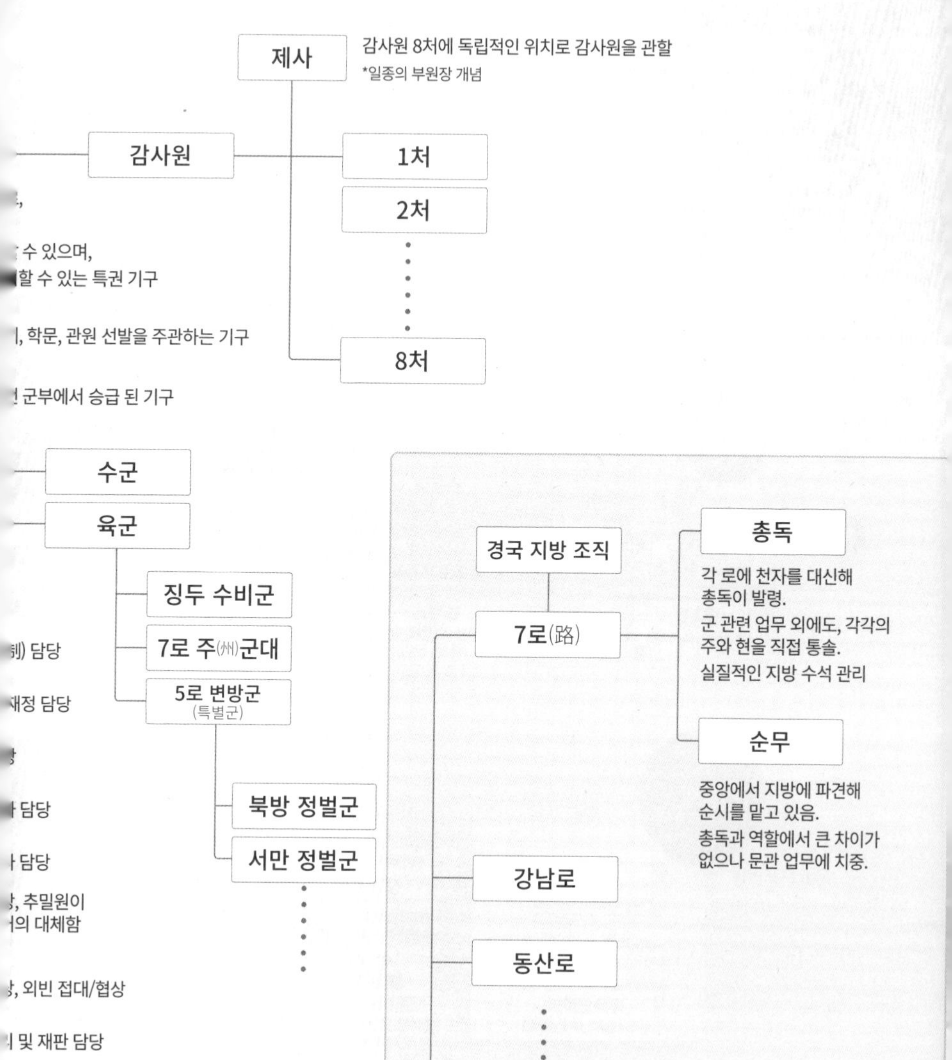

제사
감사원 8처에 독립적인 위치로 감사원을 관할
*일종의 부원장 개념
감사원
1처
2처
8처
수 있으며,
할 수 있는 특권 기구
, 학문, 관원 선발을 주관하는 기구
군부에서 승급 된 기구
수군
육군
징두 수비군
7로 주(州)군대
5로 변방군
(특별군)
북방 정벌군
서만 정벌군
) 담당
재정 담당
담당
담당
, 추밀원이
의 대체함
, 외빈 접대/협상
및 재판 담당
경국 지방 조직
7로(路)
총독
각 로에 천자를 대신해
총독이 발령.
군 관련 업무 외에도, 각각의
주와 현을 직접 통솔.
실질적인 지방 수석 관리
순무
중앙에서 지방에 파견해
순시를 맡고 있음.
총독과 역할에서 큰 차이가
없으나 문관 업무에 치중.
강남로
동산로
강북로

樂) 담당

는 기관

경여년

오래된 신세계

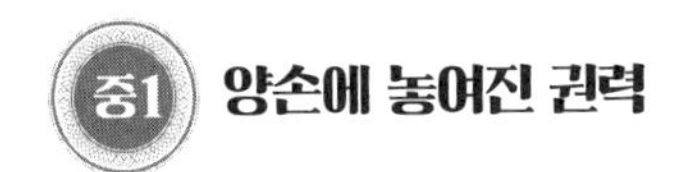

경여년 : 오래된 신세계 중-1

Joy of Life by Maoni

이 도서의 국립중앙도서관 출판예정도서목록(CIP)은
서지정보유통지원시스템 홈페이지(http://seoji.nl.go.kr)와
국가자료종합목록 구축시스템(http://kolis-net.nl.go.kr)에서 이용하실 수 있습니다.
(CIP제어번호 : CIP2020052846)

경여년 : 오래된 신세계

중1 양손에 놓여진 권력

묘니(猫膩) 지음

경여년 각국 세력지도

북만
상징
북제
서호
우두허
동이성
딩저우
창저우
딴저우
동산로
쟈오저우
샤저우
경국
징두
강북로
수저우
웨이저우
양저우
잉저우
신양
항저우
뤄저우
강남로
남조국

경국

황제의 강한 통치 아래 가장 강한 세력을 갖고 있다. 지금의 황제가 태자일 당시,
경국은 북벌을 시작하여, 북위군을 상대로 한차례 처참히 패배했으나,
뒤 이은 북벌전쟁에서 첩보전을 통해 북위를 와해 시켰다.

북제

북제의 전신은 북위로, 한 때 천하를 호령했다.
그러나 3차례에 이어진 경국의 북벌에 결국 북위는 패배하여 와해되었다.
그 후 북위는 여러 제후국으로 잘게 쪼개졌고, 쟌씨가 북제를 건국하였다.

동이성

경국과 북제 사이의 많은 제후국가 중 동쪽 해변과 맞닿은 부분의 가장 큰 항구도시.
왕은 없고 성주만 있다. 경국이 북벌하던 그 당시 동이성 만은 시종일관 중립을 지키며
전쟁을 피할 수 있었다.

서호

서쪽 지방의 오랑캐.

북만

북쪽 지방의 오랑캐.

남조국

경국 남쪽 지방에 위치한 경국의 신하국.

등장인물

황실

경국 황제 황제는 모든 것을 알고 있다. 경국 절대권력의 상징.

장 공주(李云睿, 이운예/리윈루이) 황실 배후에서 판시엔과 대립하며 각종 일을 꾸민다.

태자(李承乾, 이승건/리청치엔) 황제 셋째. 아들 황권을 물려받을 예정.

2황자(李承泽, 이승택/리청저) 황제 둘째. 아들 태자와 황권을 두고 경쟁하는 사이.

대황자 황제 첫째 아들. 금위군 통령을 맡는다.

3황자(李承平, 이승평/리청핑) 황제의 막내 아들. 9살 소년.

징왕 세자(李弘成, 이홍성/리홍청) 2황자의 편에 서서 판시엔을 2황자의 편으로 끌어들이기 위해 애쓴다.

판씨 집안

판시엔(范闲, 범한) 계속되는 위협과 혼란 속에서 자신의 길을 찾아 나아간다.

판지엔(范建, 범건) 판시엔의 양아버지. 경국 황제의 충신.

판뤄뤄(范若若, 범약약) 판지엔과 정실 부인의 딸. 판시엔을 따른다.

판스져(范思辙, 범사철) 판지엔 둘째 부인의 아들. 막내로 철이 없어 보이나 장사에 탁월한 소질을 갖고 있다.

감사원

쳔핑핑(陈萍萍, 진평평) 감사원 원장. 판시엔에게 감사원을 물려주려 한다.

옌빙윈(言冰云, 언빙운) 감사원 4 처장. 판시엔의 책사 역할을 수행한다.

무티에(沐铁, 목철) 감사원 1 처 관원. 판시엔의 심복.

덩즈위에(邓子越, 등자월) 감사원 관원. 왕치니엔이 가장 신뢰하는 조직원으로 판시엔의 심복.

수운마오(蘇文茂, 소문무) 감사원 관원. 판시엔이 신뢰하는 심복.

그림자 감사원 6처장. 감사원내 가장 강한 고수로 쳔핑핑의 심복이다.

밍씨 집안

샤치페이(夏栖飛, 하서비), **밍칭청**(샤치페이의 본명)

밍씨 집안 일곱째. 밍씨 집안에서 버려져 산적패로 활동 중 판시엔을 만나 가산을 되찾기 위해 일을 벌인다.

밍칭다(明靑達, 명청달) 밍씨 집안의 가주.

밍란스(明蘭石, 명란석) 밍칭다의 아들.

판시엔의 조력자

우쥬(五竹, 오죽) 판시엔의 어머니, 예칭메이의 호위무사. 위협에서 판시엔을 돕는다.

왕치니엔(王启年, 왕계년) 판시엔의 심복. 감사원 관원. 추적술의 달인.

가오다(高达, 고달) 판지엔이 관리하는 황실의 비밀 호위 수장으로 판시엔의 호위를 맡는다.

양완리(杨万里, 양만리)**, 스챤리**(史阐立, 사천립)**, 호우지챵**(侯季常, 후계상)**, 쳥쟈린**(成佳林, 성가림)

춘시 4인방, 판시엔의 제자로 판시엔의 심복.

쉬마오차이(許茂才, 허무재)

예칭메이의 사람으로 취엔저우 수군에 있다 3대 수군으로 개편 후 쟈오저우 수군으로 자리를 옮겼다.

황실 태감

큰 홍 태감 황실 태감 중 가장 큰 권력을 갖고 있는 태감. 숨은 무공 실력자.

작은 홍 태감(洪竹, 홍죽/홍쥬)

잉저우 출신으로 원래는 쳔(陳)씨. 가업을 이유 없이 강탈당하고 큰 홍 태감의 눈에 띄어 홍씨 성을 받고 황실 태감이 된다.

황 태감 황실 태감 중 하나. 판시엔이 내고 입찰시 황실에서 강남으로 파견한 내관.

야오 태감, 다이 태감 황실의 태감.

북제

북제 황제 북제의 황제. 어린 나이에 황제에 올라 북제를 통솔 중이다.

태후 북제 황제의 어머니. 북제 황제와 소리 없는 암투를 벌이고 있다.

쿠허(苦荷,고하) 4대 종사 중 하나, 북제의 국사.

하이탕둬둬(海棠朵朵,해당타타) 쿠허의 제자. 9품 고수.

스리리(司理理,사리리) 북제가 경국에 심어 놓은 밀정. 출생의 비밀이 있다.

샹샨후(上杉虎,상삼호) 북제의 대장군. 북제 군대 내의 영향력이 막강하다.

그외 인물

쉐칭(薛清, 설청) 강남로 총독.

챵쿤(常昆, 상곤) 경국 쟈오저우 수군 제독.

당샤오보(黨驍波, 당효파) 경국 쟈오저우 수군 부제독.

중 1권 : 양손에 놓여진 권력

중 2권 : 천하를 바라본 전쟁

제1장

중상

마차의 장막이 정면으로 불어오는 바람에 펄럭이고, 주위의 푸른 산과 긴긴 돌바닥이 마차 뒤로 다급히 물러서고 있었다. 흔들리는 검은색 장막은 검은빛을 뿜어냈고 점점 하나의 배경화면처럼 변했다.

화면에는 익숙한 그림이 나타났다.

딴저우 산 지천으로 널려 있는 작은 꽃 하나.

약간은 거칠지만, 유난히 따뜻하게 느껴지는 손이 그 꽃을 꺾는다. 꽃은 어떤 민가의 지붕에서 햇빛과 해풍에 말려져 찻잔에 들어간다. 끓는 물이 찻잔에 따라지자 그 꽃잎은 떠올랐다.

황금색 호박빛이 잔에 번진다. 누군가 손을 뻗어 잔을 받쳐 들고

와 그의 앞에 놓았다.

"도련님, 스스가 끓인 차를 드셔 보세요. 오늘은 스스가 처음으로 집안 식구가 된 날이에요."

오랫동안 보지 못한 동알 누이의 온화한 미소다. 그녀는 오늘 딴저우에서 두부 장사를 안 하나 보다. 판시엔은 받아 든 찻잔을 옆에 있는 사람에게 권한다. 연신 닭 다리만 먹고 있는 완알을 보며 한숨을 내쉰다.

"기름진 음식이 그렇게 좋아? 차라도 한잔 먹으며 입가심 좀 해."

완알은 아무 말도 하지 않는다.

대신 오른편에 앉아 있던 뤄뤄가 웃었다. 그녀의 미간에 남아 있던 근심이 모두 사라져 버린 듯 보여 판시엔도 덩달아 기분이 좋아졌다.

"가야 한다."

검은 천으로 눈을 가린 우쥬 삼촌이 차갑게 이야기한다.

"어디요?"

그는 무의식적으로 묻는다.

"아가씨를 보러 간다."

"오 좋아!"

그는 흥분하며 벌떡 일어나 짐을 챙겨 든다. 그리고……검고 검은 그 상자도. 하지만 어떻게 된 건지 오늘따라 상자가 너무 무겁다. 들리지 않는다.

그의 얼굴엔 구슬 같은 땀만 흐르고 있다.

……

땀 한 방울이 판시엔의 이마를 타고 내려와 침대 위로 떨어졌다. 혼미한 상태의 판시엔이 눈꺼풀을 살짝 들어 올려 바라본다. 천정에는 그림 같은 것이 그려져 있는데 본 적이 없다.

낯선 방이다. 망연자실하게 그 그림을 쳐다만 본다.

'또 다른 세상으로 떨어진 거야?'

죽을 때마다 다른 세상으로 오는 거라면, 영원히 죽을 수 없는 거라면, 차라리 처음 죽을 때 제대로 '죽음'을 맞이했으면 좋았다는 생각이 든다.

'그렇게 많은 사람을 만나고, 그렇게 많은 일을 겪었는데, 그 짓을 다시 해야 한다고?'

'심지어 내가 떠날지 말지, 언제 떠날지도 선택할 수 없잖아?!'

'그리고 왜 전생, 전 전생의 기억이 모두 남아 있는 거야? 젠장.'

흐릿하던 시력이 조금씩 방의 불빛에 적응하기 시작했다. 마치 처음 태어난 아이가 초점을 맞추는 연습을 하는 것처럼 보였다. 한참이 지난 후에야 마침내 주변의 화면들이 또렷해지기 시작하였다.

완알의 눈은 얼마나 울었는지 복숭아처럼 붉게 퉁퉁 부어 있었다. 그녀는 이불보 한쪽 끝을 꼭 움켜쥐고 입술을 깨문 채 소리 없이 울고 있었다.

'내가 아직 살아 있나? 경국에 있는 거 맞지? 근데 이 집은 어디야?'

고개를 돌리기가 힘들었다. 가슴의 통증이 느껴지는 것을 보니 치료가 아직 안 된 모양이다. 방안의 태감들이 고개를 숙이고 사방에서 뭔가를 찾아 대고 있었다. 문 앞에서는 한 무리의 의원같이 보이는 사람들이 긴장하며 중년의 남성과 이야기를 하고 있다.

"폐하, 방법이 없습니다."

"만약에 그를 살리지 못하면, 너희들도 같이 묻어 버릴 것이야!"

반 혼수상태인 판시엔은 그 장면을 보고 냉소를 띠었는데, 다만 입술에서 그 신호를 받지 못한 듯, 겉으로 보기에는 아무 변화가 없었다. 황제의 말은 너무 뻔하다고 생각했고, 항상 평정심을 유지하며 위엄 있던 황제도 결국 한 명의 사람인 것 같다는 생각이 들었다.

무엇보다도 의원에게 소리치는 사람이 황제가 아니라, 판지엔이라고 불리는 '아버지'였으면 좋겠다는 생각이 들었다.

손을 뻗어 완알의 손등을 토닥여 주고 싶었지만 움직일 수가 없었다. 몸은 안 아픈 곳이 없었고, 마음은 공허하지 않은 곳이 없었다. 억지로 정신을 가다듬고 몸을 움직여 보려는 순간 '윙' 하는 소리와 함께 다시 혼절해 버렸다.

징두가 뒤집어졌다.

폐하 암살 사건!

황제가 무사하다는 소식에 백성들은 안심했지만, 이어진 판 대인의 생사를 모른다는 소식에 안절부절못하였다. 경국 사당 앞에 그의 회복을 기원하는 등불을 든 사람들로 장사진을 이루었다.

판씨 저택에서는 등잔불도 켜지 않은 채 모두가 어둠 속에서 초조하게 소식만 기다리고 있었다. 비밀 호위들은 판시엔을 곧장 황궁으로 데려갔고, 황제는 중상을 입은 판시엔을 황궁에 머물게 하며 어의들이 그의 곁을 떠나지 못하게 하였다. 그 소식을 들은 아씨 마님과 아가씨는 이미 입궁을 했다. 하지만 판씨 저택 사람은 누구에게도, 아무런 소식도, 듣지 못하고 있었다.

도련님의 상처가 심해 태의도 손을 쓰고 있지 못한다는 소문만 무성했다. 하지만 하인들과 시녀들이 가장 이해가 되지 않는 것은, 판씨 어르신이 입궁도 하지 않은 채 서재에서 꼼짝하지 않는다는 사실이었다.

첸핑핑도 소식과 함께 감사원으로 돌아가 9품 고수의 시체를 인계받고, 어린태감을 체포하여 바로 조사를 시작하였다.

징왕은 일찌감치 궁으로 들어갔고, 로우쟈 군주는 방에서 울고 있었다.

징두의 얼마나 많은 아가씨들이 상심했는지 모른다.

2황자는 저택의 문을 굳게 걸어 잠그고서, 소식을 묻고 다니지도, 반응하지도 않았다. 그와 대립하던 판시엔의 중상은, 그에게 가장 위험한 상황이었다. 이 순간에 적절치 않은 사소한 행동이 그를 파멸에 이르게 할 수도 있었기 때문이다.

대황자는 판시엔이 치료받고 있는 광신궁(廣信宮) 밖을 지키고 있었다. 다만 가만히 서 있지 못하고, 계속 서성대고 있었다.

이(宜) 귀빈도 3황자와 함께 광신궁 밖에 서 있었다. 오늘 3황자의 목숨은 판시엔이 구한 것과 다름없었기 때문이다.

태후는 광신궁에 오지 않았다. 들리는 말에 따르면, 상황을 알아보기 위해 홍 공공을 보내기도 했고, 함광전(含光殿) 뒤에 향을 피워 놓고 기도를 올렸다고 한다.

태자는 잠시 들러 완알과 뤄뤄에게 위로의 말을 건네고, 황제에게 옥체를 돌보시라는 걱정의 말을 올린 뒤 바로 동궁으로 돌아갔다.

광신궁은 원래 장 공주의 거처였다.

판시엔이 황궁에 처음 잠입했을 때 찾았던 곳이기도 했다. 하지만 그가 장 공주와 한 침대를 쓸 일은 없었기에 판시엔이 처음 깨어났을 때 광신궁에 누워있는지 알 수가 없었던 것이다. 사실 신하가 황궁에서 치료를 받는 것은 체통에 맞지 않는 일이었지만, 황제는 판시엔이 장 공주의 사위라는 명분을 내세워 광신궁에 머물게 한 것이다.

광신궁의 문이 열리고, 황제가 침울한 얼굴로 판뤄뤄의 피곤에 절은 얼굴을 바라보았다. 야오(姚) 공공이 황제에게 다가와 떨리는 목소리로 말했다.

"폐하, 가서 좀 쉬십시오. 판 대인은 어의들이 지켜보고 있으니 무사할 겁니다."

"버러지 같은 놈들……."

"폐하, 저도 안으로 들어가 보고 싶습니다."

판뤄뤄는 마음을 다잡고 황제에게 예를 올렸다.

"하지만……태의가 못 들어가게 합니다."

"뭐라고? 왜냐?"

황제의 시선은 판씨 아가씨 옆에 놓여 있는 상자에 가 있었다.

"오라버니가 깨지 못하고 있다는데, 호위에게 전해 들은 바로는 혼절하기 직전에 저보고 평소 사용하던 환약을 가져오라 했답니다. 하지만 태의가 믿어 주지를 않습니다."

어의가 판뤄뤄의 요구를 거절하는 것은 지극히 정상이었다. 하지만 지금의 황제가 판시엔을 생각하는 것이 이전과 많이 달라져 있었다. 처음으로 판시엔이 제일 뛰어난 녀석이고, 스스로의 위치와 지위만을 생각하는 놈이 아니라는 생각이 들었다.

만약에 현공 사당에서 황제를 먼저 구하려 했다면, 의심이 많을 수밖에 없는 '황제의 위치'에 있는 사람은 신하가 군주에게 충성을 표현하기 위한 정도라고 생각했을 것이다. 황제는 그런 충정을 믿지는 않았지만, 목숨을 걸고 구하려고 한 행동을 보며 그의 충정을 '중시'했을 수는 있었을 것이다.

문제는……판시엔은 먼저 3황자를 구하려 했다!

그 행동은 대역죄였고, 도찰원은 그 명분만으로 판시엔을 탄핵할 수도 있다. 하지만 황제는 그의 행동에서 오히려 판시엔의 따뜻한 마음을 보았다. 마치 당시의 그 '여자'를 본 것 같았다.

그래서 황제는 안심했다.

그리고 판시엔의 목숨이 경각에 달린 지금 황제의 마음은 요동치기 시작했다. 그동안 너무 판시엔을 몰아붙인 것은 아닌지 걱정이 되는 동시에, 판지엔에 대한 알 수 없는 질투의 감정이 몰려왔다.

첫째는 너무 직설적이고, 둘째는 너무 가식적이고, 셋째는 너무 어리다.

마지막으로 태자를 생각하다 황제는 냉소를 짓고 말았다.

'네놈이 일부러 술잔을 밟았다는 걸, 짐이 모를 줄 알았느냐?!'

판지엔이 입궁하지 않은 것은 황제의 판시엔에 대한 생각의 변화를 직감하고 있었기 때문이다. 황제가 미묘한 생각에 잠겨 있는 와중, 태의가 내전(內殿)으로부터 달려 나오며 판뤄뤄 앞에 있는 황제에게 말을 전했다.

"폐하, 외부 지혈은 되었으나, 상처가 깊숙해서 내부 출혈이 있어 보입니다."

"왜 판씨 아가씨를 들여보내지 않는 것이냐?"

"그 환약들의 성분을 알 수가 없기에……검에 독이 있었다 하더라도, 어떤 독이었는지 모르는 상황에서, 막무가내로 약을 복용했다가는……."

"니미랄!"

돌계단에 앉아 대화를 듣고 있던 징왕이 참지 못해 달려와, 태의의 귀싸대기를 날렸다.

"두 시진이나 지났잖아?! 살려내진 못해도 정신이 들게는 했어야지! 그놈 의술이 병신 같은 너보다는 나아!"

태의는 따귀를 맞은 데다, 징왕의 말에 분노가 치밀어 올라, 순간 할 말을 잃어버렸다.

황제는 징왕의 행동이 적절하지 않다고 생각은 했지만, 그의 말에 일리가 있다는 생각에 태의를 보며 말했다.

"어떻게든 판시엔을 깨워라!"

황제는 판시엔이 검객을 쫓아간 뒤 바닥에서 발견한 환약 주머니를 떠올렸다. 판시엔이 다른 사람들을 위해 그런 행동을 안 했으면, 지금 그의 상태가 이 정도까지 이르지 않았을 수도 있다는 생각이 들었다.

다시 한번 판시엔과 그녀가 생각이 났다.

'네 놈의 심성이 네 어미를 닮지 않았다면, 너 자신에게는 더 좋았을지 모르겠구나.'

이런 복잡한 생각과 함께 고개를 한번 젓고 어서방으로 돌아갔지만, 마음이 여전히 안정되지 않자 다시 일어나 황궁 구석에 있는 조그마한 건물로 걸어갔다.

한편 참지 못한 징왕은 기본적으로 태의든 뭐든 개의치 않았기에 판뤄뤄를 데리고 광신궁의 내전 안으로 들어갔다. 판시엔 옆에는 완알이 퉁퉁 부은 눈으로 혼수상태에 빠진 그의 손을 잡고 있었다.

"깨워."

오늘의 징왕은 정원이나 가꾸는 화농이 아니었다.

살벌한 결단력을 가진 대장군의 모습이었다.

"약을 먹였는데 안 일어나면, 내가 저 새끼 손가락을 자를 거다!"

판뤄뤄는 징왕의 말은 못 들은 척하고 침착하게 상자 안에서 각기 다른 크기의 나무 상자들을 꺼냈다. 그 가운데 노란색 환약을 꺼내 새언니의 손에 건네주었다. 완알은 환약을 입에 넣고 몇 번 씹고, 태감에게 물을 가져오라 하여 좀 더 부드럽게 만든 후, 판시엔의 입을 나무로 된 도구로 벌리고, 자신의 입에서 그의 입으로 옮겼다.

징왕이 가슴에 손을 얹고 자신의 진기를 불어넣어 주었다.

그리고 모두는 기도하는 마음으로 긴장하며 기다렸다.

얼마나 지났을까.

판시엔의 긴 속눈썹이 살짝 떨리더니 눈꺼풀을 들었다. 아직 눈빛에 힘은 없어 보였다.

"판 대인이 깨셨다!"

흥분한 태감은 급히 달려가 황제에게 소식을 전했고, 궁내는 술렁거리기 시작했다.

"내가 깨면 실망하는 사람이 많을 텐데……베개 좀."

눈치 빠른 완알은 베개를 하나 더 가져와 판시엔의 목에 괴어주고, 다시 재빨리 가서 촛대를 들고 와 그가 가슴에 난 상처를 볼 수 있게 해 주었다.

상처는 다행히 판시엔의 생각보다 깊지 않았다. 외부 상처는 위장 위쪽인 듯 보였는데 이미 태의들이 잘 치료를 한 듯 보였다. 하지만 판시엔은 자기 위장에서 아직도 출혈이 있음을 느낄 수 있었다. 진기가 남아 있었다면 진기를 이용해 지혈할 수도 있었을 테지만……지금 경국의 의술이 내출혈을 치료할 수도 없었다.

"닦아."

판시엔은 정신력으로, 최대한 짧게, 명령조로 말했다.

뤄뤄가 알아듣고 끓는 물로 소독한 천을 가져와 어의가 뿌려 놓은 가루약을 모두 닦았다.

다시 상처에서 출혈이 났다.

"침."

뤄뤄가 장침 몇 개를 꺼냈고, 판시엔은 징왕을 바라보았다.

"천돌혈(天突), 기문혈(期門), 유부혈(兪府), 관원혈(關元). 2개씩."

시침할 때에는 진기로 보완을 해 주어야 하는데 진기를 가진 이는 징왕밖에 없었다. 판시엔은 정신을 차린 후 좀 전에 징왕이 판시엔의 가슴에 손을 얹고 있는 모습을 보고서, 그 깊이는 모르겠지만, 징왕이 진기를 수련했다는 것을 알아차렸었다.

침이 꽂히자 피가 멎었다.

보고 있던 어의들은 놀라기도 했지만 보고도 믿을 수는 없었다.

"3처."

징왕은 그 뜻을 알아듣고, 서둘러 밖에 나가 사람을 시켜 감사원 3처의 책임자를 입궁하라 전하게 하였다. 사실 그들은 궁 밖에 오래 전부터 대기하고 있었다.

사형과 같은 3처의 처장은 궁에 들어와 처참한 모양새의 사제를 보자마자 얼굴이 굳어졌지만, 침착하게 손가락을 내밀어 판시엔의 손목에 올려놓고 진맥을 했다.

"사제의 환약이 여러 면에서 효과가 있었던 것 같아. 하지만 정작 독은 동이성과 관련이 있어 보이니, 내가 가지고 있는 다른 약으로 다시 한번 시험을 해 보세."

판시엔은 약의 효과인지, 플라시보 효과인지는 몰라도, 얼마 지나지 않아 정신이 또렷해지는 느낌을 받았다.

천하의 3대 독약 대가들을 뽑으라면 페이지에, 샤오은 그리고 동이성의 괴팍한 인간 샤오스콱(硝石鑛, 초석광). 페이지에는 식물 추출물을 사용했고, 이는 판시엔에게 영향을 주었다. 샤오은은 동물 유지와 내분비 물질을 주로 사용했고, 샤오스콱은 하나로 말할 수는 없지만 최소한 페이지에와 샤오은의 독과 구별은 할 수 있었다.

문제는 셋 다 다른 종류의 독을 쓰고 있었기 때문에 범용적인 해독제가 있을 수는 없었다. 하지만 '교묘히' 3처의 처장이 가져온 독은, 동이성 쪽 독약의 해독제였다. 판시엔이 눈치를 볼 때, 3처장은 누군가로부터 명을 받고 그 약을 가져온 것이지 스스로의 판단이나 생각은 아닌 듯 보였다.

지금 시급한 문제는, 내출혈이었다.

"사제, 자네의 물건이란 물건은 다 들고 왔네만, 난 정작 이 도구들을 어떻게 쓰는지는 모르네."

"담이 큰 사람……침착한 사람……."

독을 다루는 3처의 관원들에게는 모두 해당하는 말이었다.

"나."

판뤄뤄가 불쑥 끼어들었다.

판시엔이 움직일 수 있었다면 침대에서 튀어 올라 두 손 두 다리를 잡고 말렸을 일이다. 첫 번째, 판시엔 스스로도 봉합기술에 대해서 믿음이 없었다. 두 번째, 유약한 누이가 피로 얼룩진 내장을 보게 하는 것은…….

"완알, 나가."

판시엔은 최대한 정신을 차리고 말했다.

"뤄뤄 데리고."

"내 손이 가장 안정적이야."

뤄뤄는 이상하게 이 일에 고집을 부렸다. 하지만 판시엔은, 이유는 모르겠지만, 그녀의 눈빛에서 담담한 자신감 같은 것을 엿볼 수 있었다.

"역겨울 거야. 가족이라 더 안 돼……그래도 내 동생이 한다면, 믿을게."

너무 길게 말을 해서 정신이 혼미해졌다. 판시엔이 더 말하려고 했으나 완알은 강하게 고개를 저었다. 방안에 잠시의 침묵이 흐르자 판시엔은 억지로라도 웃으려 노력하며 말했다.

"뭘 기다려? 작은 수술일 뿐이야."

3처 처장이 들고 온 상자에는 판시엔의 '도구'들이 있었다. 사실 이 도구를 고안한 사람은 페이지에였는데, 그가 어떻게 고안할 수 있었는가에 대한 비밀을 아는 사람은 몇 없었다.

판시엔은 오늘 자기의 수술을 스스로 감독하기로 했다. 지금 내출혈을 막을 방법은 그것밖에 없었다. 위험하고 내키지 않았지만, 이

대로 죽는 것은, 더 내키지 않았다.

광신궁 안의 사람들이 바쁘게 움직이기 시작했다.

마취는 당연히 3처장의 몫이었다. 강력한 마취약인 마전자를 판시엔에게 먹이려고 했으나 판시엔은 의외로 거부하였다.

"중간에 깨면 어떻게 하려고? 아파 죽을 텐데?"

판시엔은 관우처럼 뼈를 깎는 수술을 받을 용기도 없었지만, 봉합이라는 개념도 모르는 여동생의 손에 오롯이 맡길 용기는 더더욱 없었다.

"가라방."

이 약은 판시엔이 완알의 시녀들에게, 스리리에게, 샤오은에게 그리고 옌빙윈, 2황자에게 썼던 약한 마취약이었다.

'자업자득 이구먼, 젠장.'

은은하고 달콤한 향이 콧속을 스며들었다. 시야가 흐릿해지진 않았지만, 한편에선 수술 도구를 들고 있는 뤄뤄가, 다른 한편에선 전생의 병원에서 자주 보던 예쁜 간호사 누나가 서 있었다.

마치 두 개의 화면을 동시에 보고 있는 것 같았다.

잠시의 환각이었다. 환각이 조금씩 옅어지는 것을 느끼자, 판시엔은 자신에게 시간이 별로 없음을 느꼈다.

"시작. 빨리."

간이 수술 중인 뤄뤄를 바라보다, 눈알을 살짝 돌려 완알을 바라보았다.

그리고 나중에 둘에게 간호사 복장을 입혀보면 어떨까 상상했다.

밖에 있는 사람들에게 판시엔이 의식을 회복했다는 사실이 급속히 퍼졌고, 다들 안도의 한숨을 내쉬었지만 여전히 긴장을 풀지 못하고 있었다.

황제도 그중 한 사람이었다.

어서방에 앉아 있다 밖을 나가 걷다 안절부절못하다 결국 참지 못해 광신궁으로 향했다. 가면서 태감을 통해 광신궁 내의 상황을 전해 듣는데, 그가 이전에 북방에서 전쟁을 치를 때 비슷한 광경을 본 기억이 떠올라 살짝 미간을 찌푸렸다.

"어찌 되었느냐?"

"3처가 해독은 했는데, 상처가 너무 깊습니다."

징왕이 황제 형의 물음에 공손히 말했다.

"그녀가 남긴 아이니, 큰 문제는 없을 거야."

황제의 말에 징왕이 너무 놀라 아무 말도 하지 못했다.

천천히 고개를 숙인 징왕의 눈에 분노와 슬픔이 번갈아 지나가더니 이내 메마른 눈동자만 남았다.

얼마나 시간이 지났을까, 광신궁의 문이 드디어 열렸다.

3황자를 데리고 나와 멀리서 바라보던 이 귀빈이 체통은 멀리한 채 급하게 달려와 물었다.

"어찌 되었느냐? 어찌 되었어?"

"우웩!"

밖으로 나온 이는 수술 도구를 건네주던 작은태감이었다. 창백해진 얼굴에 충격을 받았는지, 대들보를 잡은 채 대답도 못 하고 연신 게워냈다. 그 모습을 보고 야오 공공이 조용히 욕을 뱉었다.

"어린놈의 새끼, 구토를……."

"우웩!"

다시 한번 구토 소리가 들렸다. 욕을 먹은 태감이 아니었다.

이번에는 젊은 어의가 달려 나와 게워냈다.

'그 퍼렇고 허연 게……사람 배 속에 그런 것이 있다고? 판씨 아가씨는 뭐야? 그걸 손으로 만진다고……?!'

곧이어 구토하지는 않았지만 하나같이 일그러진 얼굴을 한 어의들이 하나둘씩 광신궁에서 나오고 있었다. 황제는 그들의 얼굴색을 보고서야 판시엔에게 큰 문제가 없음을 알고 조금 안심하며 태의에게 물었다.

"어떻게 되었느냐?"

"폐하……듣지도 보지도 못한, 정말이지 신의 기술이었습니다!"

"이 새끼야! 판시엔을 묻잖아!"

이번에도 옆에서 듣고 있던 징왕이 참지 못해 끼어들었다. 다행히 귀싸대기는 날리지 않았다. 무슨 일인지 태의는 징왕도 무서워하지 않은 채 말을 이었다.

"폐하, 그리고 징왕. 소신, 수십 년을 의술에만 몸담아 왔습니다만, 오늘 이런 광경을 보게 될 줄은 몰랐습니다……폐하, 염려 마십시오. 판 대인의 내출혈은 멈췄으니, 큰 문제는 없어 보이고……다만 피를 너무 많이 흘려, 지금은 잠시 혼절한 상태일 뿐입니다."

태의는 상황을 '모두' 전하지는 않았다.

물론 경국의 어느 신하도 감히 황제를 기만할 수 없다. 하지만 태의는 말을 할 수 없었다. 판 대인이 어느 순간 마취약의 효과 때문인지 황당무계하고 믿을 수 없는 이야기들을 쏟아내었는데, 그 일만은 황제에게 전할 수 없었다.

태의의 말에 광신궁의 모든 사람이 안도의 한숨을 내쉬었다. 대황자는 부황에게 인사를 하고 저택으로 돌아갔다. 판시엔을 걱정하는 마음에서 왔었지만 판시엔에게 잘 보이려 한다는 오해를 사기 쉬웠기 때문이다. 황제는 이 귀빈과 3황자에게 처소로 돌아가라 손짓한 후 징왕과 같이 광신궁 내전으로 발걸음을 옮겼다.

"판 대인이 혼절하기 전에, 아무도 들여보내지 말라고 했습니다. 그게……."

태의는 처음 들은 단어라 기억이 잘 안 나는지, 한참을 생각했다.

"……감염의 위험이 있다고……."

황제와 징왕은 잠시 멈칫했지만, 지금 어느 누구도 판시엔의 말을 거스를 순 없어 발걸음을 돌리려는 찰나, 태의의 급한 목소리가 들려왔다.

"폐하, 소신이 보기에, 판 대인의 의술이 참으로 대단합니다. 그러니 태의원에 들이시고, 관직을 하사하심이……첫째로, 황실의 귀인분들의 병을 치료하기 위함이고, 둘째로, 기술을 전수하여 후학을 양성하기 위함입니다. 그리하면 경국 백성의 복이고, 또한 천세에 길이 남을……."

사심 없이 대의를 생각한 말이었다.

하지만 이번엔 징왕보다 황제가 참지 못해 꾸짖었다.

"깨지도 않은 사람에게 뭘 맡겨! 또, 판시엔 같은 인재에게, 그런 일을 맡기라고?!"

"태의보다 환자 신세가 낫겠네."

징왕은 형님이 화내는 걸 보고 '허허' 웃으며 혼잣말을 했다.

광신궁 안에는 어의와 감사원 3처의 사람들이 모두 나가고, 완알과 뤄뤄만 판시엔 곁을 지키고 있었다. 수술이 끝나자 지금까지 차분함을 유지하고 있던 뤄뤄의 손이 떨리기 시작했다. 그녀는 오빠의 생명을 자기가 살려 냈다는 생각에 기쁨과 함께 다리가 풀리며 하마터면 바닥에 쓰러질 뻔했다.

완알은 이 모습을 보면서 자신이 상공에게 아무런 도움이 되지 못한다는 생각에 자조적인 웃음을 짓고 있었다.

"새언니, 괜찮아요?"

"괜찮아."

완알은 재빨리 미소를 지으며 뤄뤄를 보며 대답했는데, 뤄뤄는 그제야 완알의 입에서 피가 나는 것을 보고 깜짝 놀라며 어의를 부르려 했다. 완알이 그 모습에 재빨리 손으로 뤄뤄의 입을 막았다. 판시엔이 깰까 걱정했기 때문이다.

"아니야, 혀를 좀 깨물었을 뿐이야."

뤄뤄는 그제야 어찌 된 것인지 짐작을 하며 마음이 따듯한 새언니에게 더 정이 갔다. 처음 새언니가 입에서 환약을 씹어 부드럽게 한 후 오빠에게 먹일 때 혀를 깨물었다. 하지만 그 뒤에 오빠에게 방해될까 봐 말도 못 하고 혼자 고통을 참고 있었던 것이었다.

광신궁 안에서, 두 여자는 조용히 의자에 앉아, 희미한 촛불 아래 편안히 잠들어 있는 판시엔을 바라보고 있었다. 그녀들의 눈에는 동시에 안도의 웃음이 새어 나왔다.

황궁 밖에서 검은 천으로 눈을 가린 우쥬는 '그'의 안전을 확인한 후, 밤의 어둠 속으로 사라졌다.

뤄뤄는 그릇에 있는 맑은 죽을 '후후' 불어 판시엔에게 먹였다. 다른 한쪽에서는 완알이 그의 품 안으로 손을 넣어 새 천으로 상처 부위를 동여매고 압박해 놓았다. 판시엔은 힘들게 죽을 받아먹으면서 투정을 부렸다.

"매일같이 죽이라니……집에 돌아가고 싶어. 포월루의 진수성찬까지는 아니더라도, 류씨 이모의 과일즙이 죽보다는 낫겠어."

"아직 깨어난 지 이틀도 안 되었는데, 무슨 말이 그렇게 많아? 폐하께서 황궁에서 요양하라 허락한 것을 고마워하지는 못할망정."

완알이 단호하게 말했지만 판시엔은 여전히 어린아이처럼 투정을 이어갔다.

"그냥 집이 그리울 뿐이야."

판시엔은 말은 그렇게 했지만 실제로 돌아가고 싶은 이유는 따로 있었다. 황궁에 있다 보니 왕치니엔 조직과 연락할 방법이 없었고,

현공 사당의 자객 사건이 일어난 지 이미 며칠이나 지났는데도 그는 아무런 소식도 못 듣고 있었기 때문이었다. 더구나 당장이라도 그 절름발이 늙은이에게 가서 '그림자 대인'과 관련해서 따지고 싶은 마음이 굴뚝 같았다.

광신궁 뒤쪽으로 아름답고 조용한 매화 정원이 있었는데, 그 안에 있는 음풍각(吟風閣)이 지금 판시엔이 요양하는 곳이었다. 아무리 판시엔이라고 해도 어쨌든 신하의 신분이었기에 황궁에서 오래 머무는 것이 적절하지는 않았다. 그래서 그도 그곳에서 벗어나지는 않았고 다른 사람들의 문병도 다 거절하고 있었다.

하지만 눈치 없는 한 귀부인이 예고도 없이, 아이와 궁녀까지 대동하고서 음풍각을 찾아왔다.

"이모, 안 오셔도 된다고 말씀드렸잖아요. 손에 또 뭘 그렇게 가지고……."

예법에 따르면 당연히 '마마'라고 불러야 하지만 이 귀빈은 판시엔이 그녀를 '이모'라고 부르는 것을 더 좋아했다.

"동충하초를 우려낸 탕이야."

이 귀빈은 완알과 뤄뤄의 인사를 받고, 자연스럽게 의자를 끌어 판시엔 옆에 앉으며 말을 이었다.

"황궁에서 만든 게 아니라, 너희 집에서 만든 것을 내가 가지고 온 것뿐이란다."

그녀를 따라온 3황자는, 오늘따라 차분해 보였다. 포월루에서 본 모습은 흔적도 없이 사라져 보였는데, 현공 사당에서의 일이 포월루 사건에서의 판시엔에 대한 원망과 분노를 모두 없애 준 것 같았다.

3황자가 아무리 조숙하다 하더라도 9살 어린아이일 뿐이고, 그 나이에는 좋은 사람인지 나쁜 사람인지 정도만 가려, 친하게 지낼 것인지 말지를 결정한다.

자기의 목숨을 구해 준 판시엔은, 3황자에게 '좋은 사람'이었다.

"셋째가 오늘은 얌전하네?"

완알이 물었다.

"그냥요……."

"아니야, 뭔가 사람이 변한 것 같은데?"

이 귀빈이 사랑스러운 눈빛으로 아들을 쳐다보며 대신 대답을 했다.

"판시엔이 아니었으면, 요 녀석이 여기 있지도 못했겠지. 크게 놀랐을 텐데, 이렇게 얌전하게 살아 있는 것만 해도 다행이야."

판시엔은 침대에 누워 고개도 잘 돌리지 못하고 이 귀빈의 궁녀 싱알이 먹여주는 동충하초 탕을 마시는데, 갑자기 싱알이 손가락으로 판시엔의 손바닥 중간을 살짝 간지럽혔다.

'완알 앞에서 얘가 왜 이러지?'

판시엔이 난처한 눈빛으로 싱알의 얼굴을 보았는데, 싱알이 눈짓으로 이 귀빈이 판시엔과 단둘이 하고 싶은 이야기가 있음을 알려주고 있었다.

판시엔은 민망한 오해에 약간 멈칫하고서 말을 했다.

"완알, 3황자 전하에게 매화 좀 구경시켜줘……뤄뤄야, 너도 같이 가."

두 여자는 서로 눈빛 교환을 하고, 눈치 빠르게 일어나 태감과 궁녀까지 모두 데리고 밖으로 나갔다. 다만 젊은 신하와 황실 마마가 단둘이 있는 것은 매우 부적절한 일이었기에 싱알은 남아 있었다.

"어렸을 때부터 같이 있었던 아이니까, 싱알은 괜찮아."

"이모, 무슨 일인데 이렇게까지 조심하는 거예요? 제가 깬 지 이틀도 안 된 거 잘 아시잖아요?"

"내가 안 왔으면, 네가 날 보고 싶어 했을걸?"

이건 남녀 간의 '사랑의 속삭임'이 아니었다.

현공 사당과 관련한 황궁 밖의 소식을 알고 싶은 판시엔의 마음을 간파한, 이 귀빈의 눈치 빠른 움직임이었다. 황제는 판시엔이 아무 생각 없이 상처 치료에만 매진하기를 원했기 때문에 모든 소식을 차단하고 있었는데, 이 귀빈은 이 점을 잘 알고 있었던 것이다.

"폐하께서 이모를 나무라시지 않을까요?"

"그럴 때도 되었잖아."

이 귀빈은 농담하며 살짝 웃고는 이어서 매우 직설적으로 말했다.

"난 너 말고는 기댈 곳이 없어."

판시엔은 그녀의 말을 정확히 이해했다.

황실의 네 명의 마마는 모두 아들을 하나씩 두고 있었는데, 황후는 말할 것도 없이 닝 재인, 슈 귀비는 이미 각각의 세력을 가지고 있었다. 이 귀빈은 국공 집안의 출신이기도 하고, 사촌 언니 류씨 때문에 판씨 집안의 지원도 받고 있었지만, 그동안 3황자가 너무 어린 탓에 이렇다 할 움직임을 보이지 못했던 것이다.

이쯤에서는 그녀도 아들을 위해 뭔가를 시작해야 할 때라 생각한 것이다.

판시엔은 생각을 좀 해보다가 현공 사당에서 벌어진 일에 대해 소상히 설명했다. 이 귀빈은 이미 아들에게 들었던 이야기였지만, 다시 한번 긴장을 했고, 아들이 죽을 수도 있었던 상황을 상기하며 무의식적으로 손수건을 꼭 쥐어 잡고 있었다.

이야기를 다 듣고, 이 귀빈은 분노하며 말했다.

"9품 고수 자객이, 어떻게 황실 호위가 될 수 있었을까……? 황실 호위가 되려면, 삼 대(代)를 다 조사하는데 말이야."

"어쨌든 셋……셋째라고 불러도 될까요?"

"네가 형인데, 당연히 그렇게 해도 되지."

"셋째를 노린 것이 아니고, 폐하가 목적이었으니, 너무 염려 마세요. 그리고 황자 관계에서는, 태자가 점점 예민해지고, 2황자도 최근에 저와 척을 지고 있지만, 셋째가 아직 어려서, 그 둘도 셋째를 어떻게 해보려고 하지는 않을 거예요."

황궁에서 이런 말을 한다는 것은 정말 간 큰 행동이었다.

평소에 명랑하고 솔직한 성격의 이 귀빈도 판시엔의 말에 조금은 부자연스럽게 웃었다. 그렇지만 그녀의 가장 큰 걱정은 황실에서 누군가 3황자를 해치려고 하는 의도가 있는지였는데 판시엔의 말을 들으니 제법 안심이 되었다.

"공디엔은 이미 체포되었다고 하더구나."

판시엔은 전혀 놀랍지 않았다. 황제가 암살을 당할 뻔한 그때, 황제의 근접 호위를 맡고 있는 공디엔이 그 자리에 없었다는 것은, 그 이유 하나만으로도 그를 바로 땅에 묻어 버릴 수 있었다.

하지만 판시엔은 그의 죗값보다는 그가 그때 무엇을 했는지가 수상했다.

"공디엔은 그때, 징두에서 40리나 떨어진 뤄저우(洛州, 낙주)에 있었다더구나……그는 황제의 명을 받아 일을 처리하러 갔다고 말한다던데……."

이 귀빈도 의심스러운 말투로 이야기를 전했다.

'황제의 명'이라는 핑계라도 그의 죄를 씻을 수도 없었고, 그 핑계를 황제가 인정해 주지도 않을 것이었기 때문이다.

"무슨 일을 하러 갔는지에 대해서는, 감사원이 이틀 동안이나 조사를 했음에도, 공디엔이 입을 열지 않는다고 하더구나."

"공디엔은 바르고 곧은 사람인데, 그런 바보 같은 핑계를 대고 있다는 건, 정말 의외네요. 설령 폐하께서 그런 명을 내렸다 하더라도, 지금 상황에서는 폐하께서도 부인해 버릴 게 뻔한데, 결국 공디엔은 스스로 명을 재촉하는 것밖에는 안 될 텐데요."

"이번 일에……우리는 신경 끄자구나."

이 귀빈은 판시엔의 대담한 발언에 여전히 적응하지 못한 채 긴장하며 최대한 조심스럽게 말을 했다.

"저나 이모나, 어차피 관여할 자격은 없지만……그나저나 예중 집안은 망했네요……자객의 신분은 밝혀졌대요?"

"듣자 하니, 호위대에 잠복해 있던 자객은, 서호(西胡)의 좌현(左賢)왕 집안 자객이라고 하더구나. 경국에 잠입한 지 벌써 14년이나 되었다고……."

"뜬금없이, 서호? 어떻게 그렇게 오랫동안이나 발각이 안 되었지?"

"이야기가 길더라고."

이 귀빈은 들은 내용을 자세히 설명해 줬다.

그제서야 판시엔은 홍 태감에게 죽은 서호 자객이, 경국과 서호가 화친을 맺을 때 서호에서 보내온 '가짜 공주'의 후손이라는 것을 알게 되었다. 사실 당시 서호와의 화친 문제는 매우 유명했는데, 서호가 경국에게 무참히 깨지다가 참지 못해 굴욕적으로 신하가 되길 청하였고 그 증표로 몇몇 후손들을 경국으로 보냈으나, 오히려 경국에서 거절당해 돌려보내졌다.

지금 보니 그때 한 명의 서호 고수가 몰래 경국에 잠입해 남아 있었던 것이다.

"경국에 잠입을 성공했다고 해도, 황실의 호위대가 되는 건 다른 문제잖아요? 당시 책임자가 누구였대요?"

"이미 저세상 사람이 되어서, 조사할 수가 없다고 하네."

판시엔은 조용히 생각하다 화제를 바꿔 말했다.

"그래도 비수로 공격하려 했던 작은태감은 죽지 않았으니, 감사원이 충분히 조사할 수 있었을 텐데요?"

"그 부분의 보고서는 이미 나왔는데, 작은태감은 15년 전에 징두에서……피바람이 불 때, 죽은 왕공(王公) 집안의 하인이, 몰래 데리고 도망친 아이라더구나. 당시 그 태감은 태어난 지 얼마 안 되어, 이름도 올려져 있지 않았고……데리고 도망친 하인이 자살하는 바람에, 징두 외곽의 이름 없는 농부의 손에서 크다, 후에 황실의 태감이 되었다고……."

"복잡하네요. 근데 비수는 또 어떻게 숨겼대요?"

판시엔이 생각하기에 이것이 진짜 문제였다. 작은태감이 혼자서 이 정도까지 치밀하게 계획을 짜는 건 불가능했기 때문이다.

"3년 전에 현공 사당으로 국화 감상하러 갔을 때, 그 태감이 꼭대기 층의 청소를 맡았었는데, 그때 숨겨 놨다고 조사가 되었다네. 감사원이 비수를 제작한 곳을 찾아서, 시간을 확인했다고 해."

판시엔은 이 귀비가 말한 15년 전 사건을 잘 알고 있었다. 황제, 천핑핑 그리고 아버지가 어머니의 복수를 하기 위해 일으킨 사건으로, 왕공 집안을 포함해 얼마나 많은 사람이 죽었는지 모르며, 심지어 황후의 가족들도 모두 죽임을 면치 못했다.

작은태감도 그와 관련되었다고 생각하니, 더욱 그 배경이나 배후가 의심되기 시작했다.

서호, 왕공……각각의 사건으로 보면, 모두 충분한 동기와 용기가 있을 듯 보이지만, 정작 가장 중요한 문제는, 이들이 어떻게 같은 시간, 같은 장소에서 일을 벌이게 되었냐는 것이다.

"다시 돌아가서, 예중의 예씨 집안에서는 반응이 없나요?"

"무슨 반응을 보일 수 있겠니? 예중은 이미 여덟 차례나 죄를 고하는 상주문을 올렸고, 딩저우로 돌아가지도 못하고, 저택에만 조용히 머물러 있다고 하더라고. 이미 집안의 사병들도 모두 징두 관아로 보냈고, 조용히 폐하의 처분만을 기다리고 있단다."

"폐하의 처분이라……집안이 망하게 생겼으니, 어쩌면 해결을 위해, 예류윈이 징두로 돌아올 수도 있겠네요."

이 귀빈이 말을 이으려는 찰나, 매화 정원 쪽에서 인기척이 들리자 둘은 약속이나 한 듯 급히 화제를 바꿨다.

판시엔은 포월루 사건부터 언급하며 이 귀빈의 친정 집안 자녀들이 다친 것에 대해 유감의 뜻을 표했고, 이 귀빈은 현재 신분이 자신의 집안을 넘어 국공(國公) 집안 전체를 대표하고 있기에, 자기 아이를 일깨워준 점 그리고 더 큰 잘못으로 나아가지 않게 해 준 점에 대해 감사의 뜻을 전했다.

그리고 이 귀빈은 재빨리 일어섰다.

"무슨 이야기했어? 항상 쾌활한 이 귀빈이 오늘따라 긴장돼 보이던데……."

완알은 3황자를 데리고 멀어져 가는 이 귀빈의 뒷모습을 보며 호기심 어린 눈빛으로 물었다.

"아이가 컸으니까, 이제 좀 바뀌어 가는 거지 뭐. 우리도 아이를 가지면 이해하게 되지 않을까?"

완알은 안 그래도 아무 소식이 없는 것에 혼자 속앓이를 하고 있었기에 급히 말을 돌렸다.

"황궁 밖의 분위기는 어떻대? 천지가 뒤집혔을 것 같은데."

"바람이 차네. 빨리 들어가자."

판시엔은 말을 하려다 멀리 있는 태감과 궁녀들을 한번 보고 태연하게 말을 돌렸다. 방 안으로 들어온 판시엔은 침대에 누워 한참을 생각하다 마침내 입을 열었다.

"네 생각에는, 예씨 집안이 이번에 어떻게 될 거 같아? 공디엔이 폐하의 명을 받아 뤄저우에 갔다는 말은, 거짓은 아닐 텐데……다만 폐하께서 직접 명을 내린 것은 아닐 거야. 왜냐하면 공디엔이 지금 '폐하의 명'을 핑계로 삼고 있다는 건데, 진짜 폐하께서 명을 내렸다면, 그런 말을 할 수 없거든."

셋 외에는 아무도 없는 침실이었지만 판시엔은 목소리를 더욱 낮추며 말을 이었다.

"그럼 황제의 명의로 성지를 내릴 수 있는 유일한 사람은 태후인데, 참 황당하고도 절묘하단 말이야. 태후가 '황제 명의로 성지'를 내려 공디엔이 폐하 곁에 없을 때, 폐하 암살 시도 사건이 일어났다? 그럼 결국 공디엔의 말은, 태후가 자기의 아들을……근데 공디엔이 이 말을 입 밖에 냈다? 삼족이 멸할 만한 발언인데……."

판시엔뿐 아니라 완알과 뤄뤄 모두 태후가 그런 멍청한 수를 쓸 사람도 아니고, 공디엔도 함부로 행동할 사람이 아니라는 것을 알고 있었다. 완알이 입을 열었다.

"그럼 결국 공디엔을 뤄저우로 보낸 것은, 태후와 황제가 같이 계획한 거라는 말이지? 최소한 폐하께서 암묵적으로 동의를 했다?"

뤄뤄가 의혹을 제기했다.

"근데 왜 그렇게 한 거지?"

판시엔은 차가운 목소리로 추측했다.

"공디엔은 현재 금위군 통령에, 또 예중의 제자이기도 하지. 그가 이번에 실권하면, 예씨 집안도 실권하게 되겠지."

"예씨 집안은 줄곧 충정을 보여 왔는데, 왜 폐하께서……."

완알은 친구인 예링알이 떠오르며 걱정된 듯 말했다. 하지만 이쯤 되니 세 명 모두 대충 사건의 전말을 이해하게 되었다.

판시엔은 탄식하며 말했다.

"만약 폐하께서 뭔가 의심하기 시작했다면, 무슨 이유이든, 예중이든, 공디엔이든, 징두의 중요 지점을 수비하게 맡길 순 없겠지……내 생각에 관건은, 예씨 집안에는 어쨌든 대종사인 예류원이 있는데, 황제에겐 눈엣가시 같았을 거야. 마음대로 하기가 불편하니까. 하지만 역설적으로, 이 정도로 황실의 체면까지 깎아내리는 명분이 아니라면, 예씨 집안을 정리할 수 없는 것이었겠지."

판시엔은 눈썹을 치켜 올리며 말했다.

"다만 내가 이해가 안 되는 건, 예씨 집안과 공디엔의 몰락을 보면서, 많은 신하들이 의심하고, 황실에 돌아설 것을 예상했을 텐데, 황실에선 그런 건 안중에도 없는 건가?"

린완알은 아직 믿을 수가 없었다.

"근데 폐하께서, 근본적으로 예씨 집안을 의심할 이유가 뭐가 있어?"

"폐하께서 2황자와 예링알의 혼사를 정하셨잖아……그때 예중은 혼사를 거절하거나, 징두 수비의 위치에서 내려왔어야 했어. 폐하께서 황자와 신하에게 그렇게 큰 권력을 줄 수 있을까? 내가 자기와 혼사를 치른 후, 장인어른이 재상에서 내려오신 것을 생각해 봐. 만약에 재상 어른이 재상직을 고집하셨으면, 지금 어떻게 되셨을까?"

"결국 현공 사당의 폐하 암살 사건은, 폐하께서 스스로 벌인 일이다?"

판시엔도 손안에 증거가 없었기에 확신까지 할 수는 없었다.

"폐하께서 전체를 다 계획했는지, 그중 하나만 계획했는지는 잘 모르겠어."

"폐하는 위험을 즐기시는 분은 아니라……하셨더라도 기껏해야 산불 정도 계획했을 것 같은데……."

완알의 이 말과 함께, 매우 무거운 분위기의 침묵이 흘렀다.

그렇다면 호위대에 잠입한 9품 고수, 작은태감 그리고 흰옷의 자객은 누구의 계획이란 말인가? 물론 셋 중 판시엔만 유일하게 흰옷의 자객을 누가 계획했는지 명확히 알고 있었다.

'절름발이 늙은이는 왜 황제를 죽이려 한 거야? 그리고 왜 날 이 꼴로 만든 거야?!'

판시엔이 무거운 침묵을 깨고 입을 열었다.

"너무 절묘해. 산불부터 여러 명의 암살 시도까지, 여러 가지 일이 너무 절묘하게 맞아 들어갔어. 하지만 아무리 생각해도, 한 사람이 이렇게 절묘하게 일을 계획할 수는 없어."

그리고 마지막으로 판시엔은 혼잣말을 중얼거렸다.

"확실해. '신선(神仙)의 국면(局)'이라 불리는 우연의 일치야. 폐하께서도 이렇게까지 될지는 몰랐던 거야."

황궁에서 얼마 떨어지지 않은 음산한 건축물 안 밀실에서, 천핑핑은 침묵으로 일관하고 있었다. 7명의 처장은 무슨 말을 해야 할지 몰랐는데, 판 제사의 행동이 아니었다면 감사원도 그 책임을 피할 수 없었기 때문이었다.

한참의 침묵 뒤, 4처 처장 옌빙윈이 먼저 입을 열었다.

"서호가 호위군에 매복시킨 9품 고수, 15년 전 '피의 밤'에 도망친 작은태감, 황제께서 '스구지엔의 동생'이라 명한 흰옷의 검객, 이들이 서로 모의했다는 흔적이나 증거가 없습니다. 그리고 산불이 '고의적인 방화'는 맞는데, 누가 했는지는 밝혀지지 않았습니다."

6처 처장인 '그림자 대인'은 공식적으로 회의에 나타난 적이 없기에, 6처 처장의 '대리'가 의혹을 제기했다.

"'스구지엔의 동생'이라는 것도, 폐하께서 말씀하신 것이지만……소문만 무성할 뿐, 그가 실존 인물인지조차도 모르겠습니다."

정보 수집을 맡고 있는 2처 처장은 수치스러웠지만 단호하게 말했다.

“정보도, 흔적도, 없습니다. 소관의 능력 부족이라고 말할 수도 있지만, 감히 말씀드리는데, 그들은 서로 모르는 관계인 것 같습니다.”

쳔핑핑은 부하들의 말을 들으며 속으로 생각을 정리하고 있었다.

‘불이야 폐하께서 계획하신 거니, 아무도 모르는 게 당연하고. 문제는 9품 고수와 작은태감인데……그들이 갑자기 튀어나왔단 말이야…….’

그는 천천히 눈을 뜨며 짧게 말했다.

“‘신선의 국면’이야, 우연의 일치일 뿐이야. 너무 많이 생각할 필요 없어.”

‘신선의 국면.’

상식과 이성만으로 판단할 수 없는 변수들의 조합.

쳔핑핑에게는 익숙한 내용이었고, 감사원에는 책으로 다섯 권에 이를 만큼의 ‘신선의 국면’ 사건들이 기록되어 있었다. 현공 사당의 황제 암살 사건도 그중 하나인 듯 보였다.

황제는 예씨 집안이 껄끄러워졌고, 예중의 사제인 공디엔과 함께 실권시키기 위해, 태후가 ‘황제의 명의’를 빌려 공디엔에게 뤄저우로 가라 명령을 내렸고, 그 사이 사당에 방화를 해 징두 수비와 호위 통령에 죄를 씌웠다.

불이 난 틈, 호위 통령이 없는 틈, 홍 태감마저 태후를 호위하느라 밑으로 내려간 틈을 타, 십몇 년 동안 복수의 기회를 엿보던 서호의 자객이 손을 썼다.

자객의 공격이 흰옷의 검객에게 좋은 기회를 부여했고, 그 검객의 공격으로 황제의 등이 눈앞에 온 작은태감이, 15년의 복수를 할 절호의 기회라 생각한 것이다.

동기도 다르고, 사전 모의도 없었지만, 목표는 같았다.

그리고 황제가 짠 '방화 계획'은 그들 모두에게 '둘도 없는 기회'로 다가왔던 것이다.

깊은 밤 광신궁에서, 판시엔은 침대에 누워 나부끼는 비단 장막을 보면서 잠을 이루지 못하고 있었는데, 마치 그 장막 뒤에 진상을 노려보고 있는 사람처럼 보였다. 이윽고 그는 혼잣말을 시작했다.

입술은 움직이고 있었지만, 소리는 나지 않았다.

"서호의 자객, 작은태감 다 좋은데 그림자 대인은? 지금까지 그의 얼굴을 본 사람이 없다는 6처의 처장, 경국에서 가장 뛰어난 자객. 신선의 국면? 그렇다면 신선은 그 절름발이 노인네겠지. 폐하께서 예씨 집안을 칠 거라는 건, 북제에서 2황자와 예링알의 혼사를 듣고도 예중의 움직임이 없을 때부터 예상되는 일이었고. 더구나 황제는 최근에 내가 2황자와 대립한 것, 내년에 내고를 이어받으면서 신양 쪽과 부딪힐 것 또한 고려는 했겠지. 이 상황에서 대종사가 배경인 예씨 집안을 그대로 두면, 2황자와 장 공주 쪽에 힘이 너무 실리게 되고, 그렇다면 결국 나와 그들과의 싸움이 더 격해질 거니까. 다만……."

판시엔은 잠시 쳔핑핑의 진짜 의도를 생각하다 다시 입술을 움직였다.

"당신은 지금 무슨 생각을 하는 거야? 내가 찾아가서 따지면, '2황자와 장 공주와 대립하며, 네가 폐하의 계획보다 너무 급히, 너무 철저히 해 버리면서, 폐하의 의심을 샀고, 그 문제는 내가 해결한다고 하지 않았니?' 정도로 이야기하겠지. 그래서 그림자 대인을 보내, 자객인 듯 꾸미고, 나를 영웅으로 만들겠다?"

판시엔은 의심을 거둘 수가 없었다.

"그렇게 간단하다고?"

무엇보다 이런 방식이 천핑핑의 성격이나 방식과는 어울리지 않았다.

"만약에 진짜 황제를 암살하려 했다? 충직한 개가 왜 갑자기 마음이 바뀌었냐는 문제는 차치하고서라도, 이렇게 허술하게 할 리가 없잖아. 그렇다면 황제를 대신해서 이 사건에 황자들이 어떻게 대처하는지 떠본다? 그건 너무 위험하기도 하고, 너무 오지랖을 떠는 거 아니야? 그리고 '그림자 대인'을 이용한다? 그럼 내가 알아도 상관없다는 건데……."

판시엔은 아무리 생각해도 정확한 진상을 알 도리가 없었는데, 다만 천핑핑이 자신에게 무언가를 숨기고 있다는 것 그리고 그것을 자신이 꿰뚫어 볼 수가 없다는 것만은 확실하다고 생각하며, 불편한 마음으로 억지로 잠을 청했다.

"신선의 국면이라는 게 어디 있겠나?"

천핑핑은 바퀴의자에 앉아 숲에 있는 맹인 청년을 바라보고 말을 이었다.

"일이란 건 다 사람이 만들어 내는 거야. 우연한 변수가 있다 해도, 어느 정도 예상할 수는 있지. 만약에 그렇지 않다면, 폐하께서는 이미 돌아가셨을 거야."

"나도 우연을 믿지 않는다."

우쥬는 여전히 무표정하게, 짧게, 명료하게 말했다.

"서호 자객과 작은태감의 존재는, 오래전부터 알고 있었지. 하지만 이번에 그들 때문에, 자칫하면 내 계획이 망쳐질 뻔한 건 사실이야……그렇지만 근본적으로 황제의 안위는 문제가 없었다네."

"너의 말에는 '너의 주인'에 대한 충정심이 충분하지 않다."

천핑핑은 크게 한번 웃었다.

"난 폐하에게 진짜 충성한다네. 하지만 폐하의 진정한 이익을 위해서, 폐하께서 약간 놀라시는 정도는 개의치 않을 뿐이야."

"진정한 이익? 충분히 성숙하고 실력 있는, 감사원 미래의 주인?"

우쥬가 오늘 말이 많은 것은, 그래도 쳔핑핑과의 사이가 제법 오래되었기 때문인 듯 보였다.

"정치는 음모와 계획의 과정이지. 폐하께서 예씨 집안을 정리하려면, 산불 한번 놓는 걸론 충분치 않았을 뿐이야."

"'너의 주인'이 사건의 모든 진상을 알고도 너를 믿을까?"

"말했지만, 폐하에게 이익만 있다면, 날 믿고 안 믿고는 중요한 일이 아니야."

우쥬는 쳔핑핑이나 페이지에 모두 이런 종류의 변태라는 것을 이미 알고 있었다.

"'그'가 죽을 뻔했다."

쳔핑핑은 우쥬의 입에서 영원히 '폐하'라는 말을 들을 수 없다는 것을 이미 알고 있었다.

"폐하께서는 돌아가실 수 없었다니까. 그 부분은 내가 확신하지. 그리고 '그'도 마지막 패가 있다는 걸 알잖나? 물론 영원히 나에게 보이지는 않겠지만."

"'그'의 생사는 내 관심사가 아니다. 나는 '그'가 죽을 뻔했다고 말했다."

두 명의 '그'. 둘의 말은 엇갈렸다.

쳔핑핑은 그제서야 우쥬의 '그'를 알아듣고, 쓴웃음을 지었다. 하지만 동시에 가슴 깊이 싸늘한 한기가 올라왔다. 그는 판시엔이 중상을 입었다는 사실에 우쥬가 화가 났다는 것을 알고 있었기 때문이다.

우쥬는, 쳔핑핑도, 막을 수가 없다.

쳔핑핑은 급히 해명하듯 말했다.

"판시엔은 자신이 너무 빨리 커버린 것에 대해, 황제가 자신을 견제하거나 의심할 수 있다고 걱정했었네. 그래서 내가, 그것을 한번에 깔끔하게 정리해 주려고 이 일을 꾸민 거야……물론 시작은 내가 했지만, 결말을 예상하지 못했을 뿐이네."

마지막 문장은 당시 아가씨가 입에 달고 다니던 공염불 같은 말이었다. 잠시 어떤 기억이 떠올랐는지 천핑핑은 살짝 웃고서 다시 말을 이었다.

"'그림자'의 뜻도 좀 있는데, 그는 항상 자네와 한번 대련해 보고 싶어 하는데, 자네가 기회를 주지 않았잖아? 그리고 판시엔이 쫓아가서 이렇게 중상을 입지 않았으면, 내가 계획했던 효과도 반감되었을 거고."

"'그림자'를 불러라. 지금 기회를 준다."

천핑핑은 우쥬의 말에 하마터면 숨이 멎을 뻔했다.

한참 기침을 멈추지 못하다 겨우 진정하고 양손을 앞으로 펼치며 말했다.

"그도 '의외'였어."

"'의외'였으면, 내가 도착하기 전에 왜 도망갔지?"

"그건 내가 시킨 거네……자네가 손을 써서 그 친구에게 정말 '의외'의 사고가 생길까 봐 그런 거야……만약에 자네가 그 친구마저 죽여버리면, 이 늙은이가 어떻게 목숨을 부지할 수 있겠나?"

우쥬는 말을 하지 않았지만 나부끼는 검은 천이 그의 불만을 표시하는 듯 보였다.

"내가 죽고 나면, 그림자는 '그'에게 충성할 거야."

천핑핑은 엄숙하게, 그리고 진지하게, 말했다.

우쥬는 판시엔이 이 보상을 받아들일 수 있을까 잠시 생각하는 듯 보였다. 하지만 얼마 지나지 않아, 판시엔 같은 권력 지향적인 인간은 이 '보상'을 받아들일 수 있을 거라 판단하고 화제를 돌려 말했다.

"남쪽에서 날 찾았을 때 좋은 구경시켜 준다고 말한 게 이건가?"

"판시엔이 자네가 남쪽에 갔다 말했을 때, 날 속인다고 생각했는데, 자네가 진짜 남쪽에 있을지는 몰랐어. 그거야말로 우연의 일치 아닌가? 그리고 구경은 사실 제대로 못 시켜줘서 아쉽네. 내가 판시엔의 실력, 그리고 판지엔의 몰염치함을 과소평가했어. 판지엔은 폐하께서 고의적으로 방화한 것을 알고 있었음에도, 판시엔을 꼭대기 층으로 올려 보내, 폐하를 구하라 시켰어."

"태후를 죽이려고 했나?"

"태후는 어쨌든 판시엔에게 친할머니 아닌가? 그리고 당시에 태평별원에 지원군을 보내진 않았지만, 그렇다고 직접 참여하지도 않았고……최소한 그녀가 관여한 증거를 나는 찾지 못했네."

"증거가 나오면, 내가 죽인다."

우쥬가 죽인다면, 반드시 죽인다.

쳔핑핑은 황급히 말을 했다.

"우쥬, 자네가 천하에서 가장 무서운 인물임을 부인하지 않지만, 국가의 역량이라는 것을 너무 과소평가하지는 말게. 그리고 난 감사원 원장으로서, 천하의 안정이라는 측면을 고려해야만 하네. 그건 아가씨의 바람이기도 하지 않았나? 그러니 그 재미없는 일은 내가 하게 해 줘."

"그럼 뭘 구경시켜 주려 했나?"

"어차피 상연도 되지 못한 연극이고, 다시 상연할 수도 없는데, 그게 무슨 의미가 있나?"

우쥬도 근본적으로 호기심이 많은 사람은 아니었기에, 더 이상 추궁하지 않고 돌아서 떠날 준비를 하였다.

쳔핑핑은 그의 등을 보며 아쉬운 듯 말했다.

“자네가 도련님을 데리고 딴저우로 간 후, 처음 보는 건데……17년을 못 봤는데, 이렇게 빨리 가려고?”

“건강해라.”

짧은 말이었지만, 그의 입에서는 아주 듣기 힘든 말이었기에 천핑핑은 다소 마음이 따뜻해졌다. 그가 떠나자 천핑핑은 진원(陳園)의 하인을 시켜 바퀴의자를 끌게 하였다. 천핑핑은 비교적 만족스러운 표정으로 숨을 짧게 내뱉고는 말했다.

“서만 호위와 작은태감. 그 둘의 인내심은 대단했지. 하지만 내가 결국 유혹해서 손을 쓰게 만들지 않았나……? 나도 대단하지 않아? 그리고 그 둘에게는 진짜 감사해야겠어. 판시엔이 올라오는 걸 보고 겁나서, 그들이 손을 쓰지 않았으면, 이 연극은 더 재미없어 질 뻔했는데.”

“원장 대인의 계획은 역시 치밀하십니다.”

“쉴 새 없이 일하는 게 내 운명인가? 항상 폐하를 위해서 매복해 있는 첩자나 자객을 찾아줘야 하니……그러니 기껏해야 폐하의 개 아니겠나?”

제2장

황제 접견

판시엔이 황궁에 머무는 동안 서리는 점점 더 무겁게 내려앉고 있었다. 하늘에서 당장이라도 눈이 내릴 것 같던 어느 날, 판시엔의 강력한 요구로 황제는 그가 집에 돌아갈 수 있도록 윤허해 주었다.

출궁하는 날 마마님들은 앞다퉈 선물을 보내 주었는데, 태후도 십여 년 동안이나 가지고 있었던 진귀한 보석을 선물했다. 하지만 모두 판시엔 건강보다는 그녀들의 평판을 신경 쓰는 듯했다.

마차가 판씨 저택에 이르니 입궁하지 못한 스스가 걱정된 마음에 오히려 허둥대고 있었는데, 붉어진 스스의 얼굴을 보고서 판시엔은 농담조로 몇 마디 건넸다. 그리고 고개를 돌리니 아버지와 류씨가 침착하게 서 있었다.

"아버지, 돌아왔습니다."

상황은 판시엔의 예상대로 흘러가고 있었다.

예류윈은 징두로 오지 않았다. 그 의미는, 그가 이미 황제의 처분을 받아들였다는 것이다. 예씨 집안은 징두 수비에서 물러났고, 예중은 딩저우로 돌려보내 졌지만, 작위나 공은 그대로 인정되었고, 상은 오히려 더 많이 내려졌다.

어리석었지만, 어찌 보면 귀엽게도 보이는 공디엔은, 이보다 더 큰 죄를 지을 수는 없었지만, 그저 관직을 박탈당했을 뿐이었다.

예씨 집안은 억울했지만, 경국의 미래를 위해서 기꺼이 희생을 받아들였다. 오히려 징두에서 멀어지는 것이 반드시 나쁜 일만은 아니라고 생각도 하였다. 진정으로 실망한 곳은 예씨 집안과의 결혼을 앞둔 2황자 그리고 신양의 장 공주였다.

"진짜 황당하네."

판시엔은 무티에가 가져온 보고서를 읽고서 고개를 내저었다. 징두 수비는 예상대로 추밀원을 맡고 있는 친씨 집안의 친형이 맡게 되었고, 공디엔이 겸직하고 있던 황제의 근접 호위와 황실 호위 금위군 통령은 둘로 분리되었는데, 근접 호위는 임시로 공석이 되었다.

진짜 황당한 것은, 원래 금위군 통령으로 거론되던 홍 태감 대신 대황자가 그 자리를 맡은 것이다!

현생에서든 전생에서든 황자가 금위군 통령을 맡은 경우는 없었다. 황자에게 황실의 군대를 맡기는 것인데 고양이에게 생선을 맡기는 꼴이 되기 때문이다. 심지어 그 황자의 어머니는 동이성 출신이었다.

만약에 대황자가 반역이라도 꾀한다면?

'황제와 절름발이 늙은이, 둘 다 무슨 생각인 거야?'

하지만 지금 당장 판시엔에게 가장 무서운 존재는 황실의 의원 태의였다. 태의는 그날 판시엔의 외과 수술을 보고 충격도 받고 감탄도 해서 그의 의술을 꼭 배워야겠다고 결심했고, 판시엔이 모든 사람의 병문안을 거절하고 있는 이 시국에 매일같이 찾아와 서재에 앉아있었던 것이다. 태의는 판지엔이 뜨거운 차 대신 냉수를 가져다주며 눈치를 주었는데도 모르쇠로 일관했다.

'지혈도 해결 안 된 이 세상에서, 개복 수술을 알려 달라고? 소독은? 마취는? 아이고…….'

또 한 명의 불청객도 있었는데 천하의 판시엔도 그를 거절할 수는 없었다. 바로 대황자. 대황자는 황제가 그에게 맡긴 금위군 통령이 적절치 않고 대신 옌샤오이가 다시 돌아와 맡아야 한다고 생각했기에, 판시엔에게 적절한 방법을 상의하기 위해 온 것이었다. 대황자는 솔직하고 진실된 마음이었지만 사실상 그 일은 판시엔이 할 수도, 해서도 안 되는 일이었다.

하지만 나쁜 일이 있으면 좋은 일도 있는 법.

화원 밖에서는 일곱 명의 익숙한 사람들이 등에 모두 긴 칼을 메고 서 있었다. 황제의 비밀 군사 조직 호위(虎衛)의 수장 가오다가 예를 올리며 말했다.

"소인, 제사 대인을 뵙습니다."

"빨리 일어나서 아버지께 인사 먼저 드리고 와. 그리고 나에게는 그렇게 어렵게 하지 마. 모르는 사이도 아닌데."

태의의 방문은 불편했지만 영원히 문전박대할 수는 없었다. 고민을 하던 판시엔은 태의에게 책을 하나 써 주기로 했고, 그날 수술을 맡았던 뤄뤄를 자기 대신 태의원에 보낸 후, 이후 페이지에 스승이 돌아오면 다시 상의하겠다는 정도로 마무리하였다.

태의는 비교적 만족한 듯 보였는데 문제는 뤄뤄의 '의사'였다.

"오라버니, 내가 그날 오라버니 말대로 하긴 했지만 내가 실제로 아는 게 없잖아?"

"어쩔 수 없잖니……내가 우선 고온 소독과 감염 격리 방법에 대해 써 놓을 거니까, 스승님이 오시면 다시 이야기하자. 이참에 너도 좀 배워 두고."

판뤄뤄는 잠시 어리둥절해 보였지만 이내 환한 얼굴로 힘을 주어 고개를 끄덕였다.

판뤄뤄의 의외의 재빠른 승낙에, 오히려 판시엔이 더 놀랐다.

"오라버니가 항상 스스로 좋아하는 일을 찾으라고 했잖아. 그날 밤 내가 한 일은 없지만, 오라버니가 살았을 때 얼마나 기뻤는지 몰라……사람의 목숨을 구한다는 게, 그렇게 즐거운 일인지를 몰랐어. 사실 오라버니가 오늘 태의원에 들어가라 이야기하지 않았으면, 내가 먼저 오라버니에게 의술을 가르쳐 달라고 할 작정이었어."

판시엔은 입이 떡 벌어져 한참 동안 말을 하지 못했다.

'경국에서 첫 번째 여자 의원이, 이렇게 탄생하는 건가……스승님이 여자 제자도 받나? 그럼 편작(扁鵲), 풍화(風華) 중에 누가 되는 거지? 내가 지금 무슨 소릴 하는 거지? 편작 같은 그런 여자 괴물 의원이 되면 안 되지! 당연히 풍화 같은 아름다운 서왕모(西王母)가 되어야지!'

징두에 첫눈이 내렸다. 작은 눈꽃이 땅에 떨어지는 대로 녹아 없어지고, 민가에선 찾아온 한기를 녹이기 위해 난방을 하느라 집집마다 검은 처마 위로 연기가 피어오르고 있었다.

평범한 마차 한 대가 징두의 골목을 돌고 돌아 외진 곳의 작은 저택에 도착했다. 덩즈위에는 판시엔을 안고 마차에서 조심히 내려 바퀴의자에 앉히고 저택 안으로 들어갔다.

판시엔은 저택으로 들어가며, 옆 눈길로 감사원 관원 수운마오(蘇文茂, 소문무)의 지휘 아래 장작을 패고 있는 젊은이를 보고, 살짝 놀랬다. 그의 얼굴은 어딘지 모르게 낯익었고, 추운 겨울임에도 상반신은 탈의하고 있었다.

"스리리 동생?"

"스 아가씨가 북제의 황궁으로 처소를 옮긴 후, 안전을 위해 여기로 거처를 옮기게 했습니다."

이 작은 저택은 판시엔의 유일한 비밀 장소였는데 왕치니엔 조직원들 외에 쳔핑핑 정도만 알고 있었다. 황제가 특별히 비밀 호위를 판시엔에게 붙여준 것은 감사할 일이었지만, 이제는 황제에게도 이곳이 알려질 거라는 것은 피할 수 없었다.

"스 공자가 제법 우악스럽습니다……누나를 위해 경국까지 도망쳐 온 것을 보면, 이곳에서도 도망칠 가능성을 배제할 수는 없습니다."

판시엔은 주먹을 쥔 손으로 입을 가리며 가볍게 기침을 하고서 지시했다.

"잘 지켜봐. 조짐이 이상하면, 그냥 죽여."

덩즈위에는 담담히 '네' 대답한 후 바퀴의자를 밀며 저택 안으로 들어갔는데, 안에 기다리고 있던 감사원 관원들이 보기에 또 한 명의 감사원 원장이 나타난 듯한 착각을 불러일으켰다.

판시엔이 이곳에서 하는 일은 왕치니엔 조직원들에게 명령을 전달하고, 북제 샹징과의 서신을 주고받는 일이었다. 다만 사용 빈도가 적어서 그런지, 추운 겨울 임에도 방 안에 한기가 남아 있어 붓과 먹물마저 얼어버리는 바람에, 오늘은 연필을 사용할 수밖에 없었다.

연필은 내고에서 생산 판매되는 것인데 몇 년간 생산이 중단되면서 귀한 물건이 되었다. 그래서 판시엔은 덩즈위에에게 연필을 빌릴

때 그의 불편한 기색을 느끼고, 다시 한번 내고를 빨리 정상화해야겠다는 생각이 들었다. 그리고 연필로 쓴 글은 고쳐질 수 있었기에 최대한 애매모호한 표현과 비밀 언어를 쓰기로 했다.

오늘 왕치니엔에게 쓸 편지는 췌씨 가문과 관련된 것인데, 판시엔의 행동으로 징두에서 많은 세력을 잃은 췌씨가 그 물건을 다시 밀수로 북제에 가지고 갔지만, 그곳에서도 판시엔의 계획에 따라 판로가 막히면서 재고품이 쌓여만 가는 상황이었다.

그 양이 내고의 연 생산량의 6분의 1이나 된다고 하니, 그동안 얼마나 많은 돈을 장 공주와 2황자가 횡령했었는지 짐작이 되었다.

'이제 밥을 먹자.'

이 말로 판시엔은 편지를 마무리 지었다.

두 번째 편지는 하이탕 둬둬에게 쓰는 것이었다. 조금은 무례하게, 조금은 자극하듯이 써 내려갔다. 이미 북제까지 소문이 났겠지만 그래도 최근에 있었던 현공 사당 사건도 재미 삼아 알렸는데, 사실 그 중간중간에 드러나지 않게, 북제의 췌씨 집안을 정리하기 위한 행동을 시작할 것이니 북제의 황실과 하이탕도 움직여 달라는 내용을 추가했다. 그리고 편지지를 봉하는데, 친구인 하이탕에게 너무 공적인 이야기만 딱딱하게 하는 게 마음에 걸려 종이 한 장을 더 꺼내 편하게 글을 쓰기 시작했다.

둬둬, 잘 지내? 앞에 편지는 일 이야기였고, 이 편지는 친구로 몇 마디 하는 거야. 오늘 징두에는 첫눈이 왔는데, 예년보다 좀 빨리 온 편이야…… 그리고 내 제자가 최근에 포월루라는 기방을 운영하기 시작했는데, 장사도 잘되고 음식도 아주 맛있어……샹징에서 네가 데려간 곳이 생각나는데, 내가 그날 쓸데없는 말을 너무 많이 했지……언제 경국에 한번 놀러 와. 아내도 널 많이 궁금해하고……그리고 편하게 그냥 말하는데, 너의 그 〈천일도〉

를 외부인에게도 전수해 줄 수 있나? 최근에 그 수련법에 대해서 관심이 생겨서 말이야.

이건 자연스러운 질문 같았지만, 사실 개뻐다귀 같고 파렴치한 질문이었다. 어찌 쿠허의 문파에 들어가지도 않고 그 문파의 수련법을 배울 수가 있겠는가?

창밖의 눈은 점점 거세지는 것 같은데, 여기 밖의 '그 젊은이'는 여전히 장작을 패고 있어. 피가 끓어 오르나 봐……그리고 나 대신 '그놈'을 돌봐줘서 고마워. 여기까지 할게. 잘 지내.

사실 평범한 일상을 말하는 듯 보였지만 유용한 정보가 상당히 많이 담겨 있는 편지였다. 잠시 생각하다 마지막 한 줄을 더 추가했다.

왕치니엔, 다시 한번 이 편지를 훔쳐보면, 난 네 딸 목욕하는 것을 훔쳐볼 거야!

"오늘 하이탕 아가씨에게 보내는 편지가 두 통……?"
"자네는 너무 말이 많아. 모두 샹징으로 보내."
덩즈위에는 말없이 고개를 끄덕였다.
'제사 대인이 감사원의 비밀 통로를 이용해서 연애를……너무 사치스러운 거 아닌가?'

판시엔은 저택을 나와 마차를 타고 큰보배와 완알을 데리러 린씨 저택으로 출발했다. 마차 안에서 덩즈위에에게 얼마 전 선물과 함께 전달된 황제의 성지에 대해 물었다. 성지의 대부분은 선물의 목록과 쓸데없는 말이었는데, 마지막에 판시엔을 태학 사업(司業)과 태상사의 소경으로 봉한다는 내용이 있었던 것이다.

"태학 사업(司業)이라는 관직이 뭐야? 그리고 난 태상사에 머물지도 않는데, 왜 날 태상사의 소경으로 승격시킨 거지?"

"태상사 소경은 원래 두 분이신데, 런 소경과 이번에 임명된 제사 대인이시죠. 하지만 런 소경이 실제 소경 역할을 하시는 것이고, 대인께서 맡으신 직은 이름뿐인 직위일 뿐, 정4품에 해당합니다. 원래 감사원 제사의 직위는, 조정 대신을 겸직할 수 없지만, 다시 생각하면, 폐하께서 대인을 얼마나 아끼시는지를 표현했다고도 볼 수 있습니다. 옆에서 아무도 말을 대지 못했다고 들었습니다."

판시엔의 생각은 달랐다. 황제는 자신의 총애를 드러내기 위해 그런 일을 하는 사람이 아니었기 때문이다.

"이 두 가지 관직에……뭐 특별한 의미가 있는 건가?"

"태상사는 사당 관리 등 잡무를 담당하니, 입궁하기에는 좀 편리할 듯하고……태학 사업이라는 관직은, 사실 몇 년 동안 공석이었는데, 사실 저도 정확히는……아, 생각해 보니, 이전에 태학 사업은 황자들의 스승인 태부의 조수였던 것으로 기억이 납니다."

덩즈위에는 자신 없게 대답하였지만, 그 말을 들은 판시엔은 그제서야 황제의 의도를 짐작할 수 있었다.

'황자? 내가 태부의 조수가 될 만한 황자는 3황자뿐인데, 그럼 설마 나보고 3황자의 스승이 되라고?'

여기까지 생각이 이르자, 판시엔은 화를 내며 말했다.

"젠장, 나보고 매일 입궁하라고? 누군 놀고 있는 줄 아나?! 나 강남 가야 하는데, 이런 개 같은 일을 나보고 하라고?"

판시엔의 큰 소리에 마부도 놀란 듯 마차가 섰다.

하지만 판시엔이 장막을 열어보니 의외로 황궁 태감이 호위들을 데리고 눈을 맞으며 마차를 막아서고 있었다. 야오 태감이 바들바들 떨며 판시엔에게 말을 건넸다.

"대인, 종(奴, 태감이 자신을 낮춰 부르는 말)이 한참을 찾아다녔습니다……폐하께서 입궁하라 하시니, 빨리 절 따라오시지요."

"린씨 저택에 가는 중인데, 지금 이 늦은 시각에 무슨 입궁이야?"

'폐하의 명이 떨어졌는데, 이런 한가한 소리나 하는 신하가 어디 있단 말인가?'

판씨 저택을 가서 허탕을 치고 발만 동동 구르던 야오 태감은 다급한 목소리로 재촉했다.

"폐하의 명이 떨어진 지 너무 오래 지났습니다. 더 늦게 가시면, 폐하께서 기분이 더 나빠지실까 걱정이 됩니다."

"설마 안 가기야 하겠어?"

판시엔은 그제서야 눈보라에 떨고 있는 야오 태감을 마차에 태운 뒤 황궁으로 향했다.

"야오 태감, 솔직히 말해 봐, 무슨 일이야?"

"종이 어떻게 알겠습니까?"

"이 사람, 일을 형편없이 하는구만……음, 그럼 다른 걸 물어보지."

"대인 말씀하십시오. 제가 말씀드릴 수 있는 일은 다 말씀드리겠습니다."

"현공 사당 일로……그때 있던 태감들은 어떻게 되었어?"

야오 태감은 순간 정신이 번쩍 들며, 말 대신 손을 올려 자신의 목을 긋는 시늉을 했다.

판시엔은 태감 무리 중에 자객이 나왔으니 당연한 결과였기에 그리 놀라지는 않았다. 다만 이를 계기로 황궁 태감들의 세력 구도에 어떤 변화가 왔는지 궁금했을 뿐이었다.

“다이(戴) 태감은?”

“그는 나이가 있고, 폐하의 신임이 있는 터라……다만 태극전에서는 더 이상 시중을 들지는 못하고……저번에 조카 일로 궁에서 쫓겨날 뻔한 걸, 폐하께서 슈 귀비의 면을 봐서 살려준 것인데, 이번 일에 또 연루되다니……참 운도 없지요. 하던 일 다 뺏기고 곤장을 맞고서, 창고 관리직을 맡아, 추위에 떨면서 고생을 하게 되다니.”

“며칠 더 기다려 보자고. 폐하의 화가 좀 누그러지면, 다시 어떻게 해 보지. 지금은 목숨을 살린 것만 해도, 나쁜 결과는 아니야.”

판시엔은 짧게 위로를 하고 다시 물었다.

“그럼 지금 태극전은 누가 맡고 있어?”

“홍쥬(洪竹, 홍죽)입니다. 어린놈인데, 올해부터 태극전에서 일하기 시작했는데, 폐하께서 그의 일 처리를 맘에 들어 하십니다.”

“그럼 성지를 전하고 하는 것도 홍쥬가 하나?”

“아직 그런 자격까지는 안 됩니다.”

야오 태감은 재빨리 고개를 저으며 답했다. 이때 마차는 황궁의 문 앞에 이미 도착해 있었다. 판시엔은 몸이 불편하지만 그렇다고 마차를 타고 입궁할 수 있는 자격이 되지는 않았다. 멀리서 황궁 문을 지키던 금위군 한 명이 야오 태감에게 물었다.

“오늘 밤 원장 대인께서 입궁한다는 이야기는 못 들었습니다만.”

“판 제사 대인이네!”

“어서방으로 가는 게 아니야?”

“그게……침궁에 계십니다.”

판시엔의 표정이 일그러졌지만 뾰족한 수도 없었다. 당황한 야오 태감은 괜히 수행하는 다른 이들에게 천천히 가라고 소리친 후, 황후의 침궁이 아닌 이 귀빈의 침궁으로 향했다. 야오 태감이 먼저 가서 보고한 후 바로 판시엔이 들어갔다. 황제는 편안한 복장으로 따뜻한 침대에 앉아 이 귀빈과 이런저런 이야기를 나누고 있었고, 3황자는 그 옆에서 무언가를 베껴 쓰고 있었다.

"몸도 안 좋은데 어딜 그렇게 돌아다니나?"

황제의 관심 있는 꾸짖음을 들은 신하는 감격해 눈물을 흘리는 게 정상이었다.

판시엔이 정상은 아니다.

'진짜 관심이 있으셨으면 17년 동안 뭐하고 계셨을까요? 제 몸을 걱정하셨으면 지금 입궁하라 하셨을까요?'

하지만 판시엔은 감동한 표정을 지으며 침착하게 대답했다.

"몸은 많이 좋아졌습니다. 그리고 오늘은 완알을 데리러 린씨 저택에 가는 것뿐이었습니다."

"완알이 린씨 저택에 있나? 거긴 그 바보 외에는 아무도 없을 텐데?"

"판시엔, 몸도 성치 않은데 돌아다니면……판 상서가 곤장이라도 치면 어쩌려고 그래?"

옆에서 이 귀빈이 황제를 거들고 나섰다.

하지만 황제가 어이없다는 표정으로 대신 대답했다.

"판지엔? 그가 어떻게 저놈을 때리겠나?"

물론 우스갯소리였지만 다른 뜻도 담겨 있었다. 그 뜻을 아는 판시엔은 불편했지만 얼굴에는 미소를 지으며 말을 덧붙이지는 않았다. 황제는 3황자를 한번 쳐다보고 이어 판시엔에게 물었다.

"네가 태학에서 장모우한 글을 정리한 것을, 짐이 청핑에게 공부하라 시켰네. 태부는 조금 어려울 거라 하던데, 네가 보기엔 어떤가? 청핑, 가서 판 대인에게 보여드려라."

3황자의 성은 리(李, 이) 이름은 청핑(承平, 승평)이다. 경국의 규율에 따르면 황자는 조정의 대신들을 존중해야 하기에 황제의 명이 특별한 것은 아니었다.

"어찌 이러십니까?"

판시엔은 더 이상 피할 수 없다고 생각이 들며 다소 직접적으로 말했다.

"너는 지금 태학 사업직을 맡고 있으니, 해야 하는 일 아닌가?"

황제는 당연한 일처럼 말했다. 다만 폐하의 의중을 눈치챈 이 귀빈은 기쁨에 만면에 미소를 띠며 판시엔을 더 좋게 생각하게 된 듯 보였다. 그 모습을 본 황제도 웃으며 한마디 했다.

"너도 좋은가 보구나."

"감사합니다. 폐하께서 핑이에게 좋은 스승님을 소개해 주신 듯하네요."

황제는 이런 숨김 없는 이 귀빈을 아꼈던 것이다. 하지만 판시엔은 두 사람의 대화를 듣고 '나에게 먼저 의견을 물어야 하는 거 아니야?' 생각하며 마음이 편하지는 않았다. 하지만 일이 이 지경에 이르니 어쩔 수 없이 3황자가 가져온 책을 힐끗 보고서 말했다.

"장모우한 대가의 경서를 공부하는 것은 매우 좋은 일입니다. 태부가 생각하기에, 3황자에게 조금 어렵다 할 수는 있어도, 입문편 정도는 익히는 데 문제가 없을 듯합니다."

황제는 뜨거운 탕을 한 모금한 후 태연하게 입을 열었다.

"눈이 많이 오는구나……첫눈이니, 판시엔, 짐과 같이 정원이나 걸어 보자."

"네, 폐하."

이 귀빈의 처소인 수방궁(漱芳宮)을 나오니 눈은 이미 그쳐 있었다. 첫눈이라 눈이 쌓이지는 않았지만 바닥은 젖어 있었고, 회색빛 하늘에 붉은 담장과 금색 처마 그리고 눈이 아직 남아 있는 작은 가지들이 어우러지며 장관을 펼치고 있었다. 눈 온 뒤라 공기 또한 더없이 맑았다.

"판씨 둘째는 지금 어디 있나?"

황제가 입을 열 때 이미 황궁의 가장 구석진 곳의 정원에 이르렀다. 작은 호수 중간에 나무다리로 연결된 정자 위에는 아직 녹지 않은 눈이 남아 있어 스산한 기운마저 들게 하였다.

"며칠 전에 서신을 받았는데, 북제 샹징에 잘 도착했다 합니다."

황제를 속일 수는 없었지만 판시엔은 무의식적으로 뒤를 돌아보았다. 작은태감 홍쥬가 서 있었다. 그는 판시엔의 눈빛이 내용을 외부에 발설하지 말라는 경고라는 것을 눈치채고, 재빨리 고개를 숙여 판시엔의 시선을 피했다.

"그게 전부인가? 짐이 생각할 때, 대부분의 일이 천하의 사람들에게 알려지겠지만, 어떤 일은 시간이 필요할 때가 있는 법이지."

"폐하께서 물으시는데, 신하가 감히 거짓을 말할 수는 없습니다."

"짐에게는 거짓을 말하지 못한다……천하의 사람들에게는 거짓말을 할 수 있고?"

"신하는 폐하께 충성을 하지, 백성에게 충성하지는 않습니다."

"하지만 어떤 이는 다른 말을 하던데……백성이 중요하고, 그다음이 국가, 그리고 군주라고."

"허튼소리입니다. 누가 그렇게 간이 큰지 모르겠습니다."

판시엔은 주저 없이 대답했지만 눈썹을 찌푸릴 수밖에 없었다. 그는 당연히 누가 그렇게 간이 큰지 알고 있었기 때문이다.

원작자는 맹자, 표절자는 엄마.

"형부에서는 네 동생에게 수배령을 내렸던데."

이 말과 동시에 황제는 '하하' 웃더니 앞으로 발걸음을 옮기며 물었다.

"넌 짐이 너를 다스리는 게, 안 무서운 것이냐?"

"폐하께서는 현명하시니, 신하의 고충을 헤아려 주실 것입니다."

"고충? 둘째도 자신의 '고충'을 헤아려 달라고 하며, 널 다스려 달라고 할까 겁나는구나."

"아……소-신, 죄-가 있-습-니-다."

판시엔은 이 순간 '놀라워' 하는 모습을 연출해야 한다는 것을 알았지만, 2황자의 실권은 황제의 뜻이었고 자신은 단순히 황제의 칼이었다는 것 또한 알고 있었다. 그래서 황제가 뭐라 하든 죄를 뉘우치는 모습만 보이면 될 것이기에 '소신, 죄가 있습니다'를 최대한 길게 길게 늘여 말했다. 하지만 오히려 그 모습이 더욱 거짓처럼 보였다.

"진지하지 못할까?!"

"소신이 죄를 알고 있습니다."

'죄가 있다', '죄를 안다'의 재미없는 대화는, 호수의 나무다리에 이르자 마침내 멈추었다. 아직 얼지 않은 호수가 푸르게 넘실대고 바퀴의자에 짓눌린 나무다리가 삐걱대는 소리만이 밤의 정적을 깨고 있었다. 판시엔은 이때 만약에 뒤의 작은태감이 자기를 암살하려 한다면 꼼짝없이 당할 수밖에 없다는 생각이 들었다.

정자를 일찍부터 청소하고 있던 태감과 궁녀가 예를 올리고 흔적도 없이 사라졌다.

황제는 방석이 깔린 돌의자에 앉아 판시엔에게는 차를 마시라 눈짓을 하고, 손가락으로는 태감에게 물러가라 손짓을 했다. 홍쥬는 눈치 있게 정자 밖으로 물러가 바람을 맞으며 다음에 있을 분부를 기다리고 있었다.

"어떤가?"

황제가 물었다.

“폐하께서 말씀하시는 게 상처인지, 아니면…….”
“후자.”
“이미 손쓸 준비를 마쳤습니다. 감사원에서도 몇 명 모르고, 행동은 감사원을 거치지 않기 때문에, 많은 사람의 주목을 끌지는 않을 것입니다.”
판시엔의 다소 직접적인 보고에 황제는 고개를 끄덕였다.
“경내의 물건들은 다 정리할 수는 있는데……북제 사람 중에, 이를 이용하여 돈을 벌려고 하는 사람이 생겨버리면……쉐씨 집안이 북제에 밀수로 제공한 물건이 상당해서…….”
판시엔의 말에는 아주 중요한 비밀이 숨겨져 있었다. 그는 북제 황제와 결탁해 쉐씨가 북제로 밀수한 물건에 대해 이익을 나누기로 했기 때문이다.
“북제로 제공되는 경로는 세 개로, 4처가 이미 다 통제를 하고 있지만, 내고를 감시하던 감사원 밀정은 그쪽에서 너무 오래 있은 탓에, 이용하기가 만만치 않습니다. 그래서…….”
판시엔이 옌빙윈의 계획을 자세히 말하기 시작하였는데 황제는 다 듣지 않고 손을 저으며 말했다.
“짐은 결과만 원하네.”
“염려 마십시오. 늦어도 1년 안에는 내고의 대부분은 회복할 수 있습니다.”
“내고가 당시의 성황을 되찾는 것은 불가능할 것이야……너도 그 이유는 알겠지.”
판시엔은 고개를 떨구었다.
“짐이 묻자. 너는 어찌, 네가 둘째와 장 공주를 상대함에 있어, 짐이 너의 편이 되어줄 거라 확신을 했느냐?”
“왜냐하면……조정은 돈이 필요하기 때문입니다.”

황제는 '응' 이라 짧게 대답을 하면서 설명을 이어갔다.

"조정은 일을 해야 하고, 영토도 넓혀야 하지……그러기 위해 자금도 필요하다. 윈루이가 몇 년간 내고에서 너무 많이 횡령을 했는데, 짐이 더 이상은 보지 못하겠구나. 네가 엉망이 된 내고를 이어받아, 이를 정리해 주길 바라는 것이야. 이어받게 되면, 상대방의 신분은 신경 쓰지 말고, 과감하게 행동해서 짐을 실망시키지 말아라."

"성은이 망극하옵니다."

장 공주가 어쨌든 자기의 장모이니 판시엔은 별다른 말을 덧붙이지 못하고 감사의 표시만 하였다. 황제는 찻잔을 들고 천천히 차를 마시며 향을 음미했다.

바람은 멈췄지만 초겨울 황궁의 정자는 조용하고 추웠다.

"예중은 딩저우로 돌아갔다. 짐이 대신 화친왕(대황자의 작위명)에게 금위군 통령을 맡겼는데, 징두에서는 이를 두고 설왕설래한다더구나. 너도 들은 바가 있느냐?"

"선례가 없는 일이라, 여러 말들은 피할 수가 없어 보입니다."

"너의 의견은?"

'그런 일에 내 의견을 물으면 어쩌라는 거야?'

"신하가 감히 의견을 말할 수 있겠습니까?"

"말해 봐라. 짐이 죄를 묻지 않으마."

황제는 여전히 정원의 나무들만 바라보며 태연하게 말했다.

판시엔은 황제가 실제로 그 속을 알기 힘든 사람이라 생각하였다. 황제 앞에서 장난을 치다 목이 날아간 것은 어느 시대에나 있는 일이지만, 지금 이 순간에 확실히 그가 가진 이점은 있었다. 상대방과 자신의 진짜 관계를 판시엔은 알지만, 상대방은 판시엔이 안다는 걸 모른다는 것.

그러니 판시엔이 충신으로 연출하면 할수록 상대방은 죄책감이 들것이라는 것.

“대황자는 징두에 머무는 것을 내켜 하지 않습니다. 그리고 대황자의 친왕 신분에도 그 일은 적절하지 않습니다. 가장 중요한 것은, 황궁은 경국의 심장인 만큼, 어떠한 위험도 피해 가야 한다는 것입니다.”

판시엔의 이 말은 직접적이고, 직설적이며, 이미 그 정도를 넘어섰다.

“세상사가 어떻게 뜻대로만 이뤄지는가? 그가 징두에 머물기 싫다는 것은, 아버지인 나보고 외롭게 징두를 지키라는 것인가? 너의 그 말은 별로 수준이 높지 않구나.”

판시엔은 황제의 말이 일전에 대황자가 자기를 찾아온 일을 염두에 두고 한 말이라는 것을 느끼고 더 이상 대꾸하지는 않았다.

“둘째가 앞으로 분수에 맞게 처신만 한다면, 너도 더 이상 둘째와 부딪히지 말아라.”

“네.”

‘암요. 전 이미 얻을 것을 다 얻었는데, 무슨 소동을 더 일으킵니까?’

“현공 사당의 일은 너의 공이 컸다. 하지만 넌 감사원 제사의 신분으로서, 징두에 자객이 들어왔다는 점에서는 죄를 면치 못할 테니, 공도 과도 없는 셈이다. 그래서 별다른 상을 내리지 않은 것에 원망하지 말라.”

“소신이 어찌 감히. 본래 소신은 관직을 박탈당해 마땅합니다…… 그리고 부상을 입은 것은, 신의 능력이 부족한 탓입니다.”

“검객의 신분이 아직 밝혀지지 않았다던데, 너는 그와 겨뤄 봤으니, 뭔가 알아낸 것은 없느냐?”

정자 밖에서 불어온 차가운 겨울바람에 판시엔의 식은땀이 얼어

붙으며 등이 얼얼해졌다. 황제 질문의 목적이 무엇인지는 모르지만 이 순간만큼은 신중에 신중을 기해야 한다는 것을 직감했다.

흰옷을 입은 검객은 '그림자 대인'이다. 쳔핑핑이 왜 이런 상황을 만들어 냈는지 모르겠지만, 그와 이야기를 해보기 전에 황제에게 있는 그대로 말하는 것은 위험해 보였다.

'하지만 만약에 이 순간, 황제가 진상을 알고 나에게 떠보는 거라면 어떻게 해야 하지? 만약에 모른다고 하면, 나에 대한 황제의 신임에 문제가 되는 건 아닐까?'

판시엔은 복잡한 생각이 머릿속을 스쳐 가던 찰나, 본능적으로 깜짝 놀란 척하며 자신도 모르겠다는 표정으로 반문을 던졌다.

"폐하께서 스구지엔의 동생이라 말씀하지 않으셨나요?"

"동이성에서 큰 혼란이 닥쳤을 때, 스구지엔이 그의 가족들을 무자비하게 죽였다고 들었는데, 그중에 단 한 명이 도망쳐 나왔어…… 짐의 눈이 아직 멀지 않았다면, 현공 사당에서 본 검법은 스구지엔의 것이었네."

판시엔은 자신의 대처가 비교적 적절했다고 생각하며 안심했다.

"잡았으면 증거를 확보하는 건데……그 명분으로 동이성으로 출병을 할 수도 있는 것이고, 그랬다면 소신이 입은 상처는 충분한 가치가 있었을 텐데, 많이 아쉽습니다."

이 말은 황제의 가려운 부분을 정확히 긁어주는 말이었다.

"스구지엔이 페이지에게 치료를 받은 후부터는, 더 이상 백치가 아니라고 하지만, 그래도 동생이 살아 있다는 것을 인정하지는 못할 거네. 그러니 바로 뻔뻔하게 공식적인 국서를 보내 놀라움을 표시하고, 짐에 대한 안부를 물으며, 덧붙여 자객의 잔악무도함을 질타했는데, 이 또한 짐은 믿을 수가 없네."

중년의 남성은 이 말을 끝마쳤지만, 아무도 호응을 해 주는 사람이 없다는 것을 새삼 깨닫게 되었다. 순간 오래전 그녀처럼 지위 고하를 떠나 허심탄회하게 대화할 사람은 더 이상 없을 것 같다는 생각에, 긴 한숨을 내쉬며 비교적 무거운 마음으로 물었다.

"판시엔……그날 왜 핑이를 먼저 구했나?"

판시엔은 바퀴의자 위에서 재빨리 예를 올리며 죄를 고한 후 침착하게 대답했다.

"당시 형세를 판단할 때, 폐하를 구하려 하면, 정면의 자객은 막을 수 있었겠지만, 뒤에 작은태감의 비수는 막을 수 없었습니다……그리고 3황자도 구할 수 없었습니다."

"오?! 그럼 짐의 목숨이, 핑이의 목숨보다 더 가치가 없었다는 건가?"

판시엔은 다시 한번 죄를 고했다.

"소신이 죽을죄를 지었습니다. 당시 상황이 너무 긴박해서, 제대로 대처를 하지 못했습니다."

"그럼 3황자를 구하고, 다시 짐 앞에 왔을 때에는, 이미 위험한 상황이었는데, 죽는 것이 무섭지 않았느냐?"

"소신이 생각키로, 제 목숨 바쳐서 막을 수 있으면 당연히 좋겠지만, 만약에 막지 못하면……헤헤……폐하와 다른 세상으로 가서 풍경을 같이 구경하는 것도, 매우 영광이라 생각했었습니다."

사실 황제의 '죽음'을 말한다는 것은 대역죄를 씻기 어려운 발언이다. 하지만 황제는 큰 웃음이 터졌는데, 그 웃음은 정자 밖 먼 곳까지 퍼지며 마치 천하를 울리게 하는 듯 보였다.

황제는 한참이 지난 후 웃음을 그쳤을 때 판시엔의 얼굴에서 익숙하면서도 뭔가 그리운 감정을 느끼며 천천히 입을 열었다.

"강남에 갈 때 몸조심하거라. 어떤 일에도, 앞으로 나서려 하지 말고……북제에서는 소동을 많이 일으켰다 하던데, 대신으로서 맡은 바를 한 것이겠지만, 그래도 목숨을 아껴라."

판시엔은 황제의 말에도 일리는 있다고 생각했지만 어쨌든 강남으로 가는 건 몇 개월 뒤에나 일어날 일이었다. 지금 판시엔의 걱정은 다른 곳에 있었기에 조금은 긴장하며 물었다.

"폐하. 조금 전에 이 귀빈의 처소에서 말씀하신 것은……재미 삼아 하신 말씀이시지요?"

"군주에게 허튼소리는 없다."

"소신은 나이도 어리고, 덕망도 높지 않은데, 어찌 황자의 스승이 될 수 있겠습니까?"

"넌 장모우한의 인정을 받았다. 심지어 북제 황제의 태부도 장모우한의 제자인데, 짐이 널 입궁하여 강의를 하게 한다 해서, 누가 감히 말을 대겠는가?"

"하지만 소신은 내년 봄에 강남으로 가야 하니, 3황자의 학업에 영향을 끼칠까 걱정입니다."

"핑이를 데려가게. 짐이 태후께도 이미 말을 전했네."

판시엔은 더 이상 할 말이 없었다.

"한번 잘 해보게. 강남 일을 잘 마치고, 징두에서 2년 정도 더 있은 후에, 짐이 너를 중서성(中書, 조정을 관할하는 핵심 조직. 린뤄푸가 재상에서 물러난 이후, 중서성이 재상의 역할을 대신하고 있다)으로 보내 주겠네."

황제는, 판시엔을 바라보며, 부드러운 말투로 말을 이었다.

"짐은, 너를 중시하고 있네."

판시엔은 더 이상 대꾸하지 못하고, 겸손하게 고개를 끄덕인 후, 예를 올리고 돌아가려 하였다. 그 모습을 본 황제는, 예상치 못하게도 손을 '휘휘' 저었다.

"오늘은 동짓날이니 궁에서 연회가 있다. 너도 밥을 먹고 가거라……짐이 사람을 보내 완알도 오게 하였다."

판시엔은 무슨 의미인지가 파악이 안 되어 놀란 채 말을 덧붙이지 못했다.

"태후가 널 만나고 싶어 하네. 완알의 부군이 어떻게 생겼는지 보고 싶은 눈치야."

이 말을 끝으로 황제는 어가를 타고 떠나고 작은태감이 판시엔의 바퀴의자를 끌기 위해 정자 위로 종종걸음으로 올라왔다.

사실 오늘 입궁을 할 때에는 황제가 그에게 어머니의 그림을 보여준다거나 뭔가 사적인 대화를 나눌지 알았는데, 단순히 군신의 관계로서 대화만 나눈 것에 그는 조금은 실망하고 있었다.

황제가 떠나자 조용한 정자에 남은 그의 머릿속에 온갖 생각이 스치고 지나갔다.

'태후는 여태껏 나를 고깝게 보고 있는데, 그건 분명히 내가 예칭메이의 아들임을 눈치챈 것일 텐데, 근데 왜 나를 죽이지 않지?'

'황제는 왜 감사원과 내고를 둘 다 나에게 주는 거지?'

'북제 황제가 '린 누이'를 이야기했을 때, 난 왜 그렇게 당황한 거지? 뤄뤄가 혼인한다는 소식이 왜 싫었던 것이지? 린완알이 자기의 사촌 동생이고, 뤄뤄가 자기의 친동생이 아니라서?'

'그래 난 예칭메이의 아들이야. 친아버지는 판지엔이 아니라 지금의 황제야. 일찍부터 예상할 수 있었지만, 아무에게도 말은 안 했지. 그래도 판지엔과 천핑핑 둘은, 이미 알고 있었을 거야.'

눈이 녹아내린 물이 정자의 처마로부터 돌계단으로 떨어지는 소리에 정신을 차린 판시엔은 밖의 풍경을 한번 보고서 깊은 한숨을 내쉬었다. 홍쥬라고 불리는 작은태감은 추위를 참기 힘든지 떨리는 목소리로 이윽고 조심스레 입을 열었다.

"제사 대인……연회까지는 아직 시간이 있으니, 폐하께서 편하게 돌아다니셔도 된다고 하셨습니다…….”
“그냥 여기서 풍경이나 볼래.”
이 말을 마치자마자 판시엔은 태감을 힐끔 보았는데 그 시선에 작은태감은 이미 긴장하고 있었다.
“추워?”
“네.”
“땀 흘렸어?”
“……네.”
“뭘 그리 무서워해? 폐하께서 너에게 여기 남아 있으라 한 건, 너를 그만큼 믿는다는 거지.”
“알겠습니다.”
작은태감은 불쌍하게 그지없이 대답했다.
판시엔은 그 웃음에 장난기가 발동하며 물었다.
“근데 태감도 여드름이 생겨?”
“여드름이요?”
홍쥬는 재빨리 무슨 의미인지 알아듣고 난감해하며 말했다.
“저는 잘 모르겠습니다.”
“네가……홍쥬지?”
홍쥬는 제사 대인이 자신의 이름을 알고 있다는 것에 영광스럽다고 생각하며 ‘네’ 라고 대답했다.
“폐하 곁에서 모신다는 것은 본래 중요한 일이고, 현공 사당의 일이 있었음에도 너를 아직 믿고 계시니, 나도 자연히 너를 믿어……참, 듣자 하니, 다이 공공은 힘든 나날을 보내고 있다던데?”
“맞습니다. 너무 비참합니다.”
“나도 한번 본 적이 있는데, 사람은 괜찮아 보이더라고. 작은 홍 공공(태후의 늙은 개 홍 공공과 구별을 위해 앞으로 큰 홍 공공, 작은 홍 공공으로 구별하여 칭한다)이 궁에 있으니 가끔씩 들여다보고 그래."

홍쥬는 매우 기뻐하며 재빨리 대답했다.

"분부만 해 주십시오."

"이후에 무슨 일 있으면, 나에게 편하게 말해."

이 말을 끝으로, 추워하는 홍쥬를 생각하여 이 귀빈의 거처로 가서 기다리자 말하였다. 수방궁에서 3황자는 여전히 착한 아들처럼 정성스럽게 경전을 베끼고 있었다.

판시엔은 3황자에게 시선을 두며 이 귀빈에게 떠보듯 물었다.

"태후께서 제가 3황자를 데리고 강남에 가는 걸, 허락하신 게 맞나요?"

"나도 오늘에서야 폐하께서 결정하셨다고 들었어……좋은 일이잖아. 태후께서도 어떻게 반대하시겠어?"

'그렇게 간단해 보이지는 않는데…….'

"이모는……아쉽지 않으세요?"

"강남은 물 좋고 사람 좋고 풍경도 좋다고 하던데, 뭐가 아쉽겠니?"

이 말과 함께 판시엔에게 가까이 오라는 손짓을 하고 그가 곁에 오자 최대한 조용한 목소리로 말했다.

"저 녀석을 황궁에서 멀리 보낼수록 좋아. 시간도 최대한 길게 끌수록 좋고."

"무턱대고 피하는 게 좋은 것만은 아닌데……그리고 강남 내고를 둘러보는 일은 간단한 일이라, 시간을 끌기가 만만치도 않구요."

"그 말도 일리가 있네……폐하께서 네가 징두에서 오래 벗어나게는 안 하시겠지?"

이 귀빈은 그의 말을 듣고는 어쩔 수 없이 인정했지만 자기도 모르게 탄식을 했다. 그 모습에 판시엔은 안심시키듯 말했다.

"3황자가 아직 어리니, 너무 일찍부터 걱정하실 필요 없어요……태후께서 지켜보고 있는데, 누가 감히 손자에게 무슨 짓을 하겠어요? 그리고 우리 집안도 힘은 있잖아요. 이모의 친정도 그렇고, 아버지도 아직 건장하시고, 저도 아직까지는……다만, 이모가 하나만 저에게 약속해 주세요."

"뭐?"

"제가 3황자의 선생을 맡더라도, 다른 제자들처럼 대할 수는 없고, 전하를 그러니까……동생처럼 가르쳐야 할 텐데……그럼 좀 불경하게 보이는 일을 하게 될 때에도……."

이 귀빈은 판시엔의 말뜻보다도 '동생처럼' 단어를 듣자마자 만면에 웃음을 띠고 연신 고개를 끄덕이고 있었다.

'이게 뭐가 그렇게 즐거우실까?'

"그러니까 제 말은……어떨 때는, 매로 가르칠 수도……."

"당연하지!"

이 귀빈은 판시엔이 말을 다 하기도 전에 대답했다.

"어디를 부러뜨리지만 않는다면, 너 편할 대로 해. 내가 포월루 사건으로 얼마나 가슴앓이를 했는지 아니? 평소 둘째와 사이가 좋은지는 알았지만, 둘째가 그렇게……이용할 줄이야……이놈이 뭘 알겠어? 그저 칼처럼 이용당한 것뿐이지……네가 그 사건을 빨리 정리해 줘서 다행이지, 아니었으면 폐하께서 어떻게 하셨을 줄은 모를 일이잖니?"

'이모의 아들놈도, 그렇게 선량해 보이진 않았는데요.'

"저놈을 잘 이끌어 줘……설령 큰 권세를 가지지 않더라도, 징왕처럼 사는 것도 괜찮은 것 같아. 최소한 편안히, 건강하게는 살 수 있잖니?"

판시엔은 이 귀빈의 말에 감동했다.

세상에서 어머니만 있으면 된다는 말이 틀리지 않았다. 그래서 어머니가 없는 아이는 잡초 같은 것인데, 자기의 이번 생에서의 신세가, 정확히 그 말을 대변해 주는 듯 보였다.

"천 군주를 뵙습니다."

밖에서 궁녀들의 목소리가 들림과 동시에 완알이 작은 손을 비비며 안으로 들어왔다. 비취색 치마와 여우 털이 달린 붉은색 외투가 매우 사랑스럽게 보였다.

판시엔이 양손을 내밀었다.

완알이 그의 따뜻한 손안으로 그녀의 손을 넣었다.

판시엔은 그녀의 찬 손을 어루만지며 물었다.

"왜 이렇게 급하게 왔어?"

"린씨 저택에서 상공을 계속 기다리는데, 상공이 오질 않아서…… 수운마오에게 이야기를 들으니, 상공이 입궁했다 해서, 큰보배와 급히 집으로 돌아가는데, 거기서 태감에게 잡혀 입궁하게 되었지 뭐. 태후와 황후를 먼저 뵙고 몇 마디 나눈 후, 바로 여기로 온 거야. 바빠서 옷도 못 갈아입었지 뭐야."

완알은 상황을 간략히 말하고서 궁녀가 가지고 온 수건으로 손을 닦고 이 귀빈 옆에 앉아 빙그레 웃으며 물었다.

"무슨 이야기하고 계셨어요?"

이 귀빈이 짧게 그동안의 이야기를 설명해 주니 완알은 의외라는 듯 판시엔을 쳐다보며 말했다.

"정해진 거야?"

판시엔은 고개를 끄덕였다.

이때 태감이 연회에 참석하라는 말을 전해왔고, 이 귀빈은 3황자를 데리고 가서 준비하기 시작했다. 판시엔은 주위에 사람이 없음을 확인하고 조용히 물었다.

"태후를 떠봐달라고 한 일은……어떻게 되었어?"

"혼인을 물리고 싶었으면, 일찍 나와 상의를 했어야지……갑자기 이렇게 하면 태후께서 어떻게 허락을 하겠어?"

"뤄뤄가 싫어하니, 오빠인 내가 뭐라도 수를 써야 하는데. 포월루 사건으로 홍쳥이 황실에서 미움을 받고 있는 기회를 틈타, 처리해 보려고 한 건데……역시 쉽지 않네."

"폐하께서 정하신 혼사를 물리는 건 쉽지 않아. 내가 볼 때, 시아버지께서 직접 나서야 할 듯해. 우리 둘이 해결하기는 힘들어."

"이렇게 시끄러운 상황에서도 아버지가 홍쳥을 맘에 들어 하신단 말이야. 그놈이 기방을 그렇게 쏘다니는데도, 대수롭지 않게 생각하시더라고. 이번에 2황자 쪽에서 소동을 친 것도 신경 안 쓰시고."

"왕년에 류징허에서 꽤나 이름을 날리신 분인데, 당연히 큰일이 아니지."

이 말을 하자마자 완알은 시아버지를 두고 이렇게 말하는 것이 적절하지 않다고 생각이 들며 그저 '헤헤' 하고 겸연쩍게 웃었다.

작은 설이라고 불리는 동지에는 경국 전체가 쉬었다. 조정도 상인들도 일을 멈췄으며 북제도 마찬가지였다. 경국은 동지에 양고기를 먹는 풍습이 있어, 이날만 되면 징두의 거리에는 불을 지피는 연기가 자욱하게 깔렸다. 양고기 누린내, 마른 고추 냄새, 각종 약재 특유의 냄새들이 뒤섞여 미묘한 냄새를 풍겼으며, 이 냄새를 맡은 사람들은 모두 군침을 삼키고 있었다.

함광전 식탁의 가장 끝자리에 앉은 판시엔은 아리송한 표정으로 자신 앞에 놓인 귀 모양의 양고기를 바라보고 있었다. 황실의 양고기는 민가에서 먹는 것과 확실히 달라 보였다.

'두부와 무가 없는데, 양고기를 어떻게 먹으라는 거지?'

억지로 탕을 마시면서 재미없는 '집안 잔치'를 견디고 있었는데, 시선은 최대한 내리깔고 황족의 대화에는 끼어들지 않았다. 단지 오늘 처음 본 태후 얼굴만 힐끔힐끔 쳐다보았다. 사실 다른 황족의 자제들도 묵묵히 식사를 할 뿐 상석에 앉은 태후와 황제 그리고 황후를 볼 엄두를 내지 않았다. 그곳에는 징왕 세자와 2황자도 초대되었는데, 둘 다 판시엔을 보고 의아하다는 표정만 지을 뿐 특별한 반응을 보이지는 않았다.

"쳔이야, 애가(哀家, 태후나 황후가 본인을 지칭할 때 호칭) 옆으로 오렴."

태후는 눈으로 판시엔의 얼굴을 한번 훑은 후 자신의 외손녀를 불렀다.

완알은 태후 옆으로 가서 기분을 맞추는 몇 마디 하며 옆 눈길로는 우거지상을 하는 판시엔을 힐끗 쳐다봤다. 태후는 완알의 말을 듣고 웃음꽃이 피었다.

"네가 판씨 집안에서 잘 먹어서, 이제 궁의 음식은 입맛에 맞지 않나 보구나."

목소리는 크지 않았지만 태후의 말에 모두 판시엔을 바라보았다.

긴장한 판시엔은 어색한 웃음만 지었다. 그는 한시도 경계심을 풀지 못하고 있었는데, 태후가 자기를 보는 눈빛에 복잡한 감정이 실려 있는 것처럼 보였기 때문이다.

1할은 안도, 2할은 교만, 3할은 의심 그리고 나머지 4할은 그와 같은 경계심.

"올해는 모두가 모였네. 작년에는 애가의 몸이 좋지 않아 다 모이지 못했는데, 오늘은 부마(군주의 남편, 즉 사위)도 보게 되었으니, 애가가 즐겁구나."

기쁘다고 말하고 있었지만, 기쁜 내색은 없었다.

이어 고개를 돌려 황제를 보며 말을 이었다.

"다만 사위도 징두에 있는데, 너의 누이가 신양에 있으니, 애가 맘이 편치 않구나."

판시엔은 속으로 냉소를 지었다.

'결국, 이 말을 하기 위한 연극이었군.'

"아직 날씨가 추우니 길을 나서기가 좋지 않습니다. 봄이 되면 완루이에게 돌아오라 하겠습니다."

황제의 말에 태후는 만족한 표정으로 고개를 끄덕였다. 판시엔은 맞은편에 앉은 2황자의 왼쪽 소매가 부자연스럽게 떨리는 것을 보고, 그도 곧 지원군이 징두에 올 거라는 생각에 흥분을 참지 못한다고 생각했다.

'근데……태자는 눈빛이 왜 저런 거야?'

모든 것은 중요하지 않았다.

판시엔에게는, 태후가 자기를 대하는 태도가 냉담하다, 이 한 가지만 중요했다. 부상을 입었을 때 귀한 보석을 하사 받고 태후가 복을 빌어줬다는 이야기도 들었지만, 오늘 보니 그저 착각에 불과했다는 것을 알았다. 하지만 판시엔은 아부하지는 않았고 몸을 곧게 세우고 침묵하고만 있었다.

함광전의 분위기는 어색해져만 갔다.

차가운 밤하늘에 다시 눈꽃이 날리기 시작했다. 황궁의 구석진 곳에서 판시엔은 바퀴의자에 앉아 가만히 고개를 떨구고 선 아무 생각이 없는 듯 편안한 얼굴을 하고 있었다.

보고 있던 완알은 걱정스럽게 물었다.

"상공, 괜찮아?"

"괜찮아. 우리 빨리 집에 돌아가서 양고기 먹자. 아버지가 기다리고 계실 거야."

경국 징두에서 4천 리 떨어진 샹징에서는 눈이 펄펄 내리고 있었다. 거위 털 같은 함박눈이 쉴 새 없이 떨어져 골목골목마다 순백색 양탄자가 깔린 것처럼 소복하게 눈이 쌓였다. 지붕에는 난로의 열기 때문에 눈이 녹은 검은색 지붕의 처마와 흰색의 눈이 대조를 이루어 아름다운 풍경을 연출해 내고 있었다.

북제의 황궁의 처마는 민가보다 훨씬 검었으며, 산자락에 있는 황궁의 모습은 자연과 어우러져 더욱 장관이 펼쳐졌다.

최근 일 년 북제에서도 여러 일이 있었는데, 션중이 샹샨후에게 죽은 일이 가장 놀라운 사건이었다. 샹샨후는 가택 연금되었지만, 션중의 집안은 멸문지화를 당했고, 그 와중에 션씨 아가씨의 행방은 오리무중이었다.

션중의 죽음으로 가장 큰 타격을 받은 것은 당연히 태후였고, 동생 장닝 후작에게 그 자리를 이어받게 하고 싶었지만 황제의 거센 반발로 좌절되었다. 뜻밖에도 그 자리는 장닝 후작의 아들, 북제 홍려사의 소경인 웨이화에게 내려지는 것으로 일단락되었다. 그 배경에 태후와 황제 사이에 어떤 묵약과 타협이 있었는지는 모를 일이었다.

웨이화의 임명으로 활력을 되찾은 금의위는 황갈색 군복을 입고 슈쉐이쟈 거리를 포위했다. 본래 그 거리에 있는 상점들은 각각 만만치 않은 배경을 가지고 있었고, 심지어 일곱 개의 상점은 경국의 황실에서 운영하는 것이었기에 지금 이 상황은 상당히 의외로 여겨졌다.

상점의 주인들은 술집 가게 사장인 셩 사장이 금의군에 끌려가는 모습을 바라보고만 있었다. 그는 북제 샹징에서 내고 장사를 책임지는 사람 중 하나였고 장 공주의 심복이었다. 바라보던 상점의 주인

몇이 걱정스러운 표정으로 속삭이기 시작했다.

“무슨 일이지?”

“징난(京南, 경남)에서 엄청난 양의 밀수품이 발견되었다네. 서류도 없고 세금을 내지도 않았다고. 그래서 금의위가 조사했는데, 이게 모두 샹징으로 밀수될 예정이었고, 셩 사장이 연루되어 있었다고 하더구만.”

‘경국의 내고가 북제로 밀수 사업을 하고 있다는 건, 공공연한 비밀이 아니었던가? 북제 황실도 장 공주 밀수 사실을 알고 있었지만, 그 덕에 저렴한 가격에 물건을 들여올 수 있어서, 묵인하고 있었다 들었는데……갑자기 오늘 왜 이러는 거지?’

아름다운 황궁에서 젊은 황제는 따뜻한 이불 속에서 간식을 먹으며 독서삼매경에 빠져 있었다. 새로 부임한 진무사 지휘사 웨이화는 한참 동안 황제의 표정을 살피다 겨우 입을 열었다.

“췌씨 집안과 신양이 그동안 조정에 적지 않은 도움을 준 터라, 태후의 분부도 있고, 그들의 면을 봐서, 몇몇 신분이 있는 사람들은, 놓아줄 수밖에 없었습니다.”

“여인들의……보잘것없는 인정이지. 이미 이렇게 면을 바꿨는데, 이전의 정이 뭐가 그리 대수라고……사람을 잡아들이는 건 알아서 하고, 중요한 건 물건인데……얼마나 된다고?”

“정확한 소식에 의하면, 남쪽 오랑캐들이 우리가 이전의 관례를 깨리라 생각 못 했기에, 이번에 상당한 손해를 입었다고 합니다. 다만, 제가 이해가 안 되는 것은, 판시엔이 장 공주로부터 남경의 내고를 이어받기 위한 과정의 일환이라고는 하지만, 우리에게 이렇게 많은 이득을 보게 할 이유가 있습니까? 지금의 남경의 힘이라면, 이 물건들을 남경으로 압수해 가면 되지, 우리에게 줄 이유가 없어 보입니다만."

"짐에게 큰 선물을 준 것이야. 당연히 짐에게 요구 사항도 있었겠지……남쪽에서는 판시엔과 우리가 결탁해 이익을 나눈다고 생각하지는 못하고, 짐이 혼란을 틈타 물건을 빼앗아 간 거라고 여길 테지. 다만……."

황제는 갑자기 손에 있던 책을 놓고 실눈을 뜨며 웨이화를 바라보았다.

"이 일은 조정에서도 다섯 명밖에 알고 있지 않아. 자네 때문에 누설되지는 않겠지?"

"폐하, 염려 마십시오."

웨이화는 놀란 가슴에 바닥에 엎드려 절을 하며 맹세를 하듯 외쳤다. 태후 동생 장닝 후작의 아들임에도 자기가 이번에 중용된 것은 황제가 자기에게 기회를 준 것임을 알기에, 그는 이를 꼭 잡아야 한다고 생각하고 있었다.

"경국 사절단 쪽은 저항이 있어?"

"린 대인이 췌씨 집안을 대변하여, 매일 홍려사에서 소동을 일으키고 있습니다."

"췌씨가 뭔데? 경국의 가장 큰 밀수 집단이잖아?! 짐이 남쪽 오랑캐들을 대신해서 잘못을 바로잡아 줬으면, 고마워하지는 않을망정 원망을 해? 하여튼 오랑캐들은 예의란 걸 모르는구만."

'잘못을 바로잡은 게 아니라, 집안에 들어온 물건과 돈을 토해내기 싫어서 그런 거 아닌가?'

"사실 제일 골치가 아픈 것은 왕치니엔입니다. 린 대인은 홍려사에서만 난리를 피우지만, 왕 대인은 태상사로 쫓아가서 계속 폐하를 직접 뵙겠다고……췌씨가 경국의 거상이니, 이익을 보호받을 수 있도록 폐하를 직접 설득시키겠다고 합니다."

황제는 화가 나서 되려 웃음이 나왔다.

"판시엔 스스로도 모자라 자기의 심복도 이렇게 소란을 피우나? 판시엔이 이 일을 벌인 건데 심복이 그 난리를 피우는 건, 판시엔은 손을 씻으면서 짐에게 덮어씌우려고 하는 거겠지?"

"만약에 이번 일의 진상이 경국 황제에게 밝혀진다면……그래서 경국 황제가 판시엔의 모략을 알게 되어, 우리와 결탁했다는 것을 알게 된다면……판시엔도 다시 재기하기는 힘들 것 같습니다."

웨이화의 이 말은 판시엔을 겨냥한 말이었다.

여름의 양국의 담판 과정에서 판시엔에 대한 억하심정이 있던 그는, 지휘사에 부임되자마자 판시엔을 무너뜨릴 계략을 고민하던 차였다. 그래서 잔뜩 기대에 찬 모습으로 황제를 바라보았다.

그를 실망시킨 것은……황제가 여전히 고개를 저었다는 것이다.

"좀 더 멀리 내다보게."

황제는 미소를 지으며 차분히 이야기를 이어 갔다.

"췌씨 집안의 물건은, 어차피 국경 지방에 있었던 것인데, 짐이 그것을 갈취한들, 무슨 이익이 있겠는가? 설마 짐이 돈을 탐내서 한 일이라 생각하지는 않겠지? 조정이 과거에 장 공주와 친분을 이어가며, 양쪽 모두 이익을 적지 않게 누렸지만, 이번에 판시엔과 다시 손을 잡은 진정한 이유를, 자네는 모르고 있는 건가? 경국 황실의 내고가 판시엔에게 넘어가는 것은, 기정사실이 되어 버렸네. 자네도 그를 단숨에 없애 버릴 만한 비책이 있는 게 아니라면, 최대한 예의 바르게 행동하는 것이 좋아."

웨이화는 더 이상 대꾸하지 못하고 예를 올리고 물러갔다.

황제는 그제서야 편안해진 듯 아무렇게나 기지개를 켜면서 크게 하품을 하였다. 이때 예쁜 얼굴의 화려한 옷을 입은 여자가, 장막을 젖히고 밖으로 나와 웨이화가 떠난 방향을 보고 호기심 어리게 물었다.

“무슨 말을 하셨어요? 얼핏 듣기로는, 판시엔 이야기가 나오던데.”

“리리, 판시엔 이름만 들어도 그렇게 긴장을 하니, 짐이 질투라도 하면 어쩌려고 그래?”

황제는 그녀를 꼭 껴안고 그녀의 귀에 대고 이야기했다.

“판시엔이 신양을 겨냥해서 손을 쓰기 시작했어. 짐은……장단을 맞춰준 것뿐이야.”

“긴장은……어쨌든 그는, 우리들의 중매인이잖아요? 그나저나 뭘 보고 계셨어요?”

스리리가 황제의 손에서 책을 가져가자, 황제는 급한 마음에 다시 낚아채며 말했다.

“판시엔이 짐만 보라고 특별히 보낸 준 〈석두기〉의 최신 장(章)이야……천하에 둘도 없는 것이니, 함부로 만지면 안 돼.”

스리리는 그의 품에 포근히 안기며 부드럽게 말했다.

“판시엔은 어떻게 자기의 장모를…….”

“그놈이 짐보다 간이 훨씬 큰 것 같아. 남경은 우리보다 상황이 더 복잡한데, 누가 그 내막을 알 수 있겠니?”

산으로부터 내려온 물이 황궁을 거쳐 샹징성으로 내려가는 위취엔허 강 상류.

황궁의 검은색 처마가 보이는 이곳에, 누가 사는지 모를 작은 정원이 있었다. 대략 열 서넛으로 보이는 소년이 그 정원에서 온갖 힘을 다 쓰고 있었다. 볼이 통통한 소년이 이를 악물고 맷돌 손잡이를 잡아당기자 ‘삐걱’ 소리가 났다. 한겨울이었지만 그의 등은 땀으로 흥건했고, 다리는 부들부들 떨리고 있어 참으로 가련해 보였다.

"콩도 없는데, 왜 맷돌을 갈라는 거야?! 그리고 당나귀를 살 돈도 없는 거야?!"

"눈 내리는 날에 어디서 콩을 사라는 거니? 그리고 당나귀는…… 네가 있잖아. 며칠 전에 당나귀는 팔았고, 네 형이 며칠 전에 서신으로, 널 잘 '교육'해 달라고 부탁했어. 난 그 말을 듣고 있는 것뿐이야."

하이탕 둬둬는 지붕 처마 밑에서 두꺼운 이불을 덮고 의자에 누워 내리는 눈을 보며, 한가하게 그리고 게으르기 그지없게 천천히 말을 던졌다.

판스져는 정말 미쳐버린 듯 소리를 질렀다.

"넌 도대체 어떤 인간이야? 뭔데 날 가르친다는 거야?!"

하이탕은 대꾸도 하지 않고 잠을 청하듯 눈을 감았다.

판스져는 화가 치밀어 올랐지만, 그녀의 말을 듣지 않으면 밥조차 얻어먹을 수 없다는 걸 알고 있기에, 다시 맷돌 손잡이를 잡으며 이를 악물고 사납게 외쳤다.

"촌년같이 생겨가지고, 그러고도 우리 형에게 시집온다고? 내가 널 형수로 대하나 봐라!"

드디어 맷돌을 오십 번을 돌린 판스져는 숨을 몰아쉬며 맷돌에 기대었다. 허리를 펼 수도 없었고, 얼굴의 땀은 마치 증기처럼 피어오르고 있었다.

"땀 닦고, 깨끗한 옷으로 갈아입어. 동상 걸릴라."

"씻을 곳이 없잖아. 땀 냄새는 어떻게 해?"

"겨울이라 그런지, 네 형이 만든 그게 아직 샹징에 도착 안 했어."

"우리 형이 날 북제로 보낸 게……너 보고 날 괴롭히라 한 건 아니라고."

"옥도 다듬지 않으면, 그릇이 되지 못한단다."

판스져는 이런 말들이 아무 소용이 없음을 알고 있었기에 포기하고 당장 중요한 질문을 하였다.
"저녁밥이……없는 건 아니지?"
하이탕은 미소를 지으며 말했다.
"오늘 저녁은 여기서 안 먹어."
이때, 정원 밖에서 누군가 공손한 말투로 말을 이어받았다.
"둘째 도련님, 오늘 저녁은 제가 대접하겠습니다."
판스쥐는 자연스럽게 말을 받은 이가 누군지 궁금해하며 고개를 돌려 바라보니, 왕치니엔이었다!
낯선 곳에 와서 매일 같이 고통스러운 날을 보내던 그는 아는 사람을 만나자, 이제 드디어 '고생의 바다'에서 벗어 날 수 있다는 생각에 '와' 하는 기괴한 비명과 함께 정원 울타리 밖으로 튀어 나갔다.
"밥 잘 먹고 돌아와."
하이탕의 말이 뒤에서, 하늘을 덮고 있는 눈꽃송이 사이로 나부끼듯이 전해졌다.
"난 샹징에 돈 벌려고 왔다고!"
"천 냥을 만 냥으로 만들기가 쉽지 않지. 판시엔도 참 너무했어. 그리고 그 천 냥도 나에게 있다는 건 잊지 마."
왕치니엔이 판스쥐에게 더 이상 뒤뒤 아가씨의 심기를 건드리는 것은 좋지 않다고 눈짓을 주며, 처마 밑에 있는 하이탕에게 공손히 예를 올리며 말했다.
"하이탕 아가씨, 그럼 이만 가보겠습니다."
"왕 대인, 근데 춰씨 집안을 이렇게 급하게 손볼 필요가 있어요?"
왕치니엔은 하이탕이 판 제사의 계획을 어디까지 알고 있으며, 둘 간에 어떤 비밀 약속이 되어 있는지 몰라 그저 쓴웃음을 지며 태연하게 반문했다.
"무슨 말씀을 하시는 건지?"

"가장 최근의 서신을 대인도 본 것 아니에요?"

왕치니엔은 만면에 쓴웃음이 번지며 말했다.

"하이탕 아가씨께서 아량을 베풀어 주시지요. 그리고 저를 대신해서 서신에, 제사 대인께서 제발 제 여식만은 괴롭히지 말아 달라고 써 주십시오."

하이탕은 웃음이 터지며 확실히 이 사람이 재밌는 사람이라고 생각했다.

마차가 떠나니 정원이 조용해졌다.

그리고는 얼마가 지났을까, 하이탕은 갑자기 두 눈을 떴다. 그녀의 더없이 맑은 두 눈에 떨어지는 눈꽃송이 그리고 처마 밑의 고드름이 비치고, 자기도 모르게 기쁨과 만족감이 어리기 시작했다.

"스승님, 오셨어요?"

"너 보러 왔지."

그는 맨발을 하고 가볍게 하이탕의 머리를 쓰다듬으며 말했다.

판시엔이 이 모습을 봤다면, 그가 평범한 얼굴에 우쥬 삼촌보다 못생겼고, 예류윈보다 풍채도 좋지 않다고 생각했을 것이다. 대나무 삿갓 아래로 비치는 눈빛에서도 초탈함 같은 것은 보이지 않고, 그저 평범한 노인네처럼 보였다.

다만 순백색의 얇은 옷과 눈 위에 맨발로 서 있는 모습에서 고행자의 신분을 알아챌 수 있을 뿐이었다. 물론 신묘에서 돌아온 이후 더 이상 고행을 하지 않았지만.

하이탕은 스승에게 예를 올리고, 차를 대접하고서, 소녀처럼 스승 옆에 앉았다. 쿠허는 애정이 어린 눈빛으로 '진정한' 마지막 제자를 바라보며 말했다.

"서산(西山)에서 오는 길이다."

"샤오은 대인의 시신을 찾으신 건가요?"

"오래된 벗이, 절벽 사이의 동굴에 있더구나."
"서산의 절벽에요?"
쿠허는 남쪽에서 돌아온 후 집에 문을 걸어 잠그고 나오지 않았다. 어떤 이들은 중상을 입었다고 생각했고, 4대종사 중 한 명과 싸운 것으로 추측하기도 했지만, 맹인 청년이 그에게 부상을 입혔다는 것을 알고 있는 사람은 없었다.
부상에서 회복된 후 쿠허가 처음 한 일이 샤오은의 시신을 찾는 일이었다.
북제 조정에서 여러 번 절벽 근처를 수색했지만, 성과가 없었기에 다급해하고 있었다. 만약 샤오은이 아직 살아 있다면, 샹샨후가 가만히 있을 리 없었기 때문이었다.
물론 하이탕과 쿠허는 랑타오의 판단을 의심하지 않았기에 그가 죽었다고 믿고 있었지만, 시신을 찾기 전에는 다른 사람들에게 확신시킬 수는 없는 노릇이었다.
"절벽에서는 어떻게 내려가신 거예요?"
"쉽지 않았지만, 못할 일도 아니었다. 절벽 위에 끈을 묶고서 내려갔어. 다만 그가, 어떻게 그곳을 쉽게 빠져나갔는지는 의문이구나."
"하지만 저는 그것보다 더 의아한 게 있는데, 몇 개월이 지났는데도, 시신이 매 같은 산새들에게 먹히지 않았다는 거예요."
"샤오은 옆에, 새 몇 마리가 죽어 있기는 하더구나. 그 새들은 이미 백골이 되어 있었는데, 샤오은의 시신은 마르긴 했어도, 부패하진 않았어."
"정말 대단한 독이네요."
쿠허는 가볍게 고개를 끄덕이고 자연스럽게 화제를 옮겨 말했다.
"판시엔이란 젊은이가 매우 궁금하구나."
"샤오은이 탈출한 날, 판시엔은 사절단에 줄곧 있었다는데, 그를 직접 본 사람은 없다고 해요. 다음 날 제가 찾아갔을 때에는, 이미 침대에 누워있었구요……사형이 절벽에서 샤오은과 같이 뛰어내린 사람이 판시엔이라고 확인도 해줬고, 그가 확실히 독술에 능하긴 한데, 명확한 증거가 없어요.”

하이탕은 스승이 얼마나 샤오은의 입을 막으려 노력한지 아는데, 판시엔이 마지막에 샤오은과 같이 있었다는 것을 알면 판시엔이 위험해질 수도 있다는 것을 알았다. 하지만 그렇다고 스승님 앞에서 거짓말을 할 수는 없었다.

하이탕이 예상치 못했던 것은, 쿠허는 그 문제를 그리 심각하게 생각하지 않는 듯 보인다는 것이었다.

“둬둬의 차가 점점 맛이 좋아지는구나.”

“별말씀을.”

하이탕은 불안했다.

“판시엔이 누군지 알 것 같다.”

하이탕은 점점 더 불안해졌다.

“그 젊은이가 북제를 오기 전, 난 어디로 가서 부상을 입고 말았지. 너는 이 세상에서 누가 날 해할 수 있는지 궁금하겠지?”

하이탕의 불안은, 호기심으로 바뀌었다.

“맹인. 오래전에 한번 보았는데, 그 이후로 잊을 수 없었던, 맹인이었다.”

하이탕의 호기심은, 놀람으로 변했다.

‘스승님을 해할 수 있다는 것도 놀라운데, 심지어 맹인이라고?!’

“그런데 참으로 이상한 게, 이 엄청난 실력자인 맹인이……어떤 기억을 잃어버린 듯하더구나. 맹인이 오래전에 사라졌었는데, 이렇게 갑자기 세상에 다시 나타났고, 심지어는 처음 찾아온 사람이 나였다니. 난 이미 속세를 초월한지 알았는데, 그 점에서는 약간 어깨에 힘이 들어가더구나."

하이탕은 도무지 이해할 수 없는 표정이었다.

"그 맹인은 스구지엔을 가르쳤고 예류윈을 대종사로 만든 사람이다. 그런 그가 나를 다시 찾아올 거라고는 생각을 못 했다. 더구나, 옛날의 신비스러운 모습은 사라져 버렸더구나."

하이탕은 드디어 입을 열었다.

"그 맹인이 베일에 싸여 있던 그 마지막 대종사인가요?"

"아니야. 그 맹인에게 허울 따위인 이름은 중요하지 않지. 그 비밀스러운 대종사는 경국의 황실에 있다고 보는 게 맞아."

하이탕은 정말 이해가 되는 게 하나도 없었다.

'베일에 싸인 대종사를 아무도 본 적이 없다는데, 왜 사람들은 있다고 확신하며, 그것도 경국의 황실에 있다고 확신하는 것일까?'

하이탕의 생각을 읽기라도 한 듯 쿠허는 부드러운 미소를 지으며 말을 이었다.

"그건 간단해. 오래전에 스구지엔이 경국의 황제를 암살하러, 세 번이나 경국의 황궁을 침입했었다. 스구지엔은 치밀한 계산을 했겠지. 그럼에도 한 달에 세 번에 걸친 시도를, 모두 실패했다. 중상을 입지도 않았지만, 어떠한 기회도 찾을 수 없었다 하더구나."

"혹시 그 맹인이……당시 경국의 황궁에 있었던 건 아닐까요?"

"그 맹인은 당시 예씨 집안의 아가씨와 함께, 경국의 강남에서 내고를 만들고 있었다."

"예씨 아가씨요?"

하이탕이 오늘 들은 이야기에서 나오는 모든 사람은 이 세상에서 가장 유명한 사람들이었기에 어안이 벙벙해졌다.

"무슨 말인지 알겠지?"

쿠허는 하이탕을 바라보며 말했다.

하이탕은 맑은 눈빛으로 고개를 저었다.

쿠허는 여전히 하이탕을 바라보며 자문자답하듯 말했다.

"판시엔이 누구냐고?"

"판시엔이 바로, 그 예씨 집안 여주인의 아들이야."

바람 소리가 꾸짖듯이 들려왔지만 정원은 이상하리만큼 조용했다.

한참이 지나서야 충격에서 벗어난 듯한 하이탕은 여전히 많은 것들이 이해가 되지 않는다는 표정이었다.

'판시엔……호부 상서의 사생아라더니, 갑자기 예씨 집안? 예씨? 거상으로 천하를 놀라게 한 예씨? 감사원과 내고를 만든 예씨? 아직까지 이 세상에 그림자가 남아 있는, 그 예씨?'

쿠허가 오랜 침묵을 깨고 다시 입을 열었다.

"샤오은은 천핑핑에게 잡혀 있었으니 몰랐겠지만, 난 예씨 아가씨의 신분을 알고 있었지. 맹인은, 그 아가씨의 호위무사였다. 샹징에서 날 벗어나게 유인한 것도, 판시엔이 샹징에서 일을 보기 편하게 하기 위한 거였겠지."

"다소 무리한 추측 아닌가요? 그 맹인이 스승님과 싸운 것이, 판시엔과는 그리 큰 연결고리가 없는 듯한데요. 더구나 그 당시 예씨 집안은, 멸문지화를 당하지 않았나요?"

"지금 판시엔의 남경에서의 지위, 그가 딴저우에서 징두로 온 후 조정의 수상한 변화들을 보면, 확실해 보인다. 예씨 집안이 망했다고 하지만, 그 지배인들은 아직 잘 살아 있고, 아마 남경 조정에서, 예씨 아가씨의 핏줄을 남기려고 했던 누군가가 있었다는 건데, 그건 별로 놀랄 일이 아니야."

하이탕은 어떻게 말을 해야 할지 몰랐지만, 판시엔이 지금 감사원과 내고 즉 이전에 예씨 아가씨가 만든 유산을 모두 쥐어 가고 있는 형국을 보면, 스승님의 말에도 일리가 있다고 생각했다.

다만 그녀와 서신을 주고받는 친구, 젊고 부드러운 이 남자가, 이렇게 복잡하고도 가련한 신세였다 생각하니 마음이 아파왔다.

"술집에서 판시엔이 너에게 불러주었던 노래를 생각해 보렴. 그게 그의 진정한 심정인 거야……."

'조상님의 은덕이네……모두 어머님 덕분이네……돈만 좇으며 골육의 정을 잊지 않아서일세. 착한 일, 나쁜 일, 모두 응당의 대가를 치르게 되어 있으니…….'

하이탕은 그날 조 공자를 가장해 판시엔이 부른 노래가 머릿속에 맴돌며 한참 동안 말을 하지 못하였다.

"이 일은 크다고 할 수 있지만, 작다고도 할 수 있네요."

이 문제는 분명 판시엔과 경국의 황실 사이에 문제를 일으킬 터이지만, 북제의 국사인 쿠허와 북제의 성녀인 하이탕에게는 이 일을 어떻게 이용할 것인가가 더욱 중요한 문제였다.

"판시엔이 예씨의 후손이라는 소식을……천하에 알릴 생각이다."

"그럼 그 맹인은 어떻게 해요?"

하이탕은 그 소식이 갑자기 알려졌을 때 판시엔의 안위도 걱정이 되었지만, 또한 그 상황에서 맹인이 분노하여 움직이면 어떻게 될지 더욱 걱정되었다.

"맹인이 나를 기억하지는 못하는 것 같았는데, 그럼에도 고의적으로 나에게 단서를 남긴 것을 보면, 아마도……내 입을 빌려서, 천하에 그 소식을 일부러 알리려 한 것 같다. 그는 이미 더 기다릴 생각이 없고, 판시엔에게 더 빨리 움직이라 재촉하는 듯 보였다."

정원에 눈보라가 한바탕 지나갔지만, 방 안에는 여전히 차향이 은은하게 남아 흩날리고 있는 것 같았다.

마침내 하이탕은 조용히 대답하였다.

“제자, 알겠습니다.”

쿠허는 그녀를 보지도 않고, 미소를 띤 얼굴로, 무심히 이야기했다.

“판시엔이 서신에서 〈천일도〉를 알려 달라고 했다면서……줘라.”

‘줘라? 농담이신가? 아니면 미치신 건가? 외부인에게 천일도를? 그것도 경국에서 어마어마한 권력을 가지고 있는 판시엔에게?’

“〈천일도〉는 그의 어머니가 나에게 준 거다. 그러니 마땅히 돌려주어야지……그리고 판시엔의 힘이 커질수록, 경국 황실은 머리가 아플 테니, 북제로서도 좋은 일이야. 나에게도 빚을 갚을 수 있는 기회고, 북제에도 도움이 되는 일이니, 안 줄 이유가 없지.”

“스승님 하지만……판시엔이 이번 일을 감당하지 못하면, 어떻게 하지요?”

“십몇 년 전, 징두에 피바람이 불 때, 예씨 집안을 무너뜨린 왕공(王公) 집안이 깨끗이 정리되었다고는 하지만, 여전히 일부는 남경의 황실에 남아 있을 수도 있겠지. 내 생각에 이 맹인은 이번 일을 계기로, 그 사람들이 모습을 드러내길 원하는 것 같아.”

쿠허는 추측은 했지만, 이 사실로 인해 경국의 황실이 보일 태도나 판시엔의 이후 상황은, 그에게 고려 대상이 아니었다.

“판시엔이 감당하지 못한다 하더라도, 그 맹인이 뒤를 지킬 것이야. 그러니 사실 판시엔이 죽고 싶어도, 쉽게 죽지도 못한다.”

스승님의 말을 가만히 듣고 있던 하이탕은 여전히 〈천일도〉를 외부인에게 전수하는 것이 위험하다 생각하고 있었지만, 또 하나 〈천일도〉가 판시엔의 어머니가 스승님에게 준 것이라는 사실에 더욱 놀라고 있었다.

“예씨 아가씨는……도대체 어떤 사람이었나요?”

“난 처음에, 그녀가 속세를 떠난, 작은 선녀인지 알았는데, 이후에 보니 그게 아니……."

"천맥자?"

하이탕이 기다리지 못하고 물었지만 쿠허는 단호히 대답했다.

"아니야. 그녀는 그저, 천재라는 말에 담을 수 없는, 아주 신비한 여자였다."

하이탕은 오랫동안 침묵을 한 후 입을 열었다.

"샤오은 대인의 시신은, 어떻게 처리하셨나요?"

"장모우한 대인과 같이 있다. 두 형제가 평생 다른 길을 걷다, 죽고 나서야 마침내, 같은 길을 걷는 거지. 그것도 나쁘지 않은 것 같구나."

하이탕은 오늘 이해할 수 없는 일이 너무 많았다. 오늘에서야 장모우한과 샤오은이 형제인 것을 알게 되었기 때문이다.

"모두 지나간 일들이다. 너희들 젊은이들에겐, 너희들만의 세상이 있지 않느냐? 〈천일도〉는 네가 직접 판시엔에게 전해 주거라."

쿠허는 이 말을 마친 후, 대나무 삿갓을 쓰고 눈보라 속을 성큼성큼 걸어서 어느새 사라져 버렸다.

제3장

밝혀진 신분

하염없이 내리는 하얀 눈 아래의 창산의 산자락에서 안개가 모락모락 피어오르고, 수십 마리의 두루미들이 춤을 추듯 날아다니고 있었다. 상반신을 드러낸 판시엔은 김이 나는 온천에 앉아 머리를 뒤로 젖히고 있었다. 그 옆에 한 노인네는 마른 손가락을 내밀어 그의 오른 손목에 가져다 댔다.

페이지에는 현공 사당에서의 소식을 듣자마자 징두로 향했는데, 도착할 때쯤 판시엔이 가족들을 데리고 창산에서 겨울을 보내고 있다는 걸 알고 급히 창산에 들어온 것이다. 스승과 제자가 눈 덮인 소나무에 둘러싸인 온천에서 여유를 만끽하는 모습은 한편으론 호화스러워 보였다.

이 둘이 사치를 누릴 수 있었던 것에는 이 둘이 모르는 것이 있었다.

"이로써 일곱."

등에 장검을 찬 가오다가 어두운 얼굴로 부하에게 말했다.

"시신은 뒷산으로 가서 태워."

"네."

가오다는 시신을 바라보며 날이 갈수록 판 제사를 암살하러 오는 자객들이 많아진다고 생각했다. 예상대로 미쳐서 날뛰기 시작한 신양이 줴씨 집안의 몰락과 함께 가장 노골적인 복수 방법을 선택한 것이었다.

그리고 가오다는 자객을 정리하는 6처의 관원들을 보며 확실히 자신 같은 호위와는 다른 점이 있다는 것을 깨닫고 있었다. 실력을 떠나 정면에서 군으로 붙을 때는 호위들이 강할 수 있지만, 자객으로부터의 경호에서는 6처를 따라갈 수 없다고 생각했다.

판시엔이 부상을 입은 후 경호 등급은 몇 단계나 상향되었다. 현공 사당 사건 이후 천핑핑은 불같이 화를 냈고, 이에 6처는 밀정 12명을 보내 판시엔을 근접 경호하고 있었는데, 이는 황제가 궁을 나설 때와 같은 수준이었다.

판시엔은 이 사실이 별로 놀랍지는 않았다. 절름발이 노인네가 '의외'로 자신을 찌른 그 흰옷의 자객에게 고래고래 소리를 지르며 부하들을 이용해 판시엔을 제대로 경호하지 않으면 가만두지 않겠다고 소리치는 장면이 눈에 선하게 그려졌기 때문이다.

가오다가 속으로 감사원의 실력에 감탄하고 있을 때 또 다른 이도 그와 비슷한 생각을 하고 있었다.

신양의 명령으로 창산에 온 자객의 우두머리가 흰옷을 입고 눈 속에서 위장을 하며 모든 상황을 주시하고 있었다.

그는 이미 오래전 장 공주에게 목숨을 바치겠다고 맹세한 무사였지만 현재 상황은 녹록지 않았기 때문이다. 황제의 비밀 호위들까지는 예상했지만 감사원 6처의 밀정까지는 미처 생각지 못했고, 만약 이를 뚫고 판시엔을 죽이려면 군대를 보내는 수밖에 없다는 생각이 들었다.

그는 미간을 찌푸리며 나무에서 미끄러지듯 내려왔다. 그리고 그동안의 실패 과정을 자세히 적어 신양으로 서신을 보냈다.

순간 그의 몸이 살짝 움직였다. 눈송이가 그의 목에 들어오며, 차가운 기운이 느껴지더니, 이내 몸이 떨리기 시작했다.

눈으로 덮인 검은색 쇠막대기가, 그의 목을 정확히 꿰뚫었다.

그때쯤 징두에서는 췌씨 집안의 밀수 사건 소식이 천하를 뒤덮고 있었다. 백성들도 돈을 좋아했지만, 조정의 대신들도 돈을 좋아했다. 황실 내고 관리에 문제가 있어 조정의 세수에 엄청난 손해를 끼쳤다는 소식은 삽시간에 징두를 덮었다.

도찰원은 침묵했고, 신양에게 매수된 관리들도 침묵했다.

하지만 그렇지 않은 다른 대신들은 철저히 조사해야 한다며 상주문을 올리기 시작했다. 장 공주와 2황자의 이름은 거론되지 않았지만 그 칼끝은 분명 그들을 향하고 있었다. 그리고 모두 이 소식의 배후에 판 제사가 있는지 알았지만 어느 누구도 감히 입 밖에 낼 수는 없었다.

더구나 최근 며칠 사이 징두에서는 더욱 흥미진진한 소문이 떠돌기 시작했다.

상심한 신양에서 미치광이처럼 자객을 보내 판 대인을 암살하려

했다는 것이다!

감사원 8처의 업무 효율을 아무도 따라갈 수 없다.

하지만 모든 사람들이 판시엔과 장 공주와의 충돌에 대한 내막을, 정확히 이해하고 있는 것은 아니었다.

'스챤리 같은 서생이 왜 생뚱맞게 돈을 탐해서 포월루는 운영하는 것인가?'라는 표면적인 질문도 있었지만, 조금은 관직 사회의 내막을 아는 사람들에게는 더욱 중요한 의문들이 있었다.

'장 공주가 황실 장사를 포기하지 못하는 이유가 무엇일까?'

'사위를 죽일 만큼 내고가 가치가 있는 것인가?'

'췌씨 집안과 밍씨 집안을 이용해서 북방과 동이성, 심지어 해외까지 물건을 밀매하면서 내고의 돈을 착복한 이유는 무엇인가?'

'그 거금은 도대체 어디에 쓰인 것인가?'

"군대 양성."

판시엔은 창산의 조용한 방 안에서 앞에 있는 제자를 보며 말했다.

"군대는 모두 폐하와 조정의 것이지. 대도독인 옌샤오이도 자신이 통솔하는 군대를 움직이려면, 폐하의 조서(詔書)가 있어야 하지…… 너도 알다시피, 군에서 폐하의 명망은 상상할 수도 없어. 이 위엄에 도전하려면 자금이 필요하지. 그것도 대량의 자금. 옌샤오이가 수하의 군 관원들을 움직이려면, 입이 딱 벌어질 만큼의 돈이 필요한 거야."

"군대를 양성하는 데 확실히 돈이 많이 들어가겠지요. 내고에서 십 년을 빼돌린 돈이면 충분할까요?"

"충분하고도 남지."

판시엔은 제자에게 소상히 설명하듯 말해 주었다.

"2황자가 징두의 관리들을 매수하는데, 여론을 장악하는데, 심지어는 신양의 지방 관리들이나 제후들과 친분을 쌓는 데에도, 내고의 돈이 들어갔을 거야."

"그런데 그것은 반역에 해당하는 것 아닌가요?"

직설적이고 강직한 스챤리에게는 여전히 이해가 되지 않았다.

"2황자가 만약에 정말 황위를 이어받게 되는 그날이 오면? 그 돈을 모두 다시 돌려받으려 하겠지. 간단한 이치야."

스챤리는 길게 한숨을 내쉬고는 답답한 듯 이야기했다.

"스승님이 췌씨 집안을 무너뜨렸고, 곧 내고를 이어받게 되면, 결국 상대방의 자금줄이 끊어지게 되는 것인데, 2황자 전하는 엄청난 손실을 보는 셈이고……이번엔 신양에서의 반응이 이전보다 훨씬 강렬해지지 않을까요?"

"반응? 나의 장모는 4년 전부터 이미 강렬하게 반응하기 시작했었어."

판시엔은 류씨를 통한 독살, 우보우안과 재상의 둘째 아들을 이용한 뉴란지에 사건을 떠올리며 냉소를 지었다. 이 모두 그녀의 손에 피 하나 묻히지 않고 다른 사람의 손을 통했었다.

'이번엔 얼마나 급했으면 그녀가 직접 손을 썼지?'

생각만 해도 황당하고 우스웠다.

'그래 차라리 화를 내라. 이전처럼 침착하기만 하면, 내가 당신 생각을 읽을 수가 없잖아.'

"장 공주는 정말 대단한 여자야. 조정의 대신들은 모두 그녀가, 태자를 돕고 있다고 생각했지 은밀히 2황자와 손을 잡았다고 생각을 못 했어. 그래서 장인어른과 같이 장 공주와 척을 진 사람들이, 자연히 2황자 편을 들었었지. 만약에 이런 일이 칠팔 년 정도만 지속되었다면, 그때 폐하께서 이미 연로해 있다면, 정말로 2황자가 동궁으로 들어갈지 모를 일이었어."

"스승님을 만나게 된 게 안타까울 따름이겠네요."

스챤리는 웃음이 터졌다.

"난 운이 좋았을 뿐이야. 하지만 폐하와 천 원장이 이를 몰랐을까?"

스챤리는 아연실색하며 얼굴이 굳어 버렸다.

"장 공주가 아무리 대단해도 결국 그 사람들의 장기 말에 지나지 않아. 나 또한 앞의 무대에 서 있는 하나의 '손'에 불과하고. 폐하께서 이 상황을 방관하시는 건, 단지 장 공주를 아끼는 태후를 화나게 하고 싶지 않기 때문일 거야."

판시엔은 이 말을 하고서 고개를 살짝 돌려 유리창 너머 하얗게 눈으로 덮인 설산을 쓸쓸하게 바라보았다.

"하지만 그중에서도 내가 가장 높이 평가하는 인물은, 일찍이 징두를 떠난 장인어른이야."

원래 판 상서 대인이 가장 대단하다고 생각하던 스챤리에게는 다소 의외의 말이었다.

"장인어른은 간사한 재상이라 불리었지만, 사실 보기 드문 유능한 대신이었어. 경국이 몇 년 동안이나 태평성대를 유지하고 있는 것도, 그분의 능력이라 보아도 과장이 아니야. 하지만 내가 장인어른을 가장 높게 평가하는 점은, 참을 때는 끝까지 참다가, 결단을 할 때에는 과감하게 결단을 했기 때문이야."

판시엔은 제자를 가르치듯이 자세히 설명했다.

"장 공주가 심어 놓은 우보우안 때문에 둘째 아들을 잃었을 때, 과감히 나와 완알의 혼인을 허락하며 감사원과 아버지 편에 섰지. 사실 조정에서 몇 년 동안이나 대립해 온 천 원장과 아버지 편에 선다는 판단을 내리는 건, 아무나 할 수 있는 일이 아니야. 그리고 권력의 정점에 있었지만, 주변 상황이 달라지자, 폐하의 진의를 알아차리고서, 바로 관직을 물러나셨어. 본인과 가족의 안정을 위해서, 권세를 놓으신 거지."

판시엔의 장인 린뤄푸는 재상에서 물러난 뒤 우저우에서 풍족한 노년을 보내고 있었는데, 징두 가족들에게 보낸 서신을 보면 징두에서보다 더 건강하게 살고 있는 것처럼 보였다.

"장인어른은 다른 사람뿐 아니라, 스스로도 잘 알고 있었고, 시대와 권력의 흐름을 읽을 수 있었던 거야. 내가 반드시 배워야만 하는 것들이지."

"스승님은, 재상이 되고 싶으신 건가요?"

"떠보듯이 묻지 마. 난 관심도 없고, 능력도 안 돼. 대신 너에게 관련된 소식을 하나 알려 줄게. 문서각의 후(胡, 호) 선생이, 이미 폐하의 명을 받고, 징두로 돌아왔다 하더군."

"어느 후 선생을 말씀하시는 건가요?"

"후 선생이 여러 명인가? 네가 철없는 시절, 문학 개량에 힘쓰던 그 후 선생. 이부 상서 자리는 공석이고, 친형도 징두 수비로 봉해졌으니, 문하중서성은 몇 명의 대학사가 이끌게 된 것이지. 어쩌면 재상직은 계속 공석으로 두면서, 문하중서성이 재상의 역할을 대신할 수도 있을 것 같은데?"

판시엔은 말을 마치고 창가로 가서 밖을 쳐다보자, 검은 감사원복을 입은 이가 방문을 두드리려고 하는 모습이 보였다. 그는 창문을 열고 말없이 관원에게 그가 있는 곳으로 오라 손짓했다.

덩즈위에는 불쑥 튀어나온 손을 보고 그리로 가 조용히 말했다.

"원장 대인께서 종쮀이를 시켜 신양 사람을 추격하라 했습니다."

판시엔이 고개를 끄덕이자 덩즈위에는 종이봉투를 내밀었다. 가방 안에는 3처의 분석 정보와 함께 서신이 들어 있었다. 판시엔은 스찬리에게 방을 나가라고 한 후, 편지 봉투의 봉랍을 뜯고 3처에서 작성한 보고서를 먼저 보았는데 모든 일이 순조로워 보였다.

옌빙윈이 쉐씨 집안에 대한 대처를 빠르게 진행하면서 그 소문이 강남까지 퍼져, 쉐씨의 사돈 집안인 밍씨 집안도 이미 재산과 상품들을 옮기기 시작했다고 하는 내용이 핵심이었다.

봉투 안의 또 하나의 서신은 북제에서 하이탕이 보내온 것이었다. 3처의 내용에 만족하며 편안한 마음으로 뜯었던 편지를 보는 순간, 이 편지를 조금이라도 먼저 읽지 않은 것에 후회가 밀려왔다.

그의 표정은 점점 어두워져 갔고, 얇은 편지지를 잡고 있는 손은 떨리기 시작하였다.

처음에는 안부와 날씨이야기, 당나귀와 오리이야기, 하인처럼 부리는 판스져 이야기 그리고 왕치니엔 이야기 등이 있었는데, 문제는 그 다음이었다.

백세송거에서 네가 술 취했을 때, 〈석두기〉에 나온 구절을 읊었던 기억이 나네……왜 그런지 몰라도, 너와 같이 샹징에서 지내던 날들이 그리워. 그때는 푸르던 '잎'들이 노랗게 물들더니, 이제는 흔적도 없이 사라졌어.

하지만 그 '잎'은 곧 다시 싹을 틔우겠지.

맞다. 얼마 전 놀라운 소식을 들었는데, 너도 관심이 있을 것 같아서. 샤오은 대인 시신이 절벽에서 발견되었는데, 시신은 이미 안장되었지만, 네가 북제를 오는 길을 같이 하던 사람이니만큼 알려주는 거야.

그리고 뜻밖에도 마지막에 〈천일도〉를 전수해 주겠다는 말로 끝맺었다.

'〈천일도〉를 전수해 주겠다고?! 그럼 쿠허를 만났다는 거고, 샤오은 시신이 발견된 것과도 무관하지 않을 거고…….'

그는 기쁘기도 했고 의아하기도 했고 실로 엄청난 일이라고도 생각이 되었지만, 문제는 이 중요한 일에 전혀 신경이 쓰이지 않았다는 것이다.

왜냐하면 푸른 '잎', 사라진 '잎', 다시 싹을 틔우는 '잎'의 문장이 너무나도 엉뚱했고, 기괴했고, 더구나 판시엔에게 그 '잎'이라는 글자는 신경이 쓰일 수밖에 없었다.

이것은……하이탕이 자기에게 뭔가의 이야기하려는 것이었다.

잎(葉)!

꽃잎의 잎, 연잎의 잎……예칭메이의 잎(葉, 잎 엽)!

편지지를 쥐고 있던 판시엔의 손이 떨리고 있다.

술 취해서 자신의 신세를 한탄하며 읊었던 〈석두기〉의 구절을 하이탕이 왜 갑자기 언급했는지 이해가 되었다. 판시엔은 지금 이 순간 〈천일도〉가 눈에 들어오지 않았다.

'쿠허는 내가 예씨 집안의 후손이라는 것을, 알고 있다!'

판시엔은 깊은 숨을 한번 쉬고 굳어버린 양 볼을 문지르며 평정심을 되찾으려고 노력했다. 쿠허가 어떻게 알아냈는지를 생각할 겨를도 없이 앞으로 어떻게 대처할 것인가를 생각해야 했다. 하이탕의 뜻은 쿠허가 그의 출생 비밀을 알고 있고 곧 공개될 수 있으니 대비하라는 의미가 명확해 보였다.

샹징과 징두가 아무리 멀어도 수일 내에는 소문이 충분히 징두에도 퍼질 터였다.

사실상 그 소문이 퍼진다고 하더라도 실체적 증거도 없을 뿐더러, 북제에서도 기껏해야 유언비어일 뿐이라 말할 것이다. 하지만 장 공주, 2황자와 대립하며 판시엔이 즐겨 썼던 방법, 그가 가장 잘 알고 있는 언론의 힘과 살상력, 이제는 판시엔이 그것에 대처해야 할 상황이 되어 버린 것이다!

더구나 이건 사실이었다.

갈증을 느낀 판시엔은 무의식적으로 찻주전자를 들어 입에다 들이부었다.

"푸!"

차가 조금 뜨거웠기에, 그는 차를 내뿜어버렸다.

'니미랄!'

'펑!' 하는 소리와 함께 도자기 찻주전자가 바닥에 내동댕이쳐져 깨지며 파편이 사방으로 튀었다. 판시엔은 편지를 갈기갈기 찢으려 손에 힘을 주었지만 편지지는 구겨질 뿐이었다. 그를 지켜주던 진기도 이미 사라져 버렸기 때문이다.

절로 쓴웃음이 나왔다.

판시엔은 복도를 돌아 별장에서 가장 조용한 방의 문을 '벌컥' 열고 들어갔다.

방 안에서 그를 위한 환약을 만들고 있던 페이지에가 고개를 들어 초췌한 얼굴로 자신의 학생을 바라보며 물었다.

"……무슨 일인데 그렇게 급한 거냐?"

"스승님, 큰일 났어요."

어릴 때부터 침착하기론 둘째가라던 제자의 모습에 의아해했지만, 판시엔의 말을 전해 들은 후, 페이지에는 더욱 당황해서, 약가루가 묻어 있는 두 손으로 머리를 연신 쥐어뜯으며 한참을 아무 말도 하지 못했다.

"내려가야겠어요."

"내려가야겠다."

사제 두 사람이, 동시에 입을 열었다.

"나는 진원(陳園)으로 갈 테니, 넌 상서 대인에게 가거라."

급히 두 대의 마차를 준비시키고 판시엔이 먼저 출발하려 할 때,

페이지에가 다소 진정된 어투로 말을 건넸다.

"두려워하지 마라."

판시엔은 놀라서 고개를 돌렸다.

"이놈아, 두려워하지 말라고. 십몇 년 전의 상황이 다시 연출되면, 우리 둘이 독으로 다 죽여 버리면 돼. 그러니 걱정할 필요 없어."

장원에 남아 있는 여인들에게 인사할 겨를도 없이, 스스에게만 한마디 하고서 둘은 마차에 올랐다. 6처의 밀정들은 둘을 호위하며 같이 하산했고, 가오다를 비롯한 호위들은 산에 남아 다른 이들을 경호했다.

해가 질 무렵 페이지에는 진원에 도착했고 얼마 있지 않아 진원의 모든 등이 켜지며, 페이지에와 바퀴의자에 앉은 쳔핑핑이 무거운 얼굴로 진원의 문을 나서고 있었다.

"입궁한다."

쳔핑핑은 차갑게 부하에게 명령한 뒤, 고개를 돌려 온화한 표정으로 그리고 가벼운 목소리로 페이지에에게 말했다.

"별일도 아닌데, 사제 둘이서 무슨 호들갑인가?"

"이게 별일이 아니면, 뭐가 별일인가요?"

"자네야 매일 약이나 만드니 그렇다 하더라도, 판시엔도 그랬다는 건 좀 실망인데. 조금만 생각해봐도 알 수 있을 텐데……됐어. 어쨌든 아직도 아이 아닌가? 심리적 압박이 심하면 그럴 수도 있지."

마차가 황궁에 이르자 쳔핑핑이 내리기 전에 마지막으로 페이지에에게 말을 건넸다.

"이건 나쁜 일이 아니라, 좋은 일이야."

"원장 대인이 움직이시니, 전 이제 이후 상황에 대해 신경 쓰지 않겠습니다. 감사원으로 가서, 8처의 사람들을 준비해 놓겠습니다."

"소식이 징두에 퍼지기 시작하고 이틀 정도는, 최대한 막는 시늉을 해야 해. 판시엔의 신분에 대해선……언젠가는 알려질 일이었는데, 내가 보기에 지금이, '제일 좋은 기회'일 수도 있어."

서재 안에서 판지엔은 과즙을 마시며 재미있다는 듯이 판시엔을 보고서 조롱하듯 말했다.

"너도 당황은 하는구나. 난 네 심장이 얼음으로 만들어진 줄 알았더니."

"아버지, 지금 농담할 때가 아니에요. 이 소식이 징두에 퍼지면 어떻게 해요? 이 일이 어쨌든 사람들에게 알려지지 않았다는 건, 어떤 사람은 제 신분이 드러나지 않길 바라기 때문이잖아요."

"이미 넌 세상에 드러났잖니? 그것도 아주 아름답게. 너의 신분을 어차피 계속 숨길 수는 없었고, 시기를 선택했어야 하는데, 아비가 보기에는……지금이 '제일 좋은 기회'일 수도 있어."

"제일 좋은 기회요?"

"말해 보렴. 네가 제일 걱정되는 게 무엇이니?"

판지엔은 긴 수염을 가볍게 만졌다. 마치 줄곧 엄숙하던 상서 대인이 드디어 대나무 같은 호탕하고 초탈한 모습을 드러내고 있는 듯 보였다.

이 모습에 판시엔도 평정을 되찾으려 노력하며 침착하게 말했다.

"이 소식이 전해지면, 사람들도 의견이 분분할 거고, 특히 황실에서도 저의 신분을 알게 될 텐데, 황실에서 저를 어떻게 '처리'할지 모르겠어요."

"어떻게 '처리'?"

판지엔은 냉소를 지었다.

"설마 황실에서 네 신분을, 아직도 모르고 있다고 생각하느냐?"

판시엔은 순간 동짓날 태후의 초청으로 황실의 연회에 참석했던 순간이 떠오르며, 당시의 태후의 태도를 보면……이미 알고 있을 가능성이 크다고 생각했다.

결국 태후와 황제, 두 모자가 천하를 속이고 있었을 뿐이었다.

"그들은 천하를 속이고 싶어 하는데, 만약에 이 소문으로 천하의 사람들이 알게 되면, 어떤 변화가 생길지 모르겠어요. 그리고 황후가, 제가 예씨 집안의 후손인 것을 알게 되면, 어떻게 생각할까요? 아버지의 말씀에 따르면, 예씨 집안과 그녀 사이에는 풀 수 없는 원한이 있다고……."

"개국 이래 가장 세력이 약한 황후이니, 그쪽은 신경 쓸 필요도 없다. 네가 신경 써야 할 부분은, 동궁의 태자가 황후의 꼬임에 빠져, 너와 대립하게 될 것이냐는 것이야. 하지만 태자도……총명한 사람이니, 현재의 네가 가지고 있는 지위와 권력을 생각한다면, 너만 황자 간에 균형을 잘 유지한다면, 널 건드리지는 않을 것이야."

"그럼 장 공주는요?"

판시엔의 가장 큰 걱정이었다.

장 공주와 내고. 내고는 예씨 집안의 장사였는데, 황실이 가져간 명분은 다름 아닌 '모반'이었다. 그렇다면 결국 판시엔은 '모반'을 꾀한 집안의 자손이고, 이는 장 공주에게 그리고 다른 사람들에게도, 판시엔을 제거해야 하는 '마땅한 명분'을 주는 셈이었다.

내고도, 감사원도 이어받을 수 없었다.

물론 판시엔의 '또 다른 신분의 비밀'을 고려해 볼 때 그는 황실에서 '그분들'이 자기를 죽이지는 못하리라 생각했다. 하지만 그 비밀을 장 공주도 아는지는 몰랐고 천하의 사람들은 알 리가 만무했다. 결국 판시엔은 자기가 궁지에 몰릴 수밖에 없다고 생각했던 것이다.

"장 공주? 바보가 아니라면 나서지 않고 지켜보겠지."

"왜요?"

"폐하의 생각이 중요하니까."

판지엔의 말에 판시엔은 순간 깨달음을 얻었다.

황제는 판시엔의 신분을 알고 있었다.

물론 판시엔이 '알고 있다는 사실'을 모르고 있었지만.

이 순간 황제가 적절한 결정을 내리기 전에 장 공주를 포함한 그 누구도 먼저 나서는 것은 정말 바보 같은 일이었다.

"네가 딴저우에서 온 이후로, 나와 천핑핑이 너에게 충분한 기반을 다져주어서, 넌 이미 '무거운 바위'가 되었는데, 바람 좀 분다고 걱정할 필요가 있느냐? 걱정할 필요 없다. 그런 바람들은, 널 움직이지 못한다. 세상은 좀 시끄러워지겠지. 폐하나 태후는, 기껏해야 이틀 정도 널 냉담하게 대할 수 있겠지. 하지만 모든 일은 폐하께서 어떤 태도를 보이시느냐로 결정이 되는 거야. 현공 사당의 일로 폐하께서 너의 충정을 깊이 신뢰하고 있지 않느냐? 네가 폐하를 위해 검을 막았듯이, 폐하께서도 이번에 널 막아 주실 거다. 폐하의 마음에 아직 너에 대한 고마움이 남아 있을 때, 이런 일이 터지는 게 나아. 일찍 이어서도 안 되고, 더 늦어서도 안 돼."

그래서 '제일 좋은 기회'였다.

"이 일로 집안에 문제가 생기지는 않을까요?"

예씨의 자손을 판씨 집안에 맡긴 것이 황제의 생각이었다 하더라도 이를 황제가 공개적으로 인정할 리는 만무했다. 그렇다면 '모반'의 자손을 거둬들인 죄는 모두 판씨 집안이 뒤집어쓸 수밖에 없었다.

"바보 같은 놈. 너도 어쩌지 못하는데, 나를 해한다고? 그리고 생각해 봐라. 황실에서 나에게 어떻게 한다는 것은, 결국 황실에서 네가 예씨의 후손임을 인정하는 꼴이 되어 버리잖니?"

"그럼 아버지의 말씀은, 어떤 상황이 벌어져도 제가 예씨의 후손임을 인정하지 말아야 한다는 말인가요?"

"당연하지. 증거가 어디 있느냐?"

"아……저는 원래 이 기회를 빌려서……."

"예씨 집안 사건을 바로잡겠다고?"

판지엔은 큰 웃음이 터졌다.

"그래서 네 놈이 그렇게 긴장을 했던 거구만. 그걸 다시 밝히는 게 무슨 의미가 있느냐? 이미 예전에 폐하께서 그 일로 징두를 한번 뒤집으셨는데……지금은 그 일의 잔물결 같은 거라 생각하면 돼."

"사실 제가 예씨 집안 후손이라는 게 밝혀지는 건 무섭지 않은데, 단지……."

판시엔은 원래 장 공주와 사람들이 이 일로 자기가 황실의 자손이라는 것을 추측할 수 있을 거라는 말을 하고 싶었지만 말을 하던 도중에 갑자기 정신이 번쩍 들었다.

황제가 자신의 '아버지'임을, '아버지'에게 거론해 본 적이 없었기 때문이다.

아버지와 아들은, 진실을 서로 알면서도, 모른 척하며, 화목하게 지내왔었다.

판지엔이 대신 입을 열었다.

"그 일은……마음속에 담아 두거라. 사람들이 짐작하든 안 하든, 무슨 영향이 있느냐? 아……아버지가 말했지만, 쳔핑핑은 이 일이 생기길 바랐을 거고, 준비하고 있었을 거야. 그는 권력을 이용해 소문을 막으면서 사실인 듯 꾸미고, 사람들이 너의 신분을 추측하게 만들고, 그리고 최소한 너의 신분에 대한 소문들에 대해, 익숙하게 만들어 버릴 거야."

"쳔핑핑은 도대체 무슨 생각을 하고 있는 걸까요?"

"쳔핑핑과 나는 너에 대해 줄곧 생각이 달라서, 나도 잘 모르겠구

나. 나도 쳔핑핑도 서로 믿지 않지만, 우리 둘 다 너는 믿으니, 참……
지금 상황을 보면, 결국 그가 이긴 것 같기도 하네. 사실 난 이 일도
그가 꾸민 것이라 의심이 돼. 아니면 어떻게 북제가 너의 신분을 알
았겠느냐? 다만 그렇다고 하더라도, 네가 걱정할 필요는 없다. 지금
쯤이면 이미 쳔핑핑이 입궁해서, 널 위한 계획을 세워 놨을 거야."

이 말이 끝난 후 서재는 한참 동안 무거운 침묵이 흘렀다.

그리고 또 시간이 흘렀다.

"죄송해요. 아버지."

아무 이유도, 맥락도 없는 사과였다.

판지엔이 바라던 부자가 되는 '편안한 길'을 가지 않아서일까?

그의 신분 때문에 판씨 집안이 곤경에 처해서일까?

아니면……?

'죄송합니다, 정말 죄송해요. 전 정말 아버지의 진짜 아들이 되고
싶어요. 어머니가 저에게 기회를 주지 않은 것뿐이에요.'

판 상서는 쳔핑핑이 '제일 좋은 기회'를 만들기 위해 일부러 판시
엔이 황제를 구하려다 중상을 입게 만든 것이라 의심하고 있었다.
하지만 이때 쳔핑핑은 황궁에서 갑자기 이 일을 들춰내려는 사람이
누군지 추측하고 있었다.

"이 사실을 아는 사람은 저, 판지엔, 판씨 마님, 페이지에 그리고
폐하뿐입니다. 참, 폐하께서 태후가 춘시 사건 이후에 알아채셨다고
했으니, 도합 여섯 명입니다. 소신이 보기에, 이 여섯 명 중 사실을
누설할 사람은 없어 보입니다."

황제가 천천히 몸을 돌렸다. 평소에 맑았던 눈빛은 분노로 가득
차 마치 사냥감을 노리는 매처럼 매서워 보였다.

"그럼 북제가 어떻게 알았단 말인가?"

춘시 폐단 사건을 통해 판시엔의 제사 신분이 만천하에 드러나게 되었는데, 이미 내고를 이어받기로 한 상황에서 판시엔이 내고와 감사원의 권력을 동시에 쥐게 될 것임이 알려지는 사건이었다. 백성들과 평범한 관원들에게는 그저 부러움과 시기의 대상이 된 것이었지만, 궁에서 오랜 시간을 보낸 태후에게는 그 의미가 달랐다. 의심을 하게 된 태후가 아들에게 추궁하자, 황제도 어쩔 수 없이 인정했던 것이다.

태후도 처음에는 아연실색했지만 그리고 그 요물인 여자에 대한 분노가 치밀어 올랐지만, 황실의 핏줄이라는 점을 고려해 용인하고 있었던 것이다.

"북제 사람이 추측해 낸 것 같습니다."

쳔핑핑은 추측이었지만 정작 그 추측이 진실에 가장 접근했다는 것은 모르고 있었다. 황제는 의심을 거두지 않고 다시 물었다.

"쿠허가 어떤 인물인지 모르는가? 그 머리로 추측을 할 수 있다고?"

쳔핑핑은 멈칫했지만 다시 단호하게 말했다.

"장 공주가 의심스럽습니다."

판시엔이 옆에서 이 말을 듣고 있었다면 큰 소리와 함께 감탄했을 것이다!

태후가 판시엔의 신분을 알고, 장 공주는 태후가 가장 아끼는 딸이다. 장 공주는 이전에 북제와 결탁한 적이 있고 북제로 밀수를 했기에 북제에 끈이 있다. 무엇보다도 판시엔을 죽이려고 한 적이 있을 정도로 동기가 확실하다.

황제도 이 모든 것을 알고 있다.

에둘러서 '북제와 결탁한 사람이 있습니다' 라고 말하며 황제가 장 공주를 의심하게 만든다면, 오히려 쳔핑핑의 의도를 황제가 의심할 수 있다. 그런데 그는 오히려 직설적으로 말하면서, 황제가 자신을 의심할지라도, 신하 된 충정으로 충언을 올리는 것으로 보이게 만들었다.

천핑핑의 이 짧은 한마디는 실로 대단했다.

"윈루이는 판시……안쯔가 나의 아들인지 모르는 것 같네."

황제는 태후가 이를 장 공주에게 말했다고 하더라도 장 공주가 판시엔의 신분을 알리려고 했다면, 그것은 직접적으로 황제 자신을 겨냥하게 되는 일이기에 그럴 리 없다고 생각하는 것이었다.

하지만 천핑핑은 알고 있었다. 그럼에도 황제는 자신의 말에, 이미 장 공주를 의심하기 시작했다는 것을.

"윈루이가 어떻게 하는지 두고 보지."

만약에 진짜 장 공주의 계획이라면, 이 소문이 퍼진 후 글을 올려 황제에게 조심하라고 간언을 하거나, 직접적으로 판시엔을 없애려 하거나 혹은 판씨 집안을 멸해 버리라고 권고할 것이었다. 물론 그렇게 되면 황제와 장 공주와의 오누이의 정은 점점 옅어질 터였다.

"그럼 이 일은 어떻게 처리할까요?"

"짐이 일생을 영광스럽게 살아왔다고 생각했는데, 장년에 이르러 이렇게 고독하게 될지는 몰랐네. 자네와 판지엔 형 외에는 완전히 믿을 사람이 없으니."

천핑핑이 입을 열려는 찰나 황제는 손을 저으며 말을 막았다.

"당시 태후가 예씨 집안을 없애 버린 명분이 뭔지 기억하나?"

"모반."

"그건 자네 둘도 찬성한 생각이었네. 예씨가 남긴 것들을 엉망으로 만들 수도, 놓아버릴 수도 없는 상황에서, 그 모든 것을 황실로 가져와야 했는데, 그러기 위한 명분이었지."

"맞습니다. 당시만 해도 관련된 사람들이 이미 죽어버렸으니, 어떤 죄명을 씌워도 상관없다고 생각했습니다. 그것이 17년이 지난 지금, 이렇게 문제가 될 줄은 몰랐습니다."

"무슨 문제? 짐이 예씨 집안의 명예를 회복시킨다는데, 누가 말을 댈 수 있나?"

"불가능합니다."

천핑핑은 단칼로 반대했다.

"폐하께서 그 아이를 아끼시는 마음은 충분히 압니다만, 그렇게 하시면 절대 안 됩니다……어르신이 어떻게 생각할지 고려하셔야 합니다."

황제는 그가 태후를 거론한다는 것을 알아차린 후 고개를 끄덕였다.

"보아하니 자네에게 수가 있는 듯한데……."

"일이 갑작스럽게 터지는 바람에 그리고 폐하의 명도 아직 없으셔서, 미처 준비하지 못했습니다. 하지만 큰 문제는 없습니다. 신양에서 글을 올리면 엄중히 문책하시면 되고, 황자들에게는 조심하라 당부하시고, 판시엔에게는 절대 인정하지 말라 일러두면 됩니다. 대신들이 의혹은 가지겠지만, 확실한 증거 없이는 누구도 감히 상주문을 올리지 못할 것입니다."

"안쯔가 난처할 텐데……앞으로 조정에서 어떻게 처신을 하겠는가?"

"내년에 그는 강남으로 가게 되어 있으니, 때마침 풍파를 피할 수 있는 좋은 기회입니다. 폐하, 이 일이 비록 골치는 아프지만 언젠가 밝혀질 일, 차라리 지금 폭로되는 것이 '제일 좋은 기회'라고 생각됩니다. 판시엔을 징두에서 2년 정도 떨어뜨려 놓으시면, 모든 것은 점점 사그라질 듯 보입니다."

"사그라질까?"

"스리리가 친왕의 후손이라는 소문도 취선거의 장사를 잘되게 하였을 뿐, 아무런 문제가 없었습니다."

"황후 쪽은 내가 모후(母后)께 한번 들르라고 하겠네."

황제는 긴 한숨을 내뱉었다.

"실수가 있어서는 안 돼. 짐은 이미 그 아이에게 미안한 점이 많아."

십여 일이 지난 후 징두에는 소문이 퍼지기 시작했고, 황실은 마치 소문을 알지 못한다는 듯 평온했고, 감사원 관원들은 찻집과 술집에서 소문을 퍼트리는 백성들을 잡아들이기 시작했다.

그래서 사람들은 더욱더 소문을, 믿게 되었다.

지금의 감사원과 황실의 내고를 만들어 냈던 하지만 모반을 꾀했던 예씨 집안의 후손이 살아 있고, 그가 바로 '판시엔'이라고.

그제서야 사람들은 판지엔이 판시엔을 16년 동안이나 딴저우 별저에서 방치했던 이유를 이해하게 되었다.

향수 냄새를 그리워하던 여인, 목욕을 하다 비누의 위대함을 깨달은 성문을 지키는 졸병, 철궁의 화살을 바라보던 군인, 북제 샹징에서 비단으로 유리를 닦고 있던 상인, 독한 술을 들이켜며 즐거워하는 시인, 어린 시절 가지고 놀던 폭죽을 떠올린 청년, 그리고 감사원에서 검은 천을 살며시 걷고 세상의 모든 것을 지켜보는 절름발이 노인…….

그들은 소문과 함께, 예씨를 떠올리기 시작했다.

"동궁 쪽 반응은?"

판시엔은 서재에서 덩즈위에에게 물었다.

"동궁과 가까운 관리들을 지켜보고 있는데, 어제 몇몇 대신 부인들이 황후를 보러 입궁한 것 외 특별한 반응은 없습니다. 무슨 이야기를 나눴는지는 알 수 없습니다."

"황후?"

'나도 가만히 있는데 황후께서 먼저 움직이시려고? 황후는 내 신분을 알고 놀라 자빠지겠지. 하지만 문제는, 태후가 무슨 생각을 가지고 있느냐는 건데…….'

"고모님, 아이를 좀 보살펴주세요."

함광전 안. 눈물의 흔적이 역력한 황후가 태후의 침대 옆에 앉아 처량하게 말하고 있었다.

"네 아이를, 뭘 더 보살피라는 것이냐?"

태후가 한숨을 푹 쉬며 힘없이 말하자 황후는 이를 바득바득 갈면서 말했다.

"제가 판시엔을 볼 때마다 마음이 불편했는데, 알고 보니 그 요물 같은 여자의 아들이었다니! 황상……황상도 너무하시지, 그렇게나 오래 숨기시다니!"

"다 지나간 일인데, 뭘 그렇게 원망하느냐? 그 어린놈을 너도 보았겠지만, 황상이 그놈에게 뭘 해 줄 수도 없는데, 이럴 필요가 있느냐?"

함광전은 매우 조용했다. 홍 태감만이 마치 자고 있는 듯 문밖을 지키고 있었을 뿐 다른 궁녀와 태감들은 멀리 떨어져 있었다.

"고모님, 제 아버지가 누구인지 잊으신 거예요? 결국 고모님의 형제잖아요. 그리고 황상이 줄곧 말은 하시지 않았지만, 결국 당시에 제가 그 요물에게 한 일 때문에, 원한을 가지고 계신 것 아니겠어요?"

태후는 표정이 어두워지더니 자리에서 일어서 엄하게 꾸짖었다.

"그 입 닥치지 못할까?! 궁에서 너는 나를 '모후'라 불러야지, 어디서 '고모'라 부른 것이냐! 너의 그 질투심 때문에, 너의 아비를 교사해서 일을 이 모양으로 만들어 놓고, 그래도 할 말이 있느냐?! 멸문지화를 당했지 않았느냐……황상이 몇 개월 전에 애가(哀家, 태후가 본인을 칭하는 말)에게 말해 줘서 알았는데, 만약에 당시 판지엔이 빠르게 대처하지 못했으면, 아이고……지금 열 몇 명의 목숨도 모자라, 그 여자를 죽여 놓고, 또……또 판시엔을 죽이겠다고?!"

태후는 황후의 눈을 똑바로 쳐다보며 말을 이었다.

"잊지 말거라. 판시엔은 그 여자의 아들이기도 하지만, 황상의 핏줄이기도 해! 우리 황실의 혈육이란 말이다! 네가 그를 죽이고 싶다 말하면, 그래 묻자. 지금 애가에게 뭘 물어보는 것이냐?!"

황후는 두려움에 떨면서도, 태후의 정의로운 척하는 얼굴에 어이가 없었다.

'당시 태평별원의 암살 사건은, 태후께서도 묵인하신 일 아닌가요? 이제 와서 뻔뻔하게 인정하시지 않겠다는 건가요?'

태후는 황후의 생각을 읽은 듯 다소 표정을 누그러뜨리며 말했다.

"말하지 못하는 것은, 말을 하지 말아야 해. 무덤까지 가지고 가거라."

"역시나……태후께선 아들을 두려워하시는 거군요."

"두려워하는 게 아니라, 아끼는 것이다. 애가는 황상이 당시처럼 슬픔에 빠진 모습도 보고 싶지 않고, 더욱이 그날의 피바다를 다시는 보고 싶지 않아……안 그래도 황실은 자손이 귀한데, 당시 왕공귀족들이 대부분 죽어버렸으니, 다시 그런 일이 일어나서는 안 돼."

황후는 한참을 멍하니 앉아 있다, 갑자기 신경질적인 웃음이 터져 나왔다.

"저의 그 가여운 아버지, 그러니까 고모의 가여운 형제의 죽음이,

이런 식으로 의미 없이 잊혀져야 한다구요? 판시엔은 그 요물 년의 아들이에요……근데 조정에서 아무것도 하지 않는다구요? 예씨 집안이 뭐라도 되는 거예요? 예씨의 죄명이 뭔데요? 모반이에요, 모반……설마, 지금 황실의 체면 따위는 생각하시지도 않는 건가요?"

태후는 더 이상 듣기도 싫다는 듯, 천천히 말했다.

"네가 피곤해 보인다. 가서 좀 쉬거라. 판시엔에 관해서는……누가 예씨의 아들이라 하더냐? 애가는 기본적으로 그 말을 믿지 않는다. 우둔한 백성들이야 뭐라고 이야기하든 내버려 두어라."

황후는 마침내 절망했다.

두 손으로 소매를 단단히 잡고서 일어나, 예를 올리고 밖으로 나갔다.

뒤에서는 태후의 차가운 목소리가 울려 퍼지고 있었다.

"최근에 몇몇 대신의 부인들이 너의 궁에 들렀다 들었는데, 곧 설이 다가오니, 궁이 바쁠 것이다. 넌 모든 대신들의 국모(國母)이니, 그 준비에 전념하고, 궁 밖의 일들은 신경 쓰지 말거라."

황후는 몸을 돌려 다시 한번 예를 표한 후 냉소를 지으며 물러갔다.

"가서 지켜보거라. 저 애가 갈수록 성격이 괴팍해지는구나. 황상의 마음을 괴롭게 해서는 안 돼."

태후의 명령에 홍 태감은 재빨리 '네' 대답하고, 유령처럼 함광전을 빠져나갔다.

깊은 밤, 홍 태감이 함광전 밖에 있는 그의 처소로 돌아간 것을 확인한 후 황후는 곁에 있는 궁녀에게 눈짓으로 신호를 보냈다.

얼마 지나지 않아, 침착한 표정을 한 동궁의 태자가 그녀의 곁으로 와서 예를 드리며 안부를 물었다.

무슨 말을 나누는지 알 수는 없었지만, 황후의 조용했던 목소리가 점점 더 급해지고 있었고, 태자는 말없이 연신 고개를 젓기만 하였다.

그리고 한참 동안, 모자 사이에 침묵만 흘렀다.

마침내 태자는 조용하게 위로하듯 입을 열었다.

“판시엔이 예씨 집안의 후손이라 한들, 뭘 할 수 있나요? 그래봤자 상인의 집안이잖아요.”

“상인? 너는 그 여자가 그저 그런 장사꾼 정도라 생각하는 거냐? 그녀는 요괴야, 요괴!”

황후는 잠시 숨을 고른 후 태자를 보며 차갑게 말했다.

“판시엔은, 너의 아버지의 아들이다.”

깊은 밤 황궁에, 불길한 침묵이 흘렀다.

태자는, 놀란 가슴을 진정하려 노력하며 말했다.

“어머니, 무슨 그런 터무니없는 말씀을.”

“판시엔은, 너의 부황과 요물 같은 그년 사이의 후레자식이란 말이다!”

“그게 가당키나 한가요?”

말을 그렇게 하여도 태자의 머릿속에는 많은 생각이 들었다. 하지만 자기도 모르게 바보 같은 웃음을 지으며 말을 뱉었다.

“저에게 아우가 하나 더 있었던 거네요?”

황후는 넋이 나간 듯 자신의 아들을 바라보았다.

그 모습에 태자는 난처한 듯 최대한 목소리를 낮춰서 침착하게 말했다.

“그럼 또 어떤가요? 제가 그와 사이도 좋고, 그의 출신이 정당하지 못하니 어차피 황실에는 들어오지도 못하고, 결국 저에게 위협이 되지는 않잖아요?”

“전하에게 위협이 되지 않는다구요? 아들아, 잊지 말거라. 판시엔

모친의 죽음과 어미는, 뗄레야 뗄 수 없는 관계란다. 그가 네가 황위에 오르는 것을 눈 뜨고 지켜볼 거라고 생각하는 것이냐? 그래, 설령 그가, 원망이나 복수의 계획이 없다고 하자. 하지만 그의 입장에서, 네가 황위에 오른 뒤, 눈엣가시 같은 자신을 가만히 놔둘 거라 생각할까? 판시엔은 자신을 보호하기 위해서라도, 네가 황위에 오르게 하지 않을 것이야!"

황후는 차갑게 웃었는데, 그 웃음은 마치 요화궁의 명을 재촉하는 부적과 같이 궁내를 날아다녔다.

"아들아, 준비해야 한다. 당연히 이 소식을 아무에게도 말하면 안 되고. 제일 중요한 것은, 너의 그 형제들이 판시엔의 신분을 알게 해서는 안 돼. 만약에 첫째와 둘째가 이 일을 알게 되면……."

태자는 황후의 말을 듣고 한참을 침묵하다 낮은 목소리로 입을 열었다.

"판시엔이 예씨 집안의 자손이라는 말이 들려도, 부황께서 침묵하고만 있었던 것이……이유가 있었군요. 하지만 부황이 그를 여전히 총애하시고, 판씨 집안과 천 원장이 뒤를 바치고 있는데, 이 아들이 손을 쓰기는 쉽지 않아요."

"지금이야 건들 수가 없지. 황실에서도 아무도 우릴 도와주지 않을 거야. 하지만 판시엔을 믿어선 안 된다는 사실만은, 항상 기억해야 해. 그리고 참아야 해. 참고 또 참아야 해. 어떤 일도 해서는 안 돼……춘시 사건에서 네가 말했듯이, 어쨌든 너의 부황의 뜻이 중요해. 네가 황상의 신임만 얻는다면, 판시엔도 감히 어떻게 하진 못하겠지. 그러니 우리가 참으면서 견디다 보면……언젠가 방법이 있을 거야."

태자는 이 말에 대답하지 않았다.

모후의 생각에 동의하지 않았기 때문이다.

동이 틀 무렵, 황궁의 또 다른 곳.

몸에 적절히 붙은 옷을 입은 닝 재인이 겨울 햇빛에 말라버린 거목 주위를 빙빙 돌고 있었다. 그녀의 오래된 습관이다. 동이성 출신인 그녀는 경국 황실의 귀인이 되었지만, 몸을 좀처럼 쉬게 할 줄 몰랐다.

얼마나 돌았을까. 옆에서 지켜보던 대황자가 참지 못하고 물었다.

"어머니, 대체 무슨 일인가요?"

"들었느냐? 판시엔의 신분을."

마침내 걸음을 멈춘 닝 재인이 이마에 흐르는 땀을 닦으며 물었다.

대황자는 그녀에게 따뜻한 차를 건네며 답했다.

"일이 너무 갑작스럽고, 증거도 없고, 부황과 태후 조모의 뜻을 보아하니, 유언비어에 불과한 듯 보여요."

"천하의 사람들은 모두 진실이라 믿고 있는데?! 쳔 원장도 그것을 노리는 듯하고, 판시엔은 어떻게 해야 하나……."

그녀는 차가운 목소리로 말을 하다 잠시 멈추고 한숨을 쉬고는 말을 이었다.

"그런 거였어……그녀가 아들이 있었구나……."

"어머님의 뜻은?"

"우리 동이성 사람은 은혜와 원한을 분명히 한다! 폐하께서 당시 예씨 집안의 공로를 인정하시든 안 하시든, 동궁은……반드시 그를 가만히 놔두지 않을 거야. 무슨 말인지 알겠느냐?!"

대황자 같은 명장도, 닝 재인 앞에서는 잘 길들여진 새끼 고양이처럼 얌전히, 마치 졸병처럼, '차렷' 자세를 하고 조용히 말했다.

"자세히 말씀해 주십시오."

"일이 안 좋게 흘러가면……넌 어떻게든 판시엔을 지켜야 해!"

대황자는 어머니의 뜻을 거역한 적이 없었기에 바로 '네' 했지만 사실 이해가 잘 되지는 않았다.

'난 금위군을 이끌고 있는데, 그럼 상황이 안 좋게 흘러가면, 군이라도 동원해야 한다는 것인가? 그건 반역에 가까운데……어머니는 왜 이렇게 판시엔을 보호하려는 것이지?'

"쳔 원장이 날 구하지 않았으면, 당시 난 북쪽 산자락에서 폐하를 따라 살아 돌아오지 못했다. 동이성 신분의 포로로서 불가능한 일이었지. 그리고……당시 내가 너를 임신했다는 것을 아무도 모르고 있었는데, 예씨 아가씨의 말이 없었으면, 지금 우리 둘 다 여기 없었다. 그때는 너도 어리고, 나도 별다른 힘이 없었지만……지금은 다르지 않느냐? 판시엔의 생명을 반드시 지켜야 한다."

대황자는 어머니 말을 듣고서도 한참 동안 말을 잇지 못하고 생각만 하다 침착하게 입을 열었다.

"하지만 결국 부황의 뜻이 다르다면, 제가 할 수 있는 것은 없지 않나요?"

"나도 혼사를 앞둔 너에게, 위험부담을 주려는 것은 아니야. 다만 폐하의 뜻이 어떻든, 앞으로 동궁을 주시하도록 하거라."

이때, 대황자의 머릿속을 스쳐 가는 생각이 있었는데, 이제서야 무엇인가를 깨달은 듯이 흥분하며 말했다.

"판시엔이 예씨 후손의 신분만이었다면, 모반의 죄를 지은 집안의 자손을 부황께서 놔두실 리가 없을 텐데, 지금 부황께서 가만히 계시는 것을 보자면……아! 정말 그런 건가요?!"

"이제 알겠느냐? 판시엔은 그분의 아들이다. 너의 형제지."

대황자는 두 주먹을 꽉 쥐었다.

그 사실을 쉽게 받아들일 수 없는지 잠시 머뭇거리다 말을 이었다.

"그럼 판 상서는……만약 그게 진실이라면, 왜 부황께서 판시엔을 딴저우에 보내셨을까요?"

"그 당시? 그 혼란의 순간에는, 명확한 이유도 원인도 알 수 없었다."

"그런데 우리도 판시엔의 진짜 신분을 추측할 수 있다면, 다른 사람들도 할 수 있는 게 아닐까요? 아직 그런 소문은 없는 게 이상하네요."

"추측은 추측일 뿐이야. 쳔 원장이 이 문제를 고민하고 있을 텐데, 내가 생각할 때에는, 폐하께서도 아직 이 문제를 어떻게 정리할지, 결정하지 못하신 듯 보인다."

황제가 이 소문에 어떤 행동을 취할 것인가.

최근 며칠 동안 징두의 대신들과 백성들의 최대 관심사였다. 들려오는 소문이 진실이라면 판시엔은 체포될 것이고, 거짓이라면 하사품이나 위로의 말로 이 소문을 잠재울 것이었다.

상황은 더욱 재미있게 흘러갔다.

감사원은 민감하게 반응하는 반면 판씨 집안은 조용했고, 더구나 황실도 아무런 반응을 보이지 않았다. 심지어 도찰원 어사들 중 몇몇은 상주문을 올렸지만 여전히 황제는 아무 반응을 보이지 않았다.

결국 용맹하지만 우둔한, 직설적이지만 다소 거친, 황실과 조정의 체면을 생각하는 '순수한' 관원, 성은 마오(毛), 이름은 위에량(閱良)이라는 자가 일을 벌였다.

황제의 반응은 담담했다.

"깨끗한 자는 깨끗함이, 더러운 자는 더러움이 자연히 드러나는 법이다. 어리석은 백성들이 하는 말에 끼어들어, 체면을 잃으면 안 되느니라.”

여기서 끝났어야 했다.

위에량은 결국 승복하지 못하고, 하지 말아야 할 말을 언급했다.

“……그러하니 판 대인은, 감사원 제사에 부적합하고, 내고를 이어받기가…….”

아직 말이 다 끝나지도 않았지만, 폐하는 대노하여 자리에서 일어나 호위에게 그를 끌고 나가 곤장 20대를 치라고 명하였다. 만약에 태후가 한마디 하지 않았다면 그 정도로도 끝나지 않았을 것이다.

그는 순수한 의도였지만 그 뒤에 신양이 있다는 것은 아무도 모르고 있었다. 태후의 요청으로 그 정도로 형벌은 끝난 것이었지만, 황제가 정작 분노한 점은, ‘태후가 요청’했다는 점이었다.

장 공주의 반응을 기다리던 황제였다.

장 공주는 태후가 가장 아끼는 딸이다.

하지만 정작 황실의 내막을 알지 못하는 대부분의 관원들과 백성들에게 이 사건은 판시엔에 대한 황제의 총애를 증명해 주는 결정적인 사건이 되었다.

그리고 소문은 누군가는 가장 싫어할 방향으로 흘러갔다.

“알아? 작은 판 대인이……황제의……사생아라던데.”

“그러니까, 생김새도 똑같다던데.”

“폐하의 용안을 봤어?”

“아니……말이 그렇다는 거지. 하지만 판시엔이 문무를 겸비한 인재인 걸 보면, 폐하의 자식이라 해도 이상할 것 없지 않아?”

“맞지, 맞지.”

“하지만 판 상서가 좀…….”

“그러게 판 대인이 좀 불쌍해. 난처하겠어.”

신양의 이궁 안에서, 장 공주의 그림 같은 눈과 입술에 자조하는 듯한 미소가 퍼졌다. 빈틈없이 일을 처리한다 자부하던 그녀가 소문을 듣고서 자신이 치명적인 잘못을 저질렀다는 생각이 들었던 것이다.

'황제 오라버니가 날 의심하기 시작했겠구나. 판시엔 요놈이 물건이네…….'

"위엔 선생의 말을 들었어야 했는데, 내가 잘못 생각했어."

"작은 판 대인의 신분을 누가 짐작이나 했겠습니까? 처음 퍼진 소문도 그렇지만, 이어진 소문의 내용은, 감히 말을 이을 수가 없습니다. 소신이 처음 자중을 권했던 것은, 예씨 집안의 후손이라는 것이 너무 이상하고 갑작스럽다고 생각했던 것뿐인데, 저도 이렇게 소문이 빨리 퍼질지 몰랐습니다. 저희가 이번에 실수한 것도, 하늘의 뜻이라 생각해야……."

장 공주는 췌씨 집안의 몰락을 보면서 판시엔의 실력을 과소평가했다는 생각에 화도 나고 마음도 급해져, 수하의 권고를 들었음에도, 첫 번째 소문이 퍼지자마자 태후와 순진한 마오위에량을 이용해 판시엔을 끌어내리려고 했던 것이다.

하지만 그 이후 판시엔이 폐하의 사생아라는 두 번째 소문이 퍼질 줄은 생각지도 못했다. 하나의 패를 헛되이 쓴 것뿐 아니라, 모후의 체면에 오점을 줬으며, 제일 중요한 것은, 황제의 역린을 건드려 버린 것이었다.

'나의 이 아둔한 수가, 사위에게 힘을 실어준 꼴이 되어 버렸네?'

"예칭메이……."

그녀는 머리가 지끈하여 신음을 토해내 듯 혼잣말을 하였다.

"난 평생 동안 너를 넘어서지 못하는 거야? 그것도 모자라, 너의 아들까지 이렇게 쉽게 나를 무너뜨린다고?"

제4장

아버지와 아들

징두의 검은 밤.

우쥬는 검은 천으로 눈을 가린 채 판씨 저택 뒤의 작은 골목에 나타났다.

골목 끝에는 국수 가게가 있고 등불은 겨울바람에 움츠러들었다.

평범한 옷차림의 남자가 가게 밖 의자에 앉아 있다. 사내는 추위를 못 느끼는 듯 얇은 옷차림을 했고, 얼굴에 표정은 없었지만, 두 눈만은 세상의 모든 것을 꿰뚫어 보는 듯했다.

그의 앞에는 국수 그릇도 없었다.

그가 팔을 휘젓자, 칼날이 휙 소리를 냈다.

칼날이 국수 가게 주인에게 떨어지고, 선혈이 사방으로 튀었고, 주인의 머리는 가을 나뭇가지에서 과일이 땅에 떨어지듯 툭 하고 면을 삶고 있는 솥으로 떨어졌다.

솥 안은, 빨갛게 물들었다.

우쥬와 그 남자의 거리는 석 장(丈) 남짓.

우쥬는 괴기스러운 그 장면에 아무런 관심이 없다는 듯, 아무 리듬감도 없는 목소리로 말했다.

"넌 남쪽에서 왔다."

"의례적 순찰. 널 찾아왔다."

"넌 판시엔을 죽이러 왔다."

"넌 고의적으로 소문을 퍼트렸다."

"남쪽에서 널 찾을 수 없었다. 그가 '그녀'의 아들이면, 넌 징두에 와서 그를 죽일 것이다."

그 남자의 눈썹이 이상하게 움직였는데, 우쥬의 말을 이해하려고 노력하는 듯 보였다. 하지만 그 모습이 너무 부자연스러워 마치 한 편의 만담을 보는 듯했다.

두 사람의 대화를 통해 알 수 있는 것은, 두 사람이 이전부터 아는 사이라는 것. 더구나 우쥬는, 상대방은 판시엔이 예칭메이의 후손이라는 것을 알면, 반드시 징두에 와서 판시엔을 죽일 것이라는 점도 확신하고 있었다.

우쥬는 고의적으로 쿠허를 통해 그 사실을 알리면서, 자기의 흔적을 지워 버림과 동시에, 판씨 저택 앞에서 상대방을 기다리고 있었던 것이다.

우쥬의 단 하나의 목적은?

상대방을 여기로 끌어들이기 위함이었다.

그렇다면 상대방은 누구인가?

수개월 전 경국의 남쪽 해안에 나타난 그는 이름 없는 맹인을 찾고 있었다. 질문에 답하지 못하면 죽였다. 지금까지 그를 보고 질문에 답하지 못한 모든 사람을, 그는 이유 없이 죽여왔다.

그러나 그는 점점 세상의 사정을 '학습'하게 되면서, 산발이었던 머리를 묶었고, 짚신을 신었고, 경국의 무도인에 어울리는 칼을 구했고, 눈에 제일 띄지 않을 만한 평범한 옷을 입었다.

그가 바로 옌빙원이 걱정했던, 판시엔이 변태라고 불렀던, 그 살인범이었다.

우쥬는 살짝 고개를 숙이며 말했다.

"남쪽으로 갔지만, 널 못 찾았다."

"나도 남쪽에서 널 찾았지만, 못 찾았다."

우쥬는 맨발이고, 상대방은 짚신을 신었다.

우쥬는 뒤로 머리를 묶었고, 상대방은 위로 상투를 틀었다.

두 사람의 차림새는 달랐음에도, 검게 물든 밤, 전체적인 모양새에서 둘을 구분할 수 있는 것은, 그 두 가지밖에 없었다.

두 사람은 모두 살인 기계. 검은 밤에 숨어 있는 수렵꾼.

마치 누가 먼저 선기를 잡느냐가 승부를 가를 듯 보였다.

우쥬가 말했다.

"내가 남쪽에 있음을, 누군가 너에게 알렸다."

"흔적을 남기지 말았어야지."

"흔적은 '그녀'가 이미 많이 남겼다. 지금 신묘로 돌아가면, 죽이지 않겠다."

상대방은 아직도 우쥬의 논리가 도무지 이해가 되지 않았다. 자기가 신봉하는 논리와 지대한 충돌이 있었기 때문이다. 두 눈에 얼음 같은 차가운 빛이 번쩍했다. 생각을 정리한 듯, 그가 마침내 입을 열었다.

"넌 나와 같이 돌아간다."

두 사람의 대화는 매우 특이했는데, 조금만 주의를 기울여 들어보면, 어느 누구도 질문은 하지 않고, 대답과 단정문으로 대화를 이어가고 있었기 때문이다. 이는 둘 다, 논리적 판단 능력이 매우 빠른 탓이었다.

두 사람은 동시에 입술을 움직였는데, 아무런 소리가 나진 않았고, 마치 마지막 소리 없는 판단을 내리고 있는 듯 보였다.

판단이 내려졌다.

우쥬가 한발 다가갔다. 이제 거리는 두 장(丈).

상대방은 물러서지 않고, 쇠막대기가 쥐어진 우쥬의 손이, 언제 움직일까만 주시하고 있다.

우쥬가 움직였다.

쇠막대기가 겨울 대나무 끝의 날처럼, 상대방의 명치를 찔렀다.

이상하다. 그는 오늘 상대방의 목을 찌르지 않았다.

그가 움직일 때, 상대방도 움직였다.

그의 칼날이 우쥬의 명치를 찔렀다.

그도 우쥬의 목을 찌르지 않았다.

반응, 속도 그리고 방향, 어느 하나 할 것 없이, 우쥬와 똑같이 보였다.

찰나 전, 두 장의 간격.

찰나 후, 두 명의 충돌.

이 속도는 그림자 대인과 하이탕 아가씨를 포함해서, 4대 종사를 제외한다면 어느 누구도 따라잡을 수 없을 것 같았다.

한번의 빛과 한번의 충돌. 죽은 듯한 침묵이 이어졌다.

칼끝이 우쥬의 '가슴'에서 뽑혀 나왔다. 그 칼날에서는 무언가 땅으로 뚝뚝 떨어지고 있었다.

우쥬의 쇠막대기는 상대방의 '명치'에 꽂혀 있었다. 한 치의 오차도 없어 보였다.

우쥬가 먼저 움직였다.

우쥬가 아주 조금 빨랐다.

그리고 그 찰나를 이용해 우쥬가 한쪽 무릎을 미세하게 굽힌 것이, '명치'를 향한 상대방의 칼끝을 그의 '가슴'으로 향하게 만들었고, 결국 우쥬의 목숨을 살렸다.

우쥬는 그 자세로, 쇠막대기를 상대방의 명치에 꽂은 채, 상대방의 배를 갈랐다.

나무를 톱으로 자르듯 둘은 떨어졌고, 우쥬가 상대방의 복부에서 막대기를 빼는 순간, 무엇인가 파손되는 듯한 소리가 일었다.

이러한 중상을 입고도 상대방은 어떠한 표정도 없었는데, 마치 고통을 느끼지도 못하는 것처럼, 마치 어린아이 같은 표정으로, 자기의 복부에 난 상처를 바라만 보았다.

우쥬도 중상을 입었다. 우쥬도 상대방처럼 표정은 없었다. 다만 입술 주변에 마치 해탈한 듯한 모습이 느껴졌다.

우쥬는 상대방이 죽었다는 것을 알았다. 그리고 그는 자신과 상대방의 실력이 '동일' 했음에도, 오늘 그가 상대방을 이길 수 있었던 이유 또한 명확히 알고 있었다. 그가 먼저 상대방을 유혹했기에, 그의 준비가 조금 더 철저했다.

짚신을 신지 않았고, 머리를 뒤로 묶었다.

무릎을 굽힐 수 있는 찰나는, 그렇게 만들어졌다.

저항과 속도는, 물리적 법칙에 순응한다.

그날 밤, 다시 눈이 내리기 시작했다. 몇 명의 그림자가 그 좁은 골목을 경계태세를 유지하며 소리 없이 지나가고 있었다. 국수 가게

앞에 이른 손에 장검을 쥐고 있는 몇 명은, 눈앞에 펼쳐진 화면을 보며 다시 한번 사방을 경계했다.

안전을 확보하고서야 가오다는 장검을 등에 메고 있던 검집에 집어넣었다. 솥 안에 있는 잘린 목의 단면을 보고서 소름과 함께 공포가 밀려왔다.

'누가 이렇게 빠른 검을 쓸 수 있지?'

주인은 죽었고, 시신은 식었고, 피는 말라 있었다.

그 시각 감사원에 야간 경계를 서고 있던 관원은 자신의 뺨을 때리며 졸음을 쫓아내고 있었다. 소문이 퍼진 후 쳔 원장은 진원으로 돌아가지 않고 있었다. 쳔핑핑은 감사원 밀실에서 바퀴의자에 앉은 채로 잠이 들어 있었는데, 꿈을 꾸면서도 자기도 모르게 무릎에 덮인 양모를 자신의 상반신으로 올려 덮고 있었다.

문이 열리고, 다시 문이 닫혔다.

"자네가 이 시각에 웬일인가?"

쳔핑핑은 문소리에 잠이 깼다. 하지만 정신을 차리게 한 것은 문소리가 아니라 우쥬의 가슴에 난 공포스러운 상처였다. 누가 우쥬에게 저런 상처를 내게 할 수 있단 말인가!

"무슨 일이야?"

우쥬는 묻는 말에 대답은 하지 않고 대신 짧게 세 마디를 하고 떠났다.

"그림자를, 불러라."

"판시엔이 죽으면, 경국은 망한다."

"날 해한 자는, 내가 남쪽에 있는 것을 알고 있었다."

쳔핑핑은 깊은 침묵에 빠졌다.

첫 번째 말은, 우쥬의 상처가 깊다는 뜻이다. 그림자에게 판시엔의 보호를 맡긴 것이다. 그리고 우쥬를 해한 자는 죽었다. 아니라면 우쥬는 자신의 상처와 관계없이 이후에 '직접' 판시엔을 보호했을 것이다.

두 번째 말은 우쥬의 협박이었고, 더 말할 필요도 없다.

세 번째 말은……우쥬를 해한 자는 누구이고, 어떻게 우쥬의 행방을 알았냐는 것인데……쳔핑핑은 충분히 추측할 수 있었다. 우쥬가 그날 밤 판시엔을 등에 업고 징두를 떠날 때부터 이미 이 가능성을 고려하고 있었기 때문이다.

지금 쳔핑핑에게 남은 문제는, 누구냐가 아니라 어떻게의 문제였다.

'신묘가 어떻게 우쥬가 남쪽에 있다는 것을 알아낸 거지?'

하지만 이는 풀 수 없는 문제라기 보다, 그 답을 어떻게 받아들여야 하는 가의 문제였다. 쳔핑핑이 판시엔에게 우쥬의 행방을 물었을 때, 그는 예류윈을 찾으러 남쪽에 있다 했지만 쳔핑핑은 당연히 믿지 않았다. 하지만 그가 직접 우쥬의 행방을 조사했더니 진짜 남쪽에 있었다.

이 사실은 쳔핑핑 외에는 황제만 알고 있었다.

우쥬가 말한 것은 이 의미였다.

"폐하, 이렇게 꼭 소신을 놀래키셔야 하겠습니까? 대단하십니다, 대단해."

황제가 어떻게 신묘와 연락을 하는지는 몰라도, 그가 우쥬가 이 세상에서 사라졌으면 좋겠다고 생각하는 것은 명확했다. 자신의 사생아 옆에 대종사급의 호위무사가 있다는 것은 황제로서 받아들일 수 없는 일이었다.

황제는 변수를 가장 싫어하고, 대종사는 통제가 되지 않는다.

쿠허가 혼자의 힘으로 북제 황실을 지켜냈고, 스구지엔은 검 하나로 동이성의 중립을 유지하고 있으며, 예류윈의 예씨 집안 세력을 약화시키기 위해 경국의 황제가 현공 사당의 암살 사건 같은 위험한 일까지 감수해야 했다.

우쥬는 지켜야 할 집안도, 황실도, 국가와 백성도 없었다.

우쥬가 미치면, 천하가 미친다.

그리고 또 하나의 이유가 있었다.

신묘는 기본적으로 세상일에 관여하지 않는데, 만약에 신묘와 우쥬를 동시에 없앨 수 있다면, 판시엔과 예씨 집안의 관계에 대한 증거를 완전히 없애 버릴 수 있었고, 이는 황제가 정치적으로 가장 하고 싶은 일 중의 하나였다.

여러모로 황제에게 우쥬는 반드시 제거해야 할 대상이었다.

하지만 황제가 예상하지 못했던 것은 판시엔의 신분이 이런 식으로 천하에 밝혀질 거라는 것 그리고 그는 신묘 사람을 동원해 우쥬를 죽이고 싶었지만, 역으로 우쥬가 판시엔의 신분을 이용한 계략을 세워 신묘 사람을 죽여버렸다는 것이었다.

쳔핑핑이 예상하지 못한 것은 따로 있었다.

'폐하, 신묘 사람이 세상에 나왔고, 판시엔의 신분이 밝혀졌고……이 모든 것을 알고 있었음에도, 저나 판시엔에게 알려주지 않았다구요?'

그리고 아가씨가 개발한 벽난로 곁으로 가 불을 쬐며 혼잣말로 스스로에게 궁시렁댔다.

"인간아 인간아. 참 다른 건 잘하면서, 이번 일에는 이렇게 멍청하게 있었느냐? 그것도 아가씨의 집안 문제를……."

여명이 밝아오는 시간 징두 외곽의 '외삼리(外三里)'라 불리는 외진 곳에서, 둥근 모양의 건축물에 은은한 그림자가 지기 시작하였다. 전부 검은 목재로 지어진 이 사당은 눈꽃이 흩날리기 시작하자 세속을 초탈한 듯한 신비한 느낌을 주었다.

이곳은 경국에서 신묘와 유일하게 소통하는 공간, 황실이 하늘에 제사를 지내는 사당, 경국 사당, 이름하여 경묘(慶廟).

사당의 나무문이 삐걱하고 열리고, 징두에 오랫동안 모습을 보이지 않던 경묘 대제사(大祭祀)가 문밖으로 나와, 비통한 표정으로 침묵하며, 그 시신을 눈 덮인 바닥에서 수습하여 들어갔다.

그 시신은 '짚신'을 신고, '평범한 옷'을 입고 있었다.

추운 겨울 판씨 저택에는 대나무와 매화만이 고즈넉한 분위기를 내고 있다. 이른 새벽 그 저택에는 가쁜 숨소리만이 정적을 깨고 있었다. 판시엔은 얇은 옷만 걸친 채 정원 담장을 따라 달리고 있었고, 그 뒤로 6처의 밀정들과 호위 두 명이 뒤를 이었다.

덩즈위에와 가오다는 판시엔이 매일 아침 이렇게 힘들게 뛰는 것을 이해할 수 없다는 표정이었다. 그렇다고 판시엔이 그의 진기가 다 사라져버려 신체를 단련하는 것밖에는 할 수 있는 것이 없다고 그들에게 설명해 줄 수도 없는 노릇이었다.

열 바퀴를 다 뛴 후, 시녀가 가지고 온 수건으로 얼굴을 닦으며 판시엔은 덩즈위에에게 말했다.

"오늘 입궁할 거니까, 너는 1처에 가서 어떤 업무가 있는지 알아와."

덩즈위에가 대답을 하며 떠나자, 판시엔은 가오다에게 눈짓을 하며 말했다.

"식사하러 가자고."

오늘 판씨 집안의 아침 식사 분위기는 유독 이상했다.

판시엔의 신분에 대한 소문으로 판씨 집안사람들도 모두 다 어떻게 행동해야 할지 몰라 당황해하고 있었기 때문이다. 판시엔도 분위기를 느낄 수는 있었지만 내색하지 않고 곧장 식탁으로 걸어가, 한없이 공손하게 아버지에게 아침 인사를 드렸다.

판지엔은 자연스럽게 고개를 끄덕였지만, 옆에 있는 류씨는 몸 둘 바를 몰라 어색한 웃음만 짓고 있었다. 몇 년 전 자신이 '황제의 아들'을 죽이려고 했다는 생각이 그녀의 머릿속을 떠나지 않고 있었기 때문이다.

이 모습을 본 판지엔은 재빨리 화제를 돌려 아들에게 말했다.

"오늘 입궁할 때에는, 특별히 행동거지를 조심하거라."

"처음 가는 것도 아닌데, 예전과 똑같이 하면 되는 것 아닌가요?"

이때 밖에서 시끄러운 소리가 들리자 판지엔은 신경 쓰인다는 듯 인상을 썼다.

"무슨 소동이야?"

하인이 급히 문으로 나갔고, 이어서 하녀 한 명이 거실로 달려오더니 작은 마님과 아가씨 일행이 창산에서 돌아왔다고 알렸다. 이른 아침에 도착했다는 것은, 어젯밤에 창산에서 출발해서 밤길로 왔다는 것이었다. 소문을 듣자마자 창산에서 편히 쉬고 있던 몇몇 여인들은 판시엔 걱정에 한걸음에 달려온 것이다.

"아버지, 창산에는 소문을 당분간 숨기기로 하지 않았었나요?"

"예링알이랑 로우쟈 군주도 창산에 같이 있었는데, 며칠이나 숨길 수 있었겠느냐? 너희 젊은이들끼리 할 이야기도 있을 테니, 네 집으로 건너가 보거라. 식사는 그쪽으로 다시 챙기라 알리마."

뒤채의 조용한 서재에 판시엔, 완알 그리고 뤄뤄가, 세 명의 보살처럼 아무 말없이 앉아 있었다. 판시엔이 먼저 해명을 하자니 너무 길어질 것 같았고, 두 여인이 먼저 물어보자니 자칫 잘못된 물음에 판시엔에게 상처를 줄 수 있다 생각했기 때문이다.

한참이 지난 후 완알이 조심스럽게 입을 열었다.

"소문은 좀 잠잠해졌어?"

"소문이란 게 사람 맘대로 되지는 않지……근데 이게 뭐가 대수라고 위험하게 밤길을 달려서 내려온 거야?"

이 말을 하자마자, 그도 처음 하이탕 편지를 받고 허둥대며 인사도 못 하고 스승님과 같이 내려왔던 기억이 떠오르며 겸연쩍은 웃음을 지었다.

"나 입궁해야 하니까, 저녁에 다시 이야기해. 근데 내가 꼭 지금 해 주고 싶은 말은, 나 판시엔은, 어제도 오늘도, 그리고 내일도 그저 판시엔이라는 거야. 이것만은 보장해줄 수 있어."

판시엔의 말을 듣고도 아직 무슨 말을 해야 할지 모르고 있던 두 여인과 달리 입궁 준비를 위해 곁으로 온 스스는 거침없이 입을 열었다.

"도련님의 어머니가 예전 그 예씨 집안의 여주인이라는 게 사실이에요?"

판시엔은 자기와 같이 커서 별로 거리낌이 없는 스스를 보며 크게 웃음이 터졌다.

"역시 스스가 시원하네. 맞아, 사실이야."

"폐하의……아들이라는 것도요?"

판시엔은 갑자기 웃음을 그치더니 정색을 하며 대답했다.

"그건 내 어머니에게 물어봐야지."

마차가 황궁 외곽에 도착하니 현공 사당 사건으로 한층 삼엄해진 금위군의 경계가 눈에 띄었다. 판시엔은 마차에서 내려 수운마오가 건네는 목발을 겨드랑이에 꼈는데, 아침에 달리기를 같이한 가오다의 눈에는 무슨 연출인지 이해가 되지 않았다.

성문에 가까이 가기도 전에 금위군 호위들이 달려와 찬 바람을 막아 주었는데 이는 원로 대신들이나 받는 특권이었고, 심지어 황자들도 받지 못하는 것이었다. 하지만 판시엔은 좋아하기보다 영문을 몰라 수상한 느낌마저 받고 있었다. 이 모든 것이 대황자가 암암리에 지시한 것이라는 것을 그는 모르고 있었기 때문이다.

성문을 들어서자, 판시엔이 류씨와 처음 입궁했을 때 시중을 들던 호우 공공이 익숙한 얼굴로 그를 맞았다.

“판씨 도련님, 이렇게 일찍 오시는지 몰랐습니다.”

“태감은 지난달에 계관국령(奚官局令, 황궁의 약과 질병을 책임지는 계관국의 관직)으로 승진해서 가지 않았어? 야오 태감이 나올 줄 알았는데, 어찌 자네가 나왔지?”

“야오 태감이 다른 일이 있어, 오늘만 제가 대신하는 겁니다.”

“며칠 동안 주변 사람들이 나를 보는 눈빛이 모두 달라졌는데, 호우 공공만은 변함없이 예전처럼 대해 주니 고마워.”

“판씨 도련님이 대성하실 때까지, 이 종(奴)이 옆에서 잘 모시겠습니다.”

입에 발린 말이라도 판시엔은 기분이 좋아졌는데, 그는 황궁의 태감들은 모든 황자들에게 똑같이 대할 수밖에 없다는 사실을 모르고 있었다. 태감들에게 줄을 잘못 선다는 것은, 바로 죽음과 직결되기 때문이었다. 그러니 태감들에게는 판시엔이 황자이냐 아니냐는 중요한 사실이 아니었고, 그가 현재 중요한 대신이기 때문에 잘 보이려고 하는 것뿐이었다.

어서방에 도착하자 문밖에서 호우 공공이 큰 소리로 판시엔이 도착했음을 알린 후 한쪽으로 물러섰다. 문이 열리고, 판시엔은 목발을 짚고 들어가, 큰 책장 옆에 목발을 세워 둔 후, 낮은 침대에서 상주문을 읽고 있는 황제에게 큰절을 올렸다.

황제는 고개도 들지 않은 채 입을 열었다.
“알아서 어디 앉아라. 짐이 이걸 마저 읽고 다시 이야기하자.”
‘어서방에서 알아서 앉으라고?’
판시엔이 황당해하고 있을 때 눈치 빠른 홍쥬가 재빨리 의자 하나를 가져왔다. 판시엔은 고맙다는 눈짓을 하고 앉으며 속으로 생각했다.
‘이 어린 태감은 여드름이 갈수록 심해지는데?’
어서방 안은 적막이 흘렀다.
판시엔은 황제와 둘이 있었던 적이 처음은 아니었지만, 소문이 있은 후 처음 보는 황제의 모습에 자기도 모르게 긴장이 되었다. 심지어 목구멍까지 간질간질했는데, 참으려고 노력했지만, 어쩔 수 없이 두 번 큰기침을 하고 말았다.
조용한 어서방에 그의 기침 소리가, 울리듯이 퍼져나갔다.
판시엔은 자기가 더 놀라, 기절해 자빠질 뻔했다.
하지만 황제는 고개를 들어 그를 한번 슬쩍 보고는, 아무 말도 하지 않고, 다시 고개를 숙여 상주문을 읽고 또 읽었다. 그러는 사이 판시엔은 황제의 얼굴을 예의 없이 뚫어지게 쳐다보고 있었는데, 자기와 닮은 구석이 있는지 살펴보고 있는 것이었다.
오랜 시간이 지났음에도 아직도 상주문은 책상 위에 수북이 쌓여 있었다. 황제는 일인극이라도 하듯, 웃었다가, 화내다가, 다시 웃는 것을 반복하고 있었다.
광활한 영토의 경국은 현재 7로(路) 26군(郡)으로 나뉘어 있고, 주(州)와 현(縣)은 수도 없이 많았기에, 각 관아에서 보내는 상주문이 많은 것은 어찌 보면 당연한 일이었다. 심지어 린뤄푸가 재상에서 물러난 후 새로운 재상도 없이 문하중서성이 조정을 대신 이끌고 있는 상황이라, 황제의 일이 더욱더 많아졌던 것이다.

'이것이야말로 자기 학대구만.'

판시엔은 경외심이 들기보다는 안타깝다는 생각이 들었는데, 이런 황위의 자리를 서로 차지하겠다는 황자들이 이해가 되지 않으면서, 동시에 차라리 정원을 가꾸고 사는 징왕이 훨씬 낫다고 생각하고 있었다.

해가 중천에 뜨고서야 황제는 마지막 상주문을 다 읽고, 피곤한 두 눈을 감으며 기지개를 켰다. 태감들은 늘 하듯 수건, 청심차, 간식 그리고 정신을 맑게 하는 향을 들고 들어왔다.

그제서야 황제는 판시엔을 바라보고, 그 옆의 목발로 시선을 옮겼다.

'제 어미랑 똑같이 고집은 세 가지고……목발은 또 뭐야? 짐에게 유세라도 하는 건가?'

황제는 말없이 눈으로만 그에게 따라오라는 신호를 보낸 후 자리에서 일어났다. 판시엔이 재빨리 목발을 짚었고, 황제는 결국 참지 못하고 한소리를 했다.

"네 몸이 좋아졌다는 걸 알고 있는데, 짐에게 불쌍하게 보이려고 일부러 그러는 건가?"

말의 내용은 화를 내는 듯 보였지만 얼굴에는 온화한 기색이 역력했다.

판시엔은 그 모습을 보며 '헤헤' 웃고 말없이 목발을 옆으로 두고 황제를 따라나섰다.

소위 '부황'과 '아들'의 첫 번째 심리 싸움은, 판시엔이 승리했다.

황궁의 처마를 따라 서북쪽으로 걸어가며, 함광전, 태극전과 같은 웅장한 건축물들을 모두 지나갔다. 길에서 만난 궁녀와 태감들은 모두 고개를 숙이며 길을 비켰고 어느 순간 그들도 보이지 않았다. 숨이 막힐 듯이 적막한 정원을 황제, 판시엔 그리고 작은 홍 태감, 셋만이 걸어가고 있었다.

낙후한 전당 앞, 황제는 마침내 발걸음을 멈췄다. 작은 정원이 있는 2층짜리 목조 건물이었는데, 수리도 하지 않은 듯 매우 낡았지만, 청소는 매일 하는 듯 먼지 하나 없이 깨끗했다.

2층에 오르자 황제는 한숨을 쉬며 난간으로 걸어가 한참을 아무 말없이 바깥 풍경을 바라보았다. 하지만 이곳은 황궁에서 가장 외진 곳이라 밖에 보이는 것은, 겨울바람과 눈에 맞아 쓰러진 시체처럼 보이는 야생풀밖에 없었다.

그리고 멀리 희미하게 화양문(華陽門)의 각루가 보였다.

판시엔은 황제 뒤에 서서 전당 안을 살폈지만 그가 예상한 초상화 같은 것은 보이지 않았다. 그때 홍쥬는 마치 요술을 부리듯, 어디서 뜨거운 물을 구했는지 차를 끓여 공손히 옆에 두고서, 아래층으로 내려갔다.

"어서방에서 지켜보게 한 것은, 너에게 군주의 도를 알려주기 위함이었다."

판시엔은 조용히 듣고만 있었다.

"한 나라의 군주로서, 짐은……반드시 국가와 백성을 생각해야 하는 것이다. 황제, 그 자리가 그렇게 좋은 자리가 아니라고……너의 어머니가 말을 했었다. 황제는, 아무리 소중한 것이더라도, 어떤 때에는 그것을 포기해야 할 때도 있기 때문이다. 널 16년 동안이나 딴 저우에 방치해뒀다고 생각하며, 짐을 원망하지 말라."

판시엔이 이날을 얼마나 기다려왔는지 모른다.

준비도 다 되어 있다고 생각했다.

하지만 막상 황제의 입에서 그 말을 들으니, 목덜미부터 온몸에 소름이 끼치며, 한참을 말을 하지 못하다가 겨우 입을 열 수 있었다.

"소신……폐하의 말씀이 무슨 의미인지 모르겠습니다."

판시엔의 반응은 이미 예상했다는 듯, 황제는 몸을 돌리지도 않고 자조 섞인 웃음을 한번 짓고서 말을 이었다.

하지만 그 목소리만은 점점 온화해져 갔다.

"너의 형제를 포함하여 모든 백성은, 설령 짐에게 원망이 있다 해도, 그걸 감히 드러내지는 않지. 하지만……안쯔, 역시 넌 너의 어머니같이 뭔가 다르구나."

판시엔은 이를 악물며 나오려는 말을 꾹 참고 있었다.

"짐의 말이 무슨 의미냐고?"

황제는 마침내 천천히 몸을 돌렸다.

"짐의 말의 의미는, 네가 짐의 친아들이라는 것이다."

판시엔은 갑자기 웃음이 터져버렸다.

실소, 갑작스러운 웃음. 그 웃음에는 말할 수 없는 기막힘과 슬픔, 그리고 분노가 담겨 있었다.

한참이 지나고서야 그는 마음을 추스를 수 있었다. 하지만 지금 자기가 입궁 전 계획했던 연기를 잘하고 있는지, 아니면 황제 사생아의 역할에 너무 몰입되어 버린 것인지 분간이 되지는 않았다.

그는 황제에게 깊이 고개를 숙이며 예를 표했다. 하지만 여전히 말을 하지는 않았다.

"징두의 소문을 공식적으로 짐이 인정할 수 없지만, 짐이 너에게 인정하는 이유는……안쯔, 네가 짐의 혈육이기 때문이야."

황제의 표정에서 연민의 기색이 드러났다. 그리고 황제는 판시엔의 반응에는 개의치 않는 듯 말을 이어갔다.

"다음 달에 넌 18살이 된다."

"소신은……아직 태어난 날도 모르고 있습니다."

"정월 18일."

"18살이 되어서야, 18일에 태어났다는 걸 알게 되네요."

"황량한 시골에서 이렇게 널 잘 길러준 유모가 고생을 많이 한 듯 보이네. 짐이 언제 시간을 내어 딴저우를 가 봐야겠다. 안쯔야, 어르신은 요즘 어떠시냐?"

"할머니는 건강하십니다. 소신……저와 항상 서신을 주고받으십니다."

황제는 판시엔이 '신하' 대신 '저'라고 표현하자 마음이 편안해진 듯 안도의 웃음을 지었고, 판시엔의 어린 시절에 대해 이것저것 물었다. 판시엔도 마침내 새로운 '군신 관계'에 적응한 듯, 편안히 자신의 어린 시절에 대해 이야기하기 시작했다.

판시엔은 황제의 아들이다.

판시엔은 이전부터 알고 있었다. 황제는 그 사실을 모르고, 이제서야 판시엔이 안다고 생각했다. 판시엔은 이제 알았다는 듯이 연기한다. 황제는 판시엔을 모르고, 판시엔은 황제를 안다.

황제는 판시엔을 아들이라 생각한다.

판시엔은 황제의 아들이 되고 싶어 하지 않는다.

이것은 심리 싸움이다. 처음 입궁했을 당시부터 판시엔은 이 점을 이용했다. 한 발 한 발 물러나기도, 한 발 한 발 공격하기도 했다.

각자의 꿍꿍이를 가진 '부자'가 차를 마시며 대화를 나눴다. 황제는 점점 분위기에 취하기 시작했고, 그것이 정확히 판시엔이 원했던 것이었다.

전당 밖에서는, 태감들이 지금도 벌어지고 있는 한 나라의 수많은 일을 보고하기 위해 기다리고 있었지만, 마음만 졸일 뿐 감히 부자의 시간을 방해할 엄두도 내지 못하고 있었다. 한참이 지나서야 참지 못한 태감이 들어오자, 황제는 유쾌하지 않았지만, 그래도 이내 판시엔을 바라보며 온화하게 말했다.

"네가 아침에 봤듯이, 한 나라의 군주라는 자리는 일이 많단다."

이 말과 함께 갑자기 신양에 있는 여동생이 떠오르며 황제는 머리가 지끈했다.

"최근 징두가 시끄러운데, 공식적으로 처리하지 못하는 일들도 너무 많구나. 쳔핑핑은 네가 난처할 거라 걱정하며 강남 가는 일정을 당기자 하던데, 네 생각은 어떠하냐?"

"폐하의 뜻에 따르겠습니다. 다만 강남은 가본 적이 없는지라, 소신이 주의해야 할 부분을 좀 일러주시면 감사하겠습니다."

"짐은 모든 일이 깔끔하게 처리되어, 내고가 매년 조정에 안정적인 자금줄이 되었으면 하는 것이다. 이에, 넌 어떻게 해야 할지 알고 있을 것이야."

판시엔은 한참을 조용히 생각하다 마침내 입을 열었다.

"앞으로도 소신은, 폐하를 모시는 고독한 신하로 남겠습니다."

황제는 판시엔의 태도에 매우 만족했다.

"다만 강남은 길이 멀고 험한 데다, 소신이 장사는 잘 모르는 터라, 폐하께서 허락하신다면……."

그는 황제의 눈치를 살피고 이를 한번 '악' 문 다음에 말을 이었다.

"경여당의 도움을 받고 싶습니다."

"경여당의 지배인들이 내고의 장사는 잘 알 테지만, 조정의 규정상 징두를 벗어날 수 없다는 것을 잘 알 텐데……네가 짐에게 그것을 요구한다면, 짐이 너의 의도를 의심하지 않겠는가?"

"천하는 본디 모두 폐하의 것입니다. 그리고 소신이 폐하께 직접 말씀드려야, 오히려 폐하께서 소신의 충정을 믿어 주실 것이라 생각했습니다."

황제는 그를 보며 머릿속이 복잡해졌는데, 예씨 집안과 같이 엄청난 부와 권력을 가진 집안이 나오는 것이 재현돼서는 안 될 일이지만, 어쨌든 판시엔은 그의 아들인 데다 판시엔이 숨기지 않고 솔직하게 말하는 태도도 그의 마음에 들었다.

"짐이 4년 전에 이미 네게 내고의 권한을 주기로 결정했으니, 의심할 것도 없구나. 하지만 넌, 짐을 속이려 하면 안 되는 것이니라. 네가 경여당의 도움을 받고 싶다는 것은, 내고를 위한 것도 있겠지만, 결국 그들을 징두에서 벗어나게 해 주고 싶은 것 아니더냐?"

"감히 폐하를 속일 수는 없습니다. 소신의 생각은 확실히 폐하께서 말씀하신 바와 같습니다. 하지만 경여당 지배인들이 징두를 벗어나 자유롭게 활동하는 것은, 조정에도 반드시 도움이 될 것이라 믿습니다."

판시엔의 솔직하고 직설적인 태도에, 결국 황제는 고개를 끄덕였다.

판시엔이 크게 기뻐하는 모습을 보자, 황제는 웃는 얼굴로 꾸짖듯이 말했다.

"그렇다고 모두 데리고 가면 안 된다. 경여당은 왕족과 권문세가의 장사도 돕고 있으니, 모두 다 데리고 가면, 징왕부터 널 용서치 않을 거야."

판시엔은 여전히 '헤헤' 웃고 있었다.

그때, 황제가 뜬금없이 말했다.

"저 구석진 곳에 그림이 하나 있으니……이따가 네가 직접 가서 한번 보거라."

판시엔은 이미 무슨 그림인지 알았지만, 모른 척하며 물었다.

"무슨 그림입니까?"

"천하에 유일하게 남아 있는, 너의 어머니의 초상-화-다……."

황제의 말은 끝에서 길게 늘어졌는데 마치 어떤 좋은 기억이라도 떠오르는 듯 보였다.

"넌 그녀를 못 봤으니 가서 한번 보거라……하지만 짐이 보기에,

넌 그녀와 그렇게 닮지 않았다. 외모는 비할 데 없이 아름다웠지만, 타고난 심성이 매우 괴팍했지. 천하의 남자들 누구도 그녀의 눈에 차지 않는 듯 보였고, 시나 문장보다는 실무를 중요시했단다."

이 말을 끝으로 황제는 태감의 세 번째 재촉에 못 이겨 전당을 떠났다.

판시엔은 홍쥬와 함께, 서리가 내린 겨울 나뭇가지 사이로 사라지는 황제의 뒷모습을 보고 있었다. 황제가 그림자를 감추자 판시엔은 결국 참지 못하고 폭발했는데, 배를 잡고 몸이 휘어질 정도로 크게 웃음이 터졌다. 웃음소리는 작은 전당을 가득 채웠고, 말할 수 없는 통쾌함 같은 것이 깃들여져 있었다.

홍쥬는 옆에서 말도 못 하고 바보같이 그 모습을 쳐다보았다.

'판 제사가 오늘 너무 충격을 받으셨나? 어의라도 불러야 하나?'

홍쥬의 걱정어린 표정을 보고 판시엔은 손을 휘휘 젓더니, 웃음을 겨우 진정시키며 말했다.

"괜찮아, 나 혼자 올라갔다 올 테니, 넌 여기서 날 기다리고 있어."

다시 건물을 올라갈 때에도 여전히 터져 나오는 웃음을 참을 수가 없었다. 하지만 막상 구석진 방문 앞에 이르러서는, 침착하게 호흡을 가다듬고, 차가운 차 한잔을 손에 들고, 문을 열고 들어가, 벽에 걸려있는 한 장의 그림 앞에 섰다.

유유히 흐르는 큰 강을 배경으로, 황색 옷을 입은 여인이 서 있다.

여인은 강가의 푸른 돌 위에 서서 강을 바라보고 있었는데, 치맛자락이 살짝 강바람에 날리고 있다. 하늘로 치솟으려는 강의 물결, 강가의 돌과 모래, 그리고 건너편 암석 위에, 희미하게 개미처럼 작은 사람들이 그려져 있다. 흙과 돌 같은 것을 나르는 모습이, 제방을 세우고 있는 듯 보인다.

그림을 그린 화가의 솜씨는 뛰어나 보였는데, 세세한 풍경 묘사도 일품이었지만, 누구나 이 그림을 처음 본 사람은, 황색 옷을 입은 여인에 시선이 먼저 간 후 풍경을 볼 것 같았다.

황색 옷을 입은 여인은 옆모습만 보였는데, 영롱한 귓불 주변에 검은 머리카락 몇 가닥이 바람에 나부끼고 있다. 입술을 살짝 다문 모습이 생각에 잠겨 있는 듯했는데, 가장 시선을 끄는 것은 그녀의 눈썹이다. 아름답지만 검처럼 날카로운 눈썹은, 아름다운 여인의 것도, 호방한 남자의 것도 아니다. 그저 맑고 깨끗했고, 사람을 끌어당기는 매력이 있었을 뿐이다.

판시엔의 시선은, 여인의 눈동자에 멈춰 섰다.

'샤오은이 말한 그 눈빛이군. 유연함, 슬픔, 실망 그리고 생명에 대한 사랑에 가득 찬 눈빛. 아름다움을 동경하고 고난을 동정하는, 천하를 바꿀 수 있다는 자신감 있는 눈빛.'

판시엔은 손에 든 차도 마시지 않은 채, 시간이 멈춰버린 듯, 그림을 오랫동안 쳐다보았다. 마치 그림 속 여인의 모습 하나하나를, 자신의 마음속에 새기려는 듯 보였다. 한참이 지난 후, 판시엔은 고개를 갸웃하며 그림에 말을 걸었다.

"대단한 일을 했지만, 정작……스스로를 돌보지는 못하셨네요."

그는 잠시 멈칫했는데, 아무도 없는 그 공간에서, 자기도 모르게 긴장을 하고 있었다.

"전 어머니만큼 대단한 일은 못 할 거예요. 하지만 안심하세요. 반드시 저 스스로는 잘 돌볼 거니까. 그림을 가져갈 수는 없으니, 여기에 좀 계세요. 며칠 지나서 다시 보러 올게요."

며칠이 얼마가 될지는, 아무도 몰랐다.

"모두 지난 일일뿐……."

이 말을 끝으로, 판시엔은 방을 나갔다.

방안은 다시 조용해졌다.

'끼익.'

다시 방문이 열렸다.

판시엔이 다시 방문을 열고 들어와 그림 앞에 서서 뜬금없이 물었다.

"이과? 여자 박사님?"

황색 옷을 입은 여인은, 아무런 대답이 없다.

판시엔은 마음이 갑자기 시큰해져서 '하하' 하고 멋쩍은 웃음을 짓고 눈가에 어린 눈물을 감췄다.

그리고 성심성의껏 몸을 숙여 예를 올렸다.

"고맙습니다."

이 말을 끝으로, 판시엔은 '진짜' 방을 나갔다. 황색 옷을 입은 여인은 뒤돌아보지도 않고, 여전히 강의 먼발치를 바라보고 있었다.

이 방문이 언제 다시 열릴지, 아무도 모를 일이다.

방을 나온 판시엔은 손에 있는 찻잔을 밖에 남겨져 있던 다른 찻잔 위에 포개 얹었다.

두 찻잔은 정확하게 포개지며 짝을 이뤘다.

아래 찻잔에 남아 있던 차가, 한 방울도 넘쳐흐르지 않았다.

마치 언제나 그랬다는 것처럼.

전당을 나와 판시엔은 홍쥬에게 작은 소리로 몇 마디 하고서 그곳을 떠났다.

홍쥬는 판시엔을 황궁 밖까지 배웅한 뒤, 다시 태극전을 돌고 돌문을 거쳐 어서방으로 향했다. 가는 길 내내 홍쥬는 무슨 즐거운 일이 있는 듯 만면에 웃음이 그치질 않았는데, 어서방에 거의 다다르고 나서야 자신의 태도가 점잖지 않다는 걸 깨닫고, 길바닥에 쌓여 있는 눈을 한 움큼 잡아 얼굴에 비볐다. 얼굴 근육이 차갑게 식고서야 그는 안심이 된 듯, 마른기침을 두 번 하고 침착한 표정으로 어서방의 문을 열었다.

황제는 슈 대학사와 무언가를 논쟁하고 있었다. 홍쥬는 대학사가 정말 간이 크다고 생각하고 있었는데, 중간중간에 희미하게 자금의 융통 그리고 호부라는 말이 들려왔다.

겨울은 강을 정비하기 좋은 기간이기에 문하중서성에서는 계획을 세워 두고 호부에서 자금을 마련해 주기만을 기다리고 있었는데, 뜻밖에도 호부에서 결국 자금을 융통해 주지 못한 상황이었다. 이로써 모든 대신들이 판 상서를 질타하고 있었지만, 판 상서는 황실의 내고에서 자금을 융통해야 한다는 말만 되풀이하고 있었던 것이다. 하지만 이 태평성세의 시기에, 내고에도 돈줄이 막힌 상황이었는데, 이는 황실의 체면과도 불가분한 문제였다.

황제가 마른기침을 하며 판시엔, 강남이라는 아리송한 말을 건네자, 슈 대학사의 표정이 처음보다는 밝아진 듯 보였으나 여전히 걱정스러운 말투로 입을 열었다.

"기간을 맞추지 못할까 걱정입니다. 판 제사가 강남에서 내고 문제를 정리한다 해도, 족히 1년은 걸릴 것인데, 내년은 어떻게 넘긴다 하더라도, 그다음 해는 어떻게 합니까?"

"판시엔이 며칠 내로 움직일 테니, 기간을 맞출 수 있을 걸세."

그제서야 슈우는 '네' 하고 일어나 예를 올리고 나갔다. 사실 오늘 슈 대학사가 입궁한 것은, 재상이 공석인 상황에서 문하중서성을 이끌고 있는 그가 실질적인 조정의 우두머리로서, 황실 금고가 어떻게 될 것인가 그리고 황제의 태도는 어떤 것인가를 살피기 위해서 온 것이었다. 그리고 가장 중요한 것은, 징두를 뒤덮은 판시엔 관련 소문에 대한 황실의 입장을 알아보려 했다.

황제가 판시엔이 곧 강남을 갈 거라는 것은 두 가지 의미를 전달하는 것이었다. 하나는 내고를 확실히 정리하겠다는 것. 다른 하나는 판시엔이 징두를 떠날 것이니, 더 이상 판시엔의 신분에 대해 추측을 하지 말라는 것.

이 두 가지의 의미를 알아차리고 슈우는 격렬한 논쟁을 마치고 돌아간 것이다.

"홍쥬, 그의 반응이 어떠하더냐?"

"판 제사가 눈물을 살짝 비치며, 해탈한 듯한 표정을 지었습니다만……크게 웃기도 했습니다."

"그것도 좋네. 맘에 걸리는 게 없어야, 조정을 위해 큰일을 하지."

홍쥬는 감히 말을 대지 못하고 가만히 듣고 있었는데, 황제의 이어진 말에, 소스라치게 놀랄 수밖에 없었다.

"다음 달부터, 황후를 시중하도록 해라."

황제는 대수롭지 않게 말했다.

홍쥬는 날벼락을 맞았다!

홍쥬는 화들짝 놀라 바닥에 엎드려 통곡을 했다.

"폐하, 종(奴)이……종이 무슨 잘못을 했는지 모르겠습니다. 차라리 종을 때려죽여 주시고, 쫓아내지는 말아 주십시오."

"무슨 소리야?! 황후 옆에서 수령 태감이 되라 한 것인데, 심지어 짐이 직접 발탁해 준 것이거늘, 이런 쓸모없는 자식!"

황제의 말을 듣고 정신이 번쩍 든 홍쥬는 그제서야 자기가 되려 큰 잘못을 저지른 것을 깨달았다. 하지만 여전히 통곡을 하며 아뢰었다.

"종이 어찌 수령 태감의 자격이 되겠습니까? 종은 그저 폐하 곁에 머물고 싶습니다."

"오! 짐 옆에 있으면, 좋은 것이라도 있느냐?"

황제는 의미심장한 표정을 지으며 물었다.

'좋은 것'이라는 말이 농담인지 칼인지 구분이 안 된 홍쥬는, 얼굴을 살짝 들었는데, 눈물 젖은 얼굴에 먼지가 더덕더덕 붙어있어, 처량하기 그지없었다.

"……폐하 곁에서 시중을 들면……종……체면이 섭니다."

"체면이 서?"

홍쥬는 마늘을 찍듯이 머리를 바닥에 찍어 대며 울먹이듯 말했다.

"종이 죽을죄를 지었습니다……종이 탐욕을……."

"얼마나 받았느냐?"

황제는 눈물과 먼지로 엉망이 되어 버린 작은태감의 모습을 보면서, 결국 웃음이 터졌다.

홍쥬는 황제의 웃음에 조금은 안심을 하고서 더듬거리며 대답을 했다.

"사백 냥 은자를 받았습니다."

"그래? 그럼 쟈오저우(膠州)의 8백 묘의 토지는 누가 사준 것이냐? 너의 형의 관직의 길은 누가 열어준 것이냐? 간이 배밖에 나왔구나! 짐 곁에 있은 지 백일도 되지 않았는데, 이렇게 이득을 챙겨?!"

얼굴이 사색이 된 홍쥬는 큰 소리로 울부짖었다.

"죽을죄를 지었습니다. 죽을죄를 지었습니다."

홍쥬는 죄를 지었다고 되풀이할 뿐 감히 죄를 사해달라는 말도 못 하고 있었다.

"누구냐?"

"……판 제사입니다."

황제는 의외라는 듯, 짧은 신음 소리를 내었다.

홍쥬는 네발로 기어가듯 황제의 발밑으로 가, 울며 사정했다.

"폐하, 종을 죽여주십시오. 하늘에 맹세코……하늘에 맹세코, 판 제사 대인이 어떻게 한 것은 없습니다……제사 대인은 좋은 분입니다. 종이 부탁을 하자, 거절하지 못한 것뿐인데……제발 제사 대인만은 용서해 주십시오."

"갑자기 그놈을 위해 간청을 한다고? 허허 그 녀석이 짐이 생각한 것보다 붙임성이 좋은가 보구나."

황제는 작은태감의 엉망이 된 얼굴을 살짝 한번 보더니 미소를 지으며 명했다.

"썩 꺼지거라! 판시엔이 이미 짐에게 보고했었다. 짐이 너의 영민함을 아끼지 않았다면, 판시엔은 이미 너의 목을 날려 버렸을 것이다. 그럼에도 넌 그놈을 위해 간청이나 하고 있고."

홍쥬는 놀라움과 함께 난처함과 곤란함이 몰려와 한참 동안 정신을 차리지 못했다.

"안 꺼지고 뭐 하느냐?"

"네, 폐하."

홍쥬는 여전히 울고 있었지만, 속마음은 기쁘기 그지없었다.

그는 일어서지도 않고, 네발로 기어 어서방을 나갔다.

'판 대인의 말이 맞았어. 폐하를 속일 수는 없는 거구나. 차라리 폐하께 이야기 드리고, 공개적으로 하는 게 나은 것이었어.'

홍쥬는 자기 대신 황제에게 미리 말을 건네 준 판 제사의 주도면밀함에 감탄하면서도 또 한편으로는 고마운 마음이 들었다. 사실 폐하는 태감들이 돈을 탐하는 것에 그리 개의치 않았는데, 다만 무슨 일이든 숨기는 것을 가장 싫어할 뿐이었다.

홍쥬는 이 일로써 이후에 판 대인과 좀 더 가까워지더라도 황제의 의심을 사지 않을 듯 보였고, 그제서야 어떻게 하면 판 대인에게 도움을 줄 수 있을까 생각하기 시작했다.

"잉저우(穎州)일은 잘 처리했겠지?"

황궁을 떠나는 마차 안에서 판시엔은 수운마오에게 물었다. 그는 왕치니엔이 없는 지금 가장 믿을 수 있는 심복이었다.

"대인 염려 마십시오. 잉저우의 주지사(知州, 주를 관할하는 최고 관직)는 감옥에서 병들어 죽은 것입니다. 대인이 직접 제조하신 약을 썼고, 감사원의 흔적은 찾을 수 없을 것입니다."

"이대로 끝나면 주지사의 가족까지는 건드리지 마. 그리고 넌 어떻게 해야 하는지, 알지?"

수운마오는 판시엔이 비밀 유지에 대한 말을 하는 것을 눈치채고 재빨리 '네' 대답하였다. 그리고 이 일을 자기에게 맡겼다는 것은, 자기도 드디어 판 대인의 심복이 된 것이라 생각하며 기뻐하고 있었다.

물론 그는, 정4품의 관리를, 그것도 아무런 파벌도 가지고 있지 않은 그를, 대인이 죽인 이유에 대해서는 이해하지 못하고 있었다.

"주지사를 죽인 것은, 그가 백성들의 가산을 강제로 점거하고, 도적들이 약탈하고 사람을 죽이는 것을 방관했기 때문이야."

"그럼에도 증거는 없지 않습니까? 체포한 도적들도 입을 다물고 있고."

"증거가 있었으면, 내가 이런 방법을 썼겠나?"

"하지만 폐하께 직접 이야기를 하셨으면, 대인의 면을 봐서라도 주지사를 체포하게 해 주셨을 것 같은데, 이런 방법은 너무 위험하지 않았나요?"

판시엔은 더 이상 말을 하지는 않았다. 사실 이 일은 그가 홍쥬를 자기 사람으로 만들기 위해 한 개인적인 행동인데, 그 사실을 말해 줄 수는 없었기 때문이다.

홍쥬는 잉저우 사람이고, 본디 성은 홍이 아니라 쳔(陳)이었다. 판시엔이 죽인 잉저우 주지사가 현(縣)지사였을 때 쳔씨 집안의 가업을 이유 없이 강탈했는데, 영민했던 홍쥬가 소송을 제기했고, 이 일은 커져서 징두로까지 전해지게 되었다. 이에 당황한 현지사는 도적과 결탁하여 천씨 집안사람을 모두 죽여버렸던 것이다!

그 난리에 홍쥬는 자기와 형, 이렇게 둘만 도망쳐 나올 수 있었는데, 온갖 고생 끝에 홍쥬는 태감이 되기로 결정했지만, 입궁을 하고서도 출신이 변변찮은 홍쥬에게는 온갖 괴롭힘과 모욕을 당하는 나날이 계속되었고, 심지어 자신의 성씨도 밝히지 못하고 있었다.

그러던 어느 날 함광전 밖에서 큰 홍 태감이 낮잠을 자고 있었는데, 마침 궁복을 입지도 않고 있어 지나가던 홍쥬에게는 한 명의 불쌍한 어르신으로만 보였다. 심지어 어르신 주위에 계속해서 파리들이 달라붙자 가련한 마음에 부채를 가져와 파리들을 조용히 쫓아 주었다.

큰 홍 태감이 깬 후 이 모습을 보고서 별다른 말을 하지 않았지만, 작은태감이 성씨도 없다는 것을 알게 된 후 자신의 성씨를 '하사'해 주었다.

홍(洪).

그리고 자신이 대나무로 된 의자에서 자고 있었다는 이유로 그의 이름을 지어 주었다.

쥬(竹, 대나무 죽).

그 이후 큰 홍 태감은 홍쥬의 생사도 돌보지 않았고 신경도 쓰지 않았지만, 황궁에서의 큰 홍 태감의 홍씨는 엄청난 의미를 가지고 있었다. 큰 홍 태감이 작은 홍 태감을 거두었다는 소문과 함께 아무도 그를 괴롭히지 못하게 된 것이다. 이후로 홍쥬는, 타고난 영민함과 더불어, 어린 시절 참상에서 배운 침착함 그리고 큰 홍 태감의 배경에 힘입어, 승승장구하여 오늘날에 이르게 된 것이었다.

그는 항상 마음에 자신의 집안을 망하게 만든 '그 사람'에 대한 원한을 가지고 있었지만 적당한 방법이 떠오르지는 않았다. 그렇다고 폐하에게 직접 억울함을 간청할 수 있는 배포도 없었다.

바로 그때, 하늘에서 '한 사람'을 그에게 보내 주신 것이었다.

마차가 덜컹거리자 눈을 뜬 판시엔은 피곤한 표정으로 하품을 했다. 홍쥬의 청을 듣고 혼자 방법을 생각하다 홍쥬에게 알리지 않고 일을 진행한 후, 오늘에서야 상대방에게 결과를 말해 준 것이었다.

판시엔은 홍쥬에 대한 황제의 신임을 보았을 때, 3년 정도 지나면 궁에서 상당한 영향력을 가지게 될 것이라고 생각하고 있었다. 그는 홍쥬에게 협박하지도, 과시하지도, 내색하지도 않고, 그가 가장 원하는 일을 깔끔하게 처리해 주었다.

사람의 마음을 사는, 가장 고급스러운 방법이었다.

판시엔은 마차의 장막을 젖혀 멀리 황궁의 처마 자락을 보며 작은 태감의 앞길을 축복해 주었다.

마차는 감사원의 정문에 멈추고, 판시엔은 사람들의 뜨거운 시선에 전혀 개의치 않는 듯 바로 건물로 들어갔다. 감사원 관원들에게 예씨 여주인은 감사원이 있게 만든 인물이었기에, 감사원 정문 비석에 아직도 금빛으로 휘황찬란하게 새겨진 이름이었기에, 특별한 의미가 있었다. 판 제사가 바로, 그녀의 아들이었다.

판시엔은 건물을 돌아 정원으로 직진했다. 정원에는 녹지 않은 눈이 군데군데 쌓여 있었고, 나무들은 맨몸으로 처량하게 서 있었고, 얕은 연못은 안에 물고기들이 살았는지 죽었는지 모르게 이미 얼어 있었다.

천핑핑은 두꺼운 털 가죽옷을 입고서 바퀴의자에 앉아 구슬프면서도 강약이 느껴지는 노랫소리에 귀를 기울이고 있었다. 두 눈은 감은 채 오른손으로 의자의 손잡이를 가볍게 두드리며 박자를 맞추는 모습이 상당히 편안하게 보였다.

"제가 상운 아가씨를 포월루에서 빼내 감사원의 밀정이 되게 만든 것이, 원장 대인에게 노래를 들려주기 위한 것은 아니었는데요."

"상운 아가씨가 나를 즐겁게 해서 얼마라도 더 살게 할 수 있다면, 네 옆에 있는 것보다는, 조정에 더 큰 도움이 되지 않겠나?"

"하지만 이번에 상운 아가씨를 데려가야 해요. 강남에도 포월루 지점을 낼 생각이어서……."

"그녀는 따뜻한 봄에 보내 주마."

쳔핑핑은 대수롭지 않게 말을 이었다.

"3황자와 같이 가면, 뭐 좋은 꼴을 보겠나?"

판시엔은 당시 포월루의 포악한 사장이었던 3황자를 떠올리며 순간 화가 치밀었다. 상운도 난처한지 인사를 드리고 수운마오와 함께 물러갔다.

쳔핑핑과 판시엔이 하는 말을 아무도 들을 수는 없었지만, 멀리서 보기에, 판시엔은 반쯤 쪼그리고 앉아서 쳔핑핑의 말을 들으며 얼굴이 점점 심각해졌고, 반면에 쳔핑핑은 즐거운 듯이 웃으면서 판시엔의 머리를 토닥거리며 무엇인가를 안심시키는 모양새였다.

둘의 대화는 그리 오래가진 않았고, 판시엔은 걸어 나오며 상운에게 '몇 개월 후에 강남에서 보자고. 그동안……원장 대인이나 즐겁게 해드려' 한마디를 던지고서 감사원을 나와 마차에 다시 올랐다.

강남 가는 일정이 당겨졌기에 판시엔의 하루는 매우 바쁘게 돌아가고 있었다.

마차에서 수운마오가, 야오 태감이 금위군을 이끌고 현공 사당에서 암살을 시도했던 작은태감의 양부모와 가족들을 죽이러 징두 외곽으로 갔다는 소식을 전해주었다.

수운마오는 아버지를 죽인 원수를 갚기 위한 태감의 선택을 이해한다는 입장이었지만, 판시엔은 친부의 복수를 위해 양부모의 은혜를 잊고 그들을 죽음으로 몰았다는 논리가, 정말 '개똥 같다'고 생각하고 있었다. 하지만 입 밖으로 내지는 않았다.

징두 28리 떨어진 언덕의 긴 거리로 들어선 마차는 경여당 앞에 섰다. 수운마오가 판시엔을 소개도 하기 전에 대문이 먼저 열리며 경여당의 17명의 지배인들이 일제히 바닥에 엎드려 절을 올렸다. 판시엔은 급히 달려가 일으켜 세운 후, 일행들을 모두 밖에 대기시키고 지배인들과 집 안의 거실로 들어갔다.

'아가씨의 친아들이다!'

지배인들은 감동과 감격에 젖어 상석에 앉은 판시엔의 입만 바라보고 있었다.

"안쯔가 오늘 온 것은, 일 년 반 전에 말씀드렸던 일을 상의하기 위해서입니다."

예씨 수석 지배인은 판시엔의 말이 의외라는 듯 그저 그를 말없이 쳐다보고만 있었다.

"물론 동생은 행방불명돼 더 이상 언급할 것이 없고, 그때 같이 말씀드린 다른 일 때문인데……잊지 않으셨나 모르겠습니다."

'그걸 어떻게 잊을 수 있겠습니까? 심지어……판 대인이 아가씨의 아들인데!'

수석 지배인은 흥분을 최대한 가라앉히고 엄숙한 표정으로 대답을 했다.

"저희는 기다리고 기다리던 일이지만, 단지……황궁에서 허락을 해 주셨습니까?"

판시엔은 고개를 끄덕였다.

'와!'

거실에서 침묵하고 있던 17명의 지배인들은, 놀라기도 하고 감격스럽기도 해, 어린아이처럼 천진난만하게 웃고만 있었고, 판시엔도 어머니로 인해 징두에 갇혀 청춘을 다 보내 버린 그들에게 무언가를 해 줄 수 있다는 마음에, 같이 웃었다.

"그런데 안타깝게, 가족들은 같이 못 갑니다."

판시엔의 무거운 얼굴에 지배인들이 일순간 조용해졌다.

"하지만, 돌아가면서 휴가를 내서 징두에 오는 걸로 하죠."

그제서야 판시엔이 짓궂은 농담을 한 걸 알아채고 움찔움찔하다, 다시 큰 웃음이 터졌다.

판시엔은 황제의 특별한 허락에 대해 감사해야 한다는 둥, 성은을 생각해 조정에 힘을 꼭 보태야 한다는 둥, 만고 쓸데없는 말을 몇 마디 덧붙이고는 나왔다. 사실 이 말은 자기를 따라다니는 황실의 비밀 호위 내에 있는 '황제의 귀'가 들으라고 한 말이었다.

그가 마차를 올라타려 할 때, 수석 지배인을 필두로 한 지배인들이 황급히 쫓아 나와 더없이 공손하게 절을 올리며 일제히 외쳤다.

"도련님의 분부에 따르겠습니다!"

중요하고 급한 외부일을 마친 판시엔은 저택에서 가족들과 함께 한 해 최대 명절인 설날을 맞이하려 준비하였다. 섣달 그믐 날에는 황실에서 음식과 하사품이 내려왔고 저녁에는 가족들과 함께 마작을 했다.

다음 날 음력 정월 초하루에는 세배를 올렸다. 판지엔은 수염을 쓰다듬으며 은은한 미소를 지을 뿐 아무 말도 하지 않았다.

판시엔의 신분이 공개된 후 왠지 모르게 '부자' 사이가 더 가까워져 보였는데, 마음의 짐이 모두 덜어진 후 오는 해방감 때문인지도 몰랐다. 부자는 판스져와 강남에 대한 일에 대해 몇 마디 논의했는데, 판지엔은 설 명절 이후 공식적으로 문하중서성에 입각하는 후(胡) 대학사를 조심해야 한다는 말을 남겼고, 판시엔은 정확한 이유는 몰랐지만, 그 이름만은 기억해야겠다고 생각했다.

판시엔은 아버지에게 오늘 제사에서 자신이 어떻게 해야 하냐는 질문을 살짝 던져보았다. 판지엔은 아들이 아주 조심스럽게 그리고 힘들게 마음을 표현했다는 것을 알았지만, 그렇다고 황제의 사생아를 판씨 족보에 정식으로 올리게 할 수는 없는 노릇이었기에 말없이 고개를 저었다.

판시엔도 기대하지 않고 한번 떠본 것이었고, 아버지의 반응을 보고서 헛된 꿈이라는 것을 다시 한번 확인할 뿐이었다.

하지만 기분이 그렇게 편치만은 않았다.

오전의 태양이 정원을 따뜻하게 감쌀 무렵, 판 상서와 류씨, 뤄뤄는 판씨 가문의 제사당으로 향했고, 대부분의 집사와 유모, 어린 여종들까지 데려가는 바람에 판씨 저택은 고요한 적막감만 감돌았다.

"상공도 가고 싶어 한다는 거 알아."

판시엔은 얼마 전 담박서점에서 출시해 광풍을 일으키고 있는 자신의 작품 〈장씨평론집〉을 훑어보고 있다가, 책을 손에서 놓으며 대답했다.

"왜? 내가 꽁해 있을까 봐?"

"그런 거 아니야?"

판시엔은 그녀의 모습을 보며 귀엽다는 듯이 꼭 끌어안고 귀에 대고 조용히 물었다.

"몸은 좀 어때?"

완알은 말뜻을 오해해서 근심 어린 표정으로 대답했다.

"소식이 없어."

판시엔은 순간 멍해졌다 그녀의 뜻을 알아채고는 '하하' 웃으며 말했다.

"세상에 나오지도 않은 딸을 걱정할 필요가 있어? 너 몸 건강은 어떠냐고?"

그제서야 완알은 맘이 조금은 안심되며 괜찮다고 답했는데 갑자기 궁금한 듯 물었다.

"근데 왜 딸이야?"

"딸이 좋지. 조정에서 매일 싸우며 살 필요도 없고"

이 생각은 지금 세상의 보편적 인식과는 큰 차이가 있는 발언이었다. 린완알은 판시엔을 몸에서 떨어뜨리고 오른손 손가락으로 자신의 가슴을 가리키며 웃는 얼굴로 말했다.

"딸도 안 좋아. 누구에게 시집갈지도 모르잖아? 가슴 아파하는 딸도 별로 좋지 않아."

판시엔은 염치없이, 태연하게 그리고 응큼하게 그녀의 손가락이 가리키는 '가슴'을 만지며 말했다.

"얼마나 아픈지 좀 볼까요?"

완알은 당황했지만 싫지 않은 얼굴로 웃으며 그의 손을 내려쳤다.

이후로 자연스레 판시엔의 신분 이야기로 화제가 옮겨갔는데, 완알도 자신의 남편이 사촌 오빠라는 것을 쉽게 받아들이지 못하고 있었지만, 사실 제일 당황스러워하는 것은 뤄뤄인 것 같았다. 뤄뤄는 자신의 오빠와 피 한 방울 섞여 있지 않다는 사실에, 어떤 표정으로 오빠를 대해야 할지 몰라 그저 피하고만 다녔던 것이다.

"뤄뤄에게도 시간이 필요해."

완알은 위로하듯 말을 건넸다.

"내가 더 이상 오빠가 아닌 것도 아니고! 사실상 달라질 건 하나도 없잖아? 내가 먼저 강남 가서 안정되면 그때 사람을 보낼 테니, 당신이 뤄뤄랑 데리고 와."

"상공, 난 그것보다 네가 경여당 지배인들까지 규율을 깨고 동원했는데, 내고를 장악하는 일이 생각보다 쉽지 않을까 걱정돼. 어머니 장 공주가 오랫동안 맡아와서, 현재 상황을 떠나, 강남의 관료들이 어머니의 체면을 봐서 쉽게 따라주지 않을 것 같거든."

"나도 사실 경여당 지배인들이 속으로 무슨 생각을 하는지 모르는 상태에서 무작정 데리고 가는 건, 부담스러운 일이야. 하지만, 내고를 제대로 운영하고 장악하기 위해, 그들이 반드시 필요해. 최소한 상품이 제대로 만들어지려면, 기술적 도움을 줄 수 있는 사람은 필수거든."

"하지만 상공, 명심해. 지배인들이 징두에서 겉으로는 자유로워 보였지만, 사실은 아니야. 황실에 있을 때 안 거지만, 그들을 조용히 미행하고 감시하던 사람들이 있는데, 그들이 혹시라도 기술 유출 같은 걸 하려 하면, 죽여서라도 입을 막아버릴 거야."

"나도 그렇게 생각했는데, 못 찾아내겠더라고. 감사원 밀정들도 그들을 경계, 보호만 하지, 비밀 보장을 위해 미행, 감시하는 임무를 맡은 관원은 없는데."

"그건 황실에서 직접 맡아. 강남에도 몰래 따라붙을 거야."

"상관없어. 그리고 너도 너무 걱정할 필요 없어. 대세를 거스를 수 없는 일이니, 내고와 관련해서, 당신의 돌대가리 오빠도 더 이상의 기회는 없어. 그러니 황자간 싸움도, 최소 몇 년 동안은 잠잠할 것 같아. 그게 폐하의 뜻이기도 하고."

완알은 잠시 생각을 하다 진지하게 이야기했다.

"폐하는 특별하신 분이야. 무슨 생각을 하고 계시는지, 누가 알겠어? 갖은 고생을 하며 군주가 되셨기에, 지금 황제의 권력에 대해 엄청난 자신감을 가지고 있지. 다시 말해 황자 간의 싸움에 대해, 아버지로서 자식들 간의 싸움을 보기 싫은 것 정도이지, 근본적으로 그의 지위를 흔들 수 있는 사람은 없다고 생각하셔……내가 생각할 때 삼촌은, 태자 오라버니도 별 중요하게 생각하지 않고, 삼촌이 아직 건장하니, 이후에 누구에게 황위를 물려줄 것인지, 아직 아무 생각도 없으신 것 같아. 오직 천하만을 생각하시는 것 같아."

"천하에 대한 걱정이라 함은, 폐하께서……전쟁을 준비하는 건가?"

"사실 십 년 넘게 조용한 게 더 이상하지. 서쪽의 서만, 남쪽의 남월도 조용하잖아. 내고와 민생이 안정되어, 자금의 뒷받침이 되면, 다시 군대를 일으키지 말라는 법도 없지. 하지만 그건 삼촌과 추밀원이 고민할 일이고, 전쟁이 나도, 감사원에서는 독과 무기를 만드는 3처 정도만 움직이니까, 상공은 걱정할 필요 없어."

완알은 웃으면서 하지만 거침없이 자신의 '대담한' 생각을 계속 표현해 나갔다.

"태자 오라버니가 현재 황위를 이어받을 가능성이 가장 높지만, 문제는 폐하께서 황후를 싫어하신다는 거지. 이 변수 때문에, 대황자 오라버니도, 아직 열 살도 안 된 셋째도, 모두 기회가 있어. 그러니 이번에 삼촌이 상공에게 셋째를 데리고 강남으로 가라고 한 건, 아무래도 수상해."

판시엔은 고개를 끄덕이며 완알의 말을 계속 경청하고 있었다.

"태후는 태자와 2황자 오라버니를 차별 없이 좋아하시는 것 같고, 대황자 오라버니를 가장 싫어하시고, 그다음으로 3황자를 싫어하고. 황후는 실권은 없지만, 어머니인 장 공주와 친하고."

"근데 태후가 아직 어린 3황자를, 왜 그렇게 싫어하는 거지?"

완알은 창밖을 보며 주위를 한번 살핀 후, 조용히 대답했다.

"아마도 아버님과 관계있을 거야. 이 귀빈이 우리 집안과 관계가 깊잖아. 태후가 좋아할 리가 없지."

"그럼 내가 강남 가서 어떻게 해야 한다고 생각해?"

판시엔은 진지하게 묻자 완알도 진지하게 자신의 의견을 피력했다.

“3황자를 스승의 입장에서 엄격하게 대하고, 최대한 거리를 둬. 그래야 상공이 3황자에게 다른 뜻을 품게 했다는 태후의 의심에서 벗어날 수 있어. 그리고 일을 최대한 빨리 처리하는 게 좋은데, 어머니 장 공주가 둘째 오라버니와 도찰원을 통해, 또 무슨 일을 벌일지 어떻게 알아?”

판시엔은 아내의 냉철한 분석에 탄복하며 아내의 말을 계속 들었다.

“지금 드러난 상황을 보면 아마 모든 사람들은, 어머니가 최소한 표면적으로 동궁과 좋은 관계를 유지한 것이, 실질적으로 2황자의 편에 섰다는 것을 숨기기 위해서라고 생각하는 것 같아. 하지만 내 생각에, 태자 오라버니는 결국 어머니 편에 설 거야.”

제5장

경국 부의 중심, 강남으로

정월 초하루, 조상에게 제사를 지냈다.

초이틀, 징두 관원들이 와서 세배를 했다.

초사흘, 판씨 집안 전체가 징왕 저택으로 초대받았다. 판시엔과 리홍청은 어색한 대화를 나눴다.

초나흘, 런샤오안과 신치우가 합동으로 판시엔의 배웅 연회를 열었다.

초닷새, 옌씨 부자 둘이, 판씨 저택을 찾았다. 옌뤄하이는 밤늦게까지 판 상서와 바둑을 뒀고, 옌빙윈은 밤늦게까지 판 제사와 밀담을 나눴다.

초엿새, 판시엔이 진원을 방문했다.

초이레, 판시엔 혼자서 처, 여동생, 로우쟈 군주, 예링알 등 네 명의 여자들과 징두를 돌아다니는 호사를 누렸다.

초여드레, 국공 집안의 초대를 받아, 판씨 가문이 다 모였다. 판시엔에게 시선이 쏠렸다.

…….

정월 대보름, 판시엔이 징두를 떠나는 날.

일행은 모두 징두 남쪽 부두에 도착했다. 이 강의 이름은 웨이허(渭河) 강이었는데, 기방으로 유명한 류징허 강이 웨이허 강의 지류인 셈이다. 이 강을 따라 내려가면 징두보다 더 번화하다는 강남에 도착할 수 있었다.

폐하와 상의한 대로 대외적으로는 딴저우에 먼저 들러 할머니에게 인사를 드리고 강남으로 간다고 했기에, 강남의 수저우(蘇州, 소주)까지는 3개월은 족히 걸릴 일정이었다. 하지만 실제로 판시엔은 딴저우를 들르지 않고, 다른 사람들의 예상보다 훨씬 빨리 수저우에 도착할 예정이었다. 그래서 부두에는 감사원과 조정의 대신들 없이 가족 친지들과 태학의 학생들 정도밖에 없었다.

판시엔은 완알의 두 손을 꼭 잡은 채 몇 마디 당부의 말을 한 후, 봄에 꼭 사람을 보내 데리러 오겠다고 약속했다. 그제서야 완알은 진주 같은 눈물을 멈추고서 웃었다.

판시엔이 마지막으로 고개를 돌려보니, 사람들 뒤에 숨어서 고개를 숙인 채 눈물을 훔치고 있는 여동생이 눈에 띄었다. 그 모습에 화가 치솟은 판시엔은 사람들을 밀치며 뤄뤄 앞으로 가 꾸짖듯이 소리쳤다.

"울긴 왜 울어?!"

"아……아니야."

뤄뤄는 급히 눈물을 훔치며 말했지만, 평생 자기에게 한번도 화를 낸 적 없는 오빠가 오늘따라 화를 낸 것이, '역시 친오빠가 아니니까……'라고 생각하며 서글픈 마음을 감출 수 없었다.

이 모습을 보고 하녀들은 물러서고 완알이 급히 다가와 뤄뤄를 겨우 진정시켰다. 판시엔은 그 모습에 실소가 터졌는데, 탄식을 한번 하고 겨우 맘을 진정시킨 후, 최대한 온화한 목소리로 말했다.

"내가 너에게 화내는 건 당연하지. 난 너의 오빠고, 넌 내 동생이니까. 오히려 내가 화를 안 내고 무관심하면, 네가 상심해야 하는 거야."

이 말에 약간 기분이 풀린 뤄뤄는 눈물 섞인 말로 입을 열었다.

"그러면……그러면……오라버니가 멀리 가는데, 동생이니까 우는 건데, 왜 화를 내고 그래……."

판시엔은 이 말에 동생의 마음이 조금 풀린 것을 알고 크게 한번 웃었다.

"도련님, 시간 없어요!"

유일하게 따라가는 스스가 뱃머리에서 허리에 손을 얹고 외쳤다.

"쯧쯧, 역시 상공이 너무 버릇없게 키웠어."

완알이 스스를 보며 혀를 찼다.

판시엔은 다시 한번 웃은 뒤, 뤄뤄의 귀에 대고 조만간 징두에 중요한 일이 생길 거라 일러두고, 주변 사람은 전혀 의식하지 않는 듯, 이 세상의 풍습과는 너무나 동떨어지게, 완알을 꼭 껴안고, 진하게 입맞춤을 나눴다.

그리고 소매를 한번 '휙' 휘두르고서 마침내 배에 올랐다.

"그 녀석이 드디어 갔어."

금족령이 내려진 2황자는 저택에서 수하의 보고를 듣고서 한숨을 내쉬며 말했다.

"일찍 가서 망정이지, 아니었으면 그놈의 낯짝을 벗겨서 전하의 원한을 씻겨 드렸을 텐데……."

2황자는 탕을 마시다 수하의 말을 듣고서 조소를 띠며 담담히 말했다.

"나와 그놈이 닮았다는 말이 있더니, 원래 그런 거였어……닮았지만, 결국 난 그의 상대가 되지 못했지. 이건 너희들도 알고 있잖아?"

그는 쪼그려 앉아 있던 의자에서 뛰어내려와, 자유로운 듯 하늘을 한번 보고서 달콤한 미소와 함께 말을 이었다.

"그 녀석이 드디어 갔어……어쨌든 기분은 좋구만. 등짝에 붙어 있던 한 마리의 독사가 치워진 것 같아."

징두에서 3백 리 떨어진 곳에서 한 무리의 마차 행렬이 천천히 서쪽으로 향하고 있었다. 장 공주는 자신의 사위가 이미 징두를 떠나버려, 그녀가 화해를 청하며 손을 내밀어도 잡아줄 손이 없다는 것은 아직 모르고 있었다.

한편 외삼리에 위치한 장엄한 경국 사당 안에서는 장작이 높이 쌓아져 무엇인가를 태우고 있었는데, 불길이 워낙 거세 그 안에서는 맹렬히 불꽃이 튀는 소리가 쉼 없이 들리고 있었다.

황제는 뒷짐을 지고 차가운 눈빛으로, 점차 검은 연기로 바뀌어 가는 시체를 바라보고 있었다. 황제 뒤에는 경국 대제사가, 두 눈 가득 공포를 담고서, 말없이 그 장면을 지켜보고 있었다.

사당 밖에서 작은태감 홍쥬와 황실의 호위들은 이런저런 잡담을 나누고 있었는데, 내일이면 그가 황후 요화궁의 수령 태감으로 가게 되기에 오늘이 폐하를 모시는 마지막 날이었다.

며칠 뒤 웨이허강 위, 판시엔은 선수에서 차가운 바람을 맞으며 풍경을 감상하고 있었다. 징두에서의 소식은 지속적으로 보고 받고 있었는데 장 공주가 판씨 집안에 신양의 특산품을 보내왔다고 했다. 명의상 완알에게 준다는 것이었지만, 사실상 판시엔과의 관계를 회복하고 싶어 하는 뜻을 전해온 것이다.

하지만 정작 판시엔의 흥미를 끈 것은 경국 사당 대제사에 관련된 것이었는데, 몇 년간의 고행을 마치고 징두로 돌아온 대제사가 그동안 정력을 너무 많이 소비해 버려서 뜬금없이 죽었다는 소식이었다. 그리고 홍쥬가 요화궁의 수령 태감으로 발령되었다는 소식도 있었다.

"스승님, 배의 상교(上校, 군관 계급의 하나로 대령과 중령 사이)가 말하길, 내일 잉저우를 지나, 며칠 후에는 강남의 경계로 들어갈 수 있다고 합니다."

판시엔 일행은 징두에서 얼마 떨어지지 않은 곳에서 감사원의 비밀 함선으로 갈아탔는데, 겉으로 보기에는 민간 배처럼 보였지만, 사실상 위장한 수군의 함선이었다.

잉저우는 웨이허강의 북쪽에 위치하여 산과 강으로 둘러싸여 있었는데, 동쪽으로는 풍족한 강남, 서북쪽으로는 경국의 수도 징두가 위치했고, 웨이허강과 '큰강'이 만나 운하가 연결된 교통의 중추였다.

지리적 배경만으로는 번화해야 할 곳이었지만, 지금의 잉저우는 오히려 음산한 느낌마저 드는 낙후된 도시였다.

첫 번째 이유는 날씨 때문이었는데, 작년에 홍수가 나 상류에 있는 제방들이 무너져 물이 넘치면서 치명상을 입었었다. 두 번째는 조정의 관리 때문인데, 특히 그동안 주지사의 악명은 유명했다. 마지막으로는 산적과 도적 때문이었는데, 그동안 탐관오리들로 빈곤해진 백성들이 도처의 도적 떼에 합류하는 바람에 그 수가 매년 늘고 있었다.

잉저우 부두에는 볼품없는 배가 듬성듬성 있는 가운데 새로 건조한 듯한 배 한 척이 유독 눈에 띄었다. 나루터 옆에 있는 창고에서는 십여 명의 일꾼들이 빙 둘러서 무언가를 상의하고 있었다. 아무리 한산해도, 일꾼들이 대낮에 한담을 나누는 것은 좀처럼 보기 드문 장면이었다. 심지어 그들의 표정들은 모두 사납고 악랄해 보이기만 했다.

그들 중앙에는 스무 살 남짓으로 보이는 여인 하나가 서 있었는데, 미인이라고 할 수는 없었지만 미간 사이로 강인함이 엿보였다. 두목인 듯 보이는 그녀가 입을 열었다.

"징두에서 건너온, 차를 파는 상인이 확실해."

"관(關) 누님, 그런데 배 위에 호위 무사들도 있습니다."

관 누님이라 불리는 이는 잉저우 부근 유명한 산적 두목이었다. 그녀가 잉저우에 온 지 얼마되지 않았지만 이미 몇몇 두목들을 다 규합한 상태였는데, 들리는 바에 따르면 든든한 뒷배가 있다고 했다.

"그래봤자 상인인데, 그들의 호위 무사가 별거야? 그리고 상자가 얼마나 무거운지 다시 말해 줘야 해?"

'상자' 라는 말에 일꾼들의 눈빛이 타오르기 시작했다. 마차는 바퀴가 만들어 내는 먼지양으로 짐의 무게를 추측하듯이, 배는 선박이 얼마나 물에 잠겨 있는지를 두고 짐의 무게를 추측했다. 그리고 선박의 어디까지 이끼가 끼었는지를 두고 배가 얼마나 오래 사용되었는지를 추측했는데, 이 배에는 이끼가 거의 없었고, 선미 부분이 제법 깊게 물에 잠겨 있었다.

그들은 차 상인이 왜 이렇게 무거운 화물을 가지고 다니는지 의문이었지만, 염탐꾼인 식모를 통해서 그 의문은 곧 해결되었다. 선미 쪽에 경비가 삼엄한 밀실이 있고, 갑판마저 힘을 받아 휘어져 있으며, 상자에 긁힌 자국으로 미루어 볼 때, 그 안에 들어있는 것은, 은자였다!

"문제는 차 상인의 신분이 도대체 뭐기에, 저렇게 많은 은자를 가지고 다닐 수 있냐인데……."

두목은 하나라도 조심하려는 듯 혼잣말처럼 이야기했다.

"염려 마십시오, 주인이란 작자는 바람만 불어도 쓰러질 것 같은 젊은이라 합니다. 기껏해야 징두의 부잣집의 도련님 정도로 보이는데, 집안 어르신들이 경험을 쌓으라 강남으로 보내는 게 확실합니다."

두목은 신중히 고민하다 마침내 결심한 듯 말했다.

"깔끔하게 처리해. 한 놈도 남기지 않고 죽인다. 일이 끝나면 배는 알후(二虎) 모래사장에서 태운다."

밤이 찾아오자 잉저우 성은 더욱 고요했다. 달빛은 세차게 흘러가는 강을 차갑게 비추고 있었고, 몇 안 되는 나루터의 배들은 쓸쓸해 보이기까지 했다. 자시(子時, 23시에서 01시)를 넘긴 시각, 민가에도, 상인들의 배 위에도 등불은 이미 모두 꺼져, 잉저우 성은 이미 달콤한 잠에 빠져 있었다.

십여 명의 검은 그림자들이, 강기슭을 타고 내려와 강물로 입수했다. 그들은 가장 눈에 띄는 선박의 뒤로 헤엄쳐, 배를 잡고 있는 밧줄을, 마치 물에 젖은 원숭이처럼 타고 올라갔다.

얼마 지나지 않아, 야간 습격에 나선 산적들은, 어느새 배에 올라, 밤의 어둠 속으로 몸을 숨겼다.

관 누님도 시퍼런 칼을 입에 물고 은전이 담긴 상자가 있는 곳으로 조용히 다가갔다. 뒤쪽 어둠에서 '퍽' 하며 누군가 갑판에 쓰러지는 소리가 나자, 미간을 찌푸리며 속으로 '조심 좀 하라니까. 호위들이 깨면 귀찮아지는데……' 라고 생각했다.

다행히도 상자 근처에 도착했을 때에는 어느 호위들도 보이지 않았다. 다만 눈앞의 상자의 크기를 보고 놀라고 있었다. 여기에는 최소한 몇만 냥의 은자가 들어있어 보였는데, 그와 동시에 이 정도의 양이면 부잣집 도련님은 죽이지 말아야겠다는 생각이 들었다. 이 정도의 돈을 가지고 다닐 수 있는 사람이라면, 징두에서 상당한 권세가의 도련님이라는 생각이 들었기 때문이다.

그녀가 이를 질끈 물고 상자를 열었다.

은색 빛이 순간 선창을 대낮처럼 밝혔다!

관 누님은 입을 벌리고 아무 말도 하지 못한 채 상자만 바보같이 쳐다보고 있었다. 그녀는 피가 묻지 않은 이렇게 깨끗한 순은을 본 적이 없었던 것이다. 하지만 그와 동시에 갑자기 이상한 느낌을 받았는데, 은빛이 너무 아름답긴 하지만, 그렇다고 이렇게 밝은 빛을 낼 수 있는가 의심이 들어, 고개를 '휙' 뒤로 돌렸다.

중년의 남성이 한 손에는 등을, 한 손에는 장검을 들고, 차가운 눈빛으로 그녀를 바라보고 있었다.

가오다는 판시엔의 명에 따라 그녀가 충분히 은을 감상할 시간을 준 후, 별안간 검을 휘둘렀다.

그녀도 칼을 잡았다.

그녀가 칼을 잡는 순간, 그녀의 잘린 왼손에는, 피가 분수처럼 쏟아졌다!

선창에 불이 밝혀지고, 그녀의 부하들은 모두 6처 자객들에게 당해 기절한 채로 끌려와 있었다. 눈앞에는 피곤한 기색이 역력한 잘생긴 젊은이가 의자에 앉아 그녀를 보고 있었다.

"관우메이(關嫵媚, 관무미)?"

판시엔이 잉저우에 정박한 이유는 홍쥬와 관련한 일의 뒤처리를 하기 위함이었는데, 감사원의 수배범 중 한 사람을 잡게 될지는 몰랐다.

'강남 일을 어디서부터 손을 써야 하나 고민하고 있었는데, 제 발로 찾아와 버렸네.'

그녀는 왼손의 상처를 틀어막고서 판시엔을 보고 사나운 눈빛으로 말했다.

"각하의 손에 잡혔으니, 누구에게 잡혔는지는 알려 주시죠?!"

"내가 주인이고, 넌 도둑놈인데, 내가 알려줘야 해?"

관우메이의 얼굴은 점점 창백해졌지만 다시 한번 이를 '악' 물고 말했다.

"그럼 그냥 죽여!"

"널 죽여서 뭐해?"

"너 지금 내가 누군지나 알고 하는 소리야?!"

"관우메이, 강북로 어저우(鄂州) 출신, 아비는 관허샨, 어미는 샤씨, 궁핍한 가정에 기녀가 되었고, 이후 어저우 일주부 대감의 첩실. 본처의 괴롭힘에 못 견뎌 그녀를 살해하고, 투옥되고, 탈옥하고, 결국 어떤 산채 산적의 두목이 되었고. 그 산적이 괴멸되자 다시 잉저우로."

관우메이는 상처의 고통마저 잊어버릴 정도로 아연실색하며 신음하듯 말했다.

"너 도대체 누구야? 내가 누군지 알면, 내 뒤의 그분도 알고 있을 텐데……여기서 차라리 우리를 다 죽이는 게 나을 거야."

조용히 말하고 있었지만, 명백한 협박이었다.

"정답."

잔혹한 현실이 그녀의 환상을 깨 버렸다. 그녀가 등 뒤에 한기가 느껴져 뒤를 돌아보았을 때에는, 이미 호위들이 그녀의 수하들을 닭 목을 따듯이 목을 베 죽인 후 모두 강에 던져 넣고 있었다. 무참한 살해 장면을 보고서야 관우메이는 공포가 서린 눈빛이 흔들리기 시작했다.

"대인, 제발 죽이지만 말아 주십시오……저희 두목님의 체면을 생각해서라도……."

"너의 두목?"

관우메이는 판시엔의 반응에 약간의 희망이 생긴 듯 재빨리 설명했다.

"공자님의 행동을 보니 무(武)를 연마하신 분인 듯 보이는데, 그렇다면 저희와 같은 길을 걷는 분이십니다. 저희 두목은 강남 수채(水寨, 해적)의 주인이신데, 배만도 백 척이 넘습니다. 공자께서 강남에서 일을 도모하신다면, 저희 두목과 이야기를 해보시는 게 도움이 될 것입니다."

"네가 말한 게 밍(明, 명)씨 일곱째 공자지? 생모는 죽었고, 밍씨 어르신이 죽으면서 일곱째에게 가산을 물려주겠다고 하자, 큰 공자가 그 일곱째 사생아를 죽이겠다고 난리를 치는 바람에 도망자 신세가 되었고, 결국 암흑에 길로 들어서 이름까지 샤치페이(夏栖飛, 하서비)로 바꿨고, 지금은 당당한 강남 수채의 두목이 되었다는……."

판시엔은 사실 크게 실망하고 있었는데, 강남의 거물이라는 사람이 자기의 상상과는 너무 달랐기 때문이다.

"그런데 이렇게 수하를 시켜 도적질이나 한다고? 설마 돈이 모자란 거야? 하하."

강남은 원래 부유한 지역이었지만 전통적인 소금장수와 해외무역상을 제외하고 가장 유명한 두 집안은, 췌씨와 밍씨였다. 두 집안은 정략결혼 등을 통해 세력을 불리고, 장 공주와의 결탁을 통해서, 거대한 부를 쌓고 있었던 것이다.

쉐씨는 내고의 북방으로의 밀수를 맡고 있었고, 밍씨는 내고의 동이성으로의 밀수와 그 외 해외 쪽으로의 장사를 맡고 있었다. 쉐씨는 이미 판시엔에게 무너졌기에 지금 판시엔의 주요 관심사는 밍씨였다. 당연히 옌 공자와의 여러 차례 논의를 통해 이미 방비책은 세워 둔 상태였다.

판시엔의 신분과 이러한 사정을 모르는 관우메이에게 판시엔의 말은 충격을 넘어서 불가사의에 가까웠다. 강남 수채의 다른 두목들 심지어 밍씨 가문에 속해 있는 대부호 상인들도, 자신의 두목을 명문 호족의 후예 정도로 알고 있을 뿐이었기 때문이다.

관우메이도 두목의 친척이었기에 알 수 있었던 비밀 중의 비밀 정보였다.

그녀가 당황해서 말을 잇지 못하고 있을 때 판시엔은 드디어 생각이 정리되었는지 크게 웃으며 말했다.

"이제야 알겠네. 밍씨가 쉐씨의 몰락에 표면적으로는 가슴 아파하겠지만, 속으로는 쉐씨의 장사를 흡수할 기회가 왔다며 좋아하고 있겠지. 너의 두목도 이 혼란을 틈타, 밍씨 집안에 맞서려고 할 것이고. 3월마다 내고에서 다시 입찰을 진행하니, 그 기회를 놓칠 수 없었겠지. 입찰을 붙으려면 돈이 필요할 텐데, 그러니 이런 더러운 짓까지 하고 앉았군."

관우메이는 놀람을 넘어 공포스러웠다.

'조정에서 쉬쉬하는 내고의 사정을, 어떻게 알고 있는 거지? 그리고 두목의 의도를 어떻게 이렇게 쉽게 파악하는 거야?!'

"아무리 그래도 이런 짓까지 하는 건 좀 그런데."

판시엔은 정말 실망이 컸다.

자신의 신세와 비슷한 밍씨 일곱째에게 연민의 정도 있었는데 하는 짓이 너무 저급했기 때문이었다. 판시엔의 실망에 대해 알 리 없는 관우메이는 자포자기하듯, 떨리는 목소리로, 무기력하게 말했다.

"빨리 안 죽이고 뭐 해?"

"당신의 그 공자님과 장사를 논할 게 있는데, 사촌 동생인 널 죽여버리면, 그가 오해할까 그렇지."

관우메이는 '사촌 동생'의 신분을 들켜버린 것에 더 놀랄 힘도 없었다. 다만 갑자기 그가 '장사'라는 말을 꺼내자, 일말의 희망이 아직 남아 있음을 느끼고 고통을 참으며 겨우 말을 이었다.

"저희 두목님은 지금 하류 쪽에 있습니다."

"넌 내가 널 풀어줄 거라 생각하나 본데, 그럴 생각이 없어. 네가 도적이면, 난 큰 도적이라 할 수 있지. 그러니 나에게 인사부터 했어야지. 그리고 너의 그 두목이라는 자도 곧 이 배에 타게 될 거고, 평생 내릴 생각도 못 할 것이야."

관우메이는 그제서야 상대방이 '장사'를 논하려는 것이 아니라, 자기를 이용할 뿐이라는 것을 알아차리고, 참아왔던 분노를 터트리고 말았다.

"네 맘대로 될 것 같으냐?! 네까짓 게 뭐라고!"

갑판원들이 피를 닦아 냈고 밤바람은 여전히 불고 있었다. 한번의 풍파가 지나간 후 사람들은 모두 자러 들어갔는데 마치 아무 일도 없었던 것 같은 고요한 밤이었다.

판시엔도 방을 열고 들어가 이불 속에 있는 소년을 물끄러미 바라보다 이불을 끌어 올려 3황자의 어깨를 덮어주었다.

경여당의 지배인들은 강남 행 선박에 타고 있지 않았다. 판시엔은 3황자 스챤리, 스스 그리고 일부의 6처 관원들과 호위들만 데리고 몰래 강남으로 가는 중이고, 본 행렬은 당당히 흑기병의 보호를 받으며 딴저우의 할머니 집으로 향하고 있었기 때문이다.

판시엔은 손바닥으로 가볍게 이불 속에 자고 있는 3황자의 등을 토닥였다. 당연히 이 배에서 가장 귀하신 분은 3황자였는데, 사실 판시엔에게는 주(州)의 군대를 움직일 수 있는 가장 좋은 이유이기도 했다.

문밖에서 관우메이를 선상 감옥에 가뒀다는 보고를 듣고서야 판시엔은 안심하고 일어서 자기 침대로 향했다. 그곳에서 판시엔은 자기도 모르게 웃음이 터졌다. 스스가 한 손으로 턱을 괴며 졸고 있었는데, 심지어 배의 움직임에도 자세를 유지하고 휘청거리며 졸고 있었기 때문이다.

판시엔은 조용히 다가가 한 손을 스스의 겨드랑이, 다른 한 손을 스스의 무릎 사이로 넣고 안아 올려 그녀를 그녀의 침대로 옮겼다. 하지만 스스는 이미 눈을 뜨고 멍하니 판시엔을 쳐다보다 억지로 내려와 웃고 있었다.

"이부자리 깔아 드릴게요."

"자다 일어나 무슨 소리야? 빨리 자."

"이부자리가 차요. 어릴 때부터 그걸 제일 싫어했잖아요."

판시엔은 딴저우에서 항상 스스가 먼저 자기 이부자리에 들어가 데워 놓던 기억이 아련하게 떠오르며 농을 쳤다.

"그럼 오랜만에 내 침대를 한번 데워 볼래?"

경박했다.

하지만 스스는 언젠가 판시엔의 첩이 될 것이란 걸 알고 있었기에, 이전처럼 맞받아치지 못하고 부끄러워하며, 솜저고리를 벗고 이불에 들어가 얼굴을 가린 채 검은 머리카락만 밖으로 내놓고 있었다.

유혹적이었다.

판시엔은 옷을 벗고 이불 속으로 따라 들어갔다. 사실 두 사람은 '결정적'인 것만 하지 않았을 뿐, 어려서부터 한 침대에 잔 적은 여러 번 있었다. 판시엔은 두 손으로 그녀의 차가워진 두 손을 잡고, 가슴을 그녀의 등에 붙인 채, 그녀의 긴장된 호흡 소리를 들으며 그녀를 꽉 껴안았다.

"저 벌써 스무 살이에요 도련님."

스스가 가볍게 입술을 물고 내뱉은 소리에는 억울함과 원망이 섞여 있었다.

"그래서, 급해?"

경박했다.

스스도 이 말은 참지 못하고 벌떡 일어나 앉았는데, 입술에 머리카락 몇 가닥을 문 채 그를 바라만 볼 뿐 차마 대꾸하지는 못했다. 대신 곧 이불에 얼굴을 묻고서 '웅웅' 울리는 소리로 말했다.

"도련님은 당연히 이렇게 나이든 하녀와 몸을 섞기는 싫으시겠죠."

"그게 아니라, 네가 어떻게 생각하는지가 중요한 거지. 물론 나의 이 말이 좀 파렴치하다는 것도 알아."

"제가 어떻게 생각하냐구요?"

이 세상의 규율과 풍습에 전혀 맞지 않는 판시엔의 말에 놀라기도 하고 어리둥절하기도 했지만, 스스의 마음은 왠지 모르게……따뜻해졌다. 그리고 도련님이 처음으로 자기를 지켜주었던 조우 집사의 '귀싸대기' 사건이 생각나며 즐거운 듯 말했다.

"도련님이 그때 조우 집사를 혼내 줄 때, 도련님의 손기술이 그렇게 대단한지 몰랐어요."

"손기술?"

경박했다.

이 말과 함께 판시엔은 '헤헤' 웃으며 왼손이 이미 이불 속으로 들어가고 있었다.

기억은 항상 아름답고, 남녀 간의 집적거림은 항상 즐겁다. 주인과 하녀 둘은, 그렇게 한참 동안, 말없이, 그것을 즐겼다.

밤은 깊어 가고 향은 퍼져가고, 선창의 공기마저 애매하고 온화해져 가는 듯했다.

다음 날, 판시엔은 새벽 일찍 깼지만 오늘 만은 스스가 불편할 것을 알기에 더 쉬도록 침대에 두고서 조용히 밖으로 나와, 죽과 옥수수 그리고 몇 가지의 야채를 들고 다시 방으로 들어가 그녀의 아침을 차려주었다.

다시 선창 밖으로 나온 판시엔은 선수에 서서 도도히 흘러가는 강을 보며 겨울바람을 맞고 있었다. 새벽안개가 걷힌 후 배는 잉저우를 벗어났지만 배 안의 대부분의 사람들은 아직 잠을 자고 있었다. 그가 나루터를 돌아보며 더 이상 사람들이 보이지도 않을 때쯤 3황자와 덩즈위에가 밖으로 나왔다.

"전하를 뵙습니다."

"제자, 태학 사업(司業) 대인을 뵙습니다."

두 사람은 매일 아침 이런 기괴한 인사를 서로 주고받으며 하루 일과를 시작했다. 두 사람은 선수에 서서 다가오는 협곡의 풍경을 보며 가볍게 몇 마디를 나눴다. 하지만 멀리 선미 쪽에서 두 사람을 바라보던 수운마오는 온통 다른 곳에 정신이 쏠려 있었다.

'근데 위험하게, 왜 이렇게 많은 은자를 싣고 가야 하는 거지?'

그때 판시엔은 3황자와 이야기를 마치고 배 뒤편으로 오고 있었다.

"대인, 이 은자들은……."

"잘 지켜봐. 그 여자 도적 외에는, 아무도 알게 하면 안 돼."

판 제사가 이야기할 의사가 없음을 눈치챈 수운마오는 화제를 돌려 물었다.

"관우메이가 갇혀 있으니, 그녀의 두목에겐 어떻게 알리죠? 오후면 양저우(陽州)에 도착할 텐데, 그전에 소문이라도 낼까요?"

"아니야. 내 신분이 아직 밝혀지면 안 돼. 그놈도 적이 누군지 몰라야 신중히 움직일 것이고……난 그가, 이 일에 얼마나 큰 대가를 치를 각오가 되어 있는지도 봐야 하고."

"그럼……."

"처음 염탐 온 식모가, 셋째 형수라 불린다 했나? 그 여자가 아직 잉저우에 남아 있잖아. 그녀가 어떻게든 샤치페이에게 알릴 거야."

셋째 형수라 불리는 여자는 이날 경국에서 가장 황당한 일을 겪은 사람 중 하나일 것이다. 본래 계획이 배를 불태우는 것이었기에 배가 사라진 것은 이상하지 않았다.

다만, 그 많은 사람들도 같이 사라져 버렸다.

나루터에서 반나절을 기다리다, 해가 떨어지는 모습을 보고, 일이 잘못되었다고 확신했다.

그녀는 머리를 질끈 동여매고 급히 짐을 싼 후 큰 돈을 써서 마차를 대절해 위험한 밤의 산길을 따라 하류 쪽으로 달려가고 있었다. 양저우에 갈 때까지 멈추지도 않았고, 이틀 동안 목만 가끔씩 축였을 뿐 어떤 음식을 먹지도 않았다.

경비가 삼엄한 장원에서, 서른 남짓한 강남 수채의 대두목, 젊은 청년 샤치페이가, 셋째 형수의 말을 듣고서 조용히 하지만 차갑게 말했다.

"배가 물 위에 떠 있기만 하면, 막을 수 있다."

배는, 당연히 물 위에 떠 있다.

그것은, 일종의 자신감의 표현이었다.

겨울은 유수량이 줄어 제방을 보수하기에 좋은 계절이라 강변에는 백성들로 붐볐다. 다만 호부에서 자금줄이 막히는 바람에 돈도 제대로 받지 못했기 때문에, 그저 힘겹게, 억지로 그리고 최대한 게으르게 흙과 돌을 움직이고 있을 뿐이었다.

지겹도록 보고 있던 강에, 놀라운 광경이 펼쳐지기 시작했다. 본디 겨울에는 다른 계절보다 배가 적게 다니는데, 순식간에 하늘에서 떨어진 것처럼 수십 채의 배가 나타난 것이었다. 모양도 속도도 제각각이었고 심지어 그중에는 돛이 세 개나 달린 삼익선도 있었다.

삼익선은 원래 강남 수군의 관용 선박으로 속도가 가장 빠른 것이 특징이었는데, 민간인은 원칙적으로 사용하지 못하게 되어 있었다. 이 모습을 보고선 모든 백성들은 강남의 수채가 움직였다는 것을 단숨에 알 수 있었다.

강남 수채의 정식 명칭은 '강남과 상관 수역의 12연환오'였고, 강남 지역에 그물망처럼 퍼진 수로를 중심으로 먹고 살았다. 운수, 객운 그리고 관련 사업 종사자들 모두 강남 수채의 눈치를 보았고, 특히 소금, 차, 밀 등을 밀거래하면서 부와 세력을 쌓고 있었다. 그리고 사람들이 제후의 후예 정도로 알고 있는 밍씨 집안의 사생아 샤치페이가 수채의 두목이 된 후 관아와의 관계도 좋아졌는데, 샤후(沙湖) 지역의 수군 총 제독과도 호형호제한다는 소문이 돌 지경이었다.

명령을 내린 자는 바로, 그 명성이 자자한 샤치페이였다.

본래 그가 부하들의 생사까지 신경 쓰는 사람이 아니었지만, 이번에 실종된 사람은 외사촌 동생 관우메이였다. 그리고 그는 조급해하고 있었다. 지금은 은전 한 개도 아까운 시기였고, 더욱 중요한 것은, 해적의 탈을 벗고 공식적으로 나가야 하는 3월 내고의 입찰 전에는, 몸에 있는 피비린내까지 모두 지워내야 했기 때문이다.

하지만, 아직 징두에서 온 그 큰 배를 찾아내지 못하고 있었다.

샤치페이는 보고를 하고 있는 부하를 보며 차가운 눈빛으로 소리를 질렀다.

"병신 같은 새끼! 위든 아래든 알아서 찾아! 살아 있으면 산채로 데려오고, 죽었으면 시체라도 가져와! 사람은 못 찾아도, 최소한 배라도 내 눈앞에 끌어다 놓으란 말이야!"

샤치페이는 사발에 담긴 식은 차를 단숨에 들이켰다. 하지만 화가 식지 않고 오히려 더 열불이 치솟았다. 그는 정원으로 나가 가슴 앞섶을 풀어헤쳤다. 험상궂은 상처들이 고스란히 드러났다.

칼자국이나 도끼 자국이 아닌, 누군가에게 당한 채찍질의 상처였다.

정오 무렵, 거대한 선박 한 척이 양주를 떠나 아래로 향하다, 물살이 가장 완만한 경박만(鏡泊灣) 일대에서 수십 척의 기세등등한 배와 마주쳤다. 평생 배를 몰아온 해적들은 삼익선을 필두로 하여 능수능란하게 큰 배를 둘러쌌다.

큰 배는 멈췄다.

저항을 포기한 듯 보였다.

"배에 있는 사람은 들으라. 너희들은 이미 포위되었다. 즉각 무기를 버리고 검사에 응하라!"

큰 배는 침묵했다.

소두목이 수신호를 주자, 여섯 척의 배가 동시에 큰 배로 근접하더니, 일사불란하게 대나무로 배를 연결한 후, 수십 명의 해적들이 단도를 손에 쥐고 큰 배에 진입했다.

큰 배가 전속력으로 움직였다!

큰 배는 순식간에 포위선을 뚫었고, 진입하던 해적들은 처참하게 물에 떨어지며 물보라가 어지럽게 일어, 주변에 일대 혼란이 일어났다. 심지어 정면에 막고 있던 제법 큼지막한 배는, 징두에서 온 큰 배에 부딪혀 두 동강이 나 물살 위를 떠내려가고 있었다.

큰 배의 갑판 선원들은 취엔저우의 수군 교관들이었기 때문에 아무리 해적이라 해도 실력에서는 차이가 날 수밖에 없었다. 하지만 이를 알 리 없는 수채의 소두목은, 이 상황을 보며 놀라지 않을 수가 없었다.

'배가 왜 이렇게 견고한 거야? 더구나 왜 이렇게 빨라?'

하지만 대두목의 명령을 받은 상황에서 여기서 포기할 수는 없었기에 그는 추격을 명령했고, 다행히 경박만 일대에는 암초가 많아 큰 배도 무작정 빨리 갈 수가 없었기에, 얼마 안 가서 수채의 배들에게 따라잡힐 수밖에 없었다.

"갈고리!"

수채의 소두목이 다시 수신호를 보내자, 이번에는 대나무 대신 끝에 갈고리가 달린 밧줄이 일제히 큰 배를 단단히 고정시켰다. 해적들은 밧줄을 타고 진입을 시도했다.

십여 개의 선창의 창문이 열리면서, 창과 도끼로 밧줄을 잘랐다!

이어 십여 개의 활이 나타나, 사방에 있는 수채의 배들을 겨냥하고 있었다. 시위를 당기지는 않았지만, 만약 접근하면 모두 죽이겠다는 살기가 나타났다. 하지만 그 순간 누구보다 놀란 것은 수채의 소두목이었다.

창, 도끼, 활……모두 조정의 수군이 쓰는 무기였던 것이다!

'조정의 음모인가?'

이때 하늘에서 돕기라도 하는 듯, 앞쪽에서 네 대의 큰 선박이 나타나 옆으로 쭉 늘어서며 하류의 물길을 막았다. 강남의 수채와 몇 년 동안 결탁해 온 강남 수군의 3층으로 된 누선(樓船)이었다.

소두목은 크게 기뻐하며 외쳤다.

"형제들이 도와주러 왔다. 너무 서두르지 말거라!"

그의 명령에 '서두르지 않고' 징두에서 온 큰 배가 유유히 하류 쪽을 향했다.

하류를 막고 있는 누선 따위는 안중에도 없는 듯이.

잠시 후에 벌어진 일에, 강남 수채의 소두목은, 다리에 힘이 풀려 갑판 위에 주저앉아 버렸다.

네 대의 누선은, 자연스럽게 뱃머리를 돌려, 큰 배에게 길을 터주었다!

심지어 누선을 이끌고 있는 사람은, 대두목과 호형호제하는 샤후 지역 수비 수군, 쉬쇼우샨(許壽山) 대인이었다!

"배에 있는 사람은 들으라. 너희들은 이미 포위되었다. 즉각 무기를 버리고 검사에 응하라!"

샤저우(沙州)는 샤후에서 강으로 들어가는 쪽에 위치해 있었다. 수량이 풍부하고 물자가 풍부해 큰강 주변 유명한 곡창지대 중 한 곳이었다. 하지만 십여 년 전 취엔저우 수군이 해체되고 샤후 수군이 이 일대를 맡은 후부터, 곡창지대보다 수군 기지로서 더 유명해지게 되었다.

강남 입구에 수만 명의 수군 소속 관병들이 이곳에 생활하기 시작했기 때문이다.

관병들은 샤저우 주민들의 골칫덩어리, 샤저우 아가씨들에 가장 위험한 존재이기도 했지만, 샤저우에 수많은 돈을 벌어주는 자금줄이기도 했다. 그들의 녹봉의 9할 정도가 기방, 도박장, 술집으로 쏟아져 들어가고 있었기 때문이다. 밤만 되면 술집과 기방에서 여인들이 붉은 소맷자락을 흔들며 유혹하고, 새벽까지 도박용 주사위가 굴러가는 샤저우는, 그야말로 번화하고 시끌벅적한 곳이었다.

샤저우의 가장 유명한 객잔에서, 이상한 조합 하나가 걸어 나왔다.

청년 공자 하나, 아가씨 하나, 서생 하나, 아이 하나. 그들은 엄숙한 표정의 호위 무사들을 데리고 두 대의 마차에 나눠 타 곧장 남쪽에 있는 성으로 향하고 있었다.

큰 배는 강남 수채의 해적들을 상대하게 해 놓고 양저우에서 미리 내린 판시엔 일행은, 편안한 도로를 이용해 샤저우로 들어가 일박을 한 후 출발한 것이다. 배에 남아 있던 수운마오는 이러한 비밀 행동의 의미를 알 수는 없었지만, 4처가 어떻게 수군을 동원했는지 모르겠지만, 이 일로써 큰 배의 정체와 판시엔의 신분이 드러나는 것은 시간 문제일 뿐이라 생각했다.

샤저우의 남쪽 성에서는 긴장감이 돌고 있었다.

그중 눈에 띄지도 않는 작은 정원에서는 끊임없이 사람들이 드나들고 있었고, 그곳의 주인 강남 수채 통령 샤치페이의 표정은 걱정으로 가득해 보였다.

그 작은 정원은 강남 수채의 샤저우 지역 본부였다.

판시엔의 마차가 정원에서 백여 장(丈) 떨어진 곳에 도착했을 때 그들은 이미 알아차렸지만, 판시엔 일행의 의도를 몰라 주시만 하고 있었다. 물론 6처의 자객들이 유리한 고지 몇몇을 점유하고 있는 것을, 그들은 생각도 못 하고 있었다.

마차가 정원 앞에 도착하고, 서생이 한 명 내려, 돌계단을 무심한 듯 걸어 올라갔다. 정원에서 나온 이가, 눈을 가늘게 뜬 채로, 의심 가득한 눈빛으로 물었다.

"너희들은 누구냐? 어르신은 왜 뵈려고 하는 것이냐?"

"우리들은 경도에서 왔네. 샤 통령이랑 상의할 게 있는데."

스챤리는 떨리는 마음과 긴장을 최대한 억제하며 담담하게 말했다.

"너? 아니면 마차에 있는 사람이? 만약에 마차에 있는 사람이라면, 왜 내리지도 않는 것이냐?"

판시엔이 스챤리를 먼저 보낸 것은 단련을 시키고자 하는 단순한 생각이었기에, 바깥일을 그다지 신경 쓰지 않고 있었다. 마차 안에서 그는 3황자에 대한 '황자 훈육'을 지속하고 있었다.

"전하는 강남 수채들을 어떻게 처리해야 한다고 생각하나요?"

"제자인 제가 생각하기에는, 대군을 동원해 일망타진해야 한다고 생각합니다. 그리고 우두머리는 참수해야 하고, 동참했던 이들은 북방의 변방으로 쫓아내야 합니다."

판시엔은 단호한 3황자의 의견에 깜짝 놀라며 이어지는 말을 듣고 있었다.

"백성을 보듬고 그들이 잘살도록 하는 것은, 힘을 가진 사람이 가져야 할 당연한 덕목입니다. 헌데, 그 힘을 도적질에 이용하는 이들에 대해서는 우유부단하게 처리해서는 안 됩니다. 죽여야 할 놈들은 당연히 죽여야지요."

"그렇다면 소신이 오늘 여기에 온 것을, 왜 반대하지 않으셨나요?"

"스승님께서 생각이 있으실 텐데, 제자가 감히 예단할 수 없습니다."

3황자는 다시 약간의 여유가 생긴 듯 '히히' 웃으며 대답했다.

마차 밖의 분위기는 그렇게 화기애애하지 않았다.

스챤리가 무슨 말을 더했는지 모르겠지만 상대방의 낯빛은 어두워졌고, 그의 수하들이 마차를 포위하며 다가오고 있었다. 이때 판시엔이 장막을 젖히고 마차에서 내려 사방을 살피고선, 수채의 부하들은 신경도 쓰지도 않고 손을 내밀어 3황자와 스스가 내리는 것을 도와주었다. 3황자는 판시엔 곁에 서서 재밌다는 듯 물었다.

"스승님, 이놈들이 소위 강호인들입니까?"

"그런 셈이지요. 그런데 '도련님'은 걱정되지 않으세요?"

판시엔은 신분을 숨기기 위해 3황자를 도련님으로 불렀다.

"스승님이 계신데 뭐가 걱정인가요?"

"하하. 그럼 도련님, 우리도 들어가지요."

이런 황당한 대화를 문 앞에 서서 듣고 있던 샤치페이의 부하는 황당하기도 하고, 당당한 그들의 모습에 두렵기도 해 곧바로 소리를 질렀다.

"저들을 잡아라!"

그의 명령에 마차를 둘러싸고 있던 부하들이 손에 단검을 쥐고 판시엔 일행에 달려들었다!

판시엔은 3황자의 손을 잡고 있던 오른손이 살짝 쥐어지는 느낌을 받았는데, 3황자는 얼굴은 웃고 있었지만 지금 이 상황에 긴장하고 있었던 것이다.

"믿음, 모든 것을 압도할 만한 믿음이 중요합니다."

'타타타타.'

마치 음악 같은 황당한 소리가 들렸는데, 달려들던 수채의 부하들은 더욱 황당한 표정으로 그 장면을 보고 있었다. 수도 없는 단도들이 비처럼 하늘에서 떨어지기 시작했고, 갑자기 불어 닥친 강한 바람처럼, 가오다가 여섯 명의 황실 비밀 호위들을 이끌고 네 사람의 주위를 호위하기 시작했기 때문이다.

판시엔은 아무렇지 않다는 듯 3황자와 스스의 손을 잡고 정원 안으로 걸음을 옮기고 있었다. 그제서야 그는 3황자에게 해명하듯 말을 건넸다.

"조정은 강호의 사람들과 인사를 할 필요는 없습니다. 우리들은 그들에게 일을 시키고, 그들은 그 일을 할 뿐이지요."

3황자는 가슴이 '뻥' 뚫리는 기분이었지만 여전히 긴장을 늦추지 않은 듯 물었다.

"그런데 강호인이라는 사람들은, 왜 우리들의 일격을 막아내지 못하는 것이지요?"

"무공은 왜 배울까요? 글공부와 마찬가지로 권력, 이익, 명예, 이 세 가지를 위해서에요. 이것들은 강호보다 조정이 더 줄 수 있는 게 많겠지요. 뛰어난 문관들이 모두 조정에 있듯이, 뛰어난 고수들도, 모두 조정을 위해 일하는 것이지요."

정원 안 거실 앞에 이르고서야 강남 수채의 진정한 주인, 샤치페이가 모습을 드러냈다.

"더 이상 추태를 보이지 말고, 다들 물러서거라. 이후부터 내가 직접 손님을 모시겠다."

샤치페이는 손님이라 칭했지만 그 손님들은 굳이 맞이할 필요가 없었다.

그들은 마치 제 집에 온 듯 자연스럽게 이미 거실 안으로 들어가 버렸다.

판시엔은 상석에 3황자를 앉히고서 자신은 자연스럽게 그 옆에 앉았고, 스스와 스챤리는 판시엔의 뒤에 자리 잡고 섰다. 그리고 일곱 명의 호위들은 거실 안쪽에 열을 갖춰 서 있었다.

샤치페이는 그 모습을 보고 화가 치밀어 올랐지만, 강에서 벌어진 일을 이미 보고받은 터, 최대한 침착하게 판시엔을 향해 예를 올렸다.

"샤치페이, 대인을 뵙습니다."

"샤치페이? 본관이 여기 온 것을 아무도 몰랐으면 좋겠는데, 우선 본관을 본 사람들을 네가 가서 정리하고 와. 첫 번째 시험 정도라 생각하면 될 듯."

'참자, 어떻게든 참자.'

샤치페이는 계속해서 속으로 외치고 있었다.

상대방의 신분이 확인되지 않은 상황에서 섣불리 나섰다가 몇 년을 준비해 온 거사를 망칠 수는 없는 노릇이었다.

"오늘 대인은 어떤 일로 오셨습니까?"

"샤 어르신, 내가 말한 것 먼저 처리해 줘."

돌연 '어르신'이라는 호칭을 썼지만, 존중이라곤 찾아볼 수 없었다. 하지만 방법이 없다고 생각한 샤치페이는 침울한 얼굴로 옆에 있는 부하에게 몇 마디로 명령을 했다.

중앙에 느긋하게 차를 마시며 앉아 있던 판시엔은 부하가 돌아온 것을 보고야 이윽고 입을 열었다.

"본관이 온 것은, 샤 어르신과 상의할 게 있어서인데, 얼마 전 잉저우 부두에서 본관의 배에 도적이 들었고, 그 사람이 아직 배에 잡혀 있는데……샤 어르신은 어떻게 처리했으면 좋겠어?"

"저는 강호인으로, 형제들의 잘못을 못 본 체할 수는 없습니다. 대인의 말씀대로 대인의 배에 침입한 사람들은, 저 샤 아무개의 형제들입니다……대인께서 용서해 주셔서 놓아주시면, 모든 일은 저 샤 아무개가 책임지겠습니다."

3황자가 듣기 거북했는지 들고 있던 찻잔을 세게 내려놓으며 불쑥 말했다.

"네 놈이, 책임질 수 있겠어?"

3황자는 고의적으로 말을 길게 늘였는데 그 말 안에서 이상한 싸늘함이 느껴졌다. 그리고 이 순간, 샤치페이는 이미 상대방의 신분을 대충 추측해 낼 수 있었기 때문에 등줄기가 서늘해졌다. 만약 자기가 추측한 것이 맞다면, 자신은 '황자 암살 시도'를 한 것이기 때문이다.

하지만 영민한 샤치페이에게 한 가지 희망이 남아 있었다.

강 위에서의 전투에 상대방은 이미 조정의 군대를 동원하였는데, 그렇다면 자신들을 소탕하기 위해 군대를 보내면 그만이었다. 하지만 위험을 무릅쓰고 여기에 찾아왔다는 것은 다른 뜻이 있을 것이라 생각이 들었기 때문이다.

샤치페이는 이를 '악' 물었다.

강호인의 기개를 버리고 무릎을 꿇고서 간청하였다.

"민초인 제가 책임지기에는 너무 큰 죄입니다. 하오나, 덕을 베푸셔서, 저 하나 몸뚱이를 수천수만 조각으로 찢는 형벌을 내리되, 무지하고 경솔했던 저의 형제들만은 살려주십시오."

판시엔은 그의 임기응변이 마음에 들었는지 고개를 끄덕이며 칭찬해 주었다.

"샤 '당주'는 수하를 아끼는 진정한 호걸이구만."

서로가 서로를 치켜세워 주고 있었다.

샤치페이는 자신의 호칭을 '나'에서 '샤 아무개'로, 다시 '민초'로 바꾸며 스스로를 낮췄다.

판시엔은 그의 호칭을 '샤치페이'에서 '샤 어르신'으로, 다시 '샤 당주'로 바꾸며 그를 높였다. 비록 존중의 태도는 아니었지만, 최소한 그에게 자신과 이야기를 나눌 신분임을 인정해 준 것이었다.

하지만 판시엔은 그 말로 입을 닫아 버렸다.

이때, 3황자가 불쑥 끼어들었다.

"늦었어. 그날 밤 도적들은, 모두 죽여 강에 던져버렸거든."

'이런 악랄한 것들. 어떻게 우리 같은 해적들보다 더 잔인한 거야!'

하지만 샤치페이는 겉으로 분노도 비통함도 드러내지 않았다.

그도 연기가 만만치 않았다.

판시엔은 그 모습을 보며 온화한 목소리로 해명했다.

"관에서 하는 일은 너희들과 규칙이 달라. 그들이 칼을 휘둘렀으니 우리는 죽여야 해. 안 죽였으면, 조정으로부터 더 큰 화를 당했을 거야. 알겠지만 그 가족들까지 멸문지화를 당했겠지."

샤치페이는 참고 또 참았다. 상대방의 말뜻을 알아들었기 때문이다. 그 일은 형제들의 선혈을 대가로 묻어주겠다는 것이다.

그렇다면 이제 이야기할 것은 하나였다.

"오늘 대인은 어떤 일로 오셨습니까?"

판시엔은 손을 '휘휘' 저어 부하들을 내보내고, 3황자도 나가려 했지만, 뜻밖에 판시엔은 그의 손을 잡고 남으라는 표시를 했다.

거실에는 세 사람만 남아 있었다.

"난, 판시엔이야."

신분을 짐작하고는 있었지만, 당사자가 직접 신분을 드러내자, 샤치페이는 심장이 요동치며 다리에 힘이 풀려 버렸다. 강남에서도 그의 명성은 이미 퍼져 있었고, 그는 이미 부러움과 경외의 대상이었다. 샤치페이도 예외는 아니었는데, 더군다나 자신과 비슷한 사생아 출신 판 제사에게 흠모하는 마음까지 있었던 것이다.

그는 바닥에 엎드려 큰절을 올리며 외쳤다.

"민초 샤치페이, 제사 대인을 뵙습니다!"

"밍씨 일곱째 도련님. 좀 더 진솔해질 수는 없을까? 적어도 예를 올릴 때에는, 본명을 사용할 줄 알았더니만."

날벼락 같은, 그 자신도 최근에 들어본 적이 없는 이름!

동공이 수축한 샤치페이는 자기도 모르게 오른손이 아래로 향해 있었다. 자신의 신분이 강남에 퍼진다면 모든 일은 물거품이 되는 상황이었다. 그는 최악의 상황도 고려하고 있었던 것이다.

너 죽고, 나 죽자.

하지만 판시엔은 그 모습을 보며, 뜬금없이 크게 웃었다.

"비수를 꺼낼 필요는 없어. 그건 내가 더 잘하는 거니까."

아직 위험을 감지하지 못한 3황자만이 재밌다는 듯 판시엔의 말을 경청하고 있었다.

"너의 어머니가 할머니에게 맞아 죽었다 들었어. 너도 큰 형에게 학대받으며 자랐고. 너의 아픈 과거사를 들추자고 하는 이야기는 아니고, 너와 하고 싶은 거래와 관련되어서 그래. 그 거래의 핵심은, '너의 밍씨 집안에 대한 복수심'이거든."

샤치페이는 상대방이 자신의 신세를 가지고 협박하지 않고 오히려 자신을 도우려고 하자 어리둥절해하며 물었다.

"대인께서 말씀하시는 것이……3월에 있을 내고와 관련된 것인가요?"

"내고가 입찰을 하잖아. 이전에야 췌씨와 밍씨 집안 두 가문의 주머니 속으로 들어갈 일이었지만, 췌씨 집안이 몰락해 버렸으니, 너도 그 기회를 잡아보려 한 것 아니야? 내가 너에게 자격을 갖춰주고, 자금을 대주려고 하는 거야."

"제사 대인은 참 너그러운 분이시군요."

'악마와의 거래'를 샤치페이는 여전히 의심하고 있었다.

더구나 감사원 제사의 신분을 고려해 보면, 한번 엮이면 영원히 빠져나올 수 없다는 것도 잊지 않고 있었다.

"일이 성공하면 봐봐. 수채도 네 것이지, 밍씨 집안도 네 것이지. 그리고 내가 직접 이익을 챙기지도 않을 거야."

샤치페이는 더욱더 의심이 갔다.

"모두 네 것이 될 거야. 하지만 네가 그 전에, 감사원 사람이 되어야겠지."

판시엔은 말을 마치자 품에서 명패를 하나 꺼냈다.

흑단목으로 된 검고 윤기 나는 명패.

"감사원 4처 소속, 주(駐) 강남로 순찰사 감사. 품계는 높지 않지만, 억울하게 생각하진 마."

'억울? 강호의 도적 두목에서 조정의 관원이 되는데? 어차피 내고는 감사원의 감시를 받는 곳인데?'

샤치페이가 속으로 생각하길 이보다 더 좋은 기회가 없을 듯했다.

하지만 주저했다.

감사원의 악명이 무서웠고, 처음 본 판시엔의 호의를 믿을 수 없었기 때문이다.

"민초는, 이 제안을 왜 받아들여야 하는지 모르겠습니다."

"참나, 샤 당주는 밍씨 집안을 빼앗아 오고 싶은 거 아니었어? 어르신이 돌아가실 때, 원래 물려주기로 했던 사람의 이름이 밍칭쳥(明青城, 명청성)이라고 들었는데……."

밍칭쳥은 샤치페이의 본명이었다.

그는 다시 한번 이를 '악' 물었다.

"그게 아니라, 민초에게 주제넘는 일 같아 보입니다. 밍씨 가문의 자금력을 제가 따라갈 수는 없습니다."

"난 자네가 능력과 결단력이 있다고 봐. 그리고 복수심에도 몇 년 동안 잘 참은 걸 보니, 미치광이도 아니지. 강남 수채 두목이라 해봤자, 어차피 조정에 쫓기는 몸 아니야? 그리고 살인으로 해결할 거였다면, 네가 벌써 움직였을 거고, 무력으로 밍씨 가문을 대적할 거였다면, 수채 식구들의 전멸도 각오했을 텐데. 내년 내고의 입찰을 염두에 두고 있었다는 건, 네가 바라는 게 그런 것은 아니잖아?"

판시엔은 위협하지도, 강요하지도 않고, 차분히 설득해 나갔다.

"밍씨 가문은 온전히 남겨져서 너의 손에 들어가야 해. 그게 어르신의 유지이기도 하지 않나? 어르신만큼은 너의 모자에게 빚이 없잖아. 그리고 샤 당주가 원하는 건, 밍씨 집안의 장사이지, 몇백 명의 목숨은 아니잖아?"

한참 동안 말을 듣고 있던 샤치페이가 이윽고 질문을 던졌다.

"대인께서 이러하심은, 모두 황실의 장사를 이어받기 위한 준비겠지요. 다만 쉐씨와 밍씨가 그동안 너무 유통망을 독점해 버려서……'그쪽'과도 너무 많이 연관되어 있습니다."

샤치페이는 '장 공주' 세 글자를 억지로 삼키느라 얼굴이 벌겋게 달아올라 있었다.

"그리고 대인께서는 현재의 권세와 지위로 이미 쉐씨 집안을 무너뜨리셨는데, 굳이 민초의 힘이 필요하신 이유가 무엇입니까?"

"쉐씨와 밍씨 집안은 좀 달라. 밍씨를 내가 직접 하지 못하는 것은, 내가 그러기에 좀 부적절해서 그래."

감사원 제사, 내고의 실권자가 내고 입찰과 유통망에 직접 관여하는 것은 부적절한 일이었다. 그는 자기 이익을 대변할 수 있는 믿을 만한 사람이 필요했다.

실질적으로는 상황도 좀 달랐다.

쉐씨를 무너뜨릴 때에는 상대방이 준비가 안 된 상태였지만, 밍씨는 쉐씨의 상황을 보면서 만반의 준비를 하고 있는 듯 보였다. 최소한 장부의 내용과 화물의 입출은 표면적으로 흠잡을 곳이 없어 보였다.

그리고 가장 큰 차이점은, 북방에 관여하고 있던 쉐씨 집안을 무너뜨리는 데에는 북제 황제라는 거물의 도움이 있었지만, 동이성과 해외에 관여하는 밍씨의 배후에는 도움은커녕 장애물만 가득했다. 판시엔은 뉴란지에 사건을 통해 스구지엔의 제자를 죽인 적이 있었고, 그로 인해 윈즈란을 필두로 한 동이성의 고수들은 판시엔을 죽이려 혈안이 되어 있었던 것이다.

판시엔이 갑자기 일어섰다.

"명패는 여기 두고 갈 테니, 천천히 생각해 보고, 오늘 밤까지는 답을 줘. 그리고 강에 있는 배는, 이후부터 샤 당주가 좀 호위해 주게. 은자가 좀 많이 있어서, 다른 도적들이 관심을 안 가져주면 좋겠어."

"대인, 살려주셔서 감사합니다."

판시엔이 몸을 돌려 3황자를 의자에서 내리고 있을 때, 샤치페이는 재빨리 말을 이었다.

"대인, 3월 내고의 입찰에서 저와 밍씨 집안이 겨루게 되면, 상대방이 분명 저의 신분을 의심하게 될 텐데……."

"네가 내 편에 서면, 나도 네 편에 서는 거지."

판시엔은 미소를 지으며 3황자의 손을 잡고 밖으로 나가면서 마지막 말을 던졌다.

"샤 당주의 빠른 결정을, 높이 평가해."

강남 수채의 샤저우 본부는 쥐 죽은 듯이 조용해졌다. 함구령이 내려진 이상 모두 추측만 할 뿐 아무 말도 밖으로 꺼내지 못하고 있었다. 샤치페이는 아직 온기가 남아 있는 의자에 앉아서 모사의 보고를 듣고 있었다.

"두목님의 명에 따라 우리 쪽은 아무 문제를 일으키지 않았는데도, 수군들이 우리 선박들을 많이 나포했습니다……하지만 징두에서 온 그분들이 떠난 후, 갑자기 풀어줬다고 합니다."

"실력을 보여준 거지. 상대방의 눈에 우리들은 개미 같은 존재이겠지."

"……그가 지금 뒷방에서 검을 씻으며, 두목님의 명을 기다리고 있습니다."

"자네가 보기에 이 일을 해도 될까?"

샤치페이는 손으로 명패를 문지르고 있었다.

"명대로 하겠습니다. 소인이 어찌 감히 말을……."

샤치페이는 판시엔 일행 앞에서 줄곧 참고 있었지만 '비장의 패'를 준비하지 않은 것은 아니었다.

무언가 이유 모를 슬픔이 몰려오고 있었다. 몇 년을 지켜온 강남 수채의 식구들이 자신 때문에 조정의 개가 될 수도 있는 상황이었다. 그는 마침내 결심한 듯 모사의 등을 토닥거렸는데, 겨울임에도 그의 등은 이미 식은땀으로 흥건히 젖어 있었다.

황실과 감사원의 위압감이 떠오르며 다시 한번 씁쓸한 웃음을 지었다.

"모든 배치를 풀어라. 명분은 감시하는 것이지만, 암중으로는 그 배의 안전을 지킨다. 징두에서 온 배가, 수저우에 안전하게 도착하게 하라!"

"육지에서는 어떻게 할까요?"

"대인 주변에 고수가 많으니, 거기까지 관여할 필요는 없다."

"그 말이 아니라…… '그분'이 이미 손을 쓸 준비를 마쳤다고……."

'그분'은 강남 수채에서 가장 신비한 고수였다.

그 사람은 '공봉(供奉) 어른'이라 불렸는데, 항렬로 따지면 수채의 전 두목의 스승의 동생 정도이니, 샤치페이에게는 할아버지뻘 되는 사람이었고, 직접 나서는 경우는 없어, '숨겨진 법보'라 불리었다. 문제는 공봉 어른이 너무 완고하고, 고집불통이라는 것이었다.

샤치페이는 갑자기 그 일을 너무 쉽게 생각하고 있었다는 것을 깨닫고, 급히 모사에게 말을 건넸다.

"호위들을 불러."

모사는 소름이 끼치며 말을 하지 못했다. 공봉 어른의 행동을 멈추게 하기 위해서는 죽일 수밖에 없는데 몇 명의 목숨이 필요할지도 모를 일이었기 때문이다.

반 시진 후, 샤치페이는 뒤에 자신의 심복 자객들을 숨긴 채, 태연하게 공봉 어른에게 인사를 드릴 준비를 하였다.

문 앞에 한참을 서 있었으나, 아무도 문을 열어주지 않았다.

샤치페이는 직접 문을 열고 들어가며 말했다.

"공봉 어르신?"

그가 본 것은, 방석 위에 앉아 있는 은발의 노인이었다. 노인은 하얗게 센 머리카락을 상투로 틀어 올려 묶고 한 자루의 검을 차고 있었다. 온몸에서는 살기가 뿜어져 나오고 있었는데, 언제든지 살인을 할 수 있도록 몸을 최상의 상태로 올려놓은 터였다.

하지만 이미 살인을 할 수 없게 된 눈에서는, 불쾌감과 분노만 비치고 있었다. 그의 목을 관통해 버린 상처에서는 피가 흘러나와, 노인의 등을 타고 내려 바닥을 적시고 있었다.

자객의 검술은 공포스러웠다.

핏자국이 모두, 검이 지나간 방향을 따라 몸 뒤쪽으로만 흐르고 있었던 것이다!

한 장의 종이가, 어디에서 날아와, 평화롭게 나부끼며, 바닥으로 떨어지고 있었다.

샤치페이는 떨리는 손으로 그 종이를 받아 들고 쓰여 있는 글씨를 천천히 읽었다.

네가 이런 생각을 했음에도, 난 너에게 기회를 준 거다. 그가 살인의 결심을 하니, 내가 그를 죽인 것뿐이다.

샤치페이의 몸은 떨리고 있었다.

그가 판시엔에게 투항하기 위한 마지막 걸림돌을 판시엔이 대신 제거해 준 것이었지만, 다른 한편으로 이것은 샤치페이 자신에 대한 마지막 요청이자 경고이기도 했다.

샤저우 백성들은 무엇인가 일어났다는 사실은 알았지만, 무슨 일인지는 모르고 있었다. 대놓고 부잣집 도련님 스승 행세를 하고 있는 판시엔은 대부호들이 자주 묵는 객잔의 꼭대기 층을 모두 빌려 여장을 풀었다. 그 방 한구석에서 샤치페이가 명패를 품에 넣으며, 문서에 이름을 쓰고, 인장을 찍었다.

그리고 조용히 봉투 하나를 판시엔에게 건네주었다.

"샤 대인, 이제 우린 한 식구야."

"하관(下官) 밍칭청, 대인을 뵙습니다."

"감사원 관원이 되었으니 상하의 구분은 있어야겠지만, 너무 비굴하게 굴지는 마."

판시엔은 수운마오를 가리키며 말을 이었다.

"수 대인이고, 내가 1처에서 차출해 온 사람이야. 넌 내 곁에 있고 싶어 하지 않는 것 같지만, 나중에 징두에 오게 되면 불가능한 일도 아니지."

"대인의 뜻대로 하겠습니다."

'강남에서 부호로 사는 게, 징두에서 매일 암투를 벌이는 거보다는 훨씬 즐겁겠지.'

"수 대인이, 오늘 네가 감사원 관원이 된 것의 증인이고, 이후에도 수 대인과 연락하면 돼. 이따가 둘이 이야기 좀 하고. 그리고 수 대인, 샤 대인에게 편람과 조례 좀 보여줘."

수운마오가 짧게 '네' 대답하고 샤치페이와 함께 방을 나갔다.

3황자가 내실에서 꼬마 유령처럼 나와 조용히 물었다.

"스승님, 감사원은 이런 식으로 사람을 뽑아요?"

"특별 채용이라 할 수 있지요. 원래 감사원은, 개인적으로 세력을 형성했거나 뒷배가 있는 사람을, 기피하는 게 원칙입니다."

"저자는 강남 수채의 두목이잖아요."

"그래서 특별 채용이라는 거예요. 폐하께서 소신에게 내고의 정상화를 명하셨는데, 그러기 위해서 감사원에서도, 강남 현지 출신이 하나 정도는 필요하기 때문이지요."

짧은 인생이지만 포월루에서 약간의 손해를 본 것 외에는 특별한 좌절을 겪어보지 않은 3황자에게는 너무 복잡하고 어려운 논리였다. 하지만 판시엔은 열심히 물어보는 3황자를 보면서 웃기기도 하고, 열의에 대해 감탄도 하였는데, 동시에 이 귀빈도 보기와 달리 만만치 않은 사람일 수도 있다는 생각을 하게 되었다.

"강남은 신양 쪽에서 오래 장악하고 있던 곳이에요. 그들에게 변화란, 변수이자 손실의 가능성이죠. 철옹성을 공격하려면 내부의 모래알이 필요하고, 그 모래알이 철옹성에 조금씩 균열을 일으킬 수 있는 것이죠."

"그냥 우리가 직접 치는 게, 모래알보다는 나을 것 같은데요?"

"중요한 것은 우리가 나설 수 없다는 거예요. 잘못하면 집단 공격을 받을 수 있어요."

"집단? 어떤 놈이 감히!"

"우선 강남 제일의 부호, 밍씨. 그리고 소금 상인들, 장 공주가 키워 놓은 관료들. 그들은 강남로 정2품 링(淩) 제독부터 병졸까지 다양하죠. 그리고 내고의 현 관리자들, 웃음을 파는 아낙네들, 사당 앞에서 기예를 파는 노인네들, 어쨌든 그들도 강남 사람들이니까요."

"스승님은 혹시 두려워요?"

"하하. 두렵긴 뭐가 두렵겠어요? 그리고 위엄을 세우기 위해서 사람을 죽여야 한다면, 그 정도 악명은 감수할 생각이에요."

'그래도 부황은 역사의 명군으로 남고 싶어 하시는 분인데, 사람을 너무 많이 죽이면 나중에 수습이 안될 텐데…….'

"수군은 어떻게 해야 하나요? 보아하니 수군 수비가 해적들과 결탁한 것처럼 보이던데."

"그건 조사할 필요 없습니다."

"스승님, 그건 무슨 말인가요? 군대는 국가의 가장 중요한 무기이고, 샤후 수군도 조정의 중요한 병력인데요. 천하제일의 강국 경국으로서, 무력과 안정은 중요한 문제예요."

판시엔은 의외라는 듯이 3황자를 바라보았다. 순간, 3황자에게서 영웅의 기개를 느꼈기 때문이다.

"걱정마세요. 이제 곧 수군 제독은 저에게 해명을 해야 할 거예요."

3황자는 말을 덧붙이지 않고 판시엔이 건네준 봉투 안의 문서를 읽고 있었다. 강남 수채가 몇 년 동안 각지 관원과 암암리에 접촉한 내용이었고, 심지어 그 장부도 있었다.

"그것은 음……투항장 정도로 부를 수 있겠네요. 샤치페이가 넘겨준 것이죠. 이로써 밑바닥을 보았으니, 서로 안심할 수 있는 것이구요."

"샤치페이는 밀정처럼 움직이는 거지요?"

"전하는 역시 총명하십니다. 샤치페이가 우리 편인 한, 표면적으로 강남 수채의 두목으로 행세하며 수군과 관원들과 결탁하고 있는 건, 문제가 되지 않아요."

"역시 스승님의 계획은 대단하시네요!"

"이런 개똥 같은 계획이 뭐가 대단하다고. 이런 건 아무나 할 수 있는 거예요. 다만 감사원의 능력이 없었다면, 샤치페이의 밑바닥까지 끌어내진 못했겠지요."

"스승님은 시선(詩仙)이라 불리시는데, 그런 저속한 말도 쓰시는군요?"

"시선은 무슨, 개똥 같은……전하, 밤이 깊었습니다. 이제 들어가 쉬시지요."

판시엔은 일어나 3황자를 배웅했다.

방문 앞에서 3황자가 갑자기 발걸음을 멈추더니 몸을 돌려 물었다.

"스승님, 제자가 감히 한마디 물어도 될까요? 둘째 사촌 형은 지금 어디 있나요? 제자가 정말로 보고 싶어요."

"저도 동생이 보고 싶어요. 형부에서 이미 전국에 수배령을 내렸으니, 지켜보시지요."

3황자는 약간 화가 났지만, 그가 대답을 해 줄 것 같지는 않았다.

"마지막으로 하나만 더 물어볼게요."

"말씀하시지요."

"현공 사당에서는 왜 절 구하셨어요?"

"전하가 위험하셔서, 제가 구했지요."

"그때……부황은 더 위험하셨는데요?"

"제가, 폐하보다, 전하에 더 가까이 서 있어서."

3황자는 드디어 화를 참지 못하고 그저 나무문을 팍 열고 나가 버렸다.

'저놈은 역시 철면피에, 가슴이 돌로 만들어졌어. 뭘 물어도 저따위로 농담 아니면 거짓말이나 하고 앉았고!'

하지만 3황자에게 판시엔은 특별했다. 포월루에서의 악연으로 시작했지만 현공 사당 사건 이후로 생명의 은인이 되었고, 명목상 '사촌 형님'인 그가 신분이 밝혀지며 '형님'이 되어 더욱 특별해지기 시작한 것이다. 물론 두 사람 다 총명했기에 '그 사실'을 누구도 먼저 입에 담지 않았다.

"도련님, 주무셔야죠."

3황자가 나가자 스스가 들어와 이부자리를 펴며 말을 건넸다. 객잔의 등불이 꺼지고, 이불이 쉴 새 없이 들썩거리는데……아무 일도 벌어지진 않았다.

스스는 이내 잠이 들었고, 판시엔은 그제서야 침대에서 일어나 불도 켜지 않고 창문을 열어 바깥을 바라보았다.

창문을 여니 하늘을 가득 메운 달빛이 찬 바람과 함께 방에 들어왔다. 창밖은 샤후 호수였는데, 판시엔의 시선은 자연스럽게 그 오른편으로 옮겨졌다. 그리고 아무런 놀라는 기색 없이 '그것'을 바라보았다. 검은 옷을 입은 그 자는, 심지어 두 발이 공중에 떠 있어, 그 무공의 경지를 충분히 짐작할 수 있었다.

"방에 여자가 있는 걸 알았으면, 좀 피해줄 수 없어? 왜 또 말하지, '의외'라고."

"윈즈란은 항저우로 갔다."

판시엔은 약간 놀랐지만 대꾸는 없이 다른 질문을 했다.

"근데 잠은 안자?"

검은 옷을 입은 사람은, 대답이 없었다.

"그 흰옷은 어디 갔어? 검은 옷보다는 흰옷이 더 잘 어울려."

검은 옷을 입은 사람은, 여전히 대답이 없었다.

"사실 제일 궁금한 건, 황제도 널 모르는데, 넌 어떻게 6처를 이끌 수가 있지? 네가 실질적인 6처의 처장이고, 런(仁) 형씨는 너의 대변인일 뿐이잖아?"

"방법이 있다."

공무(公務)에 관한 질문이 나오고서야 '그림자'는 입을 열었다.

"참나. 그리고 말 좀 많이 할 수 없어? 물론 네가 내 옆에 있는 '그분'을 숭상한다는 건 알고 있지만, 너와 '그분'은 신분이 다르잖아? 넌 공무를 보는 관원임을 자각해야 해. 징두에서 여기 오면서, 딱 세 번 말하던데, 이건 뭐, 상사인 내가 뭘 묻고 싶어도 물을 수가 있어야지."

'그림자'는 잠시 멈칫하고 겨우 입을 열었다.

"대인, 물으시지요."

"그니까 내가 묻고 싶은 것은, 네가 '의외'라지만, 어쨌든 칼로 날 찔렀잖아. 그러니 나에게 어떻게 갚을 건데?"

제6장

내고 장악 준비

'그림자'가 무슨 이야기를 건넸는지는 몰라도, 판시엔은 '의외'의 사건에 대한 보상에 만족하는 것처럼 보였다. 그리고 기쁜 마음으로 비 오는 다음 날 아침 일찍 샤저우 성을 떠나서, 성 밖의 크지도 높지도 않은 구릉 숲으로 다시 '사라져' 버렸다.

그날 밤, 몇 명의 비옷을 걸친 관원들이 샤후 호수에 정박해 있는 징두에서 온 큰 배로 잠입했다. 샤후 호수에는 강남 수군이 주둔하고 있었기에 큰 선박들이 정박해 있었고, 경계가 삼엄했기에, 최대한 조심하며 들어갔다. 판시엔이 없는 동안 선박의 업무를 총괄하기로 한 수운마오가 비에 젖은 동료들을 보며 의아해하며 물었다.

"대인을 안 지키고 왜 왔어? 그래도 왕치니엔 조직 몇 명은 남아 있겠지?"

"대인께서 연기할 거라면 제대로 하라고……그래야 수군도 대인께서 선박에 타신 것으로 믿을 것이라 하셨습니다."

'이건 또 무슨 계획이시지? 이미 샤저우에서 신분이 드러났는데…….'

수운마오는 판시엔의 속셈을 이해할 수 없었지만 이내 서둘러 강남으로 향하자고 말했다.

"3월 초사흘입니다. 대인께서 수저우에 도착하는 날짜를 짚어 주셨습니다."

"무슨 배로 가야 그리 늦게 도착할 수 있단 말인가?"

"제가 계획이 하나 있는데, 만약에 괜찮으시면……."

수하는 수 대인의 귀에 대고 조용히 속삭였다.

"좋은 생각이군! 제사 대인께서도 이런 작은 일에 괘념치 않으실 거야. 조정의 은자로 장난치면 안 되지만, 대인을 대신해서 약간의 접대를 받는 것 정도야 뭐."

다음 날 아침 수운마오는 의기양양하게 큰 배를 강남 쪽으로 향하였다. 다만, 그 운행방식이 이상했을 뿐이다. 고을과 나루터가 나오면 아무리 허름한 곳이라 할지라도, 몇천 명의 백성밖에 거주하지 않는 아무리 작은 곳이라도, 배를 정박하고 하룻밤을 묵었다.

강남로에 위치한 관아 일대는 엄청난 혼란이 일어나 버렸다!

판 제사와 3황자를 직접 보지는 못했지만, 그들이 배에 타고 있는 것을 아는 이상 누구도 감히 접대를 소홀히 할 수 없었던 것이다.

'벼룩의 간을 내먹지?!'

수운마오가 나중에 벌어질 일은 생각도 못 하고 즐겁게 금칠을 해대며 강을 여행하는 중에, 육지에서는 끝이 보이지 않는 행렬을 이끌고 '가짜 판시엔' 일행이 딴저우로 향하고 있었다.

완전히 다른 소식들이 동시에 날아들자, 강남 일대의 관원들은 정신을 차릴 수가 없었다. 하지만 어느 누구도, 어디가 진짜 판시엔 일행인지는 확신할 수 없었다. 감사원 2처가 흔적을 철저히 지우며 정보를 통제하고 있었기 때문이다.

'진짜 판시엔' 일행의 항저우 입성은 생각보다 간단했다.

우저우(梧州) 사람으로, 항저우를 거쳐 남쪽으로 향하는 상인 일행의 신분으로 이미 관련 문서와 통행증을 준비해 놓은 터였다. 항저우 거리의 사람들은 모두 편안하고 행복해 보였고, 양쪽으로 점포들과 술집들이 즐비하게 늘어서 있었다. 백성들의 차림새와 거리 모습만 보아도 강남이 얼마나 부유한가를 단번에 느낄 수 있었다.

마차 앞으로 버드나무가 내려다보고 있는 호수가 보였는데, 잔물결도 없이 고결한 느낌을 자아내고 있었고, 겨울임에도 따뜻함이 느껴지는 드넓은 호수였다. 흑회색 건축물들이 호숫가에 드문드문 들어서 있었지만, 부귀함과 눈에 거스르지 않는 멋이 느껴졌다.

이것이 시후(西湖, 서호) 호수다.

오늘 시후의 호숫가는 사람들로 붐비고 있었다.

시후 근처에 '건물 위의 건물'이라는 뜻의 루상루(樓上樓)라는 고급 식당이 있었는데, 판시엔 일행은 그 식당 난간 근처에 자리를 잡았다. 장거리 여행에 허기진 사람들은, 귀천을 따지지 않고 세 개의 탁자에 나눠 앉아 식사를 하였고, 판시엔은 홀로 한가로이 술잔을 들고, 바깥을 바라보고 있었다.

호숫가 푸른색 돌바닥 위에서 하늘이 울릴 정도의 박수 소리가 터져 나왔다.

강남 무림대회가 열리고 있었지만, 호위들이나 감사원 6처 자객들은 아무 관심이 없었다. 유일하게 3황자만이 신기한 구경이나 났는지, 호기심 있게 밖을 바라보았다.

“방금 검을 휘두른 자는 강남 룽후산(龍虎山, 용호산) 문파 계승자고, 기본기는 약하지만 7품 고수 정도 되어 보이네요. 사실 그와 겨루고 있는 자가 더 유명한데, 성은 뤼(呂, 려) 이름은 아쳔(阿塵, 아진)이라고 해요. 그녀는 동이성 윈즈란의 제자이니, 스구지엔의 손제자라 할 수 있지요. 그녀가 이길 거예요.”

“윈즈란이요?”

“듣기로 그도 출신은 강남이라던데, 아마 밍씨 가문과도 연결이 되어 있을 거예요.”

돌바닥에서 구경하는 사람들은 그리 많지 않았지만, 호숫가에 큰 죽붕(竹棚, 대나무로 지은 정자)에는 덕망 있는 인물들이 앉아 있었고, 그 중앙에는 강남로의 관원이 한 명 끼어 있었다.

샤치페이 또한 그 한편에 자리하고 있었다.

사실 이런 ‘무림대회’에서 진짜 고수가 출전하지는 않았기에, 관중들의 열기는 갈수록 더해졌지만 판시엔에게는 지루하게만 느껴지는 대회였다.

“윈즈란도 왔나요?”

3황자가 물었다.

“그의 신분은 특수하니, 조정 관원들과 같이 섞여 있지는 않을 거예요. 왔다 해도 어디 있을지 누가 알 수 있겠어요?”

판시엔은 말은 그렇게 했지만, 사실 사방으로 윈즈란을 찾고 있었다. 그를 암살할까 걱정된 것이 아니라, 그림자 대인이 손을 쓸까 걱정이 되었기 때문이다. 그림자 대인과 스구지엔과의 원한에 대해서는 쳔핑핑이 한번 말해 주었는데, 그 원한이 너무 깊어, 가끔씩 공무 수행에 방해가 될 수도 있다고 언지를 주었다. 그림자 대인에게 윈즈란이 동이성도 아니고 징두도 아닌, 강남 항저우에 있다는 소식은, 큰 기회가 될 수 있었다.

윈즈란이 항저우를 온 것은, 당연히 무림대회 때문이 아니라 판시엔 때문일 것이다. 스구지엔 입장에서는, 밍씨와 장 공주가 동이성에 물건을 대고 있으니, 어떻게든 밍씨 집안을 지켜야 했다.

이때 죽붕에 있던 관원이 푸른 돌바닥으로 걸어 나와 인사를 하고 발언을 했다.

"문무의 도에는 국경이 없습니다. 국경을 넘어서까지 여기에 참가해 주신 동이성 여러분들에게 감사의 인사를 드리며, 이분들이 우리 위대한 경국을 위해서 힘을 써 주신다면, 조정도 거절하지 않을 것입니다."

듣고 있던 한 강호인이 웃으며 '불쑥' 끼어들었다.

"경국이 동이성과 사이가 좋다고 하시는데, 그렇다면 북제와 싸우실 겁니까?"

강호인이 조정의 일에 끼어드는 경우는 드문 일이었기에 일순간 모두의 시선이 그에게 쏠렸다. 하지만 특별히 유명한 사람이 아니었기에 다시 이어지는 관원의 말에 집중했다.

단, 판시엔만은 이유를 알 수 없었지만, 이상한 낌새를 느꼈다.

"조정이 작년에 북제와 국서를 교환했는데, 어찌 북제를 향해 군사를 일으키겠습니까?"

"경국에서 그렇게 생각하기만 한다면, 다행입니다."

이 말은 강호인이 곧 북제 사람임을 나타냈다.

판시엔이 자리에서 일어났다. 그리고 눈을 반짝거리며 건물 아래 사람들이 몰려 있는 곳을 훑기 시작했다.

관원의 말은 계속 이어지고 있었다.

"삼국이 잘 지내는 것은 거짓이 아닙니다. 북제 친구들은 문에만 집중하다 보니, 무에는 믿음이 적은가 봅니다."

이 말에 경국인과 동이성 사람들은 모두 웃었고, 북제 강호인의 얼굴은 점점 잿빛이 되어갔다.

판시엔은 가볍게 난간을 한번 치고 손으로 꽉 움켜쥐었다. 원하는 것을 찾기라도 한 것인지, 마음에 뭔가 격동이 일고 있는 듯 보였다.

3황자는 이해가 안 된다는 듯 판시엔을 바라보았다.

판시엔은 먼 길가의 나무 아래에서, 평범하게 보이는 여인이, 꽃바구니를 들고, 한겨울에 꽃은 어디서 구했는지 모르겠지만, 꽃을 팔고 있는 모습을 바라보고 있었다. 머리에 꽃무늬 두건을 한 그녀는, 북제의 무도를 무시하는 듯한 발언을 듣자, 고개를 돌려 관원 쪽을 쳐다보고 있었다.

하이탕 둬둬.

판시엔의 머리는 전광석화처럼 돌아가기 시작했다.

'강남에 왜 온 거지? 나의 신분 때문인가? 〈천일도〉 문제인가?'

하이탕은 느긋하게 발을 '잘잘' 끌면서 푸른 돌바닥으로 향하고 있었다. 강호의 고수들이라 불리는 이들도 무언가를 느낀 듯 저도 모르게 그녀에게 길을 터주고 있었다.

"대인, 소녀는 북제인 임에도, 문은 모르지만 무는 좀 합니다."

관원이 '소녀'의 아우라에 아무 말도 하지 못하는 사이, 그녀를 알아본 북제 사람 중 하나가 인파를 헤치고 나와 바닥에 엎드려 절을 했다.

"하이탕 아가씨! 어떻게 여기까지 오셨습니까?"

하이탕? 북제의 하이탕! 쿠허의 마지막 제자! 천맥자!

사람들은 이로써 오늘 강남 무림대회는 더 이상 의미가 없다고 생각하고 있었다. 하지만 판시엔의 시선은 자신의 '친구' 하이탕에 가 있지 않았다.

호숫가, 제방 아래, 작은 배, 죽립을 쓴 어부, 손에 든 낚싯대.

하이탕이 나타났을 때, 낚싯대가 조금 내려갔지만, 물고기가 문 것은 아니고, 좀 더 세밀한 위장술처럼 보였다. 이 작은 변화를 눈치챈 판시엔은, 손을 뻗어 3황자 손에 있던 푸른 도자기 접시를 낚아챘다.

3황자는 어이가 없었다.

"아직 다 안 먹……."

말이 끝나기도 전에 판시엔은 접시를 아래로 힘껏 던졌다.

'쨍그랑.'

도자기 접시는 수 없는 파편을 사방으로 튀겼다.

모두의 시선은 위층으로 향했지만, 대나무 발 때문에 판시엔의 얼굴을 보지는 못했고, 누군가 하이탕의 등장에 놀라 접시를 떨어뜨렸다고만 생각했다. 하지만 어부는 그 소리가 무엇인지 아는 듯, 주위를 살피다, 이내 시선이 위층에 있는 공자에게 꽂혔다.

'판시엔! 네 이 새끼를!'

윈즈란이 낚싯대를 절반 정도 거두었을 때였다.

무광의 비수가 낚싯줄 옆에 나타났다. 윈즈란이 낚싯줄을 거두는 속도에 맞춰, 그 비수도 수면 위로 떠 올랐다. 그 순간 윈즈란의 신경은, 반은 판시엔에게, 반은 하이탕에게 가 있었다.

살기를 품은 검은빛이, 번뜩였다!

윈즈란이 무거운 신음 소리를 내고, 상처에 피를 흘리며, 하늘로 솟아올랐다!

물보라가 일면서, 검은 그림자가 시후 호수에서 솟구치며, 윈즈란이 도망친 방향을 쫓았다!

공기를 가르는 소리가 두어 차례 나고서, 두 사람은 어느새 종적을 감추어 버렸다. 대나무 삿갓만이 수면 위를 유유히 떠다니고 있었다.

판시엔은 여전히 호수 너머를 보고 있다.

오른쪽 제방에서 두 개의 그림자가 빠른 속도로 지나가다가, 수면을 살짝 스칠 때마다 큰 물보라가 일었다. 그러다 어디서 나타났는지, 호수 위에 나타난 두 개의 검은 기운은, 새처럼 공중에서 일 합을 겨루고, 다시 사라져 버렸다.

그 모습은 사방으로 튀기는 빨간 피와 함께, 아름답게 보이기마저 하였다.

예상대로 그림자 대인은 찰거머리처럼 윈즈란을 뒤쫓았다.

윈즈란이 중상을 입었음에도 이렇게 오래 버티는 것을 보니, 가히 그의 실력을 짐작할 수 있었다. 하지만 이상했던 것은, 윈즈란이 시후 호수 건너편에 있는 화려하고 고풍스러운 목조 건축물로 자취를 감춰버린 것이다.

'왜 저기로 가지? 저곳에 동이성에서 온 조력자가 있나?'

'좌아악.'

판시엔은 의아한 표정으로 대나무 발을 다시 아래로 떨어뜨렸다. 그리고 더욱 의아하게 멍하니 자신을 쳐다보고 있는 3황자에게 온화하게 말을 건넸다.

"마저 드시지요."

스찬리가 대신하여 질문을 던졌다.

"대인, 무슨 일입니까?"

"누군지 모르겠지만 어부를 칼로 찔렀는데, 호수 너머로 도망갔어."

수하들은 판시엔의 말을 믿지도 않았지만 더 이상 물어보지도 않았다.

사람들에게 오늘의 강남 무림대회는 참가비가 아깝지 않은 훌륭한 구경거리가 되어 버렸다. 북제의 하이탕에다 절세 고수의 싸움까지.

다만 하이탕과 몇몇 사람들은 두 명의 비슷한 '사고검법'을 보면서, 어찌하여 동이성의 고수 둘이 집안싸움을 하는지 모를 일이라 생각하고 있었다.

하이탕이 나타나는 바람에 더 이상 '승자'의 의미가 없어진 대회 참가자들은 모두 근처의 루상루로 향하였다. 강남로 관원도 덕망 높은 인물들과 함께 하이탕을 정중하게 모시고 그곳으로 향했다.

"하이탕 아가씨, 먼 걸음 해 주셔서, 영광스러울 따름입니다."

"공자는 누구신지?"

"저의 성은 밍씨로, 루상루의 주인입니다."

그 일행의 뒤쪽에 샤치페이가 있었는데 그가 밍 공자를 보며 냉소를 띠었다.

'북제인에게도 비위를 맞출 줄 알고. 조카의 실력이 많이 늘었네.'

루상루는 밍씨의 산업 중 하나였는데, 보통은 지배인을 두고 운영하지만, 오늘은 중요한 대회가 열리는 만큼 특별히 밍씨 집안의 가주(家主) 밍칭다(明青達, 명청달)의 아들 밍란스(明蘭石, 명란석)가 직접 나와 있었다.

식당 밖은 조용해지고, 식당 안은 시끌벅적해졌다.

다만 먹을 만큼 먹은 판시엔 일행이 머무르는 방에는 이상한 분위기가 흐르고 있었다.

"왜 다들 그런 눈으로 쳐다봐? 호수에서 일어난 일과 난 아무 관계가 없다니까."

"그 일이 아니고……."

3황자가 총대를 메고 말했다.

"그럼 무슨 일인데요?"

"하이탕 아가씨가 왔는데, 스승님은 어찌 여기 들어와 앉으라는 말도 안 하시나요?"

그제서야 판시엔은 어이없는 웃음을 지으며 꾸짖듯이 말했다.

"다들 머리들이 어떻게 된 거야? 내가 자네들에게 연기라도 보여주길 원하는 거야?"

그는 잠시 멈칫하고 진지하게 말했다.

"중요한 건, 그녀가 여기로 들어오면, 기껏 숨겨왔던 우리 정체가 드러날 것 아닌가?"

그 순간, 비좁은 식당 안에서 판시엔의 자리를 탐내는 자들이 밖에서 소란을 피우는 소리가 점점 커졌다. 혹시나 해서 호위를 세워놨지만 다들 권세와 무력을 가진 자들이라 쉽지 않아 보였다.

'젠장! 올 게 왔군.'

이미 몇 명의 강호인은 가오다의 칼집에 맞아 문 앞에 쓰러져 있었고, 롱후산 검객이 미간을 찌푸리며 가오다에게 정중히 항의하고 있었다. 하이탕은 먼발치서 꽤 흥미롭다는 듯 그 장면을 쳐다보고만 있었다.

"선생, 아무리 이 친구들이 무례하게 나왔다 한들, 이렇게 하는 건 너무 심한 것 아니오?"

가오다는 아무 대꾸도 하지 않았다.

그 모습이 사람들의 분노를 치솟게 하였다.

곧바로 밍 공자가 올라와 사태를 수습하며 진정은 되었지만, 하이탕은 오히려 당당하게 가오다 앞으로 가서 밍 공자에게 말을 건넸다.

"밍 공자, 감사합니다. 하지만 하이탕은, 안에 있는 옛 친구를 봐야겠습니다."

사람들은 깜짝 놀라며 가오다에게로 시선을 옮겼다.

'하이탕의 옛 친구? 판시엔? 그럼 저 호위는 판시엔의 호위?'

사람들은 모두 바보가 아니었다. 판시엔의 신분이 밝혀진 이상,

그 방을 뺏을 사람은 아무도 없었다. 다만 밍 공자는 경악한 얼굴로 쓴웃음을 지으며 고개를 젓고 있을 뿐이었다.

문이 열리고, 꽃바구니를 든 하이탕이, 반짝이는 눈빛을 하고 들어왔다.

"왔어?"

"왔어."

"네가 올까 봐 가오다를 내보낸 건데, 가오다의 눈짓을 못 봤을 리는 없고……너 때문에 오히려 내 행적이 드러나 버렸네."

판시엔은 술잔을 내려놓으며 푸념을 늘어놓았고, 가오다는 자기는 아무 잘못 없다는 듯 호수를 바라보고만 있었다.

"가오다 같은 고수를 세워놓고, 신분을 속이려 했다고?"

"강남에는 가오다를 아는 사람도 없고, 내가 항저우에 있는 걸 아는 사람도 없는데, 그들이 어떻게 알아?"

"뭐야, 그게 네가 말한 '정신승리법' 같은 거야?"

"설령 추측했더라도, 네가 들어오지만 않았으면, 증명을 못 했을 거잖아?!"

"정정당당하게 해도 될 일을, 왜 이렇게 맨날 음모같이 숨기고 하는 거야?!"

판시엔은 결국 화가 폭발했다.

"여기는 경국이잖아! 내 말 좀 들어!"

하이탕은 천장을 보며 딴청을 부렸다.

"내가 언제 너의 말을 들은 적이 있었나?"

하이탕이 들어서자마자 둘은 첨예하게 싸웠고 한 치의 양보도 없었다. 둘의 말소리는 점점 빨라졌지만, 소리는 점점 줄어들어, 어느 순간부터 입 모양만 보였다.

방 안의 사람들은 이 모습을 보면서 놀라지 않았다.

'역시 둘이 호흡이 잘 맞네. 둘 사이에 아무 일도 없었다는 것은, 지나가는 개도 안 믿겠다.'

스찬리가 스승을 걱정하는 마음에 마침내 조심히 끼어들었다.

"대인, 이제 이곳을 어떻게 벗어날까 생각해야 합니다. 항저우 주지사, 장군, 관원들……모두 몰려올 것 같습니다."

판시엔은 자신의 다리를 세게 치고 '거봐!' 라며 하이탕을 향해 차가운 목소리로 말했다.

"빨리 가! 휴가 왔어?"

하이탕은 산처럼 편안히 앉아 대답했다.

"배고파."

3황자는 너무 재미나는 듯 장단을 맞췄다.

"하인들에게 빨리 가서 새 음식 내오라고 하게."

판시엔이 3황자를 노려봤다.

하이탕은 '헤헤' 웃으며 화답했다.

"전하, 감사합니다"

정오가 얼마 지나지 않았을 무렵, 시후 호수 기슭의 어느 장원이 떠들썩해지기 시작했다. 장원은 산과 호수를 끼고 있는 절묘한 곳에 위치하고 있었기에 실제 가치는 은전 십만 냥은 족히 넘어 보였다. 장원 주인은 펑(彭, 팽)씨로 누구인지 알려지지는 않았고, 장원에는 여름에만 피서를 즐기러 사람들이 가끔 찾아오는 정도였다.

오늘 그 장원에 나타난 이는 판시엔 일행이었는데, 판시엔은 그곳이 장인어른 린뤄푸의 문하생인 펑 대인이 친척 명의로 사들인 곳이라는 것을 알고 있었기 때문이다.

판시엔 일행은 당연히 루상루에 오래 머물 수 없었고, 뻔뻔한 하이탕과 3황자를 데리고 일찌감치 이곳으로 왔다. 감사원 4처의 항저우 관원들과 6처의 밀정들을 다 동원하여 연기를 한번 더 하고서야, 겨우 행적을 숨기고 이리로 온 것이다. 장원의 조용한 서재 안에서 판시엔은 하이탕에게 물었다.

"너도 소문을 들었을 거 아니야?"

"그건 다음에 이야기하고 오늘 시후 호수에서 싸운 두 명은 누구야?"

"어부는 본 적이 있어. 윈즈란이야. 재작년에 황궁 연회에서 본 적 있어."

"윈즈란에게 부상을 입힐 수 있는 사람……그럼 그 살수는 누구야?"

"매복해 있었으니, 누구라도 부상을 입힐 수 있지."

"넌 동이성 검술을 잘 모르나 본데, 내가 볼 때, 그건 확실히 순수한 사고검법이었어."

"동이성엔 고수가 많으니까……그들끼리 치고받고 싸우면, 우리에겐 좋은 거지 뭐."

하이탕이 당시 두 명의 검술을 떠올렸는데, 습지에서 판시엔을 처음 만나 싸울 때 초식과 비슷하다는 생각을 지울 수가 없었다.

"너희 쪽 사람 아니야?"

"내가 어디 9품 상(上)의 고수를 부릴 수나 있어?"

9품 고수들을 수하로 둘 수 있는 곳은 황실이나 대종사 정도밖에 없었기에, 하이탕은 판시엔의 말을 우선 믿어 주기로 하고 화제를 돌렸다.

"다친 건 다 나았어?"

"그러니 강남을 왔지."

"서신에서 하기로 한 건 지금 할까, 저녁에 할까?"

"저녁에 하자. 지금은 우선 좀 씻고 싶어. 그나저나 한겨울에 그

꽃들은 어디서 난 거야?"

"우저우에서 산 조화야. 다 가짜지. 그럼 쉬고, 저녁에 다시 봐."

하이탕은 얼굴을 찡긋하고는 방을 나갔다.

판시엔은 홀로 서재에 남아 서신의 내용을 잠시 생각하다, 고개를 돌려 아무도 없는 창문의 장막을 바라보며 말했다.

"괜찮아?"

장막의 그림자에서 '그림자'가 바람에 날리듯 분리되었다.

"윈즈란이 중상을 입긴 했는데, 죽지는 않았다."

"어떻게 된 건데?"

"윈즈란이 호숫가 넘어 밍씨 집안의 것으로 보이는 한 저택으로 들어갔는데, 그곳에는, 그의 사제들이 몇 명 더 있어서, 어쩔 수 없이 물러났다."

그림자의 말투에 감정적 동요 같은 것은 없었다.

"밍씨? 동이성? 음……실력은?"

"9품 둘, 8품 셋. 하지만 윈즈란은 앞으로 최소한 반년 동안은 움직이지 못할 거다."

"동이성이 진짜 날 과대평가하네. 그렇게 많은 고수들을 보냈다고? 떼로 덤비겠다는 건가?"

"하지만 그들은 이미 그 저택을 떠났다."

판시엔은 생각보다 많은 고수들을 파견한 동이성을 생각하며, 앞으로 일이 쉽지 않을 것 같다는 생각이 들었다. 내고와 밍씨를 지키기 위해 동이성이 나설 것이라 예상은 했고, 그래서 그림자의 원한을 이용하여 윈즈란에 대한 선제공격을 허락한 건데, 사실 이렇게 많은 노력을 기울일지는 몰랐기 때문이다.

"6처의 자객들도 모두 데려가고, 2처와도 협력해. 이왕 그들이 모습을 드러냈을 때 손을 쓰자고. 죽이진 말되, 겁을 줘서, 우리를 칠 생각만 못 하게 해 줘."

판시엔이 대담하게 그림자와 떨어지는 것을 선택할 수 있는 이유는? 당연히 하이탕이 있었기 때문이다.

그림자보다는 훨씬 귀엽지 않은가. 말도 많고.

그날 밤 장원은 일찍부터 조용해졌는데, 긴 여독에 피곤한 일행들이 일찍 잠에 들었기 때문이다. 불이 켜진 곳은 단 두 곳, 판시엔의 침소와 서재. 침소에서는 스스가 꾸벅꾸벅 졸면서 그가 오길 기다리고 있었고, 서재에서는 판시엔이 책상에 앉아 작은 책을 읽고 있었다. 그의 맞은편에 앉아 있는 하이탕도, 엄숙한 표정으로, 손에 든 작은 책자를 보고 있었다.

오랜 침묵 후, 두 사람은 동시에 고개를 들고, 동시에 쓴웃음을 지었다.

"둬둬, 상충되는 것 같은데?"

"두 개의 공법이 상극이야. 수련할 방법이 없어."

판시엔이 보고 있었던 것은, 〈천일도〉의 〈무상심법(無上心法)〉.

하이탕이 보고 있는 것은, 판시엔이 기억을 떠올려 적은 〈패도의 권〉 제1권, 〈무명공결(無名功訣)〉.

두 사람은, 한나절이나 심각하게 연구를 했지만, 둘 다 동시에, 실망스러운 결론에 다다르고 말았다.

무명공결은 사나운 진기를 운용할 때, 경맥을 칼로 긁어내듯 넓히는 것을 기본으로 하는데, 하이탕은 이미 천일도의 수련을 통해 경맥이 안정적으로 굳어진 탓에, 패도 진기를 수련할 방법이 없었다.

반면 천일도의 공법은 자연과 순응하며 유순하게 체내의 진기를 운용하는 방식으로, 마치 물방울이 차츰 모여 강을 이루는 것과 같이 진기를 운용하는 것이다. 하지만 판시엔은 이미 경맥이 너무 넓혀져 있었기 때문에, 물방울이 맺힐 수 있다 하더라도, 강을 이루기 위해서는, 얼마의 시간이 필요할지 모르는 일이었다.

"그래도 많이 봐 둬. 언젠가는 도움이 될 수도 있으니까."

하이탕은 판시엔을 안심시키듯 말했지만, 9품 상에서 절대 경지로 가기 위한 마지막 관문을 판시엔의 도움으로 넘을 수 있다는 희망이 사라지자, 스스로도 약간은 실망한 기색이었다.

패도 진기는 하이탕이 보기에 너무나 변태적인 수련법이었다.

판시엔이 충고하듯 그녀에게 말했다.

"내가 익힌 방법이 너에게 도움을 주기는커녕, 너무 위험해 보이니까, 시도도 하지 마."

"나도 그렇게 무모하지는 않아……다만 네가 익힌 공법은 너무 변태 같아. 수련을 할수록 몸을 상하게 하다니……너 같은 괴물이나 익힐 수 있는 거지."

"내가 알기로, 이전에 그런 괴물이 또 있었다더라고."

"그게 어디서 유래한 건데?"

"어머니가 나에게 남긴 거야."

"예씨 아가씨?"

"맞아."

판시엔은 무심코 책의 다음 장을 넘기는데, 눈가에 돌연 웃음기가 돌기 시작하였다.

"여기에 쌍수(雙修)라고, 두 가지 공법을 동시에 수련하는 방법이 나와 있는 것 같은데?"

하지만 하이탕은 이미 천일도를 잘 알고 있기에 절망적인 표정으로 설명했다.

"성명쌍수(性命雙修). 본래 주어진 것을 명(命)이라 하고, 자신을 다스리는 것을 성(性)이라 한다. 마음으로 명을 받들고, 정신으로 성을 만든다. 마음이 단단하지 않으면, 성이 마음을 흔들고, 정신이 현혹되면, 명이 정신을 흔든다. 무정하고, 현혹되지 않을 때, 가고도 가지 않는 것을 반(反)이라고 하는 것인데……너 같이 관직 사회에서 암투를 달고 사는 사람이, 언어와 현상에 현혹되지 않는 이 경지에 오를 수 있을 것 같아?"

"마음을 먼 곳에 두고, 스스로를 고립시키면 돼."

판시엔은 동진 시대의 유명한 시인 도연명(陶淵明)의 시구로 대답을 대신했다.

하이탕은 여전히 의아한 눈빛으로 말을 이었다.

"그게 가능하다 해도 문제가 하나 더 있어. 너의 그 사나운 진기와 천일도의 진기는 근본적으로 성질이 다른데, 너의 그 사납고 강대한 진기를 다 없애 버리고서 다시 수행할 거야?"

판시엔은 이 물음에 답을 하지는 않았다. 대신 천일도 심법의 몇 가지 난제를 물어봤는데 하이탕은 하나도 숨기는 것 없이 친절하게 알려주었다. 판시엔도 그녀와 같이 성심성의껏 그녀의 의문에 대해 답해 주었다.

전 생애의 사람들이 봤다면 진정한 '지식 공유'의 현장이라 일컬을 만했을 것이다.

시간이 지나면 지날수록, 둘은 각자 현묘한 비급에 빠져들기 시작했고, 어느 순간부터는 더 이상 질문도 하지 않은 채 책의 내용을 각자 음미하고 있었다.

얼마나 지났을까.

판시엔이 홀연 입을 열었다.

"사실 현묘 사당 자객 사건 이후로, 체내 진기가 폭발해서 소실되어 버렸어. 근데 지금까지……돌아오질 않네."

하이탕은 판시엔과 등을 맞대고 앉은 채, 돌아보지도 않고, 고개만 살짝 떨구고, 한참을 침묵한 뒤, 이윽고 입을 열었다.

"그런 거구나……."

"말하지 않았더라도, 너에게 계속 속일 수는 없었을 거야. 너도 지금 강남에 있는 걸 보면, 소문이 퍼지자마자 바로 길을 나섰던 거 아니야? 쿠허에게 말할 여유도 없었을 거 같은데."

하이탕은 짧게 '응' 이라고 대답했고 판시엔은 감동했다.

"왜 그랬어?"

"너에게 큰 문제가 생겼다는 걸 직감했거든. 우선 서신에 갑자기 무뢰한처럼 천일도 심법을 달라고 하는 게 이상했고, 소문이 퍼진 뒤로, 분명 네가 위험해질 수도 있다는 생각이 들었지. 우리가 협정을 맺은 일을 하려면, 아직 시간이 많이 필요한데, 우선 네가 살아 있어야 하잖아?"

"내 진기가 다 사라져 버렸으니, 네가 준 천일도는 나에게 도움이 되겠지만, 내가 알려준 것은, 너에게 도움이 안 되어 버렸네……."

"나에겐 소용없지만, 후세엔 유용할 수도 있지. 내 후세에 전수해도 되지?"

"너의 후세는……나와 관계가 없을까?"

판시엔은 갑자기 '껄껄' 웃었다.

말싸움에서 그녀를 이겼다고 생각했기 때문이다.

'문무를 겸비하고, 젊은 나이에 권력도 쥐었고, 다른 사람들에게는 항상 온화하게 행동하면서, 매번 나에게는 이렇게 파렴치한 무뢰한이 되는 거야!'

하이탕은 기분이 조금 상했지만 최대한 누그러뜨리며 할 말을 했다.

"사실 그 책에서 몇 군데 고쳐야 해. 스승님이 이미 손을 좀 썼거든. 그대로 익히다가 바보가 되어도, 난 책임 못 져."

판시엔이 심법을 봤을 때 조금도 이상한 것을 못 느꼈었는데, 가짜를 이리도 완벽하게 만들어 낸 쿠허의 경지에 절로 탄복할 수밖에 없었다.

'까까머리 노인네가 독하긴 독하네. 나의 진정성 보이기 수법이 없었으면, 이대로 수련하다 이유도 모르고 죽었을 거 아니야?!'

"설마 너도 내가 바보가 되길 원한 거야?!"

"사실 우리가 이러고 있는 게 황당한 거지. 천일도를 경국 사람에게 전수했다는 사실이 알려지는 순간, 너나 나나 끝이야. 어쨌든 최대한 너와 내가 솔직해지고 믿는 게 관건인데, 사실 네가 진기에 문제가 생겼다는 말을 털어놓지 않았으면, 그냥 바보가 되게 놔두려고 했지."

"조금 있다가 그림 하나 그려 줄게……그 그림에 나타난 경로를 따라 패도 진기를 운용해야 해. 아니면 큰 문제가 생길 거야."

하이탕은 어이가 없었다.

"언제쯤 이 세상에서, 속고 속이는 일이 사라지려나……최소한 너와 나 사이에 말이야."

어색한 침묵이 흘렀다.

판시엔은 헛기침을 하며 태연스레 침묵을 깼다.

"나 열심히 할 거야. 아니, 우리 열심히 하자."

하이탕도 기분이 좀 풀렸는지 무뚝뚝하지만 최대한 부드럽게 말했다.

"얼마나 다쳤는지 한번 봐."

하이탕은 판시엔 곁으로 가 그의 등의 유문혈(兪門穴)에 가볍게 손을 얹었다. 서재에서 갑자기 바람이 일며, 책상 위의 촛불이 흔들리고, 공기 중으로 부드러운 파동이 일었다. 하이탕은 자신의 진기를 판시엔의 체내에 주입하면서 상처를 살피고 있었다.

잠시 후, 눈을 감고 있던 하이탕의 미간에 주름이 생기기 시작했다. 하지만 판시엔은 온몸이 따뜻해지며, 맑은 진기가 전신을 도는 것이, 마치 목욕을 하는 듯, 또는 하와이에서 일광욕을 하는 듯, 편안한 느낌을 받았다.

판시엔은 졸음이 오는 듯 하품하며 물었다.

"어때?"

"아니야, 잠들면 안 돼."

"치료하면서 말도 하고. 대단하네."

"입 좀 닥쳐줄래? 마음이 갑자기 흔들리면, 힘을 통제하지 못할 수도 있어."

하이탕의 협박이 전혀 두렵지 않은 듯 판시엔은 태연하게 말했다.

"설마 미래의 부군을 죽이진 않겠지?"

순간 두 사람의 입에서 동시에 무거운 신음 소리가 터져 나왔고, 서재 안의 공기가 소용돌이처럼 일더니 이내 사라졌다. 순식간에 린뤄푸가 소장하던 책과 문서들이 허공에 바람처럼 휘날리고 있었다!

"진짜 죽이려고 했어?"

"그러니까 좀 닥치라고 했잖아."

'네가 이야기하는 걸 좋아하는지 알았지…….'

하이탕은 조금 거칠게 뛰는 가슴을 진정시키며 의아한 눈빛으로 판시엔을 바라보며 말했다.

"넌 진기가 모두 없어졌다 했지만……설산혈에 쌓여 있는 진기는 여전히 많았고, 심지어 나랑 겨뤘을 때 보다, 더 사나워졌어. 다만 지금 그 진기를 순환시킬 방법이 없어서, 계속 쌓이고 있는데……이대로 가면, 반년도 안 지나서 폭발해 버려, 목숨까지 위태로울 수 있어."

"이상하네. 현공 사당 사건 이후로 수련을 멈췄는데……."

"아마 네가 진기 수련이 습관이 된 걸 거야. 그러니 아마 잘 때도……."

"그거구만!"

판시엔은 그제서야 자신의 상황을 알았지만 순간 섬뜩한 생각이 들었다.

"나도 몰랐고, 페이지에 선생도 무공은 약하니 모를 수 있고, 우쥬도 수련을 안 하니 그렇다 하지만……설마 홍 공공이 이를 몰랐다고?"

"뭐라고?"

하이탕은 처음 듣는 이름이었다.

"아니야……고마워."

판시엔은 설명 대신 미소를 지으며 다시 한번 파렴치한 부탁을 했다.

"근데 한번만 더 도와줘. 이번 달만이라도 날 좀 보호해 주라."

하이탕은 쉽게 승낙했지만 대신 다른 질문을 던졌다.

"대신, 이것만 말해 줘. 그날 절벽에서 샤오은과 떨어졌던 사람이, 너지?"

"다음 날 숙소로 찾아왔을 때, 넌 이미 눈치챘잖아? 다만 내가 공식적으로 인정 못 한다는 것도 이해할 거고."

"스승님도 아신 것 같아. 그래도 너무 긴장할 필요는 없어. 당신 어머니에게 은혜를 입었다고 하시더라고. 참, 스승님이 너 옆에 맹인 대사가 있다던데……내가 인사드릴 수 있을까?"

"쿠허에게 뭘 숨기긴 정말 힘들구만. 내 삼촌인데, 지금은 삼촌을 볼 수 없어. 왠지 모르겠지만, 요즘 예류윈 흉내 내면서 놀러 다니고 있어서, 나도 만날 수 없어."

"아쉽네. 그리고 스승님께서, 너희 어머니가 신묘와 관련 있다는 식으로 말씀하시던데?"

판시엔은 고개를 저으며 단호하게 대답했다.

"신묘는 너무 멀어. 현재 이 세상일에 집중하자."

"현재 세상일?"

"예를 들면……둬둬는 올해 몇 살이야?"

경력 6년. 연초부터 북제와 남경 두 나라에 신묘한 일들이 많이 일어났다. 경국의 우저우에서는 산을 깎다가 동으로 만들어진 벽이 나왔고, 샤저우에서는 하천 제방을 수리하던 백성들이 구름무늬를 가진 거대한 검은 거북이를 발견했으며, 강남의 논에서는 매와 붉은 기러기가 하늘 가득 날아다니는 일이 생겼다.

사실 '상서로운 일'은 북제에서 먼저 시작되었는데, 나무꾼이 흰 사슴, 흰 늑대, 흰 여우를 보았다며 나라에 길조가 들었다고 상주문을 올렸고, 쿠허는 하늘이 내려준 징조라며 다시 제자를 받기 시작해 근처 사당에서 여자 제자 하나를 거두었다.

그녀는 당연히 스리리였다.

경국 황제도 처음에는 미신이라며 무시하다가, 흠천감 감정 대인이 하늘에서 '경성경운(景星慶雲)'을 관측했다며 흥분해 떨리는 목소리로 보고하자, 그제서야 관심을 가지기 시작하였다.

상서로운 징조, 즉 '길조'는 예부터 내려오는 전설 같은 이야기였고, 경전에는 하늘이 인간의 통치자에게 만족했을 때 보여주는 작은 조화 같은 것이라 주석이 달려 있었다.

백성들은 '길조'가 하늘의 뜻이 인간에게 전달되는 것이라 믿었다. 그 종류는 어마어마하게 많았는데 다섯 가지 등급으로 분류되었다. 기린처럼 존재하지 않는 것, 즉 가서(嘉瑞)부터 대서, 상서, 중서, 하서의 순이었다. 흰 늑대, 흰 여우는 상서에 속했고, 붉은 기러기는 하서였다.

경성경운은 신기한 구름 같은 것인데 이는 대서에 속하는 길조였다. 심지어 경운의 '경'은 경국의 '경'과 같은 한자였기에 황제는 더욱 기뻐할 수밖에 없었다.

이 좋은 해에 전쟁이란 있을 수 없었고, 이제 곧 양 국가는 정략 혼사를 치르기로 되어 있었기에, 북제에서는 대규모 사절단을 경국에 파견시켰다. 경국의 백성들이 더욱 놀라고 영광으로 생각했던 것은, 사절단의 대표이자 혼사의 증인으로, 북제의 스승 쿠허가 친히 사절단을 이끌고 남하했다는 것이다!

다만 예류윈이 경국에 없기에 그를 맞이할 자격이 있는 이는 경국 황제밖에 없었는데, 관원들이 어찌할 바를 모르고 있는 사이, 태후가 이전 장모우한에게 적용한 예를 찾아 태후가 직접 황궁으로 초청하는 것으로 일단락되었다.

쿠허가 처음에 한 일은 이전에 북제 황제가 친히 보낸 국서에 관련한 일이었다.

북제 황제는 경국과의 친선을 바란다며 작년의 친선 협정 기한을 만(萬)년으로 늘리자는 것이었다. 실제로 영원히, 대대손손 친하게 지내자는 뜻이었다. 쿠허가 직접 나섰고, 황제는 망설였지만, 이내 고개를 끄덕였다. 경국의 군대만 속이 부글부글 끓고 있었다.

하지만 정작 사람들을 놀라게 한 것은 쿠허가 다음에 한 일이었다.

판씨 집안의 아가씨를, 쿠허가 제자로 받아들인다!

쿠허의 이유는 간단했다. 자연과의 합일을 추구하는 천일도는 하늘의 상서로운 기운을 중시하는데, 경국에 그런 기운이 있었으니, 경국인 중 한 명을 제자로 받아들인다.

쿠허의 제자가 되는 것은 영광스러운 일이었고, 쿠허에게는 간단한 일이었지만, 정작 제자를 배출하게 된 판씨 집안에게는 쉬운 일이 아니었다. 국가적인 거사를 판지엔 혼자 결정할 수도 없는 일이라 그는 급히 입궁해 황제의 의사를 물었다.

"안쯔가 그렇게 훙칭이를 싫어하느냐?"

황제의 물음에 판지엔은 감히 아무 말도 못 하였다.

'이놈이 쿠허까지 움직이다니 안 끼는 데가 없구나. 쿠허도 하이탕을 너무 아끼는 것 같고. 하기야 강남을 보내 고생시키는 것도 좀…….'

하지만 황제는 판지엔의 대답을 듣지도 않은 채 손을 '휘휘' 젓고 허락해 주었다.

대황자가 혼례를 치르고 얼마 지나지 않아 사절단은 경국에 둔 채, 쿠허는 판뤄뤄를 데리고 먼저 징두를 떠나버렸다. 판씨 집안과 징왕 집안의 혼사는 자연스레 미뤄져 버렸고, 이 소식에 리훙청은 심지어 피를 토할 뻔했고, 징왕은 입궁해서 난리를 피웠는데, 태후가 직접 나서고서야 진정이 되었다.

하지만 징왕은 끓어오르는 화를 참을 수가 없었다. 징왕 집안의 모든 하인과 사병을 끌고 판씨 저택으로 가, 골동품이며 뭐며 눈에 보이는 대로 때려 부쉈다.

대미를 장식한 것은, 판 상서의 눈을 향한 징왕의 주먹 한 방이었다. 그제서야 징왕은 조금 화가 가라앉는 듯 거만하게 징왕 저택으로 돌아갔다.

강남, 시후 호숫가. 초봄이 오고 부슬비가 내렸다.

판시엔 일행이 항저우에 머문 지도 한 달이 다 되어갔고, 겉으로는 휴가처럼 보였지만, 사실상 항저우의 펑씨 장원은 감사원의 강남 본부처럼 움직이고 있었다. 강남로 관원들의 상황, 밍씨 가문과 소금 상인들의 관계, 내고의 동향, 이 모든 것을 4처가 취합하여, 장원에 있는 판시엔에게 보고하였다.

다만 의외로 밍씨 집안은 이상하리만큼 조용했고, 수저우에서 한 차례 모임을 가졌다는 것 외에 별다른 정보가 없었다.

무수한 사람들이 궁금해했지만 정작 판시엔은 생각 없이 지내고 있던 어느 날, 호수에 작은 배 한 척이 떠다니고 있었다. 젊은 서생으로 보이는 두 명의 젊은 남자가 선수와 선미에 앉아 있었고, 배 가운데에는 과일과 채소 그리고 술병이 차려진 낮은 탁자가 놓여 있었다.

두 '남자'는 판시엔과 하이탕이었다.

약간의 분장만 했을 뿐이지만, 두 사람을 알아보는 사람은 없는 듯했다. 최근 며칠 동안 둘은 사람들 몰래 항상 호숫가에서 배를 타고 있었는데, 판시엔이 하이탕으로부터 천일도 심법을 전수받기 위함이었다. 천일도는 천지의 원기를 받아야 하기에 항상 자연을 가까이해야 했기 때문이다.

판시엔의 천일도 심법 수련은 생각보다 빠른 진전을 보이는 중이었는데, 그의 정신력과 천지와의 감응 정도가 제법 괜찮았기 때문이다.

판시엔은 눈을 감고 뱃머리에 누워있었다. 양손은 펼쳐진 채로 배에 걸쳐 있었고, 손끝은 일렁이는 호수의 수면과 닿을 듯 말 듯했다. 미세한 진기가 손끝으로 흘러나와 호수와 접촉하고, 이내 얌전하게 손끝으로 다시 흘러 들어갔다.

그 순간, 손가락 끝 부근의 호수 표면에 잔물결이 일었다.

하이탕은 가볍게 노를 저으며 판시엔의 손끝을 주시하고 있었다.

'십여 일 만에 3단계에? 나도 5년이나 걸렸는데……하지만 이런 그가 나쁜 맘을 먹으면, 나중에 누가 막을 수 있을까?'

"내가 너와 한 약속은 걱정 마. 약속을 깰 생각이었으면, 네가 강남에 데리고 온 그 북제 사람에게, 그 많은 것을 보게 하지는 않았을 거야."

판시엔과 하이탕의 약속, 더 정확히 말하면 판시엔과 북제 황실과의 협의는, 북제가 판시엔이 장 공주를 무너뜨리고 내고를 장악하는 데 협조하는 대신, 판시엔은 장 공주를 무너뜨린 후에도 내고에서 북제로 밀수하는 화물을 줄이지 않고, 그 품질은 더 좋게 만들고, 심지어는 현재 수출 금지된 화물도 일부 북제로 보내는 것이다.

하이탕이 데리고 온 북제 사람은 북제 조정의 관원이었는데 호부주사와 공부(工部)의 사우를 겸직하고 있는 자였다. 장부도 볼 줄 알고, 이전에 병부에도 있었던 터, 병기에 대해서도 잘 알고 화물의 검사 과정에도 정통해 있었다.

그가 이후에 북제와 경국의 내고 거래를 맡을 책임자였다.

"난 약속을 중시하는 사람이야."

판시엔은 미소를 지며 말했다.

"나도 그래. 스승님이 판씨 아가씨를 제자로 받아들였다는 것도, 판스져가 췌씨의 산업을 이어받기 시작했다는 것도, 모두 들었지? 그리고 어차피 북제 폐하의 허락이 없었으면, 내고에서 네가 개인적인 이득을 볼 수도 없었잖아?"

여러 복잡한 내용 얽혀 있었지만 어쨌든 쌍방에게 모두 도움이 되는 거래였다.

다만 하이탕이 정작 궁금했던 것은, 다른 곳에 있었다.

"두 동생을 모두 북제로 보낸 것이 우연은 아닐 텐데……도대체 무슨 속셈이야?"

'경국 황제가 갑자기 판을 엎을 가능성에 대비해 그들을 타국에 보냈다고, 내가 어찌 말을 하겠니?'

판시엔은 대답을 하진 않고 손을 '휘휘' 저으며 말했다.

"어쨌든 협의가 지속되는 한, 너나 너희 그 황제 폐하께서, 내 집안사람들을 잘 보호해 줄 거라 믿을게."

판시엔이 대답을 회피하자 하이탕도 더 캐묻지는 않았다. 대신 실눈을 하고 판시엔을 의심스럽게 바라보며 물었다.

"경국의 '상서로운 일'도 네가 한 짓이지? 경국 황제가 알아채면, 어떻게 하려고……?"

판시엔은 부인하지 않았다. 우저우, 샤저우 등 지역에서 일어난 일은 감사원의 작품이었고, 흠천감 쪽에도 판시엔이 미리 손을 써 놓은 것이었다.

"신하로서, 폐하를 어떻게 속일 수 있으리오. 사실, 일찌감치 비밀리에 상주문을 올려놓았어."

'하여튼 앞뒤가 안 맞아. 북제 황제와 맺은 협약은, 경국 황제를 속이고 있는 거잖아?'

이때 호숫가에서 다급한 말발굽 소리가 들리더니, 젊은 관원 하나가 펑씨 장원 앞에 말을 세우고, 말을 묶어 놓지도 않은 채, 장원으로 뛰어 들어가고 있었다. 판시엔이 천천히 배에서 내려 장원으로 들어가니, 하이탕은 영문도 모른 채 따라나섰다. 장원에 들어가자 거실에서 격렬하게 싸우는 소리가 밖에까지 전해지고 있었다.

우려와 실망 그리고 분노의 목소리였다.

판시엔은 민망한 얼굴로 하이탕에게 말했다.

"내 면을 봐서, 들어오지 말아 줘."

하이탕은 더 이상 묻지 않고 정원의 옆으로 이어진 작은 길로 발걸음을 옮겼다.

판시엔은 옷매무새를 가다듬고, 가볍게 기침을 두 번 한 후, 뒷짐을 지고서, 천천히 거실 문턱을 넘어섰다.

거실에 있는 두 명은, 싸움닭처럼 목을 길게 늘어뜨리고, 싸우고 있었다.

스챤리 그리고 양완리.

양완리는 작년 춘시에서 우수한 성적으로 붙었으나, 판시엔과 친하다는 이유로 이부 주사가 그를 강남의 모 현의 현지사로 보내 버렸다. 아니었다면 주(州)의 주동(州同) 정도는 가는 게 정상이었다. 하지만 양완리는 스승의 얼굴을 봐서 불평 없이 성실히 임했고, 이제는 당당한 6품에 해당하는 관원이 되어 있었다. 그의 친구들 호우지챵과 쳥쟈린도 교동로(膠東路)와 남방에서 나름 자신의 역할을 찾아가고 있다고 했다.

양완리는 판시엔이 들어오자 잠시 쳐다보았지만, 예상과 달리 판시엔은 개의치 않은 채 스챤리를 향해 계속 소리쳤다.

"스 형, 스승님이 잘못하고 계신데, 왜 간언을 하지 않는 거예요? 간언과 직언이 제자로서 걸어야 할 정도 아닌가요? 왜 이렇게 강남 일대에서 부정을 저지르는 것을 보고만 계시나요?! 이렇게 광명정대하게 은전을 착취할 수 있단 말입니까?! 큰 강이요? 차라리 은전이 깔린 은(銀) 강이라고 부르시지요. 스승님의 제자로서, 다른 사람을 볼 낯이 없어요. 스 형, 정말 날 실망시켰어요! 부패한 앞잡이 같으니라고!"

스챤리는 속이 끓어올랐다.

'네가 징두에서 기방이나 운영하는 내 심정을 알기나 해?!'

"백성의 고통을 알지도 못하고, 스승님의 은혜도 모르는, 이 배은망덕한 놈! 네가 세상 물정을 알기나 해?!"

스챤리도 양완리가 왜 분노하는지 잘 알고 있었다.

청렴하고 강직한 선비를 바라보던 양완리의 눈에 현재 판시엔의 모습은 실망스러울 수 있었다. 하지만 스챤리는 판시엔 옆에서 암투와 모략 등 다양한 현실에 부딪히면서, 스승님을 조금이나마 더 이해할 수 있었던 것이다.

싸움에 지치기라도 한 듯 둘은 말이 멈췄는데, 그제서야 옆에 있는 판시엔이 눈에 들어온 듯했다. 판시엔은 쓴웃음을 지으며 조용히 말했다.

"문이라도 닫고 싸우던가. 다른 사람이 들으면, 판씨 집안에 무슨 멸문지화라도 난지 알겠다."

거실은 순식간에 안정을 되찾았고, 두 사람은 모두 자기가 한 말을 떠올리며 민망해하고 있었다. 양완리가 먼저 침묵을 깼다.

"대인! 제 뜻은 그게 아닙니다."

판시엔은 웃긴다는 듯 강직하고 직선적인 성격의 양완리를 바라보았다. 가난한 집안 출신의 그가 탐관오리를 제일 싫어한다는 것을 잘 알고 있었기 때문이다.

"네가 있는 푸춘현(富春縣)은 항저우에서 이백 리나 떨어진 곳인데, 네가 이렇게 무턱대고 달려와서 나를 욕해 버리면, 내가 뭐가 되냐?"

판시엔은 농담으로 한 말이었지만 양완리가 농담으로 받아들이기는 버거웠다.

그는 허리를 깊게 숙여 예를 올리며 죄를 청했다.

"제자가 잘못했습니다. 대인을 뒤에서 욕보이는 짓을 하면 안 되었습니다."

'갑자기 왜 이래?'

"하오나, 이제 스승님이 앞에 계시니, 할 말은 해야겠습니다."

"이런 괴팍한 성격 같으니라고. 그래 한번 말해 봐."

"대인께서 강남에 내려오셔서 하시지 말아야 할 것이, 세 가지 있습니다."

"세 가지나?"

"첫째, 수하들이 강을 따라 이동할 때, 백성의 재산과 노역을 착취하게 해서는 안 됩니다. 징두에서 내려온 선박 위에, 주변 주와 현의 관원들의 선물이 산더미처럼 쌓이고 있습니다."

판시엔은 별 대수롭지 않은 듯 손짓을 하여 스챠리에게 차를 따르게 하였다.

"둘째, 흠차(특정 사건 처리를 위해 황제를 대리하여 파견되는 관리) 대인의 신분으로서, 잠행을 하셔야지, 강남 수군의 호위를 받는 것은 적절치 않습니다. 제도를 위반하셨고, 예법을 어겼고, 소란을 피웠고, 군사적 공백을 만드셨으니, 큰 과오를 저지르셨습니다."

판시엔은 순간 '푸' 하고 마시던 차를 뿜고 웃으며 말했다.

"나를 쳐 죽여야 네 마음이 편하겠냐? 일단 거기까지 하자."

판시엔은 손짓으로 양완리의 말을 저지하며 자신의 말을 시작했다.

"배에서 선물을 거둬들이고 있다는 건 나도 들었다. 타격이 확실히 있지. 징두에서 내가 강남에 가자마자 본색을 드러냈다고, 한마디씩 한다더니만."

"그렇습니다. 대인의 명성에 지대한……."

"너의 명성이 아니고?"

판시엔은 다시 그의 말을 끊고 말을 이었다.

"청렴한 관리인 너에게, 탐관오리 같은 스승은 견디기 힘들겠지. 그러니 좀 전에 낯이 없다는 말도 이해해. 하지만!"

판시엔은 순간 낯을 바꾸고 말했다.

"주변에서 날 어떻게 보든 난 상관하지 않는데, 넌 나의 문하생이잖아. 그런데 넌 날 진심으로, 은전이나 탐내는 그런 인간으로 생각한 거야?"

'그래도 증거가 너무 확실한데. 세 갈래길로 일행을 나눠서 움직

이는 게, 이참에 뇌물을 쓸어가겠다는 거 아닌가?'

"완리야, 난 돈이 많아. 그런데 내가 왜 돈을 탐할까? 너 머리가 어떻게 된 거 아니야? 징두에 계신 아버지가, 지방에 발령 난 너희 셋에게, 매달 은전을 보내 주시지 않아? 왜 그런지 알아? 너희들이 돈 때문에 허튼짓하지 말라고 하는 거야! 내가 너희들에게 그렇게 요구했는데, 나 자신한테는 어떨까?"

물론 그 돈은 판시엔의 것이지만 그 생각은 판지엔이 아들을 위해 세심히 신경 쓴 것이었다. 양완리는 스승님의 말에 겸연쩍어 재빨리 감사 인사부터 했다.

"내가 돈을 줘서 감사하다는 거야? 아이고. 그 돈이 어디서 난지 알아? 너도 알다시피, 내가 몇 개 장사를 하고 있는데, 크지 않더라도, 너희들 먹여 살릴 정도는 충분해."

"하지만……강의 그 배는……."

"그게 나와 무슨 상관있나? 지금 난 여기 있는데, 그 탐관들을 욕하고 싶으면, 직접 가서 욕해. 왜 항저우에 있는 나에게 와서 욕하고 난리야……완리야, 완리야, 너 배짱 한번 좋다."

양완리도 쉽게 물러서진 않았다.

"스승님, 그래도 그들은 스승님의 부하이지 않습니까?!"

"부하의 잘못에, 관리자인 내가 책임을 회피하지는 않아. 하지만 넌, 어찌 그게 내 생각이라고 생각하는 거야? 그리고 뭐가 이렇게 급해?"

그때 스챤리가 옆에서 조심히 말을 덧붙였다.

"네가 이렇게 갑자기 찾아와 난리를 치면, 보는 사람들이 오해하고, 얼마나 비웃겠니?"

그제서야 양완리도 진정이 된 듯, 생각해 보면 스승님이 진정 탐욕을 부렸다면, 이렇게 공개적으로 또 저열하게 일을 처리하지는 않았을 것 같았다.

판시엔은 한숨을 내쉬며 말을 이었다.

"그렇게 깊은 뜻 같은 것도 없고, 부하를 잘못 다스린 책임을 피할 생각도 없지만, 3월 초에 수저우 도착하자마자, 연극 같은 것을 하나 하려는 것뿐이야. 지금 말해 줄 수는 없지만, 그때 되면 너도 자연히 이해하게 될 거야."

이때쯤 이르자, 양완리는 성급하게 큰 실수를 한 것 같아 죄송한 마음에 말을 잇지 못했다. 하지만 판시엔은 계속 말을 이었다.

"두 번째로 지적한 것은, 완리, 네가 너무 순진한 거야. 내가 지금 상대하는 자들은 강남의 호족들, 심지어 강남 전체의 관원과 귀족들일지도 몰라. 대표적으로 밍씨 가문이 어떻게 지금의 부와 권력을 쥐었을까?"

양완리는 고개를 저었지만 최근의 감사원 정보를 볼 수 있었던 스찬리가 대신 대답을 했다.

"해적질!"

"밍씨 가문은 내고에서 물건을 받아, 취엔저우를 거쳐 바다로 나가, 북쪽으로는 동이성, 남쪽으로는 양귀들이 산다는 서양으로 향하지. 그런데 세 척에 한 척은 해적질을 당했어……근데 그 해적이 모두, 밍씨 가문이 벌인 자작극인 걸 아나?"

양완리는 여태껏 만나보았던 밍씨 집안의 사람들을 떠올리며 판시엔의 말에 놀랄 수밖에 없었다. 양완리의 눈에 그들은 모두 온화하고 점잖은 대부호처럼 보였기 때문이다.

"자신이 유통하는 물건을 해적을 만나 잃어버렸다? 표면적으로는 내고에 물건값은 치러야 하니, 그만큼 손해 본 것 같지. 하지만 자작극이라면? 그 물건을 다시 밀매했다면? 황실에 분배해 줘야 할 이익금의 6할은, 고스란히 밍씨 집안 것이 되어 버리지. 그러니 몇 년 동안 애꿎은 이들만, 셀 수 없이 바다의 영혼이 되어 버린 거야."

이는 감사원과 샤치페이가 조사해 낸 가장 고급 정보 중의 하나였다.

"하지만 밍씨 같은 대부호가 살인을 하면서까지 그 돈을……."

"상인은 이윤이 클수록 간도 커지지. 5할의 이윤이 생기면, 위험을 무릅쓰고, 10할의 이윤이 생기면, 법률을 짓밟지. 세 배의 이윤을 얻을 수 있다면, 어떤 죄도 저지르게 되어 있어. 심지어 교수형에 처해진다 해도, 조정 따위는 안중에도 두지 않는 거야!"

제자 둘은, 판시엔이 '마르크스'에게 빌린 명언에, 고개를 끄덕이며 음미했다.

"더 가관인 것은, 조정엔 항상 그들의 조력자들이 있어."

이 말은 신양의 장 공주를 염두에 두고 한 말이었다.

"너나 나나, 무슨 일을 하던, 안전이 가장 중요해. 살인도 우습게 보는 밍씨 집안은, 나를 죽일 기회만 엿보고 있을 거야. 그런데 넌 순진하게, 제도니 예법이니 따지고 있는 거야? 수군이 그 배를 호위하지 않았으면, 지금 사라져 버려도 이상하지 않아!"

십 년 넘게 서생으로 공부만 해 오다 이제서야 과거에 합격한 신참 관리 양완리에겐 너무도 충격적인 사실들이었다. 판시엔은 넋이 나가 보이는 제자를 보며 별일 아니라는 듯 손을 '휘휘' 저으며 말했다.

"됐어. 오늘은 그만하자. 오랜만에 만났는데 여담이나 나누다, 저녁에 한껏 취해나 보자고."

양완리는 의기소침한 얼굴로 후회하고 있었지만 스승님의 마지막 말에 용기라도 얻었는지 조용히 말했다.

"그런데 세 번째는……."

판시엔도 황당해하며 '졌다'는 표정이었다.

“철저히 내 죄를 고하지 않으면, 밥도 못 먹겠다는 거지? 그래 말해 봐.”

“이번에 각지에서 상서로운 일이 벌어진 것으로 말들이 많은데, 분위기로 일을 꾸미는 것은 오래가지 못하는 법, 아첨으로 황제의 총애를 얻으려 하신 이번 일은, 스승님이 도가 지나치신 것 같습니다.”

판시엔은 양완리의 총명함을 알았다. 판뤄뤄가 쿠허의 제자가 되는 것을 보면서 상서로운 일이 그의 계획이었다고 추측할 수도 있다고 생각했다. 다만…….

‘내가 아첨해서 황제의 총애를 얻었다고?!’

“꺼져 새끼야!”

그는 결국 폭발했다.

“밥도 먹기 싫다는 거지? 돌아가서 죽이나 처먹어!”

양완리는 역시 양완리.

“제자, 오늘 여기에서 죽을 먹겠습니다.”

판시엔은 양 소매를 세차게 털고서, 문을 열고 나가버렸다.

스챤리와 양완리 두 제자는 말없이 그 엉덩이만 졸졸 쫓아갔다.

경력 3월 초사흘.

딴저우 성을 거쳐 온 마차 행렬과 ‘은강’을 따라온 큰 배가 모두 수저우에 도착했다. 그리고 전날 밤 아무도 모르게 항저우에서 온 일행이 배에 올라탔다. 드디어 징두에서 세 갈래로 갈라졌던 무리가 강남 수저우에서 만난 것이다.

나루터에는 북소리와 징소리가 하늘이 떠나갈 듯 울리고 간간히 폭죽 소리도 들렸다. 강남로의 각급 관원들은 관복을 정제하고 차례대로 서서 목을 쭉 내빼고 ‘그 사람’을 기다리고 있었다. ‘그 사람’은 당연, 태학 사업과 태상사 소경 겸, 내고 전운사(轉運司, 내고를 관리하는 관아) 정사(正使)와 감사원 제사 겸, 순무 강남로 흠차 대신을 겸하고 있는 인물……판시엔 대인이었다.

커다란 선박이 강남 수군의 호위를 받으며 천천히 항구에 정박했고, 닻줄이 내려오자 교관들은 능숙히 밧줄과 닻을 고정시켰다.

계단 모양의 발판이 놓아지고 그 위에 두툼한 천이 깔렸다.

머지않아 젊은 관원이 호위 무사들을 이끌고 내려와 두 줄로 섰다.

이어서 자주색 관복을 입은 젊고 잘생긴 관원이 만면에 미소를 머금고 나왔다. 흠차 대인 판시엔이 눈앞에 나타나자 기다리던 관원들은 일제히 허리를 굽혀 예를 올렸다. 하지만 판시엔은 관심 없는 듯, 손을 뻗어 어린 사내아이의 손을 잡고 천천히 계단을 밟고 내려왔다.

소년은 황색의 평상복 형태의 두루마기를 입고 있었지만 그 위에 수 놓인 신령한 짐승이 곧 그의 신분을 알려주고 있었다. 판시엔에게 예를 올린 관원들은 3황자를 보자 황급히 방향을 틀어 그에게 예를 올렸다.

"전하를 뵙습니다."

"추운 날씨에 모두들 고생이 많네. 난 그저 배우기 위해 스승님을 따라온 것이니, 너무 과하게 예를 올릴 필요는 없네."

나루터는 순식간에 알랑방귀의 구린내로 진동하기 시작했다. 판시엔은 짜증이 밀려왔지만 열심히 억누르는 중이었다. 하지만 3황자는 주위에서 들리는 뻔뻔한 말들에 기분이 상했는지 불편한 기색을 내비치며 헛기침을 두 번 했다.

분위기가 순식간에 얼었다.

수저우 주지사가 당황하고 있을 때, 눈치 빠른 늙은 여우 같은 항저우 주지사가 정색하며 말했다.

"오늘 날씨도 추우니, 여러 대인들, 흠차 대인과 전하를 속히 쉬시도록 합시다.”

휴식? 그게 그리 쉬울 리가 있겠는가.

몇몇 관원들은 물러갔지만, 관련 의례를 마치기까지 오랜 시간이 걸렸고, 겨우 끝났다 싶으니, 강기슭 언덕의 죽붕에서 평범해 보이지 않는 두 관원이 예를 올리며 두 사람을 모셨다.

한 관원은 강남로 총독 쉐칭(薛淸, 설청) 대인, 다른 관원은 순무(巡撫, 중앙에서 지방에 파견하여 민정, 군정을 순시하던 관직) 다이스쳥(戴思成, 대사성) 대인이었다.

경국의 관직 사회에는 다음과 같은 말이 있다.

1궁(宮), 2성(省), 3원(院), 7로(路).

1궁은 황궁을, 2성은 지금은 한 곳으로 합병되었지만 정무를 총괄하는 문하중서성을, 3원은 감사원, 추밀원, 교육원을. 다만 교육원은 개혁 원년 때 폐지되고 태학, 동문각, 예부로 개편되었다.

7로는 경국의 지방을 7개로 나누고 있는 7개의 큰길을 말하는데, 각 '로'는 천자를 대신해 '총독'들이 순시하며 다스렸다. 각 로의 총독은 군 관련 업무 외에도, 각각의 주와 현을 직접적으로 통제하기도 했기에, 실질적인 지방의 수석 관리라고 할 수 있었다.

순무도 중앙에서 지방에 파견해 순시를 맡고 있어, 총독과 '역할'에서는 별반 차이가 없어 보였고, 품계도 총독은 정2품, 순무는 종2품이라 큰 차이가 없었지만, 실질적으로 순무는 문관의 업무에 치중되어 있어, 총독에 비해서는 중량감이 조금 떨어졌다.

심지어 강남로는 경국에서 매우 중요한 지역이었기에, 강남로 총독 쉐칭은 황제의 두터운 신임을 받고 있었고, 심지어 정1품의 전각대학사 자리도 겸직하고 있었다. 따라서 판시엔도 심지어는 3황자도 경시할 수 없는 인물이었다.

죽붕 앞에서 또 한번의 번거로운 예식이 끝나고 쉐칭 대인이 판시엔을 바라보며 말했다.

"판 대인, 허물없이 대해 주게나."

판시엔은 옆에서 3황자가 난처해하는 모습을 보며 무슨 상황인지 몰라 당황하고 있었다.

"본관은 강남 오기 전에 대학사로 있었는데, 3황자께서 지금보다 더 어리셨을 때, 본관에게 자주 장난을 치셨지요. 몇 년이 지난 일이라, 3황자께서 기억하고 계실지 모르겠네요."

"대인께서 매년 징두에 들어와 보고하면, 부황께서 저보고 댁으로 가서 인사를 드리라고 하셨는데, 어찌 잊을 수 있을까요?"

"그러고 보니, 판 대인과도 연이 있어요."

"죄송합니다만, 저는 확실히 초면인 듯합니다."

"본관이 과거에 합격했을 때, 린 재상 대인이 시험관이셨지. 항렬로 따지면, 날 형님이라 불러야 할 거네."

아무리 파렴치한 판시엔이었지만 총독과 호형호제를 할 수는 없었다. 물론 그럴 만한 권력은 가지고 있었지만 나이와 경력 면에서 너무 차이가 났기 때문이다.

'인연 타령'이 지나가고. 이후에는 형식적인 말들만 이어졌는데, 쉐칭 대인의 얼굴이 그리 밝지만은 않아 보였다. 사실 그 이유는 흠차 대인 판시엔 때문이었다. 이후 판시엔이 할 일은 분명 징두의 귀인들과 충돌을 일으킬 텐데, 아무리 총독의 지위에 황제의 총애를 받는다 해도, 중간에 끼인 입장이 편할 수는 없었다.

"판 대인, 그나저나 머물 곳은 정했나? 수저우에는 부유한 소금 상인들이 많은데, 말만 하면 저택 하나쯤은 선뜻 내놓을 테니, 어디 골라보게."

판시엔은 거절했다.

"너무 폐를 끼치기는 싫습니다. 징두에 알려지면 좋을 것도 없구요. 과거에 내고의 전운사 정사는, 어떻게 묵을 곳을 정했나요?"

"판 대인, 자네 신분은 전운사 정사에 그치지 않지 않나? 관저가 있지만, 어느 누구도 거기에 묵은 적은 없고, 전임인 황 대인도 신양에 머물렀었네."

'신양'이라는 두 글자를 말하며 쉐칭은 무의식적으로 판시엔의 눈치를 살폈다.

"관저에 머물지 않아도 된다는 건가요?"

쉐칭은 고개를 끄덕였다.

"솔직히 말씀드리면, 저는 그동안 항저우에 있었는데, 가능하다면 앞으로도 그곳에 머물고 싶습니다."

"당연히 무방하지."

"물론 항저우에 지내더라도 수저우에 자주 와야 하니, 강남 총독부에 가서 몇 끼 얻어먹어야 할 것 같습니다. 대인 관저에 북제에서 온 유명한 요리사가 있다던데, 이미 징두까지 소문이 쫙 퍼졌습니다."

쉐 총독은 큰 소리로 웃었다.

"판 대인도 본관과 음식 취향이 같은지 몰랐네. 다음을 기약할 게 뭐 있나? 오늘 저녁에는 공식 환영 만찬이 있으니, 내일 집으로 초대하겠네."

판시엔이 자신의 일에 크게 간섭하지 않을 것임을 은근히 내비치자 강남 총독도 흘가분한 기분을 감출 수는 없었다. 하지만 이어서 판시엔이 쉐칭의 귓가에 몇 마디를 하자 그의 표정이 이리저리 바뀌다 결국 입을 열었다.

"판 대인, 너무 많은 것을 고려할 필요 없네. 본관의 면을 볼 필요도 없고. 판 대인의 그 생각은 지극히 옳아."

판시엔은 물론 이 승낙이 자신이 수저우의 총독의 일에 간섭하지 않겠다는 의사표시에 대한 보답인 것은 알았지만, 정중하게 감사의 예를 올리고 몸을 일으켰다.

죽붕은 잠시 조용해졌고, 강물에 반사된 햇빛이 안으로 들어오고 있었지만, 차가운 강바람도 불고 있어 숙연한 분위기를 자아내고 있었다.

"본관은 다른 관원들과 좀 다릅니다."

판시엔은 사방의 관원들을 미소를 띤 얼굴로, 천천히 훑어보고, 천천히 말을 이었다.

"참신하다고 할 수도 있지만, 소란을 잘 피운다고도 할 수 있지요."

관원들은 젊은 관원이 소탈하고도 겸손하다고 생각하며 웃고 있었다.

"여기 계신 대인들은, 강남이라는 중요한 지역을 다스리는 중임을 맡으신 분들이지요. 많은 세수가 이곳에서 나오고, 여러분들이 얼마나 고생하신다는 건, 제가 더 말할 필요가 없을 듯하고……하지만 전, 이 자리에서, 여러분들의 잘못도 함께 말씀드리려 합니다. 왜냐하면 여러분들이 본관의 신분을 망각하신 것 같기 때문입니다."

판시엔의 신분? 그 많은 신분? 누가 그 신분을 모르겠는가.

"오늘 총독 대인께서, 저를 보고 격노하셨습니다. 본관이 영문을 모르자, 총독 대인께서 그간 사정을 자세히 말씀해 주더군요. 듣자하니, 큰 강이 은(銀) 강이라 불린다던데, 개인적으로는 고마울따름입니다. 하지만 대인들은, 참 간이 크신 듯 보입니다."

판시엔은 말을 잠시 멈추고 목을 가다듬었다.

"감사원은 관원들을 조사하고, 탐관오리를 잡아들이는 기관입니다. 제가 징두를 벗어났다고, 손에 든 칼로……아무도 죽이지 못할 것이라 생각하셨던 것입니까?!"

'당신 수하가 받은 건데, 그걸 몰랐다고? 총독 대인이 격노했다? 영문을 몰랐다?'

판시엔이 딱 잡아떼니, 방법이 없었다. 판시엔이 그 배에 타고 있지 않았다는 것은 이미 모두가 아는 사실이었기 때문이었다.

판시엔이 박수를 한번 쳤다.

그 소리와 함께 감사원 관원이 두꺼운 선물 목록을 가져다주었다. 그는 쉐칭 총독에게 몇 마디 올리고, 총독이 말없이 손짓으로 신호를 주니, 감사원 관원들이 상자 몇 개를 꺼내 왔다.

상자가 열리자, 소위 말하는 '금빛 찬란한' 금은보화와 귀중품들이 눈앞에 펼쳐졌다.

"정말 많네요."

관원들은 억울하기도, 분노하기도, 두렵기도 하였다.

하지만 이어서 눈앞에 벌어진 장면에 관원들은 눈알이 튀어나올 뻔했다.

판시엔은 선물 목록을 화로 속에 던져버렸다!

불길이 치솟으며, 뇌물의 증거가 순식간에 재로 변해 버렸다.

"본관이 유치한 수단으로 마음을 사려 한다거나, 단순히 친절을 베푼다고 생각하지 마세요. 본관은 감사원 제사로서, 대인들의 도움이 필요 없고, 그러니 여러분들도 저에게 이렇게 하실 필요가 없습니다. 그리고 대인들에게 아직 살길이 남았다는 것을, 알려주는 것뿐입니다."

판시엔은 귀중품이 든 상자에 시선을 두고 말을 이었다.

"이 상자 안의 귀중품들은 환영 만찬 후, 모두 찾아가시기 바랍니다. 제가 돌려드릴 건 다 돌려드렸으니, 노역에 동원된 백성들의 임금을 모두 치르시기 바랍니다. 만약 고을의 재정이 어렵다면, 저에게 말하세요. 본관이 사비로 처리해 드리겠습니다."

관원들은 고개를 숙여 조용히 '네' 라고 대답했다.

이때, 또 다른 거대한 상자가 선박에서 내려오기 시작했는데, 얼마나 무거운지 십여 명의 사람들이 힘겹게 내려 죽붕이 있는 언덕까지 밀고 올라왔다. 판시엔은 품에서 열쇠를 꺼내 상자 뚜껑을 열었다.

관우메이가 상자를 처음 봤을 때처럼, 관원들은 반짝이는 은빛에 눈이 휘둥그레져서 넋이 나가버렸다.

"본관은 돈이 많습니다. 저는 금수저입니다! 비웃어도 좋지만, 저를 돈으로 매수할 생각은 빨리 버리십시오. 이 상자 안의 은전은 13만 8880냥입니다. 제가 이 돈을 얼마나 민생에 사용할지는 보장할 수 없지만, 제가 결단코 보장하는 것은, 제가 강남을 떠날 때, 이 상자 안에 은전이, 단 한 냥도 늘어나 있지 않을 것입니다!"

판시엔의 시선은 다시 한번 주위의 관원들을 천천히 훑었고, 이어서 한 자 한 자 똑똑히 말했다.

"여기 계신 대인들, 모두 이점, 유념해 주시기 바랍니다."

제7장

내고에 불어 닥친 피바람

그날 오후 조용한 총독의 서재에서 쉐칭이 두 명의 모사들과 같이 앉아 있었다. 한 모사가 탄식하며 먼저 입을 열었다.

"흠차 대인이 이렇게 소란을 피울 줄이야……."

"공개적으로 관원들의 체면을 구기는 것은 성숙하지 못한 행동이었습니다."

다른 모사가 맞장구를 쳤다.

하지만 쉐칭 대인은 편안한 얼굴로 말했다.

"젊은이잖나? 내가 볼 땐, 그가 현명했어. 사귀어 볼 만한 것 같아."

'태도가 갑자기 왜 변했지?'

"이미 판 대인에 대한 민간에서의 칭송이 자자해. 얼마 지나지 않아 경국에는 미담이 하나 더 늘겠지. 정말 총명해."

한 고문은 아직도 이해가 안 된다는 듯 물었다.

"총명한 사람이었다면, 더 원만한 방법을 강구하지 않았을까요?"

"자네가 뭘 안다고 그러나?"

쉐칭 대인의 반문에 두 모사는 더 이상 대꾸할 수가 없었다.

쉐칭 대인은 말을 할 수는 없었지만 사실 매우 기분이 좋았다. 강남 관원들에게 그렇게 공개적으로 미움을 산 행동은 판시엔이 쉐칭 대인의 면을 생각한 것이다. 강남 총독이 여전히 강남의 일인자로 남을 것임을 표명한 것이었다.

하지만 경험이 많은 쉐칭 대인의 생각은 거기에서 그치지 않았다.

'고독한 신하게 되겠다? 그것을 나와 황제에게 보여주겠다? 현명해, 확실히 현명한 행동이야. 강남은 곧 이 젊은 제사가 움직이겠구만.'

판시엔이 수저우 임시 거처로 선택한, 한 소금 상인의 저택.

그곳에서는 처참한 비명 소리가 계속 울려 퍼지고 있었다.

판시엔은 열을 맞춰 서 있는 측근들의 등에 생긴 채찍 자국을 바라보며, 손에 들고 있던 상처 치료용 약을 탁자 위에 내려놓으며 말했다.

"약을 주지만 발라주지는 않을 거야. 그리고 채찍을 맞을 때, 더 처참하게 소리를 질렀어야지. 다른 사람들이 내가 꾸몄다고 의심하지 않도록. 어이구 인간들아……."

"대인의 체면을 생각해서, 최대한 소리를 내지 않은 것인데……."

판시엔은 자리에서 일어나 그곳을 떠나며 연신 고개를 젓고 있었다.

'아무리 나도 좋은 관리는 아니라지만 적당히 좀 하지. 윗물이 안 맑으니, 아랫물도 맑은 것을 기대할 수 없는 것인가? 이리 보면 양완리의 말도 일리는 있어.'

오후 늦게 판시엔의 임시 숙소에 내고 전운사 관리들이 몇몇 찾아왔다. 이제 곧 직속 부하가 될 그들은 나루터 사건으로 바짝 긴장했으나, 의외로 판시엔은 다른 사람이 된 듯 웃는 얼굴로 몇 마디 한 뒤 출발 날짜만 정하고 그들을 돌려보냈다.

저녁에는 강남거(江南居)에서 환영 만찬이 열렸지만, 관원들은 예의상 잠시 앉아 있다가 바로 돌아갔다. 돌아오는 마차 안에서 판시엔은 진기가 소실되었기에 몇 잔 마신 술에도 어지러운 머리를 지긋이 누르며 스챤리에게 물었다.

"항저우 장소는 정해졌고, 수저우는?"

"상운 낭자가 이달 중순쯤 도착한다고……그래서 제자는……."

"이런 일 시킨다고 너무 억울해하지 마. 일이 년 정도만 더 경험을 쌓는다 생각해. 너도 알다시피 지금 내가 믿을 만한 사람이 몇 없어."

둘이 이야기하는 것은 포월루의 강남 진출이었다. 기방은 돈벌이의 수단이기도 했지만, 정보를 얻을 수 있는 장소이기도 했기 때문이다. 하지만 스챤리에게는 여전히 어색하고도 불편한 일이었다.

"대인, 조금 늦출 수는 없을까요? 대인께서도 모레 내고로 출발하시는데, 저 혼자 결정하기가 부담스럽습니다."

"3황자가 계시잖아?"

'3황자를 모시고 온 게 정말 이 일 때문에?'

스챤리가 의아해하고 있을 때 마차는 수저우의 번화한 상업 지구를 지나가고 있었다.

황실의 장사인 내고의 상품을 외부로 운송하는 항구가 있는 수저우는 동이성 다음으로 상업이 발달한 곳이었다. 갖가지 상점의 현판 외에 눈에 띄는 것은 일정한 간격으로 있는 검은 천이었는데, 그 천에는 판씨 집안의 휘장과 비슷한 그림이 그려져 있었다.

전장(錢莊, 돈을 빌려주는 은행)이었다.

"초상전장? 들어본 적이 없는데……태평전장이 있는데, 다른 곳과 거래하는 사람도 있다는 건가?"

스챤리의 혼잣말에 판시엔은 설명도 없이 웃기만 했다.

상업이 발달하면서 현금 거래가 불편해지자, 종이 화폐인 은표를 이용하게 되었고, 자연스럽게 전당포나 은행 같은 금융기구의 역할들이 점차 커졌다. 물론 가장 큰 은표 발행자, 다시 말해 가장 큰 금융기구는 경국, 북제, 동이성이었지만, 국가의 은표 즉 관표는 신용은 좋았지만 유동성이 좋지 않았고, 따라서 일반 상인들은 민영전장인 태평전장을 즐겨 이용하였다.

태평전장은 동이성의 자본이 바탕이었지만, 경국과 북제의 왕공귀족들도 투자를 했기 때문에, 국가 간 다툼에서 어느 정도 자유로울 수 있었고, 신용이 좋고 자본도 풍부하고, 관표보다 유동성도 풍부한 태평전장은, 그동안 천하에서 가장 큰 전장으로 성장하게 되었던 것이다.

이 거리에도 태평전장의 지부가 세 개나 있었다.

판시엔은 휘날리는 검은 천을 보며 조용히 말했다.

"돈은 태평전장에서 원하는 만큼 가져다 써. 구두쇠처럼 굴지 말라는 거야."

"설마 태평전장도 대인께서 참여 되어 있는 건 아니죠?"

"나도 돈은 많은데, 뭘 그럴 필요가 있겠나?"

스챤리는 판시엔의 말이 곧 북제의 돈을 말한다는 것을 알았기에, 조용히 입을 다물었다. 내고의 입찰에서 샤치페이가 필요한 자금은 상당했는데 이를 위해 판시엔은 북제와 밀약을 맺은 상태였다.

장원으로 도착한 판시엔은 스스에게 먼저 자라는 이야기를 한 후, 두꺼운 외투를 걸치고 나가 다른 방문을 두드렸다. 방문이 열리고, 잠에서 깬 듯한 하이탕이 얼굴을 내밀었다.

“이렇게 일찍 잔다고?”

“온 이유나 말해.”

“은자는 도착했어?”

판시엔은 다소 직접적으로 말했다.

“폐하께서 8월부터 준비하셨는데, 뭘 걱정이야?”

하이탕은 그런 일로 깨웠냐는 듯 대충 말하고는 방문을 닫아 버렸다.

며칠 뒤, 수저우를 시끌벅적하게 만든 판시엔이 부하들을 이끌고 내고의 공장과 내고 관리감독 관아 전운사가 있는 남서쪽 방향으로 길을 나섰다. 3황자는 수저우 성에 남아 있었지만, 관리들에게 판시엔보다는 열 살도 되지 않은 아이가 훨씬 편한 상대였기에 드디어 한숨을 놓았다. 사실 3황자는 자신을 데리고 가지 않은 판시엔에게 화가 나 있었는데 그때 눈에 띈 것이 스챤리였다.

“스 선생은 왜 남아 있어?”

“전하, 소신과 함께 바람 좀 쐬시지요.”

“수저우성에는 별로 놀 게 없다 던데.”

“스승님이 제자에게 뭘 맡기셨는지, 전하께서도 아시리라 생각합니다만.”

3황자의 눈이 순간 반짝이며 떠보듯이 물었다.

“그럼……포월루를 수저우에서?”

스챤리는 난처했지만 3황자는 그제서야 싱글벙글 웃으며, 내고를 돌아보는 것보다 포월루 수저우 분점을 내는 일이 훨씬 재밌겠다고 생각했다. 신이 난 3황자는 유모와 태감의 걱정은 뒤로한 채 스챤리와 호위만을 데리고 전광석화처럼 밖의 마차에 올라탔다. 자신의 신분 때문에 귀찮은 일이 생길 수 있기에 부잣집 도련님으로 위장하기 위함이었다.

오늘만은 스챤리가 부잣집의 '형님'이었다.

둘은 우선 부지 선정을 위해 수저우 성에서 번화한 곳을 골라 쭉 돌아보았다. 몇몇 기방들을 적어 놓긴 했지만, 수저우에서 가장 위풍당당한 자태를 뽐내는 곳은 기방이 아니라 3층짜리 술집이었다.

"더는 볼 필요도 없어. 여기야."

3황자의 말에 스챤리는 자신 없는 목소리로 조용히 말했다.

"허나 이렇게 좋은 곳은, 뒤를 봐주는 세력이 있을 듯합니다만……."

"우리 집보다 더 센 세력이 있었어?"

스챤리는 입이 벌어지며, 한참 동안 말을 못 했다.

겨우 정신을 차리고 나지막이 말했다.

"그렇긴 하지만, 만약에 강남 총독 대인이나 순무 대인 쪽과 연관되어 있으면, 전하께서는 상관없지만, 명의상 제가 하는 거라……저는 관리들의 체면도 생각해야 합니다."

이때, 건물 안에서 이들을 지켜보던 술집 지배인이 나와 단련된 미소로 말을 건넸다.

"들어오셔서 저희 가게 요리를 먼저 맛보시지요. 저희 죽원관(竹園館)은 강남거와 함께, 수저우에서 알아주는 맛집입니다."

머뭇거리는 스챤리를 보며 3황자는 한심하다는 듯 거만하게 말했다.

"조용한 방으로 줘. 의논할 게 있으니."

방으로 인도받고, 지배인이 들어와 인사를 하는데, 성격 급한 3황자는 앉지도 않고 단도직입적으로 물었다.

"지배인, 여기 팔 생각 있어?"

지배인은 나이도 어린 공자가 버릇없다고 생각했지만 수많은 사람들을 겪어온 그는 침착하게 웃으며 대답했다.

"보시다시피 장사가 잘되는 편이라. 사장님은 그럴 생각이 없으실 겁니다."

보고 있던 스챤리가 당황하는 지배인을 보고 부드럽게 물었다.

"사장님의 성씨는 어떻게 되나?"

"쳰(錢)씨입니다."

스챤리가 고맙다고 이야기하고 지배인은 나갔다.

3황자는 여전히 자리에 앉지도 않은 채 창문으로 가서 경치를 구경하는데 뜻밖에도 뒤쪽 후원으로 조그마한 호수가 있었다.

"정말 닮았네!"

두 사람은 동시에 감탄사를 내뱉었는데 당연히 징두의 포월루와 닮았다는 것이다.

"반드시 인수해야 해!"

3황자의 마음이 더욱 급해지기 시작했다.

이윽고 음식이 나왔는데 지배인의 말대로 음식도 아주 훌륭했다. 풍경에, 음식에 연신 감탄하며 식사를 마칠 때쯤, 지배인이 황급히 들어와 공손하게 인사를 하며 말했다.

"혹시 마음이 바뀌지 않으셨다면……다시 한번 논의를 드려도 될까요?"

두 사람은 갑자기 마음이 바뀐 이유를 몰라 어리둥절했기에 스챤리가 떠보듯이 다시 물었다.

"지배인, 무슨 의미인가?"

"사장님께 말을 전했더니, 장사가 이전만큼 좋지 않다고, 가격이 적당하고 이후에도 관리를 잘 해 주신다면, 팔 마음이 있으시다 하시네요."

스챤리가 조심스럽게 다른 질문을 하려 했지만 3황자가 급히 끼어들었다.

"적당한 가격이 얼마인데?"

방안에 침묵이 흘렀다.

지배인은 땀을 삘삘 흘리며 한참을 고민하다, 손가락 네 개를 펼쳤다.

'4만 냥? 아무리 자리가 좋아도, 징두도 아니고. 비싼데?!'

눈치를 살피던 지배인은, 분위기가 좋지 않자, 잽싸게 손가락 세 개를 접었다.

'이건 또 뭐야? 4만에서 갑자기 만 냥?'

스챤리는 이상했지만 그 가격에 안 할 이유는 없었다.

"1만 냥이면 나쁜 가격은 아니지만……하지만 왜……?"

지배인은 두 다리에 힘이 풀리며 하마터면 울 뻔했다.

황급히 손을 저으며 말했다.

"대인, 아닙니다. 아닙니다."

"뭐가 아니라는 건가?"

"1천 냥입니다. 1만 냥이 아닙니다."

스챤리는 말문이 막혀버려 3황자 쪽으로 고개를 돌리려는 순간, 이미 3황자는 말을 뱉고 있었다.

"계약해."

침착한 모습이, 이미 모든 것을 알고 있었다는 눈치였다. 그리고 언제 준비해 놓았는지 관아의 인가를 받은 중개인이 들어오고 곧바로 계약서를 쓰기 시작했다.

중개인이 매매 금액을 쓰려는 찰나, 3황자가 웃으며 입을 열었다.

"1만 6천 냥으로 적어. 이 정도면, 적당한 가격보다 조금이라도 높지. 그리고 2할에 해당하는 돈을, 매매금과 별도로, 지금 현금으로 주고 갈게. 이렇게 잘되고 있던 술집을 넘기려면, 사장이 얼마나 가슴이 아리겠나? 충분하진 않겠지만, 그 돈으로 약이라도 사 먹으라 해."

버릇없다고만 생각하던 어린 '아이'가, 갑자기 호탕한 귀인의 모습을 보이자, 지배인은 할 말을 잃어버렸다.

쌍방은 계약서에 지장을 찍고, 내일 바로 대금 지급과 함께 인수 절차를 들어가기로 합의했다.

3황자 일행을 배웅한 지배인은 한숨을 내쉬며 이마에 맺힌 땀을 닦았다. 겨우 마음을 진정시킨 그는 다시 다른 조용한 방 안에 들어가 품에서 계약서를 꺼내 젊은 청년에게 건넸다.

루상루의 주인이기도 한 밍씨 가문의 도련님, 밍란스.

'짝' 소리가 방안에 울려 퍼지고, 뺨을 부여잡은 지배인은 어리둥절한 표정으로 어린 주인을 바라보았다.

"병신 같은 새끼! 그냥 주라고 하는 것도 못 주고 와?!"

뜬금없이, 겁도 없이, 강남에서 제일 잘 나가는 음식점 죽원관을 사고 싶다는 사람.

수상하게 여긴 밍란스는 급히 찾아와 생김새를 보고, 드디어 기회가 찾아왔다는 생각이 들었던 것이다.

우선은 낮은 가격에 팔아 상대방에게 호의를 보이고, 나중에 분란이 일어났을 때에는, 오히려 상대방이 권력을 이용해서 헐값에 팔게 하였다고 장 공주에게 알려, 상대방을 공격할 수도 있는 일석이조의 기회.

하지만 멍청한 지배인이 1만 6천 냥이라는 '좋은 가격'에 팔아서, 모든 계획이 물거품이 되어 버렸다!

"기생집을 열겠다는 건데……다른 곳에 알려, 기생은 절대 팔지 말라고 해."

"도련님, 저희 가게들이야 그렇다 해도, 다른 기생집들은 판시엔에게 미움을 사지 않기 위해, 어쩔 수 없이……."

"그런 놈들에게도 좋은 기생이 있던가? 어차피 쓸 만한 기생은, 위엔(袁) 아가씨 손에 있지……나머지는 어차피 쓸모 없어."

밍란스는 음흉한 미소를 지었다.

죽원관을 떠나는 마차 안에서는 한 '아이'가 나이에 맞지 않게 음흉한 미소를 지었다.

"왜 값을 올렸냐는 거지?"

3황자는 설명했다.

"아무 이유 없이 아첨하는 자는, 다 의도가 있는 거지. 내 신분을 눈치채고 술집을 그냥 주려고 하는 것을 덥석 받는다면, 어찌 되겠어? 나에게 그러는 사람이 얼마나 많은지, 알고나 있어?"

"전하의 말씀은 간단하지만, 심오합니다."

"아부하지 마. 판시엔이 말한 적이 있는데, 내 신분을 이용해 이득을 보려는 것은, 조정을 상대로 이득을 보려는 자인데, 눈앞의 이득에 눈이 멀어, 조정이 이용당할 빌미를 제공하는 것은, 향후 내 것이 될 이익을 나눠주는 바보 같은 짓이지."

'황자로서 조정의 이익을 자기의 것이라 생각하는 것은……뭐지? 아직 태자가 건재한데?!'

스찬리는 스승이 했다는 대역무도한 말에 조금은 걱정이 앞섰다. 3황자는 스찬리의 걱정을 아는지 모르는지, 번화가의 초상전장에 도착한 마차에서 다른 마차로 옮겨 타, 사악한 미소를 지으며 장원으로 돌아갔다.

그즈음 수저우를 떠나 황실 내고의 전운사 관할 지역에 들어선 마차의 행렬은, 백여 명의 사람들을 이끌고, 차가운 봄비를 맞으며 힘겹게 전진하고 있었다. 내고의 공장과 공방은 거대한 토지가 필요했는데, 그 면적은 심지어 작은 주(州) 면적보다도 컸다.

내고 상품 제조 기술의 유출을 막기 위해 경국 조정은 총 5단계의 보안선을 설치했는데, 가장 외곽은 강남 현지의 주 군대와 수군이 맡았고, 안쪽 4단계의 보안은 경국 국가의 군대와 감사원에서 두 개씩 맡아 관리했다.

이렇게 함으로써 다단계 보안을 함과 동시에, 암묵적으로 서로를 감시할 수 있게 만든 것이다.

하지만 매년 막대한 비용이 들어갔을 뿐 아니라, 영원히 끝나지 않는 전쟁처럼, 기술을 훔치거나 유출하려는 욕구를 근본적으로 없앨 순 없었기에, 지금까지 수천 명의 사람들이 목숨을 잃어야 했다.

전임 4처 처장 옌뤄하이와 현재 징두 수비를 맡고 있는 친헝의 형제인 친샨(秦山)도 한 때 이곳에서 방위를 담당한 적이 있었다.

판시엔은 마지막 보안 절차를 마치고, 마차의 장막을 열어 수력 발전소를 바라보며 말했다.

"널 데리고 온 것은 내 안전 때문이야. 이 사실이 알려지면 심각해져. 그리고 네가 아무리 9품 고수라 해도, 이곳을 도망치기는 쉽지 않고. 그러니 얌전히 있어 줘."

여종으로 변장한 하이탕은, 옆의 스스를 보며 미소를 지었지만 아무 대답은 하지 않았다.

판시엔의 시선이 시커먼 연기가 뿜어져 나오는 곳으로 옮겨지며, '용광로?'라고 생각했지만 생각보다 환경오염은 심하지 않을 듯 보였다. 하지만 이 광경들이 전생의 기억을 떠올리게 만들었고, 특히 지난해 9월부터, 마음속에 자리한 '허전함'이 이유도 없이 밀려오고 있었다.

"정말 장모와……죽기 살기로 싸울 작정이야?"

하이탕은 판시엔의 심란한 표정을 보고 떠보듯이 질문을 했다.

"그런 질문은, 너무 늦은 것 같은데?"

"네 장모도 아둔한 사람이 아니니, 이미 상황은 알고 있을 테고, 협상을 하는 게 좋지 않을까? 이전의 감정이나 눈앞의 이익 때문에, 너무 심각하게 갈 필요는 없을 것 같은데."

"심각하지 않은데?"

판시엔은 비꼬는 웃음을 짓고서 말을 이었다.

"걱정 마. 내가 장모와 손잡고, 북쪽에 계신 그분들을 괴롭힐 일은 없으니까."

판시엔은 하이탕이 이 말을 믿는지는 몰랐지만 어차피 현재 북제는 자신을 믿고 의지할 수밖에 없었다. 게다가 하이탕의 말도 터무니없지는 않았다. 완알이라는 중재자가 있기에, 한 발씩만 물러나면 될 일이었고, 심지어 장 공주는 여러 번 화해의 요청을 암암리에 보내오고 있었다.

판시엔이 이를 받아들이지 않았을 뿐이다.

"더 안심시켜주자면, 장 공주가 이미 내가 내고를 이어받는 사실을 받아들였어. 내고 지분의 3할을 주면, 내고 장악에 협조하겠다 하더라고. 나쁜 조건은 아니지. 다만 내가 무시하고 있을 뿐이야."

"나쁜 조건이 아니라, 최대한 성의를 보인 것 같은데? 솔직히 북제 입장에서는, 네가 장모와 사이가 나빠지면 나빠질수록 좋지. 하지만 친구의 입장에서 진심으로 충고하면, 내고가 어차피 경국의 황실 것이고, 장 공주도 네 장모이자 황실 사람이니, 승낙하는 게 좋을 것 같아."

"싫은데?"

"왜?"

"내 어머니가 나에게 물려주신 사업이니까."

순간, 마차에는 침묵이 흘렀다.

한참을 심각하게 생각하던 하이탕이 어렵게 말문을 열었다.

"그래도 지금의 내고는……경국의 조정 것이잖아."

"조정(朝廷)은 허상일 뿐이야. 조정이 뭘까? 황상? 대신? 태후? 아니면 백성?"

판시엔은 단호하게 마지막 말을 덧붙였다.

"핵심은 내고가 내 손에 있을 때 어떤 역할을 하고, 이곳의 이익이 어디에 사용되느냐 하는 거야. 만약에……만약에 조정이 제대로 역할을 못 한다면, 내가 그 '허상뿐인 조정'에다 '백성'이라는 두 글자를 새겨 넣을 거야."

"이제 아주 습관적으로 성인(聖人)인 체하는구만."

"정신 건강에 좋아."

사실 판시엔이 장모와 화해하지 않은 결정적 이유는, 그동안 쌓여온 감정도, 집안 사업에 눈이 멀어서도 아니었다.

그것은 '의심 많은 황제' 때문이었다.

'내가 장 공주와 손을 잡으면, 경국의 근간을 흔들 정도의 거대한 세력이 되는 것인데, 이를 황제가 가만히 놔둘 리 없겠지.'

"대인, 도착하였습니다."

판시엔은 곁의 두 여자를 한번 살피더니 관원 같지 않은 촐싹거리는 모양새로 마차를 훌쩍 뛰어내렸다. 눈앞에 펼쳐진 모습은 조용하고 아름다웠지만……실망스러웠다.

수저우부터 그를 안내했던 전운사 관리는 익숙한 듯 정중하게 말했다.

"3대 공장은, 이곳 전운사 관아에서 더 들어가야 합니다. 오늘은 여기서 쉬시고, 그곳은 내일 시찰하시지요."

관아의 문이 열리고, 판시엔은 건성으로 수운마오에게 자신을 대신해 몇 마디 하라고 시킨 후 모두를 돌려보냈다. 대신, 뒤에 있는 저택으로 돌아오자마자, 내고에 상주하고 있는 감사원 관리를 불러 단도직입적으로 물었다.

그의 성은 단(單), 이름은 다(達)였다.

"상황을 이야기해봐."

4처 소속인 관원은 그동안 옌씨 부자와 밀서를 주고받고 있었기 때문에, 그리고 그에게 판시엔을 맞이하는 이 순간이 큰 기회였기 때문에, 막힘없이 모든 것을 보고했다. 판시엔은 3대 공장의 업무와 각 공장 관리자들의 파벌 등에 대한 설명을 들으며 만족한 듯 연신 고개를 끄덕였다.

"이 황금알을 낳는 거위에, 몇 년간 이익이 줄어든 이유가 뭐지? 전임자가 어떻게 관리한 거야?"

전임 내고 전운사 정사는 장 공주의 수석 모사 황이(黃毅)의 사촌 형인 황완슈(黃完樹)였는데, 단다 입장에서는 직접 장 공주를 험담하기는 어려웠기에 에둘러 설명했다.

"세 가지 정도의 이유가 있습니다. 첫째, 공장장을 포함한 관리자들이 너무 많이 챙기는 탓에, 공장 비용이 증가했습니다. 둘째, 판매 경로에 문제가 있는데, 해적들이 너무 날뛰고 있어, 열 번에 한두 번 정도는 타격을 입고 있습니다. 마지막으로 북제에 공급하는 물건에서 밀수가 너무 많았다는 것인데, 다행히 이 부분은 제사 대인께서 작년에 췌씨를 조사해 주셔서, 앞으로는 상당 부분 손실을 만회할 수 있을 것 같습니다."

'해적은 무슨 해적이야. 밍씨 집안이 자기 물건을 자기가 강탈하는 연극이지.'

"참, 그리고 감사원의 운영 비용이 증가한 문제도……."

"감사원 비용 문제는 우선 놔두고, 판매경로나 해적 문제는 내가 직접 해결하지. 다만 공장 비용 문제는 잘 이해가 되질 않는데, 공장장이나 관리자들의 봉록을 올려주면 되는 거 아니야? 그들이 고생하고 있는 건 사실이잖아."

단다는 곤란하다는 듯, 눈을 내리깔고, 머뭇거리다 말했다.

"봉록이 문제가 아니라……내고 관리는 엄격하다 보니, 공정이나 배합 비율 등 기술은 상, 중, 하로 나눠진 관리자들만 알고 있습니다. 그래서 그들의 지위가 특별했고, 조정에서도 중요하게 생각하고 있다 보니, 통제가 안 되고……심지어 거만한 구석이 있습니다."

'당시 예씨 집안의 일개 일꾼들이, 현재 부패한 기술 관료가 되었다고?'

"사실상 협박이네, 참나. 그동안 장 공주는 어떻게 대처한 거야?"

"6년 전에 장 공주가 참다못해, 6명의 관리자를 죽인 적이 있는데, 그 뒤로 겉으로 고분고분한 듯 보여도, 뒤로 돈을 빼돌리기 시작하여서……그 뒤로는 생산량만 떨어지지 않으면, 웬만한 것은 다 눈감아 주었습니다."

"그들을 먼저 정신 차리게 해 줘야겠네."

단다는 이 말에 아연실색하며 간곡히 조언했다.

"대인, 신중하게 접근하셔야 합니다. 그들이 암암리에 손을 써버리면, 생산량뿐만 아니라, 품질까지도……일단 회유를 하면서, 천천히 방법을 찾으시는 게 좋을 듯 보입니다."

"걱정하지 마. 이가 없으면 잇몸으로 하는 거지."

'설마 예씨 집안의 후손인 제사 대인은, 기술을 알고 계신 건가?'

판시엔은 더 이상 설명을 하지 않고 단다를 물린 뒤, 저녁에 하이탕과 함께 미리 만들어 놓은 통행증을 가지고 3대 공장에 다녀왔다. 날이 밝고 나서야 관사에 돌아온 둘은 모두 놀라움을 감추지 못하고 있었다.

하이탕이 가장 놀랐던 것은, 비단이 사람의 손이 아니라, 방직 기계로 만들어지고 있었다는 것이었다. 그것도 수력을 이용하고 있었는데, 그녀의 관점에서 보면, 자연인 강물의 힘을 다스리고 있다는 것은 신선한 충격일 수밖에 없었다.

물론 판시엔의 눈에는 아주 초보적인 수준이었지만.

판시엔이 놀란 것은 다른 곳에 있었는데, 내고의 관리자들이 엄청나게 호화로운 생활을 하고 있다는 것이었다.

이곳에선 '지식이 곧 힘'이었다.

내고의 공장은 강남의 여러 주에 분포되어 있었는데, 갑(甲) 공장은, 유리제품, 정밀함을 요구하는 공예품, 도자기, 향수, 독주 등을 생산하는 사치품 생산공장이었다. 을(乙) 공장은, 면이나 비단의 대량생산, 볍씨 연구, 강철 제조 등 규모가 큰 제품을 생산하고 있었는데, 판시엔의 눈에는 1차 산업과 2차 산업이 결합한 공장이었다.

마지막으로 병(丙) 작업장은, 보안이 가장 엄격한 곳으로, 선박 제조와 군에 필요한 무기 생산을 전담하는 곳이었다. 흑기병들이 지니고 다니는 연발 철궁, 감사원 3처의 화약 제조 등이 이곳에서 이뤄지고 있었다. 다만 판시엔의 눈에는 아직 초보적인 수준이었는데, 어머니가 그에게 남긴 총이 있었음에도, 왜 이곳에서 총포류의 무기가 생산되지 않는 것인지는 의문으로 남게 되었다.

비록 판시엔의 눈에는 조잡해 보였지만, 경국 내고의 3대 공장에서 생산된 제품은, 민간 상인들에 의해 북제, 동이성, 작은 제후국

심지어는 바다 밖의 낙후된 왕국에까지 팔렸다. 다시 말해 황실의 내고는, 만족할 줄 모르는 아귀처럼, 끊임없이 천하의 돈을 긁어모으는 동시에, 전 세계에 '진보'와 '사치'를 전파하고 있었던 것이다.

내고의 매출은, 예씨 가문이 관리하던 17년 전에 최고점을 찍은 뒤, 다소 감소하고 있었지만, 아직도 경국 전체 재정의 4할에 해당하는 큰 금액이었다. 다만 장 공주의 '경영 능력' 부족으로 인해, 관리인들이 지방 군벌처럼 착취와 횡령을 일삼고 있으면서, 내고의 산업을 갉아먹고 있는 것이 가장 큰 문제였다.

상급 관리자는 그나마 체면 때문에 점잖게 행동하는 편이었지만, 서른 정도 된 중급 관리자들은 부끄러운 짓도 서슴없이 하고 있었으며, 판시엔이 어젯밤에 보았던 한 관리자는 첩을 무려 열두 명이나 두고 있었다.

죄를 지은 백성보다, 죄를 지은 내고 관리자가 더 많다는 사실은, 이미 강남로 관원들에게는 공공연한 사실이었던 것이다.

다만 그들을 어떻게 할 방도가 없었을 뿐이다.

불빛이 번쩍하며 폭죽 소리가 크게 울려 퍼진 후 붉은 종이 쪼가리들이 하늘에 날려 떨어지고 있었다. 전운사 관아 정문은 열리고, 두 줄로 선 소속 관리들은 정중앙에 앉아 있는 새로 부임한 젊은 정사(正使) 대인에게 공손히 예를 올렸다.

판시엔은 아래의 관리들을 한번 훑었는데, 관복 대신 평상복을 입은, 유독 피부가 검은 세 명의 사람이 눈에 띄었다. 관직도 없는 이가 이곳에 앉아 있다는 것은, 분명 공장에서 중요한 역할을 하는 이들이라는 것을 의미하고 있었다.

판시엔은 우선 그들에게 시선을 거두고 그의 오른쪽에 앉아 있는 군대 측 대표와 잠시 대화를 나누었다. 그는 징두 수비 예씨 집안의

면 친척이었는데, 예씨 집안은 2황자와 혼사로 판시엔과 껄끄러울 수 있었지만, 예링알의 존재 때문인지 판시엔을 깍듯이 대해 주었다.

공식적인 의례가 끝나자, 판시엔은 차를 한 모금 마시고 말을 시작하였다.

"내고는 정말 대단한 곳입니다."

판시엔이 미소를 짓자, 전운사 부사(副使)를 포함한 관리들의 얼굴에도 활기가 띠었다.

"그 이유는 제가 폐하의 명을 받고 이곳에 왔는데, 억울함을 호소하는 백성이 하나도 없었다는 것 때문입니다. 본관은 여러분들이 잘 관리하신 덕분에, 일체의 불법적인 일이 일어나지 않았다는 사실에, 감탄을 금치 못했습니다. 실제로 매운 어려운 일이지요."

관리들은 모두 머쓱한 표정을 지었다.

"다만, 전 몇몇 관리들의 권한이 너무 커서, 백성들이 차마 말을 하지 못한 것 아닌지, 의심이 됩니다."

관리들의 표정에서 웃음기가 순식간에 사라졌다.

'결국은 칼을 휘두르겠다고? 한번 해 보시지.'

"몇 년 전부터 공장에서 일하는 하층 노동자들에게 임금을 제대로 주지 않았다는 말을 들었고, 심지어 작년에는, 그 일 때문에 소동이 일어났다고 들었습니다."

관리들이 서로 눈치를 살피기 시작했다. 이때 전운사 부사가 황급히 앞으로 나와 설명을 했다.

"대인, 작년에 자금 흐름이 좋지 않아, 임금 지급이 사흘 정도 늦춰진 적이 있었습니다. 이때 간악한 무리 몇몇이 소란을 피우자, 예참장(군의 직급) 대인께 진압을 요청드렸던 것입니다. 다행히, 인명피해 없이 무난히 정리되어, 굳이 대인께는 보고 드리지 않았던 것입니다."

판시엔은 뒤를 돌아 예 참장과 몇 마디 대화를 나누었는데, 예 참장은 상당히 난처해 보였다. 그리고 몇몇 관리들이 나와, 앞으로는 그런 일이 발생하지 않게 하겠다는 말을 하고서 물러났다. 하지만 고분고분한 관리들과 달리 평상복을 입은 '그 세 명'의 얼굴은 점점 어두워지고 있었다.

"물론 앞으로는 그런 일이 발생하지 않겠지요. 하지만 아직 체불된 임금이 다 지급이 안 된 것으로 알고 있는데, 그것은 어떻게 할 것인가요?"

관아가 순식간에 조용해졌다.

공장의 노동자 그리고 그들에게 물자를 대는 노동자까지 합치면 수만 명이 넘는 인원이었다. 그들의 임금에서 조금씩 착취했던 돈들은 모두 누군가의 입으로 들어가고 있었다. 사실 관원들은 그 돈을 뱉어 내는 게 두렵지 않았는데, 공장의 공장장과 관리자들이 먹고 남은 찌꺼기들만 받아먹는 신세였기에, 그 금액이 크지 않았기 때문이었다.

관원들의 시선이 자연스럽게 세 사람에게로 쏠렸다.

"사흘입니다."

판시엔은 손가락 세 개를 피고는 천천히 관원들을 둘러보았다.

"사흘 내 모든 장부를 제게 가지고 오시고, 밀린 임금을 태평전장의 이자율을 기준으로 이자까지 더해 지급하십시오."

판시엔은 여전히 온화한 미소를 띠고 있었지만 관원들에게는 알 수 없는 살기가 느껴졌다.

마침내 평상복을 입은 사람 중 하나가 정중한 자세로 일어났다.

"하관(下官), 대인께 드릴 말씀이 있습니다."

"말하세요."

"미지급 임금은 액수가 크지 않고, 가끔씩은 장부에 기록되지 않을 때도 있습니다. 그리고 대부분은 포악한 노동자들이 조정의 돈을 갈취하려, 임금체불을 핑계로 일부러 난동을 피우는 경우입니다."

"노동자들이 농간을 부렸다는 건가요?"

"그렇습니다."

판시엔의 비꼬는 말투를 알아차리지 못한 듯 그는 반색하며 맞장구를 쳤다.

"그런데, 그러는 대인은 누구시오?"

부사가 황급히 옆에서 끼어들어 소개를 했다.

"이분은 갑(甲) 공장의 주사관 샤오(蕭) 대인입니다."

"샤오 대인? 공장의 주사관? 갑 공장의 공장장?"

"하관, 그렇습니다."

샤오 공장장이 다시 한번 예를 올렸다.

판시엔은 그의 눈을 한참을 쳐다보다, 마침내 싸늘한 말투로 입을 열었다.

"공장장은 공장 관리자이지, 조정의 관원이 아닌데, 왜 계속 너 자신을 '하관(下官)'이라 칭하는 거야? 그리고 무슨 자격으로 관아에 들어와, 관원들 사이에 앉아 있는 거야?!"

고래고래 화를 내는 판시엔을 보며 정작 관원들의 얼굴에는 근심이 가득해졌다.

"자리를 치워라!"

"판 대인! 너무 업신여기지는 마십시오!"

샤오 공장장이 지지 않고 소리쳤다. 이어 옆에 앉아 있던 두 명도 같이 일어나 판시엔을 향해 차가운 목소리로 소리쳤다.

"저희 것도 모두 치워 주시지요! 공장장들은 관원이 아닌 비루한 사람일 뿐이라니, 저희들도 이곳에 있을 자격이 없겠지요!"

"아직 안 치웠나?"

결국 한 주사가 분노가 폭발한 듯 '버럭' 화를 냈다.

"이렇게 제멋대로 행동해도, 규정에 위반되지 않는다고 생각하는 겁니까?!"

'규정? 내가 바로 규정이다, 이 새끼야.'

"여봐라! 관아에서 소란을 피운 죄, 이 세 명에게 곤장 열 대를 때려라!"

퍽! 퍽! 퍽! 퍽!

그들은 판스져처럼 맞기도 전에 기절하거나 소리를 지르지는 않았고, 판시엔에게 용서를 빌지도 않았다.

다만 굴욕감에, 원한이 담긴 눈물만, 뚝뚝 흘리고 있었다.

"데리고 나가."

부하들이 셋을 밖으로 데리고 나가는 모습을 보며 판시엔은 마지막으로 소리쳤다.

"사흘이야, 사흘! 잊지 마!"

'사흘령'이 내려지고, 군대와 감사원이 감시하는 보안선의 순찰이 강화되었다. 판시엔의 예상대로 공장장, 공장 관리인, 전운사 관리들의 첫 번째 반응은, 자신이 가진 가장 비싼 물건을, 외지에 있는 친인척들에게 빼돌리려는 시도였다.

하지만 얼마 지나지 않아, 이 시도가 부질없음을 알게 된 사람들은, 엄청난 위협을 느끼기 시작했다.

상, 중, 하 합쳐서 이백여 명 정도 되는 관리인들은 돈을 돌려줄 준비를 하거나, 결백을 증명하기 위해 동료의 불법을 밀고할 생각을 하기도 했지만, 대부분의 사람들은 공장장 저택에 모여 어떻게 처리할지 같이 논의를 하고 있었다.

곤장을 맞은 3대 공장의 공장장들은, 기본적으로 판시엔에게 고개를 숙일 생각이 없었다. 정확히는 숙일 수 없었는데, 왜냐하면 그들이 한 나쁜 짓이 너무 많아, 고개를 숙인들 어차피 죽음을 피할 수 없다고 생각했기 때문이다.

사흘령의 마지막 날.

판시엔의 예상대로 전운사 관리 중에는 착복한 재물을 내놓고 죄를 고하는 경우가 많았지만, 공장의 관리자들은 아무도 그러하지 않았다. 내리는 이슬비를 보며 판시엔이 속으로 '올해도 또 홍수가 나면 안 되는데……더 서둘러야 해. 아버지가 부탁한 돈을 빨리 마련해서 제방 공사를 해야 해'라고 생각하고 있는 순간, 비에 쫄딱 젖은 이의 다급한 목소리가 전해왔다.

"대인!"

전운사의 2인자, 전운사 부사(副使) 마카이(馬楷)였다.

"큰일 났습니다. 3대 공장에서 모두……파업을 하고 있습니다."

판시엔은 순간 약간 놀라는 표정을 지었으나 곧바로 흥분된 얼굴로 말했다.

"역시 나를 실망시키지 않는구만. 반항이 크면 클수록 좋지. 가서 다 깨끗하게 죽여 버리자고!"

"네?"

이슬비 속에 관원들은 멍하니 판시엔을 쳐다보고만 있었다.

사실 판시엔이 놀란 것은 그들이 반항했기 때문이 아니라, 이 세상에도 노동 투쟁이 일어날 수 있다는 것 때문이었다.

판시엔은 검은색 감사원 복장을 하고, 스무 명 정도의 전운사 관리들을 대동하고서, 파업을 주동하는 갑 공장으로 향했다. 왕치니엔 조직원과 6처의 자객들은 그리 멀지 않은 곳에 대기하라 명해 둔 상태였다.

공장 맨 앞에 청색 옷을 입은 십여 명의 공장 관리자들은 마지못

해 판시엔에게 예를 갖춰 인사를 했다.

"작업을 왜 멈춘 거야?"

샤오 공장장이 원망 가득한 시선으로 싸늘하게 대답했다.

"비가 많이 내려 아궁이가 식었고, 유리 모형 틀도 다 망가졌습니다."

"아궁이가 식었고, 모형이 망가졌다……을 공장은 어때? 뜨거운 쇳물도 식었나? 방적기도 녹슬어 버렸나?"

샤오 주사가 대답하기도 전에 판시엔은 소리쳤다.

그는 애초부터 협상할 생각이 없었던 것이다.

"여봐라! 샤오 공장장의 머리를 쳐서, 그의 피로 용광로를 데워라!"

샤오 주사가 그의 말을 이해하지 못한 듯 보였다.

감사원 관원들이 들어와, 샤오 주사를 쓰러뜨리고, 용광로로 끌고 갔다.

그제서야 샤오 주사는 발버둥을 치며 울부짖었다.

"잘못했습니다, 대인. 살려만 주십시오!"

눈같이 하얀색의 빛이 번쩍였다.

'툭.'

머리가 하나 땅에 떨어져, 용광로로 굴러 들어갔다.

뿜어져 나온 선혈이 용광로의 벽에 흩뿌려졌다.

판시엔은 시체를 힐끗 보고서 공포에 질린 공장 관리자들과 노동자들을 향해 입을 열었다.

"본관은 아무에게나 칼을 휘두르는, 잔악무도한 사람이 아닙니다. 조사를 통해 노동자들은 관련이 없다는 것을 알고 있습니다."

노동자들은 아직 삽과 나무막대를 내려 놓지는 못한 채 서로의 눈만 쳐다보고 있었다. 침묵을 깬 것은, 전운사 부사 마카이의 떨리는 목소리였다.

"흠차 대인, 왜……이러시는 겁니까? 상의해서 처리하시면 될 일을……이렇게 해서는, 해결할 수가 없습니다."

판시엔은 이에 대꾸도 하지 않은 채 옆에 있는 수운마오에게 눈짓을 했다. 수운마오는 옷 안에서 서류 뭉치를 꺼내 큰 소리로 읽었다.

"경력 2년 3월, 내고 전운사 갑 공장의 공장장 샤오징(蕭敬)은 통산(銅山) 광산에서 벌어진 사고를 은폐하고, 5년 동안 당시 사망한 사람들의 임금이란 명목으로, 1만 3,700냥을 착복했다. 경력 4년 7월 9일, 수저우 주부 대인에게 뇌물을 주고, 토지 7백 묘를 헐값에 사들였다. 경력 6년 정월, 샤오징을 필두로 한 3대 공장 공장장들과 관리인들은, 체불된 임금에 항의한 노동자들을 폭동으로 간주해, 14명을 죽였고, 50여 명을 다치게……."

한참을 읽어 내려간 수운마오의 입이 마를 때쯤, 그가 마지막 줄을 읽었다.

"용서하기 힘든 죄를 저질렀으니, 경국 법률에 따라 참형에 처한다."

노동자들이 수군거리기 시작했다.

'빌어먹을 놈, 저렇게나 많은 짓을……죽어도 싸지.'

반면 공장의 관리인 중 한 명은 두려움에 그리고 마지막 용기를 내서 외쳤다.

"허나 죄를 다스리려면, 수저우 관아에서 해야지, 현장에서 이렇게 하는 경우가 어디 있습니까?!"

"본관은 감사원 제사에, 전운사 정사라, 경국의 법률에 구속되지는 않아. 근데 무엇보다, 난 이번에 폐하를 대신하여 내고를 조사하기 위한 흠차의 신분으로 왔는데, 이에 저항한다는 것은……폐하의 뜻을 거역하는 것이 아닌가?"

'폐하의 뜻'에는 항상 해석의 여지가 있는 것. 하지만 미래의 일.

현재 판시엔에게 중요한 것은 본보기, 관리자들 사이의 내부 분열 그리고 대다수 노동자들의 여론.

을 공장과 병 공장은 예 참장과 단다가 처리했기에 시간이 더 많이 소모되었고, 판시엔처럼 폐하의 뜻으로 참수를 할 수는 없었기에 관련자들을 체포만 하였다. 이어서 체포된 공장의 관리자 이백여 명은 한 공장 작업장에 잡혀 들어왔다.

"당신들이 파업을 했으니, 본관도 칼을 휘두를 수밖에."

샤오 공장장의 소식을 들은 관리자들은 판시엔의 이 말에 모두 이성을 잃고 날뛰기 시작했다. 용서를 빌며 목숨을 구걸하는 사람, 입에 거품을 물고 욕을 퍼붓는 사람, 다리에 힘이 풀려 기절하는 사람, 개구멍을 찾아 도망치려고 하는 사람…….

"저 두 사람을 포박하라."

저 '두 사람'은, 을 공장과 병 공장의 공장장들이었다.

을 공장 공장장은 체념한 듯, 두 손을 결박하는 것에 신경도 쓰지 않고, 판시엔에게 사납게 소리쳤다.

"죽일 테면 죽여 봐! 어차피 조정에서 이 일을 묵인하진 않을 거야!"

"본관을 협박하시는 건가?"

"내가 하는 일을 허투루 봤나 본데, 어디 공장이 돌아가나 보자!"

판시엔은 다시 한번 수운마오에게 눈짓을 했다.

"장산, 리스, 왕빠, 롱쥬……이름이 불린 자들은 앞으로 나오게."

관리자 중 이름이 불린 십여 명은 순간 얼굴이 백지장처럼 하얗게 질려 버렸다.

"자네들은, 흠차 대인께서 내일 상주문을 올려, 죄를 사해 주실 것이야."

'무죄라고?'

지옥과 천당을 오간 관리자들은, 다른 이들의 질투와 원망의 시선을 뒤로한 채 앞으로 나와, 엎드려 절하며 연신 감사하다는 말을 뱉고 있었다.

"공장장들의 죄상을 파악하는데, 자네들이 공이 컸어. 자네들 아니면, 파업을 제대로 대처 못 했을 거고. 앞으로 본관이 섭섭하지 않게 대하리라 약속하지."

이들 십여 명은 소위 '밀고자'들이었다.

드디어 상황이 파악된 다른 관리자들이 조용히 욕을 하고 있었지만, 사실 판시엔이 가장 원망스러운 사람은 그 '밀고자'들이었다.

'이제 동료들을 어떻게 보라는 거야?!'

이때 판시엔의 조용한 말이 들려왔다.

"자네들의 공을 생각해, 오늘부터 3대 공장의 부공장장으로 임명하겠네."

판시엔은 옆의 있는 마카이를 향해 고개를 돌리며 말을 이었다.

"다른 의견 있나?"

마카이가 무슨 의견이 있을 수 있겠는가.

이때, '피식' 웃는 소리와 함께 누군가 판시엔을 향해 비꼬는 말투로 외쳤다.

"비겁한 놈들……판 대인, 그놈들 가지고, 내고가 운영될 거라 생각하나 보지요? 저희 머릿속에 든 정보 없이도, 어디 한번 잘 돌아가나 봅시다."

'병신.'

"이런 상황에도 조정을 협박하다니……정말 너 같은 새끼가, 내고의 수익을 만들어 내고 있다고 생각하는 거야?! 그럼 왜 유리는 갈수록 탁해지고, 술은 도수가 약해지고, 향수는 왜 생산이 중단된 건가?!"

갈수록 판시엔의 감정이 격해졌다.

"니미랄! 너도 과거 예씨 집안의 일꾼이었잖아?!"

그제서야 내고의 사람들은, 판시엔의 또 다른 신분이 떠오르기 시작했다. 판시엔은 헛웃음을 한번 짓고 조롱하는 말투로 말을 했다.

"네 대가리에 있는 게, 정말 너의 것이라 생각해? 예씨 집안에서 배운 걸 가지고, 지금 나를 협박하는 거야? 배은망덕도 유분수지……."

판시엔은 이 말을 마치며 가볍게 손뼉을 두 번 쳤다.

네 명의 남자가 감사원의 경호를 받으며 공장 안으로 들어왔다. 그들은 바로 딴저우를 경우해서 이곳에 도착한 경여당의 지배인.

"이들이 누군지 알아?"

20여 년의 세월.

당시 어린 노동자였던 을 공장 공장장은, 다리에 힘이 풀려 바닥에 주저앉고 말았다. 하지만 마지막 희망이라도 찾은 듯, 뒤로 손이 묶인 채, 무릎으로 걸어가 울며 사정했다.

"스승님, 제발 제자 좀 살려주십시오!"

그가 울며 사정한 상대방은 판시엔이 아니라 예씨 제7지배인이었다. '스승'이라는 두 글자에, 공장 안의 모든 관리자들에게 희망과 함께, 자괴감, 후회 등, 복잡한 감정이 밀려오고 있었다.

"참수해."

얼마 뒤 공장 밖에서, 살과 뼈를 가르는 묵직한 소리가 들려왔다.

공장 안에서는 짧은 탄식 후 다시 숨이 막힐 듯한 침묵이 찾아왔다.

을 공장 공장장은 그렇게, 죽었다.

그의 죽음에 병 공장 공장장은 실성한 듯, 한번 웃고, 이내 체념한 듯한 목소리로 판시엔에게 말했다.

"제 끝은 제가 선택하겠습니다. 악의 구렁텅이에서 빼내 주신 셈이니, 대인을 원망하지는 않겠습니다. 하지만 마지막 말은 좀 하게 해 주십시오."

"말해."

병 공장 공장장은 판시엔이 아닌 그 옆의 예씨 제12지배인을 바라보며, 부들부들 떨리는 목소리로 입을 열었다.

"스승님……징두에서 잘 지내셨습니까? 스승님의 은혜에 보답도 못 하고……."

"자네는 누군가?"

옆에 보던 제7지배인이 탄식을 하고 대신 설명했다.

"저자는 당시 자네와 가장 관계가 좋았던, 13번째 제자 아닌가."

제12지배인은 믿기지 않는다는 듯, 다시 물었다.

"후진린(胡金林, 호금림)? 네가 아직도 살아 있었어? 난 네가 죽은지 알았……."

그는 옆에 조정의 관원들이 있다는 사실에 갑자기 말을 끊고 손으로 자신의 입을 막았다.

후진린은 죄송스러운 마음에, 아무 말도 하지 않았다.

침묵을 깬 것은, 판시엔이었다.

"네가 연기하는 것인지 모르겠지만, 어쨌든 난 널 죽이진 않을 거야. 죄가 큰 사람은 참수하지만, 죄가 작은 사람은 뉘우칠 기회를 줘야겠지."

후진린은 3처와 공동으로 군사 무기와 선박 연구를 책임지는 사람이었는데, 은전을 착복하긴 했지만, 그 양은 상대적으로 매우 적었고, 땅을 강제로 사들이거나 여자를 겁박하는 짓은 하지 않았다.

결정적으로 판시엔도 알고 있었다.

완벽하게 청렴한 사람은 없다는 것을.

그 이후로 중죄를 저지른 세 명이 추가로 참수당했다.

이로써 참수당한 이는 다섯. 이때 옆에서 보고 있던 마카이가 용기를 내어 떨리는 목소리로 말했다.

"대인, 너무 많이 죽이시는 것은……."

"6년 전 제 장모가 얼마나 죽였지요?"

마카이는 살며시 손가락을 여섯 개 펼쳤다.

"제가 집안 어른보다 더 죽일 수 없지요. 여기서 더 죽이진 않을 테니, 걱정하지 마세요."

'생각보다 치밀하네. 이후 조정의 공격도 이미 대처하고 있어. 런소경이 연줄을 만들려고 노력하라는 뜻을 알겠군.'

마카이는 사실 태상사 소경 런샤오이의 사촌 벌 되는 이로, 판시엔이 강남에 오기 전에, 그는 이미 판시엔을 잘 사귀라는 충고를 들었기에, 지금 일이 너무 커지는 것을 걱정하고 있었다.

이렇게 시끌벅적했던 내고 초유의 파업 사태는, 다섯 명의 참수, 예씨 지배인들의 등장으로 끝났다. 예씨 지배인들은 당연히 죽은 공장장의 공장을 나누어 맡았다.

밖에 내리던 빗줄기도, 거의 멈춘 상태였다.

며칠 동안 그렇게 내고의 생산은 안정화되어 갔다. 하지만 판시엔의 계획은, 이제 막 시작된 것뿐이었다.

"움직이게 해야 해. 우리가 떠난 후, 그들이 다시 여기서 활개 치게 해서는 안 돼. 징두에서 소식은?"

판시엔이 게슴츠레한 눈으로 감사원 보고서를 읽으며 수운마오에게 물었다.

"신양 측 관리들이 징두 대신들과 의견을 주고받고, 신양과도 소통을 해야 하고. 그들이 움직이려면 몇 달은 더 걸릴 것 같습니다."

"너무 늦어. 내일 바로 체포해."

판시엔이 피비린내 나는 잔혹한 방법을 사용한 것은 고의적으로 신양 측 관리들에게 기회를 준 것이다.

이를 이용해서 징두에서 소란을 피우라고.

"장 공주는 내가 내고를 이어받으면, 그들을 걸러낸다는 것을 알고 있지. 장 공주 입장에서는 버린 패나 다름없어. 다만, 그들을 이용해 나를 귀찮게 할 생각이겠지. 심지어 경여당의 지배인들을 내세웠으니, 그것을 이용해 황실 사람들의 미묘한 감정을 자극하려고 할 것이고."

"파업, 살인, 예씨 지배인들이 징두에 알려지면, 대인께서 곤란해지는 건 아닐지 걱정됩니다."

"별거 없어. 원장 대인은 장 공주의 시야가 제한되어 있어서, 도찰원을 이용해 나를 건들기는 쉽지 않을 거라 하더라고."

수운마오는 여전히 이해가 되지 않는다는 표정이었다.

"내고의 정리는 폐하께서 허락하신 일이야. 경여당 지배인도 그렇고. 소란이 나는 게 중요한 게 아니라, 그것을 일부러 은폐하지만 않는다면, 폐하께서도 내 진심을 믿어 주실 거야. 장 공주는 두 황자와 황후, 그리고 태후에게, 내 세력이 세진다는 것을 근거로 마음을 움직이려 하고 있지. 하지만 이 모든 게 폐하의 뜻이라는 것은, 간과하고 있다는 거야. 그게 가장 중요한 것인데."

이제 곧 내고의 입찰 때문에 수저우로 돌아가야 하는 판시엔은, 임시로 수운마오를 감사원 밀정 신분으로 내고에 남겨두기로 하고, 전운사 관리들이 모인 자리에서 부사 마카이에게 넌지시 말했다.

"어제 말했던 일을 실행할게요."

형식적인 통보였다.

판시엔은 수운마오에게 눈짓을 보내자, 그는 관리들 앞에 두 손을 공손히 모으고 인사를 한 후 입을 열었다.

"조사를 통해, 몇몇 전운사 관리들이 공장 관리인들을 선동해, 내고의 근간을 흔드는 일을 벌였다는 것을 알게 되었습니다. 간과할 수 없는 불법입니다."

'불법'이라는 단어가 나오기 무섭게, 관아 구석에 있던 감사원 관원들이 나와, 몇몇 관리들을 거칠게 붙잡았다.

"감히 어디 손을 대!"

이들이 장 공주가 내고에 심어 놓은 심복임을 모르는 이는 없었다. 다만 오늘의 체포 사실을 모르고 있었던 예 참장이 그들을 대신해서 호소했다.

"저들이 부당한 짓을 저질렀을지 모르겠지만, 사흘령이 내려졌을 때, 대인의 지시를 모두 따랐고, 대인도 지시를 따른 자에게 죄를 묻지 않겠다고 약속했으니, 이렇게 거칠게 체포해서는 안 됩니다."

판시엔은 말없이 품 안에서 서류 한 뭉치를 꺼내 그에게 건네주었다. 증거까지 명확하게 나와 있는 문서의 내용을 보면서 예 참장은 감사원의 능력에 소름이 끼쳤다. 다만 이 관원들을 체포한다는 것은 단지 그들의 '불법'의 문제를 넘어, 장 공주와 황자들의 체면과 직결되는 문제였기에, 다시 한번 간곡히 말했다.

"대인, 저들은 전운사 관리들입니다. 대인은 지금 전운사 정사로서 체포하시는 겁니까, 아니면 감사원 제사로서 체포하시는 겁니까? 설령 흠차 대인의 신분으로서 하시는 것이라 하더라도, 며칠 동안 재판은 열어야 하는데, 며칠 후에는 내고의 입찰이 있으니 시간도 없고……."

"참장 대인, 걱정하지 마세요. 본관은 누구보다 경국 법률을 중시해요. 내고도 조정에 소속된 기관이고, 규정상 강남로에 귀속되어 있고, 또한 제가 직접 심문하면 오해를 살 수 있으니, 수저우 총독에게 심사를 넘길 생각이에요."

그리고는 체포된 관원들을 향해 부드러운 목소리로 말했다.

"자네들도 쉐칭 대인이 심사하면, 의문을 품진 않겠지?"

예 참장도 관원들도, 판시엔이 무슨 속셈인지 모르겠지만, 더 이상 대꾸를 할 수는 없었다. 이로써 마지막 임무를 끝낸 판시엔은 관아를 떠나기 전 마카이를 남게 했다. 이 일을 어제 마카이에게만 귀띔해 준 것은, 오늘 그에 대한 태도를 결정하기 위함이었다.

"본관이 잔인하다고 생각하지는 마세요."

"하관은 이 일에 관한 두 통의 문서를 작성해, 하나는 문하중서성에 보내고, 하나는 수저우 총독부에 보낼 생각입니다. 그러니 대인……염려 마십시오."

이 말은 곧 마카이가 판시엔의 편에 서겠다는 확답이었다.

판시엔은 만족한 듯 마카이에게 말을 건넸다.

"마 대인께서는 참 섬세하시네요."

두 사람은 한참을 서로 치켜세우고, 런 소경과의 친분을 또 한참 이야기한 후, 끝으로 내고의 규정들 몇 개를 가볍게 논의하고 작별 인사를 나눴다.

마카이의 결정에 사촌 런 소경의 충고가 역할을 한 것은 사실이지만, 결국 그는 이 선택과 함께, 3황자와 판시엔에게 자신의 흥망성쇠를 모두 건 것이었다.

부사 마카이를 배웅한 후 판시엔은 마지막으로 예씨 제7지배인을 불렀다. 판시엔은 화학과 물리 등 기술 부분은 문외한이었기 때문에 그에게 생산 관리에 대한 모든 권한을 넘길 생각이었다.

"상품이 질 향상에 힘써 주시고, 불편한 점이 있으시면, 수운마오에게 말하세요. 제가 대인들을 징두에서 데리고 나왔으니, 억울한 일

당하지 않도록 신경 쓸게요."

제7지배인은 감동했지만, 아무 말도 하지는 않았다.

한 줄기 거센 바람이 정원에 불어와 어린나무의 가지들이 흔들리더니, 곧 부러져 버렸다. 판시엔은 부러진 나뭇가지의 단면을, 말없이 쳐다보았다.

한참 후에 판시엔은 아주 조심스럽게 물었다.

"기술을……베낄 수 있을까요?"

"규정이 엄격해서, 문자로 적을 순 없고, 말로만."

"설계도는 말로 할 수가 없잖아요?"

"예전에는 외웠었는데, 지금은 심지어 어디에 있는지도 모릅니다."

잠시 고민하던 판시엔은 이윽고 미소를 띠며 조용히 이야기했다.

"몇 개월 뒤에 항저우에 와서, 최대한 말로 한번 해 주세요. 제가 기억력은 좋아요."

사륜마차가 푸른 나무가 심어진 도로를 나아가자 바퀴가 돌길과 부딪치면서 소리를 냈다. 그 소리는 마차의 삐걱대는 소리와 어우러져, 마치 한 자락의 노랫소리처럼 들렸다.

내고를 떠나는 길의 풍경은 아름다웠다.

작은 새들은 멀리 논 옆 나무 위를 날고 있었고, 푸른 벼의 모가 잡초들 옆으로 살짝 고개를 내밀고 있었다. 도로에는 마차의 행렬이 끊이지 않았고, 강에도 화물선들이 쉴 새 없이 오가고 있었다. 그렇게 내고에서 생산되는 상품들은 천하 각지에 바쁘게 팔려 나가고 있었던 것이다.

마차 행렬은 둘로 나눠져 있었는데, 하나는 체포된 전운사 관원들을 수저우 총독부로 압송하는 것이었고 다른 하나에는 판시엔 일행이 타 있었다. 하지만 이내 판시엔은 하이탕과 같이 마차에서 내린 후, 수하들을 물린 후에, 근처 숲으로 그녀를 데려갔다.

판시엔이 다시 한번 직접적으로 물었다.

"돈은 문제없지?"

"지난번 수저우에서 문제없다 했잖아. 설마 나 못 믿는 거야?"

"그건 아닌데, 워낙 액수가 커서."

"밍씨 집안을 몰락시켜버릴 거야?"

"한번에는 못하지. 올해의 목표는 샤치페이를 내세워 몇 개 항목의 입찰을 따내고, 나머지는 밍씨 가문에 주되, 밍씨 집안의 은전을 좀 가져오는 거야."

"어떻게?"

"가격을 높이는 것이지. 높일 수 있을 만큼 최대한. 낙찰 뒤에는 낙찰가의 4할을 현장에서 납부해야 하니까, 이번에 밍씨는 낙찰을 받으려면, 많은 돈이 필요할 거야."

"하지만 만약에 밍씨 집안이 포기해 버리면? 그러면 네가 손해 보는 거 아니야? 만약 샤치페이가 그 계약금을 못 내면, 조정에서도 심각한 상황이 벌어질 거고."

판시엔은 모든 계산을 마친 듯 음흉한 미소를 띠고서 말했다.

"밍씨 집안 스스로의 이익만 보면, 그렇게 할 수 있지. 하지만 결탁한 황족과 대신들을 생각하면, 절대 그렇게 하지 못해. 최소한, 장공주의 체면과 이익을 보호하기 위해서라도 그렇게 못해. 밍씨가 입찰을 포기하는 순간, 내가 아니라 수입이 끊겨버린 수많은 황족과 대신들이, 밍씨 집안을 무너뜨려 버릴걸?"

밍씨 집안은 어떻게든 이번 입찰을 성공적으로 치른 후, 일이 년 정도 징두의 권력추세를 보며 대응하려고 할 것이 자명했다. 하지만 하이탕이 진짜 이해가 안 되는 부분은 다른 곳에 있었다.

"하지만 밍씨는 그렇다 해도, 그 집안과 경쟁을 하려면 샤치페이도 상당한 자금이 필요할 텐데, 그건 정말 적은 돈이 아닌데……그리고 동이성을 배경으로 한 태평전장의 돈을 끌어다 쓰면, 동이성이 눈치채지 않을까?"

"너도 모르고 있을 텐데, 사실 태평전장 생각은 너희 북제 황제의 계획이야. 북제 황실 돈이 뉴란지에 사건 한 달 후부터, 2년간 천천히 복잡한 경로를 거쳐, 아무도 모르게 강남의 태평전장에 들어왔어."

하이탕은 너무 놀라 할 말을 잃었다.

"감사원도 그 경로를 밝혀내지 못했고, 상당한 양의 은전이지만, 사실 천하를 주름잡고 있는 태평전장의 입장에서는 특별히 큰돈은 아니라, 아직 눈치채지 못했다고 하더라고."

하이탕은 믿지 못하겠다는 듯 황급히 말을 끊었다.

"잠깐만, 2년 전부터 폐하께서 강남에 은전을 옮겼다고? 나도 작년 9월에서야 이 일을 알고, 자금을 가져오게 된 것인데, 그전에는 누가? 왜? 심지어 샹징에서는 아무 소문도 없었는데?"

"내가 여러 번 조사했는데, 다른 건 몰라도, 태평전장에 자금이 유입되기 시작한 건, 확실히 2년 전부터야."

"그때는 너도 딴저우에서 징두로 온 지 얼마 안 된 때인데, 네가 내고를 장악하고 어쩌고저쩌고를 다 폐하께서 예상했다고?"

"그 보다, 내가 아니었더라도, 북제가 어떻게든 내고 입찰에 참여할 계획을 세우고 있었다고 보는 게 맞을 것 같아."

판시엔과 하이탕은 서로의 대화를 통해 어느 정도 확신하게 되었고, 둘 다 젊고 여리다고만 생각했던 북제 황제를 다시 생각하게 되었다. 사실 북제는 오늘의 강국 경국을 있게 한 내고의 기술을 빼내기 위해 수없이 시도했지만 무수한 희생을 치르고도 실패하였다.

그렇다면 남은 방법은, 암암리에 내고의 입찰에 참여해 그 이익을 나누는 것뿐이었다. 그리고 그 준비는, 아무도 모르게, 오랫동안 진행되고 있었던 것이다.

"화났어?"

"아니야. 폐하께서 아직까지 날 속이려 했다면, 그럴 수 있지만, 어쨌든 지금의 난 그 계획의 일부에 참여 되어 있으니……다만, 어렸을 때부터 봐온 폐하께서, 이렇게까지 치밀할 줄 몰랐을 뿐이야."

"근데 내가 정말 궁금한 건, 너희 그 황제가 나를 이렇게까지 신뢰하는 이유가 뭘까? 내가 그 돈을 가로채거나, 배신할 거라 생각하지는 않는 건가?"

"내 생각에는 아마……너의 출생의 비밀을 알고 확신한 것 같아."

"그건 또 무슨 상관이야."

"예씨 집안의 후손이니, 단순히 대신으로 남지는 않으려 할 거고, 경국이 제공할 수 있는 것은, 북제도 다 제공할 수 있으니……."

판시엔은 하이탕의 말을 다 듣지도 않고 대답했다.

"물론 북제 황제의 호의는 고마운데, 내가 굳이 경국을 배신할 이유도 없고……심지어 북제 황제도, 내가 경국 황제의 사생아라는 것을 알지 않아?"

"세상에 황자는 많지만, 예씨 집안의 후손은……너 하나잖아."

이 말로써 하이탕은 부드럽지만 진중하게 북제 쪽의 의견을 명확히 전달하였다.

하지만 판시엔은, 더 이상 그 화제를 지속하고 싶지 않았다.

"근데, 넌 왜 날 안 좋아하는 거야?"

제8장

내고 입찰

수저우성의 사방에 펼쳐진 초록빛의 물결은 경국의 다른 지방과 별 차이가 없었다. 하지만 숲처럼 빽빽하게 들어선 상점과 하루 종일 바쁘게 돌아가는 부두 그리고 끊임없이 이어지는 인파는 수저우성만이 가진 특색이었다.

수저우 부두의 하류 쪽 드넓은 지역은 모두 밍씨 집안의 재산이었는데, 그곳을 지나가던 마차 안에서 밍씨 집안의 도련님 밍란스는 근심 가득한 표정으로 입을 열었다.

"판 대인은 다른 관원들과 달라."

"사촌 형님, 흠차 대인이 뭐가 그렇게 다르다는 건가요?"

판시엔이 지금 밍 공자와 대화를 나누는 상대를 보았다면 분명히 놀랐을 것이다. 그는 얼마 전 있은 강남 무림대회를 주최했던 도찰원 강남로 소속 어사로, 이름은 저우레이(鄒磊)였는데, 판시엔이 이를 알았다면 당시 무림대회에서 더욱 경계심을 가졌을 것이다.

"내고에서 그런 잔인한 방법을 사용하다니, 배짱이 엄청나. 어떻게 대처해야 할지 고민이야."

"재물을 좋아하지 않는 관리가 어디 있겠어요?"

저우레이는 음흉한 미소를 지었다.

"아버지도 그렇게 생각하셔서 시도했지. 얼음장처럼 아무 반응도 하지 않고, 고스란히 돌려보내더군."

"금액이 적었던 건 아닐까요?"

밍란스는 손가락 네 개를 폈다.

"4만 냥을 거절했다구요?!"

"40만 냥!"

저우레이는 저도 모르게 입술을 '파르르르' 떨며 속으로 생각했다.

'40만 냥이면 작은 제후국도 살 수 있는 금액이잖아…….'

"그리고 집안 사업 지분의 2할도 제시했지."

저우레이는 자신의 귀를 의심했다. 이 정도라면 평화를 유지하기 위해 이익을 나누었다기보다 살점을 떼어 바쳤다고 봐야 옳았는데, 판시엔은 그마저 거절했다는 것이었다.

지금 천하에서 판시엔은 분명, 가장 다루기 힘든 사람이었다.

세상에 판시엔보다 돈이 많은 사람은 많았지만, 그런 사람들은 권력이 없었고, 그보다 권력이 높은 사람들은, 무공이 높지 않았다. 무공이 높은 사람들은, 판시엔보다 뻔뻔하지 못했고, 마지막으로 더 뻔뻔한 사람들은, 판시엔보다 뒷배경이 막강하지 못했다.

그래서 그는 돈의 유혹에 흔들리지 않았고, 권력을 빼앗길까 두려워하지 않았고, 암살당할까 무서워하지 않았고, 명예가 더럽혀질까 겁내지 않았다.

그저 직접 칼을 휘둘러, 눈에 거슬리는 자들의 머리를 벨 뿐이었다.

밍란스가 아무리 생각해도, 판시엔의 심기를 건드리지 않으며, 현 상황을 어떻게든 유지하고 사태추이를 지켜보는 것 외에는 방법이 없어 보였다.

밍씨 저택으로 향하던 마차가 대문 앞에서 갑자기 멈춰 섰다. 밍란스가 장막을 걷어 밖을 보더니, 고개를 '획' 돌려 저우레이를 노려보며 말했다.

"궈졍이 왔어. 네 상사라는 작자는 왜 이렇게 눈치가 없는 거야?!"

저우레이가 난처한 표정을 지었다.

작년에 징두에서 도찰원 좌도어사였던 궈졍은 그의 직속 상사로서, 춘시 폐단 사건으로 3사를 이끌고 판시엔을 심문했었다. 하지만 그 결과 형부 상서 한즈웨이는 관직에서 강등당했고, 궈졍은 강남으로 쫓겨났다.

판시엔이 강남에 내려온 것은 궈졍에게 복수의 기회였고, 그는 밍씨 집안을 이용해 그를 공격할 생각밖에 하고 있지 않았던 것이다.

판시엔의 심기를 건드리지 않기 위해 노력하는 밍씨 집안을 단지 개인적인 복수의 수단으로 이용하려는 궈졍이, 밍란스는 달가울 리 없었다.

천하의 사람들이 가장 아름답고 진귀하다고 여기는 건축물은 장공주의 거처 신양의 이궁, 스구지엔의 거처 동이성의 검려 그리고 강남 밍씨 저택 명원(明園)이었다. 물론 쳔핑핑이 거주하는 진원도 있었지만 그곳을 볼 수 있는 사람은 극소수에 불과했다.

그중에서 명원은 천하 백성들도 가까이서 즐길 수 있는 유일한 곳이었다. 들어갈 수는 없었지만 산을 따라 둘러진 담이 그리 높지 않아 누구라도 도로에서 그 안을 들여다볼 수 있었고 담 가까이 가서 졸졸 흐르는 시냇물 소리도 들을 수 있었다.

명원은 친근하지만 일반적이지는 않았고, 검소하지만 단순하지는 않은 곳이었다.

전문가가 보았다면, 이 거대한 장원은 세세한 부분까지도 흠잡을 데 없이 최상의 목재와 정교한 설계로 지어졌다는 것을 단박에 알아차릴 것이다. 만약에 군인이 보았다면, 아무 방어 능력 없는 이곳이 간단한 개조만 거치면 반년은 버틸 수 있는 성루가 될 수 있다는 사실을 발견해 낼 수 있었을 것이었다.

밍란스는 명원의 한쪽에 있는 작은 건물의 돌계단에 서서 건물 안을 향해 말했다.

"아버지, 모두 만나 보았습니다."

"그래, 올해 한 해는 어떻게든 견뎌야 한다. 가족들에게 관아에 약점 잡히지 않도록 주의하라 전하고. 특히 너는 장자로서, 더욱 조심해야 한다."

밍씨 집안의 주인, 밍란스의 아버지 밍칭다가 피곤한 목소리로 명했다.

밍란스가 급히 '네' 대답하자 밍칭다가 조용히 물었다.

"궈정은 봤느냐?"

"그 때문에, 흠차 대인의 눈 밖에 날까 걱정됩니다."

"그쪽이랑 연을 끊을 수도 없고, 끊는다 해도 사람들이 믿어 주지 않을 것이다. 너무 괘념치 말아라."

"근데 궈정 대인은 개인적으로 온 것인지, 징두의 그분들을 대신해서 온 것인지?"

"관리들이 개인적으로 온 적이 있었느냐? 장 공주는 우리가 흠차 대인을 음해하길 바라겠지만, 우리는 절대 그를 건들면 안 된다."

밍칭다는 최근에 '그를 건드리면 안 된다'는 말을 달고 살았다. 밍란스는 이해는 하면서도 속에서 끓어오르는 분노까지 참지는 못했다.

"아버지, 이렇게까지 끌려다닐 바에는, 그냥 이번 입찰을 포기하는 것은 어떨까요?"

순간 짧은 침묵이 흘렀고, 이읏고 반백 년을 산 밍칭다가 단호한 눈빛을 하고 아들에게 충고했다.

"손을 놓고 싶어도, 놓지 못하는 일이 있다. 징두의 얼마나 많은 사람들이 이 사업에 지분을 가지고 있는지, 잊으면 안 된다. 장 공주뿐만 아니라, 태자, 2황자, 그 외 수많은 징두 고위 대신들은, 우리에게 돈을 받아먹는 게 습관처럼 되어 있다. 그들의 탐욕을 과소평가해선 안 돼."

"그 사람들이 은전을 가져가지만 않으면, 우리 집안도 정정당당하게 내고의 상품을 팔면서 살 수 있을 텐데요……."

밍란스의 볼멘소리에 밍칭다는 손을 저으며 더 이상 말할 가치도 없다는 듯 잘라 말했다.

"이번 입찰에서 최소 작년의 6할 정도는 낙찰받아야 한다. 그리고 판 대인이 내려온 것이 하늘의 기회일 수도 있다. 그가 이번에 더러운 일들을 정리해 줘서, 우리가 징두로 보내는 금액을 줄여줄 수만 있다면, 장 공주 쪽도 어찌 못 할 것이다. 그러니 그를 건드리면 안 된다."

밍란스는 더 이상 말을 대지 않고 화제를 돌렸다.

"말씀하신 집안들도 다 만나 상의했습니다. 링난(嶺南)의 숑(熊)

씨 집안과 취엔저우의 순(孫)씨 집안 둘 다, 내고 판매권에 눈독은 들이고 있었지만, 췌씨 집안이 남긴 몫에만 만족하기로 하고, 저희와 가격 경쟁을 하지 않기로 확답했습니다. 다만, 이득 앞에서는 목숨을 거는 소금 밀수 상들이 문제인데, 왜 그런지는 모르겠지만, 소자 앞에서는, 모두 이번 입찰에 참여하지 않겠다고는 말했습니다."

"그렇다면 판 대인도 어쩌지 못할 것이다. 어쨌든 공개입찰 아니냐."

"다만 소자는, 흠차 대인이 낙찰 가격을 일부러 올릴 것이 좀……."

"흠차 대인에게 그만한 돈이 있을까?"

"흠차 대인의 아버지는 호부 상서입니다."

"호부는 움직일 수 없을 게다. 사실 움직인다면, 우리로서는 가장 좋은 일이겠지만. 장 공주가 가장 기다리고 있는 것이, 바로 그 순간일 거야. 그리고 소금 상인들은 단지, 복잡한 판에 끼려 하지 않을 뿐일 것이다. 올해는 상황을 지켜본 후, 내년에나 참여할 생각이겠지."

밍란스는 뒤로 물러나 있는 척하면서도, 징두 세력 관계와 강남 상인들의 판세를 읽고 있는 아버지가 대단해 보였고 한편으로 조금 안심도 되었다.

"돈은 태평전장에 모두 마련되어 있습니다. 아버지의 말씀대로 입찰에서 허둥대지 않기 위해서, 작년보다 2할의 돈을 더 마련했습니다."

내고 입찰은 낙찰되자마자 4할의 금액을 보증금으로 납부해야 했기에, 밍씨 집안 같은 거부도, 출하될 화물과 부동산들을 담보로 태평전장에서 빌리는 것이 관례처럼 되어 있었다.

"잘했다. 태평전장과는 오랜 기간 신용을 쌓아왔고, 심지어 그 뒤에는 우리가 상품을 공급하는 동이성이 있으니, 우리를 도와줄 것이다. 췌씨 집안이 무너지고, 흠차 대인이 내려오는 등 큰 변수가 있지만, 우리가 욕심을 내지 않으면, 작년처럼 여덟 개 항목을 가져오는 것은, 문제없을 것이다."

내고의 입찰 항목은 총 열여섯 개로 그중 절반을 가져오는 것은 엄청난 일이었지만, 밍씨 집안의 주인 밍칭다의 목소리에는 자신감이 느껴졌다. 밍란스도 아버지의 말을 들으며 확실히 이번에도 밍씨 집안에 맞설 사람은 없을 것 같다는 생각이 들었다.

"바다 쪽 일은 정리되었다. 집 안에 있는 그 사람의 입도 막아라."

아버지의 단호한 말에 밍란스는 움찔하였지만 한편으로는 안도감이 밀려왔다.

확실히 그 일은 지금 밍씨 집안의 가장 큰 약점이었다.

그날 밤, 수저우성 외곽에 위치한 화려한 집, 어느 방안.

밍씨 집안 도련님의 품 안에는, 발가벗은 여자가 새끼 고양이처럼 안겨, 가녀린 손가락으로 그의 가슴에 원을 그리고 있었다. 이 여자는 밍란스의 세 번째 첩인데, 특수한 신분 때문에, 계속 명원 밖에서 지내고 있었다.

"란스."

여자는 약간은 가쁜 호흡을 내쉬며 말했다.

"나 더 원해."

"뭘 더 원한다는 거야? 아직 만족이 안 돼?"

남자의 차가운 반응에, 여자는 정색하며 따졌다.

"그게 무슨 말이야? 이제 우리 남매는 필요 없다는 거야?"

여자의 차가운 반응에, 남자는 달래듯 말했다.

"필요 없다니. 몇 년간 자기가 우리 집안에 벌어준 돈이 얼마인데."

남자가 손으로 여자의 하얀 엉덩이를 세게 한번 때리자, 여자는 아양을 떨며 살짝 화를 냈다.

첩은 실눈을 뜨고, 무언가 기대하고 있었다.

밍란스는 온화한 미소를 띠고, 손을 들어, 그녀의 정수리를 가격했다!

'음!'

여자는 짧은 신음 소리와 함께 기절했고, 남자는 그가 수없이 물고 빨았던, 여자의 하얀 목덜미를, 두 손으로 조르기 시작했다.

다음 날 새벽, 수저우 부두에 있는 큰 돌 하나, 큰 마대 자루 하나가 없어졌다. 어떤 이는 무거운 물체가 강에 떨어지는 소리를 들었다 하고, 그 이후로 밍씨 집안 공자의 세 번째 첩이 부모를 만나러 취엔저우로 돌아갔다는 소식이 들렸지만, 언제 돌아온다는 말은 없었다.

그 시각, 새벽 안개가 자욱하게 내려앉은 취엔저우에 면한 바다의 외딴 섬에는, 여명의 어둠을 틈타 갈매기가 날아들었다. 그 수가 너무 많아 섬 전체를 포위한 듯 보였고, 굶주린 갈매기들은 땅에 대가리를 처박고, 쉴 새 없이 무언가를 경쟁하듯 쪼았다.

어두운 섬 전체가 깃털과 피로, 난장판이 되었다.

그들이 쪼고 있는 것은 작은 새나 거북이 알이 아니라, 사람의 시체였다.

섬 한쪽에는 부두처럼 보이는 건축물이 희미하게 보였지만, 사람의 흔적은 보이지 않았다. 섬을 가득 메운 시체들은 이내 백골을 드러내고 오장육부가 갈기갈기 찢겼다.

갈매기들에게는 성대한 연회였지만, 그곳에는 죽음의 공포가 자욱하게 깔리고 있었다.

손 하나가 시체들 사이에 불쑥 올라와, 힘겹게 시체들을 밀어내며 달려드는 갈매기들을 쫓았다. 그의 두 눈이 번쩍 뜨이며 긴장하고 주위를 살폈다. 관병들의 배가 이미 섬을 떠났다는 것을 확인하고서, 가까스로 살아남은 해적 하나가 공포가 서린 눈으로, 동료들의 시체를 헤치며 기어 나왔다.

해적들과 평소 동료처럼 지내던 관병들이, 갑자기 살기를 드러내며 섬에 있는 모든 사람들을 죽여 버리는 것은, 정말이지 상상도 못 한 일이었다. 하지만 가까스로 살아남은 해적 소두목은, 밍씨 집안이 입막음을 위해 그랬을 거라 짐작하고 있었다.

그의 얼굴은 까무잡잡했고, 한눈에 봐도 사시사철 바다 위에서 생활하는 사람인 것을 알 수 있었다. 그의 작은 눈에는 강인한 의지가 드러나 있었고, 절체절명의 순간에서도 당황하거나 허둥대지는 않았다.

그는 동료의 옷을 벗겨, 자신의 상처를 단단히 싸맸다.

관병들은 해적이 모두 죽었다고 생각해서, 물과 음식까지 훼손하지는 않았을 것이라 생각했다.

아직 살 기회가 있다.

그의 이름은 칭와(青娃). 취엔저우 사람이고, 평생을 바다에서 보냈다. 어느 날, 그가 탄 배가 해적에게 공격을 받았고, 그는 살아남아, 그날부터 해적이 되었다.

이 섬의 해적은 바다에서 가장 규모가 컸지만, 그 규모에 비해 일이 많지는 않았다. 칭와는 반년이 지나고서, 이 섬 해적의 주요 일이 밍씨 집안이 서쪽 바다로 보내는 상품을 약탈하는 것임을 알 수 있었다.

매번 약탈할 때마다, 조정의 관원을 포함하여, 배에 탄 사람들을 모두 죽였다.

칭와는 그들 사이에서 살아남기 위해 노력했고, 반년이 지난 후에 두목의 눈에 띄어 소두목이 되었다. 하지만 안타깝게도 바로 그때,

수군들이 들이닥쳐 그 섬의 사람들을 도살하듯이 모두 죽여버렸다.

'육지로 돌아가야 한다.'

그의 걸음이 빠르지는 않았지만, 결의에 차 보였다. 하지만 그의 뺨에서는 눈물이 쉴 새 없이 흐르고 있었고, 그는 뒤로 돌아보고 싶은 마음을 애써 참으며, 눈물을 연신 닦아 냈다. 마땅히 죽어야 할 잔인한 해적이었지만, 그래도 그와 반년 동안 생사고락을 같이한, 동료들이기도 했다.

'어제 그 수군 관병들의 전투력은 공포스러웠어. 삽시간에 섬을 초토화해 버렸지. 밍씨 집안은 해적을 이용했고, 밍씨 집안이 다시 수군과 결탁했다는 것인데. 이 정도로 막강한 수군을 움직이려면, 군에서 상당한 실력자가 움직였다는 것이고, 그럼 설마……징두 수비 예씨 집안?'

바다 사람 같은 강인한 생명력, 바다 사람 같지 않은 냉철한 분석력을 지닌 칭와.

그는 감사원 4처의 취엔저우 지부 순찰사의 '다섯 까마귀' 중 하나였다.

그는 판시엔에게 지속적으로 밍씨 집안과 해적의 관계를 보고하는 밀정이었고, 지금 이 절체절명의 위기 속에서도 어떻게든 살아남아, 수저우에 있는 제사 대인에게 소식을 전할 방법만 찾고 있었다.

그 섬에서 제법 멀리 떨어진 수저우 외곽 명원.

'주인'인 밍칭다가 의자에 앉아 있는 '실질적 주인', 노부인과 공손하게 대화를 나누고 있었다. 노부인은 당연히 그의 어머니였고, 그녀가 아버지의 가장 큰 총애를 받던 첩을 독살하지 않았다면, 그 첩의 아들인 일곱째를 내쫓지 않았다면, 지금의 밍칭다는 없었을 것이다.

"너무 늦게 움직였어. 2년 전에 움직였어야 해."

"무슨 의미이신지요?"

"2년 전에 판시엔과 장 공주 딸의 혼사가, 이미 결정되었지 않느냐?!"

'설령 그렇다 하더라도, 판시엔이 감사원 제사가 될지, 예씨 집안의 후손일지, 황제의 아들일지, 어떻게 예상할 수 있었단 말인가?'

밍칭다는 속으로 투덜거렸지만, 겉으로는 잘못을 인정하는 표정을 지었다.

"내가 이번에, 이 늙은 몸을 이끌고, 군대에 도움을 요청하지 않았다면, 판시엔 그놈이 섬을 조사하기라도 했으면, 어쩔 뻔했느냐?!"

"어머니의 심기를 어지럽혀, 죄송합니다."

"란스는 어떻게 하고 있느냐?"

"그 아이도, 공과 사는 구분할 줄 압니다."

"사내놈들이란……어쩜 그리 한결같은지."

노부인의 말투에는 조롱이 섞여 있었다.

"란스에게 위엔멍과의 교제도 줄이라고 일러라. 보아하니, 그놈이 위엔멍과 수작을 벌여, 판시엔을 어떻게 해보려고 하는 것 같던데, 지금 그런 짓을 하면 안 된다. 심지어 위엔멍은 징왕 세자의 여인인데, 어떻게 한단 말이냐?"

노부인은 한숨을 내쉬며 숨을 고르고 말을 이었다.

"훼알(慧兒)은 어떻게 지내느냐?"

"많이 좋아졌습니다."

쵀씨 집안과 밍씨 집안은 장 공주의 의사에 따라 정략 혼사를 치렀는데, 훼알은 밍란스의 정실부인 쵀즈훼(崔芷慧)를 가리키는 것이었다. 판시엔이 쵀씨 집안을 공격했을 때, 핵심 인물들은 옌샤오이에게 도움을 청해 목숨은 건졌지만, 집안이 망하면서 가족들은 뿔뿔이 헤어지고 말았다.

그 이후로 그녀는 눈물로 세월을 보내고 있었던 것이다.

“참, 며칠 전, 태평전장의 지배인이 와서 입찰 자금은 문제없다고 말하면서 초상전장을 언급하던데, 이건 무슨 일이냐? 듣도 보도 못한, 초상전장이라니…….”

“소자가 태평전장에 우려되는 부분이 있어, 알아만 본 것입니다. 판시엔의 심복 스챤리가 태평전장에서 상당한 돈을 찾아갔다고 하는데, 누군가를 그곳에 심었을 가능성을 배제할 수 없습니다.”

그는 잠시 생각하고 다시 말을 이었다.

“초상전장도 동이성에서 처음 설립되었고, 조사해 본 결과, 지분 관계도 큰 문제가 없어 보입니다. 만약이겠지만, 태평전장에서 문제가 생길 때를 대비해, 초상전장도 알아는 봤습니다.”

“그런 작은 전장이, 내고 입찰에 무슨 도움이 된다는 거냐? 저렇게 쓸데없는 짓이나 하고 다니니…….”

밍칭다는 어머니가 자신을 무시하는 태도에 반감이 들었지만, 내색은 하지 않으며 천천히 설명했다.

“어머니 그게 아닙니다. 조사해 본 결과, 초상전장의 지분은 션씨 집안 것이었습니다. 집안의 기둥인 션중이 샹샤후에게 죽임을 당하면서 집안은 망했지만, 션씨 집안의 돈을 관리하는 이가 북제 황실의 추적을 피해 동이성으로 넘어가면서, 그곳에서 초상전장을 세운 것입니다. 더 흥미로운 것은, 초상전장의 진정한 배후가 동이성에서 굉장한 세력을 가진 가문이라는 것인데, 판시엔은 션씨 집안과 동이성 모두 사이가 좋지 않으니, 초상전장이 그와 거래할 일은 없을 것입니다.”

“그래? 초상전장에 돈은 있겠구만. 그런데 스챤리라는 놈이 태평전장에서 찾아간 돈이 얼마이길래, 이렇게 긴장하는 것이냐?”

밍칭다는 등에 식은땀이 흘렀다.

"5만 냥 정도……."

노부인은 콧방귀를 끼고 차가운 시선으로 아들을 바라보았다.

"고작 5만 냥 가지고 그러는 것이냐? 배포라고는……아직은 초상 전장과 거래할 필요가 없다. 션씨 집안이고 동이성의 귀족 가문이고 간에, 태평전장을 떠받치고 있는 스구지엔만 못해 보인다. 그리고 전장 거래는 어차피 신용이 생명인데, 성급하게 나서지 말거라."

밍칭다는 마음속으로는 납득하지 못하고 있었지만 대꾸는 하지 않았다.

노부인은 한참 생각하는 듯 말이 없다 이윽고 조용히 입을 열었다.

"만약에 판시엔이 우리의 계획과 달리, 우리를 사지로 몰아넣는다면, 어떻게 해야 하는지는 알고 있겠지?"

"군산회 회의가 다음 달에야 열리는데, 시간을 맞추지 못할까 걱정됩니다."

노마님의 '살인' 계획에 줄곧 반대해 오던 밍칭다는 에둘러 난색을 표했다.

"살인은……서둘러서는 안 되는 법. 어쨌든 우리가 그들에게 한 게 있으니, 필요할 때 도움은 줄 것이다."

군산회는 강남에서 소위 진정한 고수들이 모여 있는 집단이었다. 다만, 지금껏 밍씨 집안의 비호 아래, 심지어 경국 조정에도 알려진 바가 없었기에, 그들의 실력은 아무도 가늠할 수 없었다.

"평화를 유지하는 것이 가장 좋다만, 우리가 죽을 지경에는, 어쩔 수 없는 선택을 할 수밖에 없다. 폐하께서 우리 집안을 싫어하시긴 하지만, 그렇다고 한순간에 무너뜨려 강남을 혼란에 빠뜨리실 수도 없지. 사생아 하나로 강남 전체를 걸지는 않으실 거다."

노부인은 결연한 태도로 말을 이었다.

"때가 되면 내 목숨으로 메울 일이 생길 수도……."

"어머니께서 왜 그렇게 불길한 말씀을 하십니까?"

밍칭다는 만감이 교차한 듯 거의 울먹이듯 대답했지만, 속으로는 다른 생각을 하고 있었다.

'어머니가 정말 늙으셨구만. 황제가 우리 집안 때문에 아들을 포기한다? 그리고 어머니의 목숨으로 그것을 보상한다? 늙은 목숨 하나가 무슨 가치가 있다고…….'

"징두에서 자네를 공부(工部, 공사를 담당하는 부서)로 전근시킨다는 조서가 내려올 텐데, 너무 놀라지 말라고 미리 귀띔해 주는 거야."

내고에서 수저우로 돌아오자마자 판시엔은 자신의 거처로 '청렴하고 강직한 제자' 양완리를 불렀다. 자신의 역할이 지방에서 스승의 세력을 키우는 것이라 생각하고 있었던 양완리는 생각지도 못한 판시엔의 말에 어리둥절해하고 있었다.

"제자가 잘 이해가 되지 않습니다만……."

"너에게 맡길 일이 있어서 그래."

"분부를 내려주십시오."

"공부에는 4개의 사(司)가 있는데, 그중에 수부사(水部司)가 경국 개혁 원년에 수청리사(水淸吏司)로 개편되었지. 이번에 네가 가게 될 곳이야."

양완리는 이해가 되지 않았다.

"수청리사는 치수 사업에 들어가는 돈을 심사하고 결정하는 곳이지. 네가 가서 그 돈을 감시하라는 거야."

양완리는 더더욱 이해가 되지 않았다.

'강 정비 사업? 제방? 홍수? 내가 그 많은 돈을 관리하라고?'

강 정비 사업은 국가에서 가장 돈이 많은 드는 사업이었다. 그만큼 비리도 많았다. 4년 전 큰 강 제방이 무너졌을 때, 감사원 조사를 통해 조정은, 태후를 등에 업고 있던 하운 총독을 사형에 처했지만, 아직도 그 부패의 근원을 뿌리 뽑고 있지 못했다.

심지어 아직까지 하운 총독의 자리는 공석이었다.

'황제 폐하도 하시지 못한 일을, 나보고 하라고?'

양완리가 공포에 질린 눈으로 판시엔에게 '불쑥' 절을 올리고는, 떨리는 목소리로, 못하겠다는 말만 반복하고 있었다.

"뭘 그리 무서워하는 거야? 내가 너에게 제방을 쌓으래? 그냥 거기 쓰이는 은전만 감시하라는 거야."

"차라리 직접 흙으로 제방을 쌓는 게, 마음이 더 편할 것 같습니다."

판시엔은 기가 막힌다는 표정으로 웃으며 되물었다.

"넌 청렴한 관리가 되는 게 목표잖아? 내가 가장 탐욕스러운 관리들이 있는 곳에 가서, 그 청렴함을 드러내라는 건데, 못하겠다고?"

양완리는 얼굴을 붉히며 한참 동안 고개를 숙이고 있었다.

오랜 시간이 흐른 뒤, 비장한 얼굴로 양완리가 말했다.

"스승님의 뜻에 따르겠습니다."

"얼굴만 보면, 뭐 총독도 끌어내릴 기세구만."

판시엔은 터져 나오는 웃음을 참으며 말을 이었다.

"그곳이 좀 복잡하고 위험하다고 생각이 들겠지만, 너 뒤에 내가 있고, 감사원이 있으니, 탐관오리들도 너를 해치진 못할 거야. 너무 걱정하지 마."

"네."

결심한 뒤, 양완리의 얼굴에는 의욕이 불타오르고 있었다.

판시엔은 계속 웃음을 참고 진지하게 말을 이었다.

"내가 너에게 맡긴 것은 은전의 감시이지, 제방 사업이 아니야. 그러니 만일 네가 내 명성을 등에 업고, 사업에 관여한다는 말이 들리면, 내가 직접 널 갈기갈기 찢어 놓을 거야. 명심해!"

판시엔의 으름장에 그제서야 양완리는 정신이 번쩍 들었다.

"사실은 내가 자네를 그곳으로 보내는 건, 해묵은 부패를 해결하라는 것이 아니야."

'이건 갑자기 또 무슨 말씀이시지?'

"그 일은 쉬운 일이 아니야. 자네가 믿든 안 믿든, 그곳은 설령 폐하께서 2백만 냥을 보내도, 돈이 부족하다고 하는 곳이야."

판시엔은 답답한 듯 한숨을 내쉬며 말을 이었다.

"물론 해결할 수도 있고, 언젠가 해결해야겠지. 하지만 시간이 없어. 작년에 제방이 무너진 공사를 아직도 못하고 있어. 올해도 홍수가 난다면, 얼마나 많은 사람들이 죽을지 상상도 안 돼. 그래서 지금 필요한 것은 부패 해결보다, 어쨌든 돈이야."

스승의 마음이 백성을 향하고 있다는 생각에 양완리는 안도감을 느꼈다.

"내가 마련한 돈은, 대부분 호부를 거쳐 국고로 들어간 뒤, 하운관아로 이동할 거야. 하지만 그놈의 탐관오리들 때문에, 그 돈이 실제 정비 사업에 얼마나 쓰일 수 있을지는 미지수야. 그래서 일부 돈을 다른 경로로 내가 직접 보낼 테니, 그 돈을 네가 관리하라는 것이야."

판시엔의 의도를 떠나 그의 말은 사실 대역죄에 해당했다.

판시엔이 따로 마련하겠다는 돈은 어떤 경로인지를 떠나 분명 내고에서 나온 돈 일 텐데, 그것을 절차에 따라 국고에 편입시키지 않고 따로 움직이겠다는 것은……작게 보면 국가 재산의 개인 유용이고, 금액에 따라서는 반란을 계획했다고 할 수 있는 일이었다.

"시간이 없어. 관료주의와 탐관오리가 백성들을 죽이게 놔둘 수가 없어."

"그런데 그 큰 돈을 어디서……?"

"그건 네가 신경 쓸 필요 없고, 그 돈 관리만 잘해. 그리고 공부 안에서도 도와줄 사람이 있을 테니, 뒷일은 걱정하지 말고."

좋은 의도였지만, 어쨌든 비정상적인 경로를 통해 국가의 치수 사업에 돈이 들어가는 것 자체가 위험한 일이었고, 이를 비밀리에 진행하기 위해서는, 분명 공부 고위층의 도움이 필요했다.

판시엔은 조심스럽게 마지막 말을 건넸다.

"지금 하운 총독 자리가 4년 동안 비어 있는데, 난 머지않은 미래에 네가 하운 총독이 되어, 역사상 처음으로 탐욕을 부리지 않는 하운 총독으로 기록되길 바래."

양완리는 속에서 뜨거운 무언가 일렁이며 의욕이 불타올랐다. 동시에 앞으로 해야 할 무수한 일들이 떠올라 급히 스승께 인사를 드리고 자리를 나섰다.

잠시 후, 하이탕이 문을 열고 들어오자 판시엔은 양완리에게 말했던 계획을 간단히 설명해 주었다. 경국의 일이었지만, 천하의 백성을 위한 일이었기 때문이었다. 하지만 돈의 출처에 대해 신경 쓸 필요가 없었던 양완리와 달리, 하이탕은 근본적인 의문이 생겼다.

"근데 지금 당장 그 많은 은전을, 비공식적으로 어디서 마련한다는 거야? 샤치페이가 내고의 일부 판매권을 가져간다 해도, 그게 현금화가 되려면, 최소 몇 달은 필요할 텐데?"

판시엔은 능청스럽게 대답했다.

"돈에 문제는 없다며? 북제 황실에서 밀수할 상품 대금의 돈에 문제가 없으니, 그 돈을 상품 대금으로 먼저 치른 셈 치고, 태평전장에서 돈을 융통하면 되지."

"그럼 몇 달이 필요 없긴 하겠지만, 폐하께서는 지금 그 계획을 모르시잖아? 북제 황실의 돈으로 경국 강 정비를 한다? 그건 이치에 맞지 않는 것 같은데."

이치에 맞지 않는 수준이 아니라, 북제 황제가 이 계획을 들었다면 피를 토할 일이였다.

"천하의 백성을 위해 쓰는 일인데, 낭자께서는 어찌 사리에 맞지 않다 하십니까?"

철면피도, 이런 철면피가 없었다.

"그럼 훗날 북제에 재난이 발생하면, 공자께서는 아끼지 않고 도와주시겠군요?"

하이탕도 만만치 않았다.

"물론이지요."

판시엔의 너무 빠른 대답에 하이탕은 잠시 어리둥절했다. 판시엔이 지금 상황을 타개하기 위해 둘러대는 것인지, 진짜 그럴 뜻인지 파악이 안 되었기 때문이다.

사실 나라를 떠나 대의를 위해 행동하는 사람은……거의 없었다. 그래서 하이탕은 떠보듯이 물었다.

"탐욕에 눈이 멀어 은전을 긁어모으는 사람은 많아도, 공익을 위해 돈을 긁어모으는 사람은 처음 봤네. 정말 왜 그러는 거야?"

"은전은 도구일 뿐. 누군가는 은전으로 말을 사고, 누군가는 아름다운 여인을 사고, 또 누군가는 땅을, 관직을 사지. 난 은전으로 즐거움을 사는 것뿐이야. 혼자 즐기는 것과 다른 사람들과 같이 즐기는 것 중, 뭐가 더 즐거울까?"

판시엔은 맹자의 구절을 도용해 설명했다.

하이탕은 여전히 의심스럽게 물었다.

"도대체 넌 어떤 사람이야?"

"왜 아무도 믿지 않는지 모르겠지만, 난……좋은 사람이야."

경력 6년 3월 22일. 새로운 전운사 정사가 부임한 이래 처음으로 내고 입찰이 시작되는 날이었다. 화창한 봄날 아름다운 수저우의 분위기 달리, 강남 총독부에서 남쪽으로 74장(丈) 떨어진 전운사 수저우 관아에는 삼엄한 경비 아래 긴장감만 흐르고 있었다.

그곳에는 강남로 총독과 전운사 관리뿐만 아니라, 입찰 관리 감독을 위해 황궁에서 보낸 태감과 도찰원 어사들까지 모여들고 있었다.

관아 내에 입찰이 진행되는 장소는 과거에 시험장으로 이용된 곳이었는데, 건물 안에는 본당을 중심으로 칸막이가 쳐진 작은 공간들이 양쪽으로 이어져 있었고, 본당에는 큰 탁자 하나와 나무 의자 네 개만 놓여 있었다.

이곳에 온 상인들은 집안을 대표하는 사람들이었지만, 내고 입찰에 참여할 돈과 자격이 있는 곳은 몇 안 되었기에, 하인과 회계담당자까지 더하더라도 전체 사람 수가 많지는 않았다. 다만 예년과 달리 밍씨 집안의 대표가, 밍란스가 아닌 밍칭다인 것이 조금은 이색적이라 할 만했다.

밍씨 집안은 데려온 사람만 열여섯 명으로 가장 많았고, 암묵적 관행처럼, 가장 큰 갑(甲)열 첫 번째 방을 배정받았다.

밍칭다는 방에서 나와 양쪽에 펼쳐진 칸막이가 쳐진 작은 방들을 훑어보았다. 그는 각 방에 어느 집안 상인들의 2세가 들어가 있는지 알고 있었는데, 여전히 굳게 닫혀 있는 맞은 편 마지막 방만이 마음에 걸렸다.

"을(乙)열 6번방은 어느 집안이냐? 곧 시작할 텐데, 왜 아직도 안 나타나는 거지?"

밍란스도 아는 바가 없었기에 아버지의 물음에 난색을 표하고 있었다.

"철저하게 준비를 했다면서, 입찰에 참여한 사람도 모두 파악하지 못한 것이냐?!"

아버지도, 아들도, 말을 하지는 못했지만, 둘의 마음속에는 모두, 그 방이 흠차 대인 판시엔과 연관되어 있을 것이라 확신하며 불안해하고 있었다.

그 방의 주인을 궁금해하던 또 다른 이가, 쉐칭 총독 옆에서 조용히 말했다.

"며칠 동안 음흉한 소금장수 양지메이(楊繼美)가 찾아왔었는데, 혹시 그가 아닐까요? 판 대인을 위해서 저택도 선뜻 내주고……일개 소금장수가 돈 좀 벌었다고 내고의 이익을 탐내다니 참."

쉐칭은 자조적인 미소를 띠며 조용히 대답했다.

"자네들은 상상도 못 할 것이네. 흠차 대인은 정말 무서운 사람이야. 그래서 나도 판 대인의 작은 호의를 거절했네."

'호의를 거절했다? 사이가 틀어진 건가?'

조정에서 잔뼈가 굵은 쉐칭 대인은, 내고에서의 다툼이 판시엔과 장 공주의 이익 다툼 외에 더 깊은 의미가 있다는 것을 일찍부터 알고 있었다. 황자까지 뻗어져 있는 이 싸움에 제일 중요한 것은, 황제의 심기를 건드리지 않는 것이었다. 세력 판도가 명확해지기 전에는 줄을 서지 말아야 한다는 것을, 그는 경험적으로 잘 알고 있었다.

그래서 그는 내고의 이익을 나누겠다는 판시엔의 호의를 정중히 거절했던 것이다.

모든 이의 시선을 한 몸에 받고 있던 판시엔은, 전혀 개의치 않는 듯 여유롭게 차를 마시며, 징두에서 온 태감과 대화를 나누고 있었다. 황실 자산인 내고는 규정에 따라 태상사와 황실이 공동으로 관리 감독했는데, 판시엔이 태상사 소경을 겸하고 있으니 이번에 징두에서 파견된 사람은 황실을 대변하는 태감이었다.

다시 말해 판시엔에게는, 큰 걸림돌이었다.

"황 태감의 의견대로, 본관도 쓸데없는 참견을 안 하는 것이 좋을 것 같네."

내고의 입찰이라는 중요한 업무를 처리하기 위해 황실에서 파견한 내관은 분명 지위가 상당히 높은 사람일 것이고, 장 공주를 아끼는 태후의 그림자가 드리워져 있었기에 판시엔도 최대한 조심스럽게 말을 했다.

"대인께서 주관하시니 마음이 놓입니다."

"말을 전하러 이 먼 길을 오느라 고생했네."

황 태감은 조금은 교만한 표정을 지으며 마른기침을 했다.

"태후께서 이 종을 믿고 말씀을 전하라 하시니, 고생은 무슨 고생입니까? 대인께서도 제 체면을 세워주시니 감사할 따름입니다."

"자네의 체면?"

갑자기 판시엔은 면을 바꿔 차갑게 말했다.

"황 공공, 본관 앞에서는 가만히 있는 게 제일 좋아. 야오 태감, 다이 태감, 호우 태감……그들을 보고 배워."

황 태감은 모욕적인 말에 화가 치솟았지만, 판시엔이 언급한 사람들은 확실히 그보다 직위도 높고 황실 내 세력도 큰 사람들이었기에, 대꾸하기가 쉽지는 않았다.

"대인 말씀이 옳습니다."

"본관이 제일 싫어하는 것이, 태후를 이용해 나를 협박하는 거야. 자네를 무서워할 사람도 있겠지만, 난 아니야. 그리고 네가 홍씨는 아니잖아?"

'홍씨'는 태후의 늙은 개, '홍 태감'을 말한 것이다. 판시엔에게 경고라도 할 수 있는 태감은, 확실히 홍 태감 외에는 아무도 없었다.

그때 '끼익' 소리와 함께 내고의 정문이 다시 한번 열렸다.

상인처럼 부유해 보이지도, 관리처럼 근엄해 보이지도 않았다. 그저 민간에서 피를 묻히며 힘겹게 살아가는, 한 마리 늑대처럼 보였다. 오늘 샤치페이는 담청색 비단옷을 입고 있었지만, 오랫동안 몸에 밴 쇠와 피 냄새까지 숨기지는 못했다.

"정사 대인, 늦어서 죄송합니다."

"늦지 않았어. 딱 맞게 왔네."

침착하게 샤치페이를 맞이한 판시엔과 달리 입찰에 참여한 거상들은, 믿을 수 없다는 표정으로 그를 바라보고 있었다. 상인들도 종종 더러운 일이 필요할 때 그와 거래를 하고 있었기에, 그가 누군지는 정확히 알고 있었다.

'해적 놈이 내고 입찰에 참여한다고?! 약탈한 돈이 그렇게나 많은 거야!'

밍칭다는 방 안에서 최대한 침착하게 아들에게 물었다.

"저자가 누구냐?"

"이름은 샤치페이, 강남 수채의 두목입니다. 저도 연락한 적은 있었지만, 실제로 얼굴을 보는 것은 오늘이 처음입니다."

"저자가 흠차 대인이 준비한 비밀의 패구나."

그때 샤치페이는 천천히 고개를 돌려, 밍씨 집안의 주인인 밍칭다를 바라보고 있었다.

끝없는 적의와 당장이라도 죽이고 싶은 욕망이 가득 담긴 미소를 띤 채.

이로써 입찰에 참여할 상인들이 다 모였고, 마지막으로 밖에서 머뭇거리던 강남 도찰원 어사 궈졍까지 오면서, 건물의 문은 닫혔다. 이번 입찰의 관리 감독을 맡은 고관은 총 네 명인데, 황 태감은 황궁을, 강남 총독 쉐칭은 조정을, 어사 대인 궈경은 언관(言官)을, 그리고 판시엔은……여러 세력을 대표했다.

내고 전운사, 감사원, 태상사.

결론적으로, 모두 황제와 경국을 대표하고 있었다.

적어도 겉으로 보기에 내고의 입찰은 공평했다. 돈 있는 상인이라면 누구나 내고의 16개 항목의 판매권을 쟁취할 수 있기 때문이다. 하지만 삶의 풍파를, 조정의 암투를 오랫동안 겪어온 쉐칭 대인의 생각은 달랐다.

정해진 각본에 의해 펼쳐지는 연극에, 수많은 사람이 장단을 맞춰주는 상황일 뿐이었다.

건물의 문에 자물쇠가 채워지고, 문밖에 대기하던 관병들과 감사원 관원들은 철통 보안에 들어갔다. 조정의 규칙에 따르면, 상단이 가격을 결정하기까지 최대 이틀이라는 시간이 있었지만, 밍씨와 쉐씨가 과점하던 과거에는 최종 낙찰까지 채 하루가 걸리지 않았다.

전운사 부사 마카이의 의례적인 발언이 끝나고, 우레와 같은 소리와 함께 내고의 공식 입찰이 시작되었다.

규칙은 간단했는데, 상인들은 각자 세 번에 걸쳐 값을 제시할 수 있었고, 매번 값을 제시할 때마다 상대방의 호가도 알 수 있었다. 따라서 첫 번째 호가에서 다른 사람이 자신보다 높은 가격을 제시했다면, 두 번째 호가에서 더 높은 가격을 써낼 수도 있었던 것이다. 마지막 세 번째 제시한 호가로 낙찰자가 결정되는, 일반적인 최고가 낙찰 방식이었다.

낙찰된 사람은, 그 자리에서 낙찰가의 4할의 보증금을 납부해야 했고, 이를 위해 전운사 회계담당자와 징두 호부에서 파견된 나이 많은 관원이 응접실에서 대기하고 있었다.

최고가 낙찰과 보증금 납부가 끝나면, 그 상인은 황금알을 낳는 내고 상품의, 1년간 독점 판매권자가 되는 것이다.

첫 번째 입찰 항목은, 북제에 보내는 주류 판매권.

세 번째 호가만을 남겨둔 상태였다.

링난 숑씨 가문의 당주 숑바이링(熊百齡)은 앞서 제시된 두 가격을 보며, 이마에 흐르는 식은땀을 연신 닦아 내고 있었다. 그는 이번 기회를 틈타, 강남의 거대한 산(山)인 밍씨 집안을 피해 북쪽으로 장사를 펼치려고 했었다.

그 계획은, 을열 여섯 번째 방에 의해 좌절되기 직전이었다.

"어르신, 그만하시지요. 가격을 더 높였다가는……이문이 남지 않습니다."

숑바이링은 모사의 말을 듣지도 않은 채, 배수의 진을 친 심정으로 이를 악물고 말했다.

"이 가격으로 해."

두 방에서만 세 번째 호가를 써낸 문서가 나왔고, 정적 속에 모두의 시선은, 숑씨 가문과 을열의 여섯 번째 방으로 쏠렸다.

"을열 6번방, 샤씨 가문, 37만 냥, 낙찰!"

건물 안은 순간 정적이 흘렀다.

하지만 이내 사람들의 탄식 소리가 들리기 시작했다.

"37만 냥이라니! 북쪽에서 주류나 파는 것인데……."

숑씨 가문이 내놓은 금액은 30만 냥.

사실 그들이 가진 모든 돈을 걸고 부른 금액이었다. 예전 수익으로 보면, 분명 손해를 보기 쉬운 금액이었다. 하지만 이로써 사람들은 확실히 알게 된 사실이 있었다.

샤치페이는 판시엔의 부탁으로 가격을 올리기 위해 온 것이 아니라, 진짜 '판매권'을 따러 왔다!

사람들이 놀라움에, 슬픔에, 흥분에 어떻게 대처해야 할지 모르고 있을 때, 숑씨 가문의 방에서 '쿵' 하는 소리가 들려왔다.

모두들 놀란 마음에 그 방을 바라보았다.

방 안에서는 순간 혼절하여 의자에서 떨어진 숑바이링이, 바닥에서 기듯이 일어나, 식은 차를 입에 들이부으며 말했다.

"빌어먹을 새끼……니미랄! 37만 냥이라니……도적놈은 도적놈이야."

본당에서는 또 한 명의 사람이, 불편한 기색을 억지로 숨기고 있었다.

그 사람은 의외로 판시엔. 그가 생각하기에도 가격이 높았기 때문이었다. 물론 이 가격은 샤치페이가 결정한 것이 아니라, 아버지가 몰래 보내 준, 샤치페이의 하인으로 위장한 호부 관원들이 써낸 것이다.

'돈을 낭비할 필요는 없잖아? 징두에 계신 분들이, 강남 숑씨 가문을 너무 과대평가했네. 7만 냥이나 차이가 나다니.'

얼마 지나지 않아, 을열 6번방에서 비단함이 나왔고, 곧바로 응접실로 건네졌다.

15만 냥에 달하는 태평전장에서 발행한 은표.

이어서 벌어진 상황은, 밍씨 가문을 포함한 모든 이들을 절망으로 몰아가 버렸다. 강남 수채의 대두목 샤치페이가 강도질을 제대로 하고 있었기 때문이다.

샤치페이 손에 쥐어진 은표는 칼이 되었고, 절묘하게 책정된 가격은 주먹이 되어, 그에 맞선 상인들을, 피로 얼룩진 길 위에 일렬로 늘어놓아 버렸다. '낙찰'의 외침과 함께, 을열 6번방에서 나온 비단함들은 계속해서 응접실로 들어가고 있었다.

샤치페이는 마치 큰 칼을 뽑아 들고 외치고 있는 듯했다.

"누가 나보다 돈 많아?"

두 시진이 지나고, 한 항목 외에 샤치페이가 모두 낙찰받았다. 그 중에는 당연히, 쵀씨 가문이 북쪽으로 밀매하던 항목 세 개도 포함되어 있었다.

누가 낙찰을 받던, 누가 쓰러져 나가던, 입찰은 계속될 터.

다섯 번째 항목의 입찰이 시작되었다. 쵀씨 가문이 가지고 있던 북제에 보내는 유리제품 판매권이었다.

을열 6번방의 문이 열리고, 소가죽으로 된 문서 봉투가 전달되었다.

이제 다른 상인들은 체념한 듯, 강도가 어서 배불리 먹고 물러나기만을 기다리고 있었다.

뜬금없이, 갑열 첫 번째 방의 문이 열렸다.

원래 쵀씨 가문이 가지고 있던 항목에 대해서는 참여하지 않기로 한 밍씨 가문의 방이었다.

"시간을 끌어야 해. 오늘을 넘겨야 한다."

밍칭다는 정신을 가다듬으며 아들에게 말했다. 밍란스는 아버지가 은전을 더 확보할 시간이 필요하다는 것을 눈치채며 묵묵히 듣고만 있었다. 하지만 밍칭다는 아들에게도 말하기 힘든 불안감이 엄습해 오고 있었다.

'내가 일개 도적놈 때문에, 왜 이렇게 불안해하는 거지? 그 새끼가 왜 이렇게 눈에 익은 것 같지?'

밍씨 가문의 '의외의 행동'에 신이 난 것은, 황 태감과 귀경뿐이었다. 하지만 그들도 이내 곧 심드렁해졌다. 밍씨 가문이 제시한 가격이 너무 낮았기 때문이었다.

밍씨 가문은 가격을 써 낼 때마다, 대단히 노련한 실력을 발휘했다. 계산할 때에는 서툰 행동을 하는 초보자처럼, 가격을 적어 낼 때는 부끄러워하는 아가씨처럼, 봉투를 전달할 때에는 몸이 불편한 노인처럼 행동했다.

밍씨 가문은 급하지 않았다.

강남 상인들도 급하지 않았다.

황 태감도 궈졍도 급하지 않았다.

강남 총독 쉐칭도 급하지 않았다.

해가 점점 서산으로 기울어 가고, 건물 내부의 그림자도 아가씨의 치마폭처럼 길게 드리워지고 있을 때, 내고 입찰의 폐막을 뜻하는 폭죽 소리 대신, 가벼운 징 소리만 울렸다. 열여섯 개 항목 중 다섯 번째 항목의 입찰에서, 샤치페이가 '힘겹게' 밍씨 가문을 누르고 최종 낙찰받았다.

그것으로 내고 입찰의 첫째 날도 '힘겹게' 끝났다.

건물 내부의 청소가 시작되고, 봉인될 것은 봉인되었다. 봉인작업이 모두 끝나고 밖의 병력 배치도 마무리될 때쯤, 건물 밖 한 켠에서 링난의 숑씨 가문과 취엔저우의 순씨 가문을 필두로 한 몇몇 상단의 대표들이 서로 시선을 교환하고 있었다. 그리고는 강남거에서 함께 식사나 하자고 둘러대며 약속을 잡았다.

상인들이 자리를 떠나려 할 때, 흠차 대인이 가볍게 손을 흔들어 구석에 외롭게 있던 샤치페이 일행을 불렀다.

상인들의 눈도 자연히 그곳으로 쏠렸다.

"샤 선생, 오늘 엄청나던데?"

"여러 사장님들이 양보해 주신 덕이지요."

샤치페이의 철면피 같은 말에 상인들은 화가 났지만, 흠차 대인의 심복임을 알고 있었기에, 모두들 어색한 웃음을 지으며 '샤 선생 갑자기 나타나 천지를 울리셨군요' 어쩌고저쩌고 아부의 말들을 늘어놓았다.

그때 밍칭다가 '불쑥' 끼어들었다.

"샤 당주, 왜 갑자기 장사에 흥미를 가지게 됐소?"

"샤 아무개는 오랫동안 강호에 있었지만, 본래 상인 집안 출신이었습니다. 늦었지만, 다시 선친의 유지를 이으려 한 것뿐입니다."

"오! 원래 상인 집안 출신이군요. 그런데 어디서 장사를 한 거요? 상인이면 내가 샤 당주 아버지와 만났을 수도 있을 것 같은데."

"당연히 만나셨습니다. 제 아버지가 당신 아버지인데, 어떻게 모르실 수가 있겠습니까?"

현장에 있던 사람들은 순간 무슨 말인지 알아듣지 못했다. 숑바이링은 무의식적으로 귀를 파기 시작했고, 밍칭다는 샤치페이를 어이없게 쳐다보고 있었을 뿐이다.

샤치페이는 왜 흠차 대인이 입찰이 끝나기도 전에 자신에게 신분을 드러내라 한 건지 모르겠지만, 어쨌든 이 장면은, 그가 그토록 이루고 싶었던 꿈 같은 것이었다. 오른손이 미세하게 떨리기는 했지만, 최대한 침착하게, 담담하게 하지만 차갑고 싸늘하게 말을 이었다.

"큰 형님, 십여 년 못 봤다고, 일곱째를 못 알아보시는 거예요?"

그제서야 상황이 파악된 상인들은, 하지만 여전히 이해가 안 된다는 듯이 샤치페이를 쳐다보았다.

'밍씨 일곱째는 죽었잖아…….'

밍칭다는 여전히 아무 말없이, 샤치페이의 얼굴을 뚫어져라 쳐다보고만 있었다.

그의 몸이 순간 '휘청' 했다.

옆에서 소문으로만 듣던 삼촌을 넋 놓고 바라보고 있던 밍란스가, 급히 아버지를 부축했다. 하지만 이내, 밍칭다는 부축하는 아들의 손을 뿌리치고, 샤치페이를 바라보며 차분하게 입을 열었다.

"샤 당주가 참 농담도 잘하시네. 내 불쌍한 일곱째는, 오래전에 이미 병사했네. 그러니 다시는 말도 안 되는 농담으로, 이 늙은이의 마음을 희롱하지는 말게."

밍칭다의 침착한 모습을 바라보던 판시엔은 고개를 갸웃했다.

'어르신 대단하셔, 대단해.'

밍씨 가문 일행이 황급히 어르신을 마차에 태우고 명원으로 향했다.

다른 상인들은 떠나는 마차를 보며, 흠차 대인 앞에 서 있는 샤치페이를 보며, 오늘 저녁 모임에 한 사람을 더 불러야 하나 생각하고 있었다.

판시엔은 옌빙윈이 자신에게 정해 준 행동 수칙처럼 밍씨 가문을 치고, 다른 상인들에게는 유화책을 펼쳐야 한다고 생각하고 있었다. 오늘 샤치페이에게 많은 항목을 낙찰받게 한 것, 샤치페이의 신분을 드러내도록 한 것은 모두, 상인들에게 숨은 음모를 파악하게 하고, 은밀한 기회를 주기 위함이었다.

강남 상인들이 밍씨 가문과의 약속을 깨고 연합해서, 내일 입찰에서 샤치페이가 밍씨 집안과 가격 경쟁을 하는 것에 동참하라는 것이었다.

위험과 기회는 동전의 양면이고, 상인들은 태생적으로 모험 정신을 가지고 있다.

판시엔이 샤치페이에게 눈짓을 보냈다.

샤치페이가 활짝 웃는 얼굴로 숑바이링과 순씨 가문의 당주 순지샹(孫吉祥)에게 다가갔다. 몇 마디 이야기와 함께 작은 웃음소리가 들리고, 이내 그들은 각자 흩어졌다.

판시엔은 쉐칭과 황 태감에게 말을 건네고 자리를 뜨면서 잠시 후 강남거에는 분명 샤치페이를 위한 의자도 마련되어 있을 거라 확신했다.

남아 있던 황 태감과 궈졍이 미소를 지으며 쉐칭 총독에게 다가가 몇 마디를 건넸지만, 쉐칭은 미간을 찌푸리며 머리를 젓고서 이내 그 자리를 떠났다. 총독의 가마가 골목 어귀로 사라지는 걸 보며 궈졍은 차갑게 말했다.

"총독 대인이 너무 몸을 사리시는 거 아닌가? 연명 상소가 뭐라고."

"대인이야 언관으로 도찰원 어사이시니, 풍문만으로도 상주문을 올릴 위치에 계시지만, 쉐칭 대인은 증거가 없는 한, 그럴 수 없는 위치인 것을 잘 아시지 않습니까?"

"강남 일이라 해도 어차피 징두에서 결판이 날 걸세. 황 공공, 판시엔이 어디서 그런 큰 자금을 조달했을까? 당연히 판 상서와 연관되지 않겠어?"

황 태감도 음흉하게 웃으며 맞장구쳤다.

"황실의 몇몇 주인님들도 그리 생각하고 계십니다. 일단은 흠차 대인이 강남을 헤집어 놓도록 놔두시지요. 입찰이 끝나고 나서, 어쩌면 징두에서 호부를 조사할 수도……."

양지메이가 제공한 장원 저택으로 돌아온 판시엔은 서재에서 붓을 쥐고 있는 작은 손을 바라보고 있었다. 이내 엄격해야 하는 스승의 예법에 맞지 않게, 3황자의 머리를 쓰다듬으며, 글을 그만 쓰고 밖으로 나가서 놀라고 말을 건넸다. 3황자는 기다리고 있었다는 듯, 잽싸게 예를 올려 스승에게 인사하고 문밖으로 뛰쳐나갔다.

3황자가 나가자, 스챤리가 문을 두드리고 서재 안으로 들어왔다.

"하이탕 아가씨가 셋째 전하에게 무예를 가르치는 것은 아무래도……하이탕 아가씨는 북제의 성녀인데, 이 일이 징두에 소문이라도 날까 걱정됩니다."

"무예는 하이탕이 나보다 낫잖아? 3황자를 잘 가르치라는 게 폐하의 뜻이니, 상관 마."

스챤리는 스스로가 이 일을 거론할 신분이 아님을 알고 있기에 화제를 돌려 말했다.

"오늘도 양지메이가 찾아와서, 저에게 식사를 대접하겠다 했습니다."

"이 저택도 양지메이가 제공한 거니, 식사는 같이 해 줘. 내게 아첨이 통하지 않는 걸 알고, 너에게 매달리는 거지. 나중에 강남에서 장사를 하려면, 저런 건달 같은 상인들 몇몇을 알아 두는 것도 도움이 될 거야. 근데 오늘 저녁은 어디에서 접대하겠대?"

"강남거입니다."

강남의 양대 산맥 중 죽원관이 포월루로 개조 중이니, 남은 곳은 강남거밖에 없었다.

"잘되었다. 오늘 입찰에 참여한 상인들이 거기서 저녁을 해. 양지메이가 원하는 것은 내고 사업에 어떻게든 끼고 싶어 하는 거니까, 네가 모른 척하고 양지메이를 거기에 데려가 줘."

스챤리가 포월루의 주인이자 판시엔의 심복임은 모두가 알고 있기에 강남 상인들은 어쨌든 그를 끼워줄 것이었다.

"거기서 최대한 귀를 활짝 열고 있어."

"샤치페이를 감시하라는 건가요?"

판시엔은 웃음이 터져버렸다.

"샤치페이는 날 배신할 리 없으니 놔두고, 다른 사람들에게 말을 흘려. 내일 하고 싶은 대로 하고, 설령 올해 빈손으로 돌아가도, 내년에는 내가 보상해 준다고."

판시엔은 다시 한번 주의를 주듯 말했다.

"말을 잘 꾸며서 '흘려야' 해. 너무 적나라하게 하면 안 돼."

스챤리가 짧게 '네' 대답을 하고 문지방을 나설 때쯤, 문득 다른 생각이 떠오른 듯, 몸을 돌리며 말했다.

"참, 양지메이가 강남에 군산회라는 조직이 있다고 유념하라고 했는데, 정확히 무슨 말인지는 모르겠습니다."

"음……알았어."

판시엔은 아직 '군산회'라는 조직이 낯설기만 했다. 하지만 감사원 보고서에도 없었던 그 조직이 신경 쓰이는 건 어쩔 수 없었다.

스챤리가 나가자, 문밖에서 줄곧 대기하고 있던 가오다와 6처 관원 한 명이 같이 서재 안으로 걸어 들어왔다.

판시엔이 6처의 관원에게 물었다.

"수저우에 6처 자객들이 몇 명 남았지?"

6처의 자객들 대부분은 그림자와 함께 강남 지역에 넘어온 동이성 고수들을 추적하고 있었다.

"7명 남아 있습니다. 4처 수저우 지부 순찰사에는 좀 더 인원이 있습니다만……무슨 일이신지요?"

"4처 사람은 무력이 약하니 필요 없고, 호위해야 할 사람이 있어. 7명 모두 데리고 강남거로 가서 샤치페이를 찾아. 내가 붙여주었다고 하고, 입찰이 끝나면 나에게 돌아갈 것이니, 의심하지 말라고도 전하고."

"대인과 3황자의 안위는 어떻게 합니까?"

"가오다가 있잖아. 빨리 가봐. 그리고……조심해."

오늘따라 밍씨 큰노마님은 기분은 영 좋지 않아 보였다. 그리고 밍씨 어르신과 도련님은 수저우성에서 입찰을 끝내고 명원으로 와 방으로 들어가서는, 밖으로 나올 기미가 없었다. 얼마 지나지 않아, 입찰을 위한 가족회의로 명원에 모인 형제들과 친척들에게 명이 떨어졌고, 그들은 모두 걱정스러운 얼굴로 노마님이 있는 곳으로 향했다.

새장을 들고 산책하기를 좋아하는 넷째 어르신, 그저 첩과 놀기를 좋아하는 셋째 어르신, 무술 하는 사람과 겨루거나 씨름하기를 좋아하는 여섯째 어르신.

그들이 도착하였을 때는, 셋째 어르신과 넷째 어르신의 친모 즉 작은노마님과 밍칭다 그리고 밍란스가 이미 그 방에 와 있었다.

작은노마님이 큰노마님에게 떨리는 목소리로 물었다.

"만약에 그 샤씨 놈이……일곱째라면 어떻게 해야 하죠?"

"일곱째는 죽었어! 거짓임을 알면서, 뭘 그렇게 당황하는 것이야?!"

대노하는 어머니를 보며 밍칭다가 조용히 물었다.

"어머니, 황당한 소문이니 아무도 믿지 않을 것입니다. 소자가 우려되는 것은, 조정에서의 반응입니다."

이는, 샤치페이의 뒤에 판시엔이 있음을 넌지시 알려준 것이었다.

"그 판씨 성을 가진 관원이라는 놈이, 직접 이야기한 것이냐? 조정에서 억지라도 쓰고 있단 말이야?!"

'조정에서 억지를 안 쓴 적도 있나요?'라고 말하고 싶었지만, 밍칭다는 직접적인 대답은 하지 않고 공손하게 말했다.

"어머니, 분부를 내려주십시오."

'못난 놈! 항상 이 어미가 직접 나서야만 하다니.'

"내일은 입찰 둘째 날인데, 흠차 대인이 우리 가문에 도발하고 있으니, 낙찰 가격이 작년보다 훨씬 비싸질 것이다. 내일 아침이 밝기 전에, 각자 은전을 회계 방에 가져다 놓거라. 한 집당 20만 냥. 여섯째는 15만 냥."

'어차피 장사인데, 가격이 높으면 포기하면 되지, 왜 이렇게 사력

을 다하는 거지?'

금수저를 물었지만 가문의 계승자가 아닌 형제들은, 내고 낙찰의 의미를 알 수 없었기에 다들 조금씩 불만을 토해냈지만, 결국 장자인 밍칭다가 50만 냥을 준비하겠다는 말에, 더 이상 말을 하지는 못하고 방으로 돌아갔다.

큰노마님의 방에는 밍칭다 그리고 밍란스만 남았다.

"시간이 너무 빠듯합니다."

"어쨌든 하룻밤을 벌지 않았느냐. 오늘 대처는 잘했다."

"그래도 너무 부족해 보입니다."

옆에서 보던 밍란스가 끼어들었다.

"작년 낙찰 보증금 총액이 500만 냥, 올해는 2할을 더해 600만 냥을 준비했고, 숙부님들이 100만 냥 정도 더하면, 무려 700만 냥……그래도 부족하신 건가요?"

"가장 큰 문제는, 우리가 8개 항목을 꼭 가져가려 한다는 걸, 흠차대인이 안다는 것이다."

징두 귀인들과의 정치적 문제를 떠나서라도, 단지 동이성과의 장사만 보아도 1년에 매출이 몇백만 냥은 훌쩍 넘는 항목들이었다. 둘의 대화를 듣던 큰노마님이 입을 열었다.

"태평전장에서는?"

"그들도 예상을 못한 터라, 준비가 부족한 듯합니다. 샤치페이의 은전도 모두 태평전장에서 나온 것이라, 지배인이 말하길, 추가적인 여력은 30만 냥 정도라고……."

사실 태평전장에서는 보유한 은전을 초과해 신용으로 은표를 발행하기도 했지만, 현재 이 복잡한 상황에서 아무리 밍씨 집안이라 해도, 큰 금액의 신용 은표를 발행하기는 부담스러웠던 것이다. 더 많은 은전을 동이성이나 다른 지분권자들을 통해 확보해서 은표를 발행할 수도 있었지만, 그러기에는 시간이 너무 촉박했다.

큰노마님은 한숨을 내쉬며 피곤한 기색으로 물었다.

"네가 일전에 말한 초상전장에서는 사람이 왔다 갔느냐?"

"그렇긴 합니다만, 어머님 말씀대로 단호하게 거절했습니다."

초상전장과의 거래를 부추겨온 밍칭다는 이 중요한 순간에 영악하게도 도발을 하고 있었다. 사실 그가 초상전장 거래를 어머니에게 부추긴 것은, 밍씨 자산 대부분을 태평전장에서 관리하고 있는데, 그 문서와 도장을 모두 어머니가 가지고 내놓고 있지 않았기 때문이다.

그래서 아직도 큰노마님이 밍씨 가문의 '실질 주인' 행세를 할 수 있었다.

"초상전장에 사람을 보내라. 아니 란스 네가 직접 가서, 얼마나 조달할 수 있는지 알아봐라."

"알겠습니다. 할머니."

밍란스는 대답을 하고 곧장 초상전장으로 향했고, 밍칭다는 속으로 만족해하면서도 겉으로는 걱정스러운 표정을 하고서, 예를 올린 뒤 방을 나왔다.

줄곧 매서운 태도로 일관하던 큰노마님은 아들과 손자가 방을 나가자 피로가 몰려오는 듯 눈을 감은 채, 힘없이 새끼손가락으로 의자의 팔걸이를 가볍게 두드렸다.

'일곱째? 분명 쫓아내는 날, 그놈이 명원을 벗어나자마자 우물에 처박으라 시켰는데……어째서 살아 있는 거지?'

큰노마님은 눈을 번쩍 뜨더니, 눈빛에서 노기가 스치고 지나갔다.

새끼손가락이 멈추며, 차분히 아래로 떨어졌다.

그리고 옆에 있는 여종에게 속삭이듯 말했다.

"조우(周) 선생을 모셔와."

제9장

덫에 걸린 밍씨 집안

샤치페이는 강남거의 꼭대기 층에서 명원을 바라보고 있었다. 오늘 자신의 신분을 밝힌 것은, 마치 큰노마님에게 귀싸대기를 날린 것과 같은 행동이었기에 쾌감이 들었지만, 한편으로 마음 한구석에 상실감도 자리 잡고 있었다.

강남 상인들의 집회는 화기애애한 분위기로 끝났는데, 비록 구체적인 행동이나 절차가 정해진 것은 아니었지만, 상인들의 탐욕스러운 눈빛에서, 이미 제사 대인의 계획대로 진행되고 있음을 느낄 수 있었다.

샤치페이는 조심스럽게 마음을 가라앉히고, 내일을 준비하자는 생각만을 가지고 강남거를 나와 큰길로 들어서려는 순간, 십여 명의 장정들이 그를 에워쌌다.

6처의 자객들이 긴장하며 그 장면을 지켜보고 있었다.

"형님!"

어려서부터 생사고락을 같이했던 수채의 무공 실력자들. 그들은 모두 수배령이 내려진 상태라 수저우에 들어올 수 없었지만, 판시엔의 특별 배려로, 입찰 기간 동안에만 샤치페이를 호위하고 있었다.

그때 강남거 정문 쪽에서, 세 명의 사람이 스르르 나왔다.

중앙에 있는 사람이, 손을 어깨 뒤로 넘겨, 무언가를 건네받았다.

하얀 섬광이 번쩍하자, 그가 샤치페이를 향해 칼을 휘둘렀다!

"죽여!"

칼 빛을 보자마자, 장정들이 큰 형님을 지키기 위해 막으려 했지만, 삿갓을 쓴 이의 반응 속도가 너무 빨랐다.

샤치페이에 가장 가까이 있던 측근이, 직도를 꺼내, 달려들었다.

칼날이 부딪히는 소리가 울리자마자, 그의 직도는 부드러운 연근처럼 잘려 버렸고, 이어서 그의 몸도, 부드러운 고깃덩어리처럼 두 동강이 났다.

선혈이 뿜어져 나오고, 내장들이 바닥에 쏟아졌다.

고요한 밤, 강남거 앞에서는, 무자비한 살육이 이루어지고 있었다.

직선으로 뻗는 칼의 기세가, 사람이든 땅이든, 닥치는 대로 베어 버렸다.

푸른색 돌바닥이 부서지고, 그 아래의 돌조각들이 사방에 날렸다.

'펑!'

강남거 앞에는 돌과 먼지로 휩싸여, 순간적으로 앞이 보이지 않았지만, 샤치페이의 처절한 외침은 들을 수 있었다.

샤치페이가 두 손바닥으로, 자신에게 날아드는 칼날을 가까스로 막아내고 있었다.

강력한 진동으로 샤치페이의 코에서는 이미 피가 흐르고 있었고, 양손을 부들부들 떨면서, 두려움에 가득 찬 눈빛으로, 칼을 휘두른 삿갓 쓴 사람을 바라보고 있었다.

삿갓을 쓴 자는 키가 컸고, 칼은 유난히도 길었는데, 칼날은 새하얀 눈처럼 빛을 내고 있었다. 그 칼이 휘둘러지는 찰나, 샤치페이는 사력을 다해 칼을 막은 것이었다.

그 순간, 삿갓을 쓴 자 옆에 있던 두 명이 움직이기 시작했고, 아직 목숨이 붙어있는 강남 수채의 장정들을 도륙하기 시작했다. 그리고 제비처럼, 우아하고 매끈한 곡선을 그리며, 샤치페이를 향해 장도를 들고 날아올랐다.

그 순간, 어디서 나타났는지, 네 사람의 괴이한 움직임이 양쪽으로 나뉘어, 소매 안에서 쇠막대기를 꺼내 들고서, 날아드는 두 제비의 복부 아래 급소를 향해 찔렀다!

두 마리의 제비는, 어쩔 수 없이 칼을 거두고 피했다.

삿갓을 쓴 이의 칼도 '의외'의 상황에 칼을 거두고, 뒤로 한 발짝 물러섰다.

6처의 자객들은, 두 명의 제비 같은 고수 보다 개개인의 실력은 떨어질지 모르지만, 태생적으로 길러진 살인 기계 자객들이었다. 몇 차례인지도 모르는 공격이 이뤄지고, 수도 없는 무거운 신음 소리가 나오고 나서야 두 고수는 길 반대편으로 물러섰다.

그들의 몸에는 쇠막대기에 찔린 구멍이 수십여 개는 되어 보였다.

하지만 6처 자객들도 처참한 대가를 치렀다.

한 사람은 왼손이 칼에 베어 뼈가 드러났고, 한 사람은 어깨에 칼을 맞아 피범벅이 되었고, 또 다른 사람은 피가 흥건한 채로 바닥에 쓰러져 일어나지 못하고 있었다. 하지만 누구보다 굳은 의지의 그들은 3처가 준 환약을 각자 꺼내 먹고서, 다시 샤치페이 곁으로 다가와 진열을 갖추었다.

그들의 '임무'는 샤치페이를 지키는 것이다.

그때쯤 두 고수는 자객들의 모습을 보며 감사원이 움직였다는 것을 알고, 깔끔하게 자리를 떠버렸다. 그들은 강호의 진정한 고수였지만, 샤치페이를 죽여달라는 부탁을 받았지만, 그들에게 이 일이 목숨을 버릴 만한 '임무'는 아니었다.

세 명의 고수 중 두 명이 떠났지만 샤치페이는 상황이 전혀 호전되지 않았다는 것을 알았다. 다시 그 긴 칼이 자신을 죽이기 위해 공격하려 했기 때문이었다.

삿갓 쓴 사람과 샤치페이는 겨우 다섯 걸음 정도 떨어져 있었다.

샤치페이는 몸을 돌려, 강남거로 내달렸다!

6처 자객들이 삿갓 쓴 사람을 막아봤지만, 9품 고수인 그를 잠시 막는 대가는 너무 컸다. 쇠막대기가 여러 조각으로 잘려나갔고, 사람은 충격에 의해 날아가 버렸다.

샤치페이가 강남거 입구에 다다랐을 때, 후방에 있던 6처 자객 중 한 명이, 삿갓 쓴 이의 대퇴부로 쇠막대기를 찔렀다. 샤치페이를 구할 수 있을 거라는 확신은 없었지만, 최대한 참고 있다, 불시에 급소를 노린 것이었다.

고수는 자신의 대퇴부를 향한 공격을 보지 못한 것인지, 상관없다는 것인지, 그의 칼은 여전히 샤치페이로 향했다!

'팅!'

쇠막대기는 고수의 대퇴부를 정확히 찔렀다.

다만 살을 찌르는 소리 대신, 철판을 치는 소리가 났을 뿐이다.

'철포삼(鐵布衫).'

수련을 위해서, 남녀 간의 환락과 욕구를 모두 끊어야 한다는 변태 같은 무공.

6처의 자객은 가슴이 서늘해졌지만, 곧바로 쇠막대기를 버리고 온몸을 삿갓 쓴 고수에게 날리며, 신발에 숨겨두었던 작은 비수를 꺼내, 고수의 눈을 찔렀다. 그 순간 어디선가 쇠막대기가 두 개 더 나타나서, 고수의 몸을 찔렀다.

'팅! 팅!'

쇠막대기 두 개는 강한 진동과 함께, 자객들의 손에서 벗어나 버렸다.

샤치페이는 3명의 목숨을 건 방어 덕에, 겨우 칼을 '살짝' 피했다.

칼 빛이 땅으로 떨어졌다.

강남거 돌바닥에, 한 줄기 큰 흔적이 생겼다.

샤치페이는 피를 토했다.

칼은 피했지만, 칼날의 진기에 의해 내상을 입은 것이다.

바닥을 바라보던 샤치페이는, 그제서야 제사 대인이 호신용으로 준, 소매 아래 암궁 화살이 생각나, 고수의 얼굴을 향해 쏘았다.

'의외'의 공격에도, 고수는 피했고, 화살이 삿갓의 가장자리에 꽂혔다.

'펑!'

폭죽이 터지는 소리가 났다.

화살이 폭발했다!

3처가 특별히 새롭게 개발한, 폭약이 담긴 화살이었다. 그 위력이 엄청나지는 않았지만, 삿갓 정도는 순식간에 태워버렸다. 고수의 얼굴에는 끔찍한 모양의 수포가 일어나고 있었다.

고수가 두 눈을 번쩍 부릅떴다.

살기가 서려 있는 눈.

정체를 알 수 없는 고수는, 아직도 살아 있다!

주위 사람들은 순간 공포에 질려 버렸다. 그가 아직 살아 있어서가 아니고……그가 대머리였기 때문이다. 소위 신체발부 수지부모의 사상이 지배하는 이 세상에서 대머리는, '수행자' 밖에 없었다.

신묘를 신봉하는 수행자.

'수행자는 백성을 아끼고 사랑하며, 세속의 싸움에 끼어들지 않는데……이 수행자는 샤치페이를 죽이려는 것인가?!'

하지만 샤치페이에게 이 모든 생각은, 지금 이 순간, 사치였다.

수행자가 다시 장검을 치켜들더니, 두 손으로 장검을 꽉 쥐고서, 더 이상 아무것도 없는 샤치페이에게 달려들었다.

마지막 일격이었다.

미쳐 날뛰는 호랑이의 기세였다.

이 순간만큼은, 천군(千軍)이 와도 막기 어려울 듯 보였다.

천군은 막기 어렵지만, 꽃 한 송이는 막을 수 있다.

강남거 문 앞 돌계단에, 해당화 한 송이가 피어올랐다.

그 꽃은, 살포시 감싸 쥐고 있던 싸구려 비단 꽃이 담긴 바구니로, 칼끝을 막았다.

칼이 바구니에 꽂혀 막혀버리자, 수행자가 소리를 지르며, 진기를 폭발시켰다.

꽃바구니는 순간 공중에서 빠르게 해체되며, 조각들이 사방으로 떨어졌다.

그리고 안에 담긴 꽃은, 마치 느린 화면처럼, 하늘을 날아다니며, 시체와 피로 아수라장이 되어 버린 거리를, 아름답게 수놓고 있었다.

꽃비가 내리고, 꽃무늬 저고리를 입은 아가씨가, 바람처럼 부드럽게 칼을 타고 건너가, 수행자를 공격했다. 공격이라 해봐야 칼자루를 가볍게 치고, 수행자의 손바닥을 손가락으로 튕긴 것뿐이었다.

수행자는 괴성을 지르고서, 진기가 폭발한 듯 요동을 치며, 뒤로 튕겨 나갔다.

하이탕은 꽃잎이 흩뿌려진 바닥으로 살포시 내려와, 더 이상 공격은 하지 않고, 앞에 있는 수행자를 주시했다.

"경국 사당 제2제사, 당신이 왜 여기 있지?"

"하이탕 뭐뭐! 넌 왜 여기 있지?!"

"난 판시엔과 같이 있는데."

"오늘 죽여야 할 사람이 있으니, 더 이상 막지 마라."

"오늘 밤 이미 많이 죽였어. 더 죽이지 마."

청하는 것도 권하는 것도 아니었다. 하지만 그녀의 '죽이지 마'라는 의미를 수행자는 잘 알고 있었다. 죽이려 하면, 자신이 죽는다는 것이다.

수행자는 하이탕을 한번 노려보고, 몸을 돌려 자리를 떴다. 하지만 길가에 있는 어느 저택 정원의 담을 부수더니, 그 안으로 들어갔다. 그 모습에 하이탕은 살짝 눈살을 찌푸리고, 다시 바람처럼 몸을 날려 그 저택으로 날아갔다.

"왜 이러는 거예요?"

하이탕이 근심 어린 목소리로 물었지만, 수행자는 대답이 없었다.

경국 사당과 북제 천일도는, 모두 신묘를 신봉하고 있었기에 그 원류가 같았다. 하이탕도 얼마 전에 의문스럽게 죽은 이 자의 사형, 전설 속의 경묘 대제사도 알고 있었고, 눈앞에 있는 경묘 제2제사 즉 삼석(三石) 대사를 만난 적도 있었다.

삼석 대사는 신력을 타고났다고 전해졌으며, 수련을 통해 내공과 외공을 모두 최고의 경지까지 올렸다고 했다. 하지만 성정이 포악하고, 악인을 원수처럼 증오한다 하여, 세간의 소문은 좋지 않았다.

하지만 어쨌든 신묘를 신봉하는 수행자로서, 실제 신분도 대단히 존귀한 경묘 제2제사가, 왜 세상일에 간섭하는지, 왜 내고 입찰이라는 조정의 권력 투쟁에 끼어들었는지, 하이탕은 도무지 이해가 되지 않았던 것이다.

"군산회인가요?"

하이탕이 질문을 바꿨다.

"그래 난 군산회의 일원이다. 군산회는 느슨한 연합체로, 하나의 목적 같은 것은 없다. 하지만 어느 순간 목표가 생기면, 모두가 그 목표를 향해 나아가지."

"제사의 현재 목표는 무엇인데요?"

"샤치페이를 죽이는 것."

"상인들의 다툼일 뿐인데. 심지어 샤치페이는 오늘 내고 입찰에서 낙찰도 받았는데, 이렇게 죽이면, 경국 조정에서 난리를 칠 텐데요?"

"그를 죽이는 건, 내고를 우리가 원하는 방향으로 돌려놓기 위함이다."

"전 도무지 이해가 안 되네요. 사당의 제사들이 언제부터 이익과 부귀를 탐했나요?"

이 질문에 제2제사는 대답하지 않았다.

"밍씨 집안도, 경묘 제사를 움직일 정도는 안 될 텐데요?"

"내 목표와 우연히 맞아떨어졌을 뿐이다."

"판시엔과 맞서는 거?"

제2제사는 대답을 하지 않았지만 천천히 고개를 저었다.

하이탕은 곰곰이 생각을 하다 조심스럽게 입을 열었다.

"더 믿기 힘드네요. 경국 사당의 제사가, 경국 황제에 대항한다?"

"북제의 성녀 답네. 흠차 대인은 황제의 명을 받았고, 난 모든 황제의 명이 집행되지 못하게 하고 싶을 뿐이다."

제2제사가 하이탕에게 솔직하게 말한 것은, 그녀는 어차피 북제 사람이었고, 북제에서는, 그가 경국 황제에 맞서 혼란을 일으킨다는 것을 좋아할 것이기 때문이다. 하이탕은 경국 문제에 신경 쓰고 싶지도, 그런 자격도 안 되었지만, 어쨌든 천하에 큰 혼란을 가져올 것이기에 걱정이 앞섰다.

"대체 무슨 일이 있었던 건가요?"

"사형이 돌아가셨다."

하이탕은 순간 한기가 서렸다. 경묘 대제사가 죽었다는 소식은 일찍이 들었지만, 공식적인 발표는 '병사(病死)' 였다.

지금 경묘 제2제사는, 그 죽음이, 경국의 황제와 연관 있다고 말하고 있는 것이었다.

"이미 신분이 드러났는데, 후환이 두렵지 않으세요?"

"삼석(三石). 산에 있는 그 세 돌의 이름은, 밝을 명(明), 바를 정(正), 포기할 기(棄). 난 바른 목적을 위해, 당당히 밝히기 위해, 나 자신을 버렸다."

삼석 대사는 결연하게 말을 이었다.

"징두로 돌아가서, 모두 죽일 것이다. 쿠허에게 전해라."

어차피 경국의 일이었다.

경국의 황제를 노리는 사람은 아주 많다.

다만 하이탕은, 사라져가는 그의 그림자를 보며, 한 가지 생각만 되뇌고 있었다.

'스승님께 전해? 이 상황에서 북제는 어떻게 대처해야 하지……?'

서재에서 하이탕의 설명을 듣고 판시엔은 화가 머리끝까지 치밀어 올랐다.

"내가 뒤쥐였다면, 그 대머리 새끼가 무사히 도망가게 하지 않았을 거야! 어쨌든 너도 북제 사람인 거지."

"사실 밍씨 가문이 너의 충동질에 걸려들어, 사람을 시켜 샤치페이를 죽이려 한 거, 전부 예상한 일 아니야? 근데 왜 이렇게 화를 내?"

판시엔은 자신의 계획을 모두 꿰뚫어 보고 있었던 하이탕을 보며 숨이 턱 막혔다. 그는 하는 수 없이 마음을 진정시키며 최대한 침착하게 말했다.

"네 말이 맞아. 내가 밍씨 가문을 압박했지. 하지만 밍씨 가문이, 9품 고수를 움직일 수 있을 것이라고 생각 못 한 거지……군산회가 뭔지 몰라도, 내가 너무 얕봤어."

판시엔이 감사원 제사를 맡은 후 가장 큰 손실이었다. 몰살당하다시피 한 수채의 장정들은 논외로 하더라도, 자신을 지키던 6처의 7명의 자객 중 한 명이 죽었고 4명은 혼수상태였다. 하지만 정작 판시엔이 하이탕에게 화를 낸 것은, 하이탕이 자객의 신분을 큰길에서 대놓고 까발렸기 때문이었다.

경묘 제2제사라니!

경묘의 사람은 기껏해야 황실과 왕래를 하는 신분인데, 밍씨 가문이 그를 움직였다는 사실을 믿어 줄 사람이 없었다. 그러니 이 사건을 빌미로 밍씨 가문에 대대적인 공세를 취하려고 했던 판시엔의 계획은, 물거품이 되어 버린 것이다.

"됐어, 이제 그만 자. 내일 더 이야기해. 그리고 아까는 순간적으로 화가 나서 한 말이니, 너무 마음에 두진 마."

하이탕은 다소 찜찜한 기분으로 서재를 나섰고, 판시엔은 황제에게 오늘의 일을 보고하는 밀서를 썼다. 그리고 오늘 받았지만 미처 보지 못했던, 징두로부터 온 서신을 집어 들었다. 천핑핑이 직접 작성한 서신이었다. 서신에는 아주 짧은 이야기만 하나 적혀 있었다.

까마귀가 좁은 목의 병 안에 담긴 물을 마시는 이야기.

조급해할수록, 물을 마시기가 더욱 힘든 법.

'병에 돌을 넣어서, 물을 넘치게 하라고?'

무언가를 얻고 싶으면, 무언가를 먼저 주어야 한다.

판시엔은 곰곰이 생각하다, 물병의 목까지 돌이 채워질 때를 기다린 후 물을 마시기로 마음을 먹었다.

"나갔다 올게."

서신을 던져두고, 판시엔은 외투를 챙기며 스스에게 말했다. 길을 나서며 감사원 관원 하나에게 경묘 2제사에 대한 수배령을 내리라 하고, 가오다에게는 밖에 대기하고 있는 호위들을 모두 거두라고 했다.

사실 판시엔은 감사원이 삼석 대사를 찾기는 힘들다는 것을 잘 알고 있었다. 일종의 '척'만 한 것인데, 자신의 수하를 더 이상 잃을 수가 없었기 때문에, 일종의 경고와 함께, 보호를 한 것이다.

판시엔은 저택 앞에 대기하던 마차에 올라탔다. 호위들은 어느 날보다 긴장하며 그 뒤를 조용히 따랐다. 다행히 더 이상 우려했던 일 없이 강남 총독의 관저 앞에 도착했다. 판시엔은 절차도 생략하고 그저 얼굴을 통행증 삼아, 무턱대고 비밀 손님용 응접실로 곧장 향했다.

판시엔이 웃자, 쉐칭도 웃었다.

그리고 다른 사람들을 모두 내보냈다.

"흠차 대인, 한밤중에 무슨 급한 일인가?"

"누군가가 저를 죽이려 했어요. 그래서 저도, 그를 죽일 준비를 하려구요."

'판시엔이 왜 이런 일을 나에게 미리 알려주는 거지?'

쉐칭은 한참 후 입을 열었다.

"흠차 대인의 심정은, 본관도 충분히 이해할 수 있겠네."

이 말은 하나마나 한 말이다.

'이해한다'는 말은 당연히 '지지한다'는 말이 아니었다. 오늘 밤 밍씨 가문이 선을 넘은 것은 사실이지만, 강남 총독의 입장에서 가장 중요한 것은 '강남의 안정'이니, 그가 할 수 있는 가장 성의 있는 대답이었다.

물론 판시엔도 지지를 원한 것은 아니다. 하지만 중차대한 일을 벌이기 위해서는, 최소한 강남 총독의 묵인이라도 필요했다. 쉐칭의 걱정을 아는 판시엔은 미소를 지으며 말했다.

"대인 걱정 마세요. 본관도 신하로서, 조정의 규율은 지킨답니다."

쉐칭은 조금 안도했지만 말을 하지는 않았다.

"내고의 16개 항목이 모두 낙찰되기 전까지, 저는 움직이지 않을 거예요. 그러니 모레 이후, 이 일과 관련하여, 밍씨 가문이 응분의 대가를 치르게 할 겁니다."

"적당히 교훈을 주는 선에서만 하게."

"제게 생각이 있어요."

"방법이 중요한 게 아니라, 증거가 중요해."

"항상 증거는 있더라구요. 증거를 찾아내는 안목이 관건인데, 감사원은 그 안목에선 누구보다 뛰어나니, 걱정 마세요."

그 뒤로 몇 마디 밀담을 더 나눴지만, 이미 동터올 시간이 다가온 지금, 둘은 피로에 지쳐 이내 헤어졌다.

수저우에 큰 살인 사건이 터졌고, 이날 밤 많은 이가 잠을 이루지 못했고, 여럿은 밤새도록 분주하게 움직이고 있었다.

내고 입찰의 둘째 날은 예정된 시간에 진행되었다.

조정의 규율이기도 했고, 아무리 큰일이 터져도, 판시엔은 절대 양보할 수 없는 규율이었다. 밍씨 집안에 더 이상 시간을 줄 수 없었기 때문이다.

첫째 날과 같이 샤치페이 일행이 가장 늦게 당도했다.

다만, 샤치페이는 온몸에 붕대를 두르고 있어 거의 눈만 내놓은 듯했다. 붕대 사이로 살짝살짝 보이는 안색은 매우 창백해 보였다.

상복을 입고 내고 입찰에 참여하는 것은 유사 이래 없는 일이었다.

"샤 아무개, '그래도' 왔습니다."

황 태감과 궈경의 얼굴이 일그러졌다.

판시엔은 침착하게 하지만 강단 있는 목소리로 그를 반겼다.

"오기만 하면, 자네 자리는 있네."

웬일인지 이 중요한 자리에 쉐칭은 와병을 핑계로 참석하지 않았다. 쉐칭은 암중으로 판시엔이 하고 싶은 대로 하라고 빠져준 것이다. 그래서 둘째 날 내고 입찰에서 가장 고위직 관리는 판시엔이었다.

황 태감이 참지 못하고 샤치페이를 보며 한마디 했다.

"샤 선생, 어젯밤 살인 사건이 일어나 선생뿐 아니라, 수하들이 적잖이 해를 입었다고 들었네. 허나, 그렇다고 상복을 입고 여기 온 것은, 예법에 맞지는 않는구만."

판시엔은 황 태감을 보며 조용히 하지만 분명히 말했다.

"황 공공, 본관의 화를 그만 돋우시지요."

황 태감은 몸을 부들부들 떨었지만 입을 닫았다. 옆에 한마디 거들려고 하던 궈경도, 순간 심장이 오그라들며 말을 삼켜버렸다.

폭죽이 울리고, 다시 입찰 절차가 진행되었다.

16개 항목 중 남은 11개 항목. 그중 4개씩 묶어서 진행하는 가장 굵직한 항목 8개 외 3개 항목의 입찰이 먼저 진행되었다.

별다른 경쟁이나 이변 없이, 강남거에서 상의한 대로, 샤치페이가 하나, 링난 숑씨 가문과 항저우의 천(陳)씨 가문이 각각 하나씩 나눠 가졌다. 샤치페이가 낙찰받은 것은, 어제와 마찬가지로 북제로 가는 항목이었고, 샤치페이가 감정적으로 일 처리를 하지 않고 적절한 가격에 낙찰받은 것을, 판시엔은 높이 평가했다.

하지만 관건은 다음 8개 항목.

"동쪽, 남쪽 그리고 해로로 보내지는 8개 항목, 4개씩 묶어서 총 두 번의 입찰이 진행……."

매년 이 말을 관원이 외치면, 다른 상인들은 흥미를 잃었고, 그래서 그런지 관원의 말투도, 유독 무미건조하게 들렸다.

매년 밍씨의 단독 입찰 그리고 낙찰.

하지만 오늘은 달랐다.

시작과 함께 가장 먼저 소가죽 봉투를 건넨 것은, 을열 6번방이었다. 사람들은 조용히 수군대기 시작했지만, 밍칭다는 오히려 얼굴색 하나 바뀌지 않았다. 오히려 상인의 태생적인 도전정신이 되살아 난 듯 약간 흥분되어 보이기도 하였다.

"작년 낙찰 가격에 2할을 더 얹어서, 초장에 찍어 눌러라."

'처음부터? 샤치페이가 2차 호가에서 따라오면 어떻게 하시려고…….'

밍란스가 놀란 표정으로 아버지를 바라보고 있을 때 밍칭다는 느긋하게 말했다.

"2할을 얹은 것은, 샤치페이가 아닌 다른 사람을 겨냥한 것이다."

밍란스는 도무지 이해가 안 된다는 표정으로 가격을 적어 제출했다.

모두가 끝났다고 생각하고 응접실에서 봉투를 개봉하려는 순간, 연극은 새로운 방향으로 흘러가기 시작했다.

을열 1번방이 열리며, 소가죽 봉투를 전달했다.

"취엔저우의 순씨 가문이잖아?!"

장내가 왁자지껄해졌다.

"순씨 가문이, 어디서 돈을 조달한 거지?"

당황하는 아들을 보며 밍칭다는 여전히 침착하게 설명했다.

"순씨 가문 혼자가 아닌 거지. 숑씨 가문이 너무 침착하다 생각하지 않느냐?"

황 태감과 궈졍은 이를 벅벅 갈고 있었다.

'간이 배 밖에 나왔구나?! 여기가 어디라고 감히 끼어들어!'

이 순간 가장 놀란 사람은, 이 순간을 계획한 판시엔 본인이었다. 첫 번째 호가의 결과를 보며, 밍씨 가문이 괜히 강남에서 오랫동안 명맥을 유지해 온 게 아니라는 생각이 들었기 때문이다.

'밍씨 가문의 첫 번째 호가 가격이 예상보다 너무 높다.'

남은 두 개의 입찰 중 첫 번째 입찰. 그리고 두 번째 입찰의 항목이, 규모가 더 크고 더 좋은 항목, 즉 굳이 비교하자면, 밍씨 가문에 더 중요한 항목이었다.

'첫 번째 입찰에서 호가를 무한정으로 올려 버린다. 그러다 마지막에 장 공주를 포함한 모든 사람들을 무시하고, 밍씨 가문이 포기한다. 샤치페이가 너무 높은 가격으로 낙찰을 받는다. 샤치페이는 낙찰을 받고 보증금을 납부하겠지만, 다음 입찰에 참여할 돈이 부족하다. 밍씨는 좋은 가격에, 더 중요한 다음 입찰 항목을, 손쉽게 낙찰받는다. 귀인들의 이익의 몫은, 그곳에서 충당한다. 그렇게 되면……?'

더구나 판시엔의 입장에서, 샤치페이가 정말로 동이성과 남쪽, 해로로 가는 항목을 낙찰받는다? 판시엔은 아직 그것을 실질적으로 운행할 판매경로를 확보하지 못했다.

결국 판시엔의 전략은, 샤치페이와 강남 상인의 연합이 적당히 높은 가격에 밍씨 가문이 낙찰받도록 부추기는 것이었지, 실제로 낙찰받는 것은 아니었다.

판시엔의 고민이 깊어지고 있었다.

"밍씨 가문, 첫 번째 호가, 380만 냥!"

황 태감과 궈졍은, 만족한 표정으로, 수염을 어루만지며, 웃었다.

샤치페이는 차분했지만, 창살을 통해 판시엔에게 의견을 구하는 눈빛을 보냈다.

판시엔은 두 손바닥으로 양쪽 관자놀이를 눌렀다.

'침착하되, 입찰을 포기하지 말라'는 의미였다.

조심한다고 했지만, 가격이 서서히 올라가더니, 결국 혀를 내두를 정도의 가격대까지 올라가고 말았다. 순씨 집안을 필두로 한 강남 연합은, 첫 번째 호가 결과 발표 때부터 이미 전의를 상실한 듯, 입찰을 포기해 버렸다.

"갑열 1번방, 밍씨 가문, 512만 냥, 낙찰!"

무미건조하던 관원의 목소리에, 힘이 실리기 시작했다.

작년 낙찰가에 비하면 터무니없는 숫자였지만, 판시엔은 적당한 가격과 결과에 속으로 안도하고 있었다.

사실, 장 공주의 관리 부실로 내고 판매권 가격이 너무 낮았었다. 물론 512만 냥은, 그럼에도 높은 감이 있었지만, 그렇다면 밍씨 집안은 더 크게 벌어들일 작정을 할 것이었다. 다시 말해, 자작극인 해적질을 계속하고, 동이성과 밀무역을 할 것이라는 뜻이다.

판시엔이 속으로 웃고 있는 진짜 이유였다.

막상 200만 냥이 넘는 보증금을 납부하자, 밍칭다의 마음이 약간 급해졌다. 비단함에는 초상전장에서 발행한 은표도 있었다. 큰 마님의 기대와 달리, 형제들이 추가로 낸 은전이래야, 60만 냥밖에 되지 않았기 때문이다.

"네 생각에는, 흠차 대인이 마지막 입찰을 가져가려 할 것 같으냐?"

밍란스는 어찌 대답해야 할지 몰랐고, 밍칭다는 아들의 모습을 보며 한숨만 쉬었다.

정오를 알리는 종이 울리고, 입찰도 잠시 중지되었고, 수저우 관아와 전운사의 관원들이 고관들과 상단들이 먹을 음식을 내왔다.

모든 대화의 화두는 '512만 냥'이었다.

그때, 밍칭다가 조용히 방에서 나와, 고관들이 식사하는 옆 방으로 향했다.

"황 태감, 궈 어사 대인, 이 늙은이가 흠차 대인께 긴히 드릴 말씀이 있으니, 두 분께서는 편의를 봐주시지요."

두 사람은 속으로 '설마 밍씨 가문이 판시엔에게 들어가려고?' 하며 불안해졌지만, 이어서 만약 그렇다면, 이렇게 대놓고 할 리 없다는 생각이 들어, 웃으며 자리를 비켜주었다.

둘이 나가고, 아무도 없다는 것을 확인한 밍칭다는, 아무 말도 하지 않은 채, 판시엔 앞에 무릎을 꿇었다!

판시엔은 한 손에 밥그릇을, 다른 한 손에는 젓가락을 집어 들고, 밍칭다에게는 눈길도 주지 않은 채, 무슨 음식을 먹을지만 생각하며, 무심히 말했다.

"뒤에 항목들은, 본관이 가져갈 거야."

판시엔은 기름기가 좔좔 흐르는 소고기를 집어 밥 위에 올려 먹었지만, 여전히 밍칭다에게 시선을 주지는 않았다.

사실 판시엔도 생각할 시간이 필요했던 것이다.

한참을 그렇게 어색한 시간이 지난 후, 판시엔은 밥그릇과 젓가락을 내려놓으며 말했다.

"밍씨 어르신, 이러지 마세요. 연배도 한참 높으신 분이……."

판시엔이 갑자기 말을 높이며 부축하는 '척' 하자, 밍칭다는 일어설 수밖에 없었다. 밍칭다가 앞에 있는 의자에 앉자, 그제서야 판시엔은 밍칭다의 눈을 보며 입을 열었다.

"그래서, 저를 위해 준비하신 게 뭔가요?"

밍칭다는 대답하지 않았다. 아니 대답을 할 수 없었다.

왜냐하면, 그 자신도 몰랐으니까.

그는 판시엔이, 밍씨 가문을, 잠시 놔주기만 바랐을 뿐이다. 가문과 징두가 충돌을 피하거나, 최소한 그 충돌을 완화할 시간이 필요했을 뿐이다. 그러니 줏대 없는 사람이 되더라도, 일단 바람을 피하고 싶은 마음뿐이었다.

판시엔은 모질게 말했다.

"성의가 없네."

"흠차 대인께서는 저를 믿지 못하시겠죠."

"당주 스스로도 못 믿지 않아? 그 배에 너무 오래 있었으니, 내려오기도 힘든 거야. 내가 그 배에 타면, 예전에 타고 있던 사람을 어떻게 하려고?"

"대인, 부디 제게 길을 알려주십시오."

"당주는 형제가 많잖아? 듣자 하니 을열 6번방 샤 당주도……형제라던데?"

판시엔의 말은 밍칭다에게 조건을 제시한 것이었다. 다만, 그 조건을 받아들이기가 힘들었을 뿐이었다. 밍씨 집안의 사업은 둘째 치더라도, 샤치페이의 얼음장 같은 눈빛과 가려져 있는 처참한 채찍 자국이 떠올랐기 때문이다.

"대인, 부디 제게 살 길을 내주십시오."

'길'은, 이미 '목숨 길'이 되어 있었다.

"다음 입찰에서는, 밍씨 가문이 부정한 방법으로 꿀꺽한 은전을 토해 놓는다 생각해. 나도 억지를 부리는 사람이 아니고, 너희들이 일을 타당하게 처리하면, 나도 일을 타당하게 처리하겠지."

지금 '타당'이라는 것은, 어젯밤의 일을 언급한 것이다.

판시엔은 젓가락으로 도자기 접시의 가장자리를 치며 마지막 말을 건넸다.

"밥그릇을 잡을 때는, 용이 토해낸 여의주를 잡아채듯 하고, 젓가락을 사용할 때에는, 봉황이 부리로 쪼듯이 하고, 밥을 8할 먹었는데 배가 부르면, 나머지는 싸가야 하고……사람의 도리와 일을 하는 방식은, 밥 먹는 것과 다름없어. 자세도 멋져야 하고, 분수도 지켜야 하고……알겠어?"

밍칭다는 공손하게 예를 올리고 방을 나왔다.

'밍씨 가문을 무너뜨리진 않을 것 같군. 일곱째를 이용해 통제를 하려는 건데. 모두 믿을 수는 없겠지만, 희망은 있군.'

판시엔은 노인의 뒷모습이 사라지자 그제서야 젓가락을 놓고 천천히 생각했다.

'무슨 생각일까? 패배의 인정? 화친의 요구? 어젯밤 일에 대한 보상? 어쨌든 이후 입찰에서 뭔가를 보여주겠네.'

사실 판시엔은 밍씨 가문의 멸망을 원하진 않았지만, 통째로 먹어버리길 원했지 적당한 투항이나 화친을 바란 것은 아니었다.

그러니 흥정할 필요가 없었다.

하지 않는 것도 아니고, 할 수 없는 것도 아니고, 그저 중요한 일이 아닐 뿐이었다.

오후 입찰 시작을 알리는 전운사 관원의 목소리가 '삑' 갈라졌다.

말을 너무 많이 해서도, 물을 너무 적게 마셔서도 아니고, 그저 긴장했기 때문이었다.

둘째 날, 두 번째 입찰, 두 번째 호가 결과가 발표될 때까지, 모두 침묵하고 있었다.

불안한 것도 아니었고, 긴장한 것도 아니었고, 그저 '미친놈들의 지랄'에 놀랐기 때문이었다.

'돈이야 돈! 폐지가 아니라 은표라고!'

"갑 1번방, 두 번째 호가, 1,150만 냥!"

숑바이링은 귀를 의심하며 옆의 회계담당자에게 한번 더 확인했고, 황 태감과 귀정은 얼굴이 하얗게 질린 채 서로를 바라보고만 있었다.

경국이 개국한 후 10년 정도 되었을 때, 국가 전체 재정 수입이 1,000만 냥 정도 되었다. 성대한 발전을 이룬 지금도 그 액수는 적지 않았다. 이 돈으로 몸 바쳐 싸울 병사를 모은다면, 북위에서 떨어져 나간 작은 제후국들 정도는 모두 멸망시켜버릴 수 있는 정도의 불가사의한 액수였다.

밍씨 가문은 확실히 손해였다.

그렇다면 징두 그 귀인들의 수입도 자연히 줄어들게 되어 있었다.

판시엔은 샤치페이에게 수신호를 보냈다.

'됐어, 여기까지 하자. 이제 쉬어.'

밍칭다는 밍씨 가문의 당주답게, 상황을 정확히 바라보고 있었다.

낮은 가격에 입찰받으면, 어차피 벌어들이는 돈 일부는 장 공주에게 간다. 높은 가격에 입찰을 받으면, 어차피 그 돈은 황제와 황실에 들어간다. 그리고 장 공주에게 돈을 보내지 않을, 명분을 얻는다.

밍칭다는 조정에서 밍씨 가문에게 요구하는 것이 '돈'이라는 것을 알아챘다.

그래서 독하게 마음먹고, 가산의 절반을 내놓은 것이다.

더 중요한 것은, 밍씨 집안이 너무 컸다. 경국의 황제가 용인할 수 있는 한계선까지 다다른 것이다. 그렇다면 길은 둘 중 하나. 밍씨 집안은 가산을 내어놓거나, 밍씨 집안이 몰락하거나.

이것이 판시엔을 내려보낸, 황제의 진짜 의도였다.

이것이 밍칭다가 알아차린, 황제의 진짜 의도였다.

을열 6번방이 입찰을 포기했다고, 재밌는 연극이 끝났다고, 아쉬워하는 사람은 없었다. 상인들이고 관원들이고 모두 이 상황이 '폭발'하지 않음에 다행이라 생각하고 있다.

"갑열 1번방, 1,150만 냥, 낙찰!"

관원의 목소리가 떨렸다. 아무도 환호성을 지르지도 않았다. 모두들 이곳을 벗어나고 싶은 생각뿐이었다.

"아버지, 아버지!"

갑열 1번방에서의 다급한 외침이 본당까지 퍼졌다.

"아버지! 왜 이러세요?! 이보시오, 이보시오! 누구 좀 도와주시오!"

관원들이 황급히 문을 열고 들어가자, 밍칭다는 얼굴이 새파랗게 질려 바닥에 혼절해 있었다. 누구 때문에 밍씨 가문의 당주가 저렇게 처참하게 되었는지 모두가 알고 있었다. 자연스레 시선은 흠차 대인에게 쏠렸다. 그는 전혀 개의치 않는 듯 외쳤다.

"뭘 그리 허둥대느냐?! 은전을 모두 봉하는 즉시, 어르신을 의원으로 데려가라!"

입찰 절차를 잠시 중단시키고 은표함을 모두 봉한 후에, 판시엔의 특별 허가로 밍칭다는 마차에 실려 곧장 의원으로 향했다. 강남 상인들은 그 모습을 보면서 통쾌해하기보다는 씁쓸해했다.

같은 상인으로서, 동병상련을 느꼈기 때문이다.

하지만 입찰은 입찰, 장사는 장사.

밍칭다가 실려 나가고, 응접실에서는 봉해진 은표함을 열고, 밍씨 집안이 납부한 보증금의 은표를 확인하고 있었다. 워낙 큰돈이었기에, 고관 세 사람도 응접실에 가서, 호부와 전운사 관원이 확인하고, 기록하고, 봉인하는 작업을 지켜보았다.

판시엔은 400만 냥에 달하는 보증금 중 가장 아래에 끼워져 있는 두툼한 초상전장 은표를, 음흉한 미소로 바라보고 있었다.

살인 사건이 발생했고, 우여곡절이 많은 내고의 입찰이었지만, 결국 소정의 목표는 모두 달성한 셈이었다.

'밍칭다가 이렇게 시원하게 결정을 해 주다니. 역시 밍씨 가문의 당주다워. 다만 기절한 건……연기인 것 같은데?'

판시엔은 냉소를 한번 짓고서 옆에 있는 황 태감에게 말을 건넸다.

"밍씨 가문이 우여곡절 끝에 낙찰을 받았네. 밍씨 어르신이 연로해서 그런지, 기쁜 마음을 주체하지 못하고, 기절까지 했구만. 좋은 일이 있은 날, 초상을 치르지 않았으면 좋겠네."

'사람 목숨가지고 놀아 놓고서, 이런 염치없는 말을 하는 놈은, 너밖에 없을 거다.'

황 태감이 끓어오른 속을 억지로 달래고 있을 때, 궈졍이 옆에서 거짓 웃음을 지으며 끼어들었다.

"내고가 작년보다 8할이나 더 벌다니……이 일이 징두에 알려지면, 황제께서 대인께 상을 내릴 것 같아 보이네요. 미리 축하드립니다."

"모두 대인들 덕분이고, 강남 상인들이 조정을 생각한 터지요. 장사 밑천을 손해 보면서까지, 조정을 생각해 주다니……본관은 특별히 한 게 없어요."

궈졍은 철면피 같은 판시엔을 보며 입을 꽉 다물었다.

'밍씨 집안을 이 지경으로 만든 게 누구인데? 어디 끝까지 아닌 척할 수 있나 보자!'

3월 26일 저녁. 수저우성 서쪽 부유한 소금 상인들이 사는 주택가에 홍등이 높이 내걸리고, 폭죽 소리가 하늘 가득 울려 퍼졌다. 강남 수채의 두목이었던 샤치페이가 생애 처음으로 수저우에 저택을 마련하여, 처음으로 손님을 맞이하는 날이었기 때문이다.

진정한 거부들은, 예를 들면 명원처럼, 수저우 보다는 조용한 수저우 밖의 저택을 선호했지만, 수저우 서쪽 일대에도 모두 호화로운 저택을 하나씩 가지고 있었다.

그것은 신분과 지위의 상징이고, 주인의 실력을 대표했다.

샤치페이는 당당한 내고 상품을 다루는 상인으로 그 '자격'을 인정받은 셈이었다. 공식적인 신분은 하명기(夏明記)의 사장. 하명기는 샤치페이가 새로 연 상점의 이름이었다.

마차 한 대가 샤치페이의 저택 앞에 멈추었다. 검은색 마차로 아무런 표식도 없었다. 단지 주변을 삼엄하게 살피고 있는 호위무사만이 마차 주인의 신분을 알려주고 있었다. 눈치 빠른 상인들은 서둘러 나와 마차를 향해 허리를 굽혀 인사를 했다.

"전하, 정말로 구경하실 생각이에요? 아무리 생각해도 적절치 않은 것 같습니다만."

"스승님이 무엇을 걱정하는지 알지만, 스승님이 샤치페이를 도와주러 온 것이고, 거기에 제자 하나 더 왔다고 생각하면, 아무것도 아니지요."

판시엔은 그저 웃었다.

'이 귀빈 말대로, 한시도 안 떨어지려고 하네. 참.'

두 귀인이 내리자, 상상치도 못한 상황에 환호성과 예를 올리는 소리가 끊이지 않았다. 무엇보다도 이런 귀인을 모실 수 있는 샤치페이를 모두 속으로 부러워하고 있었다.

정작 제일 놀란 사람은, 샤치페이였다.

'3황자라니!'

샤치페이가 어떻게 대처할지 모르고 있자, 판시엔은 그저 직접적으로 설명했다.

"강남에서 너와 나 사이를 모르는 사람이 누가 있어? 징두에도 이미 알려졌을 거야. 감춘들 무슨 소용 있겠어?"

"제사 대인, 제 신분 때문에, 대인께 번거로움을 끼칠까 걱정됩니다."

"신분은 무슨. 넌 감사원 관원으로 조정을 위해 일하잖아. 다친 건 좀 괜찮아?"

"많이 좋아졌습니다."

"너무 걱정 마. 밍씨 집안에 대한 나의 태도는 명확해. 진도는 조금 늦어질 것 같긴 하지만……내가 누군가의 태도에 흔들렸다고 생각하진 마."

"감사합니다."

밍칭다가 무릎을 꿇은 일을 말한 것이다.

걱정은 되었지만 차마 묻지 못했던 샤치페이의 마음이, 한결 가벼워졌다.

'제사 대인만 있으면 복수, 밍씨 가문을 되찾는 일을, 할 수 있어!'

판시엔은 샤치페이의 흥분된 얼굴을 보며 조용히 말을 건넸다.

"내가 널 돌보는 게 아니라, 네가 조정을 위해 일하니, 조정이 널 돌봐주는 거야. 나도 조정을 위해 일하는 관원이고, 넌 조정을 위해 일하는 나의 수하 관원이니, 내가 세상에 주지시켜 줄 필요도 있는 거야. 그리고 넌, 이제 북쪽에 물건이나 잘 팔면 돼."

판시엔이 샤치페이에게 주는 임무는 단순했다. 췌씨 가문이 썼던 노선을 통해 북제에 내고의 물건을 파는 것. 북제에 있는 판스져를 만나는 것. 판시엔이 북제 황제와 약속한 밀수 노선을 새롭게 뚫는 것.

물론 마지막 임무는 위험한 거래이긴 했지만, 남쪽의 판시엔 북쪽의 북제 황제의 비호가 있기에, 전혀 어려운 일은 아니었다. 그럼에도 판시엔에게는 능숙한, 믿을 만한 심복이 필수였다.

그렇기 때문에, 설령 논란이 일어나더라도, 무엇보다 중요한 것은 샤치페이를 단단하게 묶어 두는 일이었다.

하지만 3황자까지 대동한 상황에 오래 머무를 수는 없는 터.

판시엔은 곧 저택을 떠나며 마지막 분부를 전했다.

"모레."

샤치페이는 마음이 살짝 두근거렸다.

"필요한 수속은 마쳤으니, 때가 되었을 때 바로 나가기만 해."

판시엔은 그의 곁으로 한 발짝 다가가 조용히 마지막 말을 전했다.

"경국 법률에는 선례가 없는 일이야. 상대방은 장자이니, 법률에 따르면 그쪽이 이기겠지. 감사원이 도와준다 해도, 원하는 결과를 얻지는 못할 거야. 하지만 잃어버린 것을 가져오는 방법은 여러 가지가 있으니, 너무 급히 서두르지 말고, 결과가 안 좋더라도, 너무 실망하지 말고."

판시엔의 의도와는 별개로, 샤치페이는 판시엔의 말에서 그의 신분을 떠올렸다.

'잃어버린 것'에 대한 동질감.

샤치페이는 감동한 듯 판시엔의 두 손을 꼭 잡으며 말했다.

"샤 아무개 일로, 대인께서 마음을 이렇게 써 주시니, 몸 둘 바를 모르겠습니다."

"당연한 일이야."

마차는 샤치페이의 저택을 떠난 후, 장원으로 돌아가지 않고 성 북쪽으로 향했다.

갑작스러운 경로 변경에 호위들은 긴장하기 시작했다.

"모레가 무슨 날이에요?"

3황자가 순진한 눈빛으로 물었다.

판시엔도 숨기지 않았다.

"샤치페이가 수저우 관아에 가서, 지금의 밍씨 가문 당주가 자신의 가산을 빼앗아 갔다고 고발하는 날이에요."

3황자는 많이 놀라 황급히 물었다.

"그게 소송이 되나요?"

"안될 이유는 또 뭔가요? 이기고 지고는 다른 문제지만, 억울한데 소송은 꼭 해야죠."

"스승님 계획이 있으신가 보네요."

"없어요. 있으면, 이렇게 번거로운 소송 같은 걸 하겠어요? 어쨌든 시간에 맡겨야 할 일입니다."

3황자는 판시엔의 말뜻을 이해하지 못했고, 그렇다고 살인 같은 자극적인 일도 아니었기에 화제를 돌렸다.

"근데 집으로 돌아가는 거 아니에요?"

"폐하께서 전하에게 저를 따라다니라 명하셨으니, 저도 성심성의껏 가르쳐 드려야지요. 오늘 이왕 따라나서셨으니, 미래를 위해 꼭 배워야 할 것을 가르쳐드리려고 해요."

3황자는 오늘 스승의 말이 여러 가지로 이해가 안 되었기에 그저 입을 닫았다.

마차는 성 서쪽에서 성 북쪽으로, 그러다 갑자기 어느 골목으로 꺾어지더니 다시 서쪽으로, 그러기를 여러 차례. 왕치니엔 조직의 계획에 따라, 혹시라도 있을 수 있는 미행을 따돌리고서, 수저우성을 벗어났다.

주목을 끌지 않는 민가 밖에 마차가 멈추었다. 6처의 자객들은 모두 상처 치료 중이었기 때문에 가오다는 호위에 더욱 신경을 썼다.

굴처럼 생긴 조용한 문을 열고 들어가니 3황자는 털이 쭈뼛쭈뼛 서는 느낌이 들었다. 사방이 새까맣고, 화약 냄새가 짙게 배어 있었기 때문이었다.

아이는 무의식적으로 판시엔의 손을 꽉 잡았다.

집 안으로 들어가서 침소로 향했다. 방 안에는 화장대며, 침대며, 모든 게 갖춰져 있었다. 심지어 침대에서는 한 부부가 잠을 자고 있었다.

'이게 무슨 장난이지?'

3황자가 어리둥절해하고 있을 때, 판시엔은 길을 안내한 관원에게 눈짓했다. 그는 침대 옆으로 가, 침대 틀에 있는 손잡이를 잡아당겼다. 침대 뒤에 있던 장막이 열리고, 아래쪽으로 향한 길이 나타났다.

침대에서 자던 부부는 익숙하게 일어나, 판시엔 일행을 투명인간처럼 취급하며, 그 안쪽으로 사라졌다.

이 민가는, 감사원 4처의 수저우 비밀 가옥이었다.

판시엔 일행은 희미한 등불이 비치는 통로를 따라 지하로 내려갔는데, 얼마 지나지 않아 또 다른 밀실 앞에 도착했다. 방안에는 화로가 피워져 있었고, 인두 두 개, 약상자, 걸상 몇 개, 길이와 모양이 다양한 십여 개의 금속, 즉 자백을 시키기 위한 고문 도구들이 늘어져 있었다.

"자백했어?"

관원은 말없이 조용히 판시엔이 있는 탁자 근처로 와 종이 몇 장을 건넸다. 판시엔은 그날 살인 사건이 있은 후부터 군산회가 신경 쓰였던 것이다. 하지만 고문 결과를 살펴보던 판시엔은 눈살을 찌푸렸다.

예상과 달리 큰 진전은 없어 보였기 때문이다.

비밀 가옥에 잡혀 있는 두 사람은 바로, 3월 22일 강남거 앞에서 샤치페이를 죽이려고 했던 '제비'들이었다. 그들은 감사원이 개입된 것을 알고 깔끔하게 자리를 떴지만, 하이탕까지는 피할 수 없었던 것이다. 군산회는 감사원에서도 아직 파악하지 못하고 있는 미지의 존재이기에 판시엔은 계속 신경이 쓰였다.

'느슨한 조직인데, 경묘 제2제사를 동원할 정도라고?'

감사원이 받아낸 자백과 조사에서는, 그들이 강남 일대에 활동하는 고수 자객이고, 이번엔 단순히 밍씨 집안에서 돈을 받고 일했다는 것뿐이었다. 판시엔은 그들에게 다가가 조용히 물었다. 그들의 눈에는 오랜 고문으로 이미 공포가 서려 있었다.

"너희 입으로 말한 조우 선생은, 군산회와 어떤 관계야?"

"대인, 조우 선생이 군산회에서 회계를 맡고 있다는 것 외에는, 정말 아무것도 모릅니다."

"조우 선생이, 밍씨 집안 집사가 아니고?"

"저도 그저 우연히 들었을 뿐입니다."

"아직 둘 다 정신이 멀쩡하네. 아직 고생을 덜 했어."

자객들의 눈에, 절망의 빛이 스쳤다.

처참한 비명 소리가 울려 퍼졌다.

3황자의 얼굴이 점점 창백해졌다.

"군산회 일은, 이미 폐하께 보고가 올라갔어요. 그런데도 저들의 간이, 생각보다 크네요. 전하께서도 앞으로 적들이 저렇게나 악랄하다는 것을 아셔야 하고, 그들에 대처할 수단들을, 배워야 하는 거예요."

3황자는 조용히 듣고만 있었다.

"황제의 도(道)는 너그러움과 엄격함을 동시에 지니고, 믿을 때에는 함부로 의심하지 말아야 하는 것이죠. 그 외 모든 것은, 그저 잔재주일 뿐이에요."

오늘 판시엔이 샤치페이에게 보여준 태도, 감사원의 고문 모습을 보여준 것, 이 모두가 3황자에겐 하나의 '교육'이었던 것이다.

"밍씨 가문과 연관성을 알아낸 것만 해도 큰 수확이야. 죽이진 말고. 나중에 또 어떤 쓸모가 있을지 모르니."

판시엔은 부하들을 위로하고서 비밀 가옥을 떠났다. 하지만 기대와 달리 그 자객들에게서 군산회에 대한 정보를 더 알아내기는 힘들 것이라 생각이 들었다.

옌빙윈, 왕치니엔이 그리워졌다.

다음 날 새벽같이 일어난 판시엔은 스스의 시중을 받으며, 하이탕, 3황자와 함께 탁자에 앉아 죽을 먹고 있었다. 그 이른 시각 대문에서 인기척이 들리며, 호위들이 판시엔에게 묻지도 않고, 사람들을 데리고 들어왔다.

판시엔도, 들어온 사람들도, 모두 서로 놀란 표정으로 쳐다보고 있었다.

'덩즈위에는 징두에서 1처를 지키라 했는데, 왜 여길 온 거야?'

'제사 대인 옆에, 왜 하이탕 아가씨가……?'

들어온 이는 덩즈위에와 상운 아가씨였는데, 판시엔은 이어서 들어온 한 사람을 보고서는 벌떡 일어나 외쳤다.

"큰보배!"
판시엔은 달려가 큰보배의 손을 잡고서 덩즈위에에게 물었다.
"어떻게 된 거야? 완알은?"
"마님은 몸이 좀 안 좋아지셔서, 일정을 조금 늦췄습니다. 그런데 처남분께서 매일같이 대인을 찾으셔서, 어쩔 수 없이 제가 먼저 모시고 왔습니다."
"완알이 아프다고?"
"걱정할 정도는 아니에요. 찬 바람을 많이 쐬셔서 감기에 걸린 정도인데, 며칠정도면 괜찮아지실 거예요."
상운이 판시엔을 안심시키듯이 재빨리 끼어들어 설명했다.
"그리고 이건, 대인께 전달해 드릴 서신."
판시엔은 상운이 건네는 서신을 받아 품 안에 넣고서 돌연 화부터 냈다.
"아버지는 무슨 생각이신 거야? 강남의 상황이 편하지도 않은데, 큰보배를 강남에 보내셔서 어쩌시겠다고."
큰보배는 판시엔이 말에 전혀 개의치 않는 듯, 웃는 얼굴로 판시엔의 귀를 잡아당기며 외쳤다.
"잡았다! 꼬마 시엔시엔, 이번 숨바꼭질에서는 제법 오래 숨어 있었어. 대단해."
3황자는 이 모습에, 먹고 있던 죽을 뿜었다.
눈치 빠른 하이탕은 3황자와 함께 조용히 자리를 피해 주었고, 판시엔은 스스를 시켜 큰보배가 묵을 곳을 정리하고 그의 말동무가 되어주라고 시켰다.
그제서야 안정을 찾은 대청에서 판시엔은 의자에 앉으며 물었다.
"여하튼 잘 왔어. 안 그래도 어제 사람이 너무 부족하다고 생각했었거든. 그런데 징두는 어떻게 하고 온 거야?"

"옌 대인께서 봐주고 계십니다. 원장 대인께서 대인의 서신을 받으신 후, 저에게 도와주라며, 관원들을 데리고 내려가라 하셨습니다. 지금 대인께서 준비하시는 일은, 2처와 3처에서 급히 서둘러도, 몇 개월은 걸릴 것이라는 말씀과 함께."

"인력을 지원해 달라고는 했지만, 네가 직접 올 줄은 몰랐네. 어쨌든 고생했네. 근데 처음에 들어올 때, 왜 놀란 거야?"

"징두에서 괴소문이 하나 돌고 있는데, 대인께서 북제 성녀와 매일같이, 외출할 때 동행하고, 앉을 때 동석하고, 그리고 누울 때도……백성들뿐 아니라 조정에서도 말이 많습니다. 그런데 여기 들어서자마자 하이탕 아가씨가 있어서, 소문이 사실인가……."

"누울 때 동침한다고? 마음껏 상상하시라 그래. 그건 그렇고, 가지고 온 것 좀 빨리 줘 봐."

판시엔은 상자를 열어 종이 한 장을 꺼내 꼼꼼하게 보았다. 누렇게 변색되어 버린 종이의 끝부분이 살짝 말려 있었고, 종이 위의 글자가 삐뚤삐뚤하게 쓰여 있어, 한눈에 보기에도, 오래전에 어떤 나이 많은 노인이 쓴 것 같았다.

"잘 만들었네. 결정적 역할을 할 수는 없겠지만, 소송에서 시간은 끌 수 있을 거야."

"감사원이 2처와 3처가 협력해서 만든 이것을 보고, 누구도 가짜라 생각할 수 없을 겁니다."

"하지만 밍씨 가문은 알겠지. 그들이 진짜는 없애 버렸을 테니까. 내일 소송이 시작될 테니, 오늘 바로 샤치페이에게 보내줘."

덩즈위에는 종이를 상자에 조심히 넣고 바로 나갔다.

혼자 남은 판시엔은 그제서야 상운이 준 서신 두 통을 꺼내 읽었다. 하나는 완알의 편지였는데, 주로 징두에서 벌어진 잡다한 일에 대한 이야기였고 가끔씩 황실 상황이 언급되어 있었다.

장 공주는 광신궁으로 돌아왔고, 2황자도 금족령이 풀렸다. 동궁 쪽은 은밀하게 움직여 상황을 알 수는 없었고, 태후는 작금의 강남 소란을 못마땅해하고 있었다.

그리고 황제는 별다른 반응 없이, 여전히 차분했다.

'강남이 이 지경인데, 황제는 도대체 무슨 생각인 거야?!'

판시엔은 조금은 불편한 마음으로 다음 서신을 펼쳤는데 아버지가 보낸 것이었다. 그리 길지 않은 서신을 보며 판시엔은 아버지의 수단에 다시 한번 감탄할 수밖에 없었다.

'3황자를 데리고 우저우로 가서 장인어른을 만나라.'

이보다 더 좋은 명분이 있을까? 판시엔은 지금 수하도 필요했지만, 더 절실한 것은 '조언'이었다.

오늘 수저우 관아가 생긴 이래 가장 황당한 일이 일어났다. 관아 앞은 이미 몰려든 사람들로 인산인해였고, 그들이 뱉어 내는 말들로 시끌벅적했다.

'밍씨 가문의 자산은 일국의 재정과 맞먹는 규모인데, 과연 누구의 손에 떨어지게 될까?'

물론 대부분의 사람들은 밍칭다에게로 마음이 기울어져 있었다. 첫째, 밍씨 가문이 최소한 표면적으로는, 강남 사람들에게 깨끗하고 반듯한 집안으로 인식되어 있었고, 두 번째, 밍칭다가 장자였기 때문이다.

'장자 승계'는 경국 법률과 관습으로 이미 굳어진 '규율'이었다.

"말을 좀 해봐. 어찌하면 좋겠나?"

이 순간 가장 머리가 아픈 사람은 수저우 관아를 책임지는 주지사. 그는 책상에 반쯤 엎어진 채로 모사에게 한숨을 쉬며 물었다. 밍씨 가문과 샤치페이. 샤치페이야 아무것도 아니었지만, 그의 뒤에는 판시엔이 있지 않은가.

누구에게도 밉보일 수가 없었기 때문이다.

"대인, 청렴한 관리가 될 때입니다."

"뭐야? 본관이 청렴하지 않았다는 거야?"

"어르신, 밍씨 집안에서, 사적으로 사람을 보낸 적이 있으십니까?"

모사의 말에 수저우 주지사는 잠시 생각하다 마침내 모사의 뜻을 알아차렸다.

"그렇지. 내가 이 일로 밍씨 집안과 이야기한 적이 없어."

"그렇습니다. 밍씨 집안은 이미 자신들이 이길 것을 알고 있기에, 걱정하지도 않는데, 대인께서 조급해하실 이유가 없습니다."

약간은 표정이 밝아진 주지사가 조용히 물었다.

"그럼 내가 어떻게 하면 좋을까?"

"설령 샤치페이가 신분을 증명한다 해도, 경국 법률에 의하면, 그에게 돌아갈 재산은 없습니다. 경국은 법률에 의해 통치되고 있고, 대인은 법률을 집행하시기만 하면 되는데, 무엇을 걱정하시는 겁니까? 흠차 대인도 법률에 따른 집행을 하고, 대인의 잘못을 물으실 수 없을 것입니다."

"아무것도 하지 않는 것이, 곧 하는 것이라. 좋아!"

수저우 관아에 선, 샤치페이 그리고 밍씨 가문 대표 밍란스. 그리고 밍란스 곁에는 한 명이 더 있었다. 성은 천(陳) 이름은 보우창(伯常). 밍씨 가문의 소송대리인으로 가장 악명 높은 거간꾼이었지만, 수저우 관아와 죽이 제일 잘 맞는 사람이었기에 한번도 패한 적이 없는 사람이었다.

그는 샤치페이가 제출한 고발장을 읽고서 경박스럽게 웃으며 입을 열었다.

"하늘도 땅도 감동할 만한 이야기네요. 하지만……샤 '두목'이 밍씨와 무슨 관계이신지?"

'두목'이라는 단어를 유독 힘주어 말했다.

"이렇게 무턱대고 우기는 것은, 안건도 되지 않습니다. 증거 없이 함부로 소송을 걸면 안 되지요. 샤 '두목', 당신은 지금 수저우 관아와 밍씨 집안의 명성을 모욕한 셈이니, 잠시 후에 내가 무고죄로 고발장을 넣겠네."

이때 수저우 관아 밖에서, 닭살 돋을 만한, 부드럽고 나른한 목소리가 들려왔다.

"증거가 없으면, 소송을 걸 수 없다구요? 증거란 것은, 관아에서 현장 조사를 하면서 찾을 수도 있는 것인데, 뭘 그리 서두르는 겁니까?"

관아 밖에서 나타난 사람은, 소매 폭이 좁은 도포를 입고 손에 금색 부채를 들고 있어, 조금은 거만해 보였다.

수저우 주지사는 자신의 허락도 없이 끼어든 자의 모습을 보며 불같이 화를 냈다.

"함부로 재판장에 들어오다니! 여봐라 저놈을 쳐라!"

'거만한' 사람은 급히 두 손을 모아 예를 올리고 말했다.

"대인, 저는 쳔보우창 선생과 마찬가지로 소송대리인입니다. 지각한 것일 뿐이니, 용서해 주십시오."

샤치페이는 그의 얼굴을 보며 고개를 절레절레 젓고 있었다. 수저우 주지사는 그제서야 화를 가라앉히고 다시 근엄한 표정으로 물었다.

"선생의 이름을 먼저 말하게."

"송스런(宋世仁)입니다. 분에 넘치게, 징두 소송대리인 협회 이사를 맡고도 있습니다."

송스런!

징두에서 가장 유명한, 어쩌면 경국에서 가장 유명한, 아니 가장 악명 높은, 소송대리인이었다. 밍란스의 당황한 모습을 보면서 쳔보우창은 조용히 말을 건넸다.

"도련님, 저자는 한번 패한 적이 있지만, 저는 아직 한번도 패한 적이 없습니다."

송스런이 '한번' 패한 사건은, 판시엔이 궈바오쿤을 때린 사건에서 궈바오쿤 변론을 맡은 것이었다. 그때의 악연이, 그를 강남까지 오게 한 것이다.

소송대리인이 아무리 뛰어나도, 어쨌든 '사실'이 중요했고, 이 사건에서 샤치페이가 밍씨 집안의 일곱째임을 증명하지 못하면, 안건 자체가 성립하지 않았다.

'법률'대로 하기로 한 수저우 주지사는 증거를 요구했다.

첫 번째 증거는 사람 즉 산파였다. 그녀는 숨을 가쁘게 몰아쉬며 말을 했는데, 핵심은 밍씨 집안 어르신의 첩의 아들을 받았고, 그 아이의 허리 뒤쪽에 푸른색 점이 있다는 것이었다. 그리고는 밍씨 집안 어르신과 첩의 외모, 명원의 건물 구조까지 말을 이었다.

말이 끝나자, 샤치페이는 앞으로 걸어 나가, 상의를 벗었다.

밍란스는 이를 악물며 쳔보우창에게 말했다.

"가짜야! 옛날 그 산파는 2년 전에 죽었어!"

'니미랄! 감사원 증거 날조가, 완전 사기꾼 수준이구만.'

하지만 밍란스의 우려와 달리, '가짜 증거'는 받아들여지지 않았다. 산파의 말을 결정적 증거로 삼기에 부족한 것도 있었지만, 수저우 주지사는 원래 밍씨 집안 편이었기 때문에 최대한 '엄격히' 법률을 집행하고 있었다.

"산파가 노망이 났을 수도 있다. 진술의 채택 여부는 본관의 고유 권한이다. 밍씨 가문의 가산 소송은, 의심할 여지 없는 1등급 사건으로, 더 상세하고 믿을 만한 증거가 필요하다."

"대인! 그럴 수는 없습니다. 이미 오래전 일인데, 어디서 다시 증거를 찾아오란 말씀이십니까? 제가 증인을 찾아왔는데도, 대인께서 채택을 안 해 주시니, 그럼 얼마나 상세한 증거가 필요하신 겁니까?"

수저우 주지사는 자신의 계획대로 돌아간다 생각하고 마지막 방점을 찍는 말을 했다.

"정확한 물증을 가져오면, 판결을 내리……."

송스런은 말을 끊으며, 재빠르게 되물었다.

"판결은 누가 내리시나요? 대인이신가요?"

"당연히 본관……."

또 말을 끊었다.

"대인께서 판결을 내리신다니, 다시 한번 묻겠습니다. 어떤 물증 말입니까?"

주지사가 화살 같은 질문에 살짝 당황하며 우물쭈물하자, 송스런은 다시 한번 상대방의 두 눈을 똑바로 쳐다보며, 압박하듯 물었다.

"도대체 어떤 물증 말입니까?"

수저우 주지사는 기세에 눌려, 오래전 율시 시험을 보던 때로 되돌아간 듯, 무의식적으로 답을 쏟아냈다.

"흔적, 흉기, 문서……."

또 말을 끊었다.

"문서요? 좋습니다. 역시 대인은 영명하십니다!"

수저우 주지사는 영문을 몰라, 조심스럽게 입을 열었다.

"송 선생은……."

또 말을 끊었다.

"대인, 그러니 문서는, 증거가 된다는 말씀이시죠?"

"당연히 문서는, 증거가 돼……."

"문서는 증거가 되니까, 문서만 있으면, 대인께서 인정하시겠네요?!"

여러 번 말이 끊긴 수저우 주지사는, 결국 대노하며 말했다.

"본관을 가르치는 것인가?! 본관도 경국 법률을 아는데, 문서가 유력한 증거물임을 어떻게 모르겠는가?! 무례하구나!"

말을 마치자 주지사는, 자신이 왜 화를 냈는지, 뭐가 잘못된 건지는 몰랐지만, 송스런이 너무 득의양양한 눈빛을 하고 있는 것을 발견하고, 불안해지기 시작했다.

송스런이 샤치페이에게 다가가 몇 마디 하자, 샤치페이는 보물이라도 다루듯, 조심조심 품에서 상자 하나를 꺼내어, 주지사의 모사에게 건넸다.

송스런은 면을 바꾸어, 더없이 공손하게 입을 열었다.

"저 문서는 돌아가신 밍씨 어르신께서 친히 작성한 유서입니다. 유서에는 밍씨 가문의 가산을 모두, 일곱째인 밍칭쳥에게 남긴다고 되어 있습니다. 이 문서가 샤 선생의 손에 있다는 사실 자체가, 샤 선생이 밍씨 가문의 일곱째, 즉 밍칭쳥이라는 것을 증명해줍니다."

밍씨 어르신의 유서!

관아의 분위기가, 순식간에 바뀌어 버렸다.

관아 밖의 백성들도 웅성대기 시작했고, 밍란스와 쳔보우창은 날벼락을 맞은 듯, 미동도 없이 서 있었다. 밍란스가 입을 오물조물 움직이며 혼잣말을 내뱉었다.

"가짜야, 분명 가짜일 거야……."

"밍씨 도련님은 대단하시네요. 어찌 보지도 않고 가짜라고……."

송스런이 도발했다.

“그 유서는 가짜야!”

송스런은 속으로 웃고 있었다.

‘걸려들었군. 저 유서를 주웠다고 주장하면 난감할 뻔했는데, 그 문제없이 진위 여부로 바로 넘어갔네.’

명불허전.

얼굴이 시퍼렇게 질린 수저우 주지사가 양측 소송대리인을 손짓으로 불렀다.

“문서 증거가 나왔는데, 아직 진위는 모르…….”

“대인, 조사를 해보면 되는데, 왜 모른다고 하십니까?”

주지사는 움찔했지만, 쳔보우창은 상대방의 압박에도 침착하게 대응했다.

“물론 조사를 해야겠지만, 우선 밍씨 가문 도련님이 여기 계시니, 직접 한번 살펴보라 하심이 어떠실까요?”

이 말에 마음이 급해진 밍란스는, 이미 재판대로 다가와서 유서를 뚫어지게 보고 있었다.

‘할아버지의 글씨체다……종이도 할아버지께서 즐겨 쓰시던 칭저우(靑州)에서 나는 종이다…….’

밍란스가 약간 불편한 기색으로 자리에 돌아가자, 쳔보우창도 주지사 대인에게 황급히 인사를 드리고 따라 돌아갔다.

“진짜입니까, 가짜입니까?”

“어쩌면……진짜일 수도…….”

쳔보우창이 절망적인 눈빛을 내비쳤을 때, 갑자기 밍란스가 확신에 찬 어조로 말했다.

“아니야, 확실히 가짜야.”

“네?”

“큰 어르신이 그럴 리가 없어.”

"무슨 말씀이신지……?"

밍씨 가문 큰 어르신은, 큰노마님을 뜻했다. 밍란스는 큰노마님이 만약 진짜 가산을 빼앗고, 첩을 죽이고, 밍칭청을 내쫓았다면……그런 사람이라면, 유서를 제일 먼저 없앨 것이라고 확신을 했다.

"확실해. 저 유서도 산파와 같이, 감사원이 날조한 거야!"

수저우 관아는 증거 조사를 위해 휴정을 선언했고, 샤치페이는 관아를 나서 조용한 곳에서 판시엔이 보내 준 도시락을 먹으며, 송스런에게 감격한 듯 말을 건넸다.

"고생이 많습니다."

"하지만 샤 어르신이 밍씨 가문 후손이라 인정되어도, 가산을 물려받을 수 있다는 것은 아닙니다. 경국 법률에는 장자 승계 원칙이 명확히 명시되어 있습니다."

"샤 아무개는 오늘 본래의 이름을 되찾은 것만으로도 기쁩니다. 가산과 관련되어서는 그저 선생의 말씀에 따르겠습니다. 개인적으로는 유서만 인정이 되면, 소송은 더 안 해도 그만입니다."

"소송을 계속할 겁니다. 설령 지더라도, 최소한 밍씨 가문을 낭패에 빠뜨려야 합니다. 제게는 그럴 능력이 있습니다."

송스런은 대범하고 호탕하게 말했지만, 사실 속으로는 판시엔을 욕하고 있었다.

'악연'으로 만났지만, 이제는 경국의 실력자가 된 판 제사가 불러 강남으로 왔는데, 자신에게 '필패의 소송'을 맡겼기 때문이다. 심지어 지더라도, 최대한 시간을 오래 끌라는 요청과 함께. 일생에서 두 번째 패하게 생겼는데, 첫 번째도 판시엔 때문에 패한 것이니 분하기도 할 만했다.

오후가 되자, 감사원 관원, 수저우 관아 관원, 도찰원 관원, 강남 총독부 법률 고문으로 이루어진 연합 조사 조직이 한자리에 모여,

누렇게 뜬 종이를 꼼꼼히 살펴보았다. 특히 수저우 관아 관원과 도찰원 관원은, 가짜임을 밝혀내기 위해 내고 상품인 확대경까지 동원했지만 결국…….

"이 유서는 진본임이 판명되었다. 그러므로 샤치페이는 밍씨 가문의 일곱째, 밍칭쳥이 맞다."

제10장

강남 정리

3월의 마지막 날. 밍씨 가문 가산 소송이 진행된 지 나흘째 되는 날. 양지메이 저택의 정원에서 의자에 반쯤 누워 쉬고 있는 판시엔에게 덩즈위에가 다가와 보고했다.

"어제와 마찬가지입니다. 상대방은 계속해서 경국 법률 조문을 가지고, 물고 늘어지고 있습니다. 송스런이 말발로 버티고는 있으나, 실질적인 진전은 없어 보입니다."

판시엔은 말없이 고개를 끄덕였다.

'밍씨 가문의 가산 소송이 확대 해석되면? 이 소송이 사상 해방의 변론장이 된다면? 태자의 지위는……?'

판시엔은 긴 숨을 내쉬었다.

'옌빙윈의 계획이지만, 늙은 절름발이가 승인한 건데, 이러한 파장을, 교활한 그 인간이 모를 리가 없겠지. 아니지 만약에 황제가 몰래 절름발이에게 시킨 거라면? 태자의 위치를 일부러 흔든다? 여론과 분위기를 조성한다?'

판시엔은 한참 후 마침내 입을 열었다.

"소송이 잠잠해지면, 우저우를 다녀와야겠어."

덩즈위에는 판시엔의 진짜 걱정을 알 수 없었다. 단지 소송의 결과만을 두고 걱정하는 듯 보였다.

"차라리 송스런에게 소송을 마무리하라 그럴까요? 밍씨 가문 사람으로 인정되었으니, 며칠 후에 감사원에서 압박해, 호적에 올리도록 하면, 크지는 않겠지만, 가산의 일부 지분도 받을 것이고, 대인의 원래 목적이 샤치페이를 밍씨 가문에 발을 들이게 해, 그를 통해 밍씨 가문을 통제하는 것이었으니, 소기의 목적은 달성한 것입니다."

"아니야. 결과와 상관없이 최대한 길게 끌어. 샤치……아니 이제는 밍칭쳥이라 불러야겠네. 밍칭쳥을 밍씨 넷째와 만나게 하는 건?"

밍씨 넷째는 밍씨 가문 일곱 어르신 중에 가장 겉돌고 있는 사람이었다.

"이미 접촉을 했습니다. 다음 달 초 만나기로 되어 있습니다."

"좋아."

덩즈위에는 잠시 머뭇거리더니 이윽고 말을 꺼냈다.

"그런데 대인, 소송은 왜 계속 끌어야……."

판시엔은 잠시 고민하다 측근에게 숨길 필요가 없다고 생각하며 말했다.

"천하의 사람들이 '장자 승계 원칙'에 대해서 다시 한번 생각하도록, 시끄럽게 만들 필요가 있어."

덩즈위에는 대역죄에 해당하는 이 말의 뜻을 단번에 알아듣고는, 너무 놀라 더 이상 말을 잇지 못했다.

"이 일은 원장 대인께 보고하지 마. 별거 아니니까."

'장자의 자리를 뺏는 공세가 정식으로 시작된 것인데, 별거 아니라고?'

물의 고장 강남에는 봄비가 잦았다. 판시엔은 수저우 저택 처마 밖에 떨어지고 있는 빗물을 바라보고 있었지만 마음은 다른 곳에 있었다. 다행히 감사원 보고서에 따르면, 올해 봄 강수량이 많지 않아 홍수 걱정할 필요 없이 제방의 복구작업을 진행할 수 있었다.

제방 복구에 필요한 은전은, 일차적으로 내고의 8할이나 증가한 수입 덕에 징두로 운반되고 있었고, 그 돈은 황실을 거쳐 일부가 국고로 들어갈 것이고, 그 이후에 하운 총독 관아로 보내질 터였다.

그 외에 판시엔이 '비공식적'으로 마련한 돈은, 판지엔이 보내 준 호부 관원들의 정교한 회계 정리를 거친 후, 양완리의 감시하에, 필요한 곳에 직접 보내질 것이다. 일부는 내고와 전운사를 탈탈 털어 마련한 비자금이었지만, 대부분은 북제 황제가 하이탕을 통해 보내온 '밀수 상품 대금'을, '마음대로' '빌린 것'이었다.

그 은전은 모두 태평전장에 있었고, 판시엔은 급한 대로 그 돈을 먼저 썼다. 반환은 샤치페이와 북제에 있는 판스져의 연락 창구가 만들어진 후, 내고의 밀매를 진행하면 자연스레 해결될 문제였다.

'비공식적 은전'을 제방 공사에 쓰는 것을 황제에게 미리 보고해서 승인을 받은 상태였지만, 북제 황제와 관련한 부분은 여러 경로를 통해 확실히 은폐했다. 그리고 조심 또 조심해서, 판시엔 개인적으로는 은전을 한 푼도 챙기지 않았다. 황제도 사심 없이, 백성을 아끼는 마음에 하는 일을, 윤허해 주지 않을 이유가 없었던 것이다.

다만 북제 황제 부분을 숨기다 보니, 그 많은 돈의 출처에 대한 명분이 문제였는데, 판시엔은 이에 대한 변명을 일찍부터 생각해 두었다.

일부는 조정에 들어와 받은 뇌물, 또 일부는 췌씨 가문을 무너뜨리면서 챙긴 콩고물, 나머지는 전운사가 그동안 백성에게 착복한 것을 되찾은 것.

그럼에도 불구하고 의심 많은 황제가 금액이 맞지 않는다고 의심을 한다면?

'우쥬 삼촌이 준 돈이라면 되지. 아무리 황제라도……한번 찾아가 붙어 보시던가.'

밍씨 가문 관련한 후속 조치도 진행되고 있었다. 사람들의 이목이 현란한 소송에 끌려 있을 때, 조용하게 조사와 처리를 진행했을 뿐이다. 판시엔은 밍씨 가문의 일은 어차피 장기전이라고 생각하고 있었다. 자산도 너무 크고, 관련된 자들도 많다 보니, 급하게 진행하다 보면 강남, 나아가 경국이 불안정해질 수 있었기 때문이다.

조정에서 가장 중요한 것은 '안정'이었다.

"대인."

조용한 목소리가 판시엔을 깊은 사색에서 건져냈다.

"재판장의 변론 내용을 기록한 것인데, 8처에서 책으로 엮어 배포하라 할까요?"

"됐네. 이리 줘봐."

판시엔은 덩즈위에가 가져온 기록을 보면서 자기도 모르게 웃음이 터져버렸다.

강남에도 인재는 많았지만, 송스런의 입담도 만만치 않았다. 소송은 갈수록 경국 법률의 범주를 벗어나, 천핑핑과 판시엔이 원하는 방향으로 나가고 있었다. 경전을 인용하기 시작했고, 북제의 전신 북위를 언급했으며, 문인들의 가슴 속 깊이 아직도 살아 있는 장모우한 대가를 꺼내기도 했다.

소송이라기보다는 황궁에서 열리는 사상의 경연장과 더욱 닮아가고 있었던 것이다.

마지막 압권은, 송스런이 '모든 자녀의 균등 분할'이라는 말을 꺼낸 장면이었다.

판시엔 입장에서 보면, 그가 자기와 같은 세상에서 온 것이 아닌가 하는 착각이 들 정도로, 송스런의 실력에 감탄할 수밖에 없는 장면이었다.

경력 6년의 네 번째 달에 들어선 강남은 예전과 크게 달라지진 않았다.

모두의 이목이 집중된 소송은 여전히 진행 중이었고, 내고 입찰이 끝난 후 상인들은 예전처럼 상품을 내다 파는 데 정신이 없었다. 관리들은 여전히 뒷돈을 챙겼고, 수저우 백성들은 국가일, 집안일 그리고 밤일에 대해서 침을 튀기며 토론하고 있었다.

물론 작은 변화도 있었다.

밍씨 가문 재산 소송은 길어지면서 더 이상 신선한 내용이 나오지 않았다. 구경하는 사람도 갈수록 줄어들었고, 수저우 주지사와 양측의 소송대리인들도 지쳐가고 있었다. 매일 열리던 재판이 3일에 한 번으로 열리더니, 이제는 6일째 열리지도 않고 있었다.

소송이 장기전에 돌입하면서 밍씨 집안과 샤치페이의 관심도 다른 곳으로 이동하기 시작했다. 밍씨 집안은 드디어 정신을 차리고, 내고 입찰에서의 손해를 조금이라도 만회할 방법을 찾기 시작했고, 샤치페이는 처음으로 '장사'라는 것을 배우기 시작했다.

북제에 판매하기 위한 복잡한 난제들이 눈앞에 펼쳐져 있었다.

샤치페이는 수저우를 떠나기 전날, 당당히 밍칭쳥의 이름으로, 강남의 거상들을 초대했다. 수저우에서 이름 좀 있는 상인들은 샤치페이가 접대 장소로 정한 포월루 수저우 분점에 모두 모인 것 같았다.

포월루는 5만 냥이라는 거금을 들여 일찍 수리를 끝냈지만, 기생을 구하기가 쉽지 않아 며칠이나 개업 날짜를 미루다 오늘에서야 정식으로 장사를 시작했다. 상운이 강남에 도착한 후 그녀의 유명세를 이용해 몇 명을 모집했고, 포월루 본점에 있는 스칭알이 징두의 기생을 몇 명 사서 보내 주기도 했다. 심지어 징두의 대황자도 서호국을 토벌하는 과정에서 잡은 포로 한 명을 보내 주었다.

대표 기생은 두 명이었는데, 한 명은 스칭알이 징두에서 보내 준 열여섯 밖에 되지 않은 량뎬뎬(梁点点) 이었고, 다른 한 명은 대황자가 보내 준 서호에서 온 미녀로 마숴숴(瑪索索)였는데, 그녀는 대황자의 포로였지만, 사실 서호의 공주였다.

샤치페이는 2층에서 강남 거상들을 접대하고 있었는데, 이상하게 대표 기생 둘의 모습은 보이지 않았다.

그 시각 두 미녀는, 한 청년 옆에 다소곳이 앉아, 술과 음식을 먹여주고 있었다.

판시엔은 맞은 편에 있는 상운에게 불편한 기색을 드러내며 말했다.

“이게 무슨 일이야? 대황자가 사람을 너무 괴롭히는 것 아니야?”

술과 음식을 잘 받아먹다, 갑자기 던진 뜬금없는 불평에, 상운은 당황하였지만 이내 ‘헤헤’ 웃으며 말했다.

“숴숴도 얼마나 예쁜 얼굴인데요. 다만 대인께서 서호인들을 많이 보지 못해서 낯설게 느끼시는 것뿐이에요.”

판시엔은 말도 하지 못하고 그냥 탄식을 내뱉었다. 이전 생에서 그는 셀 수 없는 서양 미녀들을 보았고, 심지어 프랑스 배우 이자벨

아자니의 열렬한 팬이기도 했다.

판시엔이 말한 것은 쉬쉬의 외모가 아니었다.

판시엔이 볼 때, 대황자는 쉬쉬를 들이고 싶은데, 얼마 전 그와 혼사를 치른 북제 공주의 눈치를 보고 있는 것이었다. 부인의 등살에 대황자는 쉬쉬를 수저우로 보내 버린 것이었고, 그 말은 여전히 쉬쉬를 지켜주고 싶다는 뜻이었다.

'이 상황에서 쉬쉬 보고 손님을 받으라고 할 수가 있겠어?'

스챤리가 샤치페이 방에서 돌아왔다. 얼굴이 벌겋게 달아오르고 눈이 살짝 풀린 모습이, 상인들을 접대하면서 술을 좀 마신 듯했다.

"이 둘은 정말 손님을 받지 않게 할 겁니까?"

"오늘은 홍보하는 자리니까 굳이 접대할 필요 없고, 나중에 찾는 사람이 있으면, 가볍게 노래를 부르고 춤만 추게 해."

두 여자는 영문을 몰라 놀랐다.

"아내는 첩만 못하고, 첩은 훔친 여자만 못하며, 훔친 여자는 가질 수 없는 여자만 못하다 하지……강남 사람들도 알게 될 거야."

판시엔은 말은 이렇게 하면서도 '순수하게' 기분이 나빴다.

'누구는 죽어라 강남에서 고생하고 있는데, 형제인 황자들은 징두에서 한가롭게 집안 여자들이나 걱정하고 있다니, 젠장 맞을.'

판시엔은 세 여자 보고 물러가라 한 후, 스챤리를 가까이 오라 해서 조그마한 목소리로 말했다.

"마쉬쉬를 지켜보다가 적당한 때 사람들에게, 그녀가 대황자의 여자라는 것을 알려 버려."

"징두에 말이 들어가면 어쩌시려고……."

"내가 대황자와 친하다는 걸 알리려는 거야."

판시엔은 술을 한잔 먹으며 목을 축인 후 말을 이었다.

"그때 사람들이 어찌하는지 볼 수 있겠지……근데 사실 가장 중요한 것은, 대황자 집안일을 내가 왜 뒤처리해 줘야 해?"

이어 그는 스챤리도 방에서 나가라 한 후, 오랫동안 입지 않은 '작업복'으로 갈아입고서 창문을 통해 나가 어둠 속으로 사라졌다. 그는 곧장 후문으로 가 대기하고 있던 마차에 올라타며 말했다.

"가자."

마차에는 가오다가 장막을 살짝 젖히고 밖을 주시하고 있었고, 마부 자리에는 삿갓으로 얼굴을 반쯤 가린 덩즈위에가 앉아 있었다.

"위치는?"

"징두에서 도망친 이후로 줄곧 수저우에 머물고 있습니다. 감사원도 그녀가 그렇게 대담하게 행동할지는 생각 못 했는데, 강남의 관리들이 암암리에 비호해 주고 있었습니다."

"밍씨 집안이 비호해 주니, 강남 관원들은 협조한 것이겠지."

판시엔과 덩즈위에의 대화를 듣고 있던 가오다가 조심스레 물었다.

"현지 관아에서 체포하도록 정보를 알리는 게 낫지 않을까요? 형사 사건인데, 감사원이 개입하는 것은 좀……."

"리홍청 사람이고, 2황자가 뒤를 봐주고 있는데, 체포가 되겠어? 그리고 난 체포가 아니라 죽일 거야."

가오다는 걱정스러운 눈빛으로 판시엔을 바라보았다.

"오늘은 포월루 분점 개업일이니, 우리가 움직였다고 생각하지 않을 것이고, 더구나 내가 직접 움직였다고는 의심 못 할 거니, 오늘 해야 해."

판시엔의 목적은 단순했다. 아버지의 명도 있었고, 마침 그녀가 수저우에 있으니, 밍씨 집안을 위해 그녀를 보호해 주고 있는 강남로 관원들에게 겁을 주는 것.

마차가 멈추자, 판시엔은 장화 안의 비수, 허리에 찬 하이탕에게 빌린 연검(부드러운 검)을 확인하고 가오다에게 조용히 말했다.

"넌 밖을 책임져. 도망치는 놈은 모두 죽여."

"덩즈위에, 총독부에서 보낸 사람은, 준비가 되어 있겠지?"

"네, 이곳에서 우리를 기다리고 있습니다."

이 말을 듣자마자 판시엔은 미꾸라지처럼 마차에서 내려, 눈 깜빡할 사이에 높은 담 아래 어둠 속으로 사라졌다.

판시엔은 저택 안으로 들어가 유령처럼 소리 없이 움직이고 있었고, 그가 지나간 자리에는 시신이 몇 구 쓰러져 있었다. 그리고 그가 지나온 방들의 문도 모두 열려 있었는데, 침대에는 자던 이들은 이미 모두 숨이 끊어져 있었다.

방에 있는 하인과 여종들은 침대 옆에 널브러져 있었지만, 상처는 없었고 마취약에 취해 잠들어 있을 뿐이었다.

아직 자객이 저택에 들어온 것을, 아무도 알아채지 못한 듯 보였다.

판시엔이 무심히, 나무 쪽으로 걸어갔다.

나무 뒤에 숨어 있던 사람이, 불쑥 나타나, 칼을 휘둘렀다!

판시엔은 침착하게, 무게중심을 살짝 왼발로 이동시켜 칼을 피하고선, 오른손으로 허리춤에서 연검을 뽑아, 활처럼 앞에 있는 사람의 목으로 내질렀다!

칼이 꼽힌 사람의 목에서, 피가 '뚝뚝' 떨어졌다.

미세한 소리였지만, 돌계단 위 끝 방에 있던 사람이 문을 열고 나와 큰소리를 지르고는, 판시엔에게 달려들었다.

판시엔은 가슴 앞에 칼을 세우고는, 진기를 모아 단숨에 세 발짝 앞으로 나아가며, 칼끝을 달려오는 사람의 목으로 향하게 했다.

땅에 사람의 목이 떨어지고, 선혈이 분출했다.

이어서 오른쪽으로 두 발걸음 이동해, 나뭇가지를 튕기듯이 칼을 튕겨, 역사책을 저술하는 대가가 마침표를 찍듯이 칼끝으로, 소리를 듣고 달려오는 또 다른 사람의 목을 찍었다.

세 번 휘두른 연검에, 순식간에 세 사람이 죽었다!

만약 이 광경을 가오다가 봤다면, 입을 다물지 못했을 것이고, 하이탕이 봤다면, 그동안 판시엔이 수련하는 모습을 숨긴 이유를 단박에 알아챘을 것이고, 그림자 대인에게 쫓기고 있는 윈즈란이 봤다면, 스승님이 자신 몰래 새로운 제자를 들인 거라 의심했을 것이다.

스구지엔.

스구지엔의 사고검법.

앞뒤 좌우를 가리지 않는 사고검법.

연검을 보며 판시엔은 흡족한 웃음을 짓고 있었다. 실전에서 사용해본 것은 처음이었는데, 그림자가 '의외'로 그를 찌른 것에 대해, '적절한 보상'을 해 주었다고 생각이 들었기 때문이다.

사고검법의 핵심은, 검의 기세나 검을 다루는 기술에 있는 것이 아니라, 그 '보법'에 있었다. 보법을 제대로 익혀, 한번 검을 휘두를 때, 힘을 온전히 실을 수 있게 하는 것이다.

하지만 판시엔은 더 핵심적인 것이 있다고 느꼈다.

잔인함.

사방을 고려한다는 사고검법의 사고(四顧)는, 역설적으로 앞뒤 좌우 사방을 고려하지 않는다는 잔인함을 뜻하는 것이었다.

멀리서 두 사람이 뒷담으로 도망치는 것이 보였다.

판시엔은 개의치 않고 마지막 방의 침실로 들어갔다.

'슥슥' 뒷담 쪽에서 두 번 소리가 들렸다.

판시엔은 침대에서 옷을 입을 겨를도 없었던 여자를 바라보며 미소를 지었다.

"위엔멍, 오랜만이야."

그녀는 이를 악물고, 사납게 판시엔을 쳐다보다, 갑자기 울부짖었다.

"판시엔! 왜 날 놓아주지 않는 거야?!"

"유치한 질문이지만, 대답은 해 줄게."

판시엔은 천천히 그녀 앞으로 다가가며 말을 이었다.

"네 손에, 무고한 여자들의 피가 너무 많이 묻어 있어. 그리고 아버지도 널 죽이라 하셨으니, 아들 된 도리로 효도도 해야 하고."

"난 명령을 받고 움직였을 뿐이야!"

판시엔은 천천히 검을 올리며 말했다.

"운명을 인정해. 넌 나쁜 년이야. 내가 좋은 사람이면, 너에게 기회가 있을 수도 있는데, 너도 알다시피, 나도 나쁜 놈이야."

"하하! 날 잡아서 세자와 둘째 전하를 협박하려고? 꿈도 꾸지 마!"

이 말과 함께 그녀가 독약을 삼키자, 그녀의 몸이 경직되며, 그대로 붉은 이불 위로 힘없이 쓰러졌다.

판시엔은 고개를 저으며, 무심하게, 검을 그녀의 목에 '푹' 찔러 넣었다.

'난 그냥 죽이려고 했는데…….'

"산으로 가자."

가오다와 함께 마차에 오른 판시엔은 덩즈위에에게 명령했다. 인적이 없는 조용한 산 위에서 장갑 등 단서가 될 만한 것들을 모두 불태워 버린 후, 시체가 널브러져 있는 '그 집'이 잘 보이는 산 언덕에 자리를 잡고 조용히 무언가를 기다리고 있었다.

"사람이 왔습니다."

덩즈위에의 말에 판시엔은 잠에서 깨어 장막을 걷고 위엔멍의 은신처를 바라보았다.

사람 하나가 익숙한 듯, 저택의 문을 두드렸다. 소리의 강약이 있는 것을 보아 암호처럼 보였고, 그렇다면 그 사람은 강남 세력과 위엔멍의 연락책일 것이었다. 문 안에서 아무 대답이 없자, 평범한 외모의 그 사람은, 긴장한 얼굴로 재빨리 마차를 몰고 사라졌다.

판시엔은 조급해하지 않았다.

잠시 후, 저택의 서북쪽 담에 다시 나타난 연락책은, 과감하게 담을 훌쩍 뛰어넘어, 안으로 들어갔다. 얼마 지나지 않아 저택의 문이 열리더니, 한 사람이 머리를 숙이고, 죽어라 내달리는 모습이 보였다.

누군가에게 알리러 가는 것이다.

마차 안에서 판시엔은 나른하게 기지개를 켜고 하품을 하면서, 동쪽에 떠오르는 해를 보며 미소를 지었다.

수저우 주지사는 송스런과 쳔보우창의 변론을 듣느라 지쳐, 정무는 물론, 가장 아끼는 첩과의 밤일도 줄이고 있었다. 그런데 새벽부터 누가 깨우는 소리가 들리자 화가 머리끝까지 치솟았다.

하지만 그 사람이 가져온 냉수 같은 소식에 분노가 식으며 심장이 철렁했다.

'위엔멍이 죽었다고? 세자, 2황자……장 공주 누구에게 먼저 알려야 하지?'

그는 허둥지둥 옷을 입고 모사를 불러오라 하인에게 명했다.

"왜 이렇게 늦게 와?! 위엔멍이 죽었어!"

"어차피 죽을 목숨이었습니다. 대인, 지금 섣불리 움직이시면 안 됩니다. 위엔멍은 이미 죽었으니, 감사원도 그녀와 우리의 관계를 밝혀낼 수 없습니다. 오히려 지금 우리가 성급하게 움직여 버리면, 뭔가 꼬투리를 잡힐 수 있습니다."

모사는 역시 신중했다.

“가야 해. 상황을 수습해야 해. 이 일이 밝혀져 버리면, 형부와 감사원이 조사할 것이고, 위엔멍이 왜 수저우에 있냐고 물으면, 수저우 주지사인 나는 답할 게 없어.”

“절대 안 됩니다. 지금 그곳을 누가 감시할 수도 있습니다. 차라리 제가 심복과 변장을 하고 가서 뒷수습을 하겠습니다.”

모사가 위엔멍의 은신처 저택에 도착했을 때, 한 사람이 이미 와 있는 것을 보고 경계하였으나, 이내 홑옷을 입은 평범한 그의 얼굴을 보고서 안심을 하며, 가마를 그 남자 옆으로 붙인 뒤 장막을 열고 물었다.

“어떻게 된 건가요?”

오늘 처음으로 이 상황을 알게 되어 주지사에게 알린 이는, 위엔멍을 비호하던 수저우 관아 관원으로, 이름은 치엔종(千總)이었다.

치엔종 대인은 불편한 기색으로 쏘아붙였다.

“자네가 나에게 알려줘야지!”

모사가 가마에서 내리자, 둘은 평소에 입지 않는 옷과 변장한 모습을 보며 서로 멋쩍은 웃음을 지었다.

“주위부터 청소해야 할 것 같습니다.”

“내가 수하 몇을 시켜, 이미 청소했네. 본 사람은 없고.”

모사는 고개를 끄덕이며 치엔종과 같이 저택을 들어갔다. 모사는 눈앞의 시체들과 피 냄새를 맡으며 구역질이 나는 것을 억지로 참았다.

“위엔멍의 시체는 어디 있을까요?”

“방 안에?”

모사는 방 안에 가서 침대 위에 쓰러져 있는 위엔멍의 시체를 확인했다.

"이 일을 징두에 어떻게 알려야 할까요?"
"일단 여기를 깨끗하게 정리하고 생각해 보세."

두 사람이 저택을 나오는 모습을 보고서 판시엔의 마차는 천천히 움직이기 시작했다.
"위엔멍 하나 죽었는데, 강남로 관원들이 이렇게 당황하는 거야? 설마 오늘 온 관원들이 모두, 장 공주가 기르는 개들인 건가?"
덩즈위에는 가오다를 한번 살짝 보고서 웃으며 답했다.
"장 공주는 내고 관리 명목으로 강남에 오래 있었으니, 어쨌든 심복이 있겠지요."
"오늘 온 사람이 누군지, 알아보겠어?"
"몇몇은 낯선 사람도 있는데, 어쨌든 모두 관원들인 것 같습니다. 몇몇 밀정들을 통해 확인해 보면, 곧 확실한 정보가 나올 겁니다."
덩즈위에는 말을 잠시 멈추고 한숨을 쉬며 말을 이었다.
"밍씨 집안이 눈치는 빠른 것 같습니다. 어떻게 알고, 사람을 보내지도 않네요."
판시엔도 그 점이 가장 아쉬웠지만, 장원에 도착하자마자 피곤함이 밀려오며 두 사람에게 쉬라 이른 뒤 자신도 뒤채로 갔다. 그리고 스스가 건네주는 죽을 족욕을 하며 먹은 뒤 곧장 침대로 가서 깊은 잠을 청했다.
판시엔이 오후가 되어서 일어나자, 스스에게 이 소식을 들은 덩즈위에가 피곤한 얼굴로 들어와 문서를 건넸다. 새벽에 수상한 움직임을 보인 수저우 관아 관원들에 대한 보고서였다.
"이런 젠장. 수저우 내 관원들이……모두 다 내 적이라고?"
"그래도 관원들이, 앞으로 함부로 움직이지는 않을 듯합니다."
"그래도 이 새끼들을, 그냥 놔둘 순 없지. 징두로 보내 2차 조사를 시켜. 십 년 전에 받은 뇌물이라도 상관없으니, 아주 사소한 것까지 탈탈 털어내."

덩즈위에는 앞으로 닥쳐올 상황에 걱정된 표정으로 '네' 하고 짧게 대답했다.

"참나……쉐칭도 알고 있었다고? 그러면서 내 앞에서 그렇게 시치미를 떼다니."

예상은 했지만 강남로 관원들의 실상을 알게 된 판시엔은 배신감에 치를 떨었다. 그가 얼굴까지 붉히며 '씩씩' 거리자 덩즈위에가 조심스럽게 말을 건넸다.

"총독부도 위엔멍 사망 소식을 접하긴 했지만, 아직 아무런 반응이 없습니다. 위엔멍이 강남에 숨어 있는 것을, 쉐칭 대인이 모를 수는 없었겠지만, 총독의 신중한 성격을 고려했을 때, 2황자와의 관계를 생각해서, 대인께 말하진 못했을 것 같습니다."

덩즈위에의 말을 들으며 판시엔은 최근에 자기가 좀 예민해진 것 같다는 생각이 들었다.

"네 말이 맞아. 하지만 쉐칭을 직접 만나야겠어. 모레 가는 거로 준비해."

덩즈위에는 바로 답을 하지 않고 멈칫하다 용기를 내어 조용히 말했다.

"제 생각에, 대인께서 당분간 쉐칭 총독을 만나지 않는 게, 좋을 듯 보입니다."

"그건 또 무슨 말이야?"

"총독 대인은 중립을 지키려고 노력하고 있습니다. 이때 괜히 압박해서 긁어 부스럼을 만들기보다, 밍씨 집안을 압박하는 데 집중하는 게 좋을 듯 보입니다. 총독 대인이 중립만 지켜준다면, 우리가 일을 추진하는데 더 많은 시간을 버는 셈입니다."

덩즈위에는 살짝 판시엔의 눈치를 살핀 후 말을 이었다.

"대인께서는 총독 대인이 어느 편에 설지, 빨리 결심하길 원하시지만, 사실 총독 대인의 결심이 늦어지면 늦어질수록, 우리에게 유리합니다."

"아니야. 내가 지금은 밍씨 집안을 살짝만 건드리니, 쉐칭도 구경이나 하는 거지만, 제대로 공격하면, 쉐칭도 중립을 지킬 수만은 없어."

"그래도 제가 보기에, 최소한 대인께서 우저우를 갔다 오시고 나서 행동에 나서시는 게 좋을 듯합니다."

강남로 총독 쉐칭 자신이 밝혔듯이 그는 판시엔의 장인 린뤄푸의 문하생이라 할 수 있었다. 린뤄푸가 재상직에서 물러났으니 쉐칭이 그의 면을 보고 움직일 건 아니었지만, 최소한 린뤄푸는 쉐칭의 생각과 계획에 대해 판시엔에게 조언을 해 줄 수는 있었다. 판시엔은 비로소 마음이 놓인 듯 크게 웃으며 소리쳤다.

"좋아! 일리가 있어."

덩즈위에는 판시엔에게 예를 한번 올렸다.

"참, 즈위에, 네가 왕치니엔 조직에 들어오기 전에는, 2처에 있었지?"

생뚱맞은 질문에 덩즈위에는 말없이 고개를 끄덕였다.

"왕치니엔은 늦여름에 돌아올 건데, 이미 감사원 내부에선, 그에게 1처를 맡기기로 결정했어. 다시 말하자면, 북제 샹징에서 그가 했던 역할을, 누군가가 해야 한다는 건데, 난 네가 적임자라 생각하는데, 어때? 가볼 배짱이 있어?"

덩즈위에는 갑작스러웠지만, 자기도 모르게 흥분되기 시작했다.

북제로 간다는 건, 목숨을 담보로 한 도전이었지만, 확실한 미래를 보장받는 길이었다.

덩즈위에는 엎드려 절을 하며 말했다.

"감사합니다."

판시엔은 그 대답을 들으며 흐뭇한 미소를 짓고 있었다.

덩즈위에는 두근거리는 마음을 진정시키고 일어나 감사원이 강남에서 진행하는 업무를 보고했는데, 대부분 밍씨 가문에 관련된 일이었다. 하지만 감사원이 무리하게 민간 세력을 조사하기는 힘들었기 때문에, 은밀하게, 암암리에 압박을 주는 형태로 진행되고 있었다.

"섬에 관한 소식은 없어?"

"취엔저우 지부에서도 수상하다 생각해서, 최근에 밀정을 섬에 잠입시켜 놓았으니, 곧 소식이 올 겁니다."

판시엔은 섬에서 수저우로 소식이 도달하기까지 시간이 필요하다고 생각을 해, 조금은 더 참고 기다려 보기로 하고, 피곤해 보이는 덩즈위에를 일찍 물렸다.

나이가 든 노인들은 비교적 냉정한 눈으로 세상을 꿰뚫어 볼 수 있다. 왜냐하면, 봄날의 따뜻한 바람, 천둥 번개를 동반한 여름날의 폭우, 쓸쓸한 가을날의 서리 그리고 매서운 겨울날의 추위를 모두 겪어보았기 때문이다. 그렇기에 어려운 상황에서 젊은이들 보다, 더욱 냉철하고 매서운 수단을 사용할 수 있었다.

물론 음모를 계획하는 데에는 경험보다 중요한 것이, 적에게 이용당하지 않기 위해 자신의 욕망을 줄이고 드러내지 않는 것이다. 그래서 시대가 낳은 모사는, 경험이 풍부한 노인이 아니라 거세를 당한 태감들이었다.

하지만 노인도 아니고 태감도 아닌 이들은, 종종 잘못된 선택을 하곤 한다. 태자, 2황자, 심지어 지략이 뛰어난 장 공주도 예외는 아니었다.

모두 혈기가 넘치기 때문이다.

밍칭다는 내고 입찰에서의 손해를 만회하기 위해, 태평전장에서 급전을 빌리는 것을 넘어, 초상전장에도 더 많은 서명을 하기 시작했다.

밍씨 가문은 강남에서 선박, 마차, 점포를 직접 운영할 뿐 아니라 기름, 곡식 심지어 기생집까지도 장악하고 있었다. 가히 강남을 지나갈 때, 밍씨 집안의 땅을 밟지 않고 지나갈 수 없다고 말할 정도였다.

세상만사를 경험한 밍씨 가문의 큰노마님의 '냉철하고 매서운 수단'은 집안의 사업이 아니라 '집안 내 파벌'에 적용되었다. 본가의 여섯 어르신을 제외한 가문 사람들에게는 사소한 장사만을 영위하게 했고, 여섯 어르신 중에서도 장남인 밍칭다를 제외한 다른 이들에게는 일부의 지분만 나눠줄 뿐, 사업에 직접 참여할 권한을 주지 않았던 것이다.

샤치페이가 밍씨 가문에서 가장 겉으로 도는 넷째 어르신을 만나 판시엔에 협조할 의사를 타진했는데, 그는 단호하게 거절해 버리고, 샤치페이와 연관되어 있는 링난의 과일 유통상 한 명을 보란 듯이 매질했다. 밍씨 가문의 세력을 봤을 때, 민간 상인 하나 때린 것은 일반적으로 아무 문제가 되지 않았는데, 웬일인지 다음 날 바로 수저우 관아에서 그를 체포하러 와버렸다.

밍씨 넷째 어르신은 처음엔 영문을 몰라 화를 냈지만, 이내 이 모든 게 판시엔 때문이고, 더 중요한 것은, 밍씨 가문이 어떤 이유에서든, 더 이상 그 자신을 보호해 주지 않을 것임을 깨닫게 되어, 착잡함과 함께 차가운 분노가 일기 시작했다.

판시엔이 밍씨 가문 내부에서 일어나는 일까지는 정확히 알지 못했지만, 조급하지는 않았고, 며칠 동안 밍씨 집안일로 등한시했던 포월루 수저우 분점을 찾았다. 예상대로 장사는 잘되는 편이었고, 위아래로 손님을 접대하느라 정신이 없어 보였다.

꼭대기 층에서 뒤편 작은 호수 쪽을 바라보던 판시엔은 호수를 넓히는 공사가 진행되는 것을 보고 있었다. 들어가는 은전을 생각하면 가슴이 아파 올 지경이었지만, 천부적인 상인의 기질을 가진 동생 판스져의 지시임을 알았기에 믿고 넘어가기로 했다.

덩즈위에는 조용히 보고서를 내밀었고, 판시엔은 조용히 읽었지만 표정이 좋지 않았다.

"밍씨 집안 조우 집사의 행방을 모른다고?"

조우 집사는 밍씨 가문 큰노마님의 심복이고, 자객에 고문을 가해 그가 군산회의 회계 담당인 그것까지는 알았는데, 어느 하루 아침에 사라져버려 감사원의 능력으로도 찾아내지 못하고 있었다.

"밍씨 집안에서 죽였거나, 명원에 숨어 있거나. 명원에 들어갈 수는 없나?"

"안에 있다는 것을 확인만 한다면 가능한데, 확인할 방법이 없습니다."

"알았어."

그때 문을 두드리는 소리가 들리고 덩즈위에는 밖으로 나가 밀정이 전하는 몇 마디 말을 듣고, 심각한 표정으로 다시 들어왔다.

"섬에서 소식이 왔습니다."

판시엔은 생각보다 오래 소식이 없어, 섬을 이용하여 밍씨 가문을 압박할 계획에 대해 사실상 체념한 상태였다.

"섬에 있는 사람들이 모두 죽었다 합니다."

'퍽!'

판시엔이 주먹으로 탁자를 내리쳤다.

"밀정은?"

"다행히 그가 방금 살아 돌아와 소식을 전한 것입니다."
"이름이 뭐야?"
"칭와(青娃)입니다."
"어디에 있어?"
"비밀 가옥에 도착해 상처를 치료 중입니다."
"가자."

칭와는 꿈을 꾸는 기분이었다. 며칠 동안이나 계속 지속되었다.
육지에 도착해서 처음으로 깊은 잠을 잘 수 있었지만, 꿈속에서는 어김없이 새들의 먹이가 된 동료들의 시체가 떠올랐다.
놀라서 깨기를 반복.
희미한 불빛밖에 없는 방 안에, 여자보다 예쁘다고 할 수 있는 젊은 남자 하나가, 그를 바라보고 있었다.
'꿈인가? 악몽은 끝났나?'
"제사 대인이시네."
'무슨 소리야? 제사 대인이……제사 대인?!'
화들짝 놀라 칭와가 일어나 인사를 하려 했지만, 판시엔이 손으로 누르며 침대에 다시 눕혔다. 그는 경국의 로빈슨 크루소인 그의 맥을 짚었는데, 기력이 많이 상하기는 했지만, 후유증이 남을 정도는 아니었다.
침을 하나 놓아주고, 기력이 좀 회복될 때까지 기다렸다 몇 마디 물었다.
칭와는 해적 두목이 밍란스의 첩과 관련되어 있다는 것을 포함해 많은 유용한 정보를 알고 있었다.
"고향에 갔다는 그 첩은 이미 물고기 밥이 되어 있겠군. 즈위에, 첩의 고향 집에 사람을 보내서 조사해. 밍란스의 변명이 궁금하네."

그리곤 다시 칭와에게 고개를 돌려 물었다.

"섬에 왔다는 관병들에 대한 너의 판단은 뭐야?"

관병들이 핵심이었다.

관병은 군대고, 군대가 밍씨 집안의 조력을 받고 있다는 뜻이고, 장 공주와 연결되었다는 것이다. 실로 황제도 궁금해할 수밖에 없는 일이었다. 칭와보다 덩즈위에가 먼저 설명했다.

"취엔저우 수군은 강력한 군대였는데, 과거 예씨 집안이 모반죄로 몰락하면서, 예씨 집안의 군대 내 세력을 제거하기 위해 취엔저우 수군을 없애고, 대신 세 개의 수군 체재로 재편했습니다. 강남 지역을 총괄하는 수군은 샤저우에 있는데, 샤저우와 그 섬과의 거리는 너무 멀어, 샤저우 수군이 움직였다면, 이렇게 흔적 없이 처리하지는 못했을 것입니다."

칭와는 악몽이 떠오르는 듯, 눈을 감고 식은땀을 흘리다, 힘겹게 입을 열었다.

"수군의 배가 동도 트기 전에 섬에 도착했습니다. 섬 주위에는 암초가 많은데, 심지어 어둠 속에서 배를 댈 수 있다는 것은, 육지의 관병들이 배를 빌려 온 것은 아니고, 전문적인 수군이 맞습니다. 그리고……제가 한 명 관병의 얼굴을 자세히 볼 수 있었는데, 강남 쪽 사람은 아니고 좀 더 위에 있는……."

"동이성의 수군일 가능성도 있을까?"

"대화를 들었는데, 동이성 말투가 아니었습니다."

판시엔은 덩즈위에와 눈빛을 교환했다.

동산로 쟈오저우(膠州, 교주) 수군. 3대 수군 중 가장 강력한 수군. 장 공주가 쟈오저우 수군을 장악하고 있다면, 상황은 판시엔의 생각보다 훨씬 심각했다.

'징두 수비였던 예중 집안도 2황자와 혼사를 치렀고, 북방 군대도

옌샤오이가, 쟈오저우 수군도 장 공주가?'

"쟈오저우 수군의 제독은 누구 사람이지?"

"아직까지 공식적으로 자신의 의향을 드러내지 않았습니다. 수군 제독은 정1품이니 옌샤오이의 지시에 따르진 않을 것이고, 친(秦)씨 집안 출신이긴 하지만, 예중 대인과도 관계는 좋은 편입니다."

판시엔은 잠시 생각을 하다 비밀 가옥을 떠날 준비를 하며, 칭와에게 무심하게 한마디 했다.

"회복되면 내 밑에서 일 좀 해."

판시엔이 나가자, 감사원 4처 관원들이 칭와에게 웃으면서 축하해줬고, 그는 마침내 악몽에서 깨어날 수도 있겠다는 생각이 들기 시작했다.

하지만 정작 마차에 오른 판시엔은, 칭와가 건네준 소식에 악몽을 꿀 것 같은 기분이었다.

덩즈위에가 눈치를 살피며 조용히 보고했다.

"조우 집사를 찾았습니다."

"어디야?"

"명원입니다."

판시엔의 얼굴이 약간 밝아졌다.

"드디어 할 일이 생겼네."

징두에서 30리 정도 떨어진 석비촌(石碑村).

삿갓을 쓴 거구의 사내가, 봄에도 아직 남아 있는 창산 봉우리의 흰 눈을 바라보며, 식어버린 차를 들이켜고, 게걸스럽게 소면을 먹기 시작했다.

삼석 대사가 여기에 온 것은, 도를 논하기 위함이 아니라, 황제를 암살하기 위해서다.

군산회는 응집력이 강하지 못한 조직이었지만, 목표가 정해진 후 천하의 세력들을 모으기 시작했다. 하지만 삼석 대사는 그 계획에 반대하고, 군산회를 벗어나 이곳으로 왔다.

소면을 한 움큼 입에 밀어 넣는 순간, 가슴 속 깊은 슬픔이 몰려와, 무미건조한 그의 눈에 눈물이 그렁그렁 맺혔다.

'뚝, 뚝.'

두 방울이 소면 그릇에 떨어졌다.

징두에 가서 황제에게 묻고 싶었다. 그 이유가 무엇이냐고.

그는 삿갓을 고쳐 쓰고, 사람 키보다 높은 나무 지팡이를 들고서, 창산을 뒤로한 채, 묵묵히 황궁을 향해 걸어갔다.

숲으로 들어가자, 길은 점점 좁아졌다.

한 촉의 화살이 날아들었다!

아무 소리 없이 날아오던 화살은, 3척(尺) 앞에서 섬뜩한 소리를 내기 시작했다.

그에게 죽으라고 소리치는 것 같았다.

지팡이 머리 부분으로 화살을 막았다.

지팡이를 잡고 있던 삼석 대사의 손이 미세하게 떨렸고, 화살이 박힌 지팡이 머리 부분이 산산조각 부서져 버렸다!

'옌샤오이?'

재빨리 주위를 살피니, 나뭇잎 사이로 젊은 남자의 얼굴이 하나 보였다.

'옌샤오이의 아들?'

삼석 대사는 큰 새처럼 몸을 날려, 지팡이를 휘둘렀다. 상대방이 자신을 죽이려는 이유는 아무래도 상관없었다. 황제에게 이유를 묻기 전까지, 죽을 수 없었을 뿐이다.

궁수와 싸울 때 핵심은, 거리를 좁히는 것이다.

하지만 그 과정은 궁수에게, 가장 좋은 기회이기도 하다.

'휙!'

두 번째 화살이 삼석 대사의 목을 향해 날아왔다.

삼석 대사가 가장 기다린 순간이었다. 그는 무식하게 철포삼을 이용하여 화살의 충격을 최대한 줄이는 대신, 지팡이의 일격으로 상대방을 공격할 생각이었다.

궁수가 침착하게 한발 물러서자, 네 자루의 검이 섬광을 내뿜으며, 삼석 대사의 지팡이를 막았다!

굉음과 함께 자욱한 먼지가 일었다.

'휙!'

세 번째 화살이 자욱한 먼지 사이로 날아들었다.

굳은살이 박힌 왼쪽 손바닥을 곧게 펴서 진기를 운용해 철포삼을 극대화시킨 후, 화살을 막았다.

'팅!'

화살이 튕겼다.

삼석 대사는 '휘청' 하더니, 뒤로 밀려났다.

화살이 계속 이어졌고, 대사는 계속 휘청거리며 뒤로 밀려났다.

아홉 발의 화살.

아홉 발의 물러섬.

삼석 대사는 오른 다리에 통증이 느껴져 아래를 보자, 눈에 살기를 가득 품은 야수가 으르렁거리며 자신의 다리를 물고 있었다. 살수로 단련된 호랑이. 다리의 살점이 뜯기며, 피가 사방으로 튀었다.

함정.

"내가 너희 같은 새끼들에게 당할 거라고는……."

궁수는 대꾸도 하지 않고, 독이 묻은 화살을 시위에 놓고 다닌 후, 삼석 대사의 목을 조준했다.

"발사!"

화살이 활시위를 떠나지 않았다.

하지만, 궁수의 명령에 십여 장(丈) 거리에서 주변을 둘러싸고 있던 궁수들의 화살이, 비처럼 삼석 대사를 향해 쏟아졌다.

'젠장, 군대가 움직였군!'

삼석 대사는 마지막 힘을 다해 지팡이를 휘둘렀고, 몇몇 화살은 그의 몸을 찔렀지만, 철포삼 때문에 뚫지는 못했다.

하지만 젊은 궁수의 얼굴은 여전히 침착했다.

'삼석 대사의 진기를 소모시키기만 하면 된다.'

수십 명의 궁수가 끊임없이 화살을 쏘고, 젊은 궁수가 삼석 대사의 목을 겨눈 화살은, 아직도 시위를 떠나지 않고 있었다.

쌓이는 것은 튕겨 나가는 화살, 보이는 것은 그것을 막아내는 삼석 대사.

다만, 지팡이를 휘두르는 속도가, 현저하게 느려 지고 있었다.

'휙!'

'퍽!'

일순간에 숲 안뿐만이 아니라, 천하가 침묵에 빠진 듯 보였다.

삼석 대사가 눈을 부릅뜨고서 목에 박힌 화살을 쥐었다. 입을 벌려 무슨 말을 하려 했지만 '꺽꺽' 소리만 들렸다. 화살을 잡은 손을 따라 붉은 피가 흘러내렸다.

이어서 몇 발의 화살이 더 날아들어, 그의 몸에 박혔다.

삼석 대사가 괴성을 지르자, 진기가 폭발하며 지팡이가 갈라졌고, 그 안에서 서슬 퍼런 검이 나왔다. 검을 아래로 비스듬히 휘둘렀다. 야수가 물고 있는 다리가 절단되었다.

그는 매처럼, 상대방의 진영에 사냥을 하듯 날아들었다.

차가운 섬광이 번쩍이자 사방으로 피가 튀었다. 세 명의 머리가 떨어져 나가고, 여러 명의 가슴이 베였다.

그게 마지막이었다.

그는 화살이 꽂힌 몸을, 땅에 박힌 장검에 기대어, 피를 흘리며 마지막 숨을 토해냈다.

경묘 제2제사가, 죽었다.

궁수들이 둘러서서 삼석 대사의 죽음을 확인했다.

"현장을 정리하고 너희들 진영으로 돌아가."

젊은 궁수가 무심하게 명령했다.

"딩한(丁寒), 네가 책임지고 정리해."

숲에서 나온 젊은 궁수는 바로 진영으로 돌아가지 않고, 평민 복장으로 갈아입은 뒤 마차를 하나 얻어 타고서 상인들과 잡담을 나누며 징두로 들어갔다. 구석진 작은 골목의 가게에 들러 채소죽을 두 그릇 먹고, 한참 동안 차를 마시다 변소를 갔고, 변소를 나온 뒤 미행이 없다는 것을 확인하고서, 뒷담을 넘어 어느 눈에 띄지 않는 저택에 들어갔다.

그를 맞아주는 사람은 없었지만 그는 자기 집인 듯 구조를 훤히 알고 있었다. 그는 곧장 서재로 들어가, 허리를 숙여, 책상 아래 살며시 드러난 작은 발을 바라보며 보고했다.

"전하, 제거했습니다."

"고생했어."

삼석 대사를 죽일 때의 모습은 온데간데없었고, 그는 부끄러운 젊은이처럼, 앞에 있는 연약하고 아름다운 여자의 눈을 쳐다보지도 못했다.

"삼석은……정말 아까워."

"하지만 내 말을 안 듣고 저렇게 날뛰면, 폐하 오라버니가 의심하잖아."

젊은 궁수가 끼어들 수 없는 화제였다.

"옌 도독과 함께하지 못한다고, 날 원망하진 마."

"아버지가 북방에서 할 수 있는 일이라고는, 종일 술 마시는 것뿐이라 들었습니다. 저는 징두에 있는 것이 더 좋습니다."

장 공주는 미소를 지으며 두어 마디 위로의 말을 전하고 그에게 물러가라 했다.

'군산회는 다 황제 오라버니를 위한 일인데, 나의 헌신을 오라버니는 무엇으로 보답해 주실까?'

그녀가 어렸을 때 군산회를 조직한 이유는 황제가 차마 공식적으로 처리할 수 없는 일을 대신하기 위함이었다. 눈엣가시인 관리를 죽인다거나, 지나치게 세력을 키운 집안을 무너뜨린다거나.

황제가 군산회의 존재를 모르고 있었지만, 북제와의 전쟁이나 동이성과의 상업 경쟁에서 암암리에 경국을 돕고 있었던 것이다.

물론 지금의 군산회는 성격이 조금 변해 있긴 했지만.

'군주가 자신을 용납하지 않더라도, 항상 스스로를 아껴야 하고, 이를 위해 대가를 치를 수도 있어야 한다. 위엔 선생의 말도 일리가 있는 것 같네.'

옌샤오이 아들이 현장 처리를 맡긴 딩한은 마지막으로 현장을 둘러본 후 숲을 떠났다.

너무나 이상한 것은, 얼마 지나지 않아, 그가 혼자 현장에 다시 돌아왔다는 것이다. 바닥을 더듬거리더니, 그가 고의로 숨겨놓은 부러진 화살을 꺼내어, 조심스럽게 품에 넣었다.

그리고는 손에 침을 한번 뱉고 맨손으로 땅을 열심히 파기 시작했다.

한참이 지난 후, 장화에 꽂혀 있던 비수로 천천히 삼석 대사의 시체에서 머리를 잘라낸 후, 다시 시체를 묻었다. 그리고 한번 더 현장을 둘러본 후 '마침내' 숲을 떠났다.

하지만 그는 징두로 가지는 않았다.

진원의 뒷산, 뒷문 그리고 늙은 종.

늙은 종이 딩한에게서 보따리를 받았고, 딩한은 말없이 인사를 올린 후 진영으로 돌아갔다.

진원의 어두침침한 방안에서 쳔핑핑은 은은한 미소를 지으며 검게 탄 머리를 바라보았다.

"시신이 저렇게 타버렸는데, 폐하께서 그 바보 같은 삼석인지 알아볼 수 있을까?"

늙은 종은 그저 웃기만 했다.

쳔핑핑은 같이 담겨온, 부러진 화살을 보았다.

"삼석도 바보지만, 장 공주도 바보야. 옌샤오이 아들에게 이런 일을 시키다니……자신의 실력을 과신하면, 모든 일을 영원히 숨길 수 있다고 생각하지……그 보잘것없는 군산회 같은 거 말이야."

"입궁하시겠습니까?"

"그래."

"제사 대인 쪽이 좀 어려움이 있어 보입니다."

20년 넘게 쳔핑핑을 보좌해 온 늙은 종은 쳔핑핑의 일을 가장 많이 알고 있는 사람 중 하나였다.

"판시엔이 너무 급하게 움직인 건 맞는데……하고 싶은 대로 하라고 해. 그가 하고 싶지 않은 일은 내가 하면 되니까."

쳔핑핑은 언제부터인가 많은 일들을 판시엔에게 알려주지 않았다. 정확히 말하면, 영원히 알리지 않을 생각이었다. 그래야 판시엔이 자신처럼 단단한 바위가 될 수 있다고 믿었기 때문이다.

창밖을 바라보던 그는 장 공주 옆에 있는 위엔홍다오를 떠올리며 미소를 지었다.

“적들은 내가 모를 거라 생각하지만, 난 모든 것을 알고 있지. 다만……그게 행복한 일은 아니야.”

쳔핑핑이 입궁하면, 황제는 군산회의 존재를 알게 된다.

황제는 결심을 내릴 것이다.

쳔핑핑이 유일하게 필요한 것은, 황제의 결심이다.

‘어떻게 하면 큰 소동 안 일으키고, 황궁의 고귀하신 분들 안 죽이고, 편안하게 잠들 수 있을까나…….’

폐하의 기분이 좋지 않았다.

폐하가 대신들을 불러 모으지 않는 것을 볼 때 경국에 큰일이 생긴 것 같지는 않았다. 하지만 폐하가 기분이 좋지 않다는 것은 모두가 알 수 있었다. 조정 회의에서 추밀원의 늙은 친 대인을 엄하게 꾸짖었기 때문이다. 친씨 집안은 군을 책임지는 집안인 데다, 친 대인은 황제의 심복이라 불렸다. 그래서 황제는 항상 그의 체면을 살려주었는데, 오늘 갑자기 대노하며 모질게 대했던 것이다.

그런데 수상한 점은, 친 대인의 아들 징두 수비 친헝은 평온한 표정으로 문하중서성을 출입한 것이다. 마치 황제가 집안을 질책한 것이 아무 일도 아닌 듯.

이로써 대신들은 심복을 질책한 것이, 실제로는 징두 밖의 누군가에게 신호를 보낸 것이라 추측하기 시작했다.

3일 뒤, 딩저우의 예중이, 지금은 태평성세이기에 딩저우의 병력을 줄이겠다고 상주문을 올렸다. 황제는 담담히 허락하였고, 황제는 다시 태후에게 문안을 드리기 시작했고, 장 공주는 다시 광신궁에서 살게 되었다.

거리가 멀어질수록 아름답지만, 먼 거리는 위험을 초래한다.

특히 가족은 그렇다.

황제의 결심이었다.

진원의 그 노인은 자신의 계획과 다른 황제의 결심을 보고, 다른 일을 꾸며야 한다고 생각하기 시작했다. 씨앗이 새싹을 틔우고, 마음속 깊은 검은 토양에서 자라나기 시작했다.

언젠가 독을 품은 넝쿨로 자라날지 모를 일이었다.

제11장

호부로 향하는 의심

홍쥬가 동궁의 4품 수령 태감으로 부임한 지 3개월이 지났다. 하지만 황후는 그의 영민함을 인정하면서도, 황제가 그를 보냈기에, 경계심을 풀지 않고 있었다.

"폐하께서 국사에 걱정이 많으시니, 본궁은 폐하를 대신해 나눌 방법을 찾고 싶네. 국사는 관여할 수 없지만, 위로할 탕이라도 올려 드려야 하지 않겠나?"

"황후 마마님은 참으로 세심하십니다."

"가서 여쭤보고 오게나."

홍쥬가 나갔다 돌아와서 황후의 귀에 대고 몇 마디 속삭였다.

"역시나 국고가 비어 있었구나……."

"황후마마는 천하의 어머니로서, 그런 일에 근심하실 필요가 있겠습니까? 국고는 호부에서 알아서 할 일입니다."

'호부'라는 단어에 황후는 눈을 번쩍였다.

"국고는 호부의 책임이지. 무슨 방법을 세우고 있으시더냐?"

홍쥬는 말을 하려다, 삼켰다.

"어린 것이 생각이 많구나?!"

황후의 질책에 홍쥬는 황급히 엎드리며 죄를 고했다.

"종이 어찌 감히. 어제 어서방에서 폐하께서 호부가 무능하다 질타하셨는데……호부 관리 하나가 돈을 가로챘다고……."

황후는 안색을 바꾸며 조용히 말했다.

"그런 조정의 일은, 본궁에게 알릴 필요는 없네. 폐하께서 요즘 자주 다니시는 곳이, 어디 더냐?"

홍쥬는 주위를 한번 살피고 황후에게 다시 한번 귓속말로 전했다.

"또 그곳이야?"

홍쥬가 겁을 먹고 나가자, 병풍 뒤에서 젊은이가 옅은 황색 두루마기를 걸치고 나왔다. 이런 복장을 할 수 있는 사람은 황제, 태후, 황후 그리고 태자.

태자는 근래 행동을 조심하고 있었는데, 원래 가장 큰 적이라 생각했던 2황자가 무너지고, 판시엔의 신분이 드러나면서, 판시엔의 동향을 주시하고만 있었던 것이다.

"모후, 호부의 일을 시작해도 될 것 같습니다."

"홍쥬를 믿어도 될까?"

"7할 정도. 하지만 영민한 것은 사실입니다. 홍쥬가 뇌물을 받은 사실을, 판시엔이 부황께 말하지 않았으면, 어서방에서 쫓겨날 일도 없었을 겁니다."

"정말 믿어도 되는지 확신이 안 서네."

"홍쥬가 판시엔에게 앙심을 품고 있는 것은 확실해 보입니다. 다른 태감과 궁녀들이 사석에서, 홍쥬가 그 일로 분통해 하는 모습을 종종 보았다 합니다."

"폐하의 화가 호부 때문이라면, 호부를 조사해서 판지엔을 쫓을 수 있는 기회인데……광신궁으로 가서 생각을 물어봐야겠어."

장 공주가 언급되자, 태자는 순간적으로 이상한 기운이 눈빛에 스쳤다.

"이번에도 고모께 맡기실 생각이신가요?"

"장 공주와 가깝게 지낼 생각은 없어. 더구나 폐하께서 장 공주를 다시 황궁으로 들인 것도, 결국은 감시하기 위함이시겠지. 그러니 장 공주도, 움직임이 많이 불편해졌을 거야. 그저 몇 가지 알리려는 것뿐이야."

황후는 아들의 어깨를 토닥토닥 두드렸다.

"장 공주와 둘째와의 관계는 잊어버려. 호부 일은 적절한 사람을 모후가 알아볼 테니, 걱정 말고."

황후는 몸을 돌리며 독기 어린 말투로 조용히 말했다.

"내 집은 멸문지화를 당했지만, 아직 조정에 몇몇은 남아 있지. 판지엔, 네 놈이 국고의 돈을 강남에 보내면서도, 천하의 눈을 속일 수 있다고 생각했느냐!"

'국고의 은전을 강남으로 보낼 만큼 판 상서의 간이 밖에 나왔다고? 그래도 저렇게 확신에 차 있으신 걸 보면, 어머니와 고모가 뭔가를 알고 계신 게 분명하군.'

황후는 천천히 걷다, 다시 한번 태자를 바라보고 온화하게 말했다.

"모후가 확실히 말할 수 있는 것은, 폐하께서 여전히 너에게 지위를 물려주실 생각이라는 것이야."

"하지만 셋째가 판시엔과 함께……."

"젖내나는 아이를, 뭘 그리 무서워해?"

"저는 부황의 마음을 잘 모르겠습니다."

"그럴 생각이 없으셨으면, 진작에 폐위시켰을 분이야!"

"어쩌면 기회를 찾고 계신 지도……."

"틀렸어. 넌 다른 형제들과 달리, 가장 큰 장점을 가지고 있지. 아직 너는 그 점을 모를 뿐."

태자는 어머니의 말을 그저 듣고 있었다.

"대황자는 동이성, 2황자의 슈 귀비, 3황자의 이 귀빈 모두 징두에 세력을 가지고 있지. 황자들 중에 너와 나……우리 모자만 의지할 곳이 없어."

황후는 경멸하듯 말을 이었다.

"내가 폐하의 성격을 잘 알지. 의심 많은 폐하는 외척을 가장 싫어해. 폐하는 외척이 없는 아들에게 황위를 물려주실 거야."

황후는 갑자기 미친 사람처럼 신경질적으로 웃었다.

"설령 그 선택이 틀렸다 한들 이제 와서……이제 알겠어? 네가 태자가 될 수 있었던 것, 네가 용상을 차지할 수밖에 없는 이유는……3천 명의 내 친족들이, 목숨을 바쳤기 때문이야! 바로 너의 친척이기도 한, 그 사람들! 그들이 피와 살로 너의 길을 만들어 준 거야. 그러니 너도 인내하고, 기다려야 해."

'부황께서……나의 외척을 다 정리하신 거구나…….'

태자는 떨리는 몸을 도무지 진정시킬 수 없었다.

한참이 지난 후, 태자는 결연한 눈빛으로 말없이 어머니를 바라보다, 고개를 천천히 끄덕였다.

황실과 조정은 별개의 존재였지만 서로 긴밀한 이익을 공유한 관계였다. 왜냐하면 황제의 기분을 맞추는 일은, 항상 옳았기 때문이다.

하지만 이번 일에는, 그 틈이 벌어지고 있었다.

호부 상서 판지엔.

조정의 대신들은 아무도 호부를 조사하는 일에 나서려 하지 않았다. 하지만 황실의 압박에 견디지 못한 몇몇 대신들은 상주문을 쓰기 시작하였다. 그들 중 일부는 나라의 국고를 걱정하는 청렴한 관리들이었지만, 대다수는 이 기회에 판지엔과 판시엔 즉 판씨 집안의 세력을 약화시키려는 관리들이었다.

경국의 조정 회의는 항상 정해진 시간에 열렸다. 오늘도 마찬가지였다. 급히 논의해야 할 일들을 마치자 황제는 피곤한 얼굴로 관례적으로 물었다.

"또 처리해야 할 일이 있는가?"

대리사 대신 하나가 앞으로 나와 예를 올리고 말했다.

"폐하, 전운사 정사 판 대인이 내고에서 저지른 일을, 어떻게 처리해야 하겠습니까?"

아무도 쉽게 나서지 못했지만, 평생 지조를 지키며 청렴하게 살아온 인물, 현재 문하중서성에 부임해 내각을 책임지고 있는 후(胡) 대학사가 진중하게 말을 했다. 그는 판시엔을 높이 평가했기에, 그가 잘못된 길을 간다면 바로잡아야 한다 생각했던 것이다.

"폐하, 철저히 조사해야 합니다."

"무엇을 철저히 조사하라는 것인가? 판시엔이 폐단을 조사하고 바로잡느라 생긴 일이라는 감사원의 보고서가, 문하중서성에도 올라와 있지 않는가?"

"다른 의견의 상주문이 올라온 이상, 조사할 필요가 있습니다. 판

정사의 말이 사실이라면, 무고하게 모함을 받은 판 대인의 마음을 격려해야 하고, 거짓이라면, 전운사와 강남로 관원들의 마음을 보듬어 주어야 합니다."

황제는 강직한 그를 보며 만족한 표정을 지었다.

그를 부른 것은 판시엔과 세력을 맞추기 위함이었다.

린뤄푸와 쳔핑핑처럼.

"대학사의 말에도 일리가 있어 보이네. 사람을 보내 조사를 시켜라."

슈 대학사가 앞으로 나와 말했다.

"소신은 조사보다도, 내고의 혼란으로 황실 수입이 줄어들까 걱정입니다."

완곡하지만, 모든 조정 대신들의 걱정을 대변하는 말이었다. 그리고 은연중에 판시엔의 능력을 믿지 못하겠다는 의미도 내포하고 있었다.

"판시엔이 짐의 기대에 부응했는지는, 내년 내고의 성적이 나와 봐야 하지 않겠는가? 너무 조급해하지 말게. 그러고 보니, 내고의 입찰 결과가 왜 아직 안 올라오는 것이냐?"

황실과 내고 수입을 공동 관리하는 태상사 정경(正卿, 관직의 하나)이 난처해하며 앞으로 나와 입을 열었다.

"폐하, 오늘 새벽에 당도했는데, 급히 입궁을 하느라 보지는 못했습니다."

"당장 가지고 오지 못할까!"

사실 입찰 결과 보고서가 늦게 온 것은 판시엔이 일부러 늦춘 것이었다.

황제는 황급히 나가는 태상사 정경의 뒷모습을 보면서 웃는 듯 마는 듯 묘한 표정을 지으며, 야오 태감에게 찻잔을 받아 들고 여유롭게 차를 마셨다.

시간이 지날수록 대신들의 마음은 조급해졌지만, 아무도 겉으로 내색하지는 못했다.

이 순간, 누구보다 조급한 태상사 정경이 태극전 안으로 뛰어 들어왔다. 얼굴부터 귀까지 벌겋게 달아오르고 이마에는 비 오듯 땀이 흘렀다. 곧 숨이 넘어갈 듯 보이는 태상사 소경 런샤오안이 그 뒤를 따라 들어왔다.

두 사람이 숨도 고르지 못한 채 예를 갖춰 인사를 드리자, 황제는 편안하게 물었다.

"알아보았는가?"

대신들은 모두 긴장된 표정으로 두 관리를 바라보았다.

대리사 정경이 꿀꺽 침을 한번 삼키고서 큰 소리로 외쳤다.

"경하드리옵니다!"

황제는 은은한 미소를 지으며 다시 물었다.

"구체적 액수는 어떠한가?"

태상사 소경 런샤오안은 다행히 숨이 넘어가지는 않은 듯 품에서 서류를 꺼내서 읽기 시작하였다.

"경력 6년 3월 22일부터 이틀간 진행된 내고 공개입찰에서, 북남동 3로 165개 항목에 대한 낙찰 총액은……."

이미 본 숫자지만, 다시 한번 심장이 덜컹하며, 떨리는 목소리로 말을 이었다.

"2천, 4백, 22만 냥……입니다."

환호성은 없었다. 탄식도 없었다.

그저 조용할 뿐이었다.

슈 대학사가 침묵을 깨고 외마디 비명을 지르더니 바닥에 쓰러졌다.

옆에 있던 대신들이 황급히 그를 부축해서 일으키고, 그는 한참 동안 정신을 가다듬더니, 이윽고 감개무량한 표정으로 황제에게 말했다.

"폐하! 경하……드리……옵니다!"

이어서 부정확한 발음으로 이어지는 슈 대학사의 축하 인사에, 대신들은 그제서야 실감이 나는 듯 비명을 지르고 웅성대기 시작했다. 누가 먼저랄 것도 없이, 모두 바닥에 엎드려, 황제의 은혜가 어쩌고 저쩌고, 뒤질세라 온갖 아첨을 늘어놓았다.

말은 아첨이었지만, 기쁨은 결코 거짓이 아니었다.

이때 엎드리지 않은 한 사람, 후 대학사가 앞으로 나와 말을 했다.

"액수가 너무 커서 의심스러우니, 조사가 필요합니다. 다만, 판 대인이 아무런 문제없이 이런 성과를 올린 것이라면, 큰 상을 내려야 한다고 생각합니다."

견제인지 칭찬이지 분간이 안 가는 말에 황제는 차분히 물었다.

"문제가 없으면, 어떤 상을 내려야 할 것 같으냐?"

"국가의 근간을 튼튼히 한 공로, 누구도 쉽게 받을 수 없는 상을 내려야 한다고 생각합니다."

"누구도 쉽게 받을 수 없는 상?"

"전운사 정사 판 대인을 문하중서성으로 불러, 내각 업무를 맡겨야 한다고 생각합니다."

대신들은 그저 말도 못 하고 어이가 없다는 표정으로 대학사를 바라보았다.

'문하중서성? 재상이 없는 상황에서 조정에서 가장 큰 결정권을 가지는, 그 문하중서성? 그런 황당한 이야기를 무슨 생각으로…….'

황제는 심드렁한 표정으로 대답했다.

"판시엔은 너무 어리네."

후 대학사는 물러나지 않고 침착하게 대답했다.

"과거의 한 현자는, 열여섯 살에 재상이 된 것으로 알고 있습니다. 그리고 문하중서성은 결정기구가 아니라 폐하의 문서를 다루는 기구일 뿐입니다."

"판시엔은 이미 감사원 제사야. 경국 법률에서 감사원 관원이 조정 대신을 겸직할 수는 없다는 걸, 대학사도 잘 알잖나? 3사의 한직만 맡을 수 있을 뿐이야."

"그것이, 누구도 쉽게 받을 수 없는 상이라는 의미였습니다. 폐하의 뜻은 경국 법률보다 높이 있으니, 문제될 것도 없습니다."

황제는 손을 '휘휘' 저었다.

"됐네. 여하튼 짐은 윤허할 수 없네."

후 대학사는 물러갔고, 슈 대학사와 눈빛을 한번 마주쳤는데, 그 모습을 황제는 유심히 보고 있었다.

기쁨도 흥분도 가라앉고, 어색함만 남았다.

누구도 공개적으로 말할 수는 없었지만, 오늘 조정 회의에서 다룰 가장 큰 문제는, 호부 조사와 관련한 안건이었다. 하지만 판시엔의 엄청난 업적 앞에, 그의 아버지 판지엔을 거론하기는 더욱 어려워졌다.

다들 해산할 수도, 거론할 수도 없어 어색한 침묵만 돌고 있었다. 그때, 장신의 대신 한 명이 나와 호부 문제를 설명했다. 대신들은 말을 듣지도 않은 채 판 상서만 힐끔힐끔 쳐다볼 뿐이었다.

판지엔의 근엄한 표정에는 아무 감정도 실려 있지 않은 듯 보였다.

"호부의 일은……어서방에서 논의하지."

황제는 이 말을 끝으로 조회를 해산시킨 뒤, 용포를 펄럭이며 병풍 뒤로 돌아 들어갔다.

그날 오후 어서방. 높디높은 용상 아래, 문하중서성 대학사 몇 명, 이부 상서 옌싱슈(顏行書, 안행서), 대리사경, 공부 상서가 앉아 있었고, 용상 옆에 태자, 대황자, 2황자가 공손히 손을 모으고 서 있었다.

"판지엔은 병이 났다고 알려왔네."

'판 상서는 뭘 믿는 거야? 간이 배 밖에 나왔네.'

황제는 손에 들고 있던 상주문을 책상 위에 던지며 말했다.

"생각을 말해보게."

태극전에서 어서방으로 장소만 바뀌었을 뿐, 누구도 먼저 입을 열지는 못했다.

어색한 침묵에, 공기마저 무거워진 듯 느껴졌다.

태자가 슈 대학사에게 눈짓을 보냈다.

폐하의 물음에 답을 하지 않는 것도, 죄다.

"폐하……."

황제는 침묵을 깬 슈 대학사의 목소리에, 말을 듣지도 않고 화부터 냈다.

"호부를 조사하라고 상주문을 올린 것이, 바로 자네들이지 않은가?!"

황제는 던져 놓은 상주문을 다시 들고 세차게 흔들며 말을 이었다.

"짐 앞에서는, 왜 벙어리처럼 가만히 앉아 있는 것인가?!"

모든 대신들이 놀라 바닥에 엎드리고는 죄를 고했다.

황제는 버섯탕을 한 모금 마신 후, 겨우 마음을 진정시키고서 손짓하여 다시 앉으라 했다.

그제서야 슈 대학사가 다시 입을 열었다.

"호부는 국가의 재정을 담당하는 부서로, 상주문이 올라온 이상 조사는 해야 합니다. 다만 그 방식이 문제인데……호부라는 관아의 특성상, 공을 세우기는 어렵고, 문제를 일으키지 않는 것이 공인데, 판지엔은 오랜 기간 호부를 문제없이 관리했으니, 그 공이 지대합니다. 그러니 조사를 하더라도, 폐하께서 판 상서의 노고를 헤아리시어, 관대한 태도를 보여주시기를 간청드리옵니다."

"조사는 필요합니다."

후 대학사가 고개를 끄덕이며 동의했다.

황제는 담담히 공부 상서에게 물었다.

"자네 의견은 어떤가?"

"호부 관아의 어려움은 알지만, 가끔씩 예산을 받아내기 힘들었던 것은 사실입니다."

인사를 담당하는 이부 상서 옌싱슈도 조사를 철저히 해야 한다 말을 이었다. 그는 장 공주 사람으로서 먼저 말을 하기는 어려웠지만, 다른 사람들의 말이 나오자 누구보다 단호하게 의견을 밝혔다.

하지만 구체적 이야기 없이 '조사하라' 라고만 하는 대신들을 보며, 한심한 눈빛으로 황제가 직접 입을 열었다.

"도찰원 강남로 어사 궈졍이 올린 상주문을 보면, 판시엔이 동원한 은전의 출처를 의심하고 있네. 짐도……그 점이 의심스럽네."

황제의 말에 드디어 2황자가 입을 열었다.

"소자, 드릴 말씀이 있습니다."

황제는 냉랭하게 말했다.

"말하라."

"소자가 생각하기에는, 국고를 이용하여 사적 이익을 본 것은 대죄이며, 심지어 호부에서 국가의 재산을 강남에 보내 그 일을 도왔다면, 모반에 가까운 죄입니다."

2황자는 직접적으로 판씨 집안 부자를 겨냥하고 있었지만 아무도 반박할 수는 없었다. 대신 대황자가 입을 열었다.

"귀경은, 판시엔과 오랜 원한 관계가 있습니다."

대황자의 말에 판시엔을 아끼는 슈우는 재빨리 말을 이어받았다.

"귀경은 큰일을 벌여, 공을 세우길 좋아하는 사람입니다. 그 때문에 작년에 폐하께서, 그를 강등시키고 강남으로 보내셨습니다."

'원한'이라는 말에 2황자의 얼굴이 달아올랐고, 대황자를 원망 섞인 눈빛으로 쳐다보았다. 하지만 더 반박할 수 없는 것은, 귀경이 형부에서 잘못을 저질러 도찰원 좌도어사에서 강등되어 강남으로 간 것은 '사실'이었기 때문이다.

드디어 태자도 입을 열었다.

"태감이 내려가 있지 않습니까? 귀경의 말을 믿지 못한다면, 태감에게 물으면 될 일입니다."

태자의 의견은 명확했지만 황제는 한심스러운 듯 말을 했다.

"태감 말을 믿으라는 것이냐? 역사를 잊지 말거라!"

태감인 야오 공공은 평온한 반면, 태자는 민망한 얼굴로 입을 다물었다.

"쉐칭의 상주문을 기다려 보지. 조사 방법은 생각해 둔 것들이 있느냐?"

경국 조정에서 조정 관원들을 감찰하는 방법은 두 가지였는데, 하나는 언관(言官)이라 불리는 도찰원 어사들이었고, 다른 하나는 당연히 감사원이었다.

언론을 관리하는 도찰원이 소문과 의심을 황제에게 전하면, 황제가 판단하여, 감사원에게 권한을 부여해 조사시키는 것이 일반적인 관례였다.

하지만 문제는 호부 상서 판지엔의 아들 판시엔이 감사원의 제사라는 것이었다.

'아들이 아버지를 조사하게 할 순 없지' 라고 생각하며 슈 대학사가 입을 열었다.

"폐하, 감사원이 조사케 하는 것은 적절치 않을 듯합니다."

황제가 의미심장한 미소를 지으며 말했다.

"감사원이 조사하게 하고, 이부, 형부, 대리사에서 사람을 보내 돕도록 하고, 자네들이 의견을 모아, 총괄할 사람을 정하면 되지 않겠나?"

'도우라는 말'은 곧 감시하라는 뜻이었다.

'의견을 모으라'고 했지만 누구도 나설 수는 없었다.

황제는 천천히 주위를 둘러보다 후 대학사에 시선을 멈추었다. 후 대학사는 황제의 총애에 감동했지만, 이내 판씨 가문과 척을 진다는 사실에 마음이 무거워졌다.

"아버지, 제가 맡고 싶습니다."

황제가 대황자를 보며 '하하' 웃더니 손을 저으며 말했다.

"넌, 안된다."

"왜 아니됩니까? 소자가 맡는다면, 공평하게 조사할 수 있습니다. 소자의 충심을 믿어 주십시오."

대황자가 진지하게 고집을 부리자 황제는 웃음을 거두었다.

"짐이 안 된다 하면, 안되는 것이다. 금군 통령이 호부를 조사하는 것은, 군대가 조정 일에 간섭하는 선례를 만드는 것이다!"

이때 후 대학사가 눈치를 살피며 슬며시 일어났다.

"소신이 맡겠습니다."

황제는 고개를 끄덕이고 태자를 보며 차갑게 말했다.

"태자는 후 대학사 옆에서 보좌하며 배워라."

"명을 받들겠습니다."

태자는 침착했지만 속으로는 쾌재를 부르고 있었다. 태자가 '보좌'한다는 것은 태자가 '명'한다의 뜻과 다름없었다. 태자는 이것으로 현공 사당의 일로 인한 황제의 마음이 풀렸다고 생각하고 있었다.

대신들이 떠나고, 시중을 들던 야오 태감은 황제의 기분이 별로 좋지 않음을 느꼈다.

"폐하, 들어가 쉬시겠습니까?"

"아니다."

황제는 이미 어서방을 걸어 나가고 있었다.

"그곳으로 가자."

'요즘 그 나무 전당에 너무 자주 가시는 건 아닌지…….'

어서방에서 나온 두 명의 대학사는 황궁을 나오며 흩어졌지만, 얼마 지나지 않아 징두 남쪽에 있는 슈 대학사의 크지 않은 저택 정자에서 술을 마시고 있었다.

슈 대학사가 어서방에서 말하지 못한 의문을 입 밖으로 냈다.

"왜일까?"

후 대학사는 독주를 한 잔 마시고 대답을 했다.

"제가 봤을 때, 폐하께서 이번 일을 하시는 것은……."

후 대학사는 한참을 생각했지만, 적절한 단어가 생각나지 않는 듯 쓴웃음을 지으며 말을 이었다.

"저를 다시 한번 감탄하게 만듭니다. 일석삼조의 계책이지요."

"그럼 세 마리의 새는?"

"첫 번째 새는 당연히 판 상서 대인. 두 번째 새는 장 공주파의 대신들. 판 상서가 물러나면 판 제사가 가만있겠습니까? 폐하께서도, 판 제사에게 여파가 가게 하지는 않으실 테니, 위로 차원에서도 몇몇 대신들을 물러나게 하실 겁니다."

"굳이 장 공주파를, 명분을 만들면서까지 물러나게 하실까?"
"황제에게 제일 중요한 것은, 조정의 문무백관들 간 힘의 균형을 유지하게 하는 것입니다. 판시엔이 재상과 판 상서를 잃었으니, 장 공주 쪽도 그만큼 대가를 치르게 하시겠지요. 물론 명분은, 경국을 위한 것이라는 말이겠지만."
슈우가 한숨을 쉬었다.
"그럼 세 번째 새는?"
"저와 슈 대인이지요."
"그게 무슨 말인가?"
"저희가 판 제사를 문하중서성으로 불러 내각에 참여시키겠다고 한 것을, 폐하께서 단번에 거절하셨지요. 이번 일로, 판 제사가 문관들에게 원한을 품으면, 저희가 아무리 원해도 판 제사는 문하중서성에 들어오지 않을 것입니다. 다시 한번 세력의 균형이겠지요."
슈우는 정말 폐하의 마음은 예측하기 힘들다는 생각이 들었다. 하지만 이내 의아한 표정으로 다시 물었다.
"아니네. 자네가 말한 첫 번째 새는 틀린 것 같네. 판 상서를 물러나게 하려면, 궁으로 불러 사직하게 하면 될 것을, 왜 이런 소동을 내겠나?"
"사실 간단한 겁니다. 폐하는 그저 판 상서의 얼굴을 보기 싫은 겁니다."
두 명의 경국 조정 문관의 수장이, 동시에 입을 다물었다.

판지엔은 어서방 회의에 참석하지 않았지만, 대학사들의 밀담을 듣지는 않았지만, 내일 조정에서 폐하가 정식으로 호부 조사를 지시할 것이라는 소식을 이미 알고 있었고, 그 이유도 짐작하고 있었다.
다만, 그는 전혀 걱정하지 않을 뿐이었다.

"폐하께선 네 가지를 이루려고 하는 건데, 영민한 사람들이야 세 가지는 추측하겠지만, 나머지 하나를 알기는 힘들겠지."

판지엔은 맞은 편을 바라보며 말했다.

아무 대답 없는 맞은 편을 보며, 판지엔은 자문자답하듯 말을 이었다.

"네 번째는 무엇인 것 같아?"

"그래, 바로 감사원이야. 이번 조사에 억지로 감사원을 끼워 넣으면서, 아직도 폐하의 뜻에 따라 움직이는지, 보고 싶은 것이겠지. 판시엔이 얼마나 장악했는지, 판시엔이 얼마나 충성하는지, 보고 싶은 거야."

판지엔은 강남에 있는 아들을 떠올리며 한숨을 쉬었다.

"판시엔이 너무 빨리 움직였어. 만약 이번에 폐하께서, 감사원이 뜻대로 돌아가지 않는다고 생각하시면, 판씨 집안이 쥐고 있는 권력이, 너무 크다고 생각하실 거야."

다시 한번, 한숨을 내쉬었다.

"폐하께서는, 천핑핑과 내가 어떤 사이인지, 확인하고 싶어 하시지. 판시엔이 오기 전에는 항상 대립만 하였는데, 그놈이 오고 우리 둘이 의심을 거두니, 판시엔의 명성이 높아질수록, 나를 못마땅하게 생각하실 거야. 의심병이 어디 가겠나?"

판지엔은 좀처럼 보이지 않는 정색한 얼굴로 자문자답을 이었다.

"폐하께서는 날 질투하시는 거야."

"그러니 내가 물러나야지."

"하지만 난, 물러날 생각이 없어. 당신은 알 텐데, 사실 난 연기를 잘할 뿐, 뼛속까지 괴팍하고 모진 사람 아닌가. 그건 당신이 나에게 가르쳐 준 거지."

판지엔은 앞에 있는 종이를 어루만졌다.

종이 위에는, 한 여자의 얼굴이 그려져 있었다.

온화함, 장난기 그리고 슬픔이 담겨 있는 여인의 눈동자가, 그를 쳐다보고 있었다. 너무나도 생기가 있어, 마치 진짜 판지엔을 쳐다보고 있는 듯 느껴졌다.

"황실의 화가가 당신의 초상화를 남겼지."

판지엔은 미소를 지었다.

"하지만 난 당신의 생김새를 아직까지도 선명히 기억하고 있어. 당신이 했던 말들을 떠올릴 때마다, 난 당신의 그림을 그리지. 수도 없이 그렸는데, 어느 것이 가장 당신과 닮았는지, 당신이 직접 말해 줬으면 좋겠어……대답을 들을 수는 없겠지……?"

판지엔은 한숨을 쉬고, 촛불을 가져가, 그림을 태웠다.

"그때 폐하께서, 나와 딴저우 고향 집에서 여름을 보내지 않았다면, 당신을 몰랐을 것이고……그 이후의 일도, 일어나지 않았을 것이고……나는 지금까지도, 기생집의 여자나 희롱하며 살았겠지……."

판지엔은 자조적인 미소를 지었다.

"당신은 이 세상에, 예술가도 필요하다 했는데, 난 당신의 바람과 달리, 돈 냄새가 나는 늙은이가 되어 버렸어."

판지엔은 다 타고 남은 재를 바라보며 담담히 말했다.

"당신이 끝까지 날 믿어 준 걸, 정말 고맙게 생각해. 그러니 안심해. 난 능력은 없지만, 최소한 판시엔이 징두에서 성장해가는 모습을, 난 끝까지 지켜볼 거야."

다음 날 아침 조정 회의에서, 호부를 조사해 국고가 빈 이유를 찾으라는 명령이 떨어졌다. 그날 오후, 조사를 맡은 관아의 관리들이 호부 관아로 모여들기 시작했고, 징두 수비 병력들도 동원되어 호부의 창고를 감시했다.

처음 조사 대상이 된 것은 호부 7사(司)의 장부였다. 그 장부는 큰 대나무 광주리 7개에 나누어 담겨 있었다. 호부 좌시랑은 약간 원망 섞인 목소리로 태자를 보며 말했다.

"전하, 호부에는 7개의 사(司)로 구성되어 있고, 7로의 재정뿐 아니라, 치수 사업과 같은 네 가지 청리사(淸吏司) 일도 관리하고 있습니다. 더불어 작년부터, 내고 3대 공장과 서산 종이 공장 등, 7개의 공장의 재정도 관리하고 있고, 징두 부근 창고 17개와, 옥천국 및 전법당의 화폐 제조 업무, 그리고 항저우를 비롯한 먼 지역의 운송 창고 관리까지 모두……."

태자는 그저 머리가 아파 손을 저어 말을 멈추라 하고는, 노골적으로 강남로 관련 강남사 장부를 먼저 조사하라고 명했다.

후 대학사는 조금 당황했지만, 태자의 말에 반대할 수는 없었다.

그날 밤 문제가 발견되지 않았다.

둘째 날 문제가 발견되지 않았다.

셋째 날 문제가 발견되지 않았다.

호부 조사를 시작한 경국의 조정은, 점차 끝을 알 수 없는 장부의 수렁에 빠지기 시작했다. 호부 관아 안에서는, 끊임없이 종이를 넘기는 소리, 주판알 굴리는 소리, 먼지와 곰팡이로 칼칼해진 목을 축이는 소리만 들려왔다.

단조로운 소리는 잠을 부른다.

조사 관원들은, 며칠 동안이나 잠을 참아가며 장부에 적힌 숫자들이 맞는지 확인했지만, 어떤 문제도 찾을 수가 없었다.

하지만 노련한 후 대학사와 조사에 참여한 몇몇 경험 많은 대신들은 알고 있었다. 2년 동안 작성된 호부 장부에 아무 문제가 없다는 것은, 그 장부가 거짓이라는 뜻이다!

하지만, 문제를 발견할 수 없었다.

오후에 급히 불려 온 이부 상서 옌싱슈가 후 대학사에게 고개를 저으며 말했다.

"뭔가 잘못되었습니다. 이건 정상이 아닙니다."

후 대학사는 말없이 고개를 끄덕였다.

"교활한 판 상서가, 이 부분만 조작해 놓은 것 같습니다. 7사와 3대 공장 전체로 확대해서 조사하시지요."

"조사하기 힘든 것은 차치하고, 시간이 너무 오래 걸리네."

옌싱슈는 태자를 쳐다보았다.

'옌 상서의 말대로 판씨 집안을 공격하려면, 조사를 확대해야 하긴 하는데……호부 돈에 손댄 관원들이 한둘이 아닐 텐데…….'

태자는 잠시 고민했지만 옌싱슈의 말대로 진행하자 결정했다.

어렵게 얻은, 다시 못 올 수도 있는 기회를 놓칠 수는 없었다.

조사 범위가 확장되면서, 각 부의 관리들이 추가로 투입되었고, 각 관아의 업무가 제대로 돌아가지 않을 정도로 많은 인원이 호부 조사에 필사적으로 투입되었다.

드디어, 누구는 그토록 바라던, 누구는 탐탁지 않은 '작은 문제'가 발견되었다.

'작은 문제'는 경력 4년에 창저우에서 사용한 겨울 솜옷 비용으로 크지 않은 액수였다. 하지만 '작은 문제'는 눈덩이처럼 불어나, 놀라운 문제를 발견해 내는 데 성공했다.

태자와 옌 상서는 피로도 잊은 채 기뻐하고 있었고, 후 대학사는 침착히 끝까지 조사하라 명령했다. 지방에서 징두까지 매우 복잡한 실마리를 풀어나가던 조사 관원들은, 결국 마지막에 징두 대신들과 관련된 지점까지 파헤쳐냈다.

드디어 호부의 고위 관리들을 압박할 증거를 찾은 것이었다.

호부의 좌시랑과 우시랑은 불안해졌지만, 정확하게 표현하면, 의

아해했다. 겨울 솜옷 비용은 10만 냥밖에 되지 않는 적은 예산이었는데, 그 돈에 이렇게 많고 다양한 문제들이 엮여 있을 것이라고 생각지 못했기 때문이었다.

"창저우에 가서 확인해 보면, 장군들과 병사들이 입고 있는 솜옷의 질이 상급이라는 것을 단번에 알 수 있어. 내가 설마, 추위와 씨름하는 그들의 솜옷을 가지고 장난을 쳤을까."

판지엔은 오늘 그림 대신 '사람'에게 말하고 있었다.

정퉈 선생. 호부 관원이었으나 판지엔이 능력을 높게 사 문객으로 데리고 있는 사람으로, 일전에 판시엔과 궈바오쿤의 소송에서 변론을 맡은 적도 있었다.

"하지만……당시 호부에서 가격을 높게 책정하여, 일부를 다른 곳에 쓰지 않았습니까?"

"그렇지. 당시 징두 관리 봉급이 모자랐는데, 폐하께 알릴 일은 아니었지. 그래서 그 돈의 일부를 가져다 썼지. 물론 부족한 부분을 다 메꾸지는 못했지만."

"하지만 이 일을 계기로 파고 파다 보면, 결국 강남에 은전을 보낸 것도……."

판지엔은 잔뜩 목소리를 낮추고서 말했다.

"사실 강남에 돈을 보내기 전에 입궁해서, 폐하께 보고 드렸네."

'지금 호부를 조사하는 명분이, 강남에 돈을 보냈다는 것 아니야?'

"대인! 차라리 폐하의 승인이 있었다고, 폭로하십시오."

판지엔은 결연하게 고개를 저었다.

"그러면 폐하께서, 난처해지시지 않나."

"그럼 어떻게 합니까?"

"신하는 황제의 근심을 나눠야 해. 이번 일은, 폐하를 대신해서 내가 정리해야지."
"대인, 차라리 사직을 하시지요."
판지엔은 천천히 고개를 저었다.
정퉈는 충심으로 간곡히 설득했다.
"대인은 부귀영화를 탐하시는 분도 아닌데, 대인이 물러나기만 하시면, 호부 조사도 멈춰지지 않겠습니까? 나랏돈을 횡령했다는 건, 명예뿐 아니라 대역죄……."
"때로는 물러나야만 해결될 수 있는 일이 있지만……이번 일은……."
판지엔은 천천히 눈을 감으며 설명했다.
"경국은 해마다 전쟁이며, 치수며 많은 돈을 썼어. 내고의 수입도 갈수록 줄고 있고. 하지만 재정이 얼마나 어려운지, 아는 사람은 없지. 판시엔이 내고를 잘 정리해 주면 상황이 나아지겠지만, 확신할 수는 없는 일이야. 그래서 최소한 2년은 더 폐하 곁에 있을 생각이네. 두 번째로, 판시엔은 겉으로는 신중해 보일지 몰라도, 상당히 감성적인 아이야. 내가 이 일로 물러난다면, 그 아이가 어떻게 움직일지 몰라."
정퉈는 어느 정도 일리가 있는 말이라 생각했다.
"호부 일은 걱정하지 말게. 난 끝까지 버틸 거야. 시간이 늦었으니, 이만 돌아가서 쉬어."
정퉈는 안타까운 마음으로, 다른 한편으로는 존경하는 마음으로, 고개를 숙여 인사를 하고 서재를 나왔다. 집에 돌아온 그는 곧장 서재로 들어가 '누군가'에게 서신을 쓰고 하인에게 건넸다.
그는 침대에 누웠지만, 한참 동안 잠을 이루지 못했다.
'나는 과연 어떤 사람일까?'

호부 상서 판지엔은 자신의 심복에 대해서 능력이 뛰어나다는 것 말고는 아는 것이 별로 없었다. 다만, 한 가지는 정확히 알고 있었다.

정튀는, 자신의 사람이 아니다.

정튀는, 황제의 사람이었다.

감사원에서 심은 것인지, 황실에서 심은 것인지를 모를 뿐.

하지만 그 문제는, 지금 그에게 아무 상관없었다.

판지엔은 황궁에 있는 '그분'이 바라는 대로, 자신의 일거수일투족을 빠짐없이 보여주기로 결정했기 때문이다.

판지엔은 린뤄푸가 아니었다. 즉, 자신의 심복의 배신으로 무너질 사람이 아니었다.

'그날 밤', 아무도 믿지 않겠다고 다짐했기 때문이었다.

호부가 황제의 암묵적인 승인을 받고, 강남에 상당한 은전을 보낸 것은, 사실이었다. 그래서 호부 조사를 황제가 명하자, 두렵기보다는, 하나의 연극을 보고 있는 듯 느껴졌을 뿐이었다.

호부가 강남으로 보낸 은전은 밍씨 집안을 공격하기 위한 것이 아니었다. 판지엔은 판시엔이 남들은 상상도 못 할 정도의 은전을 이미 가지고 있고, 다만 그것을 운반할 방법을 고민하고 있다는 것을 알고 있었기 때문이다.

판지엔이 강남에 호부의 돈을 보낸 것은, 그 '출처를 알 수 없는 은전'의 존재를, 사람들이 믿게 해 주기 위함이었다. 판시엔이 샤치페이에게 자금이 있음을 설득할 때, 예씨 집안의 숨겨둔 유산 정도로 대충 말하기에는 그 자금이 너무 컸기에, 설득력을 더해 준 것뿐이었다.

판지엔은 자기도 모르게 탄식이 터져 나왔다.

'그놈이 이렇게까지 대담하게 행동할 줄이야. 북제와 손을 잡다니…….'

그리고 결정적으로, 호부에서 보낸 돈은 극히 적은 돈을 제외하고는, 강남을 한 바퀴 돌고서 다시 호부로 돌아올 예정이었다. 그러니 판지엔이 무서울 것은 없었다.

다시 말해, 그들이 더 넓고, 더 깊이 조사하길 바랐다.

황제는 이 정도에서 판지엔이 물러나 주길 바랐지만, 그는 린뤄푸가 아니었다.

그래서 판지엔은 호부 조사를 내버려 두었고, 그들이 조사하면 할수록, 자신의 청렴함이 드러날 뿐이라는 것을 알고 있었다.

그리고 정뤄를 통해 '용의에 앉은 그 남자'를 자극했다.

그 황실의 남자가, 판지엔이 고집스럽지만, 아직은 필요한 사람이라는 것을 믿어 주기만 한다면, 판지엔은 징두에서 자애로운 눈빛으로 자신의 '아들'이 성장해가는 모습을 지켜볼 수 있다고 확신했다.

"모두 통제한 거지?"

판지엔은 아들이 보낸 편지를 천천히 읽어 본 후, 앞에 있는 검은 옷을 입은 사람이 하는 보고를 듣고 있었다.

"정뤄는 위엔홍다오처럼 부인도 자식도 없으니, 아마 감사원 사람일 겁니다."

"위엔홍다오가 감사원 사람은 확실해?"

"네."

"재상이 너무 쉽게 무너진다 생각했는데, 그것도 감사원 작품이었군."

"다만 정뤄에게 조카는 하나 있는데, 부하들이 조사한 바에 따르면……친아들이라고 합니다. 황실에서 아들을 볼모로 잡을까 걱정해, 조카로 키웠다고 합니다."

"좋아. 약점이 하나 있군."

검은 옷을 입은 사람은 고개를 끄덕였다. 그 남자는 양손을 편안히 아래로 내리고 있었는데, 오른손 엄지와 검지 사이에 두꺼운 굳은살이 보였다. 만약 판시엔이 이 장면을 보고 있었다면, 가오다가 오랜 시간 장검을 연마하면서 생긴 굳은살과 무척이나 비슷하다고 생각했을 것이다.

"내 밑에서 일하면, 너의 능력을 만천하에 알릴 기회는 없을 거야. 원망하지는 말게."

검은 옷을 입은 남자는 공손히 대답했다.

"11년 전, 저의 실수로 태후 쪽 궁녀가, 그 미치광이에게 죽임을 당하는 일이 발생했을 때, 저는 이미 죽은 목숨이었습니다. 대인께서 옛정을 생각해서, 저를 몰래 구해 주시지 않았으면, 저는 이 세상에 없었습니다."

"그 호위답지 않은 방정맞은 성격 때문에, 당시에 폐하께서 널 가장 싫어하셨던 거야."

판지엔은 살짝 웃으며 말했지만, 바로 웃음을 거두고 마지막으로 지시했다.

"정퉈를 계속 지켜보고, 필요한 때가 오면, 조카로 키웠다는 아들의 오른손을 잘라, 그에게 선물로 보내줘."

호부의 조사에 진전이 있자, 조사를 맡은 관원들은 입궁해 상황을 보고했고, 조사는 더욱 힘을 받았다. 후 대학사도 조정에 한차례 칼바람이 부는 건 피할 수 없는 일이라 여겼고, 마지막으로 판지엔에게 사직을 권했지만, 그는 감사의 표시만 전할 뿐 물러나진 않았다.

판지엔은 여전히, 병을 핑계로 모습을 드러내지 않았다.

황제도 여전히, 어의나 태감을 보내지 않았다.

그러던 중 호부 조사에서 예상치 못한 진전이 있게 되었다. 사라진 은전은 네 가지 방향과 네 명의 말단 관리들을 가리키고 있었다.

태자는 눈을 번뜩였다.

'말단 관리지만 올라가다 보면, 결국 판지엔을 만나게 되겠지. 일단 그것으로 타격을 주고, 강남을 파면서 결정타를 날리자.'

항상 침착하던 후 대학사도, 마지막 관리의 이름을 듣자마자, 눈을 번뜩였다.

'판 상서가 이 정도 치밀하다니…….'

후 대학사는, 욕망에 눈이 멀어버린 태자와, 장 공주와 2황자 편에 서 있는 이부 상서를 보면서, 남몰래 미소를 짓고 있었다.

태자가 손에 든 진술서를 흔들며 무릎을 꿇고 있는 호부 6품 관리에게 큰 소리로 물었다.

"말해라! 이 장부에 적힌 은전 40만 냥은, 어디로 갔느냐?!"

'그 돈을 판 상서가 어디 보냈는지 내가 어떻게 알리오.'

태자는 말단 관리에게 너무 심하게 하면 격이 떨어진다 생각하며 다소 온화하게 다시 물었다.

"은전이 이동하려면, 네 서명이 필요하지 않느냐?"

"강좌청리사(江左淸吏司) 원외랑(員外郞)이 맡아 진행한 것입니다……."

호부 아래 7사는 각각 5품 관리 랑중(朗中)과 거외랑(居外郞)이 책임지고 관리했고, 강좌청리사 원외랑은 비교적 높은 품계의 관리로, 현재 팡리(方勵, 방려)라는 자가 맡고 있었다.

원하는 대답을 들은 태자가 만족한 듯 말했다.

"넌 물러가서 처분을 기다리고 있거라."

그리고 바로 이어 태자가 명했다.

"팡리라는 자를 데리고 와라."

득의양양해진 태자는, 후 대학사에게 의견을 물어야 한다는 사실조차 망각한 채 자신의 뜻대로 행했다. 물론, 여기서 태자의 행동을 제지할 사람이 누가 있겠는가.

태자는 탁자를 세게 내리치며 말했다.

"이름과 관명을 말하라."

태자의 위협에 놀란 팡리가 놀란 표정으로, 예의에 맞지 않게, 태자를 '쳐다보았다.' 겁에 질렸는지, 당황했는지 모르지만, 얼굴은 이미 벌겋게 달아올라 있었다. 하지만 그 순간 태자도, 그자의 무례를 탓하기보다는, 살짝 이상한 느낌이 들어, 그자의 얼굴을 같이 쳐다보았다.

'왜 이리 낯이 익지? 그러고 보니……팡리? 이름도 어디서 들어본 듯하고…….'

"하관, 호부 강좌청리사 원외랑 팡리라 하옵니다."

"40만 냥은 어디로 간 것이냐?"

팡리가 다시 한번 무례하게 달아오른 얼굴로 '쳐다봤다.'

이내 고개를 숙였지만, 한참을 머뭇거리다, 마침내 떨리는 목소리로 대답했다.

"전하, 정말 모르옵니다."

"모르는 것이 아니라……아마……말하지 못하는 것이겠지."

'아마' 두 자에, 팡리는 심장이 덜컹하며, 바보 같은 눈을 하고 '정말로' 놀라고 있었다.

'태자는 나도 잊었고……40만 냥도 깨끗하게 잊었구나…….'

팡리는 슬프기도, 비참하기도, 어쩔 수 없기도 하였다.

그는 태자와 술을 마시고 태자를 위해 일했지만, 태자에게는 그저 한 명의 호부에서 일하는 '보잘것없는 관리'일 뿐. 더구나 그에게 40만 냥은 심장이 떨리는 액수였지만, 천하를 가질 수 있는 태자에게는 '보잘것없는 은전'일 뿐.

팡리는 마지막으로 간절한 눈빛을 하고 태자를 쳐다보았지만, 태자는 알아차리지 못했다.

잠시의 침묵이 흐르자, 이부 상서 옌싱슈가 탁자를 내리치며 말했다.

"간이 배 밖에 나왔구나?! 이놈을 끌고 가라!"

그리고 고개를 돌려 말했다.

"후 대인, 고문을 해도 되겠습니까?"

"고문……?"

후 대학사의 말꼬리가 애매하게 흐려져서, 의문을 표현한 것인지 허락한 것인지 분명하지 않았지만, 옌 상서는 듣고 싶은 대로 들었다.

"감사합니다."

감사원 관리가 팡리를 끌고 가려 하자 결국 그는 무너져버렸다.

"억울합니다……하관은 경력 원년 진사에 급제한 후, 4년 만에 원외랑 자리에 오른 것은 모두 폐하의 은덕인데, 제가 어떻게 감히 불법을 저지르겠습니까?!"

옌 상서는 순간 등골이 오싹해졌다.

'경력 원년 진사 급제? 궈바오쿤의 동료?'

태자는 순간 가슴이 서늘해졌다.

일련의 지난 일들이 주마등처럼 스쳤다.

'궈바오쿤의 추천, 팡리와 식사, 호부에도 사람이 필요하다는 장 공주의 권유……맞아 내가 두 번을 승진시켜준 팡리! 설마……그 은전이……내 호주머니로 들어왔었나?'

태자는 심장이 뛰었다. 그리고 급한 대로 소리쳤다.

"잠깐!"

여러 가지 생각이 복잡하게 스쳐 지나갔다.

'옌싱슈, 장 공주 사람. 장 공주는 내 편인 척했지만, 결국 둘째 편.

판지엔을 무너뜨리는 것처럼 하더니, 이놈도 나를 일부러?'

"태자 전하 왜 그러십니까?"

옌싱슈는 미소를 지으며 태자를 바라보았다.

"저자가 할 말이 있는 것 같으니, 고문 전에 들어보는 것도 괜찮을 듯 보이네."

'궈바오쿤이 행방불명되었으니 내가 부인하면 되지 않을까? 아니지, 그냥 저놈을 죽여버려?'

"팡리라고 했나? 이 돈이 어디 갔는지 말해 보거라. '탐관오리'들은 엄벌해야겠지만, 만일 네가 '좋은 관리'라면, 억울하게 '누명'을 씌우지는 않을 것이다."

팡리는 마지막 희망을 보았다.

태자는 '탐관오리'와 '좋은 관리' 그리고 '누명'에 방점을 찍으며 천천히 말했다. 그는 태자가 자신에게 아무에게나 죄를 전가하라는 암시를 준 것임을 눈치챘다.

"기억이 납니다. 예부에서 열네 차례 공문을 보내, 각 지방의 서원 수리를 위한 돈 40만 7천 냥을 요청하였습니다. 예부에는 돈을 받은 증명이 있을 것이고, 이 모든 일은 경국의 법률에 따라 진행된 것입니다."

"그 은전에는 문제가 없소. 지금 각 로(路)와 각 주(州)에 공문을 보내, 2년 동안 지방 서원 수리 상황을 알아보라 하면 될 것이오."

바로 이때, 오랫동안 병으로 모습을 나타내지 않던 판지엔이, 드디어 병약한 모습으로 호부 관아에 나타나 한 자 한 자 해명하듯 말했다.

"상서 대인."

"후 대인."

후 대학사를 시작으로 모든 이가 일어나 인사를 드렸지만, 태자는 군왕이 될 자이기에 일어서지 않고서 위로하듯 말했다.

"상서 대인, 몸은 괜찮은가?"

"호부의 일로 전하와 후 대인께 심려를 끼쳐드려 죄송스러울 따름입니다."

태자는 판지엔의 순진무구한 듯 연기하는 모습을 보고서 심장이 뛰기 시작했다.

'젠장, 내가 이 늙은이에게 당한 건가?'

판지엔은 호부의 책임자로서, 태자가 오래전부터 호부에서 돈을 빼돌리고 있다는 것을 알고 있었지만, 그 문제를 덮어주고 있었다.

약점을 잡고 있었던 것이다. 다만 너무 치밀하게 주도면밀하게 은폐했기 때문에, 장부를 조작했던 팡리도 알아차리지 못했던 것이다.

예부는 몰락했고, 태자는 멍청했다.

천하에서 40만 냥의 모든 과정을 알고 있는 사람은 판지엔뿐이었다. 하지만 판지엔은 직접적으로 공격하기보다, 이런 식으로 '작은 실마리'를 남기는 식으로 교묘하게 공격했다.

조정에서 호부를 조사하며 발견해 낼 수 있는 '작은 실마리'들은 모두 그들 자신에게 칼끝이 향할 것이다!

후 대학사는 알고 있었다. 문하중서성에 부임하기 전 각지를 돌아다니며 관직 생활을 했기에, 서원들이 제대로 수리가 안 되었다는 것을 알고 있었기 때문이다. 은전 40만 냥은 서원 수리 명목으로 예부에 간 것이 맞지만, 그 돈은 서원 수리에 쓰이지 않았다.

형장의 이슬로 사라진, 예부를 이끌던 궈요우즈가 동궁 사람 임은, 천하가 아는 사실이다.

후 대학사는 여전히 침착한 표정을 지으며 명했다.

"우선 40만 냥의 행방을 알아내게."

1처에서 파견된 무티에가 눈치를 살피다 끼어들었다.

"은전은 예부로 갔고, 담당자는 춘시 폐단 사건에 연루되어 죽었습니다. 감사원에서 예부를 조사할 수 있게 허락해 주십시오."

'감사원이 예부를 조사해?'

모두가 경악하고 있을 때, 판지엔은 아들 심복의 말을 듣고서 흡족한 미소를 짓고 있었다.

'아들의 심복이 제법 하는구나. 그래 이제 잔치를 시작할 시간이군. 호부를 조사한다고? 예부는 시작일 뿐. 모든 관아와 조정을 다 조사하게 될 거야.'

이때 옌싱슈가 '불쑥' 끼어들었다.

"폐하의 명을 받은 대로, 호부를 조사하는 데에만 집중하게."

"그럼, 그래야지요."

판지엔은 비꼬는 말투로 말했고, 태자가 이를 악물며 말했다.

"예부의 일을 조사해야 하지만, 모든 일에는 순서가 있으니, 폐하의 명에 따라 호부를 조사하고, 함부로 조사 영역을 확대하지 말라."

"그럼, 그래야지요."

판지엔이 음험한 미소를 지으며 태자의 말에 호응했다.

그래서 다시 호부 조사가 지속되었다.

'작은 실마리'가 대리사로 연결되었다.

대리사경이 난처한 표정을 지었다.

'작은 실마리'가 형부로 연결되었다.

형부 파견 고위 관리가 난감했다.

심지어, 청렴하기로 명성이 자자한 태학도, 예외는 아니었다.

보다 못한 옌싱슈가, 미간을 찌푸리며, 급히 의견을 제시했다.

"오늘은 여기까지 하시지요. 입궁 후에 폐하의 뜻을 받은 후, 내일 다시 지속하는 게 좋을 듯 보입니다."

"그럼, 그래야지요."

판지엔의 세 번째 '그럼, 그래야지요'!
후 대학사의 얼굴빛이 점점 어두워져 갔다.
'조정이 이 정도로 부패했단 말인가?! 이대로 가다간 조정 관리의 대부분이 물러나야 할 판이야…….'

황제의 뜻을 묻는 대신들 때문에 어서방의 문이 쉴 새 없이 열리고 닫히기를 반복했고, 어둑어둑해진 저녁이 되고서야 마침내 황제와 늙은 태감 둘만 남게 되었다.
황제는 결국, 대노했다.
"짐이, 동궁과 호부를 정말 죽이지 못할 것 같으냐?!"
물론 황제가 '대'노한 이유는, 형제 같은 심복 판지엔이 반격했기 때문이었다.
"짐을 협박하는 건가?!"
오늘 황제의 옆에는 웬일인지 큰 홍 태감이 시중을 들고 있었다.
"판 상서가 불충했다면, 진즉 다른 일을 꾸몄을 것입니다. 지금까지 일을 벌이지 않은 것은, 조정의 혼란을 원치 않았기 때문으로 보입니다."
"짐에게는 말해줬어야지."
"며칠 전 올라온 밀서를 받아 보셨겠지만, 그건 판 상서가 폐하의 옥체를 걱정해서 그런 듯 보입니다. "
황제는 정쥐의 밀서 내용을 떠올리며 약간 마음을 누그러뜨렸다.
"호부 조사는 계속되어야 하고, 판지엔이 호부를 계속 관리할 수는 없어. 안쯔가 내고를 맡는데, 판지엔이 호부를 맡는 것은 무리야. 짐이 다른 식으로 보상해 주지."
"맞는 말씀입니다. 다만, 늙은 종이 볼 때, 판 상서는 정이 많은 분인데, 정이 많은 사람은, 다른 사람에게 약점을 잡히기 쉽습니다.

그러니 판 상서를 고향이 아닌 징두에 머무르게 하심이 좋을 것이라 생각됩니다."

"이전에 태후도 비슷한 말을 하더구나. 판시엔이 강남에서 일을 진행하는 것을 안심하고 지켜볼 수 있으려면, 판지엔을 징두에 두어야 한다고."

'안심한다'는 것은, 위협할 수 있는 수단을 가지는 것이다.

"공작 작위를 내릴 것이다. 하지만 짐이 호부의 조사를 멈출 수는 없다."

판지엔 입장에서 공작 작위와 상서 직위의 교환은 괜찮은 장사였다.

그날 밤 판씨 저택.

두 눈을 감고 과일즙을 마시고 류씨에게 안마를 받으며 판지엔은 한숨을 쉬었다.

"폐하께서 내가 협박을 한다고 오해를 하셨어. 그건 좋지 않은데."

판지엔은 이 귀빈을 통해 그가 물러나라는 황제의 뜻을 여러 차례 받은 적이 있었다.

호부의 조사는 계속되었지만, 한 차례 풍파가 지나간 후 아무도 의욕을 보이지 않았다. 특히 강남에 돈을 보냈다는 증거를 찾지 못했으니 황제가 판지엔을 억지로 사직시킬 수도 없는 노릇이었다.

"조정에 돈이 필요할 테니 호부 조사가 느슨해진 것을 틈타 시간을 끌어야 해. 폐하께 부탁해서 내년 설에 판시엔이 징두로 돌아올 때까지만 버티면 돼."

어두운 표정으로 조용히 있던 류씨는 판지엔에게 계획이 있다는 것을 알고서야 미소를 지을 수 있었다.

현 상황에서 판지엔은 지인들과 만나 의견을 교환할 수도 심지어 담소를 나눌 수 없었다. 호부 조사에 지인을 연루시킬 수 없었고, 지인들도 감히 그를 찾아올 엄두를 내지는 못했다.

물론 징왕은 예외였다.

그러던 어느 날 밤, 판지엔은 마침내 입궁하여 황제에게 진솔한 자신의 생각을 밝혔다. '진실로' 시국을 생각하여 호부 조사를 거두라는 것이었다. 황제는 무엇보다 판지엔이 자신의 생각을 '숨김없이' 말하는 태도에 조금 놀랐다.

그 다음 날, 징왕은 태후의 거처 함광전에 들어가 한참 동안 시끄럽게 소란을 피웠으며, 심지어 다퉜다는 소문까지 있었다.

그날 밤, 태후는 황제와 연극을 보면서 징왕과 다툰 내용을 말했으나, 황제는 웃을 뿐 아무 말도 하지 않았다.

그리고 다음 날, 성지가 내려왔다.

호부 조사는 계속하지만, 조정의 일이 바쁘니, 조사를 맡은 대부분의 관리들은 본래 자리로 돌아가라는 것이었다.

조정의 대신과 관리들은 안도의 한숨을 쉬었고, 이러한 조치가 징왕의 입궁과 불가분의 관계가 있다고 추측했다.

다만 이해가 안 되는 한 가지가 있었다.

'판시엔과 2황자의 싸움에서 징왕 세자 리홍청이 연루되었었고, 세자와 뤄뤄의 혼사가 무산되며 징왕이 판지엔의 눈을 시퍼렇게 멍들게 하기도 했는데……두 집안의 관계가 회복되었다는 것인가?'

하지만 이러한 생각을 할 겨를도 없이, 관직 사회를 흔든 파격적인 인사 명령이 떨어졌다.

'도찰원 어사 허종웨이를 도찰원 좌도어사로 승진시키고, 호부 조사 조직에 합류시킨다.'

허종웨이는 상황에 따라 태도를 바꾸는 철새였고, 처음엔 동궁 사람이었다가, 나중에는 장 공주 편에 서서 도찰원을 들어갔다. 그의 파격 승진에, 황제가 왜 그를 이토록 아끼는지 모두 의아해했다.

'또 다른 사생아?'

관리들과 백성들이 어떻게 생각하든, 어쨌든 새로운 시작을 알리는 서막이었다. 평생 씻을 수 없는 치욕을 판시엔에게 받은 그는, 판시엔에게 맞설 수만 있다면, 폐하를 위해 무슨 일이든 할 준비가 되어 있었던 것이다.

호부 조사의 동력이 약해지면서, 동궁의 태자도 한숨을 쉴 수 있었다. 다만 40만 냥의 문제는, 어떻게든 해결해야 했다.

'판씨 집안!'

호부를 조사하는 일을 계기로, 동궁과 판씨 집안은 한 차례 싸움을 벌였고, 마지막에 웃은 자는 판씨 집안이었다. 태자는 이를 갈고 있었지만, 약점이 잡혔으니, 평화롭게 해결할 수밖에 없었다.

그래서 2황자가 심복을 통해 류징허강에서 비밀리에 만나자는 제안을 했을 때, 태자는 흔쾌히 받아들였다.

2황자가 먼저, 호부 조사에서 이부 상서 옌싱슈가 '본의 아니게' 태자를 궁지에 밀어 넣은 것에 대해, 사과했다. 태자는 못 이기는 척하며, 화해의 뜻을 받아들였다.

두 형제가, 서로의 눈을 바라보았다.

'아버지, 셋째 리청핑을 판시엔 곁에 둔 의도가 무엇입니까?'

같은 생각이었지만, 누구도 먼저 말을 하지는 않았다.

한참 후 2황자는 다른 화제를 불쑥 던졌다.

"판시엔이 수저우에 포월루 분점을 냈는데, 대표 기생이 두 명이에요. 한 명은 리홍청의 손에서 빼앗아 간 것이고, 한 명은 대황자 형님의 여종이었다고……."

"우리의 그 형님은, 며칠 전 어서방에서도, 판시엔 편을 들었잖아요."

2황자는 눈썹을 씰룩하더니 '허허' 하고 웃을 뿐 말을 더 잇지는 않았다. 속내를 숨기고 하는 대화가 그렇게 편할 리가 없었다.

"허종웨이가 호부를 계속 조사할 거예요. 분수에 맞게 행동할 줄 아는 사람이니, 전하께서도 염려 마세요."

2황자가 이런 말을 할 수 있는 것은, 자신과 장 공주는 호부 조사에서 깨끗했기 때문이다. 청렴해서가 아니고, 내고의 돈을 착복하고 있었으니 굳이 호부의 돈을 건드릴 필요가 없었기 때문이었다.

하지만 태자가 못마땅하게 생각한 것은, 예부와 허종웨이는 본래 동궁 편이었는데 2황자와 장 공주가 빼앗아 갔다고 생각했기 때문이다.

"둘째 형님도 너무 방심하시진 마세요. 그자는 철새 같은 사람이에요."

"그래도, 판시엔 쪽으로 가진 않겠지요. 그리고 좌도어사를 시킨 것은, 우리들 아버지의 의도잖아요? 그러니 그자가 여길 오지 않은 거예요. 대신 전하를 보고 싶어 하는 다른 분이 오셨는데……."

"이 자리에 누가 감히?"

"내가 널 보면 안 되는 거니?"

뒷방에서 유혹하는 듯한 부드러운 여인의 목소리가 들렸다. 흔들리는 버드나무 가지처럼, 지저귀는 작은 새들처럼, 저절로 귀를 기울이게 하는 아름다운 목소리였다.

태자는 복잡한 눈빛을 하고 천천히 일어나 인사를 했지만, 그녀의 얼굴을 볼 엄두를 내지 못하는 듯 시선을 맞추지 않고 말했다.

"고모가 절 안 보고 싶어 하시는 줄 알았어요."

"이번 호부 일은, 우리가 속은 것 같아. 내 사위는 참 재밌는 사람이지 않아?"

"고모가 좀 가르쳐 주시지요."

"오늘은 차를 마시러 온 것뿐이야."

장 공주는 미소를 지으며 말을 이었다.

"너희는 '친'형제니까, 허심탄회하게 이야기 나누되, 다른 사람에게 웃음거리 될 짓은 하지 마."

'친'이라는 글자를 유독 강조했다.

"황제 오라버니는 한 발 후퇴하면, 나중에 더 크게 갚으시는 분이니, 걱정할 필요 없고, 내 사위에 대해서는, 더더욱 걱정할 필요가 없고."

'판시엔을 걱정할 필요가 없다고?'

"내 사위는 냉혈한처럼 보여도……정이 많아."

태자와의 비밀 만남을 끝낸 2황자는 곧바로 저택으로 돌아갔다. 2황자가 왕으로 봉해져 황궁 밖에 살게 된 지는 꽤 되었지만 결혼한 지는 몇 개월 되지 않았다. 그리고 왕비와의 사이가 좋다는 소문이 심심찮게 들렸다.

왕비의 성은 예, 이름은 링알.

침실에서 예링알은 자기 부군에게 청색의 얇은 옷을 걸쳐주고서 근심 어린 표정으로 물었다.

"오늘……어디 갔어요?"

"류징허강에서, 태자 전하와 고모를 보고 왔어."

"그냥 지금 상황에 만족하고 살면 안 돼요?"

"어떤 일들은 우리 뜻대로 할 수 없다는 걸, 잘 알잖아?"

"이전에야 폐하께서 억지로 시킨 일이었지만, 지금은 그 역할을 사부가 하고 있는 거 아닌가요?"

예링알의 '사부'는 당연히 판시엔이다.

"당신 말이 사실일 수도 있지. 나의 역사적 임무는 끝난 것일 수도. 하지만 당신이 '사부'라 말하는 사람이, 천하에서 날 가장 싫어하는 사람 아니야?"

"원한이요? 그럴 리 없어요. 제가 가서 말해 볼게요."

2황자는 아내의 순진함이 우습기도 하고 그 마음이 고맙기도 했다. 그는 부인을 꼭 안으며, 부드러운 목소리로 위로했다.

"남자들끼리의 원한은, 부인들과의 우정으로 풀 수 있는 문제가 아닙니다."

2황자는 말은 그렇게 했지만, 사실 그 스스로도 판시엔이 왜 그렇게 자신을 원망하는지 몰랐다. 별로 중요하지도 않은 아랫사람이나 기생 몇몇 죽은 일로 왜 그렇게 민감하게 반응하는지 이해가 되지 않았기 때문이다. 하지만 이유를 떠나, 그는 자신을 보호하기 위해 힘을 가져야 한다 생각하고 있었다.

물론 가장 큰 이유는, 마음이 불안했기 때문이었다.

조정의 회의가 열리자 장 공주와 동궁 편에 있는 관원들이 최후의 공세를 펼쳤다. 공세라고 하지만, 사실 그들 스스로를 보호하기 위한 공격이었다. 하지만 황제는 복잡한 심경의 눈빛으로 단 한 사람만 쳐다보고 있었다.

호부 상서 판지엔. 그가 드디어 회의에 참석한 것이다.

"18만 냥은 어디로 간 것이냐?"

판지엔은 앞으로 나와 해명도, 변명도 하지 않고, 예를 올리며 죄를 고했다.

"하운 총독 관아로 보냈습니다. 죄를 다스려 주십시오."

'저 교활한 늙은이가 왜 실토를 하는 거지?'

관원들은 속속 나와, 마치 정의를 구현해 나라를 구하는 양, 호부와 판지엔을 비난하기 시작하였다.

하지만 슈우는 그 모습을 보며 눈썹을 파르르 떨고 있었다.

'저런 버러지 같은 놈들! 은전을 가져다 제방을 보수하는 데 썼다는데, 판지엔이 강 주변에 논 답을 산 것도 아니고…….'

슈우가 겨우 마음을 진정시키고 앞으로 나가 황제에게 예를 올렸다. 황제는 그를 본체만체하며 떠 묻듯이 말을 던졌다.

"국고의 은전을 사사로이 옮겼네. 죄명이 어떻게 되지?"

"법률은, 형부와 대리사에 물으심이 옳습니다."

"그럼 노학사는, 왜 나왔나?"

"노신이 보기에, 판 상서는 잘못이 없습니다."

"그건 또 무슨 논리인가?"

"제방을 수리하는 일은 시간을 다투고 있습니다. 그래서 노신이 중서성에서 상주문을 비준해 주어 호부로 보냈습니다."

대신들이 웅성거리기 시작했다.

'슈 대학사가 왜 저러는 거지?'

황제는 잠시 생각하는 듯하더니 웃음이 터져버렸다.

"뭐라? 그런데 왜 짐은 모르고 있지?"

"노신이 어리석었습니다. 폐하, 용서해 주십시오."

슈 대학사의 목소리가 갈수록 작아졌는데, 순간 자신이 황제에게 무슨 말을 하고 있는 것인지 정신이 번쩍 드는 듯 황급히 말을 이었다.

"폐하, 이 불쌍한 노신이 나이가 들었는지, 어젯밤 술을 두 잔 마시고서, 이런 방정맞은 짓을 하고야 말았습니다. 말을 주워 담고 싶지만, 그러지도 못하겠습니다."

황제는 나이든 대학사의 익살꾼 같은 연출에 한번 더 크게 웃었다.

"후쉬즈(胡虛之, 호허지). 자네가 보기에 호부의 죄명이 무엇이냐?"
후 대학사가 짧은 시간, 깊게 생각한 후 말했다.
"군주기만죄입니다."
"처벌은?"
"하지 않아야 합니다."
"왜?"
"은전이 사적으로 쓰여 지지 않고, 제방을 쌓는 공무에 쓰였기 때문입니다. 군주를 기만하였으나, 군주에 대한 충심에 나온 행동이기 때문입니다. 경국 법률은 행위보다, 도리와 마음의 상태를 더 중시합니다. 폐하께서도 살펴 주시기 바랍니다."
"허나 법률이 있음에도 법률에 따라 처벌하지 않으면, 백성들이 법률을 지키려고 하겠느냐?"
"강의 치수가 잘 된다면, 백성들도 눈과 귀가 있으니, 자연히 폐하의 고심을 알게 될 것입니다."
후 대학사는 말을 마치고선, 황제와 주위의 몇 대신 외에는 들을 수 없는 작은 목소리로 짧게 덧붙였다.
"폐하, 최근에 계속 비가 오고 있습니다."
황제는 고심에 빠지기 시작했다.
'조정의 양심 있는 자들은 모두 판지엔을 남겨둬야 한다 생각한단 말인가?'
"판지엔, 자네가 직접 말해보게. 왜 짐의 허락 없이 은전을 그곳으로 보냈는가?"
"폐하, 때를 놓칠까 두려웠습니다."
사실 그 은전은 강남으로 보낸 은전 중 일부였고, 황제가 암암리에 윤허한 일이었다.
그래서 판지엔은, 어떠한 변명도 하지 않은 것이었다.

오늘 조회로 대신들에게 판지엔은, 다시 한번 정의로운 대신으로 인식되었다. 그리고 황제에겐 변명을 하지 않은 판지엔은, 다시 한번 충성스러운 신하로 인식되었다.

황제의 마음이 움직인 것은 당연했다. 비록 아주 조금일지라도.

황제는 고개를 끄덕였다.

조회가 끝나고 성지가 내려왔다.

"호부가 국고의 돈을 가져다 쓴 것은 큰 죄로, 황제께서 대노하셨다. 계속해서 호부를 조사하고, 밝혀진 문제들은 감사원과 대리사로 넘겨라. 그리고 호부 상서 판지엔의 작위를 2등급 강등시키고 감봉하되, 상서직은 유임한다."

이번 성지로 유례가 없는 황당한 일이 벌어졌다.

판지엔의 작위가 낮아지고, 판시엔이 현공 사당 사건으로 작위가 높아지며, 아버지와 아들의 작위가 같아지게 된 것이다. 그리고 아버지 아들 둘 다 감봉 당해, 판씨 집안에는 2년 동안 녹봉 수입이 없어져버렸다.

그래도 판지엔은, 여전히 호부 상서였다.

호부 조사로 인해 각 세력들은 그들의 수족들을 희생시키며 꼬리를 자르기 시작했다. 그리고 그 자리를, 허종웨이 같은 젊은이들이 채우기 시작했다.

태자가 유용한 은전 40만 냥은, 태후가 개인 돈으로 메꿨다.

황제는 스스로 천하의 모든 것을 알고 있고, 일련의 사건들이 자신의 통제 하에 있다 생각했지만, 커다란 착각이었다.

사실 이 모든 것의 시작은, 판시엔이 북제에서 받은 은전의 출처를 숨기기 위한 것이었기 때문이다.

시작이 어떻든, 이유가 어떻든, 결론적으로 누이 좋고 매부 좋은 일로 끝났다.

판씨 집안은 힘들게 다시 징두에서 발붙일 곳을 찾았고, 황제는 조정 대신들에 대한 통제력을 강화시켰다.

그리고 그 여파로 태자와 2황자는, 판씨 집안과 판시엔을 대비하기 위해 어쩔 수 없이, 임시로 동맹을 맺었다.

하지만 이 모든 것의 시작과 원인을 제공하고, 이번 결과에 가장 영향을 많이 받는 사람 판시엔은, 강남에서 여전히 힘들게 싸우고 있었다. 밍씨 가문을 당장이라도 가루로 만들 것처럼 덤비고 있었지만, 완전히 장악하지는 못하고 있었다.

황자들과의 싸움보다, 더 힘든 싸움을 하고 있었다.

이 와중에 강남 사람 모두가 놀랄 만한 엄청난 일이, 그것도 갑자기 발생할 거라고는, 아무도 예상하지 못하고 있었다.

제12장

삿갓 쓴 고수

"제 사람이 명원에 들어가야 하겠습니다."

판시엔은 손으로 탁자를 치면서 한 글자씩 똑똑히 말했다.

"쉐칭 대인, 열흘을 기다렸습니다. 더 이상 기다릴 수 없어요."

'명원을 수색한다? 좋네. 총독부에서 사람을 보내 협조한다? 그건 안 되지.'

쉐칭은 아무 대답도 하지 않고 차를 마시며 곰곰이 생각했다.

'강남이 쑥대밭이 될 텐데, 자네는 흠차 신분이고 황제와 판 상서, 천 원장이 있다지만, 난 강남의 총독인데 어찌하란 말인가?'

열흘 전 판시엔이 뜻을 전했을 때에도 단호히 거절한 그였다.

‘군산회의 실체가 불분명하고, 그 문제는 정무와 관련이 없으니 감사원이 하는 것이 옳다. 감사원이 벌인 일을 청소하는 일에는 도울 수 있지만, 명원 내부에 진입하는 것은 협조할 수 없다.’

이것이 쉐칭의 명확한 입장이었다. 관리로서 당연히 보일 반응이었다. 하지만 판시엔은 명원을 수색함으로써 벌어질 파장을 알고 있었기에 처음부터 강남 총독부를 끈질기게 물고 늘어지며 억지를 부리고 있었던 것이다.

아무런 대답도 듣지 못한 채 총독부 관아를 나온 판시엔은 곧장 마차를 타고 아무 말도 하지 않았다. 한참 후에야 혼잣말을 하듯이 중얼거릴 뿐이었다.

“밍칭다는 똑똑한 사람이야……민심도 중요하고 명성도 중요한 것인데…….”

내고 입찰이 끝난 후부터 강남에서는 감사원에 대한 소문이 돌고 있었다. 판 제사가 이끄는 감사원이 밍씨 가문을 억압하고 있으며, 그들의 가산을 탈취하기 위해 사람도 서슴없이 죽일 것이라는 내용이었다.

“징두 상황을 모르니 답답해. 소문은 소문이지만, 이번에 들어갔다가 너무 많은 사람이 죽어버리면 징두의 그 귀하신 분들이 나를 불러들일 좋은 구실을 줄 수 있단 말이야…….”

마차가 장원에 도착하자, 3황자에게 인사하고 몇 마디 나눈 뒤, 덩즈위에와 심복 몇만 데리고 서재로 곧장 들어갔다. 책상 위에 지도를 펼쳐 놓고 심사숙고한 뒤 손가락으로 어느 지역을 가리키며 물었다.

“취엔저우 소식은?”

밍씨 집안이 죽여 입막음을 한 밍란스의 셋째 첩의 고향 취엔저우.

"그 첩은 고향에 가지 않았습니다. 그녀가 고향 가는 길에 산적이 출몰한 흔적도 없습니다. 수저우에서 제거된 것으로 보입니다."

놀라운 사실은 아니었기에 판시엔은 곧바로 다음 질문으로 이어갔다.

"해적들의 가족과 친척들은?"

"마을이 이미……텅텅 비어 있었습니다."

판시엔은 눈살을 찌푸리며 다시 손가락으로 지도의 취엔저우를 가리켰다.

"그럼 이쪽 가족은?"

"그들의 가족은 대부분 다른 곳으로 옮겼고, 일부는 남아있었는데……4처의 조사에 따르면 그들은 이미 거액의 배상금을 받은 상태였습니다. 심지어 그들은 밍씨 가문과 해적이 결탁했다는 사실을 믿으려 하지도 않았습니다."

"결탁하지는 않았지. 밍씨 가문 자체가 해적이니까."

판시엔은 점점 어려워지는 상황에 한숨을 쉬었지만 좌절하고 있지는 않았다.

"알았어. 어쨌든 명원에 언제라도 들어갈 수 있도록 만반의 준비를 하고 대기해."

덩즈위에는 걱정스러운 눈빛으로 물었다.

"쉐칭 대인의 결정은 기다리지 않으실 겁니까?"

"됐어. 나에게도 생각이 있어. 명예가 훼손되긴 했지만, 그건 나중에 다시 주워 담으면 돼."

판시엔이 열흘이나 기다린 것은 민심을 걱정해서도, 쉐칭의 결정을 기다려서도 아니었다. 그저 징두에서 올 소식을 기다린 것뿐이다.

태자와 장 공주가 호부를 건드린 일의 결론을 기다리고 있었다. 어쨌든 강남 일의 배후도 모두 징두의 그분들이었기 때문이다.

빠르게 내달리는 말발굽 소리가 수저우 장원 밖에 멈추고, 일찌감치 나와 기다리던 이가 밀서를 받아 들고 황급히 서재로 들어갔다.

판시엔의 첫 반응은 기뻤다. 예상대로 흘러갔기 때문이다. 호부는 무사했고, 장 공주와 태자만 손해를 입었다. 그런데 감사원 보고서를 읽어 내려갈수록 그의 표정이 어두워졌다. 황제가 판지엔을 끌어내리려 했다는 사실을 알아차렸기 때문이다.

하지만 지금 판시엔에게 아버지를 걱정할 시간이 없었다.

"명원으로 들어가 그자를 잡아와."

명령이 떨어지고 얼마 지나지 않아, 대기하고 있던 수저우 3처 관원들과 4처 관원들이 덩즈위에의 인솔 하에 일사불란 움직여 명원으로 향했다.

명령을 내린 판시엔은 서재에 남은 이에게 온화하게 말했다.

"조심해. 군산회가 강남에 어떤 사람을 남겨 놓았는지 모르니까."

하이탕은 꽃무늬 옷의 커다란 주머니에 손을 꽂고서 머리를 갸웃하더니, 미소를 지었다.

마차는 수저우 관아에서 두 대로(大路) 정도 떨어진 거리에 서 있었다. 호위들은 마차 주변에 경계태세를 갖추고 동향을 살피고 있었다. 평범한 복장의 감사원 밀정이 명패를 보이고서 마차의 장막 옆으로 갔다.

"보고 드립니다."

"말해."

"명원에서 저항 없이 4처 사람들을 들여보내 주었고, 수색 중이나 아직 성과는 없습니다."

"즈위에에게 너무 거만히 굴지 말라 전해줘."

마차는 다시 수저우 관아 쪽으로 조금 움직이다 이내 섰다. 또 다른 밀정이 다가와 나지막한 소리로 보고했다.

"부두에는 아직 움직임이 없습니다."

이 마차는 소위 감사원의 야전사령탑이었다.

명원의 진입은 조우 집사를 잡기 위한 것이었지만, 한편으로는 밍씨 가문의 반응을 보기 위함도 있었다. 이 계획의 핵심은, 감사원은 조우 집사가 명원에 있다는 첩보를 확보했지만, 밍씨 가문 사람들은 그 사실을 모른다는 것이었다.

그 첩보는 명원 내부에서 큰 권력을 가진 자가 판시엔에게 준 것이었기 때문이다!

조우 집사가 명원에 있기만 하다면, 오늘은 실패할 수 없었다.

마차가 수저우 관아 측면에서 열 장(丈) 정도 떨어진 곳에 멈췄다.

수저우의 대감옥.

감옥의 복도 끝, 조금이라도 햇빛이 들어 덜 눅눅한 방, 이불이 깔린 건초 위에 창백한 얼굴의 중년의 남성이 앉아, 감히 일반 수감자라면 누리지 못할 대우를 받고 있었다.

밍씨 가문 넷째 어르신. 그는 감방 밖 세 명의 감방 관리들을 보며 편히 물었다.

"집안에서는 아직 말이 없나?"

"넷째 어르신, 고생이십니다. 감사원의 감시가 심해 독방은 아직……."

이때 나머지 두 관리가 좋은 음식과 술을 감방 안으로 넣었다.

'점심도 안 되었는데, 왜 음식을 주지?'

"이건 뭐야?"

"맛있게 드시고, 편히 가십시오."

넷째 어르신은 귀를 의심했다.

'사람 하나 때렸다고 관아에서 날 죽인다고?'

"이게 어디서!"

"감사원의 뜻입니다. 절 탓하진 마십시오."

넷째 어르신은 잠시 생각을 하다 다시 소리를 질렀다.

"감사원? 우리 집안이겠지!"

"눈치채셨으니 고이 가시지요. 감사원이 오늘 명원을 들어갔습니다. 이렇게라도 해야 감사원이 집안에서 손을 떼지 않겠습니까."

"이런 개새끼들! 누구 보고 죽으라 말라 해! 내가 그 노친네를 죽여 버릴 테다!"

생사의 갈림길에서 비로소 넷째 어르신은 집안 내에서 자신의 존재를 깨닫게 되었다. 즉, 밍씨 가문에서 그는 감사원의 체면을 깎을 도구일 뿐이었다. 그는 분노했지만, 마음속은 이미 절망으로 채워지고 있었다.

감방 관리 둘은 이미 그의 옆으로 와 입에 재갈을 물리고 양손을 뒤로 묶었다. 이를 보고 있던 죄수들이 그 장면을 보면서 웅성대자 처음 말을 걸었던, 셋 중 우두머리 격인 감방 관리가 소리쳤다.

"감사원의 일이다! 조용히 안 해?!"

순간 죄수들은 쥐 죽은 듯 조용해지며 다들 속으로 생각했다.

'역시 감사원이 사악하게 밍씨 가문 어르신도 죽여 버리는구만.'

넷째 어르신을 포박하던 한 명의 관리가, 앞에 있는 음식과 술을 보며 고개를 저었다.

"최후의 만찬도 못하고 가시니, 고생이 많으십니다."

이 말을 끝으로 그는 어르신의 목에 밧줄을 묶었다. 어르신은 얼굴이 시뻘겋게 달아올라 소리를 내지도 못하고 필사적으로 발버둥쳤다. 밧줄은 점점 더 조여지고, 어르신의 눈알은 튀어나오려고 하고, 콧구멍은 커지고. 마침내 발버둥이 잦아들며 의식이 흐릿해졌다.

'젠장, 끝이군……근데 저 뒤에 죄수 새끼는 왜 날 째려보는 거지……?'

'저 뒤에 죄수 새끼'가 갑자기 건초 아래에서 이상한 물건을 꺼내서 어르신을 겨냥했다.

암궁 화살!

'휙휙휙!'

세 번의 소리, 세 발의 화살이, 세 명 관리의 목에 박혔다.

관리가 죽으며 밧줄이 느슨해지고, 어르신은 점점 의식이 돌아왔다.

'저 새끼는 뭐지? 뭘 원하는 거야?'

'펑!'

이때 '저 새끼'의 뒤에 있던 두꺼운 벽에 구멍이 뚫리며, 감방 안으로 바깥의 햇빛이 들어왔다!

가오다는 벽을 뚫느라 진기 소모가 심한 탓에 안색이 창백했지만, 당황하지 않고 넷째 어르신을 잡고 감옥을 나갔다. 그 뒤에 감사원 관원이 다시 들어와 세 명의 감방 관리의 목에 꽂힌 화살을 뽑았고, '저 새끼'는 아무 소리 없이 암궁을 관원에게 건넸다.

감사원 관원은 '저 새끼'에게 조용히 말하고 자리를 황급히 떴다.

"두 달 후에 대인께서 너를 증인으로 부를 거다."

'저 새끼'는 밍씨 가문 넷째 어르신의 마지막 만찬이 될 '뻔'한 식판에서 닭 다리를 집어 씹어 먹으며 고개를 끄덕였다. 닭 다리를 반쯤 먹었을 때, '저 새끼'는 닭 다리를 건너편 감방으로 던져 주며 정색하고 외쳤다.

"사람 살려! 사람 살려! 누가 사람을 죽이고 탈옥했다!"

판시엔이 타고 있던 마차에는 사람이 하나 늘었다.

"이제는 똑똑히 알았을 거야. 일곱째와 함께 밍씨 가문을 잘 장악해 가길 바래."

넷째 어르신은 충격에서 벗어나지도 못한 채 고개를 힘차게 끄덕였다.

"좋아. 네가 보기에 오늘 탈옥 사건에 너의 큰노마님이 어떻게 나올 것 같아?"

"대인, 그 큰 노……그녀를 얕보면 안 됩니다!"

"됐어. 네가 죽은 것이든, 탈옥을 한 것이든, 당분간 숨어 지내. 감사원이 장소는 마련했으니 얌전히 있어."

넷째 어르신은 다시 한번 고개를 힘차게 끄덕였다. 판시엔은 그를 한심하다는 듯이 쳐다보며 말했다.

"일곱째를 만났을 때 제안을 받아들였으면, 이런 일도 없었잖아."

마차가 목적지의 중간쯤 다다랐을 때 또 하나의 마차가 판시엔의 마차로 다가와 넷째 어르신을 데려갔다. 마차 안에는 판시엔과 왕치니엔 조직원 몇 명만 남아 있고, 가오다는 호위를 이끌고 마차 주변을 경계하고 있었다.

"어디로 가실 겁니까?"

"반 시진 더 기다려 보고 적어 놓은 걸 가지고 총독부로 가자."

판시엔은 다른 부하에게 고개를 돌리며 물었다.

"감옥은 잘 정리했지?"

"네. 수저우 관아에 밀정도 심었습니다. 다만……."

"다만, 뭐?"

"밍씨 가문이 넷째를 죽여 감사원에게 죄를 뒤집어씌우려고만 했다면, 이렇게 거창하게 일을 꾸밀 필요가 있었을까요?"

"수단이 중요한 게 아니라 시기가 중요한 거야. 감사원이 명원 수색하는 날 그가 죽으면 모두들 내가 했다 생각했을 거야. 밍씨 가문은 내가 들어가기만 기다리고 있었던 거야. 그때 졸(卒)을 던져버리려고 했던 거지. 그런데 넷째를 죽이지 못했으니, 계획을 어떻게 바꿀지 궁금하군."

마차가 총독부에 멈췄다.

판시엔은 다시 한번 총독의 서재에서 직설적으로 자신의 뜻을 전하고, 감사원 관원들이 이미 명원에 진입했음을 알렸다.

"서두르면, 일이 오히려 안 될 때도 있다네."

쉐칭은 침착하게 말을 시작했으나 잠시 머뭇거리다, 그동안 입 밖에 내지 못했던 말을 불쑥 내뱉고 말았다.

"혼란이 일면 누가 책임지나?"

판시엔은 진지하게 대답했다.

"소란은 일어나지 않을 거예요."

"무슨 자신감인가? 이번 일은 세심하지 못했네. 명원이 수색당했는데, 밍씨 가문이 어떻게 가만있겠는가."

"제가 명원에 들어갔다고 그들이 뭘 할 수 있을까요?"

"그들에게 천여 명의 사병이 있어. 조정도 알고 있지만, 강남에서의 공(功)을 생각해 눈감아 줬을 뿐이야."

"그게 조정에 공(功)을 세운 건가요, 군산회에 공(功)을 세운 건가요?"

'군산회' 세 글자에 쉐칭은 움찔하며 침묵했다. 쉐칭도 그들을 눈감아 줬던 것은 자신의 실수라 느끼고 있었고, 황제도 밀서를 통해 이 점을 문책한 바 있었기 때문이다. 하지만 다시 침착을 되찾고 말을 이었다.

"그들이 정말로 사병을 움직이지 못할 거라 생각하나? 자네가 들고 있는 게 성지(聖旨)도 아니지 않나?"

"성지는 없지만, 천자(天子)께서 주신 검은 있지요."

"그들이 몇 명을 희생하면서 감사원 관원들을 다 죽여 버릴 수도 있어. 그리고는 백성들을 선동하겠지. 어쨌든 강남에서 밍씨 가문의 명성은 탄탄하네."

"그런 미친 짓을 하면 전 반역죄를 씌울 것이고, 흑기병이 여기로 와서 명원을 쑥대밭으로 만들 겁니다. 밍씨 가문 모두가 죽으면 누가 억울함을 호소할 수 있을까요? 백성들이 대신해줄까요?"

"도대체 어떻게 하려고 그러나……됐네. 조우 집사가 명원에 있다는 자네의 판단이 틀리지 않길 바랄 뿐이네."

판시엔은 그제서야 총독 대인이 안심할 만한 말을 꺼냈다.

"명원에 제 사람이 있습니다."

쉐칭은 궁금했지만 물어보기도 애매하였기에, 둘은 더 이상 대화 없이 어색하게 명원에서의 소식만을 기다렸다.

생각보다 빠른 시간에 소식이 전해졌다.

총독의 모사가 쉐칭의 귀에 대고 짧게 몇 마디하고 나가자, 쉐칭은 얼굴이 굳어지며 한참을 침묵하고 있다가, 이윽고 한숨을 내쉬며 판시엔에게 말했다.

"상대방이 생각지도 못한 패를 내버렸네. 아마 자네도 예상 못 한 패일 거야……내가 관병을 움직여야 하겠네."

판시엔은 미간을 찌푸렸다.

"관병을 움직이는 건……자네 수하의 안전을 위해서지, 자네가 명원을 몰살시키는 것을 막으려는 것은 아니네."

쉐칭은 이 말과 함께 황급히 나갔고, 판시엔도 따라 나가자 문 앞에 대기하고 있던 밀정이 판시엔에게 자초지종을 설명했다. 판시엔도 입이 벌어지며 순간 말을 못 했다.

"대박. 나……보다 더 쿨한데?!"

밀정은 '영문'을 몰랐다.

"덩즈위에에게 모두 철수시키라 그래. 상대방이 욕을 하든 공격을 하든 절대 상대해 주지 말라 그래."

총독부 관아를 나서자 여기저기서 허둥대는 모습만 눈에 들어왔지만 판시엔은 재빨리 마차에 올라타며 가오다에게 뜬금없이 말을 던졌다.

"많은 경우에는 일이 어떻게 된 건지는 사람의 죽은 순서를 보면 돼."

가오다는 정말 이해하지 못했다.

"내가 진짜 죽이고 싶었던 사람인데, 자기들이 먼저 죽였으니…… 우리에게 문제는 없겠지?"

"누가 죽었습니까?"

"강남에서 존경받으시는 큰노마님."

판시엔은 빙그레 웃으며 말을 이었다.

"판 제사가 압박하고, 감사원이 명원을 진입해서, 굴욕감에 목을 맸다네."

'밍씨 가문 큰 마님이 자살을 했다고?'

가오다는 너무 놀라 말을 하지 못했다.

"니미랄, 죽음으로 억울함을 밝히겠다? 밍칭다 이 새끼 대단한데, 그놈의 모친보다 더 악랄한 놈이었어."

사실, 큰 마님은 죽고 싶지 않았다.

물론 이보다 더 쓸데없는 말이 어디 있겠는가. 하지만 그녀는 진짜 죽을 생각이 없었다. 그녀는 감사원의 압박을 막아내는 데 전력을 쏟았으며, 일찍이 대응책까지도 마련해 두었다.

오늘 새벽 그녀는 감사원의 명원 수색이 시작되자 크게 노했다.

"관(官)이 어디 감히 명원을……총독 대인도 이곳에서는 예를 갖추는데. 빌어먹을 감사원 놈들이!"

그녀의 분노는 옆에 있는 사람에게 튀어버렸다.

"넌 이 집안을 욕보이게 놔둘 거야?!"

큰노마님을 독대할 수 있는 자는 당연히 그의 큰아들 밍칭다였다. 그는 어머니의 분노에 최대한 작은 목소리로 말했다.

"이미 사람을 보냈습니다. 다만……넷째도 집안사람 아닙니까……?"

큰노마님은 혐오스럽다는 표정으로 아들을 바라보며 생각했다.

'저렇게 마음이 약해서야……감사원이 명원을 쳐들어온 마당에 저런 한가한 소리나 하고 있고. 쯧쯧.'

"마음을 좀 더 모질게 먹어라."

어머니의 가르침이었다.

아들은 가르침을 새기며 '네' 대답하고 말을 이었다.

"헌데, 오늘 감사원이 온 것은 조우 선생 때문입니다……할까요, 말까요?"

명원을 보존하기 위해서든, 군산회의 안전을 위해서든 조우 집사는 반드시 죽어야 했다. 큰노마님은 한숨을 쉬며 말했다.

"조우 선생은 장 공주 사람이다. 그를 죽이는 건 우리가 선택할 수가 없어."

'군산회? 장 공주? 그놈들 때문에 우리가 이런 꼴을 당해야 한다니…….'

"걱정 마라. 조우 선생은 안전할 거다. 그런데 문제는 조우 선생이 여기 있는 것을 판시엔이 어떻게 알았냐는 것인데……만약에 그를 못 찾으면 어떻게 하려고 이렇게 막무가내로 나오는 거지?"

밍칭다는 두근거리는 심장을 억지로 참아내며, 그도 의심스러운 표정을 지었다.

"피곤하구나. 감사원 개들에게 내 휴식은 방해하지 말라고 전하거라."

"염려 마십시오, 어머니."

밍칭다는 그녀의 옆으로 가 어깨를 부축하며 일으켰다. 그리고 더없이 온화한 미소로 말했다.

"앞으로 누구도 어머니의 휴식을 방해하지 못할 겁니다."

큰 마님은 경악하며, 고개를 돌렸다.

두려움, 죄책감, 악랄함이 묻어 있는 눈빛.

아들은 어머니의 입을 막고, 어머니의 목에 밧줄을 걸었다.

큰 마님은 발버둥을 치며 공포, 분노, 슬픔의 눈으로 근처에 있는 여종을 노려보았다.

여종은 몸을 천천히 돌려, 그녀의 시선을 피했다.

그 많던 측근과 심복은, 이 순간 그녀 곁에 아무도 없었다.

'큰일을 하려면 희생이 필요하다, 마음을 모질게 먹어라…….'

그녀가 한 말들이 귓가를 맴돌다, 그녀의 심장에 내리박혔다!

튀어나온 그녀의 두 눈은, 마치 잡아먹을 듯이 아들을 노려보고 있었지만, 이내 그녀의 눈에서 눈물이 흘렀다.

밍칭다는 고개를 숙이고, 아무 말없이 그녀의 손을 잡았다.

'늙으셨어요. 이제는 편히 쉬세요.'

늦봄, 수저우가 온통 눈이 온 것처럼 하얗게 변했다. 대부분의 백성들이 상복을 입었기 때문이다. 밍씨 가문 큰노마님에게 받은 은덕과 공을 기리기 위해 그들은 초봄에 눈을 내리게 한 것이다.

큰노마님의 사망 소식은 하루도 지나지 않아 전 강남으로 퍼졌고, 여러 사람들의 입을 거쳐 다양하게 그리고 기이하게 변해갔다. 하지만 그 비난의 칼끝은 모두 감사원으로 향했다.

그동안 쌓여 있던 감사원에 대한 분노가 폭발해 버린 듯 보였다.

하지만 판시엔은 개의치 않는 듯, 신풍관 수저우 분점 꼭대기 층에 앉아 하이탕만 걱정하고 있었다.

'위험한 일을 당한 건 아니겠지……아닐 거야. 대종사 외에 누가 그녀를 건드리겠어.'

판시엔은 짧게 한숨을 뱉으며 앞에 있는 국수를 크게 한 젓가락 먹고 앞에 있는 사람에게 말했다.

"밍씨 어르신, 이번엔 제가 당했네요."

밍칭다는 엎드려 바닥에 연신 머리를 찧으며 아부하듯 말했다.

"대인의 생각은 강처럼 빠르고, 기세는 산처럼 높은데, 미풍에 신경 쓰실 필요가 있겠습니까?"

"일어나. 이제 너는 밍씨 가문의 진정한 주인이니, 본관에게 그리 소심하게 나올 필요는 없어."

판시엔은 흥미롭게 상대방을 한번 쳐다보고 다시 국수를 후루룩 먹었다.

"다른 건 다 됐고, 하나만 물어봅시다. 조우 선생은 어딨어?"

"그자는……제가 아직 통제할 수 없습니다. 그가 명원에서 도망친 걸 막지 못한 것은 제 불찰입니다. 죄를 달게 받겠습니다."

"죄를 받겠다? 네가 그렇게 나오는데, 내가 어떻게 널 처벌해야 할까?"

"대인, 아직도 제 성의를 못 믿으시는 겁니까?"

"너와 나의 협의는 조우 집사를 넘기는 것이었지, 지금 이 상황이 아니었잖아? 네가 통보도 없이 독단적으로 이런 짓을 하니까, 내가 난감해졌잖아."

"대인께서도 바라시는 바라 생각했기에 이해해 주실 거라……."

"아니 그러니까 말을 했어야지! 여하튼 이번 일에 난 너무 큰 대가를 치르고 있어. 강남 전체가 날 주시해. 이걸 어떻게 할 건지나 생각해."

"제가 칭다 아닙니까, 그러니 제가 방법을 강구할 수 있습니다."

판시엔은 고개를 끄덕였지만, 사실 그의 눈앞에 있는 악랄한 늙은 여우를 전혀 믿고 있지 않았다.

"그럼 협의는 아직도……?"

판시엔은 이어지는 그의 말에 실소가 터졌다. 악랄할 뿐 아니라, 자기보다 낯짝도 두꺼워 보였기 때문이다.

"내 신분이 너와 다르고, 네가 조우 선생이라는 자를 못 넘겨줬지만, 내가 약속은 지켜 주지. 여섯째는 내가 처리할 테니 조급해하지 마."

"그럼 넷째는……?"

판시엔은 침묵으로 답했다.

밍칭다는 아직도 판시엔이 자신의 목을 날릴 수 있는 약점을 가지고 있는 게 못마땅했지만 하는 수 없었다.

"밍씨 가문 사람들이 지금 너무 흥분해 있으니, 큰노마님의 심복을 제거하는 일은 서두르지 말고, 좀 잠잠해지면 샤치페이를 가문으로 들이는 일을 다시 시작해."

"대인께서는 아직도 저를 믿지 못하시는군요."

"그런 쓸데없는 말 좀 그만해. 당연히 못 믿지. 내가 믿는 사람은 샤치페이고, 그러니 그가 명원에 들어가야 하고, 그래야 너와 나의 협의가 이뤄지는 거고. 답답하네."

"칭쳥이가 대인의 심복인지 모두 아는데, 안 그래도 집안 분위기가 좋지 않은 상황에서, 집안사람들의 반발을 살까 우려됩니다."

"지금 네가 만든 꼴을 봐. 강남의 모든 사람들이 날 증오해. 근데 내가 너희 집안 몇몇의 반발까지 신경 써야 해? 그러니 집안 반발은 알아서 하시고, 나에겐 결과만 가져오시라고."

"그건……진짜 어려울 것 같습니다……."

"어려운 것 없어."

판시엔은 그를 비웃듯이 말을 이었다.

"널 아주 높게 평가해. 큰노마님이 네 손에 죽었지만, 감사원은 민간의 일에 끼어들 수가 없지. 대단해. 하지만 난 그 무덤을 계속 주시하고 있다는 것만 알아 둬. 지금 너의 어려움은, 나에 비하면 아무것도 아니야. 만약에 나의 인내력에 한계가 오면, 네 평생이 힘들어질 거야."

"대인, 계산이 빠르시네요."

"난 상인인 너보다 계산을 못 해. 너의 욕망이 너무 커서, 나에게 기회를 많이 주는 것뿐이야. 힘이 음모보다 빠르거든. 이리저리 계산하다 여럿 죽이지 말고……밍씨 어르신, 이제 제발 진지하게 일을 좀 합시다. 네?"

밍칭다는 침묵했다.

"이제 가 봐. 할 일이 태산이잖아. 예를 들어 나를 향한 네 가족들의 분노를 어루만져 준다던가……다음 계획은 사람을 보내 알려 줄게."

판시엔은 잠시 생각하다 마지막 말을 보탰다.

"네가 군산회를 싫어한다는 건 아는데, 그렇다고 적으로 만들지는 마. 아직은 군산회에서 밍씨 가문의 지위가 필요해."

밍칭다가 떠나고, 덩즈위에가 장막 뒤에서 놀란 표정으로 나왔다. 그는 제사 대인이 밍칭다와 비밀리에 협의를 했다는 것을 오늘에서야 알았기 때문이다.

"생각지도 못했습니다. 정말이지……."

"뭘 생각지도 못해? 밍칭다는 똑똑한 사람이야. 그는 조정에 맞설 생각이 전혀 없고, 평화롭게 밍씨 가문을 지키려고 하는 거지. 그의 모친과 이 부분에서 생각이 부딪혔던 거고. 그럼 그의 선택은 하나. 나를 찾아오는 것밖에 더 있었겠어?"

판시엔은 크게 한숨을 내쉬었다.

"내가 그자를 얕봤어. 이런 수를 쓸 줄은 생각 못 했거든. 하지만 그도 날 얕봤지. 그가 날 이용할 수 있다면, 나도 그를 이용할 수 있다는 사실을 놓친 거지. 쉐칭 대인은 사실 겁만 준거야. 내가 밍씨 가문을 어떻게 쓸어버리겠어. 당장 내고와 강남의 산업은 어떻게 하라고. 그리고 그게 나에게 무슨 이득이 있지?"

덩즈위에는 입을 떡 벌린 채 아무 말도 하지 못했다.

"그리고 반역죄를 씌워서 흑기병으로 밀어 버린다? 그러면 밍씨 가문이야 쉽게 접수하고, 산업이나 민심도 반년 정도면 회복하겠지. 황제는 이런들 저런들 상관없겠지만, 그게 나에게 무슨 이득이 있지?"

'그게 나에게 무슨 이득이 있지'를 판시엔은 두 번이나 반복을 했다. 덩즈위에의 감정은 놀람을 넘어 두려움으로 바뀌기 시작했다.

'제사 대인이……황제와 왜 대립각을 세우려고 하는 거지?'

"난 나의 이득이 중요해. 그래서 샤치페이가, 밍씨 가문 넷째가, 그리고 밍칭다가 필요해."

판시엔은 온화한 미소를 지었다.

"급히 처리하다 민심을 잃어버리면 황제가 날 버릴 수도 있지 않을까?"

판시엔은 신풍관의 난간으로 걸어가 상복을 입고 있는 거리의 백성들을 바라보았다.

"물론 지금이 최선의 상황은 아니지. 그래서 밍칭다의 마지막 수가 나를 곤경에 빠뜨렸다고 하는 건데……상관없어. 나중에 다시 찾아오면 돼."

사실 판시엔에게 중요한 것은, 강남의 민심보다는 징두의 상황이었다. 호부에서 일어난 풍파를 통해 상황을 더 명확히 보게 되었기 때문이다. 황제는 장 공주의 세력을 치기보다 판씨 집안을 경계하기 시작했다. 하지만 판지엔을 물러나게 하지 못했다. 이 상황에서 밍씨 가문 일로 강남이 시끄러워진다면, 판시엔의 권력이 무너질 수도 있었다.

권력은 마약이다. 판시엔도 이미 권력의 맛에 길들어져 있었다. 그 자신 그리고 그 주위 사람들을 보호하기 위해서는, 권력이 필요했다.

이 보 전진을 위한 일 보 후퇴. 지금은 한 발 물러난 것뿐.

그래서 잠시 명성을 포기했다.

덩즈위에는 조심스럽게 입을 열었다.

"8처 의견에 따라 노부인의 영전에 향을 피우기라도 하는 게 어떨까요?"

"그럴 필요 없어."

판시엔은 거리를 가득 메운 백성들을 가리키며 말했다.

"민심은 대세에 영향을 못 줘. 중요한 것은 민심 위에 군림하고, 그 민심을 이용하는 사람들이지."

수저우에 다시 비가 내리기 시작했다. 큰강 상류에는 비가 많이 내려, 샤저우에는 벌써 제방이 군데군데 무너져 내리고 있다는 소식이 들렸다. 판시엔도 신경이 쓰일 수밖에 없었다.

양완리는 일찌감치 하운 총독 관아에서 일하고 있었고, 호부의 은전과 내고의 돈은 이미 도착해 총독부의 돈은 어느 해보다도 충분했지만, 제방 공사가 여름까지 시기를 맞출 수 있을지가 걱정되었다.

판시엔은 여러 사람의 권유에도 노마님의 문상을 가지 않았다. 망자의 체면도 세워주지 않는 판시엔에게 강남 백성들은 경악을 넘어 분노하고 있었다. 하지만 판시엔은 전혀 개의치 않는 듯 홀로 서재에 앉아 골똘히 무언가를 생각하고 있었다.

'하이탕이 왜 돌아오지 않지? 조우 선생도 아직 잡지 못했고…… 어차피 밍칭다가 민심을 관리할 테니 분노가 임계점을 넘어가지는 않을 것이고, 중요한 것은 지금 민심을 도발하는 배후의 그림자들인데…….'

밍칭다는 이미 어머니와 여섯째의 심복을 제거한 후, 명원의 내부 상황뿐만 아니라 외부 상황도 통제해 나가고 있었다. 밍씨 가문이 침묵하면서 백성들의 분노도 적절한 수준에서 통제되었고, 민심을 이용해 판시엔을 흔들려던 군산회의 '높으신 분들'도 이 상황에 당황했는지, 미처 반응을 내보이지 못했다.

그러는 사이 판시엔은 군중 속에 들어가 있는 연락책 '까마귀'들과 밍칭다를 통해 몇몇 중요한 인물들의 정보를 알아냈다. 이를 바탕으로 감사원은 큰강 하류의 장원 하나를 찾아냈고, 판시엔은 그곳을 주시하고 있었다.

군산회의 강남 거점 중 하나.

큰 장원이 아니었기에 군산회에게 그리 중요한 곳은 아닌지 몰라도, 판시엔은 그곳을 제거함으로써 군산회에게 자신의 '태도'를 밝힐 필요가 있다고 생각했다.

'내가 강남에 있는 동안 얌전히 있어라. 아니면? 내가 너희를 닥치게 만들어 줄 것이다.'

밍씨 가문 큰노마님의 발인이 이루어지는 날. 그리고 500명에 이르는 흑기병이 강남으로 넘어와 군산회 강남 거점을 쓸어버리는 날.

장지로 가는 행렬이 수저우 포월루 분점 앞길을 지나고 있었다. 몇몇의 권문세족들이 하나둘 그 행렬에서 이탈하고 있었다. 밍씨 가문과 척을 질 수도 없었지만, 판시엔과도 대립각을 세울 수 없는 그들이 행하는 궁여지책이었다. 판시엔은 포월루 꼭대기 층에서 그 장면을 보며 실소를 터트렸다.

그리고 군산회를 떠올렸다. 조우 선생이 잡히지 않는 것은 누군가 그를 보호해 주고 있다는 뜻이었다.

그리고 하이탕을 떠올렸다. 슬슬 '진짜' 걱정이 되기 시작했기 때문이다.

판시엔이 일행이 있는 탁자로 돌아와 앉으며 혼잣말을 했다.

"정말 묘해."

어디선가 느닷없이 두 사람이 들이닥치며, 차갑게 판시엔의 말을 받았다.

"확실히 묘해."

이미 가오다가 이끄는 일곱 명의 호위들이, 장도를 손에 쥐고 산(山)자 대형으로, 판시엔 앞에서 그를 엄호했다. 그리고 측면에서는 6처 자객들이 일순간 모습을 드러내며, 두 사람을 향해 무광의 검은색 철궁을 겨누고 있었다.

판시엔도 이미 호위들 뒤로 몸을 피해, 두 사람을 바라보았다.

'어떤 새끼인데 근처에 올 때까지, 내가 인기척을 느끼지 못한 거지?'

두 사람 중 하나는 억지로 웃는 얼굴을 하고 있었고, 삿갓을 쓴 다른 한 사람은 마치 천하를 무시하듯, 싸늘한 기운만 내뿜고 있었다. 삿갓을 쓴 이가 천천히 고개를 들어 판시엔을 바라보며 말했다.

"조우 선생을 찾는다고? 이분이 조우 선생이야."

삿갓을 쓴 이는 호위도, 철궁도, 심지어 판시엔도 신경 쓰지 않는 듯 무심하게 말했다.

"하지만 너에게 넘기진 않는다."

판시엔은 그 사람을 보며 심장이 살짝 뛰고 있었지만 최대한 침착하게 말했다.

"네가 조우 선생을 보호하고 있었구만. 어쩐지 하이탕이 돌아오지 않는다 했어. 나에게 넘길 것도 아니면서, 왜 나를 찾아온 거야?"

"흑기병을 철수시키면, 너의 목숨은 살려주겠다."

황당한 말이었지만, 판시엔은 상대방이 정말 자신을 죽일 수도 있다는 것을 알고 있었다. 그렇지만 판시엔은 당황하지 않고 웃으며 말했다.

"하이탕은 무사한 거지?"

"난 여자를 죽이지는 않는다."

"좋아. 그럼……놓아줘."

서른여 발의 독화살이 '놓아져', 죽음의 빗물처럼 삿갓 쓴 이에게 날아갔다.

그는, 피하지 않았다.

젓가락 통에 젓가락 한 쌍만이 비어 있었다.

'타타타타타…….'

빗물이 나뭇잎을 세차게 때리는 소리가 들렸다.

상대방의 진기가 담긴, 병기와 같은 젓가락에 맞아 궤도를 이탈한 철궁의 독화살들이, 벽과 바닥에 꽂혀 공포에 떨 듯 파르르 떨고 있었다.

6처의 자객들도, 순간 몸이 오싹해지며 파르르 떨었다.

그는, 사람이 아니었다.

그는, 절대 사람이 아니었다.

자객들이 두려움과 무기력함에 빠져 있을 때, 일곱 명의 호위들이 맹렬한 기세로 달려들었다. 장도를 들어 내리치려는 순간, 판시엔이 매섭게 소리를 질렀다.

"물러서!"

가오다를 제외한 여섯 명은, 허공에서 어색한 몸짓으로 동작을 멈추고 칼을 비틀며 땅에 떨어졌지만, 대열의 가장 앞에 있던 가오다의 장검은, 이미 삿갓 쓴 이의 머리 위로 떨어지고 있었다. 늦었다고 생각한 가오다는, 진기를 최대한 끌어올려 그를 내리쳤다!

그 찰나. 누군가 가오다의 발목을 살짝 끌어당겼다!

장검은, 상대방 앞에 있던 탁자 앞의 바닥을 내리쳤다!

'펑!'

두툼한 나무 바닥에 거대한 구멍이 생기며 먼지와 함께 나무 파편이 사방으로 튀었다. 바닥에 난 구멍 아래로 아래층의 탁자가 보였다.

가오다가 바닥에서 검을 뽑아 들 때, 이미 상대방은 젓가락을 살포시 내려놓고 검을 들었다. 그 검은 소박하게 보이는, 두툼하고 거친 천에 싸여 있었다.

삿갓 쓴 이가 검을 잡고 위에서 아래로 살짝 내리자, 검을 싸고 있던 천이 찢기며, 검이 반쯤 그 모습을 드러냈다.

부드러운 그 동작에, 검에 실린 검기가, 가오다가 바닥에 구멍을 내며 주위에 생긴 갈라진 틈을 따라 전달되며, 바닥에 박힌 가오다의 장검에 이르렀다.

가오다의 두툼한 장검의 표면에, 금강석에 섬세하게 조각해 놓은 것처럼 선명한 줄이 수도 없이 생겼다.

가오다는 검을 잡은 자신의 손마저 떨리기 시작하자, 무의식적으로 검을 손에서 놓았다.

장도가, 산산조각 났다!

가오다는 무거운 신음 소리를 내더니, 명치가 답답해지며 피를 토했다!

그리고 검을 잡고 있었던 오른 손목이 부러져 버렸다!

판시엔이 그의 발목을 살짝 잡아당기지 않았다면, 검이 아니라 가오다의 몸이 산산조각 났을 것이다.

이 모든 것이 세 호흡에 이뤄졌다.

독화살과 호위의 검을 막는 일은, 삿갓 쓴 이에게는 젓가락을 들었다 놓는 것만큼 쉬운 일이었다.

왜냐하면 대, 종, 사니까!

가오다는 한쪽 무릎을 꿇고 입에 피를 토하며, 사나운 눈빛으로 삿갓을 쓴 불청객을 바라보며 외쳤다.

"스구지엔!"

판시엔은 냉철하게 상황을 판단했다. 9품 실력자 열 명이 와도, 우쥬 삼촌을 이길 수 없다. 그러므로 설령 그가 분신술을 사용하여 열 명으로 변해서 동시에 공격해도, 저 불청객 하나를 이길 수 없다.

무공의 단계에 따라 1품부터 9품까지 나누고 각 품계마다 상, 중, 하로 나눈다. 하지만 이런 품계가 절대적인 실력을 뜻하지는 않았는데, 예를 들어 운이나 잔재주 같은 것이 도와준다면, 아주 드물긴 하지만, 낮은 품계 사람이 자기보다 높은 품계의 사람을 이길 수도 있었다.

하지만 9품을 넘어서, 천인(天人)의 경지에 올라버리면, 예를 들어 대머리 쿠허라든지 아니면 눈앞의 저 불청객 늙은이라든지, 운이나 잔재주라는 아주 작은 변수까지도 통제해 버릴 수 있었다. 다시 말해 '다른 경지'로 들어가는 것인데, 그 차이는 깊이를 알 수 없는 계곡과도 같아서, 어떤 지혜나 모략을 동원해도 메울 수 없었다.

삿갓 쓴 이는, 여전히 탁자 앞에 서서 차분히 기다리고 있었다.

판시엔의 '결심'을 기다리고 있었다.

그가 침착하게 입을 열었다.

"네놈의 반응 속도나 실력이, 소문보다 강한 것 같네."

판시엔은 그 말에 대답을 하지 않았다. 오히려 사람들의 예상을 깨고 천천히 난간 쪽으로 걸어가며, 불청객에게는 눈길 한번 주지 않았다.

꼭대기 층으로 올라오는 발걸음 소리가 들렸다.

스챠리와 상운 아가씨가 눈앞에 펼쳐진 광경을 한번 보고, 다시 한번 판시엔을 보고서 아연실색하며 입을 벌리고 아무 말도 못 하고 있었다.

"모두 내려가."

판시엔은 난간에 서서 고개를 돌리지도 않고 싸늘하게 명령했다. 판시엔이 손에 들고 있던 부채는 이미 짓이겨져 있었다. 판시엔은 무슨 결심이 선 것처럼 보였다.

하지만 아무도 내려가지 않았다.

모두 침묵으로 반대 의사를 표현하고 있었던 것이다.

판시엔은 몸을 돌려 가오다를 바라보며 말했다.

"이제 내 말도 안 듣는 거야?"

가오다는 심장이 철렁했다.

"아무도 여기 올라오게 하지 마. 그리고 지금 이 근처 거리를 모두 비워. 무고한 사람들이 다치면 안 되니까."

가오다가 말없이 끝까지 안 내려가려고 하는 스챠리의 등을 떠밀며 내려갔다.

판시엔은 짓이겨진 부채를 다소 우스꽝스럽게 '좌악' 펴며, 천천히 삿갓 쓴 불청객에게 다가가고 있었다.

열 걸음.
판시엔이 죽음으로 가는 거리.
하지만 죽음으로 다가갈수록, 마음은 오히려 평온하고 맑아졌다.
마지막 한 보 거리.
판시엔과 삿갓 쓴 불청객은, 탁자 하나를 사이에 두고 마주하고 있었다.
판시엔은 무례하게 상대방을 쳐다봤고, 상대방은 흥미로운 눈빛으로 그를 쳐다봤다.

내려간 가오다는 포월루 근처 사람들을 피신시켰고, 부하 한 명에게 총독 관아로 가서 병력을 요청하라 명했다. 그리고 맞은편 건물 꼭대기로 올라가, 조심스럽게 포월루 꼭대기 층 안에서 벌어지는 일을 주시했다. 언제라도 자기 목숨을 바칠 준비가 되어 있는 그였다.
판시엔은 조우 선생에게 한쪽으로 비키라고 손짓했다. 그는 고분고분 자리에서 일어나, 얼빠진 표정으로 구석으로 가서 쪼그리고 앉았다.
그러자 판시엔은 호탕하게 두루마기를 뒤로 젖히고 '털썩' 자리를 잡고 앉았다.
그는 만면에 미소를 띠고, 짓이겨진 부채를 거둬들이고, 불청객이 사용한 젓가락을 다시 통에 넣었다.
이 동작을, 아주 섬세하게, 천천히, 조심스럽게 행했다.
그리고는 무슨 대단한 일이라도 한 듯, 갑자기 박수를 쳤다.
상대방이 그를 죽이지 않았다.
즉, 상대방과 대화를 할 수 있다.
"대담하군. 특출난 인재야."
대종사의 이 평가가 세간에 알려지면, 판시엔의 위상이 엄청 올라갈 것이다.

"그게 다 무슨 소용인가요? 당신은 언제든지 절 죽일 수 있잖아요?"

"아직 유효하다. 흑기병을 물리면, 목숨은 살려주겠다."

"고작 그것 때문에 대종사가 이런 시골까지 왔다구요? 체면을 좀 생각해요."

판시엔은 마치 감사원 부하를 다루듯 신랄하게 훈계했다.

그리고 갑자기 탁자를 세게 내려쳤다.

"노망난 거 아니야?! 군산회 일일뿐인데, 내가 흑기병을 움직이든 말든 당신이 무슨 상관이야? 그 장원에서 당신을 먹여 살리기라도 하는 거야?! 다짜고짜 찾아와서 내 목에 칼을 겨누고 협박하면, 내가 당신 말을 들을 거라 생각했어? 만약에 내가 이번에 말을 들으면, 그 다음은?"

판시엔은 무시와 비웃음이 섞인 목소리로 삿대질까지 하며 말을 이었다.

"정신 차려! 지금이 어떤 시대인데! 네가 뭔데? 자신을 뭐라고 생각하는 거야? 검의 신이라도 돼? 니이미 씨팔 놈아, 넌 영원히 안 죽을 것 같아?"

한 나라의 군주도 예의를 갖춰 대하는 대종사에게, 예쁘장하게 생긴 젊은이가 삿대질을 하며 욕을 하자, 갑자기 삿갓 쓴 이가 더없이 쾌활하게 웃기 시작했다.

"허허. 이 노인에게 너처럼 말하는 놈은 거의 없지."

말을 마치고 웃음을 그친 불청객은 돌연 정색을 하며 말했다.

"세 번째 경고다. 흑기병을 철수하지 않으면, 널 죽일 수밖에 없다."

이 말과 함께 손을 아래로 내려, 검을 잡았다.

판시엔은 주름이 하나도 없는 그 손을, 바라보았다.

노인은 진기가 담긴 검을 위로 올렸다. 검이 '웅웅' 소리를 냈고, 검의 끝이 천정을 향한 상태에서 멈췄다.

"셋."

삿갓을 쓴 이가 숫자를 거꾸로 세기 시작했다.

판시엔은 실눈을 뜨고 그를 바라보고 외쳤다.

"하나."

이 말과 동시에, 판시엔이 먼저 주먹을 날렸다!

이 일격에 판시엔은 자신의 모든 의지, 힘, 살기를 실었다!

주먹이 노인이 쥐고 있던 검의 자루에 꽂혔다!

방의 공기가 출렁이며, 그 진동에 주위의 사물들이 일그러져 보였다.

'펑!' 하는 소리와 함께 검이 부서지며, 웅웅거리는 소리가 사라졌다!

이 광경을 지켜보던 조우 선생은 너무 놀라 기절해 버렸다.

판시엔은 가슴을 역류해서 올라오는 선혈을 억지로 참으며, 삿갓 쓴 불청객의 두 눈을 노려보며 외쳤다.

"덩즈위에는 명령을 전해라!"

"네!"

아래에서 커다란 대답 소리가 전해왔다.

"흑기병은 군산회의 강남 장원을 공격하라! 반항하는 자는 모두 죽여라!"

얼마나 지났을까, 침묵이 흐르던 포월루의 꼭대기 층에서 삿갓을 쓴 이가, 복잡한 심경에 탄식을 하며 말했다.

"네 말이 맞다. 내가 다시 속세에 개입하면 안 되는 것이었어. 네가 죽이고 싶어 하는 사람이, 내가 지키고 싶은 사람이니, 이를 어떻게 해야 하나…….”

삿갓 쓴 이는 몸에서, 다시 한 자루의 검을 빼냈다. 검의 기운이 다시 차오르기 시작했다.

판시엔은 무서웠다. 하지만 남아있는 모든 진기로, 얼굴과 근육의 떨림을 통제했다.

“당신은 날 죽이지 못해.”

잠시 침묵이 흘렀다.

“내가 왜 너를 못 죽이느냐?”

“당신은 스구지엔이 아니니까. 잔인한 백치, 스구지엔만이 날 죽일 수 있지.”

삿갓 쓴 이의 손은, 여전히 검 자루를 단단히 쥐고 있었다.

“그래서 내가 이해가 안 되는 건, 왜 당신이 지금 여기 있냐는 거야. 당신은 반파된 배에서도 노래를 부르며 천하를 여행하는 흐르는(流) 구름(雲) 같은 존재고, 사소한 일로 마음을 어지럽혀 멍청한 짓을 할 사람이 아닌데 말이야.”

삿갓 쓴 이의 눈에 이채가 돌았다.

“당신이 예류윈(葉流雲, 엽류운)이라면, 날 죽이지 못하지.”

판시엔은 12살 때 예류윈을 딱 한번 보았다.

우쥬 삼촌이 처음으로 절벽에서 뛰어내린 날, 절벽 위에 엎드려서 소리도 못 내고, 두 절세 고수의 일 합 승부를 봤었다. 그가 반파된 배를 저으며 유유히 떠나던 모습은, 그의 뇌리 속에 오랫동안 남아 있었다.

예중 대인의 작은 아버지, 경국의 대종사 예류윈.

그의 가문은 징두에 있었다. 그의 가문이 현공 사당 사건으로 고초를 당할 때, 그는 징두에 돌아와서 실력을 행사하지 않았다. 예씨 가문 자손의 행복, 안위 그리고 존속을 중요하게 생각했기 때문이다. 그렇게 해서 경국 황제와 대종사 예류원의 힘의 균형은 다시 유지되었다.

그런 그가 자신을 죽일 수 없음을, 판시엔은 확신했다.

다만, 판시엔은 자신의 가문의 일도 끼어들지 않았던 예류원이, 군산회라는 존재 때문에 여기까지 와서 그를 협박하고 있는지 이해가 되지 않았다. 이번에 예류원이 그를 겁박해서 흑기병을 철수시킨다면, 그것은 황제에 대한 도전이고, 균형이 깨져버릴 수 있기 때문이다.

'내가 예류원이면 왜 널 죽이지 못하지' 라고 물어보면 판시엔은 '그럼 죽여요. 황제는 둘째 치고, 우쥬 삼촌이 당신 가문을 없애 버릴 거예요' 라고 말해 줄 계획이었는데, 안타깝게 예류원이 그런 질문은 하지 않았다. 대신 그는 담담히 말했다.

"이제 보니 그때 절벽에서 훔쳐보고 있었군."

'무슨 말이지? 대종사인데도 얼굴을 아는 사람이 몇 없다는 것인가?'

"우쥬 삼촌처럼 신비로운 척하지 마요. 삿갓 쓰면 쿠허라고 생각할 줄 알았어요? 그리고 검을 부수고 그러면, 스구지엔이라고 생각할까 봐? 난 알아. 당신은 예류원이야."

판시엔은 조롱하듯 말을 이었다.

"스구지엔은 좀 백치 기질이 있어서 경국에서 여러 차례 누명을 쓴 것은 사실인데, 이번 당신의 연극은 좀 어설펐어."

"내가 누구인지는 중요하지 않다."

예류원이 갑자기 입을 열었다.

"이 말을 하러 왔다. 네가 강남에 온 뒤로 너무 많은 사람이 죽었다."
"이 세상에서 사람을 안 죽이고 달성할 수 있는 목표가 있나요?"
"네 목표가 뭐냐?"
"난 경국의 신하이니 황제의 이익을 지키는 것이 목표지요. 그 외에는 아무것도 없어."
"죽음을 불사하고?"
"난 안 죽어요."
"네 모친은 당시 그런 사람이 아니었다."
그가 어머니를 언급하자, 판시엔은 차갑게 응대했다.
"어머니를 들먹이며 날 협박하지 마. 나도 알아. 어머니도 나와 별반 다르지 않았어."
"내가 말하는 것은 성품이다. 살인을 즐기는 자는, 큰 권력을 쥘 수 없다."
"내가 강남으로 오지 않았으면, 강남 사람들이 죽지 않았을까? 내고의 그 개새끼들이 더 이상 개새끼 짓을 안 하고, 도적 같은 그 밍씨 가문이 뭐 의적이라도 된다는 거야?"
판시엔은 경멸하는 표정으로 말했다.
"하나 더 추가하지. 대의명분을 들먹이며, 날 협박하지도 마."
"네가 위엔멍을 죽일 때 살려 놓았던 하녀들도, 이후 모두 수저우 관아로 잡혀가 입막음을 당했다. 무고한 사람들도 너 하나로 너무 많이 죽었다."
"난 내가 책임져야 할 것만 책임져."
'무고한 사람'이라는 말에 판시엔은 움찔했지만 내색하지는 않았다. 그보다 왜 하필 '위엔멍'을 콕 집어 말하는 것인지 궁금했다. 그는 다시 한번 책상을 내리치며 화를 냈다.
"군산회가 나보다 깨끗하다고 생각하는 거야? 당신 같은 대종사가 왜 그 새끼들에게 굽신거리며 일을 처리해 주는 거야? 당신은 경국의 대종사인데, 조정을 대표해 내려온 내가 아니라, 왜 군산회 편에 서는 거야?!"

"군산회는 네가 생각하는 그런 것이 아니다."

"아니라구요? 말해 볼까요? 천하를 돌아다니시는데, 고귀한 당신을 누군가는 모셔야 하지 않을까요? 군산회에서 그 일을 하는 건 아닌가요?"

예류윈은 미소를 짓고 있었지만 부인할 수는 없었다.

"물론 천하 곳곳에서 당신을 모시는 사람과 군산회의 관계가, 그렇게 단순하지는 않겠지. 근데 그들도 나의 손을 피해갈 수는 없을 거야. 군산회가 여자 같은 곱상한 당신 손을 상하지 않게 해 주니, 그 곱상한 손으로 그들을 하늘같이 떠받쳐주려고? 어디 한번 해 봐. 어떻게 되나."

예류윈이 산수 권법을 완성한 이후로, 그의 손은 항상 어린 여자아이 손처럼 고왔다.

"흑기병이 아직 진입하지 않았을 텐데, 당신이 군산회 내에 아끼는 사람을 지키고 싶다면, 조우 선생부터 나에게 넘겨주는 거 어때?"

"내 제의를 받아들이는 건가?"

판시엔은 복잡한 생각들이 머리를 스치고 지나갔지만 침착하고 당당하게 말했다.

"내가 아직까지 다른 사람들의 협박에 굴복해본 적이 없어서……그렇다고 존경하는 선배님과 협의를 하지 않겠다는 것은 아니고."

"후안무치한 놈……."

"당신은 무력으로 협박하고, 난 당신이 아끼는 사람의 목숨으로 협박하고. 후안무치는 피차일반 아닌가?"

예류윈이 천천히 일어났다.

판시엔은 침착한 '척'하며, 뭉개져 버려 제대로 펴지지도 않는 부채로 아무렇게나 부채질을 했다. 예류윈은 그가 긴장하고 있다는 것을 진작에 알고 있었다.

예류윈이 말했다.

"네가 모든 것을 이해할 수 있고, 네가 모든 것을 통제할 수 있다 생각하지 마라."

예류윈이 탄식하며 말했다.

"그렇지 않으면 언젠가 너는 비참하게 죽을 것이다."

예류윈이 훈계하듯 말했다.

"넌 총명하다. 하지만 머리를 너무 쓰지 말거라."

잠시의 침묵이 흐른 후 다시 말을 이었다.

"넌 이후에 어떻게 해야 할지 알고 있을 거다."

이 말과 함께 예류윈은 검을 쥔 채, 난간 근처로 가 조우 선생의 옷깃을 잡아 들었다.

'조우 선생을 넘겨주러 온 게, 진짜 아니란 말이야?'

판시엔이 멍하게 그 장면을 바라보고 있었다. 예류윈이 고개를 돌리며 천천히 살기를 뿜으며 말했다.

"검을 뽑아라."

판시엔은 정신을 집중하기 위해 눈을 감았다. 혀를 깨물어 그 고통으로 정신을 깨어 있게 하려고 사력을 다했다. 생사의 경계에서는, 지혜니 모략이니 하는 것들은 아무 소용없었다.

설산혈의 모든 패도 진기를 두 주먹에 모으고, 전방으로 일격을 가했다!

앞에 있는 탁자에.

'펑!'

그는 탁자를 내려친 반동으로 몸이 공중에 떠서, 처량한 검은 새끼 강아지처럼 부르르 떨며, 엄청난 속력으로 건물 밖으로 튕겨져 나갔다!

판시엔의 몸은 길 위 3층 높이의 공중에 떠 있었다. 살기 등등한 검의 기운이 느껴졌기에, 두 눈에는 아직도 공포가 서려 있었다. 다시 한번 남은 힘을 쥐어짜 발길질을 하며, 더 멀리 날아가려 했다. 입에서 피를 토했고, 선혈이 공중에 흩뿌려졌지만, 사력을 다해 속도를 높였다.

공중에서 세 번 공중 제비를 돌고, 앞 건물의 푸른색 깃대를 발끝으로 디뎌 다시 한번 탄력을 얻은 후, 마지막 공중 제비를 돌며 겨우 길 위에 착지했다.

건너편 건물 꼭대기에서 지켜보고 있던 가오다를 제외한 여섯 명의 호위와 6처의 자객들이, 죽음을 불사하고 판시엔 주위를 겹겹으로 둘러쌌다.

판시엔은 잠시 감동했지만, 언제든 다시 도망갈 수 있도록 긴장의 끈을 놓지 않았다.

하지만 길게 뻗은 거리는, 조용했다. 너무 조용했다.

판시엔은 여전히 호위들 뒤에 숨어 있었다.

한참이 지난 후, 수상하다고 생각한 판시엔이, 부하들에게 작은 틈을 벌리라고 명했다.

예류윈은 이미 포월루에 없었다.

대신 길 끝에 마치 작은 두 점처럼, 삿갓을 쓰고 무명옷을 입은 사람이 다른 사람의 옷깃을 잡아 들고, 천천히 성 밖으로 걸어가고 있었다. 느릿느릿 걸어가는 것처럼 보였지만, 한 걸음에 수십 장(丈)씩 이동하는지 이내 시야에서 사라져 버렸다.

판시엔은 마른 침을 '꼴깍' 삼켰다.

가오다가 건물에서 급히 뛰어내려와 반색하며 떨리는 목소리로 물었다.

"대인, 무사하십니까?"

"무슨 일 있었어?"

판시엔은 태연하게 대답했지만, 떨리는 두 손을 등 뒤로 숨기고 있었다.

그 순간, 포월루에 새로운 변화가 생기고 있다는 사실을 아는 사람은 없었다.

가오다가 낸 구멍 외에, 판시엔의 일격이 부숴버린 탁자 옆 굵은 기둥의 사람 키 반 정도 되는 높이에도, 두껍게 발린 붉은 칠이 벗겨지며 작은 구멍이 생기고 있었다.

그 구멍은 쪼개지는 소리와 함께 더 크게 벌어졌다. 처참하게 생긴 상처처럼 내부의 나무의 결을 고스란히 드러내고 있었다.

그 나무에도 금이 가기 시작했다. 금이 순식간에 나무 기둥을 관통하였다!

이 기둥 하나만 그런 것이 아니었다.

포월루 꼭대기 층의 모든 나무 기둥, 난간, 벽, 진열장, 탁자에 사람 키의 반 정도 되는 높이에, 금이 가기 시작했다. 금은 점점 길게 뻗어 나가, 마침내 하나로 이어졌다.

누군가 정교한 솜씨로, 한 줄의 선을 그린 것처럼 보였다.

'쨍그랑!'

포월루 꼭대기 층 구석에 놓여 있던 화분이 바닥으로 떨어지며 산산조각 났다. 그 소리에 모두들 고개를 들어 위쪽을 쳐다보았다.

그저 입을 벌리고, 쳐다보았다.

'포월루가 무너졌다!'

정확히 말하자면, 포월루의 꼭대기 층이 무너졌다.

보다 정확히 말하자면, 포월루 꼭대기 층의 절반이, 깔끔하게 잘려 내려 앉았다!

잘려진 단면은 너무나도 깔끔했다. 마치 엄청난 길이의 검으로, 한번에 잘라버린 것 같았다.

물론 그 자리에 있던 모든 사람은, 어떤 '사람'이 평범한 '검' 하나로 잘랐다는 것을 알고 있었다.

그 '사람'은, '사람'이지만, '사람'이 아니었다.

입을 처음으로 다문 이는 판시엔이었다. 먼지와 나무 파편들이 입으로 들어왔기 때문이다. 하지만 여전히 절반이 내려앉은 포월루 꼭대기 층을 바라보고 있었다.

'찰싹!'

판시엔은 세차게 자기 뺨을 때리며, 지금 일어난 일이 실제 상황임을 스스로에게 설득시켰다. 그 소리에 호위와 6처 자객들은 일제히 놀란 눈으로 판시엔을 쳐다보았다. 판시엔이 이상한 행동을 해서가 아니었다.

'어떻게 살아 돌아오신 거지?'

사실 그 이유는, 판시엔도 잘 몰랐다.

"덩즈위에!"

판시엔은 입안의 먼지를 침으로 뱉으며 외쳤다.

"덩즈위에!"

판시엔의 두 번째 외침에서야 정신이 나가 있던 덩즈위에가 황급히 그의 곁으로 달려왔다.

"만약……그러니까 만약에, 누가 투항하면, 죽이지 말라 그래."

덩즈위에는 놀라 고개를 들어 판시엔을 쳐다보았다.

"투항한 사람을 데리고……아니지. 흑기병에게 곧장 징두로 보내라 그래.”

‘젠장, 이제 모르겠다. 당신네 어르신들끼리 알아서 하든지 말든지. 힘들어 죽겠네.’

덩즈위에는 명을 받았지만 바로 떠나지 않고, 다시 고개를 들어 꼭대기 층을 한번 보고, 떨리는 목소리로 물었다.

“대인, 누구였습니까?”

“가오다가 스구지엔이라고 하는 소리 못 들었어?”

“감사원 보고서에 스구지엔은 아직 동이성에 있다고…….”

“건물 잘려 나간 것 안 보여?! 대종사야 대종사! 저런 자를 감사원이 감시할 수 있을 것 같아?!”

덩즈위에는 판시엔이 왜 자신에게 화를 내는지 몰랐지만, 우선 자리를 피해 명을 실행하러 흑기병이 있는 곳으로 떠났다.

덩즈위에가 떠나고 나서도, 판시엔은 자리를 뜨지 않았다.

얼마 후, 감사원의 밀정이 말을 타고 왔다.

“성문을 나갔습니다.”

잠시 후 또 한 명.

“정자를 지났습니다.”

잠시 후 또 한 명.

“7리 밖 언덕을 지났습니다.”

7리 언덕은 직선거리로 7리이지, 실제 거리는 20리가 넘었다.

그제서야 가오다는 식은땀을 닦으며 황급히 말했다.

“징두로 밀서를 보내야 합니다.”

“시간을 맞출 수 있을지 모르겠네. 어쨌든 쓰긴 써야지.”

판시엔은 고개를 돌려 다른 6처 자객 한 명에게 명했다.

“덩디운(鄧適文, 등적문)! 총독 관아로 가서 통보해. 내일 다시 명원으로 갈 것이고, 밍씨 가문 사병들을 내가 모두 거둘 거라고.”

가오다는 적지 않게 놀랐다. 판시엔이 이 상황에서도 어떻게 이익을 챙길 것인가를 생각하고 있었기 때문이다.

'이 시국에 대인이 자객을 만났으니, 사람들은 밍씨 가문 소행이라 생각하겠지. 그럼 민심도 분산시킬 수 있고, 밍씨 가문도 약화시킬 수 있고……그런데 이 상황에서, 하여튼 대단한 분이셔.'

하지만 그 순간 다른 부하들은, 다른 것에 더 놀랐다. 판시엔이 욕을 해댔기 때문이다.

"니미 씨팔 개새끼! 노망난 영감탱이 새끼! 이런 옘병 지랄을 하다니! 이걸 다시 짓는데, 또 얼마의 돈을 들여야 해. 젠장할……."

다행히 판시엔의 욕은 오래 지속되지 못했다. 진기를 너무 소모한 탓인지, 그제서야 긴장이 풀린 탓인지, 다리에 힘이 풀려 '털썩' 주저앉았기 때문이다.

부축한 것은 부하가 아니라, 한 송이의 꽃이었다.

그제서야 호위들이 달려와 황급히 대인과 꽃을 마차에 태워 장원으로 데리고 갔다.

장원 안. 판시엔은 한 떨기 해당화의 품에 쓰러져 있었다. 그는 담담한 꽃 내음을 맡으며, 원망 섞인 말을 쏟아 냈다.

"그 사람이 가니까 오네."

"내가 이길 수 있는 상대가 아니잖아."

"그럼 난 그 괴물을 이길 수 있다고 생각했어?"

하이탕의 얼굴에 미안한 기색이 스쳐 갔다.

"내상을 입었어?"

"아니야. 연기를 너무 오래 했더니, 진짜 다리 힘이 풀려 버린 것뿐이야."

제13장

동료

수저우에서 약 20리 정도 떨어진 계곡 앞, 군산회 강남 장원.

점점 해가 서산으로 저물어가고 어둠이 짙게 깔리기 시작하자, 400여 명의 흑기병들은 말에 재갈을 물리고 말발굽에 천을 감았다. 그리고 아무 소리 없이 순식간에 장원을 포위했다.

장원 밖 배치된 흑기병들이, 장원 안으로 불화살을 쏘았다.

동시에 장원 안에서는 피비린내 나는 '도살'이 시작되었다.

사나운 연기가 치솟고, 사람은 죽었고, 군산회 강남 장원은 더 이상 존재하지 않게 되었다.

원래 흑기병은 징두 외곽에서 쳔핑핑을 호위하는, 감사원에서 가장 강력한 무력을 보유한 5처 소속 병사였다. 하지만 젊은 제사 대인의 등장으로 절반으로 나뉘어, 약 500명의 흑기병들은 5처 부처장의 인솔 아래 판시엔을 호위하게 되었다.

부처장의 성은 징(荊, 형)이었고, 이름은 없었다.

그는 불타오르는 장원을 바라보고 있었다. 천천히 얼굴에 쓰고 있던 검은 가면을 벗으니, 하얀 얼굴과 무표정한 그의 눈빛이 드러났다.

그에게는 단순히 '하나의 임무'일 뿐이었다.

생각보다 강한 군대가 안에 숨어 있었지만, 그 때문에 흑기병 몇몇은 부상을 입었지만, 그에게는 그저 '하나의 임무'일 뿐이다.

흑기병 다섯이 장원에서 타오르는 불꽃을 뚫고 천천히 나오고 있었다. 그 모습은 마치 말을 탄 저승사자처럼 보였다. 다섯 마리의 말 위에는, 다섯 명의 저승사자 외에도, 다섯 명의 사람이 온몸이 꽁꽁 묶인 채 타고 있었다.

"산 사람인가?"

"이 다섯은 우물에 숨어 있다가 투항했습니다."

"제사 대인께서 기뻐하시겠군."

부처장은 검은색 가면을 다시 쓰며 명령했다.

"수저우로 돌아간다."

검은색 가면에 비친 황금색 화염은 이채로웠지만 오싹한 느낌을 주고 있었다.

흑기병은 질서정연하게 아무 일도 벌어지지 않은 것처럼 수저우로 돌아가다, 덩즈위에와 마주쳐 제사 대인의 새로운 명을 받았다.

징 장군은 몇 명을 차출해 소대(小隊)를 꾸린 후 포로 다섯을 징두로 압송하라 명한 후, 다시 진영으로 돌아가기 위해 방향을 틀어 유유히 강을 건너 강북으로 올라갔다.

·

덩즈위에가 판시엔이 머무는 장원으로 돌아와 판시엔에게 보고를 하자 그가 말없이 고개를 끄덕였다. 그리고는 황제에게 보낼 밀서를 그의 손에 전달해 주며 징두에 최대한 빠른 경로로 보내라 명했다. 그제서야 그는 서재를 떠나 후원으로 향했다.

원래 후원에 남자의 출입은 안 되었지만, 오늘은 판시엔이 특별히 처리할 일이 있었다. 포월루가 무너지면서 상운이 기생들을 이끌고 와 임시 거처를 마련해 주었기 때문이었다. 특히 그곳에는 대황자의 여종도 있었기에 일부러 들여다보고 몇 마디 한 후, 다시 긴 복도를 성큼성큼 걸어 장원의 맨 뒤에 위치해 있는 조그만 서재로 향했다.

'왜 또 여기까지 왔을까?'

대화를 나눌 상대가 없는 수저우에서, 판시엔은 마음이 너무 힘들었을 때, 이 사람을 찾아오는 게 마치 습관처럼 되어 있었다.

그 서재에는 빗장도 걸려있지 않았다.

하이탕은 꽃무늬 옷을 걸치고 침대 머리맡에서 알 수 없는 표정으로 서재로 들어오는 판시엔을 쳐다보았다. 판시엔은 신발을 질질 끌고 침대로 가, 무례하게 이불 한쪽을 열어젖히고 쑥 들어가, 침대 한구석에 앉았다.

이불 안은 따뜻함이 남아 있었다.

하이탕은 체념한 듯 무뢰한에게 말했다.

"나도 시집갈 생각이 있다는 걸 알아줬으면 해."

"난 간사한 남자고, 넌 음탕한 여자지."

하이탕이 노려보자 판시엔은 재빨리 말을 이었다.

"물론 외부에서 들리는 소문을 말한 거야."

판시엔은 '씨익' 웃었다.

"생사의 갈림길에 서니까, 아쉬운 게 하나 있더라고. 난 널 지금껏 사사로운 감정으로 대하지는 않았었는데, 내 명성에 금이 갔어……
물론 후회한다는 건 아니고, 이왕 이렇게 된 거 우리에게 다른 방법이……."

그의 말이 원망으로 시작하여, 파렴치함으로 끝났다.

하이탕은 고개를 저으며 대답했다.

"넌 단지 지금 무엇 때문에 화났는지 모르는 것뿐이지?"

판시엔은 순간 말문이 막혔다.

장원에서 가장 외진, 서재를 개조한 침실에, 잠시 동안 침묵이 흘렀다.

판시엔이 조용히 다시 입을 열었다.

"난 애매한 게 싫어."

"지금 우리는 확실히 애매해."

"원래는 마음이 답답해서 왔는데, 갑자기 다른 말을 하게 되었네……모든 여자는 시집을 가겠지만……네가 다른 사람에게 시집간다고 생각하면, 난 왜 마음이 안 좋아지는 거지?"

하이탕의 눈에 장난기가 서렸다. 눈빛이 차오르는 달처럼, 물에 비친 달처럼 반짝였다. 하이탕은 양손으로 이불 끝을 잡고 잡아당겨 자신의 가슴 위를 덮고, 판시엔을 지긋이 쳐다보며 천천히 말했다.

"그럼……너에게 시집갈까?"

판시엔은 놀라거나, 겁을 먹고 침대 아래로 기어 들어가진 않았다. 그렇다고 늑대로 변해 덮치지도 않았다. 진지하게, 직설적으로 말했다.

"아주 좋아. 날짜를 정해보자."

하이탕은 도끼로 자기 발등을 찍었다 생각하며 자책했다. 판시엔의 두꺼운 얼굴과 뻔뻔함을 과소평가한 것이다. 그녀는 알아들을 수 없는 말을 궁시렁거렸다.

'왜 저런 말을 하는 거야?'

판시엔은 마치 그녀의 생각을 아는 듯이 말했다.

"너의 그 태후."

"너의 그 황제."

"너의 그 대머리."

하이탕은 그가 스승을 '대머리'라 칭하자 고개를 갸웃하고 다시 맞받아쳤다.

"너의 신분."

"너의 신분도."

두서없이 막 던진 말 같았지만, 두 사람 사이의 장애물들을 명확히 짚어내고 있었다.

객관적으로 경국은 그래도 설득의 여지가 있었다. 경국 황제는 천하에서 가장 자신감이 강한 사람이기 때문이다. 하지만 북제는 저항이 클 게 불 보듯 뻔했다. 북제의 '성녀'를 경국 '오랑캐'에 보내는 것은, 북제 황실뿐 아니라 쿠허도 막아설 일이었다.

북제 황제도 하이탕을 내고의 북제 밀매를 감시하라 경국으로 보낸 것이지, 경국 젊은이와 '해 먹으라' 보낸 것은 아니었다. 판시엔의 생각이 거기까지 미치자 자조하며 말했다.

"뒤뒤가 내 마누라가 되어 버리면, 부부가 가게를 열어서 북제 '그분'의 돈을 맘대로 쓰게 되는 건데, '그분'이 화병에 죽어버리지 않을까?"

하이탕은 웃으며 대답했다.

"너의 지금 그 말에 화병이 나실 것 같은데?"

"뒤뒤가 시집오면, 우리 둘은 아무도 모르는 곳에 가서 살아야 하지 않을까? 두 나라의 미움을 동시에 받을 수 있으니……."

"감당할 수 있어?"

판시엔은 잠시 멈칫한 후 반문했다.

"둬둬는 감당할 수 있다는 거야?"

다시 한번 침묵이 흘렀다. 초승달을 감싸고 있던 하얀 구름이 사라지며, 조금 더 밝아진 달빛이 장원의 담과 연못을 비추었고, 다시 반사되어 서재 안으로 들어가, 커다란 이불과 '애매한' 관계의 두 사람을 비추었다.

하이탕은 갑작스러운 미소와 함께 말했다.

"가장 중요한 건, 넌 이미 아내가 있어."

판시엔은 침묵했다.

그는 아직 이 세계에서, 본처 둘을 두었다는 말은 들어본 적 없었다. 그렇다고 북제의 성녀를 첩으로 들일 수도 없었다. 그렇게 하면, 북제가 진짜 전쟁을 감행할 수도 있다는 생각에 그는 오싹해졌다.

하이탕은 양손으로 이불을 좀 더 자기 쪽으로 끌어당겨 어깨까지 덮었다.

하이탕이 이불을 끌어가는 바람에, 판시엔의 상반신이 드러났다.

판시엔은 다시 이불을 자기 쪽으로 끌었다.

확실히 조금 쌀쌀한 밤이긴 했다.

하이탕은 눈을 흘기며, 다시 이불을 빼앗았다.

판시엔은 웃으며, 다시 이불을 빼앗았다.

그렇게 한참 동안, 유치한 장난이 한바탕 지나갔다. 그 소동에 하이탕의 두 발이 부끄러운 듯, 화난 듯, 이불 밖으로 나와 있었다.

판시엔이 이불에서 손을 놓았다. 팽팽하게 당겨져 있던 이불이 순식간에 '휙' 하이탕 쪽으로 쏠리며 하이탕의 상반신을 덮어버렸고, 짧은 신음 소리와 함께 얇은 속바지만 입고 있던 하이탕의 두 다리가, 이불 밖으로 쭉 뻗어 나왔다.

판시엔은 두 손을 뻗어, 그녀의 두 발을 잡았다.

하이탕의 두 발은 약간 떨렸지만, 벗어나려 발버둥치지는 않았다.

"찬 바람을 쐬면 안 되지."

판시엔은 정의감에 넘치듯 말했다. 한편으론 그의 전광석화와 같은 속도에 만족해하고 있었다. 우쥬 삼촌에게 단련된 속도 아니던가.

하지만, 하이탕이 피할 생각이 없었던 것은 아닐까.

"놔……."

이불에 파묻힌 하이탕이 웅얼거리듯 말하며, 헝클어진 머리와 조금 상기된 표정으로 얼굴을 내밀었다.

판시엔은 하이탕을 보며, 다시 그녀의 발을 이불 안으로 집어넣었다.

웃었지만, 말을 하지는 않았다.

대신 검은 고양이처럼 슬며시 기어가, 하이탕 옆에 몸을 누였다. 매우 '예의 바른' 자세로 누운 판시엔이, 모기 같은 목소리로 입을 열었다.

"추워. 이불 좀 나눠 줘."

하이탕은 꿀벌처럼 '웅웅' 거리며 답했다.

"넌 손이 없어?"

말은 그렇게 했지만, 하이탕은 안쪽으로 조금 옮겨가 자리를 좀 내주고, 이불도 반 정도 그에게 남겨 주었다.

판시엔은 두 눈을 말똥말똥 뜬 채, 천정만 바라봤다.

둘은 그렇게 아무 말도 하지 않았다.

침묵하는 건 어색해서고, 어색한 건 애매해서다.

왠지 판시엔은 이 기분을 만끽하고 있는 듯 보였다.

조금은 안정을 되찾은 하이탕이 진지하게 물었다.

"나를 시집보낼 생각이……정말 없는 거야?"

"응."

판시엔은 손을 머리 뒤로 보내 깍지를 끼고 여전히 천정을 보며 말했다.

"시집을 가도 다른 놈은 안 돼. 나에게 와야 해."

하이탕은 결국, 졌다.

이불 안의 온도는 점점 올라가고 있었다. 하지만 판시엔은 더 이상 그 주제로 말하기가 적절하지 않다고 생각이 들어 화제를 바꿨다. 이제서야 그가 왜 이 방에 왔는지 생각났기 때문이다.

"근데 예류윈이 왜 왔을까?"

"한 가지 가능성이 있어. 경국 황제가 군산회와 예씨 가문의 관계를, 이미 알고 있었던 거지. 그래서 예류윈은, 그 관계가 드러나는 것을 두려워하지 않았던 거야."

판시엔은 잠시 생각하다 이윽고 고개를 저었다.

"그래도 말이 안 돼."

이 말과 함께, 그는 답이 금방 나오지 않을 것이라는 생각에 다른 화제로 바꿔 말했다.

"신묘에 대해서 샤오은이……."

판시엔은 진정한 '친구'에게, 그날 동굴에 있었던 일을 '일부' 이야기했다.

"물(勿)자?"

하이탕은 판시엔이 말한 대로 허공에 물자를 그려보고 몇 개의 반원도 그렸다.

"그 부호가 무슨 의미일까?"

"모르겠는데……."

"언젠가 신묘를 한번 가 봐야겠어."

"나도 갈래!"

"알았어. 둬둬, 대신 하나만 약속해. 혼자 몰래 가지는 마."

"알았어. 근데 신묘에서 나온 어린아이는 누구였대?"

"우리 엄마."

판시엔은 거만하게 말했고, 하이탕은 짐작했음에도 결국 탄성을 내질렀다.

"며칠 뒤에는 시어머니라고 불러야 해."

하이탕은 판시엔의 말은 무시하고 다른 말을 했다.

"신묘에서 나오셨으면……천맥자?"

"천하에 천맥자가 있기나 해?"

"스승님이 하늘의 뜻을 이어받고, 신묘로부터 가르침을 받는 사람이 천맥자라 하셨어. 사람들이 왜 나를 그렇게 부르는지는 잘 모르겠지만."

"그럼 쿠허도 천맥자야? 우리 엄마가 신묘에서 〈천일도〉를 훔쳐줬으니까?"

"그래도 예씨 아가씨는 특수한 혈통인 것 같아. 너의 경맥도 다른 사람들과 달라. 그러니 그 사나운 패도 진기를 익힐 수 있었던 거지."

"나중에 우리 아이가 물려받을까 걱정하는 거지?"

판시엔의 무례한 장난에도 하이탕은 미소만 짓고 대답은 하지 않았다. 오히려 판시엔이 갑자기 당황하며 말을 더듬었다.

"잠깐만, 이……이런……지금 너……날 '씨내리'로……다시는 술에 춘약 탈 생각, 하지도 마!"

하이탕은 여전히 애매한 미소만 지으며 아무 대꾸도 하지 않았다.

"그래도 다행히 스리리는 임신하지 않았나 보네."

판시엔이 이 말과 동시에 홀연듯 그날이 다시 생각나며 분노가 치밀어 올랐다. 하지만 그 뜨거운 불똥은, 다른 곳으로 튀어버렸다.

판시엔이 하이탕을 뒤에서 끌어안았다!

그리고 미세하게 떨리는 여인의 몸을 느끼며 귓가에 부드럽게 말했다.

"넌 춘약 따위는 쓰지 마. 너에게는 이 몸을 바칠 생각이 있으니까."

하이탕은 싸늘하게 쏘아 댔다.

"만지고 주무르고 하는 것 말고는, 날 감동시킬 게 없나 보지?"

판시엔은 개의치 않고, 하이탕의 어깨 아래로 손을 쑥 집어넣어, 그녀의 양손을 쥐었다. 그리고 만족한 듯 그녀의 목덜미에 얼굴을 비볐다.

하이탕은 얼굴이 화끈거렸다.

문제는, 그녀의 마음이 싱숭생숭해지고 있었다는 것이다.

'이 죽일 놈이 아내도 있으면서, 도대체 왜 이러는 거야.'

"너 정말 내가 시집가길 바라지 않는 거야?"

오늘 벌써 세 번째 똑같은 질문이었다.

"당연히 나에게 시집와야지. 네 여동생도 데리고……아차, 넌 여동생이 없지?"

"뻔뻔한 놈."

하이탕은 저도 모르게 입술을 악물었다. 판시엔은 조용히 말을 이었다.

"어쩔 수 없잖아. 소문을 내고, 이렇게 하룻밤을 보내지 않으면, 너희 그 태후가 내일이라도 널 다른 놈에게 시집보내버릴 것 같은데?"

하이탕은, 또 졌다.

그녀는 체념한 듯 농을 던졌다.

"너 오늘 나에게 신묘까지 포함해서 비밀을 엄청 말했는데……내가 미인계를 쓴다는 생각은 안 해봤어?"

판시엔은 진지하게 답했다.
"뭐뭐……네가 그 정도 미인은 아니야."

다음 날 새벽, 판시엔이 '그 서재'의 문을 열고 나왔다. 새벽녘에 상쾌한 바람이 불어오자 그는 허리를 쭉 펴고 기지개를 켰다.
'꺅!'
하녀가 비명과 함께 눈을 감아버렸다.
'모두가 아는 사실이었지만……오늘은 왜 이렇게 공공연하게…….'
"좋은 아침."
판시엔은 태연하게 말을 건넨 후, 앞뜰로 걸어가며 마주치는 모든 하인들에게 온화한 미소로 인사를 건넸다.
'대인께서 오늘 기분이 좋은 것 같긴 한데……아이고 어쩌지…….'
이 소문은 삽시간에 장원 내로 퍼졌고, 스스는 어젯밤에 판시엔에게 전해주지 못한 서신을 손에 들고 입을 벌린 채 소식을 듣고 있었다. 서신이 갑자기 너무 무겁게 느껴지며, 황급히 소식을 전한 시녀에게 물었다.
"도련님 어디 계시니?"
"대청에……."

판시엔이 대청에서 업무를 보기 위해 앉아 있을 때, 그 앞에 서 있는 부하들도 모두 '그 소문'을 알고 있었다. 대부분의 부하들은 판시엔을 존경의 눈빛으로 바라보았다. 북제의 성녀를 품는 일은, 배짱이 필요할 뿐 아니라, 극강의 무공이 필요했기 때문이다.
다만, 덩즈위에는 만면에 걱정스러운 기색이 역력했다.
'판씨 집안의 여주인은……누가 되는 거지?'

물론, 대부분의 집안사람들은 지금의 아씨 편이었지만, 나중에 갈등이 생긴다면 지금의 아씨가 하이탕 아가씨를 이기는 것은 불가능해 보였다.

최소한 힘으로는.

판시엔은 심복들이 어떻게 생각하는지 몰랐지만, 어젯밤에 많은 이야기를 나눈다고 정신력을 많이 소모하긴 했지만, 사실 어젯밤엔 '아무 일'도 없었다. 다만 이불 안에서 국사를 논했다는 말을 아무도 믿어 주지 않을 것이라 생각했기에, 그는 그저 아무 말도 하지 않았을 뿐이다.

스스가 급히 들어와 서신을 건넸다.

판시엔은 서신을 보자 절로 입이 벌어져, 먹고 있던 죽이 입가로 주르르 흘러내렸다.

"몇 명 데리고 샤저우로 가. 일 처리가 세심하고, 힘도 센 사람으로."

"수저우에 일이 아직 남았습니다."

"마중 가라고."

"누구를……?"

"네 아씨 마님을!"

판시엔은 화가 난 것도 아니고, 당황한 것도 아니고, 기뻤다. 단지 너무 갑작스러웠기에, 복잡한 강남 상황에 번거로운 일이 하나 더 생겼다는 생각은 지울 수가 없었다.

그날 밤, 샤치페이가 수저우 성 남쪽의 한 저택에서 누군가를 기다리고 있었다. 샤치페이 명의의 집이었지만, 사실 판시엔의 돈으로 산 집이었다. 판시엔이 호위들과 함께 계단을 올라오자 샤치페이는 공손하게 인사를 하며 서재로 들어갔다. 둘은 문안 인사는 제쳐 두고 바로 본론으로 들어갔다.

샤치페이의 말을 들으며 판시엔은 흡족한 미소를 지었다. 확실히 그에게 밍씨 가문의 피가 흐르고 있다는 생각이 들었기 때문이다. 무엇보다 기뻤던 것은, 창저우의 작은 마을에서 북제 사람과 이미 접촉했다는 소식이었다.

"누가 나왔어?"

"지휘사 본인이 직접 나왔습니다."

'웨이화가 직접 국경을 넘어 들어왔다고?'

"북쪽에서는 어느 상단이 인수받았지?"

"이게 왕 대인이 하관에게 보낸 서신입니다. 선물도 하나 같이 보내왔습니다."

이 말과 함께 샤치페이는, 북쪽에서 췌씨 집안 장사를 인수받은 상단은 대단히 신비한 인물이 이끌고 있고, 남자인지 여자인지도 외부에 알려지지 않았다고 설명했다.

'스져가 이제는 몸을 낮추고 참을 줄도 아네.'

판시엔은 당연히 북쪽에 어느 상단이 인수받았는지 알고 있었다. 왜냐하면 그 자신이었으니까. 하지만 이를 밝힐 수도 없었고, 그저 샤치페이에게 에둘러 물어보면서, 판스져가 잘 하고 있는지를 들어보려 한 것뿐이다.

샤치페이나 판스져나 그의 생각보다 잘하고 있다는 생각에 판시엔은 기분이 좋아졌다.

"모든 것은 사전에 계획한 대로 실행되어야 해."

판시엔은 진지하게 말을 이었다.

"수운마오는 내고에, 덩즈위에는 수저우에 남겨둘 거야. 내고 물건 조달 문제는 전운사 부사 마카이가 처리할 것이고. 회계 문제는 네가 아직 어려울 수 있으니, 나이 많은 관원들에게 자문을 구해."

나이 많은 관원들은, 호부 상서 판지엔이 아들을 위해 보낸 준 선물인 위장한 호부 관원들을 뜻했다.

"북쪽으로 가는 노선이 뚫리긴 했지만……계속 속이고 밀매를 할 수 있을까요?"

"신양도 매년 한 일인데, 천하가 아직 모를 것 같아? 약점을 잡히지만 않으면 돼."

샤치페이는 제사 대인의 배짱에 탄복을 했지만 얼굴 표정이 생각보다 밝아 보이진 않았다. 판시엔은 눈치를 보다가 밀수 관련한 일이 아닐 수도 있다 생각이 들며 떠보듯이 물었다.

"밍씨 집안일 때문에 그러나?"

"대인을 속일 수는 없습니다. 지금 상황이 달갑지만은 않습니다."

판시엔은 그제서야 웃는 듯 마는 듯한 표정으로 말했다.

"큰노마님이 죽었지. 그것도 영광스럽게. 근데 사실 어떻게 죽었는지 알아?"

'저를 도우시려 다, 대인이 죽음으로 몰고 가신 게…….'

샤치페이는 다시 생각을 해 보니, 밍씨 가문이 큰노마님의 죽음에도 수상하리만큼 차분하다는 생각이 들며, 갑자기 다른 가능성이 머릿속을 스치고 지나갔다.

"밍칭다?"

"솔직히 말할게. 황제께서 밍씨 가문을 거둬들이는 게, 뭐가 어렵겠나? 다만 아무 탈 없이 온전히 거둬들이려고 하는 것뿐이야. 내가 어렵사리 상황을 만들고 있으니, 네가 망치면 안 돼."

'제사 대인이 밍칭다와 밀약을 맺은 건가?!'

"달갑지 않다고 했지? 사실은 나도 그래. 그 늙은 여우가 나에게 엿을 먹인 건 사실이야. 그리고 이제 밍씨 가문의 진정한 주인이 되었지. 하지만 난 넷째와 너를 손에 쥐고 있지. 내가 이 상황을, 못 돌려 놓을 것 같아?"

"언제 손을 쓰실 겁니까?"

"복수 이야기만 나오면 저렇게 흥분을 하니……강남 백성들의 혈서가 일찍이 징두에 도착했고, 이틀 뒤면 황제께서 나를 엄히 문책하는 성지가 도착할 거야."

판시엔은 훈계하듯, 설명하듯 말을 이었다.

"이런 시기에 선뜻 밍칭다를 공격하면 안 돼."

샤치페이는 잘 이해가 안 된다는 듯이 물었다.

"하지만, 그렇게 하는 것이 밍칭다에게 무슨 이득이 있을까요? 고개를 숙이면, 대인께서 살길을 내줄 거라는, 유치한 믿음을 가지고 있나요?"

판시엔은 상황을 제법 잘 이해하고 있는 샤치페이를 높이 평가하며 말을 이었다.

"시간을 끄는 것뿐이야."

"시간을 끈다구요?"

"자기 어머니의 죽음으로 1년을 버는 거지."

"그게 무슨 소용인가요?"

"1년 뒤 조정의 권력 지형을 보기 위함이지. 그러니 너나 나나 1년만 기다려 주면 돼."

'그럼 1년 후에는, 그 새끼들을 죽여도 된다는 뜻인가?'

"조급해하지 마. 너의 그 똑똑한 큰형이 양쪽을 오가는 건, 양쪽에게 모두 미움을 살 수 없어서야. 물론 마지막엔 자기 꾀에 당하겠지. 왜냐하면, 그는 근본적으로 자기가 가진 '힘'이 없으니까."

사실 포월루 사건을 명분으로 쉐칭이 명원의 사병들을 모두 무장해제 시켜 버렸다. 그리고 강남의 민심도 많이 수그러들었다. 하지만 그렇다고 지금 바로 밍씨 가문을 공격하는 것은 너무 속 보이는 수였고, 어쨌든 조급하게, 무리하게 진행하는 일에는 화가 따르기 마련이었다.

"밍칭다가 나에게 투항해도 난 받아줄 생각이 없어."

판시엔은 샤치페이를 안심시키듯 일부러 듣기 좋을 말을 건넸다.

"강남거에서 아까운 6천 수하들이 당했어. 밍씨 가문에서 내 사람을 죽였으니, 나도 그들을 죽여 버릴 거야. 어머니가 죽었으니, 아들이라도 빚을 갚아야지. 그래야 공평한 거 아니야?"

샤치페이는 그제서야 웃음이 터졌다. 그리고 곧바로 웃음을 거두고 공손히 예를 올렸다.

"공평하신 처사입니다."

"이제 이런 재미없는 이야기는 그만하자. 북쪽 노선 잘 관리하고, 링난 숑씨 가문, 취엔저우 순씨 가문과도 관계를 쌓아 둬. 나중에 밍씨 가문 자산을 네가 관리해야 하니까."

"도와주셔서 감사합니다!"

"그 말을 하기엔 아직 일러."

판시엔은 차분하게 마지막 말을 하고 저택을 나섰다.

"밍칭다에게 이미 말했어. 내년인 경력 7년, 밍씨 가문 제사에는 네가 반드시 참석해야 한다고."

저택을 나선 판시엔은, 마지막에 눈물을 글썽이던 샤치페이의 모습을 떠올리며 고개를 저었다. 두 세계를 모두 경험한 판시엔의 마음이 그리 편치만은 않았다.

'낳아준 부모, 가문에 입적하는 것이 그렇게 중요한가? 나를 길러준 부모도 부모 아니야? 나를 기른 사람도 부모로 여기는 것이 삶의 도리지.'

다음 날 서재에서 판시엔은 항저우로 갈 때 은전 상자도 가져가야 하는지를 혼자 고민하고 있다가 깜짝 놀랐다.

"제발 문으로 들어와. 문도 좀 두드리고."

그림자는 검은 옷에서 새하얀 얼굴을 드러내며 고개를 갸웃했다.

"윈즈란은 동이성으로 돌아갔다."

그림자의 말에 판시엔은 고개를 천천히 들었다. 6처와 동이성 고수와의 쫓고 쫓기는 전쟁이 장장 4개월 만에 종지부를 찍은 것이다.

"열일곱의 형제들이 희생되었다."

그림자의 목소리에 감정적 동요는 없었다.

"동이성은 몇이나 죽었어?"

"열일곱."

"우리가 손해는 아니네."

말은 그렇게 했지만 판시엔의 눈에는 분노의 눈빛이 번뜩였다. 그는 손가락으로 가볍게 책상을 두드리며 천천히 말했다.

"기억했다가 나중에 돌려받자고."

"네가 아니면 내가?"

"넌 너의 백치 형님을 이길 수 있어?"

"못 이긴다. 하지만 너도 못 이긴다."

판시엔은 순간 예류윈이 생각나며 바로 수긍했다.

"이기진 못하지. 그렇다고 죽일 수 없는 건 아니야."

이 말을 끝으로 판시엔은 감사원 보고서를 읽기 시작했다. '그림자'를 정말 '그림자'처럼 대했다. 결국 '그림자'가 입을 열었다.

"예류윈이 왔다 들었다."

"예류윈인지 어떻게 알았어?"

"스구지엔이 동이성에 있으니까."

'저리도 간단한 논리인데. 그림자처럼 음모는 전혀 모르고 살인만 하는 이도 아는 것을……예류윈 그 늙은이는, 도대체 무슨 생각으로

그런 연극을 한 거야?'

판시엔은 떠보듯이 물었다.

"스구지엔이 동이성을 몰래 빠져나왔을 가능성은 전혀 없는 거야?"

"그는 6년 동안 검려(劍廬, 스구지엔의 거처)에서 나오지 않고 있다."

'경국에서 그동안 무수히 죄를 뒤집어씌웠는데, 그럼 그동안 스구지엔이 직접 반응한 적이 한번도 없다는 건가?'

"혹시……이미 죽지 않았을까?"

"아니다."

판시엔은 묘한 아쉬움이 들었다.

"그래도 문밖에 안 나오는 것만 해도 다행이지."

"예류윈이 왔다 들었다."

그림자는 두 번째 같은 말을 반복했다. 판시엔은 사실 그 주제를 이야기하고 싶지 않아서 말을 돌렸던 것인데, 그림자가 고집스럽게 물어보자 약간 짜증을 내며 대답했다.

"사랑이 찾아왔다도 아니고, 예류윈이 찾아온 게 그렇게 중요한 거야?"

"중요하다."

그림자는 매우 진지하게 말을 이었다.

"내 우상은 우 대인, 내 적은 스구지엔이다. 그리고 예류윈 대인과는 일전을 치러보고 싶었다. 난 너에게 질투가 날 뿐이다."

"질투는 무슨. 걱정 마. 다음에 이런 좋은 일이 있으면, 꼭 너에게 알려 줄게. 근데 예류윈과 붙으면, 내가 보장하는데, 넌 죽어. 그것도 깔끔하게."

그림자는 말없이, 몸을 돌려, 어둠 속으로 사라졌다.

그가 사라진 어둠을 향해, 판시엔은 마지막 말을 던졌다.

"나 항저우 갈 때 좀 따라와 줘."

판시엔은 완알을 마중 가는데 하이탕에게 따라와 달라고 하기가 좀 그랬기 때문이다.

그림자가 떠나고, 판시엔은 왕치니엔의 서신을 읽기 시작했는데, 이내 웃음이 터져버렸다. 마치 왕치니엔의 목소리가 들리는 것 같았기 때문이다.

'대인, 언제 집에 돌아갈 수 있습니까?'

타향에서 고생하는 외로운 왕치니엔을 떠올리며, 판시엔은 오늘 만난 샤치페이와 그림자를 동시에 떠올렸다. 그들은 모두 집안에서 약자였고, 집이 있어도 돌아가지 못하는 신세라는 생각이 들었다.

'나의 신세가 저들과 달랐던 적이 있었나?'

'버려진 자들끼리 모였으니, 언젠가 HAPPY한 날도 오겠지?'

판시엔은 손으로 눈꺼풀을 부드럽게 누르고서 옆에 있는 상자를 집어 들었다. 왕치니엔이 서신으로, 샤치페이에게 신중하게 다루라고 당부까지 한 선물이었다.

하지만 선물을 보자마자, 판시엔은 만담꾼의 선물이라고 믿을 수 없었다.

한 자루의 검.

옛 느낌을 물씬 풍기는, 한 자루의 검.

장검을 꺼낸 후, 오른손으로 검의 자루를 쥐고 뽑으니, 검은 아무런 소리도 없이 스르르 빠져나왔다.

검의 맑은 빛에는, 창산의 눈이, 북호(北胡)의 푸르름이, 강남의 바람이 들어있었다. 그 빛은 부드러웠지만, 살을 에는 강한 한기도 서려 있었다.

무엇보다 판시엔은, 검의 괴팍함이 자신의 성격과 닮아 있어 마음에 들었다.

그동안 판시엔을 지켜주었던 것은 암궁과 비수 그리고 잔재주를 위한 독약이었다. 효율적이고 편한 무기들이었지만, 진정한 고수를 상대하기에는 부족한 것들이었다. 무엇보다 그림자에게 사고검법을 배운 지금, 이 검은 그에게 정확히 필요한 것이었다.

판시엔은 검 끝을 가볍게 튕겨보았다.

미세하게 '웅웅' 거리는 소리를 들으며 판시엔은 생각했다.

'왕씨가 아부 하나는 기가 막히다니까!'

검을 옆에 놓아두고 상자 안의 서신을 읽었다.

이 검은, 북위국의 마지막 황제가 지녔던 검이었다!

북위가 망하고 태감들이 황궁의 보물들을 몰래 훔쳐 팔았는데, 민간에 들어가 소리 소문도 없이 사라져버린 이 검이, 20년이 흐른 후 시장에 나왔다는 소문이 퍼지자 왕치니엔이 거금을 들여 매입한 것이었다. 서신의 마지막에, 경국으로 보내기 위해 외형을 살짝 변형했다는 '자랑'도 곁들여 놓았다.

"역시 황제의 검이었군……."

그는 갑자기 웃음이 터졌다.

'이 검에 정말 제왕의 기운이 서려 있다면, 북위 황제가 안 죽었을 거잖아?!'

웃는 것도 잠시. 갑자기 차가운 기운이 온몸을 스쳤다.

'왕치니엔도 내가 황제의 사생아라는 것을 알고 있는데, 북위 황제의 검을 나에게 보냈다? 이거 단순히 아부하는 거야, 아니면…… 다른 뜻이 있는 거야?'

하지만 딸을 그토록 아끼는 그 늙은이가, 그렇게 대담할 리가 없다는 생각에 피식 웃고 말았다. 그럼에도 의심 많은 황제에게 이 사실이 알려지지 않도록 조심해야겠다는 생각이 들었다.

잠을 자러 가기 위해 가볍게 칼을 휘둘러 촛불을 끄고서 칼을 조심히 내려놓았다.

"조로(Zorro)."

방문이 닫혔다.

달빛이 비치는 고요한 방안에는, 네 토막으로 잘린 초가 여기저기 굴러다니고 있었다.

사흘 후, 징두에서 오래전에 출발한 황제의 성지가 수저우에 도착했다. 장원 앞마당에는 판시엔을 필두로 3황자 그리고 모든 사람들이 공손한 자세로 서서 성지를 기다리고 있었다. 물론 북제 사람 하이탕은 없었다.

얼마 지나지 않아 폭죽이 울리고, 황실 호위들의 안내를 받으며, 태감이 두 손으로 공손히 성지를 받쳐 들고 들어왔다. 익숙한 야오 태감이었고, 예상했던 내용이었다. 대부분의 내용을 판시엔이 밀서를 통해 황제와 이미 상의했기 때문이다.

'강남에서 분란이 일어났으니, 황제는 일국의 군주로서, 걱정과 분노가 앞선다.'

성지에서 황제는 판시엔을 엄중하게 꾸짖었다.

밍씨 가문은 일체 언급되지 않았다. 천자가 어떻게 일개 상인 가문에게 마음을 쓸 수 있겠는가. 판시엔은 1년치 녹봉을 삭감당했다.

판시엔을 포함한 모든 이들이 일어나 '황송하옵니다!', '옥체 강녕하시옵소서!' 등 무료한 말을 늘어놓고, 판시엔은 야오 태감에게 안부 몇 마디 묻고 성지를 받아 옆의 수하에게 건넸다.

그것이 전부다. 그것이 곧 정치였다.

야오 태감이 떠나고 판시엔은 3황자와 함께 서재에 앉아 있었다. 평소와 다른 진중한 자세에 3황자도 살짝 긴장하고 있었다.

"왜 그런지 아시겠어요?"

3황자는 무슨 말인지 전혀 모른 채 고개를 저었다.

"우리는 이제 곧 항저우로 갈 거예요. 그 길에서 저는 잠시 다른 곳에 들를 거구요. 강남에서의 기본적인 일은 다 정리되었어요. 그리고 황실에서도 전하를 제 옆에, 기껏해야 1년 정도 두게 할 거예요. 정리하면, 연말에는 우리는 징두로 갈 거예요. 마무리를 위해 다시 강남을 내려와야겠지만, 그때는 저 혼자 내려올 거예요."

"왜요?"

3황자는 아쉬운 듯, 이해가 안 되는 듯 물었다.

"이유는 없어요. 전하는 정통성 있는 황자고, 누군가는 제가 전하에게 나쁜 습성을 물들일 수 있다 생각하는 것뿐이에요."

"하지만 부황께서 이미 승낙하신 일이잖아요."

"부황……아니 황제 폐하께서는, 태후가 막내 황손을 보고 싶다는 말을, 거역하지 못하실 거예요. 그러니까 내년부터는, 혼자 징두에 있어야 해요. 제가 지켜드릴 수가 없어요."

"스승님. 걱정 마세요. 돌아오실 때까지 잘 지내고 있을게요."

"또 어린애같이 말씀하신다. 황제 폐하 곁에 있는데, 누가 전하를 건드리겠어요?"

판시엔은 조금은 꾸짖듯이 엄중히 말했다.

"지금부터 일어나셔야 한다는 거예요. 적어도 조정 대신들이, 군의 장군들이 전하를 신경 쓰게 만들고, 그 사실에 익숙하게 만들어야 해요."

"익숙하게?"

"전하가 더 이상 코흘리개 아이가 아닌, 떳떳한 황자 중 하나라는 사실에 익숙하게 만들어야 한다는 뜻이에요. 그들이 익숙해지면……전하도 가능성이 있습니다."

가능성. 발생하지 않았지만, 여전히 '가능'한 일.

"스승님, 전엔 참으라 말씀하셨잖아요. 숲에서 유난히 큰 나무는 바람에 꺾이기 쉽다고."

"전하는 아직 그렇게 큰 나무가 아니에요."

판시엔은 웃으며 3황자의 머리를 쓰다듬었다. 무례하고 불경한 행동임에도 불구하고.

"폐하께서 전하에게 저와 함께 강남으로 내려가라고 명한 그 순간부터, 전하는 이제 숨어 있을 수가 없어요. 그렇다면……일어나야죠. 제가 전하 곁에 설 겁니다. 무슨 바람이 불어올지는 지켜보죠."

3황자는 아직 정확히 내용을 이해하기는 어렵기에 그저 판시엔의 말을 듣고만 있었다.

"야오 태감에게 제가 몰래 소식을 하나 전달해 달라고 했어요."

판시엔은 3황자의 머리를 쓰다듬던 손을 거두고 눈을 감았다.

"전하는 제가 선택한 사람입니다."

3황자가 순간 용기를 내며 말했다.

"부황께서는……태자 형님을 선택하신 거예요."

"폐하께서는 아직 선택을 안 하셨어요. 하지만 장 공주는 둘째를, 태후는 태자를, 사실 많은 사람들이 이미 선택하기 시작했어요. 저 하나 더 선택한다고 달라질 건 없습니다."

"그까짓 폭로가 뭐라고……설마 경국 황제가 너의 태도 표명을 믿을 거라 생각하는 거야?"

하이탕은 주머니에 양손을 찔러 넣고 웃으며 말을 던졌다. 판시엔도 그녀의 말뜻을 알고 있었다. 다만, 판시엔이 야오 태감을 통해 징두의 '그분들'에게 알리려는 것은, 3황자를 선택했다는 사실이 아니었다.

"난 황제께 내가 그 '의자'에 관심 없다는 것을 말한 것뿐이야. 폐하께서 아직도 건장하신 데, 황권 싸움이 일어난다 해도 한참 뒤일 것이고……."

판시엔은 소우후 호수 위에 옅게 앉아 있는 안개를 바라보며 조용히 말을 이었다.

"징두에 있는 그 두 형님들을 압박하기 위해서야. 더 기다리고 싶지 않아."

"정말 결판을 낼 생각이구나……?"

"나는 그 형님들을 궁지에 몰아, 반역을 하도록 만들 생각이야. 하지만 사실 이건 내 의지가 아니지. 황제께서 나에게 셋째를 붙였어. 이 상황에서 황제께서 애매한 태도를 취해. 그러면 태자가 맘 편히 지낼 수 있을까? 둘째는? 사실은 폐하께서 자식들에게 반역을 하도록 압박하고 있는 거야."

"황실이 아무리 무정하다 해도, 그래도 아버지인데 친아들을 가지고 장난을 칠까?"

"나도 사실 그게 이해가 안 돼."

"축하해!"

하이탕의 뜬금없는 축하에, 판시엔은 시큰둥하게 물었다.

"뭐가 기쁘다고 그래?"

"너의 생각이 경국 황제와 이렇게 비슷하니, 결국 네가 이길 거야."

판시엔은 잠시 동안 깊이 생각하다 입을 열었다.

"너 내가 아니라, 경국 황제를 믿고 있었구나?"

"넌 경국 사람이잖아."

판시엔은 약간의 배신감에 기분이 좋지 않았지만, 하이탕은 개의치 않고 담담하게 말을 이었다.

"네가 징두로 온 이후로 그분이 거의 침묵하고 있었으니, 넌 모를 수 있겠지. 그분이 태자 때, 군을 이끌고 세 번이나 북벌을 하고, 북위를 사분오열시키고, 천하를 꼼짝 못 하게 하셨어. 너희 황제는 시대의 영웅이야."

북제의 성녀 하이탕이, 대놓고 타국의 황제를 칭찬하고 있었다.

"2년 동안 수사자가 졸고 있었던 게 아니라, 뱃속의 음식물을 소화시키고 있었을 뿐이야. 누군가 수사자의 지위를 건드린다면? 눈을 부릅뜨고 무참히 찢어 버릴걸?"

"사실 나도 알고 있어. 그러니 내가 대신 그 일을 하려는 거고."

"넌 근본적으로 정이 많으니까. 넌 자상한 면을 습관적으로 '이기심'으로 가리려 해. 하지만 난 알아. 네가 근본적으로는 다정한 사람이라는 걸. 경국 황제가 나서면 핏물이 강을 이루겠지. 그러니 네가 대신하려는 거 아니야?"

판시엔은 부인하지 못했다.

장 공주는 완알의 생모, 예링알은 2황자의 왕비……판시엔은 이들을 무자비하게 죽게 하고 싶지는 않았다. 황제에게 이 모든 건 문제가 아닌 듯 보였지만, 그에게는 이 모든 게 문제였다. 그래서 판시엔은 자신이 문제 해결의 주도권을 쥐고 싶었다.

하이탕이 말을 이었다.

"혼자 힘으로 이 문제를 해결할 수 없어. 너희 황제는 이미 계획이 있을 거야. 넌 그분이 쥐고 있는 예리한 검이고, 검을 쥐고 있는 손은 그분의 손이고."

판시엔이 고개를 끄덕이자 그녀가 재빨리 말을 덧붙였다.

"참, 태후도 계시는구나."

판시엔은 하이탕을 보며, 중얼거리듯 말했다.

"양국의 태후들은 참 신경 쓰이게 하네."

그제서야 판시엔은 하이탕의 시선이 자신이 차고 있는 검에 가 있음을 알았다.

"왕치니엔이 보내줬는데, 북위 마지막 황제의 검이라네."

하이탕은 이미 알고 있었다는 듯이 더 이상 묻지 않고 대신 조용히 충고했다.

"다른 소리가 날까 걱정돼. 북위가 망한 지 30년이 채 안 되었어. 샤오은, 장모우한 모두 돌아가셨다지만, 그때의 일을 기억하는 사람이 아직 적지 않아."

더 이상 이 주제로 이야기를 이어 가기가 적절하다 생각하지 않은 두 사람은, 눈앞에 펼쳐진 수저우 포월루 뒤에 있는 소우후 호수만 바라보았다. 한참 후, 하이탕이 입을 먼저 열었다.

"포월루 수리가 늦네."

"수리가 급한 게 아니고. 징두에서 전문가 몇 명을 데려와서, 포월루 꼭대기 층의 검흔을 살펴보라고 했어."

"내가 이미 살펴봤어."

판시엔은 눈빛이 번쩍하며 하이탕의 말에 귀 기울이고 있었다.

"기둥 여덟 개가 동시에 잘려 나갔더라고. 검으로 직접 자른 게 아니라, 검의 기세로만 잘랐어. 난 언제 그런 경지에 올라갈 수 있을지 상상도 안 돼."

"네가 보기엔, 예류윈이 검을 몇 번 휘두른 것 같아?"

"세 번. 적절히 세 번. 만약 그 어르신이 사력을 다해 휘둘렀다면, 진짜 기적 같은 광경이 펼쳐졌을지도 모를 일이야."

판시엔은 그날 일을 다시 한번 떠올렸다. 확실히 인간의 힘으로 천지의 위력을 흔드는 수단을 부린다는 것은, 기적이긴 했다.

"정말 나랑 같이 안 가?"

"수저우에도 사람이 있어야지. 그리고 네가 뻔뻔하게 우리 둘 사이의 일을 소문내고 있잖아. 이 상황에서 내가 네 부인을 마중하러 항저우를 따라가 봐. 넌 내 체면은 생각 안 하니?"

하이탕은 대놓고 원망을 늘어놓았다. 판시엔이 기대를 하고 물은 것은 아니었지만 하이탕의 말에 겸연쩍게 웃으며 말했다.

"그럼 간다."

"배웅은 안 한다."

새벽의 수저우. 햇살이 비쳐 오자, 호수 위의 물안개가 사라졌다. 둘은 그렇게 호숫가를 따라, 각자 다른 방향으로 걸어갔다.

쉐칭은 판시엔의 부인 린완알과 그의 스승 린뤄푸에게 보내는 명분으로, 생각보다 많은 돈을 판시엔에게 쥐여줬고, 판시엔은 떠났지만 양지메이에게 장원을 돌려주지 않고 하이탕이 머물도록 했다. 물론 판시엔과 친해질 기회만 엿보던 양지메이는, 누구보다 기뻐했다.

하지만 가장 기뻐한 것은 수저우의 관원들이었다. 흠차 대인이 수저우를 떠난다는 소식에 관모의 먼지를 털어내며 자축했다. 이미 잘려 나간 관원들에게 대해서는, 아무도 신경 쓰지 않았다.

수저우와 항저우는 가까웠지만, 그렇다고 수저우 관원들의 축하 폭죽 소리가, 판시엔이 머무는 항저우의 펑씨 장원에까지 들려오지는 않았다.

"아내는 어디쯤 왔나?"

"사소한 문제가 있나 봅니다. 아직 샤저우에서 출발을 못 했습니다."

부하의 대답이 떨어지자마자 판시엔은 직접 말을 몰아 호위들을 이끌고 전력 질주해서 샤저우에 도착했다. 얼마나 빨리 달렸던지 호위들이 말에서 떨어질 뻔할 정도였다.

황혼 무렵, 샤저우의 한 장원.

강남 수채의 샤저우 지부를 개조하여 지금은 판시엔이 사저로 쓰고 있는 곳. 그곳에 느닷없이 준마를 탄 젊은이들이 들이닥쳤다.

판시엔은 부하들의 인사를 받지도 않고 안으로 튀어 들어가다 돌계단 앞에서 텅즈징 아내를 만났다.

“무슨 일이야?”

“도련님? 어떻게 여기까지……아씨는 아무 일 없어요. 그저 좀 쉬고 계세요.”

판시엔은 그녀의 말을 믿지 않았다. 원래 완알은 오늘은 항저우에 도착했어야 했다. 방문을 박차고 들어가 침대로 달려가며 뒤로 돌아보지도 않고 장풍으로 문을 닫았다.

판시엔은 침대에 누워있는 여인에게 가슴 아파하며 말했다.

“몸이 아프면 천천히 오지.”

“내가 천천히 와야……네가 더 즐기겠지?”

판시엔은 어처구니가 없어서 실소가 터졌다.

“그런 경박한 말은 어디서 배운 거야?”

판시엔의 손은 이미 옥처럼 하얀 아내의 손목 위에 올려져 있었다. 그의 낯빛이 점점 어두워졌다.

‘완알이 왜 이렇게 말랐지?’

“약을 끊었어?”

“그게……뤄뤄가 떠나기 전에 쿠허 대사가 잠시 들렀었는데……그분 말씀이 페이지에 선생 약이 너무 강하다고……아이를 낳으려면 약을 끊어야 한댔어.”

“왜 그런 생각을 해. 스승님은 어렸을 때부터 날 돌봐 준 분인데, 그런 거 생각 안 하셨을까. 1년 동안 약 먹고 몸이 많이 좋아졌었잖아, 아이고 이 바보야.”

“화내지 마……아이는 정말로 가지고 싶어.”

판시엔은 고개를 저으며 침대에 앉아 완알을 꼭 끌어안고 어깨를 가볍게 두드렸다.

"내가 너에게 화를 내지는 않겠지만, 이것만은 알아야 해. 그 문제는 상의하고 말고 할 문제가 아니야. 네가 몸이 좋아지기만 하면, 아이가 있든 없든, 난 상관 안 해."

사실 이 세상에서 아이를 낳지 않는 것은 큰 죄였다. 그래서 완알은 그의 말이 고맙기도 했지만, 여전히 마음 한편에는 부채의식이 있었기에 아무 말도 할 수 없었다. 판시엔은 괴로워하는 완알을 보며 다시 한번 말했다.

"이 세상에는 진짜 바보가 너무 많아. 아이가 안 생기는 게 여자의 문제라니. 내가 너에게 진실을 말해 줄게. 아이가 생기는 것은, 부부 '두 사람'의 문제야. 내가 볼 때 내가 정액희소어쩌고병 일 수도 있어. 그렇다면 그게 너와 무슨 관계야?"

이 말은 사실 완알을 안심시키려는 농담 같은 것이었다. 하지만 완알 입장에서는 들어본 적도 없는 병명을 이야기하며, 그저 자신의 잘못을 판시엔이 떠안으려고 하는 것처럼만 들렸다.

"누굴 바보로 알아? 아이가 생기고 안 생기고가, 상공이랑 무슨 관계가 있다고 그래."

판시엔은 큰 소리로 웃었다.

"누가 관계가 없다 그래? 그럼 야오 태감이나 다이 태감도 아이를 가질 수 있어?"

린완알은 생각지도 못한 문제에 할 말을 잃었다.

"그 대단하신 홍 공공도 못 만들어 내는 거야. 왜냐하면 그건 남녀 쌍방의 문제니까."

완알은 이상하다 느꼈지만 '상식'적으로 이해하지 못할 말이었다.

"말이 어떻게 갈수록 말 같지 않아지는 거야……?"

판시엔은 어쩔 수 없다는 듯 다시 진지하게 말했다.

"됐고. 어쨌든, 약은 계속 먹어야 해."

완알은 작은 소리로 '응'하고 대답했다.

판시엔은 고개를 숙인 채 한숨을 내쉬었다. 그녀를 설득하지 못했다는 것을 알았기 때문이다.

"왜 그렇게 아이를 원하는 건데? 네가 황궁에서 어떻게 자라고, 내가 딴저우에서 어떻게 자랐는지 생각해봐. 아이는 낳기도 하지만, 또 길러야 하잖아. 잘 기르지 못할 거면, 처음부터 낫지 않는 게 나아."

"우리는 그분들과 다르잖아. 잘 기를 거야."

"물론 그렇지. 하지만, 나 때문에 아기가 안 생기는 거일 수도 있잖아. 안 생기면, 안 낳으면 되지. 몸을 상하게 하면서까지 약을 끊어? 나에게는 네 건강이 훨씬 중요해."

완알은 고집스럽게 고개를 저었다.

"아이를 낳을 거야."

"어이구, 이 고집쟁이야!"

"아이를 나을 거야. 상공도 북제며 강남이며 가 있고……좀 외롭기도 하고……."

판시엔은 갑자기 죄책감이 몰려와 아무 말 못 하고 다시 부인을 꼭 끌어안았다. 마음이 시큰해진 그는 완알의 등을 가볍게 문지르며 다독였다.

"너무 많이 생각하지 마. 항저우에서 내가 잘 돌봐 줄게. 일단 약은 계속 먹고, 스승님 약을 내가 다시 자세히 분석해 볼게."

완알이 불쌍한 고양이 같은 눈으로 그를 쳐다봤다. 판시엔은 냉정하게 말했다.

"더 이상 상의 없어."

완알은 입을 쭉 내밀고, 머리를 그의 품에 묻고서 비볐다.
판시엔은 한숨을 내쉬었다. 완알을 진정시키기 위해 부드럽게 안마를 해줬고, 완알은 오랜만에 상공의 품에서 곤히 잠들었다.

판시엔은 완알을 침대에 조용히 눕혀 놓고 방을 나와 천천히 손발을 풀었다. 그리고 텅즈징 아내에게 약을 준비하라 일렀다.
“아씨께서 안 드시려고 해요.”
“준비되면 나에게 말해. 내가 먹여 볼게.”
판시엔은 스승을 믿었지만, 불안한 말이 떠오르긴 했다.
‘약을 복용한 후에, 한 달간 합방을 해서는 안된다.’
당시에는 농담이라고 생각했지만, 지금 그 말이 계속 떠오르고 있었다.
일연빙. 스승이 완알의 폐병을 치료하기 위해 어렵게 구한 약재.
‘일연빙이 정말 출산 기능을 손상시키는 부작용이 있는 것인가? 아니야. 아무렴 어때 완알만 건강하면 되지.’
그 생각과 함께 이전 생의 드라마에서 많이 보았던 장면이 하나 떠올랐다.
‘산모와 아이 중 누굴 살릴 거냐고? 그걸 질문이라고 하는 거야?’
판시엔은 정말 그 질문이 ‘병신’ 같은 질문이라 생각했다.
물론, 판시엔은 ‘병신’이 아니다. 하지만…….
“늙은 대머리 새끼!”
옆에 있던 덩즈위에가 너무 놀라 무의식적으로 머리를 만졌다.
“대인, 진정하십시오.”
“니미랄 것에 진정은 무슨 진정! 뒈질 놈의 늙은 대머리 새끼가, 도대체 무슨 생각으로 그런 거야?!”
판시엔이 보기에 쿠허는 ‘순수하게’ 백성을 아끼는 사람이 아니었다. 판시엔의 부인이 아이를 가질 수 있을지를, '순수하게' 걱정하는 사람은 더더욱 아니었다.

"수운마오와 샤치페이에게 당장 전해! 북제에 보내는 상품의 품질을 한 등급씩 낮춰!"

덩즈위에는 짧게 '아!'하고 탄식을 지르고서 무슨 일에 판시엔이 저리도 화를 내는지 몰라 불안해했다. 하지만 이내 정신을 차리고 냉정하게 조언을 했다.

"그렇게 하면 북제에게 몇십만 냥의 손해를 끼치게 되는데……작은 일이 아닙니다."

"누가 내 가족을 죽이려 했는데, 은전 몇십만 냥이 대수야?!"

판시엔은 씩씩거리며 다시 한번 명했다.

"왕치니엔에게 소문 낼 준비시켜."

"네. 언제 어떻게 하라고 할까요?"

"3일 이내에 북제 모든 사람이 알 수 있도록 준비하라 그래. 그리고 믿게 해야 해. 준비해 놓고, 내 지시를 기다려."

"네."

뭐뭐만 아니었다면, 당장 쿠허가 인육을 먹었다는 소문을 내버렸을 것이다. 물론 그 소문 하나로 쿠허의 명성에 흠집을 낼 수는 없었지만, 지금 판시엔의 기분은 뭐라도 해야 했다.

사실 유치한 짓이었다.

하지만, 판시엔의 인간미는 대부분 이러한 '치기'에서 나왔다.

그리고 그날 밤, 샤저우 별장에 나무란 나무들은, 모두 재수가 없었다. 판시엔의 치기에 나무들이 모두 대머리가 되어 버리고 나서야, 판시엔 일행은 항저우 시후(西湖) 호수 근처 펑씨 장원으로 돌아올 수 있었다.

영악한 하지만 눈치 빠른 항저우 주지사는, 마차가 진입하기 쉽도록 시후 주변 길의 3할을 통제했고, 판시엔도 이러한 조치는 편하게 받아들였다. 완알이 몸이 좋지 않았기 때문이다. 그리고 다음 날 항저우의 고위 관리들의 부인들은 모두 가오다에 막혀 장원에 들어가지도 못했다.

판씨 집안 아씨께서, 아무 손님도 받지 않겠다고 했기 때문이다.

완알이 불쌍하게 그지없이 판시엔을 바라보고 있었다. 두 눈썹은 바람에 일그러진 버드나무 잎처럼 찌푸려져 있고, 울먹이는 눈은 뭔가 하소연하고 있었다.

"착한 상공, 제발 절 용서해 주세용."

"착하지, 약만 먹으면 돼. 아니면 엉덩이 맴매할 거야."

완알은 고통스럽게 약을 받아먹고서, 자신이 멍청하게 군 것을 후회하고 있었다. 판시엔이 약을 먹지 않게 내버려 둘 리가 없었다. 그렇다면 그녀는 애초에 강남에 내려오지 말았어야 했다고 후회했다.

'잠깐, 약을 안 먹는다 해도……강남에 내려와 상공을 안 보면……아이를 어떻게 가져?'

완알은 순간 얼굴이 달아올랐다. 판시엔이 놀라 물었다.

"왜? 뭐가 잘못되었어?"

"말 안 해."

그러고 서둘러 말을 돌렸다. 사실 그녀가 강남에 온 것은 판시엔과 '애를 낳기 위한 행위'를 하기 위한 것도 있었지만, 급히 상의할 것도 있었기 때문이다. 완알은 판시엔의 귀에 대고 조용히 몇 가지 소식을 전했다. 판시엔은 점점 마음이 복잡해졌지만, 겉으로는 최대한 편안한 표정으로 그녀를 안심시키듯 말했다.

"하여튼 황실 사람들이란……뭘 그렇게 사람들 가지고 이리저리 말하기를 좋아하는지……."

"그래도 황실의 어르신들의 영향력은 무시 못 해. 태후는 황후의 친고모이기도 해서, 둘 사이는 절대 갈라놓을 수가 없어……황후가 사람을 시켜 태후께 〈석두기〉를 읽어드리라 했는데, 그게 무슨 의미인지 알잖아?"

판시엔은 〈홍루몽〉을 베껴 쓴 일이 이렇게까지 발전될지는 생각도 못 했었다. 세속적인 이야기는 차치하고서라도, 술 취해서 하이탕에게 읊었던 구절 같은 것은, 잘못하면 그의 어머니와 연관시켜, 그의 신세에 대한 불만과 원망을 표현한 것이라 해석될 수도 있었기 때문이다.

황후는 그것을 이용해 태후의 의심을 부추기려 했다. 황실에서 가장 중요한 것은 '마음'이기 때문이다.

"걱정 마. 태후가 날 의심한다 한들 어쩌겠어? 내가 실제로 뭘 한 게 없는데."

"하지만 밍씨 가문의 소송에서 한 송스런의 변론이 징두까지 퍼졌어. 많은 사람들은 상공이 선을 넘었다고, 상공이 도대체 무슨 생각을 하는 거냐고……."

"내가 무슨 생각을 할까?"

"태후께서는 〈석두기〉와 소송 내용을 같이 엮어 생각하시면, 상공이 내고를 가져가려고 한다고 생각하지 않으실까?"

"내고는 누가 물려받아야 하는데?"

"내고는 지금 황실 것인데, 지금 황실의 적장자는 누군데?"

완알은 크게 한숨을 내쉬며 타이르듯 말을 이었다.

"상공이 하는 모든 일이, 지금 태자 오라버니와 대립각을 세우는 일이야. 그러니 사사건건 태후와도 부딪히는 거고."

판시엔은 잠시 생각하다 빙그레 웃었다.

"사실 일부러 그런 분위기를 만드는 거야."

완알은 순간 멍하니 판시엔을 쳐다봤다.

"난 셋째를 선택했고, 며칠 뒤면 징두에 그 소식이 퍼질 거야."

"그런데 왜 일부러 그러는 건데? 태자 오라버니와……정말 끝을……?"

완알은 걱정스러운 마음에 말을 잇지 못했다. 판시엔은 고개를 끄덕이며 말했다.

"많은 이들은 모를 수 있어도, 나, 태자 그리고 태후도 알아. 둘 중에 하나만 살아남을 수 있다는 것. 아직 폐하가 날 총애하시니, 지금이 내가 움직이기에 가장 적기일지 몰라."

"그러면……그녀는 어떻게 하지?"

완알이 말한 그녀는, 완알의 어머니이자, 판시엔의 장모인 장 공주.

"폐하의 생각, 네 어머니의 생각은 정말 잘 모르겠어. 다만, 너에게 이것만은 약속할게. 내 손으로 직접 장 공주를 어떻게 하지는 않을 거야."

"황제 외삼촌은 정말 날 아껴주셨는데……."

완알은 상처 입은 새끼 고양이처럼 판시엔의 품에 안겨 눈물을 글썽이며 말했다. 판시엔은 완알의 말이 현재 사실을 바꿀 수 없는, '한탄' 같은 것이라 알고 있었기에 그저 가만히 있었다. 다만, 완알의 신분과 지위를 다시 떠올려보며, 처음부터 '친'아버지인 황제가 딸 같이 아끼는 조카를 자신에게 준 것이, 어쩌면 '보상' 같은 것이 아닐까 하는 생각을 하게 되었다.

"괜찮아. 모두 어르신들의 일이니까, 그분들이 알아서 하도록 놔두자고."

순간, 이 일에 끼어 있는 '내부인'이자 '외부인'인 한 사람이 떠오르며 판시엔은 중얼거리듯이 말을 이었다.

"절름발이 노인네도 그렇게 생각하겠지? 그에게라도 좋은 계획이 있었으면 좋겠네."

판시엔이 완알의 등을 토닥이며, 창밖으로 고요한 호수, 푸른 산, 작은 배, 버드나무 가지를 바라보았다. 하지만 이미 생각은, 저 멀리 징두로 날아가 있었다.

징두에 돌아오자마자 군산회를 황제 오빠에게 들켜버린 장 공주는, 다시 황궁의 광신궁으로 소환되었다. 명분은 예전처럼 단란하게 지내자는 것이었지만, 사실 황제의 의도는 가까이서 그녀를 감시하고자 한 것이다.

장 공주는 황제의 비위를 맞춰주며 출궁이나 대신들과의 잦은 연락은 피하였다. 그래서 그녀의 주된 일은 태후와 한담을 나누거나, 황후와 수 놓는 방법을 연구하는 것들이었다.

물론, 장 공주가 수를 놓는 곳은, '천 위'가 아닐 수도 있다.

화려하게 꾸민 황후가 장 공주에게 불평을 늘어놓았다.

"폐하께선 판씨 집안을 너무 아끼셔. 호부 조사도 그런 식으로 대충 끝내버리시고."

"판 상서의 공이 크잖아요. 우리 아녀자들과 어떻게 비교하겠어요?"

장 공주는 새침데기처럼 말을 이었다.

"사실 전 아들이 없잖아요. 딸은 있지만 별로 친하지 않고. 그러니 자식들 싸움에 관심을 가져 뭐 하겠어요? 가을이 되면 어머니께 말씀드려, 신양으로 돌아가려구요."

'이 여우 같은 년……그래도 장 공주가 손을 떼면 태자는 힘들어지는데……아니지 장 공주가 절대 권력을 스스로 놓을 리가 없어. 단지 어떻게든 우위를 점하려고 수를 쓰는 것뿐이야.'

황후는 속마음을 들키지 않으려 노력하며 억지웃음을 지으며 말했다.

"동생은 무슨 말을 그렇게 해. 동생은 자신을 아녀자라 낮추지만, 난 동생이 나라의 기둥이란 걸 알고 있는데……신양을 간다 하면, 폐하께서 제일 먼저 반대하실 거야."

장 공주는 잠시 침묵하다 다시 입을 열었다.

"어머니께서 연세가 드시니, 사람들에게 쉽게 속으시는 것 같아요."

"천천히 생각해. 그것보다 수저우에 고수가 나타나서 건물의 반을 날려 버렸다던데?"

황후는 떠보았지만, 장 공주는 사실을 말해줄 생각이 없었다.

"강호의 일을 제가 어찌 알겠어요."

황후는 장 공주 뒤에 대종사가 버티고 있다면, 동궁은 더욱더 장 공주와 협력해야 한다 생각했다. 하지만 장 공주가 회피하자, 속으로 욕을 몇 마디 하고 일어나버렸다. 장 공주는 떠나는 그녀를 보며 연민과 경멸의 눈빛을 보냈다.

'지금 이 판국에 한심하게 나눠 먹을 생각이나 하다니…….'

광신궁에서 그녀의 모사 역할을 하는 태감이 조용히 말을 건넸다.

"황후 마마는 정말 모르시고……."

"호랑이에게 자신의 가죽을 달라니……."

장 공주는 단도직입적으로 말을 자르고서 싸늘하게 말을 이었다.

"첫째인지 둘째인지는 제쳐 두고서라도, '이 일'만 성사되면, 황후는 나에게 살려달라 애원할 수밖에 없는 처지야."

"강남은 어떻게 할까요?"

"버려. 사위가 단단히 마음먹었으니, 그들이 적수가 될 수 없어."

장 공주는 고개를 절레절레 저으며 느릿느릿 말을 이었다.

"애초에 잘못되었어. 뉴란지에 사건이 없었고, 판시엔이 내 편에 섰으면, 우리를 대적할 사람이 없었는데……그리고 어차피 이렇게 된 이상, 내가 상대할 사람은 판시엔이 아니야. 그에게 실을 매달아 꼭두각시처럼 움직이고 계시는, 황실의 '그분'이지."

광신궁에서 그리 멀지 않은 함광전.

노부인이 혐오스럽다는 듯이 말했다.

"그만하거라."

늙은 어멈이 태후의 비위를 맞추며 장단을 맞췄다.

"정말 온통 황당한 말뿐입니다."

태후는 의외로 담담히 말했다.

"아직 어린아이야……조금 반항하는 건 정상이지."

태후의 눈에 복잡한 감정이 스쳤다. 그녀가 판시엔에게 좋은 감정은 없었지만, 황후의 행동에 더욱 분노하고 있었다. 이미 태후는 황후에게 입장을 밝혔었기 때문이다.

판시엔은 그래도, '황제의 핏줄'이다.

올해 경국은, 작년과 크게 다르지 않았다. 황궁 안은 여전히 고독하고 더러웠고, 황궁 밖은 여전히 시끌시끌했고, 조정 회의에서는 한 치의 양보도 없고, 6부는 항상 싸웠으며, 감사원은 조용했지만 사악했다. 쳔핑핑은 진원에서 미녀들의 가무를 즐겼고, 판지엔은 호부에서 바삐 일했다.

징두의 중심 1로(路)에서 아래쪽으로 내려가다, 큰 강으로 들어서는 길목인 지저우(吉州, 길주). 제방을 수리하는 사람들이 모래와 자갈을 힘겹게 개미처럼 운반하고 있었다. 그리고 검게 탄 얼굴의 양완리는 피곤한 얼굴로 죽붕 안에서 그 모습을 쳐다보고 있었다. 그는 이미 판시엔의 제자 서생에서, 진짜 관원으로 변해가고 있었다.

강의 제방 먼 곳에서 낯선 이 몇 명이 다가오며 죽붕을 향해 소리를 질렀다.

양완리는 옷깃을 당겨 이마에 땀을 닦아 내고 의아한 표정으로 그곳을 한참 쳐다보다, 이윽고 알아보고는 죽붕 밖으로 달려나가며 소리쳤다.

"지챵(季常, 계상) 형님? 쟈린(佳林, 가림) 형님? 어쩐 일이세요?!"

감격한 양완리가 두 사람의 손을 덥석 잡았다. 그들은 스챤리, 양완리와 함께 판시엔 문파로 불리는 호우지챵(후계상)과 쳥쟈린(성가림)이었다. 그들은 판시엔의 도움과 스스로의 노력으로 제법 빨리 승진하여 이미 7품 관리가 되어 있었다.

다만, 둘의 임관지는 지저우에서 제법 멀리 떨어져 있었기에, 양완리는 기쁘기도 했지만 조금은 의외라고 생각하고 있었다. 쳥쟈린이 안타까운 얼굴을 하고 말했다.

"대인께서 서신을 보내셨어. 하운 총독 관아에 있다고만 하셨는데, 네가 이렇게 고생하고 있을 줄은……."

호우지챵이 옆에서 거들었다.

"완리, 너도 반년 만에 많이 늙었네. 스승님이랑 같이 있으니 좋은가?"

양완리는 웃으며 대답했다.

"스승님과 지낸 건 며칠 안 돼요. 스챤리 그 인간이야말로……두 형님 다 수저우로 가서 한번 보시지요. 정말 많이 변했어요. 참, 형님들은 그런데 어디로 가시던 중이셨나요?"

쳥쟈린이 웃으며 답해 주었다.

"이부에서 나를, 스승님에 계신 수저우로 내려보냈다네."

양완리는 스승에게 큰 도움이 될 거라 생각해 기뻐하며 호우지챵에게 고개를 돌려 물었다.

"형님은요?"

"난 쟈오저우(膠州, 교주)로 가. 전리(典吏)로 임명되었지."

'전리(典吏)? 그건 좌천인데?'

양완리는 걱정이 앞섰지만 말을 하지는 못했고, 호우지챵도 웃었지만 더 이상 설명을 하지는 않았다. 판시엔이 보낸 서신에, 네 사람 중에 쟈오저우의 일을 해낼 사람은 호우지챵, 그 밖에 없다고 적혀 있었기 때문이다.

물의 고장 강남. 별이 빛나는 밤, 배는 항저우를 떠나 수로를 따라 움직이고 있었다.

판시엔은 시후 호수 근처에서 한 달여 동안 페이 스승의 약을 연구했는데, 놀랍게도 쿠허가 말한 것은 진짜였다. 그래서 페이지에에게 서신을 보냈는데, 그 늙은 변태는 아직도 답을 해 주지 않고 있었다. 하지만 어쨌든 완알의 몸이 다시 좋아지기 시작했기에 판시엔은 별로 조급해하지 않았다.

그것을 끝으로, 그는 일행을 모두 데리고 큰 배에 올라탄 것이다.

여행의 목적지는 우저우, 쟈오저우 그리고 딴저우.

밤이 깊은 시각, 완알, 3황자는 모두 잠이 들었고, 적막한 갑판 위에 판시엔과 큰보배 두 사람만 별을 보고 누워있었다.

"하늘 위에 별은 무엇일까요?"

"참깨."

큰보배가 크고 살찐 손으로 이것저것 가리켰다.

"달은……전병. 별은……참깨. 작은보배가 말해 준 거야."

작은보배는 우쥬 삼촌 손에 죽은 린씨 집안 둘째. 판시엔은 살짝 당황했지만 다시 초승달을 가리키며 말했다.

"달이 전병인지는 몰라도, 경국 하늘에 달은 하나예요. 근데 진짜 이상한 건 태양도 하나라는 거예요!"

낮에는 하나의 태양, 밤에는 하나의 달과 수많은 별. 삼척동자도 아는 사실이었다. 하지만 큰보배는 진지하기 그지없었다.

"꼬마 시엔시엔, 내가 봐도 정말 이상해."

"그러니까요, 정말 이상하지 않아요? 어렸을 때 발견한 거예요. 제가 있는 곳이……여전히 지구였어요!"

제14장

우저우 사위

우저우의 날씨는 정말 더웠다. 마지막 꽃을 피우기 위해 노력하는 야생화의 노란 꽃잎이 회색빛 성벽과 대비되어 더욱 사람의 눈길을 끌었다.

곧게 뻗은 오른쪽 호수 옆에 최근에 수리한 술집이 있었는데, 소위 아늑하고 번화한 곳이었다. 아늑한 것은 풍경이고, 번화한 것은 사람들이었다.

정오가 되자 햇빛이 눈이 부시게 강렬해지고 성 전체가 열기로 끓기 시작하자, 사람들은 하나둘 술집으로 모여들기 시작했다. 술집 뒤에서 불어오는 호수 바람이 그나마 술집 안은 식혀 주었기 때문이다.

징두에서 포월루가 인기를 끌자 천하에 있는 술집들은 일제히 건물 뒤 호수를 만들기 시작했다. 우저우의 이 술집과 뒤에 있는 호수는 한 사람 소유였는데, 마치 호수의 물고기들에게 그늘을 만들어 주고 있는 부평초처럼 우저우 백성들을 보호해 주는 존재로 인식되고 있었다.

우저우에는 거상도 없고, 호족도 없고, 군대도 없었다.

하지만 우저우 사람들은, 이 사람만 있다면, 자신들도 편안한 삶을 보장받을 수 있다 생각했다.

많은 사람들은 그를 역사에 제일가는 간사한 재상이라 했지만, 우저우 사람들에게는 우저우 그 자체인 사람.

가난한 집안 출신에, 20년 전에 관직에 오른 뒤, 우저우의 상징이 된 인물.

전직 재상, 린뤄푸.

고향에 돌아온 린뤄푸는 바깥출입을 거의 하지 않았지만, 우저우에서 그의 영향력은 막강했고, 심지어 우저우의 산업 중 절반은 린씨 집안 것이었다.

천하를 탐했던 그였지만, 우저우의 그동안 번성도 그의 탐욕 때문이었기에, 우저우 사람이라면 누구도 그를 험담하지 않았다.

하지만 외지 사람들은, 당연히 그러하지 않았다.

우저우 서생 한 명과 수저우 상인 한 명이 밍씨 집안 큰노마님의 죽음에 대해 논쟁을 하고 있었다. 밍씨 집안은 강남 상인들에게 상당히 명망이 높았기에 수저우 상인은 밍씨 집안을 대변했고, 우저우 서생 한 명은 당연히 린뤄푸의 사위 판시엔 편을 들었다.

양측의 입씨름은 더욱더 거칠어졌고 목소리도 높아졌다. 수저우 상인이 화를 참지 못해 다짜고짜 우저우 서생에게 달려들었다. 하지만 연약한 서생이 피를 보는 일은 없었고, 오히려 수저우 상인만 얻어맞는 상황이 연출되었다.

누군지도 모르는 사람들이 달려와 수저우 상인을 걷어차더니, 급기야 술집 종업원까지 달려들며 그를 때리기 시작했다. 외지인과 여행객들은 영문도 모른 채 멍한 표정으로 그 광경을 쳐다보고 있었다.

"그만해!"

목소리의 주인은 여자. 몸매가 드러나는 연노랑색 옷을 입은 그녀는, 허리에 장검을 차고 있어 강호의 인물로 보였지만, 상당한 미인이었다.

그녀와 같이 앉아 있던 사람은, 탁자 뒤의 스승의 눈치를 살피며 그녀에게 돌아오라 눈짓을 했지만, 그녀는 이미 술집 중앙까지 걸어간 상태였다.

'큰일 났네.'

하지만 스승은 아무 말도 하지 않았고, 제자를 어떻게 해야 할지 모르겠다는 표정으로 고개를 젓고 있었다.

그녀가 다가가자, 상인을 때리고 있던 사람들은 뿔뿔이 흩어졌고, 그녀는 수저우 상인에게 거만하게 물었다.

"저 사람들이 왜 때린 거야?"

그 말에 대답한 이는, 수저우 상인과 말싸움을 하던 서생이었다.

"엄연히 조정에서 임명한, 천하에서 가장 뛰어난 젊은 대인, 판 대인을 모욕했으니 스스로 매를 번 거죠."

"판시엔? 그와 당신들이 무슨 상관이 있는데?"

"모르세요? 판 대인은 우저우의 사위인데?"

우저우의 사위.

우저우에서, 판시엔의 지위.

수저우 상인이 맞은 이유는 하나. 판시엔과 우저우의 특별한 관계를 몰랐기 때문이다.

하지만 젊은 여자는 판시엔과, 또 다른 의미의 특별한 관계가 있는 듯 보였다.

“그건 또 무슨 소리야? 우리 북제에서 그렇게 제멋대로 굴더니, 사실 장인의 위세에 기대, 우저우에 숨어 있는 병신이었구만?”

판시엔에게 치를 떠는 이 여자는, 북제 사람이었다.

여자가 신분을 밝히자, 술집에 있는 모든 사람이, 심지어 맞고 있던 수저우 상인도 경계심을 나타냈다.

“판 대인이 병신이면, 대인을 쫓아다니는 너희 북제의 성녀는 뭐가 되지?”

서생의 한 마디에, 술집 분위기가 무겁게 가라앉았다.

그녀는 정말 화가 난 듯 엄청난 살기를 풍기기 시작했는데, 그 모습을 보고 서생은 다리에 힘이 풀려 버렸다.

뒤에 앉아 있던 여자의 스승이 인상을 찌푸리며 말했다.

“사람을 해치면 안 된다.”

하지만 제자는 분을 참지 못하고 서생에게 검을 휘둘렀다.

이때, 검은 그림자 하나가 나타나 서생의 앞을 가로막았다!

북제 여자는 ‘끙’하며 상대방의 강력한 힘을 느꼈는데, 생각보다 강한 실력에 몇 발자국 뒤로 물러났다. 스승은 그 모습을 보며 골치 아프게 되었다는 눈치로 제자에게 명했다.

“돌아와.”

“스승님, 한번만 싸워볼 수 있게 해 주세요.”

“넌, 진다.”

북제 여자가 믿을 수 없는 표정으로 앞에 있는 회색 옷을 입은 남자를 쳐다보았다. 그는 그녀의 스승을 보고 정중히 인사를 드리고 있었다.

“랑타오 대인, 오랜만입니다.”

북제 여자의 스승은, 쿠허의 수석 제자 랑타오. 그에게 인사한 남자는, 가오다.

이 두 사람의 만남은 우연인 것인가.

랑타오는 가오다에게 부드러운 목소리로 물었다.

"판 대인이 나를 보지 않겠다는 건가?"

"여정이 길고 힘들어, 그리고 아씨 마님의 몸이 안 좋아져, 대인께서 시간을 내기가 어렵다 하십니다."

"그럼 판 대인에게 이 말 좀 전해주게. 이 일은 북제의 자존심과 관련된 일이니, 이렇게 미룰 수만은 없다고."

이 말과 함께 랑타오는 일어서 제자들과 함께 술집을 나가려 했다.

이때, 술집 한편의 방에서, 준수한 외모의 젊은이가, 대나무 발을 젖히며 중앙으로 걸어 나왔다. 그는 이목구비가 뚜렷했고, 얇고 붉은 입술을 가졌으며, 만면에 미소를 짓고 있었다.

랑타오가 발걸음을 멈추고, 그 젊은이를 바라보았다.

젊은이는 랑타오에게 가볍게 웃음으로 인사한 뒤, 그의 여제자에게 말을 걸었다.

"경국 영토에서 함부로 소란을 일으키고도, 아무 일 없다는 듯 갈 수 있을 거라 생각했어?"

'너 잘 걸렸다.'

여제자는 남은 화를 풀기에 곱상한 젊은이가 괜찮겠다 생각했다.

"저의 성은 웨이(衛, 위), 이름은 잉닝(英寧, 영녕)이라고 하는데, 저의 소동에 어떤 가르침을 주실 수 있을까요?"

그녀의 성을 듣자, 젊은이는 그제서야 이해가 되는 듯, 고개를 돌려 랑타오에게 물었다.

"너의 제자?"

랑타오는 웃는 얼굴로 고개를 끄덕였다.

젊은이는 머리를 긁적였다.

"웨이화의 누이?"

랑타오는 여전히 웃는 얼굴로 고개를 끄덕였다.

'네가 이 일을 어떻게 수습하는지 보자.'

랑타오의 생각을 아는지 모르는지, 젊은이는 탄식을 하며, 웨이잉닝에게 온화한 목소리로 말했다.

"오! 아가씨, 큰 소란은 아니니, 검을 내놓고 가기만 하면, 용서해 주지."

'검을 내놓으라고? 미친 거 아니야? 이 검은 내가 스승님께 천일도를 전수받으면서 하사받은 거야!'

"넌 뭐야? 뭔데 그렇게 거만하게 입을 놀려?!"

"내가 누구인지 보다, 아가씨가 누구인지가 더 중요하지. 아가씨는 웨이화의 누이인데, 나는 아가씨의 부친과 호형호제하니, 그럼 내가 아가씨에게 훈계는 할 수 있을 듯한데?"

젊은이는 고개를 돌려 랑타오를 쳐다보고 냉소를 지으며 차갑게 말했다.

"이런 식으로 날 나타나게 하다니, 이런 게 재밌어?"

랑타오는 쓴웃음을 한번 지었지만, 곧 표정을 거두며 다시 돌아가 탁자에 앉았다. 그를 바라보고 있던 제자들은 당황했는데, 여제자가 모욕을 당하는 모습을 보고도 스승이 아무런 반응을 하지 않았기 때문이다.

더 당황한 것은 웨이잉닝이었다. 그녀의 아버지는 북제 태후의 형제, 장닝 후작.

'눈앞에 이 기생오라비가 아버지와……호형호제?'

"헛소리 집어 쳐!"

젊은이는 예고도 없이 그녀에게 전광석화처럼 다가가, 손바닥을 가볍게 '톡' 쳤다.

그녀가 무의식적으로 손을 뒤로 빼자, 그는 그녀의 허리춤에서 검을 빼앗았다.

"과연 좋은 검이네. 근데 웨이화 그놈은, 나의 돈에 탐을 내더니만, 이제는 나의 아내까지 빼앗아가려고?"

웨이잉닝은 숨이 턱 막혔다. 북제 황제 외에 북제 금의위 지휘사인 자신의 오빠를 함부로 말할 사람은 천하에서 단 한 사람밖에 없었다.

젊은이는 검을 살짝 튕기며, 그녀에게 다시 훈계하듯 말했다.

"내 여동생이 아가씨의 작은 스승 뻘이고, 내 미래의 부인이 아가씨의 큰 스승 뻘이니, 내가 아가씨를 당연히 훈계를 할 수 있는 거지?"

'스승'의 언급에 웨이잉닝은 대꾸도 못 하고 얼굴만 붉히며 씩씩거리고 있었다.

"이제 내가 누군지 알겠어? 내가 바로 우저우의 사위야."

웨이잉닝은 판시엔이 북제에 있을 때 산에서 수행 중이었기에, 가오다도, 판시엔도, 그 얼굴을 몰랐다. 판시엔은 득의양양한 미소를 지으며 말을 이었다.

"너희들이 여기 온 이유는 알아. 하지만, 웨이화도, 당신네 태후도, 마음 접으라 그래. 너희들은 결국에 나를……사위라 불러야 할걸?"

이 말과 함께 그는, 검을 짓이겨 고철 덩어리로 만들어 버렸다.

랑타오가 남쪽으로 내려온 이유가 경국에는 흥미진진한 문제였지만, 북제에게는 그렇지 않았다. 판시엔이 계획한 탓이지만, 판시엔과 하이탕이 그렇고 그런 사이임은, 천하에서 공공연한 사실이 되어 버렸던 것이다.

하이탕은 쿠허의 가장 아끼는 제자였고, 북제 황제의 아가씨 스승이었고, 북제 태후가 가장 애지중지하는 인물이었다.

그리고 북제 관리와 백성들에게 천맥자라 불리며, 북제의 기상을 높여주는, 말 그대로 성녀(聖女)였다.

그녀가 남쪽 오랑캐와 혼인을 한다니!

게다가 젊은 북제 황제의 깊고 깊은 저 마음속에는, 하이탕과 판시엔이 한 집안사람이 되게 할 수 없는 이유가 있었다. 수백만 냥의 은전에 대한 문제이기도 했지만, 북제 황제의 판시엔에 대한 '특별한' 마음 때문이기도 했다.

그래서 북제 황제는, 이 문제를 태후에게 미뤘다.

태후의 의견은 간단했다.

'북제의 성녀가 더러운 소문에 연루될 수 없다. 하이탕을 아무 명분도 없이, 남쪽 오랑캐에게 맡길 수 없다. 정확히 말해, 어떤 이유에서도, 하이탕을 판시엔에게 시집보낼 수 없다.'

그래서 태후는 랑타오를 시켜 하이탕을 북제로 송환하게 했고, 동시에 하이탕의 지위에 맞는 집안을 물색하고 있었다.

태후가 점 찍은 사람은 웨이화였다. 사실 웨이화 자신은 정작 이 혼사를 반대했는데, 판시엔에게 원망을 받기도 싫었고, 자신의 부인이 대단한 능력자인 것도 싫었기 때문이다. 하지만 자신의 고모이기도 한 태후의 의견에 대놓고 반대할 수도 없는 상황이었다.

그래서 어쩔 수 없이 웨이화는 진무사와 감사원의 비밀 통로를 통해 이 소식과 자신의 뜻을 판시엔에게 보냈으며, 그 무렵 랑타오 일행은 이미 남쪽에 도착해 있었던 것이다.

문제는 고리타분하고 고집 센, 랑타오의 제자이자 웨이화의 여동생, 웨이잉닝이 그 일행에 끼어 있었다는 것이다. 그녀는 하이탕을 무척 좋아했는데, 다시 말하면 판시엔을 무척 싫어한다는 것이다.

하지만 랑타오는 다른 이유 때문에 머리가 아팠다.

경국에 있는 사매(師妹)를 판시엔 모르게 데리고 가면, 개인 간, 국가 간 분쟁이 생길 터. 그래서 일부러 판시엔을 찾아 우저우까지 왔는데, 그가 만나주지 않은 것이다.

이 복잡한 관계와 연유로, 오늘의 사달이 난 것이다.

북제에서 넘어온 사람들은 모두, 판시엔의 경박하고 저열한 말투를 듣고, 가까스로 치솟는 화를 참고 있었다.

하지만 오히려 랑타오는 판시엔을 이해하고 있었다.

"자네도 이 일이 불가능하다는 걸 잘 알면서, 기어코 이렇게까지 하는 건 뭔가?"

"대사형이 무슨 말을 하는지 모르겠는데요?"

랑타오는 판시엔이 아닌, 하이탕의 '대사형'이었다. 그래서 판시엔은 최대한 공손히 말하고 있었지만, 듣는 웨이잉닝의 귀에는 무척이나 거슬렸다.

랑타오는 웃으며 고민하다, 손짓을 하여 제자들을 술집에서 물렸다.

판시엔도 웃으며 고민하다, 옷매무새를 추스르고 자세를 고쳐 앉았다.

한참을 눈싸움만 하다, 랑타오가 온화한 목소리로 입을 열었다.

"자네가 계속 피해도, 난 수저우로 가야 해."

"수저우 경치가 괜찮아요. 저도 하이탕이랑 자주 구경 다녔고, 저희 둘 다 좋아했죠."

"모든 일이 자네 생각대로 되진 않아."

"지금까지는 모두 제 생각대로 되었는걸요?"

판시엔은 난처한 표정의 랑타오를 보며 미소를 지었다.

"북제 태후가 수저우로 가라 했으니, 사형이 수저우를 가는 것까진 좋은데……사람을 데리고 갈 수 있는가의 문제는, 다른 문제 아니에요?"

랑타오는 이 말을 듣고 잠시 생각했는데 이내 웃음이 터졌다.

"자네가 이렇게 자신 있어 하는 것을 보니까, 자넨, 하이탕이 날 따라가지 않을 거라 생각하는 거야?"

판시엔은 아무런 답도 하지 않았다.

"그건 자네가 잘못 생각했어. 내가 여기 온 것은, 둬둬를 설득해 달라는 것이 아니라, 내가 둬둬를 데려간다고 알리려 온 거네. 다시 말해, 예의상 알리는 거지, 자네 동의가 필요한 건 아니네."

판시엔은 이를 '악' 물며 차갑게 응수했다.

"그녀의 문제가 곧, 저의 문제예요."

"그녀는 그렇게 생각하지 않을 거네."

랑타오는 그를 바라보며 미소지었다.

"난 그녀를 어릴 때부터 본, 그녀의 대사형이야. 자네가 아무리 둬둬와 사이가 좋다 해도, 그 애가 무슨 생각을 하는지는, 내가 더 잘 알 거네. 둬둬는 거만한 애야. 자넨 둬둬가 수저우에 계속 남았으면 좋겠지?"

판시엔은 다시 한번 침묵했다.

판시엔도 랑타오의 말이 옳다는 것을 알고 있었다. 거만한 둬둬가 기약 없이 판시엔을 기다리는 것도, 판시엔이 그녀에게 혼인 승낙을 받는 것도, 사실 모두 어려운 상황이었다.

그것은 사랑 이야기, 슬프고 어쩔 수 없는, 사람과 사람 사이의 사랑 이야기였다.

"둬둬는 북제 사람이야. 그건 누가 그 애에게 강요한 것이 아니라,

그냥 태어나면서부터 정해진 거야. 뒤뒤의 길이 북제의 이익과 충돌한다면, 뒤뒤는 무슨 판단을 내릴까?"

판시엔이 드디어 입을 열었다.

"당신들이 그녀의 의견을 존중해 준 적은 있어요?"

"그 말은 틀린 말인데? 자네가 그녀의 의견에 영향을 주고 있지 않나?"

판시엔은 화가 난 듯 탁자를 한번 쳤다.

"말이 통하질 않네요!"

하지만 랑타오는 아무 대꾸 없이 한참 그를 쳐다보다, 이윽고 말을 했다.

"자네가 사매에게 뭘 줄 수 있는데? 사실 난, 태후나 스승님의 의견에 신경 쓰지 않네. 만에 하나, 자네가 그녀와 혼인할 수만 있다면, 내가 먼저 자네들 편에 서지!"

랑타오의 목소리는 힘이 있었고, 일말의 망설임도 없었다.

"제가 이러는 것도, 그녀와 혼인을 하기 위해서예요."

"그러니까 어떻게 혼인을 한다는 건가? 자네는 아내도 있잖아."

린완알, 하이탕 모두 첩이 될 수 있는 신분은 아니었다. 그리고 지금 그는 완알의 고향 우저우의 사위였다.

판시엔은 당장 적절한 말이 떠오르지 않았다.

"우저우에 온 것은, 예의상 자네에게 알리러 온 것이고, 이제 수저우로 가면, 뒤뒤도 나를 따라 북제로 돌아갈 것이야."

판시엔도 하이탕의 성격과 가치관을 고려하면, 그녀가 랑타오의 생각대로 움직일 거라 생각했다.

하이탕은, 너무 똑똑해서 너무 바보 같았고, 지나치게 자애로워 자신에게 지나치게 엄격했다.

"이제 수저우로 가 보세요."

판시엔은 이제는 아무것도 모르겠다는 듯 '툭' 던졌다.

오히려 당황한 것은 랑타오였다. 이번엔 그도 판시엔을 쳐다보며 아무 말을 못 했다.

"이번 일에 너무 이기적으로 생각하면 안 되는 걸 알아요. 그녀가 계속 북제의 압박을 받게 할 수도 없고. 그녀가 돌아가면, 돌아가는 거죠. 친정 가는 거라 생각하면 되는 거 아닌가?"

랑타오는 판시엔의 모호한 말이 마음에 걸렸다.

"그리고 북제로 돌아가면? 사형도 알지만, 사매가 웨이화랑 어떻게 혼인을 해요? 북제 태후도 생각하는 거하고는……."

랑타오는 순간 눈살을 찌푸렸다.

"태후는 쿠허에게 하이탕이 웨이화랑 혼인할 수 있게 설득해 달라 하겠지요? 근데……."

"근데 뭔가?"

"이 상황에서 누가 하이탕이랑 혼인하려 할까요?"

판시엔은 랑타오의 눈을 똑바로 바라보며 말을 이었다.

"하이탕이 제 여자라는 걸 천하가 아는데, 누가 저에게 원한을 살 배짱이 있을까요? 웨이화가 그런 배짱은 있을까요?"

"허허, 왜 자네는 일을 크게 만드는가?"

"사형이 보기에 작은 일이, 저에게는 큰일 일수도 있는 거죠."

"말장난 같네."

랑타오는 잠시 멈칫하고 말을 이었다.

"그나저나 우저우에서 이런 대화를 하는 게, 완알 군주나 재상 대인께 실례는 아닐지……."

이 말은 은근한 공격이었다. 예의를 말했지만, 판시엔의 약점을 건드리고 있었다. 하지만 판시엔은 침착하게 대응했다.

"아직 수저우에 안 갔어요? 저도 같이 가자는 건가요?"

"알았네, 더 말할 필요가 없어 보이네. 나는 수저우에 갈 테니, 자네는 우저우에 있게나. 앞으로 다른 문제가 발생하지 않길 바라네."

문제는? 분명 일어날 것이다.

판시엔은 침착하게 하지만 분명히 말했다.

"사형이 뤄뤄의 의견을 무시하면, 그게 설사 쿠허라 하더라도, 그녀를 강제로 시집보내려 한다면, 분명히 문제가 생길 거예요."

"무슨 말이지?"

"제 두 번째 아내를 강제로 다른 이에게 시집보낸다면, 제가 무슨 방법을 사용해서라도, 반드시 북제를 멸망시킬 거라는 말이에요."

랑타오는 판시엔의 위협이 터무니없다는 걸 알고 있었지만, 그렇다고 완전히 불가능한 것이 아님도 알고 있었다. 하지만 랑타오는 당황하지 않았다.

"난 뤄뤄가 원치 않는 혼인을 시키지 않을 거야. 날 믿어."

판시엔은 생각하다, 웃었고, 손을 내밀어 랑타오의 큰 손을 '꼭' 잡았다.

"남자 대 남자의 약속이에요."

"남자들끼리 약속한다고 되는 일은 아닌데?"

"이제 사형의 질문에 답을 하자면, 뤄뤄 일은 장인어른과 상의한 거예요. 제가 뤄뤄와 혼인을 하든 안 하든, 최소한 다른 사람이 그녀와 혼인할 수는 없어요."

판시엔의 놀라운 말에 랑타오는 순간 멍해졌다. 그가 담판의 장소로 우저우를 선택한 것은, 파렴치한 판시엔도 우저우에서만큼은 처가의 체면을 살필 것이라 생각했기 때문이다.

'이건 뭐지? 린뤄푸가 판시엔보다 더 낯짝이 두꺼운 건가? 이건 왕의 법인가, 하늘의 도리인가? 아니지 이건 도덕의 문제지!'

랑타오는 말없이 자리에서 일어섰다.

술집 안은 조용해졌고, 판시엔은 그제서야 한숨을 돌리고 이마에 땀을 닦았다. 긴장한 것도, 난처한 것도 아니었는데, 이상하게 땀이 계속 흘렀다.

판시엔은 하이탕이 수저우를 떠나더라도 언젠가는 돌아올 것이라 생각했지만, 사실 완알과 장인 그리고 처가에 관한 문제는 우저우 사위로서 상당한 어려운 문제였다.

하지만 오늘 그가 랑타오에게 한 말은 진실이었다. 그가 뻔뻔스럽게 그리고 파렴치하게 랑타오를 대할 수 있었던 이유는, 얼마 전 장인어른 린뤄푸와 허물없이 모든 일을 논의했었기 때문이다.

그리고 그가 하이탕을 설득할 수 없듯이, 랑타오도 할 수 없지만, 쿠허가 나설지는 지켜볼 일이었다. 하지만 그는 믿음이 하나 있었다.

'둬둬는 스스로의 인생을 지배하고 싶어 하는, 고결한 사람이야. 그게 그녀의 특별한 점이지.'

왠지 불편한 마음으로 나온 판시엔은 곧장 마차를 타고 린씨 저택으로 갔다. 정말 엄청난 규모의 장원에 도착하자 그는 재빨리 마차에서 내려 뒤채로 걸어갔다.

그곳에서 비취색 비연호를 가지고 놀던 노인이 판시엔을 맞아 주었다.

"큰일을 하려면, 낯짝은 두껍고, 마음은 모질어야 해."

"아직 그 정도로 큰일은 아니에요."

한때 경국 조정의 수장이었던 린뤄푸는 고향에 내려온 지 1년 만에, 시골에서 흔히 볼 수 있는 노인으로 변해있었다. 머리칼은 부드럽게 빗질해 묶었고, 편안한 홑옷을 입고, 뒷굽이 없는 편한 신발 차림이었다.

다만, 조정의 음모와 다툼에서 벗어나 무미건조한 삶을 살아서 그런지, 이전보다 활력은 많이 없어진 듯 보였다.

"자네는 이 일을, 단순한 남녀 문제로 보는 건가?"

"제가 봤을 때……본질은 같아요."

"그래? 그렇게 간단한 일이었나……하이탕이 북제의 성녀인데? 자네가 혼인한 지 1년도 채 안 되었는데, 내가 허락할 거라 생각하나? 폐하께서는 허락하실까?"

"장인어른……저에게 모질게 행동하라 하실 땐 언제고……어르신께서 그렇게 말씀하시면, 저는 어떡해요?"

린뤄푸가 '피식' 웃었다.

"난 사실, 자네가 그 아가씨랑 어떤 관계를 가지는지 관심 없어. 내가 신경 쓰는 건, 조정에서 자네의 입지가 탄탄해져, 우리 린씨 집안이 안정되는 것이야."

판시엔은 고개를 끄덕였다. 그의 경국 조정에서 입지에 북제 하이탕의 도움은 중요했다. 그리고 사실, 하이탕이 혼인을 승낙할지는 여전히 의문이었다.

"자네나 나나, 이 일이 어떻게 진행되어야 하는지 알고 있지 않나? 그 아가씨가 자네에게 시집오는 게 중요한 게 아니라, 그 아가씨가 어느 누구에게도 시집을 가지 않는 것이 중요해."

판시엔이 다시 한번 고개를 끄덕였다.

"완알은 걱정할 필요가 없어. 그 애가 어려서부터 내 옆에서 크진 않았지만, 황실에서 컸기 때문에 이 정도 상황은 이해할 거야."

판시엔은 장인어른의 지나치도록 솔직한 모습에 마음이 씁쓸했다. 하지만 장 공주 사이에 완알을 두고도, 냉정하게 출세 가도를 걸었던 그를 생각하며 이해가 되었다.

'확실히 장인어른이 더 모질어.'

"내가 자네와 완알의 혼사를, 왜 허락했는지 아는가?"

판시엔의 짐작은 하고 있었지만 말은 하지 않고 고개를 저었다.

"폐하께서는 혼사를 발표하기 한참 전부터, 자네를 완알에게 장가 보내려 했었지. 경력 원년에서 2년 사이쯤 될 거네. 그때, 쳔핑핑이 혼사를 단호하게 반대했는데, 그 모습을 보고 내가 모르는 무엇인가 있다고 의심을 하기 시작했어."

"그게 무슨 관계가……?"

"폐하 외에 내가 두려워하는 사람이, 셋 있네. 자네 아버지, 쳔핑핑 대인 그리고 친씨 어르신."

'쳔핑핑은 감사원 원장, 친씨 어르신은 추밀원 정사에다 군을 대표하는 인물 하지만 아버지는 그때만 해도 호부 시랑이었는데, 당시 재상이었던 장인어른이 왜?'

"그중, 난 쳔핑핑 대인을 가장 대단하다 생각했는데, 그가 반대하니, 나는 사정을 모르지만, 그냥 반대한 거야."

"그럼 나중에 찬성하신 건요?"

"그건 이미 자네에게 말했었어. 공이가 떠나고, 나에겐 큰보배와 쳔알만 남았지. 그리고 폐하께서는 나보고 은연중에 물러나라 하시고. 난 재상직을 수행하며 적을 많이 만들었네. 물론 내가 그 자리에 있을 때에야, 가족을 보호할 수 있었지만……그 뒤에는? 자네가 비연호를 가지고 나를 찾아온 날, 나는 자네가 내 가족을 보호하고, 큰보배를 보살펴 줄 수 있다 확신했네. 그래서 허락한 거야."

그 비연호는 지금 린뤄푸 앞 탁자에 놓여 있었다.

"걱정 마세요. 제가 살아 있는 한, 완알과 큰보배가 불행한 삶을 사는 일은 없을 거예요."

린뤄푸는 흡족한 미소를 지었다.

"자네가 예씨 여주인의 아들이라는데, 내가 걱정할 게 뭐가 있겠나."

점차 분위기가 무르익자, 판시엔이 정말 궁금했던, 장인어른과 상의하고 싶었던 이야기를 꺼냈다.

“제가 봤을 때 대신 중에는……린샤오안 소경을 빼면, 믿을 만한 사람이 없어요.”

린뤄푸는 에둘러서 대답했다.

“문하중서성에 가장 큰 권력을 가진, 후 대학사와 슈 대학사가 자네를 마음에 들어 하던데, 그것으로 부족한가?”

“마음에 든다는 것이, 지지한다는 것은 아니잖아요. 입장을 정해야 하는 순간이 왔을 때에는 어떻게 될지 모르는 거 아니에요?”

“그래서 자네는, 믿을 사람이 필요하다는 거야?”

판시엔은 마치 먹이를 받아먹으려 하는 새끼 새처럼 입을 헤벌쭉 벌리며 웃고 있었다.

그 모습에 린뤄푸는 숨이 넘어갈 듯 ‘껄껄’ 웃었다.

“난 해줄 수 없어.”

판시엔이 조금은 실망한 듯, 조금은 이해가 안 된다는 듯 고개를 갸웃했다.

“이상하다 생각하나? 내가 재상에서 물러나고, 조정 대신의 권력관계가 좀 변했지. 어떤 이는 2황자와 윈루이 쪽에 서고, 어떤 이는 동궁 쪽, 어떤 이는 문하중서성……근데 정말 이상한 것은, 왜 자네 쪽에는 아무도 서려 하지 않았을까?”

판시엔도 이 점이 가장 이해할 수 없었다. 그는 처음에 황제가 힘의 균형을 유지하기 위함으로 받아들였다. 하지만 황제는 그에게 군대와의 교류를 막을 뿐, 조정 대신과의 교류를 막은 적은 없었다.

거기까지 생각이 미치자, 마치 보이지 않는 손이 그의 세력의 확장을 막고 있는 것처럼 느껴지기도 했던 것이다.

“이유가 뭐예요?”

린뤄푸는, 웃는 듯 마는 듯, 의미심장한 표정으로 그를 바라보았다.

"주변보다 아름다운 꽃이, 가장 먼저 꺾이는 법이야."

'아!'

판시엔은 장인의 이 말에, 지금까지 조정 대신들이 자신의 편에 서려 하지 않았던 이유를 단번에 깨달았다.

보이지 않는 손은, 장인어른 린뤄푸였다!

"자네는 너무 주목을 받고 있네. 심지어 황자들보다 더 주목을 받고 있지……그래, 나네. 내가 자네와 가까이하지 말라 했지. 황실에서 말이 나오지 않도록, 지켜보기만 하고, 더 가까이 가지는 말라 했어. 그들이 자네 편에 서게 될 때는……."

린뤄푸는 멈칫하고, 긴 한숨을 내쉬었다.

"새로운 황제가 즉위할 때, 그들은 자네 편에 설 것이야."

판시엔의 질문에 대한, 린뤄푸의 답이었다.

판시엔은 그의 답에, 불안해졌다.

'새로운 황제? 그런 말을, 모험을 극도로 기피하는, 장인어른이?'

"너무 늦지 않을까요?"

판시엔은 작정하고 말을 뱉었다.

"태자와 2황자 중 한 사람이 황위를 이어받으면, 저는 살아남을 수 없어요."

"더 솔직하게 말해 보게."

"저는 둘 중 누구도, 황위에 오르지 못하게 할 거예요."

린뤄푸는 미소를 지었다.

"그게 자네의 문제야. 그쪽은 신경 쓸 필요도 없어. 왠지 아나? 그들은 지금 자네의 적이 아니니까. 자네는 싸울 상대를 잘못 골랐어."

판시엔이 아연실색한 표정을 지었다.

"지금 자네의 적은 단 하나, 장 공주, 윈루이뿐이야."

판시엔은 도무지 이해할 수 없었다. 지금까지 장 공주와의 싸움에서 그는 모두 이겨왔다 생각했고, 실제 그는 그녀가 자신의 상대가 되지 않는다 생각했기 때문이었다.

판시엔은 고개를 강하게 저으며 부정했다.

린뤄푸는 조용히 일러주었다.

"군산회."

"군산회? 아무리 예류윈 같은 대종사도, 한 사람으로는 대세를 바꿀 수 없어요."

"천하에 예류윈은 하나지. 스구지엔도 하나고. 옌샤오이도, 나도……한 사람일 뿐이야."

린뤄푸는 잠시 말을 끊고 또박또박 말을 이었다.

"하지만 군산회는? 셀 수가 없어."

"설마 장인어른도……군산회 사람이에요? 스구지엔도? 옌샤오이도?"

"자넨 군산회가 뭐라고 생각하나?"

판시엔은 그저 넋이 나간 표정으로 그를 바라만 보았다.

"군산회는 아무도 명확히 정의할 수 없어. 윈루이도 못 할 거야……내가 이해한 것은, 군산회는 느슨한 조직이지만, 차를 마시며 담소를 나누는 작은 조직일 수도 있고, 수많은 사람을 죽이고 나라를 무너뜨릴 수도 있는, 엄청난 조직일 수도 있다는 거야."

판시엔이 무언가 물으려 하자, 린뤄푸는 손을 저으며 그를 저지하고 말을 계속했다.

"군산회는 지위가 있는 사람들끼리……연락을 주고받는 방식이었을 뿐이야."

전직 재상이, 천하의 비밀을 털어놓기 시작했다.

"우리는, 한 나라를 다스리는 군주는 아니지만, 상당한 권력과 실력을 갖추고 있는 사람들이지. 그래서 스스로 처리하기 힘든 일이 있으면, 군산회를 통해 도움을 청하고, 서로 도와주고 있었던 것이야."

"평등한 관계, 느슨한 연합체?"

"친목회 같은 거라 할 수도 있지. 그래서 군산회는 엄격한 규율이나 완전한 형식을 갖추고 있지 않아. 즉, 확실한 목표나 지향성이 없어."

린뤄푸는 마지막으로 결론을 내렸다.

"그래서 단순 영향력만으로 본다면, 쳔핑핑이 통제하는 감사원에 미치지 못하지."

'난 감사원의 권력을 가지고 있는데, 그보다 못하다면……근데 왜 장인어른은 군산회를 경계하라는 거지?'

"쳔핑핑이 윈루이를 몰아붙이고 있고, 자네도 거기에 힘을 보태고 있던데……내 생각이 맞는가?"

판시엔은 우저우 시골에서도 판세를 정확히 읽고 있는 장인어른에게 다시 한번 탄복했다.

"하지만 절름발이 노인네와 자네는 잘못하고 있는 거야."

판시엔은 '경청'했다.

"자네 둘은, 장 공주와 2황자 그리고 태자를 압박해 황제와 대치하게 함으로써, 싸움에서 유리한 위치를 차지하려고 한 것이겠지."

"그게 잘못되었나요?"

"군산회를 과소평가했어. 그렇게 그녀를 궁지로 몰다가……만약에 그녀가 진짜 미치면? 결과는 어떻게 될까?"

"아무리 그래도 군산회가 국가의 힘에 비견될 수 있나요?"

"군산회는 둥근 공 같은 거야. 공은 아무 곳으로나 굴러갈 수 있지만, 누군가 힘을 줘서 찍어 누르면? 튀어 버릴 수 있는 힘이 생기지."

'만약 황제가 찍어 누른다면?'

판시엔은 갑자기 소름이 끼쳤다.

"스구지엔이 움직일 수도 있다는 건가요?"

"윈루이가 미치지 않으면 그렇게 하지 않겠지. 하지만 미친다면? 지금 윈루이의 퇴로가 점점 없어지고 있어. 그리고 경국 황제의 안위는 천하에 엄청난 변화를 불러올 수 있어. 가장 큰 문제는……황제의 안위에 문제가 생기면, 이득을 보는 사람이 너무 많다는 것이야."

린뤄푸는 살짝 웃었다.

"물론, 자네와 나 같은 경국의 신하와 백성들은 아니겠지만."

'북제가 제일 좋아하고, 동이성도 폭죽을 터트리겠지…….'

"그와 같은 원대한 목표를 위해, 경국의 적들이 모두 연합 단결한다면? 스구지엔뿐 아니라 쿠허도 나서지 않으라는 법이 있나?"

판시엔은 부인하고 싶었지만 그럴 수가 없었다.

"군산회? 굳이 군산회 사람이 아니어도, 원하기만 하면 언제든지 들어와, 윈루이를 통해 서로 연락할 수 있어. 그게 바로, 윈루이가 가장 잘하는 일이야."

판시엔은 그제서야, 장 공주와 북제 태후의 관계, 그녀와 동이성의 관계 등이 이해되기 시작했다.

군산회의 수수께끼가 풀리자, 그는 씁쓸한 표정을 지었다.

"우리가 군산회를 눈치챘다면, 폐하께서는 당연히 아실 텐데, 왜 가만히 계시는 건가요?"

"폐하께서 무슨 생각을 가지고 있는지 정확히 아는 사람이 있겠는가……폐하께선, 어쩌면, 그날을 기다리고 계실지도……."

린뤄푸는 말을 잠시 끊고 생각하다 당부하듯 말했다.

"그날이 오면, 자네가 어떤 역할을 하던, 반드시 폐하 편에 서야 해. 반드시 그래야 하네."

판시엔은 깊은 사색에 빠졌다.

두렵기도 하고, 흥분도 되었지만, 무엇보다 속을 알 수 없는 황제를 어떻게 대처해야 하나 고민하고 있었던 것이다.

"자네는 위엔홍다오는 어떻게 생각하나?"

장인어른의 예상치 못한 질문에 판시엔은 정신이 번쩍 들었다.

'갑자기 위엔홍다오? 장인어른을 배신한 그 모사? 근데, 장인어른은 왜 그에게 복수를 하지 않은 거지?'

"장인어른의 예전 모사요?"

"맞아, 위엔홍다오는 대단한 사람이야. 물론 제멋대로이기도 하고."

린뤄푸는 배신자 이야기를 하며 웃고 있었다.

"나는 그가 나를 배신한 이유를 아직도 모르겠어."

"장 공주 사람으로 밝혀지지 않았나요?"

"윈루이가……그런 능력이 있을까?"

린뤄푸는 아픈 과거가 떠오르는 듯 긴 한숨을 내쉬었다.

"1년이 다 되었군. 하지만 시간이 지나니 원망도 옅어지더군……그래서 배후를 생각해 보게 되었는데, 도무지 모르겠어. 혹시 자네가 그를 만나게 되면, 나 대신 좀 물어봐 주게나. 도대체 이유가 뭐였냐고……."

판시엔은 천천히 고개를 끄덕였다.

"앞으로 징두에 큰 혼란이 닥친다면, 그가 자네에게 도움이 될 거네."

'갑자기?'

판시엔은 그 의미를 몰라 어리둥절했다.

린뤄푸는 그 의미를 설명해 주지 않았다.

천핑핑은 그 의미에 득의양양할 것이다.

판시엔 일행이 우저우에 머무르는 동안, 그는 시간이 날 때마다 장인어른의 서재에 달려가 가르침을 청했다. 마치 그가 북제로 가는 길에서 샤오은의 마차에 올라탈 때의 기분이었다.

며칠 동안 이어진 대화에서 판시엔은 조정의 중요한 점들을 알 수 있었는데, 가장 유용했던 것은, 그동안 정보를 얻기 힘들었던, 군대 관련한 예중의 예씨 집안과 추밀원 친씨 집안에 대한 정보였다.

'대대로 폐하에게 충정을 다했던 예중의 예씨 집안이, 왜 장 공주와의 관계를 깨끗하게 정리하지 않는 걸까……?'

린뤄푸는 강남의 일에 대해서는 관여하지 않겠다 했었지만, 결국 판시엔이 부탁하지도 않았는데도 강남 총독 쉐칭 대인에게 편지를 보냈다. 하지만 그는 그 편지 내용보다는, 장인어른이 쉐칭이란 인물을 어떻게 생각하는지가 더욱 중요했다.

'쉐칭은 황제의 심복이고, 공로를 세우기 좋아하고, 용의주도한 성격을 가지고 있다.'

장인어른의 판단이었다.

'그렇다면, 앞으로 잔혹한 일에서 그를 피하게 해 주고, 공로는 그에게 돌리면, 쉐칭도 자신을 도와줄 것이다.'

판시엔의 판단이었다.

판시엔이 우저우에서 '특별 교육'을 받는 동안 틈틈이 강남 소식도 날아들었다.

내고의 밀수는 여전했고, 해상 수색은 여전히 진행되었고, 밍씨 집안에 대한 압박도 쉬지 않고 계속되었다. 수저우에서 온 소식에 따르면, 밍칭다는 태평전장과의 관계를 유지하기 힘들게 되자, 어쩔 수 없이 초상전장으로부터 갈수록 많은 돈을 끌어다 쓰고 있었다.

'아주 좋아!'

판시엔은 그 임계점이 넘는 순간, 밍씨 집안이 몰락하기 시작할 것이라 생각했다.

수일 뒤, 검은 마차 행렬은 우저우를 떠나 천천히 동쪽을 향해가고 있었다. 작은 성들과 큰 산 하나를 지난 마차는, 이윽고 세 갈래 길에 멈춰 섰다.

마차는 이미 동산로 경내로 들어온 것인데, 동산로는 이 길에서, 동산로 관할의 두 개의 주(州)로 갈라지게 되었다.

동쪽은 딴저우, 북쪽은 쟈오저우.

"난 쟈오저우에서 처리할 일이 있으니, 딴저우에 먼저 가서 날 기다려. 길어야 10일 정도야."

린완알은 그가 쟈오저우에서 어떤 일을 할지 알고 있었기에 걱정의 한숨을 내쉬었다. 하지만 황제의 명이니 달리 말릴 방법이 없었다.

"난 괜찮아. 근데 아무 꽃이나 꺾지 마."

판시엔은 바로 무슨 말인지 알아차리고 민망한 웃음을 지었다.

"걱정 마. 길에서 아무 꽃이나 꺾지 않을게."

완알 옆에서 조용히 앉아 있던 큰 보배가 '불쑥' 끼어들었다.

"수저우 집 정원에도……꽃은 있는데."

큰 보배는 순진무구한 표정이었다.

판시엔은 난처했고, 완알은 뾰로통한 표정을 지었다.

그렇게 세 사람은 잠시 헤어졌다.

갈림길을 따라 북쪽으로 3리 정도 가던 마차가 섰다. 판시엔은 기지개를 켜며 부하에게 물었다.

"준비 다 됐지?"

"다 끝났습니다."

마차에서 멀리 떨어진 숲에서, 대열에 맞춰 서 있는, 음침한 살기를 풍기는 검은색 기병들이 보였다.

동산로는 경국의 7로(路) 중에 하나로 징두의 동북쪽에 위치하고 있었다. 이곳 샤오샨(峭山) 산에서 정북 방향으로 올라가면 동이성 세력의 제후국들을 거쳐 북제의 영토에 진입하게 된다. 판시엔이 일전에 북제로 갈 때에는, 이곳을 피해 호수를 둘러 멀리 돌아간 것이었다.

판시엔은 오늘, 북제로 가려는 것은 아니었다.

판시엔은 말을 탄 채, 손에 지도를 자세히 살피다, 손가락으로 지도의 한 쪽 귀퉁이를 가리켰다.

"쟈오저우가 딴저우 밑에 있었구나……근데 여기 커다란 공백은 무슨 지역이지?"

그와 나란히 말을 타고 가고 가는 사람은 징(荊, 형)씨 성을 가진 흑기병 부통령이었다. 그는 얼굴에 은색 마스크를 쓰고 있었다.

"딴저우 북쪽은 험준한 산에 빽빽한 밀림지대라, 일반 사람이 들어갈 수 없습니다. 그래서 지도에서 공백으로 처리한 것입니다. 그곳을 통해 정북 방향으로 가면, 해안과 접한 동이성에 이르게 됩니다."

'동이성? 딴저우랑 동이성이 이렇게 가까웠구나.'

판시엔에게 그 험준한 산과 밀림은 익숙한 곳이었다. 그가 수없이 오른 바닷가 해변 깎아지는 절벽 뒤, 빽빽한 밀림이 있었기 때문이다. 그곳은 확실히 사람이 접근하기 쉬운 곳은 아님을 그는 잘 알고 있었다.

동이성에서 경국으로 넘어오기 위해선, 밀림을 피해 샤오샨 산을 우회해서 오거나 또는 해로를 통해 올 수밖에 없었다.

'그래서 황제가 이곳 쟈오저우의 수군을 양성한 거구만.'

"근데 징 부통령은, 왜 가면을 벗지 않아?"

판시엔이 병권을 쥐고 있지 않은 상황에서, 흑기병을 대동할 수 있다는 것은 대단히 큰 이점이었다. 다만, 흑기병은 규율상 성안에 들어올 수 없고, 별도의 정해진 군영에 머물렀기 때문에, 친해질 기회가 많지는 않았다.

그는 이번 기회에 친해질 노력을 해 보려 한 것이다.

사실 그것은, '시도'가 아니라 '필수'였다.

"습관입니다."

"가면을 쓴 사람은 두 가지 종류지. 엄청나게 못생겼거나, 엄청 곱상하거나. 근데 흑기병의 임무를 볼 때, 못생기거나 흉악하게 생긴 것은 도움이 될 테니 가면을 쓸 리 없고, 그럼 징 부통령은 보기 드문 미남일 것 같아."

"제사 대인, 역시……입담이 좋으십니다."

징 부통령은 여전히 가면을 벗지 않았다.

판시엔은 급하지 않았다.

"그러고 보니, 아직까지 징 부통령의 이름도 몰라."

"수하, 성은 징이고, 이름은 아무개입니다."

"징 아무개?"

'감사원 5처의 부통령이, 이름이 없다고?'

"그래도 이름이 있는 게 좋을 것 같은데……."

"그럼 대인께서 하나 지어 주십시오."

이름을 지어 달라는 요청을 받는 것은 상당히 영예로운 일이었다. 판시엔은 그가 왜 이러는지 이유는 알 수 없었지만, 부통령의 평소의 성격상 장난으로 한 말은 아님을 알았다.

판시엔은 고개를 숙이고 한참을 고민했다.

"외자로, 창을 뜻하는 거(戈, 과) 어때?"

그는 만족스러운 눈빛을 하고 판시엔을 바라보며 고개를 끄덕였다. 은색 가면에 가려져 있는 얼굴의 입가에 은은한 미소가 번지고 있었다.

"징거, 근데 넌 당시 누구에게 밉보인 거야?"

판시엔은 징거가 한때 뛰어난 군인이었는데, 당시 권력자에게 밉보여 죽을 위기에 처하자 쳔핑핑이 구해줬다는 것을 알고 있었다. 다만 구체적인 상황은 몰랐다.

"친씨 가문입니다."

'친씨 집안에 밉보인 사람을, 흑기병 부통령으로 만들었다고? 절름발이 노인네 간도 크네.'

"다행히 난, 친씨 집안과 사이가 좋아."

징거의 원한을 풀 수 있는 방법을 찾아보겠다는 판시엔의 말을 알아듣고 징거는 즉각 대답했다.

"감사합니다. 하지만 그러실 필요는 없습니다."

"무슨 일을 저질렀는데?"

"친씨 집안 큰아들을, 죽였습니다."

'뭐라고? 친형의 형을 죽였다고?! 쳔핑핑은 무슨 생각인 거지? 나중에 알려지면 엄청난 화근이 될 텐데…….'

그때, 앞에서 새 울음소리가 들렸다.

흑기병이 일제히 발걸음을 멈췄다.

판시엔과 징거는 말을 달려 산골짜기를 지나, 산 중턱에 올라가 성을 내려다보았다. 성은 크지 않았고, 곳곳에 불빛이 켜져 있어, 밤하늘의 별처럼 반짝거렸다.

쟈오저우.

판시엔이 성의 오른쪽으로 고개를 돌리자, 이미 밤의 어둠으로 검게 변한 푸른색 바다와 함께, 경비가 삼엄한 항구 그리고 정박되어 있는 수십 척의 전함이 보였다.

쟈오저우 수군.

"알아서 움직이고, 성에 들어오려는 사람은 모두 죽이고."

무정한 눈빛으로 아래를 주시하던 판시엔은, 징거에게 짧게 명을 내린 후, 말고삐를 당겼다.

그는 흑기병을 벗어나, 단 한 명의 호위도 없이, 좁은 산길로 말을 몰아 쟈오저우 성으로 내려갔다.

판시엔이 떠난 후 얼마 지나지 않아 흑기병도 엄폐하며 쟈오저우로 향했다. 흑기병이 아무리 대단하다 한들, 4백 명의 기병으로 경국 3대 수군 중 하나인 쟈오저우 수군을 상대하는 것은, 계란으로 바위치기였다.

그래서 시선에 띄지 않게, 최대한 조용히 성으로 접근했다.

그 시각 판시엔은 쟈오저우 성문이 보이는 먼 곳에서 말에서 내린 뒤, 큰 나무 아래에 구덩이를 파고, 옷을 갈아입고, 입고 있던 옷을 벗어 묻었다. 왕치니엔이 준 북위 황제의 검도 같이 넣었다.

'언젠가는 이 검을 당당히 사용할 때가 오겠지.'

판시엔은 거리에서 흔히 볼 수 있는 젊은이의 모습으로 변해있었다. 준수한 모습을 다 가릴 수는 없었지만, 평소처럼 빛이 나진 않았다.

그리고 이미 준비한 통행증으로 쉽게 쟈오저우 성문을 통과했다.

쟈오저우는 수군 외에는 별다른 산업이 없었기에, 번화한 거리 양쪽에도 상업이 발달해 있지는 않았다. 도시 전체에서 사람의 냄새나 열기를 느낄 수는 없었고, 분위기는 특이할 만큼 엄숙했다.

막강한 군사력에 비해 쟈오저우 현지 관리의 힘은 보잘것없었는데, 그래서 쟈오저우 주지사조차도 수군 제독 앞에서는 고분고분할 수밖에 없었다.

이러한 이유로, 거대한 수군의 주둔지 쟈오저우는, 성 전체에 군대 분위기가 가득했다. 가장 좋은 지역을 군대가 점유했고, 가장 큰 저택도 수군의 고위 장군 몫이었다. 물론, 가장 예쁜 기생도 수군들 차지였다.

군의 고위 장군들이 성안에 거주하지 못한다는 규율은, 이곳 쟈오저우에서는 이미 유명무실해진 지 오래였다.

판시엔은 빠른 걸음으로 쟈오저우에서 가장 눈에 띄는 대저택으로 향했다. 처마는 봉황의 날개처럼 높이 치솟아 있었고, 대문은 화려하게 붉은색으로 칠해져 있었다.

그 저택에는, 마치 기생집처럼 붉은 등이 걸려있었고, 정문에 흰 수염을 한 노인의 초상화가 붙어 있는 것을 보아, 오늘 거물의 생일 연회가 열리고 있는 듯 보였다.

하지만 즐거운 생일 연회와 어울리지 않게, 정문은 바다내음이 물씬 풍기는 군사들이 지키고 있었는데, 저택 앞을 지나다니는 행인은 거의 없었기에, 그들의 주된 임무는 연회 하객들의 신분을 검사하는 일이었다.

판시엔은 진기를 운용해 저택 안을 살펴보니, 밖의 병사들 외에도, 안에 적지 않은 자객의 기운을 느낄 수 있었다. 동시에 그는, 저택 안팎의 지형을 살피고 머릿속에 넣었다.

왁자지껄한 소리를 뒤로 한 채, 그는 길옆 담장 아래 어느 지점을 바라보았다. 익숙한 비밀 표식을 발견한 그는, 방향을 틀어 그 길의 끝까지 갔다.

막다른 골목.

막다른 골목과 마주한 담장 앞에서, 마음의 준비를 한 뒤, 손바닥으로 담장 끝을 짚고 훌쩍 뛰어넘었다.

판시엔은 소리도 없이 다시 한번 어둠 속으로 사라졌다.

담장 뒤에는 아담한 크기의 작은 저택이 있었다. 여섯 칸의 방을 가진 낡고 오래된 집이었다. 평범한 민가는 아니었지만, 주인이 경제적으로 풍부해 보이지도 않았다.

판시엔은 돌계단을 오르고 방문을 벌컥 열더니 곧장 상석에 가 앉았다. 그리고 무례하게 주인의 허락도 없이 옆에 있는 찻주전자를 들어 차를 따라 마셨다.

다급한 발소리가 들렸다.

한 사람이 허둥지둥 방 안으로 들어오더니, 앞에 있는 청년을 보고 말을 하려다, 다시 입을 다물었다. 그는 상석에 무례하게 앉아 있는 사람을 유심히 관찰한 뒤 이윽고 공손히 예를 올렸다.

"스승님, 어쩐 일이십니까?"

판시엔은 비쩍 마른 제자 호우지챵을 바라보았다.

"쟈오저우에서 일하면 몸이 더 좋아질 줄 알았는데, 어찌 더 말랐어?"

호우지챵은 멋쩍은 미소를 지었다. 그는 두 눈이 움퍽 꺼지고, 양 볼에 광대뼈가 툭 튀어나와 있었다. 그가 이곳에 온 지 한 달이 넘었지만, 스승이 지시한 임무는 아직 특별한 진전이 없었기 때문이다.

"제자는 아직 스승님처럼, 세상사를 태연하게 보지 못합니다."

판시엔은 한숨을 내쉬었다. 호우지챵은 제자 중 가장 생각이 치밀하고 일 처리도 과감했는데, 피비린내 나는 일 앞에선 아직 애송이 서생에 불과해 보였기 때문이다.

그가 감사원의 일을 제자에게 맡긴 것은, 첫 번째, 쟈오저우 관원들을 놀라게 해 주고 싶었던 것이고, 두 번째는 이 일로 인한 공을 제자가 가져갔으면 하는 바람이었다.

“그동안 쟈오저우에서 특별한 점은 없었어?”

판시엔은 쟈오저우 수군이 밀수에 관여한 정황을 묻고 싶었지만, 지금 호우지챵에게 그러한 임무는 무리였다.

“제가 스승님의 제자인지 모두 알아서 그런지, 모두 제 앞에서 조심히 행동하기에, 특별한 정보를 알아내기가 쉽지 않았습니다. 다만, 수군이 해적과 결탁했다는 소문은 들은 바 있습니다.”

판시엔은 더 묻지 않고 고개를 끄덕였다.

“오늘 수군 제독 생일 연회에는 초대를 못 받은 거야?”

“초대장은 받았는데, 오늘 스승님이 오신다고도 하셨고……사실 아직 결정을 못 했습니다.”

“가.”

판시엔은 단호하게 잘라 말했다.

“네가 먼저 가.”

“설마 스승님 혼자서……?”

“나 혼자 충분해. 챵쿤(常昆, 상곤) 제독이 샤오은도 아니잖아.”

판시엔은 갑자기 웃었다.

“생일에 죽으면, 생일과 제삿날이 같으니, 가족도 제사 지내기 편해지겠지.”

‘일품 고관을 죽이고, 생일연을 아수라장을 만들어버리면……스승님과 폐하께서는 어떻게 수습하시려고…….’

판시엔이 쟈오저우 온 것은 쟈오저우 수군을 처리하려는 것이었고, 그것은 동해의 작은 섬에서 일어난 일과 무관하지 않았다. 모든 정황은 쟈오저우 수군을 가리키고 있었기 때문이다.

확실한 증거를 찾아내지는 못했지만, 조정의 대신들은 쟈오저우 수군이 밍씨 집안, 군산회 그리고 장 공주와 연결되어 있다고 확신하고 있었다.

경국 황제도 더는 가만있을 수가 없었다. 판시엔에게 밀서를 보내 전권을 부여했다. 다만, 구체적인 방법에 대해서는 언급하지 않았다.

황제는 조정의 통제를 벗어나려는 군대의 재통제가 목적이었지만, 판시엔의 입장은 조금 달랐다.

'그 섬에서, 한 나라의 군대가, 너무 많은 사람을 죽였어…….'

그리고 그도 알았다. 황제가 전권을 부여했지만 방법을 기술하지 않은 것은, 황제도 뾰족한 수가 없다는 것이었다. 그래서 그는, 정치적으로 보면 유치하지만, 방법적으로 보면 야만적인, 다소 직접적인 방법을 쓰기로 결정한 것이다.

'정상적인 과정을 거친다? 순순히 자백할 리가 없지. 그리고 감사원과 군대가 대치한다? 최악의 상황에서 군대가 반란을 일으킨다? 처음부터 단호하게 나가야 해.'

그래서 판시엔은 제독의 생일연을 골랐다.

첫째, 고위 장군들이 수군의 진영에서 벗어나 소수의 경호 인력만 데리고 왔다. 둘째, 그들이 한곳에 모여 있다.

그는 혼자서 제독 저택 안에 있는 고위 장군 그리고 병력들을 상대할 생각이었다.

이 지점이, 호우지챵이 가장 이해가 되지 않은 부분이었다.

너무 위험했기 때문이다.

수군 제독 챵쿤은 흡족하게 웃으며 자리를 가득 메운 하객을 바라보았다. 진중하면서도 거만한 웃음이었다. 40여 년의 바다 생활이 주마등처럼 지나갔다.

하지만 마음껏 웃지는 않았다. 수군 제독이라는 그의 위치 때문이다. 그의 일거수일투족이 수십만 명에게 영향을 미치기에, 항상 엄숙함과 위엄을 보여줘야 했다.

'오늘도 십만 냥 정도는 걷히겠지?'

챵쿤이 술잔을 들자, 하객들도 술잔을 들었다.

챵쿤의 시선은 기분이 상당히 언짢아 보이는, 오른쪽 구석에 앉아 있는 말단 관리에게 옮겨졌다. 그는 연회에 참석할 자격이 없었지만, 챵쿤이 그를 초대한 것은 그의 뒷배경 때문이었다.

7품 말단 관리, 쟈오저우 전리 겸 주판, 호우지챵.

'판 대인이 왜 그의 제자를 쟈오저우에 보냈을까……밍씨 집안에서 비밀을 누설할 리는 없고, 큰노마님도 죽었으니, 감사원이 증거를 찾을 수가 없을 텐데…….'

챵쿤은 이내 잡생각을 떨쳐버렸다. 그 섬에서 살아남은 사람도 없고, 그곳에 갔던 병사들은 모두 자신이 직접 키운 심복들이었기 때문이다.

'징두에 있는 가족들은 잘 지내겠지?'

호우지챵을 쳐다보며 이런저런 생각을 하던 챵쿤 제독이, 갑자기 아랫배를 감싸며 저택 뒤에 있는 변소로 향하였다.

호우지챵의 집에서 나온 판시엔은 시끌벅적한 제독 저택의 뒷담에 기대 자신의 모습을 숨겼다. 황궁의 담처럼 두 장(丈) 높이나 되는 담 때문에 그곳을 지키는 병력은 없었다. 아무도 그 높이를 뛰어넘지 못한다 생각한 터.

사실 판시엔은 천일도와 하이탕의 도움으로 진기를 회복하긴 했지만, 예전처럼 벽을 타고 오를 수 있을지 확신은 없었다.

생각보다, 쉬웠다.

스파이더맨처럼 담을 기어올라, 저택 안 수풀 사이로 미끄러지듯 내려갔다. 눈에 보이는 두 명의 호위병들을 손쉽게 쓰러뜨린 후, 곧장 주방으로 향했다.

술 항아리 주둥이에 주사기로 미약을 주입했다.

판시엔은 어둠 속에 서서 멀리 옥외 변소를 바라보았다. 예상대로 챵쿤은 변소를 갈 때도 친위병들이 밖을 지키게 했다.

판시엔은 변소 건물 지붕에 올라가 코를 막고, 다시 창문을 통해 변소 안으로 잠입했다. 제독 저택은 변소마저 호화스러웠다. 변소는 안에 장막이 쳐진 안과 밖으로 나누어져 있었다.

바깥에는 변기가 놓여 있지 않았다.

판시엔은 바깥에서, 바지를 풀고, 소변을 보았다.

'또로로.'

바깥에서 나는 물소리에 챵쿤이 화들짝 놀랐다. 그는 바지를 절반쯤 내린 채, 가운데가 뚫린 의자에 앉아 있었고, 그 아래에는 변기통이 놓여 있었다.

볼품없는 모습이었지만, 눈빛만은 매처럼 날카로웠다.

'호위들을 뚫고, 친위병을 제거하고, 이곳에서 볼일을 본다?'

"자객이다!"

그는 목구멍까지 올라온 소리를, 자신의 손으로 입을 가리며 틀어막았다. 소리를 질러도, 도와줄 사람이 없다 판단했기 때문이다.

'자객이 친위병들을 모두 죽였겠지. 괜히 나의 존재만 알려줄 뿐이야.'

"왜 나는 생일연에 초대를 안 했어?"

밖에서 들려온 차가운 목소리에, 챵쿤은 긴장하며 대답했다.

"대인의 성명을 모르는데, 어떻게 초대를 할 수 있을까요?"

판시엔은 변소 안팎을 나누고 있었던 장막을 한 손으로 젖히며, 다른 손으로는 코를 막고 말했다.

"네가 챠쿤이지?"

챠쿤은 당황스럽기도 하고, 황당하기도 하였다. 심지어 새파랗게 젊은 놈이 아랫사람을 대하는 말투로 경박스럽게 물어보고 있었다.

하지만 이 상황은 챠쿤에게 절대적으로 불리했다.

"이 노인이 챠쿤이긴 한데……우선 손을 좀 씻고 이야기를 나누시면 어떨까요?"

"사람을 부르려고?"

판시엔은 '씨익' 웃었다.

"목이 터져라 불러도 아무도 없을 텐데?"

챠쿤은 미간을 찌푸렸다.

"너 누구야?"

판시엔은 손에 잡고 있던 장막을 내려 놓으며 대답했다.

"난, 판시엔이야."

'판시엔? 감사원 제사 대인? 그가 변소에? 무슨 개소리야?!'

챠쿤은 대충 뒤처리를 한 후 바지를 추켜올렸다.

"너 누구야?!"

"역시 변소에서 만나는 건 별로였어. 하지만 이목을 피하려면 어쩔 수 없지."

'이목을 피해?'

"당신이 정말 판 제사라면, 왜 여길 온 거지?"

"거래를 하러."

"무슨 거래?"

"동해 섬에서 벌어진 일."

챠쿤은 벼락이라도 맞은 듯, 아찔했다.

'진짜 판 제사인가? 그럼 조정이 그 일을 알았다는 건데, 감사원을

시켜 떠보려는 건가? 근데 왜 변소에서?'

"무슨 말을 하시는 건지, 본관은 모르겠네."

"내 말은, 네가 밍씨 집안과 결탁해서, 내고의 상선을 약탈하는 해적과 동이성의 밀수를 눈감아 줬다. 그리고 죽여서 입을 막았다. 이 말이야."

"도대체 무슨 말인지……무고한 사람을 협박해서, 거짓 자백이라도 받으려 하는 건가?"

챵쿤의 목소리는 갈수록 커져 가고 있었다. 판시엔을 상대하기보다, 밖에 있는 누군가가 듣기를 바라는 눈치였다. 판시엔은 비웃으며 말했다.

"그게 진실인지 거짓인지는, 네가 더 잘 알 텐데?"

"증거를 가져오게!"

평생을 전쟁터에서 살아온 챵쿤에게, 판시엔이 그다지 위협은 아니었다.

"그 일을 백성이나 관리가 믿는지, 또는 내가 믿는지는 전혀 중요하지 않아. 폐하께서 믿는지가 중요하지. 폐하께서 나를 여기로 보내 처리하라 하셨다는 게, 중요하다는 말이야."

챵쿤의 심장이 요동치기 시작했다.

황제가 쟈오저우 수군을 의심한다면, 어떤 방법을 통해서라도 챵쿤을 처리할 것이다.

"지금 널 구할 수 있는 사람은, 나뿐이야."

챵쿤은 의자에 털썩 주저앉은 후 한참을 고민했다. 이윽고 그는 공손하게 말했다.

"제사 대인……도대체 뭘 원하시는 것이오?"

챵쿤은 상대방을 '제사 대인'이라 부르며, 그의 마음속 저항선도 무너지고 있었다. 판시엔은 그 모습을 보며 담담하게 물었다.

"내가 이해 안 되는 것이 하나 있는데……넌 관직도 높고, 권력도 강하고, 군에서 명성도 있고. 근데 누가 너에게, 조정의 군대를 동원해 밍씨 집안을 도와주고 동이성과 결탁하라고 시킨 거지? 네가 따르는 진짜 주인이 누구야?"

챵쿤은 이 말만은 할 수 없었다. 자신의 가족들이 생각났기 때문이다.

"위에는 말 안 해. 그리고 넌 지금 날 믿어야 해. 난 정말 이해가 안 되어서 그래. 내가 너나 너의 가족을 죽여서 무슨 이득이 있겠어?"

"내가 바보인 줄 아나? 그 일들이 자오저우 수군과 무슨 관계가 있다고. 만약 증거가 있었다면, 정정당당하게 날 체포했겠지."

그는 잠시 멈칫하더니 다시 공손히 말했다.

"판 제사, 오늘은 내 생일연이니, 같이 즐겁게 술도 마시고 이야기도 나누세. 그 일은 감사원에서 증거를 찾는데, 내 적극 협조하리다."

챵쿤은, 상대방의 목소리에 귀를 기울였다.

판시엔은, 한숨을 내쉬었다.

"그렇지. 넌 1품 관리이니, 성지(聖旨) 없이 감사원이 체포할 수 없지. 증거는 뭐, 네가 다 없앴을 거고. 밍씨 큰노마님도 죽었고…… 맞아, 난 증거가 없어."

판시엔은 암울한 목소리로 말을 이었다.

"폐하께서는 네가 자오저우 수군을 지휘하는 것을 원하지 않으시고, 감사원은 증거가 없고……이 상황에서 널 자오저우에서 내쫓으려면, 난 어떻게 해야 할까?"

'무슨 개소리야? 근데, 밖에 호위들이 정말 하나도 없는 건가?'

"네가 나의 제안을 거절하니, 나도 방법이 없네."

이 말이 끝나자마자 챵쿤의 동공이 순식간에 수축했다.

장막 밑으로 보이던 푸른색 신발이 번개처럼 앞으로 움직이더니,

검은색의 무언가 그 신발 안에서 불쑥 튀어나와, 그의 가슴을 향해 곧장 달려들었다!

창쿤은 한 걸음도 움직이지 못했다.

두 눈을 부릅뜬 채, 검은색 비수가 자신의 가슴을 향해 돌진하는 모습을 지켜볼 수밖에 없었다.

'갑자기 체내 진기가 움직이지 않아. 왜 몸에 힘이 풀리는 거지? 감사원이 어떻게 감히 날, 암살할 생각을……?!'

그는 밖으로 말도 못 한 채 속으로 계속 소리쳤다.

'나 창쿤, 자오저우 수군 제독이야! 내 밑에 1만 명의 군사들이 있다고! 내가 죽으면, 내 병사들이 가만있을 것 같아?!'

판시엔은 비수를 거둬들이고 핏자국을 닦으며 다시 장화에 꽂았다. 그런 후 장막을 젖히고 의자 위에서 피를 흘리며 쓰러져 있는 창쿤을 보며 고개를 저었다.

경국 황제는 증거 없이 그를 죽일 수 없었다.

판시엔이 황제는 아니다.

판시엔은 그를 들쳐업은 채 위풍당당하게 변소 밖으로 나왔다. 창쿤이 애타게 기다리던 친위병과 호위들은 변소 밖 바닥에 모두 쓰러져 있었다.

언뜻 봐도 고수들이었다.

판시엔은 옆에서 무료하게 하품을 하는 '그림자'를 보고 창쿤을 그쪽으로 던지며 말했다.

"제독 저택 안에서 사람을 죽일 때에는 제발 조심 좀 해."

"생일날이 제삿날이 되었군. 넌 이 일이 얼마나 큰일인지 알고 있나?"

그림자는 말은 그렇게 했지만 걱정하는 기색은 전혀 없었다. 그는 챵쿤의 목덜미를 잡고 나무 인형 들어 올리듯 무심히 챵쿤을 들어 올렸다.

"계획대로 처리한 건가?"

"당연하지……우리가 동작이 빠르긴 하지만, 다른 사람에게 발각되지 않도록 조심해."

이 말이 끝나자 약속이나 한 듯, 두 사람은 동시에 움직였다.

한 사람은 연기처럼 담벼락으로 달려가 손가락으로 담을 짚고 기어오르기 시작했고, 다른 한 사람은 매처럼 날아올라 담장 밖의 어둠 속으로 사라졌다.

제독 저택 후원은 다시 앞채에서 사람들이 술 마시고 떠드는 소리 외에는 아무런 소리도 없이 적막했다.

앞채에선 무녀들의 옷이 바닥에 떨어지며 생일연이 절정에 다다르고 있었다.

변소에 간 제독이 너무 오래 돌아오지 않는다는 것을 눈치챈 사람은, 아무도 없었다.

제독 저택과 호우지챵의 집은 약 두 길 정도 떨어져 있었고, 그 중간 길을 따라 북쪽으로 가다 두 번 정도 돌면 눈에 띄지 않는 면포 가게가 하나 있었다. 저택을 빠져나온 판시엔은 곧장 이곳으로 왔다. 가게는 불도 켜져 있지 않았고, 판시엔은 들어가자마자 제사 요패를 꺼내 보여주었다.

"지금입니까?"

"그래, 지금."

판시엔은 고개를 끄덕이고, 차를 한잔 마시고, 옷을 벗었다.

"몇 명이지?"

"일곱입니다."

판시엔은 건네주는 두루마기를 입으며 고개를 끄덕였다.

이 면포 가게는 북제 샹징의 기름집처럼, 감사원의 비밀 가옥이었다.

시간이 없었다. 분장을 지우는 시간도 부족했다. 판시엔이 손을 벌리자, 면포 가게 사장과 부하들이 그의 분장을 지우고, 옷매무새를 다듬어 주느라 분주했다.

'이거 완전 패션모델인데?'

어느덧 판시엔은 감사원 제사 대인의 모습으로 탈바꿈했다. 검은색 관복 사이로, 살기가 풍겨져 나왔다.

면포 가게를 나온 판시엔은 가슴을 쫙 펴고 위풍당당하게 걸어갔다. 한 걸음 걸을 때마다 관복이 흔들리며 펄럭펄럭 소리를 냈다. 다른 부하들도 감사원 관복을 걸치고 관모를 쓴 채 그리고 손에는 각자 중요한 물건들을 가지고 판시엔 뒤를 따라갔다.

면포 가게 사장 손에는 황금색 족자가, 부하들에게는 장검이 쥐어져 있었다.

그렇게 여덟 명은, 제독 저택으로 향했다.

제독 저택으로 향하는 길. 어둠 속에 숨어 있던 관병이 나와 이들을 막아섰다. 조용한 쟈오저우 저녁에 판시엔 일행은 너무 눈에 띄었다.

"멈춰라! 누군데 이 밤거리를 쏘다니는 것이냐?"

치안은 주 군대의 몫이었지만, 막아선 이는 수군 관병이었다.

쟈오저우의 현실이다.

관병은 저도 모르게 긴장하며 칼자루를 꽉 쥐었다.

젊은이를 필두로 한 무리는, 관병을 본 체도, 관병에게 대꾸도 하지 않았다.

그들은 관병을, 거리에 심어진 나무 보듯 지나쳤다.
관병의 대장 소교관이 칼을 뽑았다.
'챙!'
칼이 잘려, 바닥에 떨어졌다.
면포 가게 사장이 소매로 다시 칼을 거둔 후, 요패를 꺼내 내밀었다.
"감사원이 사건을 처리하러 왔으니, 관련 없는 사람들은 비키게."
소교관이 잘린 칼을 들고 아무 말도 못 하고 있는 사이, 그들은 벌써 제독 저택 앞의 큰 도로를 걸어가고 있었다. 정문 앞의 수군 관병들이 검은색 옷을 입은 무리를 발견하자 상대방의 신분을 단박에 알아챘다.
'감사원 밀정!'
쟈오저우 수군 관병들은 감사원이 움직인 이유는 알 수 없었지만, 칼을 뽑지는 못한 채 경계와 적의 가득한 눈빛으로 판시엔 일행을 노려볼 수밖에 없었다.
판시엔은 만면에 미소를 띠고 정문을 지키는 수군 친위병에게 말했다.
"폐하의 성지를 받아, 감사원이 조사하러 왔다 전해."
친위병은 내키진 않았지만 '성지'라는 말에 어쩔 수 없이, 여섯 중 하나는 저택 안으로 소식을 전하러 갔고, 나머지 다섯은 정문을 열며 감사원 밀정들을 맞이할 준비를 했다.
판시엔은 규정을 개의치 않고 이미 문으로 들어가고 있었다.
'이런 방자한 새끼. 아무리 감사원이고, 황제의 명을 받았다지만, 이렇게 제멋대로 행동해도 되는 거야?!'
친위병들은 그들에게 칼을 겨눌 수는 없었지만 재빨리 따라붙었다.

판시엔은 아랑곳하지 않고, 대청 문을 열어젖히고, 안으로 들어갔다. 소식을 전하러 온 친위병 한 명이, 친위병 대장 귀에 무언가 속삭이고 있었다. 방 안에 있는 사람들은, 무념무상의 경지에 올라, 춤을 추고 노래하는 기생들을 바라보며, 태평하게 생일연을 즐기고 있었다.

'아직 아무도 눈치채진 못했군.'

"다들 즐거운가 보네요."

불청객의 말 한 마디로, 연회장이 순식간에 조용해졌다. 간간이 술을 너무 많이 마셔 상황 파악이 안 된 기생의 교태 섞인 목소리만 간드러지게 들릴 뿐이었다.

쟈오저우 관원들은 잔뜩 겁을 먹고 있었고, 수군의 고위 장군 하나는 벌떡 일어나 욕을 퍼부으려 하다, 불청객의 관복을 보고 멈칫했다.

'재수 없게 감사원의 검은 개새끼들이 여기 왜 온 거야?'

그때, 상석 바로 옆 좌석에 앉아 있던 중년의 남자가, 판시엔을 쳐다보며 부드러운 목소리로 말했다.

"어느 관아에서, 이런 깊은 밤에 찾아오셨나요?"

지략이 뛰어난 챵쿤의 오른팔, 당샤오보(黨驍波, 당효파).

그의 정중한 질문에, 면포 가게 사장이 대신 답했다.

"감사원에서 사건을 조사하러 왔네. 챵쿤 대인은 어디 계시는가?"

사람들은 수군거리기 시작했고, 누군가는 눈알을 굴리며 주판을 튀기기 시작했다.

이때, 상석 근처에 있던 또 다른 한 명, 쟈오저우 주지사가 나섰다.

"대인, 무슨 일인지 모르겠지만, 오늘은 챵쿤 제독의 생신연이니, 내일 다시 말씀하시는 게 좋을 듯 보입니다."

"본관이 바쁘니까, 제발 그런 쓸데없는 말은 집어치워 줘."

판시엔이 쏘아붙였다. 그곳에 앉아 있던 장군과 대신 중 최소한 다섯 명은 3품 이상의 고관이었기에, 주지사를 포함한 모든 이는 판시엔의 무례함에 눈살을 찌푸렸다.

"그럼 대인의 관등성명을 알려주시지요."

"본관은, 감사원 제사고, 이름은 판시엔이네."

원래 조용했던 저택 안이, 더욱 조용해졌다. 몇몇의 고위 장군들은 애써 치솟는 불안감을 억누르며 서로의 눈빛을 교환하고 있었다.

'설마……그 일이 들킨 건 아니겠지?'

당샤오보가 천천히 자리에서 일어나, 주지사와 함께 나란히 서서, 판시엔에게 예를 올렸다.

"제사 대인을 뵙습니다."

"흠차 대인을 뵙습니다."

무신과 문신의 마음이 다르듯, 수군 장군과 주지사가 판시엔을 부르는 호칭도 달랐다.

"번거로운 인사는 그 정도로 하시고……."

판시엔은 너무나 당당하게 상석으로 가 챵쿤 자리에 앉았다.

감사원 밀정들은 그를 따라가 그의 뒤에 선 뒤, 검 자루를 잡은 채 다른 사람들을 경계했다.

당샤오보는 못마땅한 표정이었지만, 경험이 많은 그는 속으로 오히려 오만방자한 사람이 다루기 쉽다고 생각하며, 회심의 미소를 짓고 있었다.

그는 공손하게 두 손을 모으고 판시엔에게 물었다.

"하관, 제사 대인을 뵙습니다. 대인께서는 오늘 무슨 일로 쟈오저우에 오셨습니까?"

"네가 수군의 부(副)제독인가? 감사원에서 일을 처리하기에 일손이 부족하니, 네가 사람을 좀 차출해 줘."

그리고 고개를 돌려 주지사에게 말했다.

"우 대인도, 주 군대를 좀 동원해 주고."

쟈오저우 주지사의 성은 우(吳, 오), 이름은 거페이(格非, 격비). 그는 린뤄푸와 판씨 집안과도 친분이 있었다. 그는 처음 본 흠차 대인이 자신의 성을 불러주자, 마음이 복받쳐 올라 빙그레 웃으며 답했다.

"대인의 분부에 따르겠습니다."

우 대인은 '분수를 아는 사람'으로서, 여느 관리들처럼 은전을 탐하긴 했지만 선을 지켰다. 그리고 쟈오저우의 특성상 수군의 실질적 통제를 받고 있었기에, 주지사가 할 수 있는 일도 그리 많지 않았다.

다시 말해, 그는 감사원의 조사가 두렵지 않았다.

그는 추밀원을 거쳐야 한다는 것도 잊은 채 심복에게 몇 마디 해서 명을 전달하러 보냈다. 당샤오보는 이 상황을 보며 의심의 눈초리를 거둘 수 없었다. 그렇다고 두렵진 않았다.

'쟈오저우 주 군대를 동원한다고? 무슨 생각인 거야? 아니야, 됐어. 그런 졸개들 가지고 뭘 할 수 있다고.'

"제독 대인은 어디 있나? 성지가 도착했는데, 폐하의 명을 받지 않겠다는 건가?"

판시엔은 최대한 불편한 기색을 드러냈다.

그제서야 당샤오보는 불길한 느낌이 살짝 들었다.

'그러게……챵쿤 제독 대인은 왜 안 오시는 거지?'

그는 재빨리 판시엔에게 양해를 구하고, 친위병들에게 후원으로 가 제독 대인을 모셔오라 명했다.

판시엔은 속으로 시간을 계산하기 시작했다.

잠시 후, 날카로운 비명 소리가, 쟈오저우의 조용한 밤공기를 뚫고 나왔다.

방 안의 몇몇은 황급히 뛰어나갔지만, 당샤오보는 여전히 의미심장한 눈빛으로 판시엔을 바라보았다. 판시엔은 그에게 눈길조차 주지 않은 채, 근심 가득한 표정의 주지사에게 물었다.

"아직도 멀었나?"

우거페이가 머뭇머뭇하다 말을 하려 했지만, 판시엔은 손을 내저으며 자리에서 벌떡 일어나 후원으로 향했다.

후원은, 피바다였다.

십여 명의 친위병들이 피를 흘리며 바닥에 쓰러져 있었는데, 몇몇 시체들은 몸이 분리되거나, 가운데 커다란 구멍이 뚫려 있었다.

그 모습을 본 쟈오저우 관아 관리 몇몇은 그 자리에 혼절해 있었다.

놀란 눈으로 참혹한 광경을 바라보던 수군 장군들의 시선이, 일제히 피바다 너머에 서 있는 검은 옷을 입은 남자에게 쏠렸다. 그들은 모두 사나운 눈빛을 하고 달려들고 싶었지만 차마 그러지 못해 한스럽다는 표정이었다.

검은 옷을 입은 남자의 손에, 수군 제독 챵쿤이 잡혀 있었다!

챵쿤의 몸에서 새빨간 피가 바닥에 '뚝뚝' 떨어졌다.

그는 고개를 떨구고 있었고, 생사조차 알 수 없었다.

"대인을 내려놔라!"

"여기가 어디라고! 당장 검을 내려놓지 못할까?!"

판시엔은 혼잣말로 중얼거렸다.

"역시 나보다 빨라."

당샤오보는 머리가 복잡해졌다.

'감사원 제사가 쟈오저우를 온 이유가 뭐야? 감사원이 비밀리에 조사하지 않고, 생일연에 바로 들이닥쳐? 판 제사는 크게 놀라지 않

은 것 같은데? 뭐가 빠르다는 거지? 동해 섬 일 때문인가?'

군산회의 존재를 알지 못하는 당샤오보는 자신만의 터무니없는 상상에 빠져들고 있었다.

'제독 대인이, 어느 조직을 위해 일하는 것은 알았는데……그럼 그 조직에서 입막음을 하기 위해, 제독을 죽였다? 그래서 판 제사가 조사하러 왔다? 그럼 빨리 안 움직이고 뭐 하는 거지?'

"오지 마라. 오면, 이 사람을 죽인다."

검은 옷을 입은 남자가, 살기 가득한 목소리로, 거만하게 위협했다.

수군 관병들은 일찌감치 저택을 포위하고 있었고, 일부는 저택 담 위로 올라가 검은 옷을 입은 남자를 활로 조준하고 있었다.

하지만, 아무도 발사 명령을 내리지는 못했다. 이 일은 군대의 소관이 아니라, 엄연히 쟈오저우 관아 소관이었기 때문이다. 수군 고위 장군들은 사나운 눈빛으로, 쟈오저우 주지사를 바라보고 있었다.

주지사는 판 제사를 쳐다보았다.

장군들은 긴장했다. 만약 그가 발사 명령을 내리면, 검은 옷을 입은 남자를 죽일 수 있겠지만, 수군 제독 대인도 같이 죽을 것이다.

판시엔은 검은 옷을 입은 남자에게, 한 발짝 다가갔다.

"본관은 네가 누군지 관심 없어. 나는 판시엔인데, 넌 내가 누군지 알겠지? 조정의 고관을 죽이는 일은, 멸문지화를 당할 대죄야. 네가 설령 도망간다 하더라도, 난 반드시 널 찾아낼 거야."

판시엔은 위협적인 목소리로 말을 이었다.

"본관이 약속하지. 설령 네가 죽어도, 자네의 부모, 아내, 자식, 친구, 동료……심지어 너에게 물을 한번 떠다 준 시골 아가씨까지 모두 찾아내 죽일 거야."

침묵이 흘렀다.

관리들의 거친 숨소리와, 궁수들이 활시위를 당기는 소리만 들렸다.

판시엔이 다시 입을 열었다.

"제독 대인을 풀어주고, 너의 배후를 말하면……너 하나 죽이는 것으로 끝내지."

"네가 그 유명한 판시엔인가?"

검은 옷을 입은 남자가 드디어 말문을 열었다.

"네가 여길 직접 오리라 생각은 못 했다."

"내가 있든 없든, 넌 여기를 못 도망가. 그리고 나도 너희들이 이렇게 빨리 움직일 줄은 몰랐네."

"날 떠볼 생각은 접어. 난 그냥 사람을 죽일 뿐, 이 자가 수군 제독인지 뭔지는 상관할 바 아니다."

"그래?"

판시엔이 몇 발자국 더 앞으로 걸어갔다.

"사람들이 너를 윈 대인이라 부르던가?"

'윈 대인? 동이성의 윈즈란? 스구지엔의 수석제자 윈즈란?'

후원에 있던 사람들은 갑작스러운 동이성의 언급에 어리둥절해졌다. 당연히 가장 놀랐던 이는, 동이성과 암암리에 결탁하고 있었던 몇몇의 수군 고위 장군들이었다.

'동이성에서 무슨 연유로, 이런 일을 저지른단 말인가!'

갑작스러운 동이성의 등장이었지만, 제독 저택에 이렇게 소리소문없이 들어올 수 있는 자객은, 확실히 9품 이상의 고수일 것이었다.

당샤오보는 여전히, 판시엔의 말을, 자객이 윈즈란이라는 말을, 믿을 수가 없었다.

"난 동이성 사람이 아니다. 윈즈란과 일면식도 없다. 그러니 늙은 개 스구지엔은 언급하지 마라."

동이성 사람이라면, 스구지엔을 늙은 개라 할 수가 없다.

사람들은 다시 한번 웅성거렸다.

'저놈은 동이성 사람이 아니야, 그럼 누구라는 거지?'

"빠져나갈 길을 열어주고, 성에서 3리 떨어진 곳에, 말 세필, 3일 동안 먹은 물과 식량을 준비해라. 그럼 이 사람을 풀어주겠다."

"그 사람의 생사를 내가 어떻게 확인하지? 그리고 내가 물에 독을 탈까 걱정되지는 않나 보지?"

판시엔은 계속 압박했다.

"넌 내 말을 잊은 것 같은데, 난 널 놓아줄 생각이 없어. 그리고 난, 네가 제독 대인을 죽이는 것에 관심 없어."

모두는 판시엔의 말이 상대를 위협하기 위함임을 알고 있었지만, 제독의 생사가 언급되자 간담이 서늘해졌다. 그리고 몇몇은 참지 못해, 소리를 지르며 욕을 해댔다.

"넌 관심 없다 하는데, 저들은 관심 있는 것 같다. 그리고 네가 한 말에 대한 답을 해 주면, 난 고아다. 그러니 네가 내 주변에 누굴 죽이던, 난 관심 없다."

판시엔도 관심 없다.

검은 옷의 자객도 관심 없다.

둘은 정말 이 상황이 관심 없었다.

검은 옷의 자객은, 당연히 '그림자'였다.

다만, 둘은 대화를 하면 할수록, 점점 역할극에 빠져드는 듯 보였다.

"판시엔, 결정해라."

검은 옷을 입은 남자는 창쿤의 목에 검을 가져갔다.

"아까 한 말을 다시 한번 해 줄래?"

판시엔은 손가락으로 자객을 가리켰다.

자객이 입을 열어 무슨 말을 하려는 찰나, 소매 안에 있던 암궁 화살이 발사되었다!

자객은 챵쿤의 몸을 이용해 화살을 막을 새도 없이, 몸을 뒤로 힘껏 젖혀서 화살을 피했다. 그 순간 판시엔은 앞으로 달려가고 있었다.

판시엔은 손가락을 튕겨 자객의 혈맥을 공격한 뒤, 다른 손을 뻗어 자객의 팔을 잡았다.

순식간에 자객에게서 챵쿤을 빼앗은 판시엔은, 기세를 멈추지 않고 챵쿤을 한 손에 든 채, 자객을 쫓았다!

몇 합의 공격이 오가고, 두 사람은 이미 담벼락 위에 올라가 있었다. 살기등등한 두 개의 검은 그림자가, 놀라운 속도로 뭉쳤다 떨어지기를 반복했다.

검이나 주먹이 부딪히는 소리는 나지 않았지만, 엄청난 기세 때문에, 담장 위에 있던 궁수들의 진영에 약간의 틈이 벌어졌다.

당샤오보는 재빨리 달려가 챵쿤 제독을 받아오려 했지만, 감사원 관원들이 그를 막았다. 아직 숨어 있는 자객이 있을 수도 있다는 이유였다.

당샤오보는 크게 소리를 질렀다.

"판 대인, 물러나세요! 활을 쏘겠습니다!"

그때, 담벼락 위에서 폭발음이 들렸다!

판시엔은 몸을 숙여 검은색 비수를 꺼내, 자객의 가슴을 향해 찔렀다!

궁수들의 진영이 갑자기 흐트러졌다.

그러자 중상을 입은 자객이, 한 손으로 비수를 막아내고, 다른 손으로 궁수 몇을 벤 후, 재빨리 어둠 속으로 사라졌다.

판시엔이 기침을 하며 피를 토했다.

판시엔은 화가 난 듯, 주위를 둘러보며, 재빨리 명령했다.

"쫓아가지 마!"

수군 고위 장군들은 판시엔이 화가 난 이유, 쫓지 말라 명한 이유를 몰랐지만, 판시엔이 격렬하게 싸우고 부상당한 지금, 아무도 그의 말을 거역할 수는 없었다.

판시엔은 '진짜' 화가 났다.

그림자가 자신을 '진짜' 공격했기 때문이다.

'또 의외라 해 보지?!'

장군들은 판시엔 주위로 몰려들어 챵쿤 대인의 상처를 보며 놀랐다.

판시엔도 놀랐다. 그림자가 그가 공격한 흔적을, 완벽하게 없애 주었기 때문이다.

"비켜."

판시엔의 의술을 알고 있었기에 모두들 조용히 길을 비켰다.

판시엔은 챵쿤의 맥을 짚었다.

"아직 숨은 붙어 있지만, 치료하긴 늦었어."

판시엔은 챵쿤의 상태를 제일 잘 알고 있었다. 사실 맥을 짚을 필요도 없었다. 그가 공격했기 때문에.

당샤오보는 판시엔의 말에 얼굴이 하얗게 질린 채 몸이 '휘청' 했다. 그리고 곧바로 심복을 불러 수군 진영에서 병력을 불러오라 명했다. 판시엔이 챵쿤을 위해 싸운 것은 사실이었지만, 당샤오보는 여전히 의심하고 있었다.

"하관, 어떻게 감사를 드려야 할지……."

"자객이 도망갈 때, 왜 그런 거야?"

'쫓지 말라는 게, 설마……수군 안에 자객과 내통한 사람이 있다고 생각하는 건가?'

당샤오보는 온몸이 서늘해졌다.

판시엔은 고개를 돌려 겁에 질린 우거페이를 향해 싸늘하게 말했다.

“주 군대를 동원하라 하지 않았어? 빨리 성문을 닫고, 그놈을 수색해야지?! 그리고 이 저택도 포위하고, 장군, 병사, 궁수 할 것 없이 모두 수색해! 지금부터 아무도 이곳을 나가지 못하게 해!”

“대인!”

“대인!”

두 사람이 동시에 소리쳤다.

우거페이는 명을 따르겠다는 외침이었고, 당샤오보는 명을 반대하기 위한 외침이었다.

물론 반대는 받아들여지지 않았다.

잠시 뒤, 쟈오저우 주 군대 병사 3백여 명은 기세등등하게 저택을 포위했다. 원래 저택 밖을 포위하고 있던 수군 친위병과 궁수들은, 눈치만 보다가 당샤오보가 일단 명을 받아들이라는 말을 하자, 무기를 놓고 저택 뒤쪽의 큰 정원에 감금되었다.

그리고 주 군대 2백여 명은 자객을 쫓기 시작했다.

물론 판시엔은 알았다.

그들의 실력으로 자객을 ‘절대’ 잡을 수 없다.

판시엔은 아무도 모르게 한숨을 돌리고 있었다. 수군의 고위 장군들을 저택에 감금했으니, 첫 번째 고비는 넘은 셈이었다.

아무리 강한 군대도, 우두머리가 없으면 그 힘이 반감된다.

다음 순서는, 충신과 간신을 가려내는 일이었다.

판시엔은 당샤오보에게 물었다.

“부제독이 보기에, 이 일을 어떻게 처리하는 게 좋겠어?”

"네, 저는 20년 전 취엔저우 수군 선원이었습니다. 취엔저우 수군이 폐지되고, 3대 수군으로 재편된 뒤, 줄곧 쟈오저우 수군에 있었습니다."

판시엔도 당시 상황은 대충 알고 있었다. 태평별원 사건 후, 예씨 집안이 모반의 죄로 멸문지화를 당하고, 예씨 집안사람은 모두 축출되었다. 예씨 집안의 세력은 징두뿐 아니라 지방에도 뻗어 있었고, 심지어 군대도 예외는 아니었다.

그 일이 있고 4년 후, 황제와 쳔핑핑 그리고 판지엔은 피비린내 나는 반격과 복수를 단행했다. 당시 징두 귀족 중 3할은 숙청되었고, 막강한 권력을 가지고 있던 황후의 집안이 멸문지화를 당했다.

하지만 여전히, 예씨 집안의 처리 문제는 남아 있었다. 황실의 그 노부인과 관련 있을 수도, 아니면 천하의 안정과 관련된 문제일 수도 있었다. 예씨의 수상하고 억울한 죽음으로 인해, 예씨 세력이 반격하는 것을 막기 위해서, 경국의 조정은 예씨 집안사람들의 숙청이 필요했다.

경국의 안전과 안정을 위한, 불가피한 선택.

그래서 쳔핑핑, 판지엔도 암묵적으로 동의했다.

경여단의 예씨 지배인들은 오랜 시간 징두에 갇혔고, 조정과 군대의 남은 세력들은 모조리 제거되었다.

당시 취엔저우 수군은 내고 상품의 안전을 책임졌기 때문에 예칭메이의 개인 수군이라 해도 과언이 아니었다. 그래서 취엔저우 수군이 군대 내 숙청의 가장 첫 번째 표적이 되었다. 숙청과 암암리에 벌어진 권력 재편으로 인해 취엔저우 수군은 없어졌고, 대신 지금의 3대 수군으로 개편된 것이다.

판시엔은 그때 일을 떠올리면, 이해는 되지만, 마음속에서는 분노가 용솟음쳤다.

어쩔 수 없는 선택이었다 해도, 화가 나는 건 어쩔 수 없었다.

'피바람의 숙청에서 이 사람은 어떻게 살아남은 거지? 살아 남았다 해도, 과거를 잊고 조정의 일원이 되는 게 현실적이었을 텐데…… 어떻게 지금까지 신분을 속일 수 있었던 거지?'

판시엔이 직설적으로 이유를 묻자, 쉬마오차이는 솔직하게 말했다.

"저는 수군에 늦게 들어갔습니다. 아가씨께서는 저를 바다 위에서 2년 정도 단련시킨 뒤, 감사원에 보내실 생각이셨죠. 하지만 중간에 그 일이 터진 후, 감사원에 갈 수 없었고, 다만 운이 좋아 신분이 들키지 않고, 지금까지 연명할 수 있었습니다."

"그러니까, 장군이 예씨 집안사람인 것을 천 원장이 알았다면, 그가 장군을 군대 안에 머물러 있게 두지 않았을 거다?"

"그건 잘 모르겠습니다."

"그럼 아버지 쪽으로는 왜 안 갔지?"

"당시 일에 수상한 점이 많아 저는……아무도 믿을 수 없었습니다."

'그 누구도 믿을 수 없었다'라는 그의 말에는 원망과 실망감이 담겨 있었다. 당시 징두에서 피바람이 불 때, 예씨 집안을 위해 억울함을 호소하는 사람은, 단 한 명도 없었다 전해졌다.

그는 지금 천핑핑, 판지엔도 믿고 있지 못하는 듯 보였다.

"그럼에도 불구하고, 왜 지금 나에게 밝히는 거지?"

"아가씨의 유일한 혈육입니다. 도련님은 아가씨의 가업을 물려받아야 하고……복수도 하셔야 합니다. 제가 있는 힘껏 돕겠습니다."

판시엔은 그의 간곡한 말투에 점점 진지해지고 있었다.

"13년 전에 관련된 사람은……징두 피의 달에 모두 죽었다고 들었는데……복수? 누구에게 복수를 해?"

"그건, 도련님께서 알아보실 문제입니다."

만약 그의 말이 사실이라면, 엄청난 사람이었다. 그는 현재 수군의 고위 장군으로 충분히 편안한 삶을 보장받고 있었다. 그리고 그의 말에 따르면, 당시의 그는 갓 스물을 넘긴 청년이었다.

하지만 판시엔은 여전히 의심을 거두지 않았다.

"내가 왜 알아봐야 하지?"

"예씨 집안의 후손이지 않습니까?"

판시엔은 고개를 저었다.

"장군, 난 정말 장군을 대단한 사람이라 생각해. 그런데 한 가지 잊은 게 있어. 난 어머니의 아들이기도 하지만, 난 아버지의 아들이기도 해."

장군의 얼굴에 깨달음, 놀라움, 실망, 포기의 복잡한 감정이 스쳐 갔다.

"맞습니다. 도련님은 또한, 황제의 아들이십니다."

하지만 쉬마오차이는 기쁨이 더욱 앞섰다. 아가씨의 혈육을 찾았다는 사실 때문이다. 하지만 그는 동시에, 판시엔이 입막음을 위해 자신을 죽일 수도 있다고 생각하고 있었다.

판시엔은 뜻밖에 온화하게 물었다.

"내 말뜻은 이해한 듯 보이고, 이제 날 왜 찾아왔는지 말해줄 수 있을까?"

"도련님이 감사원을 장악하고 내고를 관리하는 방식이, 그 마음과 태도가……아가씨와 비슷하다는 생각이 들었습니다. 그래서 오늘 찾아와 뵙고 싶었습니다."

'이 사람의 직감이……어머니와 내 생각이 비슷하다는 걸 알 정도로 민감하다고?'

예칭메이와 판시엔.

둘 다 다른 세계에서 왔으니, 둘의 사고방식은 비슷할 수밖에.

하지만 이 부분은 쳔핑핑도, 판지엔도, 심지어 황제도 이해할 수 없는 부분이었다.

"홍챵청."

판시엔이 쉬마오차이에게 더 이상 질문을 하지 않고 감사원 관원 한 명을 불렀다. 들어온 이는 칭와. 판시엔은 이후를 생각해서 그에게 가명을 지어준 것이다.

"이 방에서 열 걸음 이내에, 아무도 접근하지 못하게 해."

홍챵청은 명을 받고 나갔다.

판시엔이 쉬마오차이를 그윽하게 바라보았다.

"자 그럼, 제 어머니와 장군의 관계를 이제 증명해 볼까요?"

쉬마오차이가 바로 알아듣고, 기다렸다는 듯이, 장화 속에서 무엇인가 조심스럽게 꺼내 건넸다.

판시엔은 그 물건을 본 순간, 하마터면 정신을 잃을 뻔했다.

'총알.'

그 상자에 대해 아는 사람은 단 두 사람. 판시엔과 우쥬.

쳔핑핑도, 심지어 황제도 찾고 있는 그 상자. 하지만 아무도 찾지 못한 그 상자.

판시엔은 취엔저우 해변에서, 곧 수군에 들어갈 젊은이가, 어머니의 보물을 받고 있는 장면이 눈앞에 그려졌다.

쉬마오차이의 신분은 '확실'했다.

판시엔은 겨우 정신을 차리고 물었다.

"이걸 어떻게 얻었지?"

"아가씨께서 해변에서 그것을 던지며 놀고 계셨는데, 제가 그것을 아까워하는 것을 보시고……."

20년 전 취엔저우 해변, 아름다운 여인이 무료했다. 그래서 M82A1 총알을 바다에 던져 물고기를 맞추며 놀았다. 옆에 있는 젊은이가 아까워하는 모습을 보고, 그녀는 웃었고, 아무 생각 없이, 그녀의 '장난감'을 하나 건넸다.

이것이 쉬마오차이가 총알을 얻게 된 배경이었다.

판시엔은 이 세상에서 없는 유선형 그리고 그 표면의 촉감을 손가락으로 느끼고 있었다.

'내가 여길 온 이유가, 어머니를 만나기 위한 것이었나?'

"좋아. 이 일은 다시 이야기하지. 지금 문제는 어떻게 해야 할까?"

"제가 진영에 있는 사람과 연락할 수 있습니다. 나설 사람이 필요하시다면, 제가 하겠습니다."

판시엔은 한참 고민하다, 끝내 고개를 저었다.

"직접 나서는 건 안 돼."

판시엔은 군대 내에 심어진 자신의 결정적인 패를, 고작 이 일에 사용할 수는 없었다.

쉬마오차이는 웃으며 두 손을 공손히 올렸다.

"대인, 너무 걱정 마십시오. 대인께서 이 일을 너무 어렵게 생각하시는 듯합니다. 대인께서 지금, 군대가 가진 조정에 대한 충성심이나, 군대 내 폐하의 영향력을 간과하고 계십니다."

쉬마오차이는 침착하게 설명을 이었다.

"일부 챵쿤 제독의 심복들이 나설 수는 있겠지요. 하지만 어차피 챵쿤 제독도 죽었고, 당샤오보도 체포되었습니다. 누가 얼마나 나서겠습니까? 양들이 늑대에게 대적하는 이유는, 양의 무리 안에 또 다른 늑대가 숨어 있기 때문입니다."

판시엔은 눈을 반짝였다.

"난 외부에서 온 늑대인데, 수군 안의 늑대들이 더 유리하지 않을까?"

"수군 내 늑대들은 움직일 수밖에 없겠지만, 수군의 관병들도 이미 현 상황을 알고 있습니다. 몇몇의 늑대들이 소란을 피우면, 대인께서는 죽이면 됩니다. 대세에 영향은 없습니다."

"죽여서 위엄을 세우라고? 그러면 양들이 피 냄새를 맡고 날뛰지 않을까?"

"말씀드렸지만, 이미 양들도 대세는 알고 있습니다. 그리고 양들은 원래, 피비린내를 풍겨야 위축시킬 수 있습니다. 말단 군인들은, 생각보다 겁이 많습니다."

쉬마오차이는 20년 전 취엔저우 수군이 숙청당할 때, 겁을 먹고 방관하고 있었던 이들을 떠올리고 있었다.

판시엔은 말없이 고개를 끄덕였다.

"다음 제독으로는 누가 부임합니까?"

"친이(秦易, 진이). 친형의 사촌 동생이지."

지금 징두 수비를 맡고 있는 친형은 친씨 집안을 이끌 인재였고, 판시엔과 사이도 나쁘지 않았다. 하지만 예상치 못하게, 쉬마오차이의 안색이 어두워졌다.

"폐하께서는 왜 친씨 집안을 감싸시는 겁니까? 예중의 예씨 집안이 지금 폐하의 총애를 좀 잃었다고는 하지만, 군대 내에는 두 가문만 있는 것은 아닙니다. 서쪽 정벌을 나선 몇몇 장군 집안도 있는데, 그들은 합당한 대우를 못 받고 있습니다."

"나도 사실 그건 잘 이해가 안 돼."

판시엔은 그의 표정을 보며 대충 장단을 맞춰주었지만, 사실 그 이유를 알고 있었다. 쟈오저우는 중요한 전략 요충지이니, 당연히 황제도 심복을 배치할 것이었다.

쉬마오차이는 여러 번 망설이다 이윽고 입을 열었다.

“친씨 집안은 그렇게 간단하지 않습니다.”

“무슨 말이지?”

“증거는 없지만, 수상한 점이 많습니다.”

쉬마오차이는 근심 어린 표정으로 말을 이었다.

“지금 쟈오저우 수군의 3인자도 친씨 집안사람입니다. 그 사람이 챵쿤이 한 일을 모를 리 없습니다. 그런데 왜 조정에 보고하지 않았을까요? 그가 친씨 집안에는 알렸다면, 친씨 집안은 왜 폐하께 알리지 않은 걸까요? 그 외에도, 수상한 점이 한둘이 아닙니다.”

“그러니까 장군이 여기 남아, 새로운 제독을 지켜봐야지. 그런데, 사실 난 친씨 집안이 폐하를 배신하지 않을 거라 믿어. 왜냐하면 그래서 좋을 일이 없잖아?”

쉬마오차이는 판시엔의 말에도 일리가 있다고 생각했다. 대황자는 금위군을, 예중 집안은 딩저우에서 눈치만 살피고 있으니, 앞으로 친씨 집안은 더 많은 기회가 있을 것이다. 그런 기회를 마다하고 왜 폐하를 배신하겠는가.

“이제 가서 일 봐. 항상 안전 조심하고, 내가 먼저 찾지 않으면, 어떤 일도 날 위해 먼저 나서진 마.”

쉬마오차이는 다시 한번 무릎을 꿇고 공손하게 절을 올린 후, 아무 말없이 몸을 돌려 나갔다.

진심이 느껴지는 절이었다.

그 무렵 동쪽에서는 이미 해가 떠오르기 시작했다.

밤새도록 성문을 지킨 주 군대 병사들이, 아침 일찍부터 쟈오저우성을 나가고 있는 한 무리의 뒷모습을 보고 있었다.

그 중앙에 판시엔. 그의 왼쪽에는 홍챵칭이 북위 황제의 검을 들고 있었고, 오른쪽에는 다른 감사원 관원이 황제의 성지를 들고 있었다.

쟈오저우 관아 관리들과 수군 고위 장군 몇 사람이 그 무리의 뒤를 따르고 있었는데, 표정에서는 아무 감정을 찾을 수 없었고, 다만 밤을 새워서 그런지 기력만 없어 보였다.

수군의 연병장 단상 위, 판시엔이 침착한 얼굴로 의자에 앉아, 아래에 서 있는 관병들을 보고 있었다. 그들의 얼굴엔 흥분, 분노 그리고 두려움이 뒤섞여 있었다.

'조정에서 감사원 제사를 보낸 이유가 뭐지? 그리고 챵쿤 제독과 당샤오보 부제독은 왜 안 나타나지? 소문이 사실인가?'

판시엔은 두렵지는 않았지만, 실로 만 명 가까운 인원수에 약간은 압도당하는 느낌이었다.

판시엔은 품에서 종이를 꺼냈다. 동해 섬 일에 참여한 고위 장군의 자백이 적힌 종이였다. 당샤오보는 부제독답게 결연한 의지를 가지고 기절은 했지만 입을 열지는 않았다.

다만, 세상에 그런 사람은 그렇게 많지 않았다.

고위 장군 하나가 나와 당샤오보의 죄상을 읽어 내려가고 있었다. 그 사람은 쟈오저우 수군의 3인자, 친씨 집안사람이었는데, 판시엔은 쉬마오차이와의 대화 후 노골적으로 그에게 나서 줄 것을 요청하였다.

관병들이 술렁이기 시작했다.

몇몇의 교관들은 불안한 기색을 보였다.

"본관은 폐하의 명을 받고 이곳에 온 판시엔이라고 합니다."

판시엔은 관병들을 한번 훑어보고 말을 이었다.

"챵쿤 제독은, 어젯밤에 자객에게 피살되었습니다."

관병들은 더욱 술렁대고 중간중간 탄식이 흘러나왔다.

"챵 제독은 나라의 기둥이었고, 폐하께서도 제독의 공과 충성심을 높게 평가했습니다."

상황을 알고 있는 세 명을 제외한 나머지 장군들은 모두 의아했다.

'챵 제독을 조사하러 온 것 아니었나? 왜 갑자기 공을 치하하지?'

"그런 챵 제독을, 어떤 극악무도한 무리가 암살했단 말입니까?!"

판시엔은 챵 제독을 욕할 수 없었다.

그것은 경국과 폐하의 체면이었다.

1품 관리이자 황제의 심복인 챵 제독이 상인, 해적, 심지어 동이성과 내통했다는 사실을, 경국 조정과 황제는 어떤 일이 있어도 인정할 수 없었다.

정치일 뿐.

"본관이 쟈오저우에 온 것도, 제독 대인에게 상황을 설명하고, 수군이 해적 등과 결탁한 일을 조사하기 위해서입니다. 하지만 본관이 도착했을 때, 제독 대인은 이미 죽어 있었습니다. 감히 누가 이런 일을 할 수 있단 말입니까?!"

물론 모두가 이 말을 믿었던 것은 아니었다. 챵쿤과 당샤오보의 심복들은, 그의 말을 믿을 수가 없었다. 동요하던 군사들 사이 누군가 큰 소리로 외쳤다.

"당 장군은 왜 안 보이십니까?!"

또 다른 이가 외쳤다.

"해적과 결탁했다는 증거가 어디 있습니까?!"

이때 쉬마오차이는, 단상 아래 있는 자신의 심복에게 눈짓을 보냈다. 심복이 큰 소리로 외쳤다.

"제독 대인의 복수를 해야 합니다! 그 개자식을 죽여야 합니다!"

그 개자식은 누구인가? 만 명이 넘는 수군의 병사들은 아무도 몰랐다. 하지만, 상사의 죽음에 분통해 모두들 소리치고 있었다.

바다를 울리고, 하늘을 찢을 만큼 우렁찬 외침이었다.

쉬마오차이는 흡족한 미소를 짓고 있었다.

판시엔은 양손을 들고 주의를 집중시켰다.

“그 잔악한 무리가 어젯밤에 체포되었습니다. 사건 조사가 끝난 뒤, 법에 따라 처벌하여, 제독 대인의 영혼을 위로할 것입니다.”

“누구입니까?!”

똑똑한 수군 관병 몇몇은, 단상 위에 올라가 있는 고위 장군들의 수가 예전보다 줄어든 것을 눈치챘다.

당샤오보의 이름이 가장 먼저 불렸다. 그 이후로 이름이 계속 불리는 도중, 온몸이 피로 물든, 고위 장군 다섯이 단상 위로 끌려 올라왔다.

홍챵칭과 안색이 좋지 않은 고위 장군들이 걸어 나와 그들 뒤에서 서서 검을 뽑아 들었다.

‘슥슥슥슥!’

네 번의 소리와 함께, 네 명의 목이 떨어졌다.

떨어져 나간 머리가 단상 위를 굴러다녔고, 피가 사방으로 분출되었다. 머리를 잃은 수군 고위 장군들의 몸이, 단상 위에서 몇 번 경련을 일으키다, 이내 모두 잠잠해졌다.

다섯 명 중 유일한 생존자, 당샤오보.

판시엔은 그를 바라보며 말했다.

“여러분의 염원대로, 주모자 당샤오보를 죽여야겠지만, 그럴 수는 없습니다. 징두로 압송해서, 능지처참 형을 내려, 제독 대인이 편히 눈을 감을 수 있도록 해야 할 것입니다!”

관병들은 판시엔의 말을 모두 믿을 수는 없었다. 무슨 이득이 있어 당샤오보가 창쿤 제독을 죽이겠는가. 하지만 그들은 흠차 대인을 죽이고 산적 패가 되어 천하를 적으로 삼을 배짱도 없었다. 혈기가 있다고 꼭 야만적이거나 아무 생각이 없는 것은 아니다.

단상 아래 만여 명의 관병들은 그렇게, 입을 다물고 침묵했다.

"어젯밤, 수군의 몇몇 사람들은, 당샤오보의 비밀 명령을 받아, 군대를 동원해 쟈오저우 성을 공격하려 했습니다. 그것은 명백한 모반 행위입니다."

이 말이 떨어지기 무섭게, 폭풍우가 몰아치는 것처럼, 거센 말발굽 소리가 들렸다.

검은 갑옷을 두른 기병들이, 산 언덕을 빠른 속도로 내려오고 있었다. 이들은 허리에 검을 차고, 철궁은 안장에 달고, 한 손은 말고삐를, 다른 한 손에는 마대 자루를 들고 있었다. 그들이 수군 진영 앞에 도달하자, 연병장에는 자욱한 먼지와 모래바람이 일어, 앞이 보이지 않았다.

1백여 명의 흑기병이 단상에 올라 판시엔에게 예를 올린 뒤, 손에 들고 있던 마대 자루를 바닥에 던졌다. 단상 앞에는 작은 산 두 개가 생겼다.

마대 안에는 모두, 사람의 머리가 들어가 있었다.

얼굴이 피범벅이 되었거나, 코나 귀가 잘렸거나, 머리가 쪼개진 백 개의 머리들이, 마대 안에서 데구루루 굴러 아래로 떨어졌다.

"이것이 어젯밤, 쟈오저우를 피바다로 만들려고 한, 반란군들의 머리입니다. 하지만, 이제 저는 이들 반란군의 주도자를 찾아내, 재산을 몰수시키고 그 일족을 참수할 것입니다."

판시엔은 아래 관병들의 눈을 하나하나 바라보며 말했다.

"열일곱 명, 아니, 열일곱의 개새끼를 찾아 낼 겁니다. 조정의 봉록을 받아, 자신의 흉악한 야심을 기른 개새끼들!"

단상 위, 수군의 3인자의 호명에 따라, 연병장에는 열입곱 개의

둥근 원이 생겼다.

흑기병이 인파를 뚫고 들어와, 한 원당 세 명이 둘러쌌다.

그들은 발악했지만, 그럴수록 고통만 더 심해질 뿐이었다.

판시엔은 그제서야 손을 휘휘 젓고 감사원 부하들에게 이후 일을 명한 후 의자로 돌아가 앉았다.

성지를 받을 시간이었다.

"황제가 천명을 받아……."

판시엔은 성지의 내용도 듣지 않고, 바닥에 무릎을 꿇고 일제히 환호하며 만세 삼창을 하고 있는 병사들을 유심히 바라보고 있었다.

'봉록이라도 올라간 거야?'

쟈오저우 수군 소식이 징두에 전해진 것은 그로부터 15일 후.

홍쥬는 종종걸음으로 궁으로 들어가 황후의 귓가에 대고 소식을 전했다.

홍쥬는 동궁에 들어온 후 황후의 신임은 얻었지만, 태자는 여전히 그를 반신반의했다. 어린태감이 속에서 화가 올라오는지, 얼굴에 여드름이 나고 코피를 자주 흘렸기 때문이다.

황후는 홍쥬의 말을 듣고 조용히 말했다.

"그런 큰일을 어떻게 3사의 비준 없이, 감사원 한 곳에서 조사할 수가 있지?"

황후는 이 일이 장 공주와 관련 있다 직감했다.

"장 공주에게 가서 상황을 엿듣고 와."

그녀는 자신의 추측대로, 판시엔이 쟈오저우 수군에 가서 장 공주의 수족을 자른 것이라면, 장 공주는 미쳐버렸을 것이라 생각했다.

그리고 너무 많은 것이 의심스러웠다.

'부제독이 제독을 암살해? 판시엔이 쟈오저우를 간 날 자객이 온

게, 정말 우연이라고? 쟈오저우 수군이 해적과 결탁한 걸, 챵 제독이 몰랐다고?'

황후뿐 아니라 조정의 모든 대신들이 이 점을 의심했다. 또 가재는 게편이라고, 군대 측에서는 반대 의견도 몇 있었다.

하지만 의심과 반대를 입 밖으로 내는 사람은 아무도 없었다. 황제는 챵쿤의 장례를 성대히 치러 주고 집안에 하사품도 후하게 내리며 그의 죽음을 애통해 했지만 모든 사람들은 알고 있었다.

황제는, 사실, 챵쿤의 죽음을, 기뻐하고 있다는 것을.

진원에서 요양을 하던 쳔핑핑도, 쟈오저우 사건 이후 세 번에 걸친 황제의 성지를 받은 후, 회색의 정방형 건물에 돌아왔다. 감사원의 음침한 밀실 안에서 쳔핑핑은 하품을 하고 있었다.

"그깟 일로 나를 꼭 귀찮게 해야 하나?"

오늘 페이지에는 약초를 캐러 가지 않고 쳔핑핑 옆에 앉아 있었다.

"판시엔이 소동을 일으킬 때마다, 폐하께서는 그를 더욱 좋아하시지만, 황실의 다른 이들은 더욱 그를 두려워하고 있는데……사달이라도 날까 걱정되네요."

"태자가 바보인가?"

쳔핑핑은 갑자기 웃었다.

"아니지, 바보이긴 하지. 그렇지 않다면, 그 미치광이 여자와 다시 손잡지 않았겠지."

"장 공주가 미치긴 했지만, 제법 실력은 있습니다. 그리고 그건, 대인의 계획 아닌가요?"

"태자가 담이 작아서, 우리가 도와줘야 해."

"하지만 그 일은……멸문지화를 당할 일입니다. 저는 아내도, 자식도 없지만, 대인은 먼 친척이라도 있지 않나요?"

"자네는 판시엔이 징두에 돌아오면, 뭐라고 변명할 지나 준비해 둬. 자네가 준 약 때문에, 린 군주가 아이를 가질 수 없다는 걸 판시엔이 알면, 자네를 찢어 죽일 수도 있어."

페이지에는 발끈했다.

"그래도 폐병이 좋아지지 않았나요? 그리고 그놈이 설마 스승을 그렇게 하겠어요?"

"그거야 모르지. 서신에는 원망이 상당하던데……."

페이지에도 항상 이 문제가 마음에 걸렸기에 겸연쩍게 대답했다.

"최근에 여종을 첩으로 들였고, 하이탕도 있고……성녀야 몸이 건강하니, 아이는……."

"하이탕이 씨받이인가? 쿠허 일파가 그 말을 듣지 않은 것을 다행으로 생각해."

천핑핑은 웃으며 농담조로 말했지만, 페이지에는 전혀 웃기지 않았다.

"쟈오저우 일은 어떻게 생각하세요?"

"뭘 어떻게 생각해. 그 애에게 그림자, 흑기병, 아니지 감사원 전권을 줬는데……그놈은 나에게 이런 쓰레기 같은 결과를 가져 왔어!"

천핑핑은 고개를 절레절레 저었다.

"쓸모 없는 놈. 옌빙윈이 없으니, 바보가 되어 버렸어. 그래도 운은 참 좋아. 최악의 사태는 피해가고 있으니……."

천핑핑은 의자를 밀고 창가로 가 습관처럼 창문의 장막을 살짝 들어 올렸다. 멀리 황궁의 황금색 처마를 바라보다 무심하게 명했다.

"옌빙윈을 불러주게."

페이지에가 나가고, 곧이어 4처의 수장, 옌빙윈이 들어왔다.

옌빙윈이 북제에서 돌아온 지도 벌써 1년이 다 되어갔다. 상처는 대부분 치료되었고, 몸도, 마음도 거의 회복되었다. 침착하고 냉정한 일 처리로 경국 조정에서는 중요한 인물로 떠올랐고, 고관 대작들이 탐내고 있는 사윗감이었지만, 감사원 관원이기에 대중적인 지명도는 그렇게 높지 않았다.

옌빙윈은 쳔핑핑에게 예를 올리고 최근 감사원의 업무를 보고했다. 쳔핑핑은 진원에서 대부분의 생활을 보내고, 판시엔도 감사원에 없었기 때문에, 지금 감사원의 일상적인 업무는 옌빙윈이 총괄하고 있었다.

"판시엔이 사전에 너에게 연락을 했었나?"

"시간이 촉박해서, 감사원에서는 황실의 의견을 제사 대인에게 전달하는 일만 했습니다. 구체적인 실행 방법은, 모두 제사 대인 혼자서 계획해서 진행하셨습니다."

쳔핑핑은 고개를 끄덕였는데 갑자기 뜬금없는 질문을 했다.

"네 혼사는 어떻게 진행되고 있느냐? 며칠 전에 네 부친이 와서, 내 의견을 묻긴 했는데, 일이 만만치 않겠던데……."

옌빙윈은 아무 대답을 하지 않았다. 션씨 아가씨의 일은, 옌빙윈이 북제 사람과 결혼하는 일은, 이리저리 복잡한 일이었다.

"일단 미루도록 해. 네가 직접 친왕 집안으로 가 의사를 묻고, 그녀에게 미뤄 달라 부탁을 해."

친왕 집안의 그녀는 화친왕 대황자의 그녀, 북제 공주를 말했다. 그녀는 나름 태후의 귀여움을 받고 있었다.

하지만 옌빙윈은 대답을 하지 않았다.

"판시엔이 징두로 돌아오면 의견을 물어봐."

쳔핑핑은 갑자기 웃음이 터졌다.

"그놈은 한번 파혼시켜 본 경험이 있으니, 방법이 있을 수도 있지 않겠어?"

쳔핑핑은 그때 생각에 판시엔이 정말 제멋대로다 생각하고 고개를 저으며 말했다.

"너에게 1처를 맡길 생각이야."

옌빙윈은 놀랐지만, 대꾸는 하지 않았다.

"판시엔이 감사원 일에, 너무 마음을 쓰게 해서는 안 돼. 그리고 왕치니엔은 판시엔을 절대 떨어지려 하지 않을 테니, 1처 처장을 맡으려 하지 않을 거야. 네가 후임 4처 처장이나 잘 물색해 놔."

옌빙윈은 말없이 고개를 끄덕였다.

"내가 물러나면, 네가 판시엔을 도와야 해. 판시엔이 원장이 되면, 네가 제사로서 그를 도와, 세세한 업무를 맡아 줘야 한다는 뜻이야."

옌빙윈은 반 무릎을 꿇고 두 손을 앞으로 모았다.

"네, 알겠습니다."

쳔핑핑은 그 모습을 바라보다 천천히 입을 열었다.

"천하의 사람들은 모두, 판시엔이 감사원 이래 첫 번째 제사라고 생각하지. 하지만 너도 아버지 덕택에 알고 있겠지. 넌, 감사원의 '세 번째' 제사야. 제사는 명예롭지만, 위험한 자리라는 것을 꼭 기억해."

옌빙윈은 어깨가 무거워졌다.

"감사원에 제사가 처음 등장한 이유는, 나를 감시감독 하기 위함이었어. 첫 번째 제사는, 능력 있는 사람이었지만, 평상시에 어떤 업무에도 관여하지는 않았지. 그건 지금도 마찬가지야. 나중에 그를 만날 기회가 온다면, 그가 무슨 일을 지시하든, 그가 시키는 대로 해야 해."

옌빙윈은 머뭇머뭇하다 조심스럽게 질문을 했다.

"그 지시가, 폐하의 뜻과 반대되면……?"

쳔핑핑이 눈빛이, 벼랑 끝의 늙은 매처럼, 날카롭게 빛났다.

당샤오보는 심복이 성문이 닫히기 전에 수군 진영에 도착할 수 있을까 고민하던 중, 갑작스러운 질문에 당황하며 대답했다.

"제독 대인께서 화를 당하셨으니, 판 대인의 지시를 따라야겠지요. 그리고……사안이 중대하니, 시급히 징두에 보고해야 할 것 같습니다."

판시엔은 그가 하는 말의 의미를 알고 있었다.

'제법 똑똑하긴 하네. 미리 알았다면, 호우지창을 보내는 대신, 그냥 이놈을 내 사람으로 만들어 일을 진행할걸.'

"그렇지. 폐하께 알려야겠지. 다만……."

그는 시선을 모든 사람에게 돌리며 큰 소리로 말했다.

"제독 암살 소식이 외부에 알려지면, 큰 혼란이 올 거네. 조정의 체면은 말할 것도 없고, 국경의 안전도 문제가 될 거네. 그러니 '감사원의 비밀 통로'를 통해, 조정에 이 일을 알리겠네."

판시엔은 매서운 눈초리로 말을 이었다.

"만약, 3일 내에, 쟈오저우 민간에서 오늘 상황이 밖으로 알려지거나, 안 좋은 소문이 퍼진다면, 그때는 본관이 가만히 있지 않겠네!"

판시엔의 말에 일리가 있었기에 수군 고위 장군들은 고개를 끄덕였다.

당샤오보만이 똥 마려운 개새끼처럼 '끙끙'대며, 장군과 심복들에게 동의하면 안 된다고 연신 눈짓을 보내고 있었다.

판시엔의 말이 받아들여지면, 소식이 외부에 알려지지 않으면, 지금 저택에 있는 이들은, 말 그대로 '독 안에 든 쥐' 였다.

판시엔은 이 일을, 조심조심, 비밀에 만전을 기하며 진행해 왔었다.

쟈오저우 수군이 군산회, 장 공주와 연결되어 있었기에, 최대한 조심했다. 그래서 흑기병과 그림자만 데리고 왔고, 그가 딴저우로 가는 길에 몰래 빠져나온 것이었다.

장 공주가 미리 눈치를 챘다면, 쟈오저우 수군을 깨끗이 숙청할 수 없었다.

그렇다. 그가 하려고 하는 것은 '숙청'이었다.

당샤오보가 이 사건을 타개할 방법을 고민할 새도 없이 판시엔은 말을 이었다.

"오늘 밤에 일어난 일은……정말……."

안타까워하는 말에, 안타까워하는 기색은 없었다.

"여기 있는 사람 중, 이 사건과 관련이 없다고 할 수 있는 사람은 없네. 그러니 섭섭해하지 말고, 이틀 동안 여기 같이 머무르며, 상황을 면밀히 조사한 후에 다시 의논하세."

이 말은, 모두 '감금'되었다는 뜻이었다.

그리고 판시엔은 우거페이에게 몇 가지 주의 사항을 전달한 후, 그와 함께 수군의 주요 인물들을 데리고 저택 뒤쪽에 있는 의사방(議事房)으로 향했다. 의사방도 일종의 서재였으나, 서재보다는 면적이 크고, 지나치게 화려해 보였다.

"원래 본관은, 챵쿤 대인에게 보내는, 폐하의 비밀 성지를 가지고 왔네."

판시엔은 한숨을 쉬며 품에서 편지를 꺼냈다.

"챵쿤 대인이 화를 당했으니, 여기서 읽을 수밖에 없네."

당샤오보는 너무 더워서 그런 건지, 상사의 죽음 때문인지, 피곤한 탓인지, 온몸에 힘이 빠지며 계속해서 식은땀을 흘리고 있었다.

주지사 우거페이가 성지를 듣기 위해 무릎을 꿇자, 하나둘씩 일어나 무릎을 꿇기 시작했다.

챵쿤, 자네를 본 지도 2년이 흘렀네. 짐이 요즘 자네 때문에, 마음이 편치

않아. 짐이 판시엔을 대신 보내, 자네에게 세 가지만 묻겠네.

첫 번째, 자네가 경제적으로 궁핍한가 궁금하네. 내가 자네에게 봉록을 적게 주었나, 아니면 하사한 징두 저택이 너무 작은 건가. 두 번째, 자네가 노망이 든 건 아닌지 궁금하네. 그렇지 않다면, 북벌에 나설 때 그렇게 총명하던 자네가, 이렇게 멍청해질 수 있는 건가. 세 번째……

판시엔은 잠시 말을 멈추고 다시 한번 한숨을 내쉬었다. 그도 황제의 분노와 깊은 실망을 느낄 수 있었기 때문이다. 사실 황제가 단순히 그를 죽이지 않고 이 밀서를 보낸 것은, 챵쿤에게 분노와 실망을 표하며 꾸짖기 위함이었다. 안타깝게도 판시엔은, 황제의 그 바람만은 충족시키지 못했다.

판시엔은 정신을 가다듬고, 이어서 읽어 내려갔다.

……자네의 마음이 다른 곳에 가 있는지 궁금하네. 이 세 가지 질문에 답을 하지 못한다면, 판시엔에게 자네의 시체를 북쪽 황야로 싣고 가, 들개의 먹이로 주라 명할 거네.

서재 안은 한겨울처럼 싸늘해졌다.

영문을 모르는 수군의 고위 장군 세 명은, 하얗게 질린 얼굴로 머리를 연신 바닥에 조아렸지만, 해명할 엄두를 내지 못했다. 당샤오보의 등에는 여전히 식은땀이 줄줄 흘렀고, 밀서에서 전해진 살기로 오금이 저려왔다.

한 장짜리 밀서였지만, 천자의 분노가 담겨 있었다.

"이제 알겠나? 본관이 여기 온 이유를. 다만 사건을 조사하기도 전에 챵쿤 대인이 그만……."

당샤오보가 이를 한번 '악' 물고 일어났다.

"하관, 실례를 무릅쓰고, 제사 대인께 묻고 싶은 게 있습니다. 오늘 조사하려던 사건이 무엇입니까? 항상 나라를 지키느라 희생하신 챵쿤 대인이 무슨 죄를 지으셨다는 건지……하관은 도무지 이해가 되지 않습니다. 혹시 이곳이 징두와 너무 멀어, 간사한 무리들이 폐하를 속인 것은 아닌지……."

"무슨 죄를 지었는지 묻는 거야?"

판시엔의 눈빛이 섬뜩하게 변했다.

"동이성과 몰래 결탁한 게 죄가 아니야?! 나라를 지켜야 할 수군이, 내고의 밀수를 비호한 건 죄가 아니야?! 강남 상인들과 결탁해, 경국의 군대를 사사로이 움직인 게, 죄가 아니란 말이야?!"

판시엔은 숨을 한번 고르고 차분히 말을 이었다.

"증거를 없애기 위해, 수군을 동원해서 섬에 있는 사람들을 모두 죽였지……쟈오저우 수군은 용맹하다 못해, 무모한 거지. 이게 죄가 안 된다고 생각하나?"

판시엔의 시선은 여전히 바닥에 엎드린 네 명 중 세 명의 수군 고위 장군들에게 향해 있었다. 당샤오보는 억울하다는 표정이었지만, 나머지 둘은 그렇지 않았다. 한 명은 잔뜩 주눅이 들어 있었고, 한 명은 전혀 모른다는 표정이었다.

'그래 한번 보자. 누가 연관되어 있는지.'

당샤오보가 작심한 듯 크게 소리쳤다.

"모함만으로 죽을 수는 없습니다!"

"증거를 대란 말이야? 아직 조사도 안 했는데, 어찌 증거를 대겠어? 걱정 마. 나도 무턱대고 죄를 뒤집어씌워 죽이진 않아."

당샤오보는 그의 말에 오히려 섬뜩해졌다.

"수군 사람은 오늘 밤에는 성에 들어올 수 없으니, 오늘 밤에 내가 자백을 받아 낼 것이야."

"대인께서 지금 무고한 사람들을……고문하시겠다는 겁니까? 그랬다간……."

"그랬다간? 군대가 들고 일어난다고? 네가 과연 그런 능력이 되는지 보고 싶네."

판시엔의 목소리는 침착했다. 하지만 속으로는 그 일을 여전히 걱정하고 있었다. 4백 명의 흑기병들이, 그를 위해 충분히 시간을 벌어주고 있는지도 궁금했다.

쟈오저우 수군을 깔끔하게 처리하기 위해서는, 첫 번째, 고위 장군들의 자백을 받아내고, 두 번째, 충신을 찾아 성 밖에 있는 수만 명의 수군 병사들을 진정시켜야 했기 때문이다.

이것은 정말, 어려운 문제였다.

당샤오보는 그제서야 판시엔의 의도를 알아차린 듯 사나운 목소리로 말했다.

"넌 사건을 조사하러 온 게 아니라, 우리를 죽이러 왔군."

"몇 년간 저지른 죄의 값을, 오늘 받는다고 하는 편이 나을 듯싶은데."

당샤오보는 절망했다. 그는 마지막 도박을 준비하고 있었다.

판시엔은 그의 생각을 읽은 듯 나지막이 말했다.

"쓸데없는 짓 하면, 그건 정말 모반으로 간주할 거야."

"아무리 9품 고수고, 황제의 아들이라 하지만……!"

이 말과 함께 당샤오보는 손을 뻗었다!

판시엔을 진짜 공격한 사람은, 겁에 질린 표정으로 바닥에 엎드려 있던, 그 장군이었다!

그는 직도를 손에 쥐고, 우레와 같은 고함을 지르며, 판시엔의 목을 향해 검을 휘둘렀다!

당샤오보는 모두의 예상을 깨고, 몸을 돌려 방문을 향해 달렸다!

판시엔은 침착하게 날아오는 검을 바라보고 있었다.

손가락 하나로 장군의 손목을 '톡' 건드리자, 그의 왼손이 흐트러지며, 검이 옆의 책상을 내려쳤다. 두꺼운 책상이 산산조각날 정도로, 엄청난 위력의 공격이었다. 나무 파편이 사방으로 튀었고, 판시엔은 재빨리 그의 손에서 검을 빼앗았다.

판시엔을 공격한 장군은, 붉은 피를 흘리며, 바닥에 쓰러져 있었다. 이미 양쪽 어깨가 부서지고, 머리에도 심각한 상처를 입은 듯 보였다.

'급습이 이렇게 쉽게 막힌 이유가 뭐지? 오늘 밤에 마신 술에 문제가 있었나?'

판시엔은 그를 신경도 쓰지 않은 채, 남아 있는 우거페이와 다른 한 장군을 향해 말했다.

"봤지? 내가 조사하려 하니까, 당샤오보는 도망갔고, 그의 수하를 시켜 날 암살하려 한 거야."

꿈보다 해몽.

우거페이가 간신히 고개를 끄덕이자, 판시엔은 흡족한 얼굴로, 빼앗은 검을 그를 공격한 장군의 가슴에 '푹' 찔러 넣었다.

'윽.'

그렇게, 죽었다.

판시엔이 우거페이와 다른 장군 하나를 데리고 밖으로 나가자, 정원에서는 예상치 못한 광경이 펼쳐지고 있었다. 당샤오보의 설득에 남은 장군들과 병사들이 모여 살기 어린 눈빛으로 판시엔을 쳐다보고 있었던 것이다.

몇몇의 장군들은 당샤오보의 말을 반신반의했다. 심지어 오늘 판시엔은 제독 대인을 구하려다 부상도 입었기 때문이다. 하지만 챵쿤과 당샤오보의 심복들은, 이런 분명치 않은 상황에서도, 여전히 손에 무기를 들고 당샤오보의 뒤를 따르고 있었다.

그들은 병사들을 이끌고, 쟈오저우 주 군대와 대치하고 있었다.

모두가 긴장한 가운데, 판시엔만 평온한 모습이었다.

"모반이야?"

당샤오보가 소리쳤다.

"저놈이다! 저놈이 제독 대인을 죽였다!"

판시엔은 그를 보며 침착하게 말했다.

"넌 제독 대인이 죽은 이유를 정확히 알고 있네? 맞아, 자객이 아니라 내가 죽였어."

사람들은 흥분하기보다는, 웅성거리기 시작했다. 일부의 장군들은 분노에 찬 눈빛으로 그를 노려보기 시작했다.

"나라를 배반하고, 반역을 꾀한 챵쿤이 자살을 하지 않는다면, 누군가는 죽여야 하지 않겠어? 근데 당샤오보, 너도 그 죄에 동조한 건가? 그래서 이렇게 모반까지 꾀하는 거야?"

"또 그 말인가?"

하지만 다른 이들에게 '반역'이라는 말은 가슴에 꽂혔다.

'제독 대인이 반역을 꾀했다고?'

"증거가 필요하다 했지? 그럼 한번 묻자. 3월과 4월에 수군의 함대와 군사가 출항한 적이 있었지?"

"바다에 나가 해적을 체포하는 일은 수군의 주된 임무야."

"해적을 체포했다고? 추밀원에는 왜 보고하지 않았지? 보고도 하지 않고, 조정의 뜻을 거스르고, 군대를 움직인다. 이게 반역이 아니야?"

"증거를 대!"

"정말 천하를 속일 수 있다고 생각하는 거야?"

판시엔은 한심하다는 듯 그를 바라보며 훈계하듯 말했다.

"그날 동원되었던 관병 중에 죄책감을 가진 이도 있을 것이고, 입이 무겁지 않은 사람도 있을 거야. 진실이라는 것은 그렇게 쉽게 감출 수 있는 게 아니야. 내가 조사를 못 해낼 것 같아? 그리고 난 이미 증인도 데리고 있어. 근데 넌 지금 뭐 하려는 거지?"

이쯤 되니, 당샤오보는 물러날 곳이 없었다.

"넌 모함하려는 게 아니라……우리를 모두 죽일 셈이구나……."

이어서 그는 몸을 돌려 크게 소리쳤다.

"형제들! 감사원이 제독 대인을 죽이고, 우리도 모두 죽이려 한다! 모두 싸웁시다!"

판시엔은 여전히 침착하게, 저택 안은 관심 없고 성 밖이 조용한 것을 보니 안심이 되는 듯, 고개를 돌려 말했다.

"우 주지사. 조정이 지금 널 지켜보고 있어."

주지사는 순간 놀랐지만, 그동안 수군에게 당한 설움이 욕심과 함께 뒤섞여, 없던 용기가 솟구치며 외쳤다.

"주 군대는 어디 있는가?! 수군들을 막아라!"

한바탕 검과 주먹이 오가고 수십 명의 사상자가 발생했지만, 압도적으로 수가 많은 주 군대는 힘겹게 진압에 성공하였다. 하지만 여전히 당샤오보와 몇몇의 수군 장군들은 검을 거두지 않았다.

너 죽고 나 죽자는, 사생결단의 각오였다.

뒤가 없는 그들의 공격은 맹렬하고 신속했다.

하지만 그들이 진기를 폭발시키자 모두 가슴이 답답해지며, 판시엔에게 다가가지도 못하고 힘없이 바닥에 주저앉았다.

당샤오보는 그 사이 우거페이를 인질로 삼으려 했지만, 그 역시 진기를 운용하자마자 명치가 답답해지며 온몸에 힘이 빠졌다.

'미약인가?!'

그때, 어디선가 단도가 날아들며 당샤오보의 가슴을 찔렀다. 그는 격렬한 통증에 새우처럼 등을 구부린 후 힘없이 고꾸라졌다.

판시엔과 같이 온 감사원 밀정 일곱 중 마지막에 서 있던 이가, 손에 피 묻은 단도를 쥐고서 판시엔에게 말없이 예를 올렸다.

판시엔은 당샤오보를 보며 말했다.

"이 관원의 이름은 칭와라고 해. 그 섬에서의 유일한 생존자지. 이제 알겠어?"

당샤오보는 마침내 절망했다.

칭와는 약간 붉어진 눈시울로 판시엔에게 다시 한번 예를 올리고, 우 주지사 뒤로 물러났다.

이렇게 저택에서의 일은 한숨을 돌렸다.

이제 성 밖의 수군을 진정시키는 일만 남아있었다. 황제가 쟈오저우 수군 1만 명을 모두 죽이라고 명하지 않았고, 판시엔도 그럴 능력은 없었기에, 그들을 '진정'시켜야 했다.

수군 고위 장군 중, 충신이 필요했다.

판시엔은 이 장면을 바라보고 있던 수군의 고위 장군들에게 간곡하게 말했다.

"남은 장군들이 수고를 좀 해야겠네. 이 사건의 주동자들은 다 처리되었지만, 해야 할 중요한 일이 하나 남았는데, 누가 먼저 본관과 허심탄회하게 대화를 하겠나?"

그들의 눈에는, 두려움, 분노, 무기력함이 섞여 있었다.

그리고 자신들을 지켜보는 수군 병사들을 생각하고 있었다. 제독과 부제독이 죽은 지금, 판시엔과 협상을 한다는 것은, 자칫 잘못하면 군에서의 명성에 금이 갈 수 있었다.

그래서 아무도 나서지 않았다.

판시엔은 급했지만, 급하지 않은 듯 말했다.

"그럼 일단, 방에 돌아가 쉬고 있어. 내가 찾아갈게."

판시엔은 시선은, 황제의 성지를 같이 들었던 마지막 한 장군을 향하고 있었다. 그는 군대에서 3인자였다.

'누구를 믿어야 하는가…….'

판시엔은 옌빙윈이 절절히 그리워졌다. 하지만 없었다.

판시엔은 방의 돌 탁자를 가볍게 두드리고 있던 손가락을 멈추었다. 그리고 결심이 선 듯, 옆에 있던 칭와에게 손짓으로 지시를 내렸다.

칭와는 굳은 표정으로 나갔고, 얼마 지나지 않아, 저택 뒤의 창고에서 처참한 비명 소리가 들렸다. 인두로 살을 지지는 소리, 뼈가 부서지는 소리…….

우거페이의 안색이 어두워졌다.

"대인, 이렇게까지 하는 건……."

판시엔은 그가 하려던 말이 무엇인지 알았다. 무자비하게 나가면, 수군 장군들이 반발할 수 있다는 뜻이었다.

하지만 그것이 바로, 판시엔이 원하는 바였다.

폭력과 굴욕을 통해, 그들의 상태를 끝까지 몰고 가면, 그들의 진정한 심리가 무의식적으로 표출될 것이다.

오랜 시간이 필요하지 않았다. 장군들 몇이 방안을 뛰쳐나와 분노한 눈빛으로 판시엔을 노려봤다.

판시엔은 심드렁한 얼굴로 물었다.

"아직 안 잤어? 쉬라니까. 뭐 할 말 있어?"

이때, 저택 밖에서 시끄러운 소리가 들렸다.

판시엔의 신경이 곤두섰다.

"뭐야?!"

우거페이가 식은땀을 흘리며 부하에게 지시를 내리자, 황급히 뛰어나간 부하가 곧 소식을 전했다.

"장군들의 가족들입니다……."

판시엔은 잠시 생각하다 불쑥 입을 열었다.

"가족들이 왔으니……일단 돌아가."

'갑자기?'

"내가 장군들과 허심탄회하게 대화를 하고 싶긴 하지만, 장군들이 사랑하는 부인들에게까지 미움을 받고 싶지 않네."

장군들의 마음이 불편해졌다. 그들의 정실부인은 모두 징두에 있으며, 쟈오저우의 부인은 '첩' 아니면 '남의 부인'이었기 때문이다.

장군들의 마음이 불안해졌다. 누가 먼저 판시엔에게 가서 대화를 나눌지 모를 일이었다. 그 사람이 미래의 안전을 보장받을 것이었다.

그렇게 장군들은, 각자의 생각과 꿍꿍이를 품은 채, 제독 저택 문을 나섰다.

우거페이는 떠나는 장군들을 보며, 판시엔에게 충언을 했다.

"대인, 너무 과격해지지 않는 것이, 가장 좋은 것입니다."

판시엔은 고개를 끄덕였다.

판시엔은 실제로 당샤오보를 죽이지는 않을 생각이었다. 가슴에 단도를 맞았지만 치명상은 아니었다. 그는 징두로 압송되어야 했다. 동해 섬 사건의 중요한 증인이 아니던가.

또한 판시엔은, 우거페이의 능력이 과소 평가받고 있다고 생각했다. 수군과 제독 챵쿤에 의해 그의 능력이 억제되어 있었을 뿐.

판시엔과 감사원이 저택을 통제한다 하지만, 그들의 가족들과 부인들까지 속일 수는 없는 일이었다. 생일연에 간 사람이 돌아오지 않았고, 그들은 제독 저택을 찾아왔고, 상황을 알게 되었다.

창쿤이 사망했고, 수군도 상당한 타격을 받았다.

그 말은 그들의 집안도 안전할 수 없다는 뜻이었다. 그렇게 소문은 소리 없이 빠르게 퍼져 나갔다. 당샤오보의 심복이 봉쇄를 뚫고 성을 나갈 수 있었던 것도, 이들의 비호가 있었기 때문이었다.

그는 이미 작은 길을 따라 조심조심 항구에 접근하고 있었다.

'수군에 알려야 한다. 그래서 반란을 일으켜야 한다.'

그는 멀리서 보이는 항구의 불빛을 보며 감격한 표정을 지었다. 그가 알리면, 뒷일은 윗사람들 몫이었다.

수군 진영을 수백 장(丈) 정도 앞둔 그곳.

갑자기 땅의 울림이 느껴졌다.

소리는 없었는데, 울림은 있었다. 곧, 인기척이 느껴졌다.

그가 화들짝 놀라 고개를 돌렸을 때, 다행히 사람은 없었다. 하지만 곧바로 십여 필의 말이 보였고, 검은 갑옷을 입은 기병들이 모습을 드러냈다.

갑옷에 반사된 달빛은 살기를 품고 있었다.

'흑기……흑기병……!'

머리가 하늘로 날아가고, 목에서 붉은 피가 솟구치기 직전, 그가 입 밖으로 차마 외치지 못했던 말이었다.

은색 가면을 쓴 징거가 차가운 시선으로 시체를 바라보고, 옆에 있는 수하에게 말없이 고개를 끄덕였다. 그는 다시 수하들에게 수신호를 하고, 그들은 모두 말고삐를 당겨, 쟈오저우 성과 수군이 주둔한 항구 사이에 있는 산마루 위에 올라 대열을 정비했다.

흑기병들은 산등선 위에서, 유령처럼 명령을 기다렸다.

항구에 주둔해 있는 만여 명의 수군들은, 이들의 존재를 전혀 눈치채지 못하고 있었다.

벌써 일곱 명.

징거는 뒤에 있는 수하에게 고개도 돌리지 않고 나지막이 말했다.

"시간을 좀 더 끌어야 한다."

수군 장군들과 집안사람들은 당샤오보의 생각과 크게 다르지 않았다. 하지만 징거도 자신들이 언제까지 그 소문을 막을 수 있을지 확신은 들지 않았다.

수군 진영에서 움직임이 포착되었다.

안에 불빛이 흔들리더니, 그 불빛은 점점 밝아졌다.

징거는 이 순간을 기다리고 있었다.

판 제사의 판단에 의하면, 수군은 모두 1만여 명이었지만, 견고한 조직이 아니고 우두머리가 날아간 상태에서 움직일 수 있는 병력은, 기껏해야 2천 명 정도 될 것이다.

4백 명의 흑기와 2천 명의 수군 관병.

징거가 고개를 절레절레 흔들었다.

두려워서가 아니었다. 자신과 그들 모두, 경국의 병사들이었다. 개인적으로 그들을 정말 죽이고 싶지 않았기 때문이다.

판시엔은 성 밖의 상황을 알지 못했다. 제독 저택 안에 앉아, 흑기병의 상황을 걱정하며, 고위 장군들이 돌아오기만을 기다리고 있었다.

'품계 순인가?'

처음 온 사람은, 쟈오저우 수군의 3인자, 허(何, 하) 장군이었다.

판시엔은 비로소 마음의 안정을 찾았다. 이 한 명이면 되는 것이었다.

하지만 대화를 나눈 후, 판시엔은 좌절했다.

그는 제일 선두에 설 수 없다는 뜻을 명확히 밝혔기 때문이다. 다시 말해, 수군 병사들의 직접적인 원망의 대상이 될 수 없다는 말이었다. 그는 눈물이 그렁그렁 맺힌 눈으로 판시엔에게 간곡히 부탁했다.

"대인, 저는 줄곧 대황자 전하와 함께 서호를 토벌하다, 6개월 전에 쟈오저우로 와서……."

그는 대황자 사람이었다. 그는 뻔뻔스럽게 배경을 밝혔다. 대황자의 체면을 봐 달라는 뜻이었다.

이어서 고위 장군들이 하나둘씩 들어왔다. 그들은 챵쿤의 측근이나, 장 공주의 밀정이 아니었다. 하지만 문제는, 아무도 판시엔을 도와 이 문제를 해결하지 않으려 한다는 것이었다.

그리고 가장 큰 문제가 하나 더 있었다.

"대인, 저는 런샤오안 소경과 사촌지간으로……."

"대인, 저는 친 장군과……."

"대인, 저는……."

심지어 후방을 책임지는 한 부장군은, 매우 난처한 표정을 지으며 이렇게 말했다.

"대인, 제 성은 류씨로……."

판시엔은 이렇게 군내 파벌이 많이 존재한다는 데 이를 바득바득 갈았다.

'일국의 군대가, 거물들이 자신의 세력을 확장하는 데 이용된다면? 곧 부패하겠지. 그렇다면 경국 군대의 전투력을 유지할 수 있을까? 그들이 경국과 백성을 지킬 수 있을까?'

하지만, 그것이 지금 당장은 좋은 점도 있었다.

'군대가 그렇게 단결력이 있는 조직이 아니다. 수군의 내부도 아주 복잡하게 얽혀 있다.'

결국 판시엔은 최종적으로 두 사람을 선택한 후, 마지막 사람을 맞이할 준비를 했다. 선택한 두 사람 중 한 사람은 류씨 국공 집안사람, 다른 한 사람은 장인어른과 관계 있는 사람. 판시엔과 가장 관계가 깊었지만, 그렇기에 그들도 일을 피해갈 수가 없었다.

판시엔은 마지막 들어온 고위 장군을 바라보았다. 이미 두 명을 정했기에, 사실 그를 맞이하고 싶지도 않았다. 그는 비꼬듯이 물었다.

"장군은 어느 집안과 연결이 있어? 설마 아버지나 쳔 원장을 말하진 않겠지?"

판시엔 앞에 있는 장군은 미소를 지으며 말했다.

"도련님, 저는 도련님의 사람입니다."

'이건 또 뭐야?'

"누구 사람이냐니까?"

"저는 도련님의 사람입니다."

"알았다고. 내 사람이 되겠다는 의지는 알겠고, 지금은 누구의 사람이냐고."

"저는 도련님의 사람입니다."

'도련님의 사람'만 세 번째.

'장난하나. 내가 군대에 심복은 없고, 쳔핑핑이나 아버지가 심었다 해도, 나에게 알려줄 리가 없는데?'

그는 판시엔의 의심스러운 표정을 보며 덧붙여 말했다.

"저는 어느 파벌에도 속해 있지 않은, 도련님의 사람입니다."

제15장

장대한 계획

"좋아, 알았어. 그렇다 치고. 그럼 너의 내력과 생각을 말해 봐."

"저는 쉬마오차이(許茂才, 허무재)라고 합니다.

그는 이름과 함께, 그의 신분과 판시엔과의 관계를 말하였다.

판시엔은 고개를 끄덕였다. 다만, 그가 어떻게 당시의 피바람을 피해간 것인지, 왜 지금 그의 신분을 밝히는지 의문이었다.

"도련님, 저는 판씨 집안의 사람도, 감사원 사람도 아닙니다. 저는 예씨 집안사람입니다. 더 정확히 말하자면, 아가씨의 사람입니다."

"네가 취엔저우 수군이었다는 거지?"

판시엔은 여전히 냉담했다.

“그래도 따라야 해.”

“제가 그분을 어떻게 알아볼 수 있습니까? 제사 요패는 판 대인이 가지고 있는데…….”

“우리는 그를 우 대인이라 부르고, 어떤 이는 우 선생이라 부르지. 물론, 자네는 그렇게 부를 자격이 없지만……그 사람이 나타나면, 넌 자연스럽게 그를 알아보게 될 거야. 그냥 그런 거야.”

옌빙윈은 전혀 논리적이지 않다고 생각했지만 대꾸는 하지 않았다.

“그의 존재는, 감사원의 가장 큰 비밀이야.”

쳔핑핑은 심각하게 말을 이었다.

“폐하께서 이전에 엄명을 내리신 것이니, 너도 이 비밀을 절대 누설하면 안 돼. 우 대인은, 어떤 상황에서도, 이 감사원을 지킬 수 있는 유일한 사람이야.”

옌빙윈은 다시 무릎을 꿇고 허리를 숙였다.

‘감사원이 폐하의 검인데, 폐하께서 이 검을 놓아 버린다? 그때는, 모든 이가 감사원을 무너뜨리려고 공격하겠지. 원장 대인이 저 정도로 심각하게 말하는 거라면, 그때에도 우 대인이 감사원을 지킬 수 있다는 것인데, 그럼 우 대인은 황제와 비견될 정도의 인물이라는 것인가?’

생각에 빠져 있던 옌빙윈은 쳔핑핑의 이어지는 말에 정신이 들었다.

“판시엔은 감사원의 두 번째 제사지. 하지만 그의 신분을 생각하면, 그게 그놈의 마지막이 아니라, 걸어가는 길의 한 부분일 뿐이야. 넌, 세 번째 제사가 되는 건데, 앞에 두 제사와 하는 일은 전혀 다를 거야.”

쳔핑핑은 피곤한 얼굴로 한숨을 내쉬었다.

"너의 임무는……어느 날 내가 죽고, 판시엔이 미쳐 날뛰면, 넌 그 모든 걸 참고 견디면서, 감사원을 지키는 것이야. 설령, 표면적으로는 감사원이 없어진다 하더라도, 우리가 암암리에 가지고 있는 밀정의 첩보망은, 반드시 지켜내야 해."

'이상한데. 우 대인이 분명 마지막 순간에 감사원을 지킬 수 있다고 했는데……왜 나에게 이런 말을 하는 거지? 왜 지금 원장은 그가 죽는다는 이야기를 꺼내지? 감사원이 없어진다는 이야기를 한다는 건, 폐하가 감사원이라는 검을 놓는다? 그리고 우 대인이 죽는다?'

냉정하고 침착한 판단력의 소유자 옌빙윈도 이 순간만큼은 복잡한 생각에 진정할 수가 없었다. 하지만 여전히 원장 대인에게 많은 것을 물어볼 엄두를 내지는 못했다.

"넌 감사원의 존재 이유가 뭐라고 생각하나?"

"폐하를 위해서……."

옌빙윈은 자기도 모르게 말이 튀어나왔다. 그리고 자연스럽게 말을 이었다.

"나는 경국 백성 모두가 구속받지 않기를 바란다. 타인의 학대에 굴복하지 말고, 재난에 좌절하지 말고, 부정한 일에 대항해 바로잡기를 두려워하지 말며, 잔혹한 악인에게 아첨하지 말고……."

천핑핑은 큰 소리로 웃기 시작했다.

옌빙윈의 말은 감사원 관원 모두에게 너무나 익숙한 글귀였다. 감사원 앞 비석에 새겨진 글귀, 낙관인 예칭메이.

"사실, 그 뒤에 두 문장이 더 있어."

천핑핑은 웃음을 거두고 눈을 감으며 말했다.

"그녀가 죽은 뒤, 아무도 언급할 엄두를 내지는 못했지만……자네 아버지에게 물어보면 알려 줄 거야."

"네."

옌빙윈은 마음속에 수천 수만 가지의 말이 있었지만, 한 글자 '네'에 모든 뜻을 담아 말했다.

옌빙윈은 마차에 올라 집으로 돌아가는 길을 재촉했다. 저택에 도착하자마자 하인들의 인사도 본체만체하며 후원을 가로질러 바로 서재로 향했다.

서재에서는 옌뤄하이 대인이, 어느 아가씨와 함께, 바둑을 두고 있었다.

서재에 들어온 아들의 심상치 않은 표정을 보자, 옌뤄하이는 미소를 지으며 상대방에게 말을 건넸다.

"션 아가씨, 오늘은 바둑 두기 좋은 날은 아닌 것 같아."

션 아가씨는 옌뤄하이에게 예를 올리고, 그윽한 눈빛으로 옌빙윈을 한번 쳐다본 후 조용히 서재를 나가 문을 닫았다.

"무슨 일이냐?"

옌빙윈은 오늘 쳔 원장에게 들은 이야기를 모두 털어놓았다.

"판 대인이 원장 자리에 오르는 것은 정해진 일이고."

옌뤄하이는 애정 어린 눈빛으로 아들을 바라보며 말을 이었다.

"하지만 판 대인은 훗날 조정 일에 바쁠 테니, 네가 제사가 되어 대인을 도와드리는 것도, 당연한 것이고. 그런데……넌 우 대인은 아닌데 말이다……."

"아버지는 우 대인을 아세요?"

"난 감사원 처음부터 있지 않았느냐. 어쨌든, 네가 제사가 된다는 것은, 가문의 영광인데, 뭘 그리 걱정하는 것이냐?"

"그 비석 뒤에 두 개의 문구가 더 있다고……."

"오……그렇지. 그런데 너무 대역무도한 말이라……누구라도 입밖에 내면, 모두 죽을 수밖에. 당시에 꺼낸 이가 있었지만, 그래서 그녀도 죽었지."

옌뤄하이는 한숨을 내쉬며 고개를 저었다.

"너무 많이 생각할 필요 없다. 폐하를 향한 천 원장의 충정은 의심할 필요가 없으니, 내가 봤을 때 천 원장이 걱정하는 건, 지금의 황제 이후의 일일 것이야."

옌빙윈은 조심스럽게, 최대한 조용히 물었다.

"제 말은, 황실과 감사원 중 하나를 선택해야 하는 순간이 온다면……무엇을……?"

"무엇을 선택할 거냐고? 바보 같은 놈. 난 당연히 감사원을 선택할 거야. 천 원장이 나에게 그런 믿음도 없었다면, 너에게 그런 말을 했을 것 같으냐?"

옌뤄하이는 일말의 망설임도 없이 대답했다.

"전 아버지의 아들이니, 같은 마음으로 임하겠습니다."

"아들아, 네가 섭섭하겠다."

옌뤄하이의 이 말은 갑자기 전후 맥락 없이 흘러나왔다.

"최근에 그놈은 확실히 섭섭하겠지."

얇은 옷을 입은 경국의 황제는 태극전 앞에서 황량한 광장을 바라보며 시원한 밤바람을 쐬고 있었다. 그 옆으로 바퀴의자에 앉은 천핑핑이 무릎을 덮은 양모 담요를 가볍게 쓰다듬었다.

"천천히 생각하시지요. 아이가 원망의 기색은 남아 있지만……제가 보기엔 많이 가신 듯 보입니다."

"전각에서는……많이 누그러뜨린 듯 보이긴 했는데……아직 좀 부족한 느낌이야."

"황자들 보다도 더 많은 권세를 누리고 있는데, 폐하께서는 이미 많은 것을 주셨습니다."

"문제는, 그놈이 그런 것들에 관심이 없는 것 같네. 지난 설에 판씨 집안 제사에 참석하려고 한 것은, 짐에게 원망을 드러내기 위함이 아니겠는가?"

황제는 천핑핑의 대답을 기다리지도 않고 말을 이었다.

"짐이 그에게 명분을 줄 수는 있지만, 그래도 지금은 안 돼. 자네가 짐을 대신해, 이 말을 전하게."

태후가 살아 있는 한, 황제는 태후의 체면을 생각할 수밖에 없다.

천핑핑은 그 뜻을 잘 알고 있었다.

"폐하께서는 마음이 있으시네요."

"짐이 마음이 있고 없고는 중요하지 않아. 중요한 것은 그 애의 마음이지. 그놈은 정말 능력 하나는 타고났어."

"이제 돌아오라 해야 하지 않겠습니까?"

"서두를 것 없네. 밍씨 집안도 정리가 다 안 되었고, 군산회에 대해서도……안쯔 보고 조사하라 하게."

"네, 폐하."

황제가 갑자기 천핑핑 뒤로 가서 바퀴의자를 밀며 복도를 걷기 시작했다.

"자네 나이가 아직 늙었다고 하기는 이른데, 이제는 완전히 노인이 되어 버린 듯해. 오늘같이 더운 날에도, 양모 담요를 덮고 있다니, 이제는 더위도 못 느끼게 된 것이냐? 페이지에가 자네에게 약이라도 준 건가?"

"곧 죽을 사람이, 약에 뭐 하러 돈을 쓰겠습니까."

바퀴의자가 앞으로 나아가자 천핑핑의 흰 머리가 바람에 날렸다.

"폐하, 이제 그만 하시지요. 늙은 종이 황송합니다."

"짐이 해 주고 싶어 그래."

황제는 침착하게 말을 이었다.

"황실에서 청왕 집안에 하사한 작은태감이었던 자네가, 항상 나의 시중을 들어주지 않았나. 이제 우리 모두 나이가 들었으니, 짐이 다리가 불편한 자네를 시중들어 주는 거라 생각해."

"그때 일이, 어느 순간에는 어제 일처럼 느껴질 때가 있습니다. 종이 폐하와 함께, 징왕과 판 상서와 싸우던 때가……."

"그래……짐도 언제부터인가, 딴저우를 한번 가고 싶다는 생각이 들어."

"그건 아니 됩니다."

"뭘 걱정하는 게야?"

"이미 결정을 내리신 겁니까?"

"그런 건 아니네."

천핑핑이 말을 하려 하였지만 황제가 먼저 입을 열었다.

"짐과 자네는, 시체 더미에서도 살아남은 사람들인데, 지금은 이런 작은 일에 골치를 썩고 있구만……짐이 아직 생각을 다 정리하지 못했어. 가끔씩 욕심도 생기고. 원루이가 그 늙은이 둘을 움직일 능력이 된다면……그 일을 빌려, 짐과 자네가 항상 바라던, 그 아름다운 일을 해낼 수 있지 않을까?"

"너무 위험합니다."

천핑핑은 즉각 대답했지만, 그는 이미 자신의 의견과 상관없이 황제의 결심이 굳어졌다는 느낌이 들었다.

"지금의 천하를, 혼란에서 구해낼 때가 아니겠나?"

말소리는 들리지 않았지만, 궁녀와 태감들은 멀리서 두 사람의 모습을 바라보고 있었다. 일국의 군주가, 충정심 있는 원로 대신에게 호의를 베푸는 모습은, 정말이지 보기 드문, 아름다운 광경이었다.

"사실, 딴저우를 가려는 것이, 다른 의미는 없네. 짐은 가서 보고 싶을 뿐이야. 지금은 딴저우에 물고기가 많아졌는지 모르겠네."

"처음 폐하께서 딴저우를 가셨을 때에는, 경국의 영토도 아니었지요."

"그렇지. 그 밀림이 없었다면, 스구지엔이 딴저우 항을 포기하진 않았겠지."

"밀림이 많은 역할을 했지요. 그래서 그녀도 배를 탄 것이고, 저희도 그 바다에서 그녀를 만날 수 있었고……."

황제는 침묵했다. 마치 그때의 기억을 더 이상 떠올리고 싶지 않은 듯 보였다. 눈치 빠른 쳔핑핑이 화제를 돌렸다.

"폐하의 결정에, 소신은 따를 뿐입니다. 다만 장 공주가, 어떻게 그 늙은이들을 설득할 건지 의문입니다."

"설득할 필요가 있겠나? 짐에게 칼을 겨눌 기회가 생긴다는 것은, 천하에서 가장 큰 유혹이지 않은가. 쿠허나 스구지엔도, 이 기회를 놓치려 하지 않을 거네."

만약 판시엔이 이 말을 들었다면, 황제와 린뤄푸의 분석이 일치한다는 것에 감탄했을 것이다.

"그 둘이 정말 모든 것을 걸고 덤빈다면, 경국 조정은 무엇을 가지고 막을 수 있을까요?"

"군대를 동원해야지."

"누구를 장군으로 하실 겁니까? 예류윈은 남쪽에서 건물을 부순 일로, 사람들은 그가 스구지엔처럼 백치가 된 건 아닌지 의심하고 있어서, 그가 맡기에는 부적절해 보입니다. 저는 그렇게까지 생각하진 않지만, 그래도 그가 늙어가면서 점점 미쳐가는 게 아닌지는 의심스럽습니다."

"안쯔가 이미 서신에서 말했네. 그래도 그는 경국 사람이라, 외부와 결탁하지는 않을 거야."

황제는 담담하게 말을 이었다.

"그 사람들도 신은 아니고 사람이네. 천하를 손에 쥔 짐이 두려워할 수는 없지. 누구를 장군으로 세울지는……우 대인이 천하에서 제일가는, 살인 명장이긴 하지."

쳔핑핑은 입꼬리가 살며시 올라가더니 의미심장한 미소를 지었다.

뒤에서 바퀴의자를 밀고 있던 황제는 그 미소를 보지 못했다.

"짐이 윈루이에게 기회를 줬었네."

쳔핑핑은 황제가 그 기회를 자신에게 주었다면, 태후를 설득시키는 것을 넘어 스스로도 설득시킬 수 있었다고 생각했다.

하지만 이 순간, 그리고 지금까지, 쳔핑핑이 이해가 안 되는 것이 있었다. 누구에게 기회를 주는 것을 떠나, 황제가 왜 이렇게 자신감을 가지고 있느냐는 것이었다.

그는 줄곧 이 점을 의심했고, 현공 사당의 일을 벌이며 우쥬에게 보여주고 싶었던 장면도 이와 관련이 있었다.

물론 그 연극은 상연되지 못했지만.

"폐하, 폐하께서 앞으로 이 일을, 어떻게 계획하고 계신지 알고 싶습니다."

쳔핑핑은 지금까지 묻지도 않았고, 앞으로도 묻지 않을 질문을 했다.

황제도 의외라는 듯 살며시 미소를 지었다. 턱수염이 밤바람에 흔들리고, 세상의 모든 것을 통찰한 듯한 그의 눈빛이 조금은 부드럽게 변했다.

쳔핑핑이 처음으로 이 일에 대해 자발적으로 질문을 한 것이다.

"이 일에 대해 관여하고 싶지 않다 하지 않았나? 짐이 이전에 물었을 때에도, 늙은 토끼처럼 도망가려고만 하더니만."
"아이들의 일을 돕는 것이지만, 어쨌든 폐하의 아이들이지 않습니까."
"짐은, 아직 결정을 못 했네."
쳔핑핑은 이 말에 놀라 저도 모르게 고개를 저었다.
"태자는 너무 유약하고, 첫째는 너무 순박하고, 둘째는……."
황제는 미간을 찌푸렸다.
"셋째는 너무 어려."
황제는 바퀴의자에서 손을 떼 뒷짐을 지고 쳔핑핑 앞으로 가서, 다시 한번 황궁의 황량한 광장을, 마치 천하를 굽어보듯 바라보았다.
"짐이 아이들에게 너무 가혹하다 생각하는 사람이 많은 걸 알아."
황제의 뒷모습이, 조금은 쓸쓸해 보였다.
"슈우도 언젠가 술 마시고 짐에게 직접 이야기한 적이 있지. 하지만, 황제가……그렇게 쉽게 감당할 수 있는 자린가?"
황제는 고개를 돌려 쳔핑핑을 바라봤다.
그 질문은 쳔핑핑에게, 아들들에게 그리고 스스로에게 하는 질문이었다.
"황제가 될 사람은, 무정해서도 안 되고, 정이 많아서도 안 돼."
황제가 다시 고개를 돌려 황궁의 광장을 바라보았다.
"무정하기만 하면, 세상이 각박해지고, 천하는 혼란에 빠지지. 정이 많으면, 스스로 해를 입어 천하의 주인이 사라지게 되고, 그 또한 혼란에 빠지지. 짐이 어리석은 군주는 아니지만, 역사에 남을 공을 세우기 위해선, 적절한 계승을 해야 하네. 그 일은, 짐의 개인적인 호감만으로 해서는 안 될 일이야."
황제는 갑자기 냉소를 지었다.
"태자를 10년 동안 지켜보았는데, 그 점에서 지금까지는 가장 가능성이 있어. 하지만 짐이 떠날 때에는, 천하가 막 통일된 후일 텐데, 그런 상황에서도 그 애가 모진 마음을 가지고 잘 헤쳐나갈 수 있을지는 의문이네. 둘째는……."

황제의 차가운 미소가 더욱 깊어졌다.

"짐이 처음엔 그 애를 높게 평가했지. 몇 년간 청치엔과의 싸움에서 잘 견뎌냈기 때문이야. 하지만 겉으로는 정이 많은 척하면서도, 무정하기 그지없는 모습을 보면서, 무척이나 실망스러웠네. 그 애가 용의에 앉게 된다면, 어진 황제는 될 수 있을지 몰라도, 다른 아들들은 살아남기 힘들 거야."

'책 읽기를 좋아하던 준수한 소년에게, 폐하께서 그런 역할을 강요하지 않으셨다면, 지금의 모습으로 변했을까요? 폐하의, 마치 사자를 길러내는 듯한 교육 방식이, 정말로 일국의 후계자를 길러내는데 적합한 방식일까요?'

황제가 황자들의 싸움을 부추긴 이유는 단순했다. 천하를 통치하는 것은 어려운 일이니 그 자리에 걸맞은 훈련을 해야 한다는 것. 하지만 황제는 정작 누가 가장 적합한 사람인지 아직도 결론을 내리지 못했던 것이다.

"대황자는 어떠십니까?"

"짐은 자네가, 그 아이를 언급하리라 생각은 못 했네."

언급한다고, 지지한다는 말은 아니다.

하지만 황제는 웃으며 말을 이었다.

"그 모자(母子)의 목숨을, 자네와 그녀가 구해줬으니, 자네도 그 아이에게 정이 많겠지. 짐도 그 애를 참 좋아하긴 하네……하지만, 너무 순진하고, 감정적이야. 마음이 모질지 못하면, 치열한 싸움을 견뎌낼 수 없어. 그리고 무엇보다, 그 아이에게는 동이성의 피가 흐르는데, 후에 동이성을 공격할 때, 그 애가 해낼 수 있겠는가?"

쳔핑핑은 한숨을 내쉬었다.

오늘따라 쳔핑핑은 어느 때보다 한숨을 많이 쉬고 있었다.

"그래서 짐은 그 애를 고려하고 있지 않네. 그리고 셋째는……아직 어리니, 몇 년은 더 지켜봐야 할 것이야."

쳔핑핑이 무심하게 경천동지할 말을 '불쑥' 꺼냈다.

"판시엔은 어떠십니까?"

황제가 천천히 몸을 돌려 그를 바라보았다. 한참을 바라보다, 갑자기 허리가 꺾이듯이 몸을 '휘청'거리며 큰 소리로 웃기 시작했다. 그 웃음소리는 태극전 앞 넓은 복도에 쩌렁쩌렁 울렸고, 복도 끝에 대기하던 궁녀와 태감에게는 즐겁기보다 공포스럽게 느껴졌다.

한참이 지난 후, 웃음소리가 점점 사그라지며, 황제는 단호한 표정으로 말했다.

"확실히 그 애가 가장 적합하지."

'그 애의 냉혹하지만, 뼛속에 남아 있는 천하를 아끼는 마음은, 지 애미에게서 물려받은 것이겠지…….'

황제가 여러 생각에 빠져 있을 때 쳔핑핑이 웃으며 답을 했다.

"하지만, 명분이 없습니다."

"명분이라……짐의 한 마디에, 당시 사람들이 모두 깨끗하게 정리되지 않았나?"

황제가 에둘러 표현한 것은 태후를 염두에 둔 말이었다.

쳔핑핑은 마른기침을 두 번 하고 대답했다.

"제가 봤을 때, 그래도 아닌 듯합니다."

"갑자기 왜 그러나? 자네는 판시엔을 아끼지 않나?"

"제가 아끼는 것은 아끼는 것이고, 저와 판지엔의 생각이 다른 것도 별개의 문제입니다. 제가 보기에는, 그의 성격상, 판씨와 류씨 집안이 그 자신 때문에 멸하는 것을 원하지 않을 것 같습니다."

황제는 은은한 미소를 지을 뿐 아무 말도 하지 않았다.

쳔핑핑은 이로써, 확신했다.

눈앞에 있는 황제가, 진정으로 판시엔에게 황위를 물려주려 한다면, 판씨 집안과 류씨 집안사람들을 모두 숙청해 버릴 것임을.

쳔핑핑은 또, 확신했다.

황제가 판시엔에게 진정으로 황위를 물려줄 생각이 없다는 것을.

쳔핑핑은 그 두 길에서, 모두 막다른 길에 이르렀다는 것을 깨닫게 되었다.

쳔핑핑은, 다른 길을 가려고 결심했다.

황제가 고통스러워할, 그리고 어쩌면 황제가 증오할 길을.

"짐이 첫째와 안쯔를 좋아하는 건, 그 아이들의 심성이 마음에 들기 때문이네."

황제는 황궁의 밤바람을 맞으며 후계자에 대한 결정을 내리고 있었다.

"짐은 아들들의 마음을 볼 것이야. 그 일이 발생하지 않는다 해도 상관은 없지만, 만약에 그 일이 벌어진다면, 짐은 태자와 둘째의 마음을 볼 것이네. 누가 짐을 보살필 마음을 품고 있는 것인지."

쳔핑핑은 아무 말도 하지 않고 속으로 생각했다.

'자식을 아끼지 않는 아버지가, 아들에게 보살펴 달라고 할 자격이 있는 것일까?'

'황제는 나와 같은 사람들 보다, 확실히 넓고 멀리 보는 것 같네.'

이런 생각과 함께 판시엔은 마치 원숭이처럼 배의 높은 돛대를 기어오르고 있었다. 돛대 끝에 올라 오른쪽에 떠오르는 태양을 바라보고, 짠내가 나는 습한 바닷바람을 맞으며 상쾌한 함성을 질렀다.

항상 바다로 나가는 것은, 가슴 떨리는 일이었다.

징두의 그 썩어빠진 연못을, 지금 이 순간만은, 생각하고 싶지 않았다.

쟈오저우에서 출발한 배는 동쪽의 꼬불꼬불한 해안선을 따라 천천히 판시엔의 고향, 딴저우로 향하고 있었다.

다시 태어난 이후, 정확히 말하면 딴저우에서 징두로 온 이후, 판시엔은 검은색 마차를 타고, 검은색 옷을 입고, 검은색 비수를 차고서 검은 길을 걸어왔다.

〈포레스트 검프〉에서 댄 중위는, 돛대에 매달려 폭풍과 거친 파도를 맞으며, 세상은 불공평하다고 외쳤다.

판시엔은 그럴 마음이 없었다.

오늘은 흰색 옷을 입고, 파란 바다 위, 붉은 일출을 바라보며, 그의 마음속에는 즐거움만 가득했다.

그는 삶의 매 순간을 즐기고 싶었다.

부귀영화도, 미녀들도, 세상이 놀랄 만한 권력도, 심지어 정신적인 즐거움도.

판시엔은 의심할 여지없이 경국에서 첫 번째 소부르주아였다.

배가 북쪽으로 수 리(里)를 이동하다 곳곳에 암초가 깔려 있는 해변을 어렵게 피해 왼쪽으로 돌자, 배 위에 있는 사람들의 눈빛이 반짝거리기 시작했다. 며칠 동안이나 계속된 단조로운 풍경이 사라지며, 하늘과 땅 사이에 큰 산이 누워 있는 것 같은 장엄한 풍경이 눈앞에 펼쳐졌기 때문이다.

대동산(大東山)!

돌산은 흔히 볼 수 있었지만, 높이를 가늠할 수 없는 거대한 돌산은 흔치 않았다. 게다가 바다와 맞닿아 있는 반들반들한 절벽은, 조금의 주름도 없이 옥돌처럼 광이 났다.

마치 하늘에서 신검으로 산 가운데를 자른 것 같았다.

대동산은 넓지 않았지만 지형이 가파르고 높았다.

그래서 산이라기보다 하나의 거대한 돌기둥 같았다.

대동산의 바다 반대쪽은 토양이 비옥해서 그런지 산 위에까지 나무들이 울창하게 자라 숲을 이루고 있었고 짙푸름의 녹색이 넘쳐흘렀다.

하얗고 푸른 양쪽 면의 대비가, 이상하기보다, 아름답게 느껴졌다.

이 세계에서 동쪽의 산이라는 이름의 동산(東山)은 두 개였다. 하나는 징두 외곽에 위치했는데, 제사를 지내는 조그마한 사당이 있어 나름 유명했다. 하지만 그 명성만은 다른 하나의 동산을 따라가지 못했고, 그래서 사람들이 이곳을 대(大) 동산(東山)이라 불렀다.

대동산이 유명한 이유는 세 가지였는데, 하나는 절묘한 구조와 아름다운 경치 때문이었고, 다른 하나는 아름다운 옥석이 많이 생산되기 때문이었다. 다만 경국이 북벌할 당시, 이곳에서 치열한 전투를 치른 후 또 다른 사당을 지었기 때문에, 그 뒤에는 민간에서 옥석을 채취하는 것을 금지해 버렸다.

나머지 하나는 경국 황제의 뜻 때문이었다. 대동산에 있는 경국 사당은 징두에 있는 경국 사당보다 더욱 유명했다. 황제가 중시하기도 했고, 분위기도 징두 경국 사당보다도 덜 엄숙했기 때문이다.

하지만 말할 수 없는 가장 중요한 이유가 하나 더 있었는데, 하나의 소문 때문이었다.

대동산의 경국 사당은 더욱 신묘한 힘을 가지고 있다는 소문.

그래서 심지어 병을 고칠 수 없는 사람들이 그 사당에 올라 복을 빌며 병의 치유를 기원하기까지 했다.

'이 세계에는 정말 알 수 없는 힘이 나를 주시하는 것일까? 그 힘

이 신묘와 연결되어 있는 것일까?'

판시엔은 대동산을 보며, 유물론자에서 유신론자로 변한 자신을 보며, 고개를 저었다.

'이곳에서 절벽 오르는 연습을 할 수는 없겠는걸?'

"딴저우는 언제 도착하지?"

홍챵칭이 수군 교관에게 물어본 뒤 대답했다.

"오후에 도착할 수 있답니다."

'할머니의 건강은 괜찮으시려나? 나와 몸을 부대끼던 하녀들은 잘 지내나? 절벽 위의 작은 국화꽃은 여전히 피겠지……동알은 여전히 두부를 팔고 있겠지?'

"참, 자네는 고향이 취엔저우였던가? 기회를 봐서 한번 다녀와."

"네."

"강남 일을 추진하되, 지나치게 몰아붙이진 말고, 내가 징두에 돌아가서 다시 명을 내릴 거야. 그리고, 넌 날 따라다니고, 쟈오저우에서 온 일곱 명은, 딴저우 도착하는 대로 강남으로 넘어가, 덩즈위에를 도우라고 전해."

"네."

"넌 섬에서 그 꼴을 당했으니, 하루빨리 밍씨 집안을 무너뜨리고 싶지 않아?"

"저의 사사로운 마음 때문에, 대인의 계획을 방해할 수 없습니다."

"하지만 걱정 마. 그날도 멀지 않았어."

오후가 되자 멀리서 항구가 보이기 시작했다. 항구는 춤을 추는 갈매기 네 마리와 석양에 물든 황금빛 파도 아래 헤엄치는 물고기 떼 외에는 특별히 번잡하게 보이지 않았다. 판시엔이 일어나 보니 자신을 맞이하러 온 관원들과 흑기병 몇을 볼 수 있었다.

바다 위에서의 생활이 끝나고 딴저우에 도착했다.

그의 마음이 그리움과 설레임으로 차오르고 있었다.

그때, 딴저우 항에 정박해 있는 작은 배가 쏜살같이 큰 배로 접근하고 있었다. 작은 배에서 사다리를 타고 황급히 올라온 관원이 흐르는 이마의 땀을 닦으며 떨리는 목소리로 말했다.

"하관, 딴저우 전리입니다. 고향을 방문하신 흠차 대인을 맞이하기 위해 나왔습니다."

'주지사가 아니라, 전리?'

"주지사는?"

"원래 주지사 어른이 오시는 게 맞는데, 대인께서 이렇게 빨리 오실지 예상을 못하고……고의로 그런 것은 아니니, 주지사 어른을 너무 탓하지 말아 주십시오."

"탓하긴 뭘 탓해. 개인적으로 고향 방문한 것이니, 허례허식은 필요 없어."

하지만 이미 항구에는 허례허식이 황급히 준비되고 있었다.

린완알과 3황자가 미리 도착해 있었기에 그 당시에도 한바탕 난리를 겪었지만, 그렇다고 판시엔을 소홀히 할 수는 없는 노릇이었다. 다만, 쟈오저우 일은 비밀리에 진행되었기 때문에, 딴저우 관원들이 그가 언제 올지 정확히 날짜를 계산할 수는 없었던 것뿐이었다.

"할머니는 어떠하셔?"

"노마님은 아주 건강하십니다. 주지사 어른이 항상 찾아가 문안인사를 올립니다."

"음, 그렇군. 완……."

판시엔은 순간 멈칫했는데, 이 사람 앞에서 완알을 어떻게 불러야 할지 몰랐기 때문이다. 다행히 전리는 재빨리 대답했다.

"대인의 부인은 저택에 계십니다. 노마님도 저택에 계시는데……

하관이 급히 나오느라, 미처 소식은 전하지 못했습니다."

"가서 항구에 있는 사람들을 빨리 해산시켜. 그리고 네가 타고 온 배 좀 빌려줘."

홍챵청과 딴저우 전리가 동시에 소리쳤다.

"안됩니다, 대인!"

판시엔은 웃으며 하지만 단호하게 말했다.

"어려서부터 딴저우에서 자란 내가, 집에 가는 길도 모를까 봐? 내 말대로 해."

항구가 점점 더 소란스러워질 때쯤 딴저우 주지사가 관리들을 데리고 헐레벌떡 뛰어왔다. 그는 막 정박한 듯한 배를 보고, 다행히 늦지는 않은 것 같다고 생각하며 안심했다.

그때, 전리가 울상을 지으며 배에서 내려왔다.

"대인께서 도중에 배에서 내려, 이미 저택으로 따로 가셨습니다."

딴저우에서 멀지 않은 곳의 절벽에는, 흰색의 그림자가, 미끌미끌한 절벽에 붙어서, 흐르는 곡선처럼 부드럽게 위로 올라가고 있었다.

절벽은 돌이 돌출된 부분, 발을 디딜 틈 하나 변하지 않았다. 절벽에 올라가 보니, 작은 국화꽃뿐 아니라 그 진흙과 바다의 냄새까지 익숙하게 느껴졌다.

우쥬 삼촌만 없었다.

판시엔이 징두를 떠나기 며칠 전. 거울처럼 얼어버린 감사원 연못 옆에서 천핑핑은 우쥬 삼촌이 다쳤다는 소식을 전해주었다. 우쥬에게 상처를 입힐 수 있는 자는 다섯도 안되었는데, 누가 그를 다치게 했는지는 모른다 했다.

하지만 우쥬가 쿠허와 싸우고 다쳤을 때에도 몇 개월의 시간이 필요했 듯이 이번에도 제법 시간이 필요한 듯 보였다.

'도대체 어디를 얼마나 다친 거야……?'

판시엔은 분노보다는 걱정이 앞섰다.

노을이 질 무렵, 판시엔은 혼자서 차분하게 딴저우 성으로 들어갔다. 성문, 면포 가게, 술집 앞을 지나치는 동안 하늘은 이미 어둑어둑해져 있었다.

판시엔은 저도 모르게 잡화점 앞에 서 있었다. 그는 아무도 건드리지 않은 듯 보이는 푸른 이끼를 밟고 서서, 문 옆을 손으로 더듬어 열쇠를 찾은 후 문을 열고 들어갔다.

먼지투성인 잡화점 안에, 도마와 칼이 보였다.

판시엔은 '껄껄껄' 웃으며 칼을 집고 두어 번 휘둘러보았다.

우쥬 삼촌이 그에게 처음으로 헌사한 칼.

판시엔은 이내 그곳을 나와 스난 백작 딴저우 저택 앞에 섰다. 해가 완전히 산 뒤로 넘어가지는 않아 따사로운 햇살이 떠들썩한 저택 안을 비추고 있었다.

"젊은이, 여기 서 있으면 안 돼."

집사로 보이는 이가 흰옷의 젊은이를 바라보며 말했다. 험악한 말투는 아니었다. 할머니에게 교육을 받았을 터, 사람을 무시할 리가 없다.

판시엔이 대답하려 했지만 아쉽게 때를 놓치고 말았다. 저택 안에서 나온 또 다른 사람이 날카로운 비명을 질렀기 때문이다.

"아아아-악!"

하녀였다. 얼굴이 시뻘게진 하녀가 판시엔만 바라보며 뛰어오다, 문지방에 걸려 넘어지며 소리를 질렀다. 판시엔이 더 놀라, 황급히 그녀를 잡아 주었다.

어린 하녀는 감전이라도 된 듯 얼른 손을 뺐다.

"도련님께서 돌아오셨습니다!"

"뭐라고?"
"도련님이 돌아오셨다! 얼른 노마님께 알려!"
"도련님!"
저택 내부가 순식간에 들끓기 시작했다. 그리고 대체 몇 명인지도 알 수 없는 많은 사람들이 일순간에 판시엔을 맞이하러 나오는 소리가 들렸다.
판시엔은 얼른 그들을 물리며, 눈에 익어 보이는 옆에 있는 어린 하녀에게 물었다.
"넌 이름이 뭐야? 샤오칭과 샤오야는 잘 지내?"
하녀는 마음이 상했다. 입을 뾰로통하게 내밀고 대답했다.
"도련님, 샤오칭 언니는 시집갔고, 샤오야 언니는 아직 있고……이 종은, 이 종은, 샤오홍이에요."
"샤오홍?"
판시엔은 믿기지 않았다.
"겨우 2년인데, 이렇게 컸다고?"
여자는 크면서 18번 변한다 했다. 판시엔이 떠날 때 샤오홍이 12살이었으니, 몸도 얼굴도 자란 그녀를 못 알아보는 건 그에게 어찌 보면 당연한 일이었다.
"도련님께 인사드립니다!"
순식간에 스무 명이 넘는 하인들이 빽빽하게 모여 무릎을 꿇었다. 샤오홍도 정신을 못 차리다가, 마지막에야 무릎을 꿇고 인사를 올렸다.
"모두 일어나! 예전에는 안 그러더니, 2년 지났다고……이게 뭐야?"
그제서야 하녀들이 '히히' 웃으며 자리에서 일어나 판시엔 곁으로 몰려왔다. 누구는 문안 인사를 하고, 누구는 차를 따라주고, 누구는 부채질을 해 주고, 누구는 옷매무새를 정리해 주고……그저 각자 하고 싶은 걸 했다.

그래서 판시엔은 좌우로 하나씩 끌어안고 후원으로 향했다.

후원으로 들어서자마자 호통 소리가 들렸다.

"체통을 지켜라!"

판시엔은 하녀들을 안고 있던 손을 재빨리 놓았다.

기품이 넘치는 노마님이 그를 싸늘하게 쳐다보고 있었다. 완알은 방글방글 웃으며 노마님의 왼팔을 잡고 부축하고 있었고, 3황자는 노마님의 오른손을 잡고 있었다. 스스는 커다란 차양을 들고, 노마님 뒤에 숨어 표정으로 신호를 주고 있었다.

'도련님, 오늘 죽었어요.'

판시엔은 예의도 뭐도 없이 괴성을 지르며 곧장 노마님에게 달려갔다!

"멈추지 못할까?!"

판시엔은 갑자기 섰다.

그리고 억울한 표정으로 할머니를 바라보았다.

노마님은 2년 만에 만난 손자를 천천히 살피기 시작했다. 시선이 그의 얼굴부터 아래쪽으로 내려가더니, 아직 손자의 사지가 멀쩡하다는 것을 확인하고 고개를 끄덕였다.

하지만 노마님의 시선이 마지막으로 그의 발에서 멈추더니 차갑게 꾸짖었다.

"가서 발부터 닦고 오너라. 다 큰 녀석이, 어찌 그리 예절을 모르는 게냐."

그는 절벽을 오를 때 신발을 벗어 던졌다는 생각이 그제서야 들었다.

"할머니……."

"먼저 씻고 오래두."

하녀들은 그 모습이 재밌는 듯, 재빨리 뜨거운 물을 끓여서 가져와 발을 씻겨 주었다.

완알도 재밌다는 듯 웃고 있자 판시엔은 그녀를 째려봤다. 완알은 혀를 낼름하고 사랑스럽게 계속 웃었다.

'천하를 무서워하지 않는 상공이, 그래도 할머니는 무서워하네.'

판시엔은 발을 다 씻고 신발을 신자, 아무 말없이 히죽거리며, 앞으로 다가갔다.

노마님이 당황하며 손가락질을 했다.

"거기 서, 거기 서라고! 그만 오래두!"

판시엔은, 9품 고수처럼, 노마님을 '꽉' 끌어안고, 할머니의 얼굴에 '쪼오옥' 뽀뽀를 날렸다.

후원 안팎에서, 유쾌한 웃음이 터져 나왔다.

"할머니, 제가 죽도록 보고 싶으셨지요?"

판시엔은 2년간 부쩍 늘어 보이는 할머니의 주름에 가슴이 아파왔다.

그는 할머니를 부축해 안으로 들어간 후, 그녀를 의자에 앉히고, 바닥에 정식으로 머리를 조아리며 세 번 절을 올렸다.

이런 친근하고 감동적인 순간에, 할머니의 느닷없는 첫 마디에, 판시엔은 정신이 번쩍 들었다.

"수저우에도 아가씨가 있다더만."

완알, 스스 모두 무고하다는 표정이었다.

"수저우요? 누굴 말씀하시는 거예요? 제가 포월루를 운영하니, 아가씨야 넘치지요."

"멀쩡한 관직 놔두고, 그런 풍월이나 파는 장사를 하고 있고. 창피한 줄 알아야지."

판시엔은 창피하다 생각한 적이 단 한번도 없었다.

"그건 둘째가 하는 거예요. 제가 돌봐 주고 있을 뿐이에요."

판시엔은 3황자를 쳐다보았다. 3황자는 눈을 피했다.

"요리조리 빠져나갈 생각이나 하고. 지금 묻는 게 누군지 알지 않느냐."

당연히 하이탕이었다.

근데 문제가 있었다. 판시엔의 눈앞에, 완알이 있지 않은가.

"할머니, 소문을 다 믿지는 마세요. 하이탕은 강남에서 제 일을 도운 것뿐이에요."

"북제 사람이 뭘 도왔단 말이냐. 그 아가씨의 신분도 평범하지 않던데."

"진짜 억울해요."

"억울하다고? 내 말 잘 듣거라. 문제는 닥쳤을 때 바로 해결해야 한다. 나는 숨기는 것을 가장 싫어한단다. 네가 떳떳하면 데려와 보여주고, 그렇지 않으면 행동거지에 조심하거라. 그 아가씨도 국적을 떠나 여자다. 여자에게 그리하면 못 쓰니라."

판시엔은 말없이 끄덕였다.

이윽고 판시엔은 서운한 표정으로 아기가 된 듯 말했다.

"할머니……2년 만에 집에 왔는데, 오자마자 혼내시는 거예요?"

할머니는 싸늘하게 콧방귀를 뀌었다.

"네가 2년 동안 한번도 안 온 것은 알고 있느냐?"

할머니는 점점 주름이 펴지더니 웃는 얼굴로 꾸짖기 시작했다.

"딴저우에 왔으면, 여기로 와야지, 들판에 가서 뛰어다녀? 다 큰 녀석이 어쩜 이리 철딱서니가 없누."

판시엔은 그제서야 약간 마음이 누그러졌다.

"잠시 돌아다닌 것뿐이에요."

이 말과 함께 판시엔은 할머니에게 눈짓으로 신호를 보냈다. 할머니는 바로 헛기침을 두 번 하더니 말했다.

"늦었구나. 가서 저녁 준비하거라. 난 안쯔와 이야기 좀 나누다 갈 테니."

그 말을 하고 노마님은 비틀거리며 일어서 3황자에게 예를 갖춰 인사를 하려 했다. 황제의 유모로서 몸에 밴 습관이자 예의범절이었다. 하지만 3황자가 어찌 이를 받을 수 있겠는가. 그는 시뻘겋게 달아오른 얼굴로, 엉덩이에 불이라도 난 듯, 잽싸게 일어나 문밖으로 달려나가 버렸다.

그 사이 판시엔도 완알에게 귓속말로 몇 마디 건넸고, 완알은 스스를 데리고 밖으로 나갔다.

다른 사람들이 모두 물러가자 노마님은 대놓고 말했다.

"하이탕은 어쩔 생각이냐?"

"제게 시집오도록 하고 싶은데, 그게 쉽지 않아요."

"배필로 맞고 싶은 것이냐?"

판시엔은 주저했다. 개인적인 감정으로는 '친구'에 더욱 가까웠다.

"그 아가씨에게 맡기려구요. 하이탕이 시집오고 싶다면, 부인으로 삼으려구요."

"그런 상투적인 말을. 판씨 가문은 명문 집안이니, 그 아가씨를 그렇게 방치하면 안 되느니라. 네가 좋아하면, 어떻게든 집으로 들이거라."

'그렇게 쉬운 문제가 아닌데, 어쨌든 할머니는 허락하신 걸로.'

"허나, 집안에 들인다 해도, 선후 문제는 가려야지."

노마님은 진지하게 말했다.

“완알을 박대하면 안 된다. 솔직히 난 하이탕이라는 아가씨가 맘에 들지는 않구나. 아무 명분도 없이 너와 어울려 다니고. 그게 말이 된다 생각하느냐?”

판시엔은 갑자기 완알 생각에 죄책감이 들었지만, 딴저우에 와서 할머니의 사랑을 받고 있는 듯 보여 한편으로는 안심이 되었다.

“이제 그 이야기는 그만하고, 징두에서 지내는 동안 많이 힘들었을 텐데……너도 이제 그 일들은 다 알겠구나.”

판시엔은 할머니의 말에, 그가 젖먹이일 때 할머니가 작은 건물에서 그를 안고 소리 없이 울었던 장면이 떠올랐다. 그때 그는, 그를 진심으로 사랑하고 아껴주는 사람이 우쥬 삼촌 외에 한 명이 더 있다는 것을 알게 되었다.

“대충 알게 되었어요. 사연 있는 신분이라는 게 그렇죠, 뭐.”

“다 지나간 일이니라. 할미가 보기엔, 폐하께서 여전히 널 아끼시는 것 같더구나.”

할머니는 여전히 무언가 시원하게 말을 해 주지 않았다.

“할머니, 제 어머니는……어떻게 죽은 거예요?”

“아비가 아직 말을 하지 않았느냐?”

“아버지가 말씀해 주시긴 했는데……그렇게 간단한 문제는 아닌 듯 보여서.”

“네 어미는 대단한 사람이었다.”

할머니는 손자의 얼굴을 사랑스럽게 어루만졌다.

“할미는, 폐하께서 네 어미를 위해 복수해 주셨다 믿고 있다. 만약에 원수가 남아 있다면……그 ‘몇 놈’들이 가서 해결할 문제겠지.”

그 몇 놈들은, 당시 청왕 집안에서 싸움박질하던 몇 명일 것이고, 그 몇몇을 지금 ‘놈’이라 부를 수 있는 사람은, 판시엔의 할머니밖에 없을 것이다.

"스져는, 어떤 아이더냐?"

"스져는……제멋대로죠. 근데 나이가 들면서, 이제 분별 있게 일을 하기 시작했어요."

"그래? 좀 더 이야기를 해 보렴. 궁금하구나."

스져는, 할머니의 유일한 '친손자'였다.

판시엔은 잠시 웃고 징두에 간 첫날부터 스져와 겪었던 이야기를 모조리 다 이야기했다.

"네 말은, 아이 둘이서, 징두에서 기방을 열었다고? 근데 3황자 전하는 나이가……."

"열 살도 안 되었지만, 영리하답니다."

하지만 갑자기 판시엔이 면을 바꿨다.

"3황자는 정말, 만만치 않아요."

노마님은 재밌다는 듯 웃었다.

"스져는 북쪽에 혼자 있다던데, 괜찮은 것이냐?"

"걱정 마세요. 제 사람들도 있고, 뤄뤄도 그곳에 있잖아요."

"뤄뤄는 몸이 좀 좋아졌느냐?"

"엄청나게 좋아졌어요……이제 어린아이가 아니에요. 그러지 말고 할머니, 이번에 저와 함께 징두로 가요."

노마님은 대답하지 않았다. 잠시 후 그녀는 천천히 고개를 저었다. 판시엔은 할머니가 왜 딴저우를 고집하는지 이해할 수 없었다.

"네가 동생들에게 참 잘해 주었어. 우리 판씨 가문이 복을 받은 것 같아. 다 네 덕이다."

판시엔은 민망함에 얼굴이 살짝 붉어졌다.

"그 사람은? 이번에 함께 왔니?"

그 사람은 잡화점 맹인 주인, 우쥬 삼촌.

"제가 할머니께 물으려 했는데……할머니도 못 보셨어요?"

"네 곁에 없었느냐? 그럼 아무 데나 함부로 다니지 말거라."

"걱정 마세요. 할머니의 손자는 이제 고수가 아니라 특급고수가 되었답니다."

그때, 하인 한 명이 들어와 저녁 준비가 끝났다는 말을 전했다.

말을 전한 이는 텅즈징의 부인. 판시엔은 조용히 물었다.

"완알의 약은?"

"마님께서 제 시간에 복용하고 계세요."

"큰보배 형님은?"

"남편이 모시고 바닷가로 낚시하러 갔어요."

"텅즈징도 왔어? 이따 나 보러 오라 전해줘."

"네."

할머니가 둘의 대화를 듣다 불쑥 끼어들었다.

"시엔아, 완알이 먹는 약은 무엇이냐? 냄새가 좋던데."

판시엔은 순간 당황했다. 하지만 할머니를 속이고 싶지 않아 완알의 몸 상태와 아이 일에 대해서 솔직히 말을 했다. 할머니는 아주 잠시 고민하다 입을 열었다.

"어른들은 서두르라 하겠지만, 네 나이가 아직 젊으니, 너무 서두를 것 없다."

"난 이래서 할머니가 제일 좋다니까!"

식사가 끝나고 판시엔은 완알을 데리고 침실로 왔다. 침실이라 했지만, 어렸을 때 방 겸 서재로 쓰던 그 공간이었다. 모든 물건들이 제자리에 있었고, 옛 모습 그대로였다.

달라진 게 있다면, 그의 옆에 완알이 있다는 것.

"완알, 집에만 있으면 무료하니까, 내 일 중 일부를 좀 도와줘. 생각보다 힘들고 신경을 많이 쓰는 일이야."

"무슨 일인데?"

"내가 돈이 좀 많잖아?"

판시엔은 능글맞게, 완알의 두 가슴을 만지작거리며 물었다.

완알은 도둑놈 같은 손을 '찰싹' 때리며 말했다.

"그렇긴 하지."

"강남에 내려갔을 때, 그렇게 부유한 지방에도, 수많은 백성들이 제대로 입지도, 먹지도 못하고 있더라고. 그러니 다른 지방은 더 말할 필요가 없지 않을까?"

예상치도 못한 전개에 완알은 눈만 껌뻑껌뻑하고 있었다.

"근데 돈은 있다는 거지. 강남에는 정말 돈이 있어. 이번에 내고 입찰에서 밍씨 집안은 천만 냥도 선뜻 냈다니까……근데, 여전히 가난한 사람도 많아. 그니까 이건 불평등의 문제야."

판시엔은 한숨을 내쉬었다.

"그런데 그 불평등을 바꿀 능력이 난 없어. 하지만 개선을 해야 할 텐데……."

"상공의 뜻은, 부자에게서 빼앗아, 가난한 사람을 돕겠다?"

판시엔은 큰 소리로 웃었다. 고귀한 신분의 아내가, 소설 속에서나 봤던 의적의 생각을 직설적으로 말했기 때문이다.

판시엔은 그녀가 사랑스러운 듯 코끝을 '톡' 쳤다.

"응, 맞아. 부자에게서 빼앗아, 가난한 사람을 돕는다. 바로 그거야."

"예전에 북쪽에서 재난이 발생했을 때, 황제 삼촌이 황실의 창고를 열었었어. 그때 태후도 황궁 사람들을 데려가, 백성들에게 죽을 나눠주는 일을 했었고."

판시엔도 들어본 이야기였다.

"죽을 나눠주는 건 임시방편이고. 난 은전을 전문 기관에 넣어서,

장기간 선행에 쓰일 수 있도록 할 생각이야. 예를 들어 공부하고 싶은데 돈이 없는 사람들을 위해서, 우리가 학교를 만들어 주고, 배고픈데 먹을 밥이 없는 사람들에게, 우리가 쌀을 내어주고, 봄에 심을 모가 없으면 우리가 나눠주고."

"바보야. 그럼 돈이 얼마나 필요한지 알아?"

"돈을 버는 건, 쓰기 위해서 아니야?"

"그래도 그 돈을 다 어디서 벌어?"

"난 조정과 상인들로부터 돈을 벌어들일 거야. 조정과 상인들이 벌어들인 돈은, 원래 백성의 수중에 있던 돈이지. 그러니 그 돈을 다시 백성에게 쓰는 거야."

"처음 들어본 말인데, 일리는 있네. 그래도 밑 빠진 독처럼 보이는걸? 그리고 조정에서 할 일을, 상공이 하는 건데……그건 금기시된 일이야."

"허락받지 않고 하면 안 되나?"

"그건 말이 안 되지. 일개 주나 현에만 하는 것도 아니고."

판시엔이 생각해도 너무 억지였다. 하지만 확실히 쉬운 일은 아니었다.

"상공의 제안을 황실의 명의로 하면 어떨까? 태후 명의로 하는 거야. 돈은 우리가 내고, 황실 사람들은 명분을 주고. 그러면 조정의 체면도 서고, 황실 마마님들도 체면이 살고. 황제 삼촌도 좋아하실 것 같은데?"

판시엔은 진심으로 완알에게 감탄하고 있었다.

"그런데 상공이 아무리 돈이 많아도, 모든 것을 다 해결할 수는 없어. 내가 볼 때에는 긴급 구조 정도만 하는 정도이고, 나아가도 교육과 재난 구제 정도? 평소에는……근데 뭘 해야 하지?"

둘은 서로 말없이 쳐다보다, 동시에 웃음이 터졌다.

둘은 뭘 해야 하는지 잘 몰랐기 때문이다. 금수저를 물고 태어난 두 젊은이가 백성들의 실제적인 걱정을 이해하는 것은 분명 한계가 있었다.

한참을 웃고 나서 판시엔이 먼저 말했다.

"그래도 해야 해. 시작하면, 그것을 이해하는 사람들이 나타날 거야. 양완리가 가난한 집 출신이니, 제방 공사가 끝나면 그를 징두로 불러서 대화해 볼까 생각 중이야."

판시엔은 아무리 지엽적인 일이라도, 설령 많은 것을 바꿀 수 없다 하더라도……그래도 백성들을 '조금'이라도 더 잘 살 수 있게 할 수 있다고 믿었다.

"그 일을 네가 맡아줬으면 해."

"근데 왜 나야?"

"네가 맡아야, 내가 마음이 놓일 것 같아."

판시엔은 눈가에 웃음이 번졌다.

"그리고 네가 해야, 황실의 그 귀한 마마님들이 동참해 주지 않겠어?"

"근데 얼마나 오래 준비한 거야?"

"반년도 채 안 돼."

사실 판시엔은 백성의 구제보다 완알을 위해서 이 일을 하는 것이었다. 그리고 이 일이 누구도 예측하지 못한 엄청난 조직이 될 거라는 것을 지금의 둘은 상상도 못 하고 있었다.

둘이 흥분에, 기쁨에, 감동에 젖어 있는 순간.

완알이 갑자기 아랫입술을 깨물고 말했다.

"잠깐만, 이게 지금 문제가 아니라, 하이탕 아가씨는 어쩔 거야?"

판시엔은 놀랐지만, 태연하게 '헤헤' 웃으며 완알의 보드라운 살을 조몰락거리기 시작했다.

“걱정 마. 자기 걱정시키는 일 없을 거야.”

남자의 이 말을 믿는 여자가 얼마나 있을까.

그녀는 칸막이 너머 방을 향해 눈짓하며 작은 목소리로 말했다.

“하이탕은 그렇다고 해도, 스스를 들여놓고 예식도 안 치러주고. 내가 이미 할머니께 말씀드렸고, 며칠 후 예식을 거행할 거야.”

“그건 자기가 알아서 해. 스스는 그런 거에 별로 개의치 않을 거야.”

‘음음.’

너머 방에서 스스의 헛기침 소리가 들려오자, 둘의 목소리가 작아지며 겉으로 보기에는 입만 뻥긋뻥긋 대는 것처럼 보였다.

“들었지? 누가 개의치 않는다고?”

“평소 때는 쿨쿨 잠만 잘 자더만, 오늘은 어쩌다 깼지?”

“스치는 어쩔 건데?”

“오늘은 여기까지만 하자. 부탁이야. 밤마다 이방 저방 전전하는 남편을 두고 싶어?”

완알은 원망 섞인 눈빛으로 판시엔을 말없이 흘겼다.

판시엔은, 그녀를 덮쳐버렸다.

얼마 후 급속도로 피곤해진 판시엔은, 만족스러운 얼굴로 완알을 품에 안고 있었다.

판시엔과 린완알은 다음 날부터 한동안 바쁘게 지냈다. 판시엔은 어렸을 때 알던 사람뿐 아니라 수많은 관원들이 찾아와 그들까지 접대하느라 나가 놀 시간을 찾을 수도 없었다.

그리고 드디어 큰강 위에 떠 있던 배 위에서, 판시엔과 ‘결정적 순간’을 넘어버린 하녀 스스가 할머니의 주재로 식을 올렸다. 오히려 스스만이 갑자기 변해 버린 자신의 역할 변화에 적응하지 못해 한

동안 혼란스러웠다.

식의 마지막에 노마님이 빨간색 봉투를 스스에게 건넸고, 스스는 우느라 팅팅 부어버린 얼굴로 봉투를 받았고, 그 뒤에서 완알도 조용히 눈물을 훔치고 있었다.

다음 날 새벽, 아직도 눈이 부어 있는 스스를 데리고 판시엔은 문밖을 나섰다.

"도련님, 어디 가시는 건가요?"

"도련님? 아직도 호칭을 못 고치고."

판시엔은 장난을 쳤지만 이내 따뜻한 웃음을 지었다.

"두부 사 먹으러 가자."

시장은 여전히 시끌벅적했다. 판시엔은 이런 서민들의 풍경이 항상 마음에 들었다.

몇 걸음 안 가, 판시엔은 시장에서 가장 조용한 구석에서 걸음을 멈췄다. 먼 곳의 두부 매대를 오가는 사람들을 바라보고 있었다. 그리고 그곳에, 익숙한 신체 곡선, 익숙한 붉게 상기된 얼굴, 익숙한 풍만한 몸매가 눈에 띄었다.

'나를 키워준 사람.'

스스도 그녀를 단번에 알아보고 달려가려 했다.

판시엔는 그녀의 손을 끌어당겼다.

"굳이 만날 필요 있을까? 멀리서 봤으니 됐어. 잘살고 있는 것 같으니, 일부러 찾아가 귀찮게 하지 않을래."

스스는 그의 마음이 이해가 되지는 않았다.

"집에서 매월 얼마씩 보내 주고 있어. 그 돈이면, 여기서 사는 데 문제가 되진 않을 거야."

동알은 그녀가 열 살 때부터 십 년 동안 판시엔을 품에 안고 키워준 사람이었다. 판시엔이 그녀에게 느끼는 감정은 특별했다. 그래서 더더욱 동알이 평범하고 행복한 인생을 살도록 해 주고 싶었다.

하지만 평범하고 행복한 인생이 그리 쉬운가.

갑자기 두부 점포에, 장정 네다섯이 둘러싸더니, 격한 감정으로 동알에게 뭐라 말을 하기 시작했다. 다행히 그들이 과격한 행동은 보이지 않아, 판시엔은 말소리를 들을 수 있게 좀 더 다가가서 침착하게 바라만 보았다.

“동알 이모, 우리가 협박하는 건 아니잖아요. 근데 돈을 미룬 지 벌써 일 년이야. 이제 좀 갚읍시다.”

“날짜를 조금만 더 주세요. 조금만 더……남편이 1년 내내 몸이 좋지 않아서…….”

“갚아야 하는 은전이 많지도 않은데, 그냥 백작 집안에 가서 몇 마디 하면 안 돼?”

동알은 입술을 지그시 깨물고 결연하게 말했다.

“제 일이니, 그 댁에 가서 소란을 피우지 말아 주세요. 빌린 돈은 어떻게든 갚을 테니……그리고 2년 동안 후(胡) 대형이 돌봐주신 은혜는 잊지 않을게요.”

‘동알의 남편이 병을 앓고 있구나……그래도 내가 보내 준 돈이면 괜찮았을 텐데, 그 돈도 쓰지 않고 있나 보네…….’

판시엔은 더 들을 필요도 없었다. 스스를 향해 고개를 끄덕였다.

스스가 두부 점포 앞으로 갔다. 그리고 장정들에게 침착하게 말했다.

“얼마가 필요한가?”

장정들은 심상치 않은 기운을 느끼고 공손하게 대답했다.

“은전 열 냥입니다.”

동알은 그저 갑자기 나타난 스스를 보며 당황해 아무 말도 못 하고 바라만 보고 있었다. 그때 장정들은 주위를 둘러보다, 준수한 외모가 눈에 띄는 공자 한 명을 발견했다. 그들은 황급히 떨리는 목소리로 말을 이었다.

"열 냥입니다. 이자는……감히 받을 수 없겠지요."

"언니, 액수가 맞아요?"

넋이 나가 있는 얼굴로 동알은 고개를 끄덕였다.

스스는 소매에서 은표 한 장을 꺼내 장정들에게 건네며 온화하게 말을 이었다.

"앞으로도 이 가게 좀 잘 보살펴 주게."

20냥.

"아이고, 이렇게나 많이 주시다니……당연히 돌봐드려야죠. 당연히 그러겠습니다."

장정들이 급히 자리를 뜨자 판시엔이 점포 앞으로 걸어갔다.

"돈이 있는데 안 쓰고, 돈을 빌려 써?"

"도련님, 어찌 여기까지……."

판시엔은 그 모습에 약간 화가 났다.

"맨날 그 말만. 누나는 내 사람이야. 근데 내가 찾아오면 안 돼?"

스스는 동알 곁으로 가서 다정하게 그녀의 손을 잡아 주었다.

판시엔은 동알의 얼굴을 살피고, 늘어난 눈가의 주름과 어두운 표정을 보며 가슴 아파하며 물었다.

"딸 아이는?"

"아비랑 같이 있는데, 아비가 몸이 좀……그리고 도련님이 주신 돈을 제가 감히……."

판시엔은 말을 잘라버렸다.

"누나 집으로 가서 이야기해!"

동알이 두부 점포를 보며 어쩔 줄을 몰라 했다.

판시엔은 그도 이유는 몰랐지만 그냥 화가 치밀어 올랐다.

"이딴 가게에 뭘 그리 신경 써?! 나를 따라다녔으면, 이런 험한 꼴은 안 당했을 거 아니야?!"

스스가 급하게 동알 손을 끌어 시장 밖으로 데리고 갔다.

동알은 딴저우 한쪽 구석에 위치한 조그마한 민가에 살고 있었다. 물론 그 집도 동알이 시집갈 때 판시엔이 사준 것이다. 집안의 가구들이며 집기들이며 모두 낡고 오래되어 보였다.

판시엔은 한숨이 나왔다. 그리고 제집에 온 듯, 안채 방문을 확 제치고 안으로 들어가 버렸다. 방안에는 서른 살 정도 되어 보이는 남자가 힘겹게 침대에서 몸을 일으키고 있었다. 동알이 황급히 따라 들어왔다.

"도련님, 병자가 머무는 곳인데, 무엇 하러 여기까지……."

"도련님, 들어오지 마십시오."

동알의 남편도 황급히 말을 보탰다.

판시엔은 두 부부의 말에 대꾸도 하지 않고 남자 곁으로 가 맥을 짚었다. 부부의 눈에는 어느새 눈물이 차오르고 있었다.

"폐에 문제가 있는데, 치료하기는 어렵지 않아."

판시엔은 동알에게 붓과 먹물을 준비시킨 시킨 후 처방전을 써 내려갔다. 그리고 제시간에 복용해야 하는 것은 물론이고, 전에 준 은전도 아끼지 말고 쓰라고 신신당부했다.

동알은 '네' 했지만 판시엔은 그녀의 표정에서 그러지 않을 거란 것을 느끼고 화를 냈다.

"말 안 들을래?!"

동알은 감격한 웃음만 지을 뿐 대꾸는 하지 않았다.

판시엔은 다시 한번 한숨을 쉬며 동알의 남편, 마이신(麦新)에게 고개를 돌려 당부했다.

"마이신, 이 약을 자주 먹어야 해. 그런데 딴저우에서는 약재를 쉽게 구할 수 없으니, 며칠 뒤 내가 징두를 갈 때, 너희 가족도 따라가는 거야, 알겠어? 가장인 너에게 먼저 묻는 것인데, 딴저우에 더 신경 쓸 것이 있어?"

마이신이 어떻게 말을 못 하고 있을 때 동알이 옆에서 대신 대답했다.

"도련님, 이제 남의 돈도 안 쓰고, 도련님이 보낸 주신 돈도 이미 백여 냥이나 쌓여 있으니, 그 돈 꼭 쓸게요……딴저우에서 백 냥이면 평생 쓰고도 남을 돈이에요. 그러니 부디 너무 걱정하지 마세요."

판시엔은 들은 체도 안 하고 마이신에게 말했다.

"나와 같이 징두로 갈 준비를 빨리해."

마이신은 자기도 모르게 '네' 했다.

동알은 사나운 눈으로 남편을 흘겨봤다.

그제서야 판시엔은 이 집의 실질 주인은 동알인 것을 깨닫고 그녀에게 온화하게 말했다.

"누나, 딴저우에 친척도 없는데, 왜 징두를 안 가겠다는 거야? 이제 날 키울 걱정도 없고, 징두에서도 하고 싶은 두부 장사를 하면 돼. 가까이 있으면 서로 도울 일도 있고, 좋잖아?"

서로 도울 일이 있겠는가. 판시엔이 동알을 돕겠다는 뜻이었다.

"도련님 생각은 저도 잘 알고, 너무 감사한 말씀이시지만……전 여기 있을게요. 도련님께 폐만 끼칠 것 같아요."

그때, 집 밖에서 청아한 목소리가 들려왔다.

동알이 뛰어오는 그녀의 손을 잡고 일러주었다.

"도련님이라 부르렴."

"삼촌이라 불러야지. 고작 몇 년 못 봤다고, 삼촌을 모르겠어?"

꼬마 아가씨가 진지하게 고민했다. 하지만 고개를 갸우뚱하고 '히히' 웃으며 말했다.

"삼촌, 어디에 다녀온 거예요?"

"이제 아홉 살인가? 꼬마 아가씨는 어디에 다녀왔는데?"

"학당이요!"

스스가 귀엽다는 듯 아이의 볼을 꼬집어 주고 미리 준비한 선물을 꺼내 주었다. 꼬마 아가씨는 세상 신난 듯 선물을 품에 꼭 안고서 동알에게 말했다.

"엄마, 나 아빠 약 달이러 갈게."

'애를 이렇게 잘 키우다니. 동알 누나는 정말 대단해.'

"그래도 학당은 보냈네. 정말 잘했어. 계속 교육은 받게 해."

"그런데 나중에는 제가 어떻게 해야 할지 모르겠어요."

"어떻게 해야 할지 모르겠다고?"

판시엔은 갑자기 크게 웃었다.

"삼촌이 있잖아?! 하고 싶은 대로 하라 그래!"

약속과도 같은 말이었다.

"혼처도 함부로 정하지 마. 먼저 나에게 허락 맡아야 해."

판씨 딴저우 저택으로 돌아온 판시엔이 완알에게 오늘 있었던 이야기를 해 주자 그녀는 이미 눈시울이 붉어져 있었다. 그녀는 동알이 징두에 가지 않겠다는 대목에서, 심지어 동알에 대한 존경심마저 들었다.

판시엔은 방에서 나와 뭉친 몸을 풀었다.

그때, 검은 그림자가 복도를 스쳐 갔다.

판시엔은 전혀 긴장하지 않았다.

"매일 그런 식으로 따라다니면, 안 지겨워?"

"좀 지겹다."

"절름발이 늙은이 옆에서는 괜찮았어?"

"원장 대인 옆에는 미녀가 있었다."

판시엔은 '내가 졌다'는 표정이었다.

"네가 보기에, 오늘 마이신의 병세가 어떤 것 같아?"

"큰 병은 아니다. 외상을 입은 후, 감염이 생긴 것 같아 보였다."

판시엔은 그림자가 그의 진맥 결과와 같은 판단을 내리자 고개를 끄덕이며 말을 이었다.

"연유를 모르겠어. 동알이 말해줄 것 같지 않아, 그냥 묻지 않았거든. 외상이라……누가 그랬는지 조사 좀 하고, 혼내 줘……그래도 죽이면 안 돼."

판시엔은 괴팍한 그림자의 성격을 고려해 차라리 경계선을 정해주는 게 낫다고 생각했다.

"발로 걷어 차. 그러니까 발로 한 대만 걷어 차고, 3년 정도 누워있을 정도의 세기로. 그 이상은 안 돼."

"발로 걷어 차라고?"

"알아, 알아. 살인은 네가 천하제일이지. 그런데 이번엔 발로 걷어 차기만 해. 오차가 있어선 안 돼. 수고해."

그림자는 황당한 얼굴로 다시 사라졌다. 그가 사라진 것을 확인한 후 판시엔은 발걸음을 할머니의 침소로 옮겼다. 그리고 오늘 있었던 일을 말씀드렸다.

"지금 할미를 원망하고 있구나?"

"그럴 리가요."

판시엔의 말투가 약간은 어색했다. 할머니는 손자의 토라진 모습을 보고 웃음이 터졌다. 그리고 일의 자초지종을 설명해 주었다.

전임 딴저우의 주 수비군 집안의 공자가 동알에게 반했는데, 그 모습을 보고 동알의 남편이 그를 흠씬 패버렸다. 이 일로 마이신은 매질을 당하고 감옥에까지 갇혔으나, 할머니가 나서서 그를 빼내 준 것이었다.

동알도 그녀의 남편이 먼저 손을 쓴 일이니 말을 못 하고 있었던 것이다. 판시엔은 조금 걱정이 되었다.

"큰일이 일어나진 않겠죠?"

"무슨 말이냐?"

"누굴 시켜 발로 한 대 걷어차라고 했거든요."

"그게 뭔 대수라고. 네가 좋으면 그렇게 하려무나."

다음 날, 딴저우 성에 소식이 하나 날아들었다. 모 저택의 모 공자가 누군가에게 '한 번' 발길질을 당했는데, 급히 의원이 와 목숨은 구했지만, 일어나지 못하고 침상에 누워있다는 소식이었다.

범인을 본 사람은 없었다. 몇몇 똑똑한 사람은 배경을 추측하기 시작했지만, 아무도 입 밖으로 내지는 못했다.

그리고 또 며칠이 지났다. 황제로부터 온 비밀 성지와 강남 감사원의 보고서가 동시에 판씨 딴저우 별저로 날아들었다. 그것들을 읽어보던 판시엔은, 이제는 딴저우에서의 휴식을 끝내야 할 시간이라 생각하고 있었다.

다음 날 새벽, 텅즈징은 큰보배와 함께 바다낚시를 갔고, 판시엔 부부는 변장을 하고 딴저우를 돌아다녔다. 시장, 잡화점에 들러 판시엔은 추억을 쏟아 냈고, 완알은 신기한 듯 듣고만 있었다.

"무공을 연마한 절벽은 어디야?"

"거긴 너무 위험해. 그리고 넌 올라갈 수도 없고."

완알이 아쉬워하고 있을 때 판시엔이 뜬금없이 말했다.

"나 꼭 안아 줘."

완알은 한동안 멍하게 있다가 이내 '헤헤' 하며 웃었다. 그리고 양손을 판시엔 겨드랑이 사이로 넣고, 판시엔을 '꼭' 끌어안았다.

그날 밤 침대에서 그랬던 것처럼, 판시엔이 언제 또 사라질까 두려워했던 것처럼. 판시엔이 딴저우의 향기와 함께 사라져 버리는 게 너무 무서웠던 그때처럼.

딴저우에서의 일정은 이걸로 끝을 맺었다. 떠나기 전 마지막 날 밤, 판시엔은 할머니와 서재에서 한참 대화를 나누었다. 서재를 나오는 판시엔의 얼굴이 무거워 보이자 완알이 걱정하며 물었다.

"무슨 일이야?"

"큰일은 아니야. 조금 불편한 소식이랄까?"

"무슨 소식인데 그래?"

"옌샤오이가 징두에 보고를 하러 돌아온다네. 대충 따져보니, 나와 거의 동시에 징두로 들어가겠더라고."

판시엔은 그날 밤 황실에서 맞았던 그의 화살을 아직도 잊고 있지 못했다. 눈치 빠른 완알이 재빨리 물었다.

"설마……무의(武議)라도 열겠대?"

'하여튼 눈치 하나는…….'

"추밀원의 뜻이래. 군 측에서 사기진작을 위해서, 무의를 다시 열어야 한다 주장하나 봐."

경국은 무도(武道)로 세운 나라였다. 그래서 매년 무술 대결장인, 무의를 열었다. 하지만 세 번의 북벌이 끝난 후 황제가 문치로 눈을 돌리면서 몇 년간 무의가 중단되었던 것이다.

"황제 삼촌의 뜻은?"

"반대하실 리 있겠어?"

"상공을 겨냥해서 그런 건 아닌지……."

"난 문관인데?"

판시엔은 완알이 걱정하기에 말은 그렇게 했지만, 쟈오저우 수군의 문제로 그가 군대의 미움을 받게 된 것을 누구보다 잘 알고 있었다.

“문관이긴 하지만……상공은 천하가 다 아는 무공 고수잖아.”

“네 말은, 옌샤오이가 무의에서 나에게 도전한다? 군대가 그런 생각이라면, 너무 유치한데? 그리고 옌샤오이가 결투를 신청하면, 내가 받아 줄 거라 생각하는 건가?”

“생각해 보니 아무 일도 아닐 수 있을 것 같아. 무의를 신청한다 해도, 그런 공식적인 자리에서 옌샤오이도 상공에게 상해를 입힐 순 없지. 옌샤오이가 정북 대도독이고, 2년 만에 징두를 오는 거니까, 진짜 업무 보고 하러 오는 것일 수도 있어.”

한동안 침묵하다 판시엔이 활짝 웃으며 말했다.

“싸우진 않을래. 근데 궁금하긴 하네. 내가 그를……죽여버리면 어찌 되는지.”

완알은 눈을 휘둥그레 뜨고 차마 말을 하지 못했다.

제16장

판시엔에게 향하는 비수

경력 6년, 어느 겨울날 저녁. 침침하고 쓸쓸한 해가 먼 산 너머로부터 비춰오고 있었다. 너무나 추운 날이었고 주변 민가는 온통 새하얀 눈으로 덮여 있었다. 눈은 점점 더 많이 쌓여가고 밤의 어둠이 쓸쓸한 해마저 삼켜버렸다. 갈수록 거세지는 바람이 땅바닥을 휩쓸고 지나가며 바닥에 쌓인 눈을 공중으로 흩뿌리고 있었다.

하늘에서 또 눈이 내렸다. 다시 눈보라가 일었다. 길을 재촉하는 사람에게는 최악의 날씨였다.

이곳은 잉저우. 이번 여름에는 다행히 홍수가 나지 않았지만, 매년 홍수 피해도 가장 심하게 입고 도적도 가장 많이 출현하는 지역.

시커먼 색 마차의 행렬이 그곳을 뚫고 지나가고 있었다.

마차 안은 창틀을 아교로 꽁꽁 막아 한기가 새어 들어오지는 않았다. 오히려 안에 피워 둔 난로 때문에 봄처럼 따뜻한 느낌마저 들었다. 판시엔도 털옷에 달린 목 단추를 두 개 풀고서, 손에 들고 있던 공문서를 내려놓고, 장막을 살짝 걷어 마차 밖을 바라보았다.

순백색의 대지. 작은 연못, 논밭, 민가 심지어 푸른 숲까지 모두 눈으로 덮여 버렸다.

"쉴 곳을 찾아보자."

판시엔이 마부석에서 이미 눈사람이 되어 버린 감사원 관원에게 말했다.

"길을 재촉하는 건 좋은데, 얼어 죽지는 말자고."

"네, 대인"

마차는 곡선을 그리며 가장 넓은 논두렁을 따라 인근 마을로 방향을 꺾었다.

판시엔은 업무 보고를 위해 징두로 가는 길이었는데 조정에서 정해 놓은 날짜에 도착해야 했다. 마음은 급했지만, 몇 년 만의 최대 폭설에 일정이 너무 빠듯했다. 강과 바닷길은 더욱 답이 없어, 샤저우에서 마차로 갈아타고 눈보라를 뚫고 육로로 이동하는 중이었다.

마을로 들어가니 마을 대표가 부들부들 떨면서 서둘러 판시엔 일행을 맞으러 나왔다. 판시엔은 잠행 중이었기 때문에 감사원 관원이 마을 대표에게 가서 몇 마디 상의를 했다.

신원과 행적을 밝힐 수 없었기 때문이다.

딴저우에서 떠날 때에는 초가을이었다. 판시엔은 우선 항저우로 돌아간 후, 몇 개월 동안 군산회의 잔여 세력을 없애는 데 주력을 했다.

딴저우에서 완알과 논의한 내용은 이미 황실의 허락이 떨어져 완알이 적극적으로 추진하는 중이었다. 생각보다 일은 순조롭게 진행되어 강남의 거상들이 상당한 은전을 지원했다. 그리고 판씨, 류씨, 린씨 가문의 인맥과, 샤치페이의 강남 수채의 통로를 통해 상당히 빠르게 진행되고 있었다.

하지만, 아직 정확한 목표와 실행 방안이 정해지지 않아, 우선 그 단체의 이름을 '항저우회'라고 정했다. 그리고 판시엔 부부는 막후에서만 활동했기에 그들의 존재를 아는 사람은 별로 없었다.

대부분의 사람들은, 항저우회가 징두의 어느 고귀한 분이, 내고 전운사 관아를 이용해 추진하는 좋은 일 정도로만 여겼다.

그러는 와중 판시엔이 징두로 출발할 날은 다가오고, 강남에는 폭설이 내리기 시작했다. 얼마나 많은 농가 주택이 무너지고, 얼마나 많은 사람이 얼어 죽었는지 모를 일이었다. 그래서 완알은 항저우에 남겠다고 결심했다. 판시엔은 걱정이 되었지만, 그 고집을 꺾을 순 없어 스스를 같이 남겨 두었다.

그래서 판시엔은 수하 서른여 명만을 데리고 홀로 징두로 향했고, 그들은 지금 모두 한 마을의 학당으로 향하고 있었다.

마을 대표는 귀한 여우 가죽 외투를 입은 사람의 신분을 묻지도 못한 채 그 일행의 뒤를 조심스럽게 따라가고 있었다.

학당 안 난로 앞에서 판시엔은 홀로 생각에 빠졌다.

하이탕은 이미 떠나고 없었다.

랑타오를 우저우에서 봤을 때, 사실 판시엔은 그녀가 북제로 돌아갈 것이라는 것을 알았다. 북제 태후의 명이기도 했지만, 지금으로서는 북제 사람 하이탕이 경국에 계속 남아 있을 명분이 없었기 때문이다.

그녀는 북제의 성녀이지, 경국의 공주가 아니지 않은가.

하이탕이 경국에 넘어온 주요 명분은 북제 황제를 대신해 판시엔이 비밀 협약을 잘 지키는지 지켜보는 것이었다. 하지만 지금은 북제 황제도 그 둘의 관계에 대해 골머리를 썩고 있고, 그에 대해 공개적으로 나설 수도 없는 입장이기 때문에, 그저 북제 태후의 말을 들을 수밖에 없었다.

판시엔은 하이탕의 귀국 장면을 볼 수는 없었다.

하지만 꽃무늬 두건을 쓰고, 꽃무늬 옷을 입고, 꽃바구니를 든 시골 아가씨가 몸을 흔들거리며, 뒤도 돌아보지 않고 호탕하게 수저우를 떠나는 모습이 판시엔의 눈에 훤하게 그려졌다.

하이탕은 떠났지만, 판시엔과 북제 황실과의 협약은 안정적으로 시행되고 있었다. 샤치페이와 판스져의 협력이 이미 안정기에 접어들고 있었던 것이다.

경국 황실은 손해를 보고 있었지만, 항저우회로 들어오는 돈은 나날이 늘고 있었다.

'모두 백성의 돈인데, 상관없지 않나?'

밍씨 가문은 판시엔의 공격으로 이제 정말 위험한 상황에 빠져들고 있었다. 엄청난 자산이 있었지만, 당장 현금으로 만들 수 있는 것들은 아니었다. 사업이 흔들리자, 그들은 외부에서 돈을 빌리는 방식으로 현금을 변통해 나갔다.

심지어 밍칭다는 밍씨 집안 큰노마님이 죽은 이후로 군산회의 지위를 제대로 승계받지 못했다. 동이성의 태평전장이 거래를 끊지는 않았지만 지원이 예전만 못했다.

그래서 밍칭다가 초상전장으로 달려가는 일이 더욱 빈번해졌다.

'밍칭다가 돈을 많이 빌리면 빌릴수록 좋지. 피를 안 보고 밍씨 가문을 접수하려니 시간이 걸리는 것뿐.'

판시엔은 따뜻한 난로 옆에서 바깥에 하염없이 내리는 눈을 바라봤다.

그는 만족감과 자신감에 차 있었다. 원래 자긍심은 있었지만, 강남의 일 처리가 스스로 생각해도 대견해 보였다.

그때, 판시엔의 동공이 수축했다.

폭설 속에서, 검은 선이 바람을 갈랐다.

검은 선이 검은색 번개처럼, 하늘을 휘감은 거친 눈보라 소리에 묻혀, 마치 시공간의 벽을 뛰어넘은 듯, 판시엔의 앞으로 빠르게 다가오고 있었다.

화살! 검은색 화살!

판시엔은 피하지 않았다.

패도 진기를 손으로 보내, 장검을 들어 올려, 화살을 내려쳤다!

'펑!'

하지만 검이 화살에 맞지 않았다!

판시엔의 검은 허공을 갈랐고, 대신 화살은 판시엔 앞 푸른 깃대에 박혀, '파르르' 떨리고 있었다!

푸른색 깃발.

푸른 옷을 입은 자가, 푸른색 끈으로 머리를 동여매고, 푸른색 깃발을 들고 있었다.

펄럭이는 깃발에는 두 글자가 쓰여 있었다.

'티에샹(鐵相, 철상).'

감사원 밀정 여섯이 철궁을 들고 그를 에워쌌다. 그리고 몇몇은 화살이 발사된 위치를 찾으러 어둠 속으로 사라졌다.

푸른색의 옷을 입은 자는 침착했다.

판시엔이 그자가 들고 있는 푸른색 깃발을 보며 물었다.

"점쟁이군. 누군가 날 죽이려 한 걸 예언한 거야?"

"고작 작은 화살 하나인데, 어떻게 판 대인을 해치게 할 수 있겠습니까?"

"그래서 이해가 안 되는 건데, 왜 큰 활잡이가 아니라 작은 활잡이가 움직였지?"

"작은 활잡이가 아직 나이가 어리고 성격이 사나워서 충동적일 수밖에 없습니다."

판시엔은 침묵했다.

"본인은 점쟁이가 아니고……."

푸른색 옷을 입은 이는, 손가락으로 푸른 깃발 위의 두 글자를 가리키며 말했다.

"성은 티에, 이름은 샹, 티에샹입니다."

"티에샹?"

판시엔은 자객을 만났지만, 아무 일 없다는 듯 차분했다.

"들어와."

티에샹은 푸른 깃발을 학당 앞 나무문에 세워놓고 어깨에 소복이 쌓인 눈을 털고서 학당 안으로 들어갔다.

"대인은 소문에서 들리는 것보다 더 거칠군요."

판시엔은 두 손을 불에 쬐기만 할 뿐 대꾸도 하지 않았다.

"대인은 손님을 항상 이런 식으로 대접하나요?"

판시엔은 따뜻해진 양손을 비비고 옆에서 부하가 따라주는 술잔을 받아 두 모금 마셨다.

"하늘에는 찬 바람이 불고, 땅은 얼어붙었고. 널 안에 들어오라 한 건, 본관이 백성을 아끼기에 한 행동일 뿐. 넌 내 손님이 아닌데? 설마 지금 네가 나에게 공을 세웠다고 생각하는 거야?"

"물론 제가 없었더라도, 그 화살은 대인을 해하진 못했겠지요."

"그래. 그래서 난 너에게 빚진 게 없어. 여기에서 눈을 피하는 건 좋은데, 비밀스러운 척하지는 마. 난 그런 거 별로 안 좋아해."

"알겠습니다. 그런데 대인은 정말 저에게 묻고 싶은 게 하나도 없으신가요?"

그는 칼 눈썹을 가지고 있었다. 부드럽고 영롱한 눈과 살짝 위로 올라간 입술을 가지고 있어서, 사나워 보이기보다는 친근감을 주는 얼굴이었다. 그리고 나이는 제법 어려 보였다.

'이 자식 잘생기긴 했네.'

"무슨 자신감으로 내가 널 알아야 한다는 거지?"

"대인은 어찌 그리 단호하게 말하는 것이죠?"

"내가 널 거둬 주길 바라는 건가?"

판시엔은 실눈을 뜨고 상대방의 눈을 주시했다.

"만약 그런 거라면, 비현실적인 환상이나 자존심은 버려. 그리고 난 문객을 널리 거두는 취미가 없어."

"대인은 정말 기세등등하시네요."

"난 그럴 자격이 있거든. 할 말이 있으면 하고, 아니라면 구석에서 불이나 쬐다 눈이 멎으면 가."

푸른 옷을 입은 사람은 일이 생각지도 못한 방향으로 흘러가자 적잖이 당황했다. 판시엔에게 무언가 전달할 내용이 있었고, 그가 징두에 도착하기 전까지 어떻게든 그와 친해져야 했다. 그러다 활을 든 자객이 향하는 곳을 알게 되었고, 좋은 기회라고 생각했었다. 그 화살을 막으면, 판시엔에게 좋은 인상을 줄 수 있다 생각했기 때문이다.

하지만 판시엔의 반응은 냉담하다 못해 무심했다.

"징두로 가시는 길에 민초가 대인을 보호해 드릴 수 있습니다."

"이유가 불충분해."

푸른 옷을 입은 이가 잠시 생각하다 다시 더욱 공손하게 입을 열었다.

"대인께 전할 소식이 있습니다."

"무슨 소식?"

"동쪽에서 온 소식입니다."

판시엔은 그제서야 고개를 들어 푸른 옷을 입은 자의 두 눈을 주시했다.

상대방도 전혀 기죽지 않았다.

판시엔이 손뼉을 한번 쳤다.

감사원 관원과 밀정들이 밖으로 나갔고 학당 안에는 젊은이 둘만 남게 되었다.

푸른 옷을 입은 이가, 다시 한번 공손하게 예를 올렸다.

"동이성에서 제사 대인에게 인사드립니다."

"이름은?"

"검려 13제자 티에샹입니다."

"스구지엔 제자는 열두 명으로 알고 있는데……티에샹이라는 이름도 처음이고. 내가 모른다는 것은 곧, 그런 사람은 없다는 거야."

"본명은 왕시(王羲, 왕희)입니다. 경국에 오면서 이름을 바꾼 것입니다."

"왕시? 이름은 좋네."

왕시는 살짝 당황했다. 그는 판시엔이 '동이성과 감사원은 적인데, 왜 찾아왔지' 라고 물을 것이라 생각했는데, '이름이 좋다'라는 황당한 말만 하고 있었기 때문이다.

사실 판시엔은 동이성이 언젠가는 그에게 접촉을 시도할 것이라 예상하고 있었다. 동이성이 장 공주와 관계가 깊고, 스구지엔도 군산회에 속해 있을 수 있었다. 하지만 스구지엔이 동이성과 그 주변의 제후국들을 12년간 보호할 수 있었던 이유가, 한 자루의 검 때문만은 아니었다.

세상에 영원한 적도, 영원한 친구도 없다.

하지만 지켜야 할 이익은 있는 것이다.

스구지엔이 이전에 장 공주와 관계를 가졌던 것은 '그녀' 때문이 아니라 '그녀의 권력' 때문일 것이었다. 하지만 그 권력 구도가 변하고 있었다. 그래서 판시엔은 동이성이 조만간 접촉해 오리라는 것을 알고 있었다.

다만, 이런 알지도 못하는 젊은이를 보낼 줄은 몰랐었다.

"이건 자네 스승의 뜻이야, 아니면 동이성의 뜻이야?"

"스승님의 뜻입니다."

이 대화에서 명확해졌다. 이 만남은 비공식적인 만남이라는 것. 다시 말해, 이 젊은이는 스구지엔이 둔 과감하고 은밀한 수였다.

"난 어떤 이득이 있지?"

"이득은 없습니다. 태도만 있을 뿐."

"얼마 전까지 강남에서 너의 대사형을 포함한 고수들이 와서, 나를 암살하려 했다는 건 너도 알고 있을 텐데, 지금 너의 말 한마디로, 다 없는 셈 쳐 달라?"

"동이성은 대인의 적입니다. 하지만 저는 아닙니다. 그리고 저는 동이성의 입장을 대변하는 것이 아니라, 스승님의 입장을 대변하고 있습니다. 동이성을 포함해 저의 존재를 아는 사람은 몇 없습니다. 대인이 원하신다면, 제가 대인 편에 설 것입니다."

"그 말은, 네가 내 편에 서면, 나와 함께 동이성에 있는 사람들도 다 죽일 수 있다는 거야?"

"그렇습니다. 대인의 적이 곧 저의 적이니까요."

판시엔은 웃음이 터져버렸다.

"스구지엔아 스구지엔아. 이 백치 같은 놈아. 역시 생각이 재밌어."

판시엔은 이 말을 하며 곁눈으로 왕시의 반응을 살폈다. 판시엔이 그의 스승을 '백치 같은 놈'이라 했는데, 심지어 그 말은 동이성에서는 금기시되는 말임에도, 그는 아무런 반응이 없었다.

"검려의 13제자라……."

판시엔은 우쥬의 마지막 제자.

하이탕은 쿠허의 마지막 제자.

왕시는 스구지엔의 마지막 제자.

"너를 앞으로 왕13랑(王13郞)이라 부르지."

판시엔은 차분히 말을 이었다.

"왕13랑……나는 원한을 쉽게 떨쳐버리지 못하는 성격이야. 동이성은 그 미친 여자와 손을 잡고 나와 척을 질 텐데, 내가 너만 믿고, 동이성을 가만히 둘 수 있겠어?"

왕시는 시원하게 웃었다.

"대인과 척을 진 사람들을, 대인은 죽이시겠죠. 하지만 저는 스승님이 보내셨고, 저는 대인과 척을 지지 않을 것이기 때문에, 대인의 손에 죽을 리 없습니다. 그리고 제가 살아 있는 한, 동이성은 지금처럼 살아남을 것입니다."

그의 말은, 그다지 시원하지 않았다.

판시엔은 잠시 생각을 하고 화제를 바꿨다.

"징두에 간다고?"

"이왕 경국을 돌아다니는 거, 수도는 가야겠지요. 포월루에 그렇게 미녀가 많다던데, 그곳도 가서 제대로 즐겨 볼 생각입니다."

"안 깎아 줄 거야."

왕시는 웃으며 맞받아쳤다.

"점을 봐주며, 은전은 많이 모아뒀습니다."

"점쟁이가 아니라며?"

"대인, 운명은 기이한 것이고, 바람과 구름의 길이 다르고, 별의 반짝임도 다 다릅니다. 저 같은 범인(凡人)이 어찌 운명을 알 수 있겠습니까?"

"말은 좋네. 어쨌든 알았고, 넌 스구지엔의 입장을 대변하니, 동이성과 별개라 생각하면 된다는 거지?"

"네."

"좋아. 그럼 밖에 나가서 그 작은 활잡이를 꺾어버리게. 네가 스구지엔의 입장을 대변한다니, 그 입장을 확인해 보지. 징두에 돌아가기 전에, 그 작은 활잡이의 목을 보고 싶어."

왕시는 깊이 생각을 했고, 이윽고 가볍게 고개를 끄덕인 후, 푸른 깃발을 챙겼다.

나무문을 여는 순간 그는 다시 고개를 돌리고 물었다.

"제가 살인을 좋아하지 않습니다. 다른 방법으로 처리해도 될까요?"

"네가 사람도 못 죽인다면, 내가 널 거둘 이유가 뭐 있겠어?"

"제 수단이 제법 괜찮습니다. 제가 대인을 보호해 드릴 수 있습니다."

"나를 보호해? 난 아직 네가 그런 말을 할 자격이 있다고 생각하지는 않는데?"

"하지만 전 그런 실력이 있습니다. 한번 시험해 보셔도 좋습니다."

"허풍 떨지 마. 여긴 동이성이 아니야. 넌 경국 땅에서 언제 어떻게 죽을지도 몰라."

판시엔의 말이 끝나자마자 학당 안의 불빛이 모두 꺼졌다. 갑자기 이유도 없이 바람이 불어와 화로에 있던 재가 하얗게 날렸다.

강력하고, 은밀하고, 치명적인 기운이, 문 앞에 서 있는 왕시를 감쌌다. 푸른 깃발을 잡고 있던 왕시의 손이 살며시 떨리기 시작했다. 깃대에 꽂혀 있던 검은색 화살에 금이 가기 시작하더니 순식간에 산산조각이 났다!

왕시는 가볍게 기침을 두 번 하고, 두 걸음 뒤로 물러섰다.

하지만 두려움이라고는 찾아볼 수 없는 얼굴로 웃으며 말했다.

"대사형이 강남에서 부상을 입은 것이……역시 우연은 아니었군요. 대인 옆에 이런 고수가 있었다니. 그래서 저도 필요하지 않으셨던 것이고……알겠습니다. 대인을 위해 제가 몇 명 죽여드리죠."

말을 마친 왕시는 문을 열고 나가 어둠 속으로 사라졌다.

판시엔은 다시 불을 지피고 오늘 벌어진 일을 돌이켜 봤다.

쇠막대기로 불을 정리하던 손이 멈추고 돌연 허공에 대고 말을 뱉었다.

"내가 검을 휘둘렀어……그런데 허공을 벴지."

불빛이 만들어 낸 판시엔의 그림자에서 '그림자'가 분리되어 나왔다. 판시엔은 그림자에게 술을 권했다.

"술은 반응을 느리게 만든다."

판시엔은 고개를 절레절레 저으며 물었다.

"옌샤오이 아들 이름이 뭐였지?"

"모른다."

"너무 긴장할 필요 없어. 작은 활잡이는 밖에서 이미 얼어 버렸을 거야. 또다시 공격하겠어?"

판시엔은 다시 술을 권했다.

"괜찮아, 마셔. 난 쳔핑핑이 아니잖아? 날 죽이고 싶은 사람은 많겠지만, 난 쉽게 죽지 않아."

술을 두 모금 마신 그림자의 얼굴에 붉은 기가 올라오자……너무 귀여웠다. 연극에서 볼만한 어릿광대 같았다.

판시엔은 '껄껄껄' 웃었다. 하지만 이내 웃음을 거두고 진지하게 물었다.

"내가 허공을 베는 거 봤지?"

"봤다. 왕13랑은 강하다."

판시엔은 이미 알고 있었다. 왕13랑은 강했다. 왕13랑이 그의 앞에서 화살을 막을 때까지, 그도 그림자도 눈치채지 못하고 있었기 때문이다.

"난 왕시의 인기척을 못 느꼈지. 인내력도 강한 것 같아. 실력이 좋고 인내력이 강한 사람은, 분명 크게 도모하는 게 있는 법인데……."

판시엔은 눈썹을 씰룩거리며 말을 이었다.

"인내라기보다는 무신경하다고 말하는 게 더 정확할 것 같네. 내가 말로 공격도 하고, 모욕도 해봤는데……아무 반응이 없었어. 그렇다면 정말 개의치 않는다는 건데……왕시가 원하는 게 뭔지 도무지 모르겠어."

"그자는 검려 사람이 확실하다. 하지만 그것 외에 또 다른 게 있는 것 같다."

판시엔은 고개를 저었다.

"됐어. 일단 그가 작은 활잡이의 목을 가져오면, 그때 가서 다시 생각하자고."

그것은 일종의 '투항장'이었다. 샤치페이가 강남 수채와 관련된 관원들의 명단을 판시엔에게 주었듯이, 판시엔은 옌샤오이 아들의 목을 원했다.

"왕13랑이 스구지엔의 마지막 제자라는 걸 아는 사람은 없다."

그림자가 일러주자 판시엔은 자신의 의도를 말했다.

"그가 옌샤오이 아들을 죽이면, 천하에 스구지엔의 마지막 제자가 죽였음을 알릴 거야."

"뛰어난 전략이기는 하지만……이득이 없다."

판시엔은 그림자의 말에 일리가 있다는 생각이 들었다. 스구지엔이 지금 그에게 성의를 보이고 있는 상황에서, 다시 스구지엔에게 누명을 씌우는데 그 성의를 사용한다는 것은 판시엔 개인적으로 별 이득이 없었다.

"동이성 쪽 일은, 네 말을 듣는 게 낫겠네. 어쨌든 동이성은 나보다 네가 더 잘 아니까."

"닷새 동안은 눈이 계속 내릴 것처럼 보인다. 몰래 화살 공격을 하기 쉽다는 말이니, 주의하는 게 좋을 듯 보인다."

"흑기병은 얼마나 떨어져 있지?"

"십 리(里)."

판시엔은 이런 최악의 날씨 상황에서도 흑기병들이 주위를 정리해 주고 있기에 그나마 안심이 된다 생각했다.

'그래도 편하게 자긴 틀렸구만.'

다음 날, 마차는 잉저우 북쪽으로 난 관도(官道)를 따라 징두로 향했다. 어제 일로 호위는 더욱 삼엄해져 있었다. 상인으로 변장한 6처의 자객들은 3인씩 조를 이뤄 눈을 헤치고 이동하며 의심스러운 이들을 살폈다.

흑기병도 마차와의 간격을 더욱 좁혔다.

잉저우를 벗어나자마자 샤치페이의 사촌 동생 관우메이가 다가와 공손하게 예를 올렸다.

"뭐 찾아낸 거 있어?"

판시엔은 감사원의 정보망 외에도 강남 수채를 이용한 별도의 정보망도 운영하고 있었다.

"우연히 커다란 보따리를 들고 있는 자를 조사하려 했는데, 곧바로 도망치는 바람에, 형제들이 그를 놓쳤습니다. 도망친 방향으로 볼 때, 징두로 간 것 같았습니다."

'작은 활잡이가 용감하게 혼자 왔나 보네.'

판시엔은 몇 마디 더 나눈 뒤 관우메이를 돌려보냈다.

그림자의 예상대로 눈은 계속 내렸고, 느리게 전진하던 마차는 징두로 들어가기 전 마지막 주(州), 웨이저우(渭州, 위주)에 도착했다. 웨이허 강의 상류에 위치한 웨이저우는 성 자체가 크지는 않았지만 매우 번화한 곳이었다.

하지만 판시엔은 지체할 시간이 없었다.

판시엔은 웨이저우 관아에 주 군대 관병 백여 명을 지원해 달라는 요청만 한 뒤 곧바로 웨이저우를 벗어났다. 그리고 하루를 더 이동한 후, 마차는 드디어 징두의 관할 지역으로 들어가게 되었다.

판시엔은 마차에서 고개를 내밀어 뒤를 향해 고개를 끄덕였다.

흑기 부통령 징거가 오른 주먹을 올리자, 5백여 명의 흑기병들이 징두 밖 40리에 위치한 흑기병 영지로 돌아갈 준비를 하였다. 조정의 엄격한 규칙에 의해, 흑기병들이 징두 관할 지역에 진입하는 것은 엄격히 금지되어 있었기 때문이다.

'흑기병의 규칙을 볼 때, 황제가 제일 두려워하는 반역자는 역시……절름발이 늙은이야.'

징두 관할 지역으로 들어오니, 도로 폭은 넓어지고, 산림은 덜 보이고, 행인들은 늘어났다. 다만, 녹아내린 눈 때문에 도로가 진흙탕이 되어 마차가 나아가기는 여전히 쉽지 않았다.

작은 산골짜기가 눈앞에 나타났다. 눈으로 덮인 상록수림에는, 눈의 무게 때문에 곳곳에서 작은 나뭇가지들이 '툭툭' 꺾이는 소리가 났고, 곳곳에 고드름도 맺혀 있었다.

그리고 수풀 사이로 멀리 거대한 성곽이 보였다.

징두.

드디어 징두에 돌아왔다. 작은 활잡이 때문에 항상 긴장하며 며칠 잠도 잘 못 잤는데, 그래도 무사히 징두로 돌아온 것이다.

판시엔의 귓불이, 갑자기 떨렸다.

숲에서 칼날이 살을 파고드는 소리가 들려왔다. 그림자가 공격하는 소리다. 그리고 이어서 철궁이 발사되는 소리도 들렸다.

판시엔이 날카롭고 짧은소리를 냈다.

긴급 명령이었다.

판시엔은 그의 마차를 몰고 있는 마부를 붙잡았고, 대열의 모든 마차들은 그의 명령에 멈췄다.

'휘이익!'

화살이 번개처럼 날아와 판시엔의 마차에 꽂혔다.

판시엔의 반응은 빨랐지만, 이어진 화살이 이미 마부의 가슴을 뚫어버렸다!

선혈이 낭자하고, 내장이 삐져나와, 마차 외벽을 더럽혔다. 마부의 가슴을 뚫고 나온 화살이 마차에 박히면서, 못으로 박은 것처럼 그를 마차에 고정시켜 버렸다.

판시엔은 참담한 얼굴로, 벽을 쳤고, '끼익'하며 마차의 창 쪽에서 나무판이 떨어졌다.

마차는 봉쇄되었다.

'휙! 휙! 휙! 휙!'

'탁! 탁! 탁! 탁!'

폭풍처럼 이어진 화살 소리, 그리고 마차 주변에 촘촘하게 화살이 꽂히는 소리.

마치 목숨을 빨리 내놓으라 재촉하는 노랫가락처럼 울려 퍼졌다.

'펑!'

강노(强弩).

성을 지킬 때나 쓰는, 거대한 화살대에서 쏘는, 엄청난 위력의 화살.

강노에 맞아 마차의 바퀴가 산산조각나 버렸다!

하지만 마차가 산산조각나지는 않았다. 그리고 판시엔은 마차 바닥에 몸을 엎드려 진기를 운용해, 최대한 충격을 줄이려 노력하고 있었다.

감사원에서 특수 제작한 마차.

마차는 안팎으로 나무판 두 개가 합쳐진 합판으로 만들어졌는데, 그 사이에 철선으로 만든 천 그리고 매우 튼튼한 강철이 들어가 있었다. 이 마차가 아니었다면, 판시엔은 이미 죽은 목숨이었다.

'나의 이동 경로와 시간을 어떻게 안 거지? 강노는 뭐야? 군이 움직인 건가?'

판시엔의 머리에 복잡한 생각들이 스쳐 갔지만, 지금은 그런 것들을 살필 여유가 없었다.

판시엔은 귀를 쫑긋 세우고, 바깥에서 들려오는 화살 소리에 집중했다.

'많다.'

판시엔이 판단할 때, 최소한 성 하나를 공략할 정도의 병력이었다.

그리고 강노까지 동원된 거라면, 판시엔은 여기서 죽을 수도 있다는 생각이 들었다. 하지만 적들도 감사원 마차의 비밀을 알 수 없으니, 강노를 마차가 견뎌낼 거라 생각지 못했을 것이고, 조금은 당황하고 있을 거라 생각했다.

판시엔의 긴급 명령에 6처 자객과 감사원 관원들은, 판시엔처럼 재빨리 마차 안에 숨어들었다. 하지만 웨이저우 주군들은 그 명령을 알지 못했다.

철궁의 화살이 주군 병사의 몸과 머리에 인정 없이 꽂혔고, 타고 있던 말들도 가슴과 배 그리고 눈에 화살이 꽂혀, 날카로운 울음소리를 냈다.

첫 번째 화살 공격에, 주군 병력 절반이 사망했다.

곳곳에 화살, 선혈, 몸뚱이 그리고 죽음이 있었다.

감사원의 마차는, 감사원 관원들의 최후의 보루가 되어, 빗발치는 화살 공격을 처참하게, 불쌍하게 버티고 있었다. 거대한 파도에 먹혀 버리기 직전 망망대해에 떠 있는, 외로운 배 같았다.

화살이 수없이 꽂힌 마차는, 어쩌면 곰팡이가 피어난 관처럼 보이기도 했다.

숲속에서 누군가 힙겹게 강노 활시위를 당기는 소리가 들렸다.

'휘이익! 휘이익! 휘이익!'

세 발의 강노.

한 발은 판시엔의 마차로, 다른 두 발은 앞쪽의 마차 두 대로.

'펑! 펑! 펑!'

강노의 화살이 검은색 마차에 박히고, 마차는 왼쪽으로 엎어져, 바닥에서 두어 번 튀었다!

마차 안의 판시엔은, 강력한 진동과 함께, 마차가 순식간에 기울어지는 것을 느꼈다. 그리고 위를 바라보니, 날카로운 금속으로 된,

커다란 강노 화살이, 벽을 뚫고 마차 안까지 들어와 있었다.

마차를 관통하지도, 판시엔의 가슴을 관통하지도 않았지만, 그 화살의 끝은, 판시엔의 가슴과 반 척(尺, 1미터의 1/3) 거리에서 멈추었다.

목숨을 잃지는 않았지만, 판시엔은 마차도 오래 버티지 못할 것이라는 것을 직감했다.

감사원의 마차가 일반 화살이나 철궁 정도는 막아 낼 수 있었지만, 3처가 성을 공격하는 강노까지 생각해서 설계할 수는 없는 일이었다.

판시엔도 가만히 앉아서 죽을 수는 없었다.

판시엔은 진기를 발에 모아, 마차가 왼쪽으로 엎어지면서 왼쪽 벽이 되어 버린 마차의 지붕을, 발로 세차게 때려 구멍을 냈다.

그는 마차를 빠져나오자마자, 몸을 계속 회전시키며 날아오는 화살을 피한 뒤, 지그재그로 걸어 골짜기 옆 숲으로 사라졌다.

'휙! 휙! 휙!'

'탁! 탁! 탁!'

판시엔이 빠져나온 줄 모르는 적들의 화살이, 계속해서 날아와 마차에 박히고 있었다.

숲에 들어간 판시엔은, 바닥에 바위를 내려치며, 그 반동으로 하늘로 솟아, 숲속으로 사라졌다.

바위는 부서졌고, 사람은 사라졌다.

그렇게 두 번째 화살 공격을, 가까스로 피했다.

'샤샤샤.'

판시엔은 숲으로 들어가, 주위에 아무도 없음을 확인하고, 몸에 걸친 가죽 외투를 벗어, 그의 왼쪽 다리에 묶었다. 그리고 안에 입고 있던 감사원 관복을 뒤집어 입고, 환약을 하나 먹었다.

그리고 한 손에는 장화에서 꺼낸 검은색 비수를, 다른 한 손에는 허리춤에서 꺼낸 장검을 들고, 유령처럼 숲속 어디론가 다시 사라졌다.

마차에서 빠져나올 때 몸을 회전시키고, 지그재그로 걸으면서 화살을 피했지만, 왼쪽 다리에 한 발 맞고 말았다. 맞았다기보다는 스치고 지나간 것이었지만, 불에 덴 것처럼 화끈거렸다.

하지만 상처를 신경 쓸 때가 아니었다.

반격해야 할 때다.

산골짜기 길 양쪽으로 눈 덮인 숲이 펼쳐져 있었다.

두 번째 화살 공격이 끝나고, 강노의 활시위가 다시 당겨지며 세 번째 화살 공격이 시작되기 전, 찰나의 정적.

날카로운 소리가 판시엔의 귀에 꽂혔다.

반대편 숲에서 나는 소리.

그림자는 반대편 숲에서 그의 위치를 판시엔에게 알렸다. 판시엔은 그림자의 실력을 신뢰했다. 그래서 판시엔은 자신이 선택한 숲 안의 적들만 정리하면 된다 생각했다.

이어지는 화살 공격을 멈추지 못하면, 최소한 강노라도 멈추지 못하면, 감사원 마차 안의 관원들은, 수십 명의 6처의 자객들은, 전멸이었다.

그 공격을 잠시라도, 한번이라도 막아서, 6처의 자객들이 밖으로 나올 시간을 벌어야 했다. 그렇게 할 수 있다면, 판시엔, 그림자 그리고 6처의 자객들의 동시 공격으로, 적들에 대항할 수 있다고 생각했다.

판시엔은 다시 날카롭고 짧은소리를 냈다.

그림자에게 그의 위치를 알린 것이다.

하지만 그 소리를 들은 것은 그림자 만이 아니었다.

숲 안에서 다급한 휘파람 소리가 몇 번 이어졌다. 판시엔이 탈출해 숲에 잠입했음을 알아차린 암살자들이 대열을 바꾸는 듯 보였다.

세 번째 화살 공격이 시작되었다.

판시엔의 예상대로, 그 화살의 수는 눈에 띄게 줄어 있었다. 그들의 목표도 판시엔이었기에, 많은 병력을 판시엔을 직접 상대하도록 배치한 것이다. 하지만 아직 그 화살의 수가, 마차 안에 있는 6처 자객들이 안전하게 밖으로 나올 정도로 줄지는 않았다.

수색, 그리고 몇 차례 화살 공격이 동시에 이뤄졌다.

산의 중턱을 수색하던 철궁을 든 장정 하나가, 누군가 눈을 밟는 소리가 들리자, 긴장하며 주위를 경계했다.

장정이 몇 발짝 움직이며 사방을 살피는데, 갑자기 그가 밟고 있는 땅 아래에서 검은색 비수가 올라오며, 그의 아랫배를 찔렀다!

판시엔의 갑작스러운 매복 공격에 당황한 장정이, 고개를 숙여 아래를 바라본 순간, 검은빛이 그의 목을 그어버렸다.

'슥.'

선혈이 사방으로 튀고, 장정이 목을 부여잡고 눈밭에 쓰러지다, 오른손에 쥐고 있던 철궁에서 화살이 눈밭을 향해 발사되었다. 그 반동에 장정의 몸이 공중에 살짝 떴다가 '윽' 하는 소리와 함께 눈밭에 떨어졌다.

판시엔은 장정의 목을 그은 후 재빨리 앞쪽의 나무 뒤에 숨어, 그 모든 장면을 지켜보고 있었다. 장정이 떨어지면서, 마지막 남은 힘을 내 기괴한 소리를 냈는데, 아마도 동료들에게 보내는 신호로 보였다.

'저 상황에서 신호를 보내다니……경국의 군대가 대단하긴 하네.'

판시엔은 장정이 죽은 것을 확인하고, 신호를 받고 다가오는 적들을 차례로 죽이며, 쉴 새 없이 정상으로 향했다. 그곳에 강노가 있었기 때문이다.

피로감이 몰려오기 시작했다.

판시엔은 십여 명의 적들을 죽였는데, 생각보다 힘이 많이 들었기 때문이다. 적들은 대략 이백 명 정도 되어 보였고, 그들 중에 적지 않은 고수가 포함되어 있는 듯 보였다. 반대편 숲에서도 지속적으로 소리가 들리는 것을 보니, 그림자도 아직 다 정리가 안 된 듯 보였다.

하지만 멈출 수는 없었다. 시간도 없었다.

강노를 멈추지 못하면, 전멸이었다.

판시엔은 체력소모가 심한 잠행과 암살 대신, 정면 대결을 택했다.

판시엔은 공격선 두 개를 뚫고, 산 정상 부근에 왔다. 강노를 쏘는 화살대는 컸기 때문에, 설치될 곳은 정상밖에 없었다.

판시엔이 마지막 공격을 행하기 전, 나무 뒤에서 정상에 있는 적들을 살폈다. 그의 생각대로, 가장 많은 병력이 배치되어 있었다. 반 정도는 여전히 아래 마차를 향해 화살을 쏘고 있었고, 반 정도는 강노를 지키고 판시엔을 대비하기 위해 사방을 경계하고 있었다.

다시, 눈이 내리기 시작했다.

판시엔은 이를 '악' 물었다.

큰 나무의 가지에 쌓여 있던 눈이 떨어지다 눈발처럼 흩날리며, 내리는 눈과 함께 섞였다.

'샤샤샥!'

큰 나무 뒤에서 검은 그림자 하나가, 철궁을 들고 있는 한 무리 궁수들의 목을 스치고 지나갔다. 그들이 손에 들고 있던 장전된 화살이 아무 방향 없이 쏘아 지기 시작했고, 그 모습을 본 후방의 궁수들도 검은 그림자를 향해 일제히 화살을 쏘았다.

판시엔은 무섭게 날아오는 화살을 피하며, 왼손에 쥐고 있던 검은 비수로 궁수들의 목을 긋고, 오른손에 쥐고 있던 장검으로 궁수들의 허리를 베었다.

왼손의 섬세한 공격과 오른손의 거친 공격이, 화살 비를 피해 동시에 이뤄지고 있었다. 그 모습은 현란함을 넘어 무녀의 춤을 보듯, 아름답게 느껴지기까지 했다.

'챙!'

궁수들을 거의 정리한 마지막 순간, 판시엔은 오른손에 강한 진동을 느꼈다.

장검이 강한 저항에 걸린 것이다!

판시엔은 재빨리 뒤로 세 걸음 물러나, 상대방을 싸늘하게 바라보았다.

상대방은 양손에 칼을 쥐고 있었고, 판시엔을 사납게 노려보며, 곧바로 크게 소리를 질러 남아 있는 동료들을 불렀다.

판시엔과 상대방은, 강한 살기를 담은 눈빛으로, 서로를 말없이 주시하고 있었다.

"헛!"

판시엔은 갑작스럽게 기합 소리를 질렀다.

상대방의 집중력이 살짝 흐트러졌다.

그 순간 판시엔은, 검은 비수를 앞으로 하여, 자신은 마치 비수의 그림자처럼, 상대방 앞으로 튀어 나갔다!

눈 깜짝할 사이에 판시엔은 상대방의 바로 앞에, 검은 비수는 상대방의 눈앞에 가 있었다.

하지만 상대방은 집중력이 흐트러진 상태임에도, 침착하게 두 손에 있던 칼을 위에서 아래로 찍어 내리며, 비수를 눈 바닥에 내동댕

이쳐버렸다.

그 순간, 판시엔이 몸을 공중으로 두 척 정도 띄우며, 오른손에 들고 있던 장검을 상대방을 향해 내리쳤다!

판시엔의 비수 공격을 막아낸 상대방의 실력도 만만치 않았다. 재빨리 뒤로 살짝 물러나서, 양손에 들고 있던 칼로 판시엔의 장검을 막았다!

'챙!'

상대방의 두 칼이 부러져 버렸다.

'푸!'

상대방은 명치가 답답해지는 것을 느끼며, 피를 토했다.

판시엔의 검은 막았지만, 검은 부러져 버렸고, 판시엔의 검에 실린 패도 진기를 감당하지 못해, 피를 토한 것이다.

하지만 그 순간, 판시엔도 휘청했고, 상대방은 그 기회를 이용해 뒤로 도망갈 태세를 하였다.

판시엔은 속도를 내기 위해 검을 버리고, 유령처럼 날아가 주먹을 상대방의 가슴으로 내질렀다.

'퍽!'

상대방이 흉골이 부서졌고, 이어진 몇 번의 주먹 공격에, 상대방은 두 눈이 돌출된 처참한 모습으로 눈밭에 쓰러졌다.

판시엔은 그를 다시 쳐다보지도 않고, 뒤로 돌아가 비수와 장검을 다시 손에 쥐었다.

그리고 다시 발돋움을 해서, 큰 나뭇가지 위로 종적을 감췄다.

판시엔은 나무 위에서 세 대의 강노 화살대를 보고 있었다.

다시 한번 수많은 의구심이 들었다.

'성을 공격하는, 군대에서 사용하는, 강노……그것도 세 대.'

하지만, 마차에서 꼼짝달싹 못 하고 있는 부하들을 생각할 때, 이것저것 따질 때가 아니었다.
일단, 막아야 했다.
강노는 산꼭대기에 설치되어 있었고, 아래쪽의 목판은 강노와 철로 연결되어 있었으며, 강노의 화살 줄을 당기려면, 여러 사람이 힘을 합쳐야만 했다. 그리고 강노용 거대한 화살은 화살대 옆에 쌓여 있었다.
강노는 질서정연하게 발사되고 있었다. 아래 마차 중 두 대는 이미 이 강노에 맞아, 산산조각났고, 안에 있던 적지 않은 감사원 관원들이 죽었다.
그리고 강노를 지키고 있는 무리 중 몇몇은 최소한 7품 이상의 고수였다.
판시엔은 조금도 머뭇거리지 않았다.
나뭇가지 위에서 뛰어올라, 하얀 눈 위에 날아드는 한 마리의 거대한 검은 새처럼, 세 대의 강노 화살대 위로 몸을 던졌다.
"발사!"
강노 옆에 있던 우두머리가 명령하자, 철궁을 들고 있던 한 무리가, 감사원 마차가 있는 곳을 조준하고 있던 화살을, 방향을 바꿔 판시엔을 향해 일제히 발사했다.
허공에 떠 있는 판시엔에게, 이 많은 화살을 피한다는 것은 불가능해 보였다.
끝났다고 생각하고 있던 그때, 궁수들과 수장들의 입이 딱 벌어져 버렸다.
판시엔은 오른손으로 옷을 끌어당겨, 얼굴을 가렸다. 그리고 돌멩이가 수직낙하하듯, 바닥에 '툭' 떨어져 버렸다.
진기를 순식간에 분산시켜 버리고, 자신의 몸을 중력의 힘에 맡겨버린 것이다.

간단한 동작이었지만, 진기를 모을 때와 마찬가지로, 진기를 분산시킬 때에도 거대한 진동이 발생하기 때문에, 잘못하면 경맥이 끊어질 수도 있는 동작이었다.

판시엔은 그런 것을 따질 여력이 없었다.

아무도 예상치 못하게 판시엔이 땅에 떨어지자, 수많은 화살들이 허공으로 날아갔고, 숲속의 놀란 새들만 일제히 날아올랐다.

몇 발 정도 판시엔의 몸을 맞추긴 했지만, 기본적으로 외부 충격을 줄여주는 감사원 관복 때문에, 그에게 큰 상처를 주기는 힘들어 보였다.

하지만 사실 판시엔에게 상당한 충격이었다.

피로감과 과도한 진기 운용으로 피폐해진 몸이었고, 몇 개의 화살들의 충격이 뼛속까지 전해지는 것 같았다.

판시엔은 내상을 당한 것 같다는 생각이 들었고, 어쩌면 외부 출혈도 있을 수 있겠다고 느꼈다.

하지만 그런 것을 보살필 여유가 없었다.

'빨리 6처의 자객들을 밖으로 나오게 하지 못하면, 여기서 전멸이다.'

판시엔은 지면에 발이 닿는 순간, 온몸을 바닥에 엎드려 밀착시키며 눈을 타고 미끄러지듯, 세 대의 강노 화살대로 빠르게 다가갔다.

'챙!'

거의 다 왔을 때, 엄청나게 빠른 칼이 판시엔을 맞이했다. 판시엔은 반사신경으로 재빨리 비수를 뽑아 막았다.

그 칼과 검은 비수가 열네 합을 맞섰다.

칼을 쥔 자가 황급히 뒤로 물러갔다. 어딘가 상처를 입은 듯 보였지만, 어쨌든 판시엔을 저지하는 데에는 성공했다.

판시엔은 그를 한번 보고, 강노 화살대가 있는 곳을 한번 봤다.
앞의 고수 외에도, 꼭대기에는 이 정도 고수가 2명 정도 더 있는 듯 보였다.
앞의 고수를 보던 판시엔이, 갑자기 빠른 속도로 뒤로 달리기 시작했다!
그의 몸은 뒤에서 기습을 감행하려던, 자객의 품에 안겼다!
동시에 자객의 손목을 비틀어 칼을 막은 후, 뒤도 돌아보지 않고 검은색 비수로 뒤를 찔렀다!
자객은 괴성을 지르며 칼을 버리고, 두 손으로 합장을 하여 비수의 칼날을 막았다.
'헛!'
판시엔이 비수를 쥔 왼손에 진기를 좀 더 실어, 억지로 밀어 넣었다.
비수가 상대방의 몸에 파고들기 시작하자, 자객은 다시 한번 소리를 지르며, 오른손으로 판시엔의 머리를 가격했다. 판시엔은 비수를 뽑아, 다시 한번 뒤도 돌아보지 않고, 상대방의 얼굴을 찔렀다.
상대방은 왼쪽 손바닥으로, 눈앞에서 비수를 막았다.
'헛!'
판시엔이 다시 한번 밀어 넣자, 비수가 자객의 왼손을 뚫고 그의 눈까지 파고들었다.
자객은 죽음을 직감했지만, 목숨 따위는 개의치 않는 듯, 오른팔로 판시엔의 목을 단단히 감았다.
그러자 앞에서 이 모습을 지켜보고 있던, 판시엔과 열네 합을 겨룬 고수가, 칼을 들고 판시엔의 정면을 공격했다!

판시엔은 왼손에 쥐고 있던 비수를, 뒤에 있는 자객의 눈에서 뽑아, 왼손을 뻗어 정면 고수의 가슴에 비수를 찔러 넣었다.
고수도 목숨 따위는 개의치 않았다.
고수는 비수를 막을 생각도 하지 않고, 칼을 판시엔의 몸을 향해 휘둘렀다.
판시엔의 뻗은 왼손 소매에서, 암궁 화살 두 발이 발사되었다!
여전히 칼을 들고 있던 그 고수의 두 눈에, 화살 두 발이 박혀 버리며, 눈에서 피가 터져 나오는 상태로, 고수는 여전히 칼을 내리쳤다!
판시엔은 거칠게 숨을 내쉬고 있었다. 그리고 뒤에 사람을 매단 채로 한 발 앞으로 가, 무릎을 살짝 굽혔다. 그리고 무릎을 튕겨 어깨를 위로 올리며, 고수의 칼을 쥔 손목을 쳤다.
'찍!'
고수의 손목이 부러졌다.
판시엔은 마지막으로, 여전히 등 뒤에 자객을 매단 채로, 오른발에 진기를 모아, 앞에 있는 고수의 복부를 세차게 갈겼다!
'펑!'
두 눈에 화살이 박혀 버린 고수는, 판시엔의 발차기로 열 장(丈)을 날아가 큰 나무에 부딪혀, 복부가 터지고 내장이 쏟아지며 즉사했다.

판시엔이 발길질을 하고, 발을 아직 거두지도 않았을 때.
마지막 고수가 나타났다.
판시엔은 이 사람을 기다리고 있었다.
판시엔은 오른손으로 장검을 순식간에 뽑는 것과 동시에, 자신의 목을 감싸 쥐고 있던 뒷사람의 양쪽 어깨를 잘라 버렸다.
그 검으로, 매화꽃이 눈밭에서 피어나듯, 작은 배가 파도와 싸우듯, 주변 환경은 신경도 쓰지 않는 듯, 오로지 칼끝에만 집중하여 상대방을 공격했다.

검 끝은 부드러워 보였지만, 오직 승리만을 향해 앞으로 전진하는 것 같았다.

판시엔이 숨겼던 일격.

사고검법.

일격으로, 검 끝이 고수의 목을 뚫었다. 허공에 뜬 고수가 눈을 부릅뜬 채 판시엔을 노려보았다.

그뿐.

고수의 양팔이 무기력하게 쳐지며, 두 손에 쥐고 있던 칼이 눈밭에 푹 박혀버렸다.

판시엔이 끝났다 생각하며, 고수의 목에서 검을 거두고, 강노의 화살대를 향해 한 발 내디뎠다.

갑자기 허리부터 뒷목 부위까지, 타는 듯한 통증이 밀려 올라왔다!

웬만한 공격은 막아주는 감사원의 관복을 뚫고, 판시엔의 등에 기다랗고 처참한 상처를 남겼다!

그리고 검이 아래서 위로 올라가며, 판시엔의 묶어져 있던 머리카락도 풀어 헤쳐 버렸다.

눈밭에서 숨어 있던 자객.

고수는 아니지만, 진짜 살수.

그가 뒤에서 공격했다. 밑에서 위로 판시엔의 등을 가르며 올라간 검이, 다시 사나운 기세로 그의 머리통을 가르기 위해 내려오기 직전이었다.

이미 판시엔에게는 체력도 정신력도, 패도 진기를 운용할 힘도 남아 있지 않았다.

판시엔은 죽기 전 마지막, 자신의 목숨을 앗아갈 사람의 얼굴이라도 보려는 듯, 지금 할 수 있는 것은 그것뿐이라는 듯, 재빨리 고개를 돌려 그를 바라봤다.

풀어 헤쳐진 머리카락이, 처량하게 그지없이 흩날렸다.

그건 공격이었다.

그건 무력한 공격이었다.

머리칼에 꽂혀 있던, 가느다란 바늘이, 자객의 태양혈로, 부들부들 떨리며 날아갔다!

순간, 자객의 몸이 뻣뻣하게 굳었다.

그 찰나, 판시엔은 허리를 돌리는 반동을 이용해, 손날로 자객의 목을 가격했다.

자객의 목뼈가 꺾이며, 머리가 뒤로 넘어가, 척추 한 줄기에 의지해, 등 뒤에서 달랑거렸다. 그리고 시뻘건 피가 하늘을 향해 분수처럼 솟아올랐다.

마지막 자객까지 끝났다.

판시엔의 뒤쪽에 강노 화살대 세 대와 궁수 몇 명이 남아 있었다.

이제는 정말 강노를 막아야 했다.

판시엔은 뒤로 돌지도 않고, 두 발을 모으고 몸을 잔뜩 웅크린 채, 빠르게 뒷걸음질 치며, 강노 화살대 쪽으로 뛰어갔다.

판시엔의 웅크린 자세가 신체 면적을 줄였고, 몸놀림의 속도가 워낙 빨라, 궁수들이 철궁으로 조준하기도 힘들었지만, 몇 발의 화살은 판시엔의 몸으로 정확히 날아왔다.

판시엔은 피하지 않았다. 감사원 관복에만 의지해 그 화살들을 그저 '몸'으로 받아냈다.

다시 한번 뼛속까지 아픔이 전달되었지만, 판시엔은 개의치 않는 듯, 최대한 진기를 모으며, 마지막 공격을 준비했다.

한 대의 강노 화살대까지 이르자, 모아 놓은 패도 진기를 한꺼번에 분출시켜, 화살대 하나를 높이 쳐들었다.

"으아아악!"

그리고 나머지 두 대의 화살대 방향으로 던져버렸다!

화살대가 손에서 떨어지는 그 짧은 순간, 재빨리 장검을 허리춤에서 빼서 위로 올리며, 팽팽하게 당겨진 강노의 활시위를 공중에서 끊었다.

그때, 주변에 있는 궁수들은 근처까지 온 판시엔을 보며 당황하여 활을 버린 채, 포효하며 단도를 꺼내 판시엔에게 일제히 달려들었다!

공중에 뜬 강노의 활시위가 끊어지며, 강노가 발사되었다!

감사원 마차를 향해 산골짜기로 발사된 것이 아니라, 눈 덮인 땅바닥을 향해 발사되었다!

그리고 날아간 강노의 화살대는, 그 반동에 공중으로 더 높이 뜨더니, 빙글빙글 회전을 한 뒤, 나머지 두 대의 강노 화살대를 덮쳤다.

'삐걱삐걱.'

'뿌지직!'

두 대의 강노 화살대의 나무다리가 무너지며, 한쪽으로 기울더니, 한 개의 강노 화살이 다시 한번 땅바닥으로 발사되었고, 그 반동으로 화살대가 사람 머리 높이까지 튀어 오르더니, 마치 주사위처럼 이리 튀고 저리 튀기 시작했다.

강노가 뒹굴고 지나간 자리에는 온통, 잘리고 뭉개진 사지와 떨어져 나온 살점들이, 하얀 눈밭에서 피바다를 이루고 있었다.

나머지 한 대의 강노 화살은 더욱 사나운 위력을 보여주었다. 달려오던 궁수 세 명의 몸을 한꺼번에 꼬치처럼 꿰뚫어 버린 후, 그들을 눈밭에 박아 버렸다. 그들은 운이 나빠 즉사하지 못해, 몸을 움직이지도 못한 채 처량한 비명만 지르고 있었다.

강노가 설치되어 있던 자리는, 순식간에 아수라장으로 변했다.

판시엔의 임무는 끝이 났지만, 적이 모두 없어진 것은 아니었다. 하지만 그들은 판시엔의 몫이 아니었다.

그는 재빨리 눈 덮인 숲속으로 다시 몸을 숨겼다. 커다란 나뭇가지 위에 바짝 엎드려 거칠게 내쉬는 숨을 고르며, 최대한 등의 상처에서 나는 피가 아래로 떨어지지 않도록 조심했다.

판시엔은 최대한 정신을 집중해, 남은 적이 몇인지, 궁수가 몇 명이나 되는지 살폈다.

'휙! 휙!'

강노는 더 이상 없었고, 산골짜기로 날아가는 화살의 수도 현저하게 적어졌다.

감사원 6처 자객들이 실력 발휘를 할 시간이었다.

진정한 살수, 6처의 자객들은, 화살의 수가 줄어들자 드디어 마차에서 나왔다. 그리고 원한의 복수를 하듯, 숲에 숨을 쉬고 있는 생명체를 보이는 대로 다 죽여버렸다.

도살이었다.

정면 싸움에서는 군대가 강하겠지만, 암살에서는 6처의 자객들을 따라올 수 없었다. 그들은 타고날 때부터 길러진, 살인 기계들이기 때문이다.

적막한 숲속에는 쇠막대기가 살점을 찌르는 소리, 비명 소리뿐. 가끔씩 철궁의 화살 소리가 들려왔지만, 그 수는 갈수록 적어지고 있었다.

판시엔 진영이 절대적인 우위를 점해가는 것이었다.

그동안 내내 긴장하고 있던 판시엔은, 그제서야 안도의 한숨을 내쉬며, 온몸의 긴장이 풀려 버렸다.

살아남은 사람은 없었다. 6처의 자객이 모두 죽이지는 않았는데, 마지막 남은 스물 남짓한 병사들은 한 줄로 서서 목을 그으며 자살을 해 버렸다.

판시엔은 눈밭에 서서 땅바닥에 있는 스무 구의 주검을 싸늘한 눈빛으로 바라보고 있었다. 그들의 눈빛에 슬픔이나 두려움은 없었고 오로지 결연함만 비쳤다.

다시 한번, 경국 군대의 '위대함'이 새삼 느껴졌다.

감사원 마차를 타고 판시엔을 따라 숲으로 진입한 6처의 자객은 서른 명 정도. 그중 마지막까지 살아서 '도살'을 행한 관원은 스무 명.

판시엔과 그림자 그리고 스무 명의 6처 자객들이, 무려 이백여 명에 달하는 '위대한' 경국 군인들을 죽였다.

판시엔은 갑자기 기침을 하며, 시체 더미를 향해, 목에 있던 피를 토해냈다.

시체 더미에서 가느다란 숨소리가 들렸다.

눈은 칼에 찔렸고, 양팔은 절단되었지만, 죽지는 않았다. 마지막까지 판시엔의 목을 움켜쥐고 있던 고수.

판시엔의 눈이 그와 마주쳤다.

그가 입을 열어 무슨 말을 내뱉으려 하자, 판시엔은 주먹을 그의 입속으로 넣어, 살짝 힘을 주었다. 이가 몇 개 부러지고, 아래턱이 부러지며 피가 가득 고였다.

그는 말을 하지도, 입을 다물지도 못하는 상태가 되었다.

판시엔은 바닥에 있는 눈으로, 손에 묻은 피를 닦아내며 말했다.

"자살할 생각은 하지도 마. 넌 다 쓸 데가 있으니까."

판시엔은 옆에 있는 부하에게 고개를 돌리며 말을 이었다.

"지혈하고, 어떻게든 이 새끼를 살려."

판시엔은 그 말을 끝으로, 마차가 있었던 산골짜기를 향해, 눈 덮인 산을 천천히 홀로 걸어 내려갔다. 판시엔은 연신 기침을 하며 피를 토했고, 등에서는 찐득찐득한 핏물이 흘러내렸다.

운 좋게 오른쪽 팔만 살짝 다친 홍창청이, 판시엔의 뒤를 따라가 부축하려 했지만, 판시엔은 고집스럽게 그의 손을 뿌리치고 혼자 그리고 천천히 내려갔다.

오늘 판시엔은 감사원 제사를 맡은 이래, 가장 큰 피해를 보았다. 십여 명의 6처 관원들이 죽었고, 나머지 살아남은 관원들도 상처를 입지 않은 자가 없었다.

그들이 판시엔 뒤를 쫓아, 산골짜기에 있는 부서진 마차로 향했다.

유일한 생존자 한 명이 눈 바닥에 질질 끌려가며, 하얀 눈 위로 빨간색 피의 길을 만들고 있었다.

판시엔은 그가 타고 있던, 마부가 예수처럼 박혀 있는, 화살이 빽빽하게 꽂혀 있어 고슴도치처럼 보이는, 감사원 검은 마차를, 말없이 한참 동안 바라보았다.

그는 부상을 먼저 치료해야 한다는 감사원 부하들의 조언도 무시하고, 마차 옆에 쪼그리고 앉아 하염없이 마차만 바라보았다.

'왜지? 도대체 왜 이러는 거지?'

판시엔의 첫 번째 의문, '왜?'

그는 고개를 돌려 주위를 한번 훑어보았다. 사건이 터지자마자 제일 먼저 죽어 나간, 그가 웨이저우에서 빌려 온 주 군대 관병들의 시신이 가득했다.

'대체 어느 세력이길래, 얼마나 간이 크길래, 징두 수비 관할 산골짜기에 암살자들을 매복시킬 수 있었던 거지? 그 사람의 실력이 얼마나 대단하기에, 이렇게 많은 군인과 고수들을 동원하고, 심지어 강

노까지 세 대나 설치한 거냔 말이야!'

두 번째 의문, 강노.

'저 거대한 강노 화살대를 배치하려면 분명 시간이 필요했을 텐데, 그리고 엄청난 움직임이 있었을 텐데, 징두 수비군이 그걸 몰랐다고?'

하지만 세 번째 의문이자 가장 이해가 안 되는 부분은, 상대방이 그가 징두를 들어가는 시간을 어떻게 정확히 알고 있었냐는 것이었다.

'작은 활잡이 그놈 때문에 잉저우에서 웨이저우까지 교란작전을 펼쳤고, 강남 수채를 통해 가짜 소문도 퍼트렸고……저 많은 수의 군인까지 포함한 암살자들을 무작정 매복시켰을 수는 없고…….'

그때 또 다른 의문이 스쳐 갔다.

'근데 숲에 다다르기 직전에 보고한 감사원 밀정은, 왜 모든 것을 정상적이라고 보고한 거지? 그 밀정이 산골짜기에서 수상한 점을 발견하지 못했다고?'

무수한 질문들이 그의 머릿속에서, 꼬리에 꼬리를 물고 이어졌다.

오늘 암살 사건은, 현공 사당에서의 그것과 완전하게 달랐다.

사국(死局). 바둑에서 만회할 수 없는 국면을 뜻하는 사국.

오늘의 암살 시도는, 사국이었다. 상대방은 강력한 힘을 동원해, 주도면밀하게 준비했다. 그 사람은 오늘 판시엔을 '진짜' 죽이려 했다.

그때, 판시엔은 갑자기 온몸에 소름이 돋았다.

'장 공주가 옌샤오이에게 손을 쓰게 했다? 그녀가 이제 황제의 눈치도 살피지 않는다? 이 정도로 황제를 업신여긴다? 젠장! 징두에 변이 난 거 아니야?!'

판시엔은 갑자기 마음이 급해졌다.

하지만 동시에 다른 의문이 들었다.

'징두에서 정말 모반이 일어났다면, 당사자인 황실은 소식을 전하지 못하더라도, 당신만은, 모든 사람이 얼어 죽어도, 당신만은 나에게 알려줄 수 있을 것 아니야?!'

모순이었다.

징두에 모반이 일어나지 않았는데 장 공주와 옌샤오이가 이렇게까지 할 수 없었다. 판시엔을 죽일 수 있냐의 문제를 떠나, 그들은 목숨을 건 행동이었기 때문이다.

징두에 모반이 일어났다면, 판시엔이 그 소식을 모를 수가 없었다. 감사원의 정보망이라면, 천핑핑의 능력이라면, 최소한 조짐이라도 전해졌어야 했다.

"대인, 결단을 내리셔야 합니다."

왕치니엔 조직원 중 하나였다. 그는 다행히 살아남았지만 얼굴과 몸에 피범벅이 되어 있었다.

"일단 웨이저우로 퇴각하시는 게 좋을 듯 보입니다. 거기서 징두와 연락을 취한 후, 징두 상황을 살피고 그 이후를 결정하셔야 합니다."

판시엔은 아무런 대답을 하지는 않았지만, 심각하게 다친 부하들을 보며 빨리 결단을 내려야 한다는 것을 알았다.

징두에서 정말 모반이 일어났다면, 판시엔이 징두로 향하는 건 자살행위였다.

한참 동안 고개를 숙이고 생각하던 그가, 천천히 고개를 들어 앞에 보이는 징두성의 성곽을 보며 명했다.

"연화령을 쏘아 올려."

폭죽이 달린 화살 하나가, 산골짜기에서 하늘 높이 솟아오르며 날카로운 소리를 내뿜었다. 하늘에서 터진 화려한 불꽃이, 눈이 많이 내린 날 벌어진 암담한 일들을 가려주고 있는 것 같았다.

연화령. 1급 위험 구조 신호.

감사원 외에도 경국의 모든 군대가 공유하는 신호 체계.

판시엔은 잠시 후 자신을 맞아 줄 사람이, 군 측 인사인지, 감사원 관원인지 아직 판단할 수 없었다.

하지만 판시엔은, 진심으로 전자이기를 바랬다.

후자라는 건, 군대가 올 수 없다는 건, 징두에 정말 큰일이 났다는 것이다.

〈중 2권에 계속〉

경여년: 오래된 신세계 중-1

지은이 묘니(猫膩)
역자 이기용

발행인 주일우
발행처 이연[㈜사이웍스]
발행일 2021년 12월1일 (2쇄)
출판등록 제2020-000154호 (2020년 7월 27일)
주소 서울시 마포구 월드컵북로1길 52 운복빌딩 3층
전화 02-3141-6127 / 팩스 02-6455-4207
전자우편 saii@saiiworks.com

ISBN 979-11-971791-3-6
979-11-971791-0-5(세트)
값 16,500원

* 이연은 ㈜사이웍스의 문학 브랜드입니다.